塗仏の宴―宴の支度

塗佛之宴―備宴

京極夏彥

Kyogoku Natsuhiko

王華懋 譯

目次

總導讀㈠　曲辰

妖怪兮歸來，推理可以附體些：京極夏彥與「百鬼夜行」系列

當我們回顧某個成功人士的一生時，常會將故事起始於某個挑選出來的時刻，並刻意放大、強化那個時刻的象徵意義；有時為了創造一個好的開頭，甚至不惜虛構創造。

然而，在京極夏彥身上，倒是不用捏造。

京極夏彥原本在廣告公司擔任平面設計與美術總監，後來因為身體的關係而決定辭職出來與朋友一起開設小型的設計公司。後來卻因為大環境的關係，根本接不到案子。為了在公司看起來像是有事做，京極夏彥在工作閒暇時寫起了小說。完成作品後，基於「都花了上班的時間跟用公司的器材印出來了不要浪費」的心情，他在一九九四年的五月黃金週連假，打電話去本應沒有人的講談社Novels編輯部，居然剛好有個編輯接起來。對方發現是個從未出版過小說也沒得過任何文學獎項的讀者，想要詢問該怎麼投稿。一般而言，像講談社這種設有推理小說新人獎的出版社，不太會接受外來者直接投稿，不過這位編輯仍請京極夏彥寄來，並告知閱讀原稿以及評估是否出版需要幾個月的時間，請他耐心等候。

豈料，第三天京極就接到編輯的電話，表示即將出版他的小說，希望能見面詳談。後來的事我們都知道了，同年九月，《姑獲鳥之夏》如同希克蘇魯伯隕石浩蕩登場，不但在推理史或娛樂小說史上留下永久的印記，同時也改變了之後的小說生態。

這幾乎是最完美的作家勵志寓言了，一個原本掙扎於生活的青年，居然靠著創作而找到屬於自己的光。

不過，或許我們先來介紹一下京極夏彥，與他筆下最重要的「百鬼夜行」系列。

京極夏彥與「百鬼夜行」

京極夏彥出身自北海道小樽，要知道一直以來，北海道都被日本統治者視為化外之地。只打算從中獲取自然利益，而沒有想過要好好經營，直到十九世紀末才被視為日本的一部分而積極開發。這也造成了北海道的「和風」極為淡薄，特別是小樽，洋溢著西式風情。但就在這樣的距離感，京極夏彥對「何謂日本」格外著迷。特別是在民俗或宗教的部分，甚至還考慮過成為僧侶，可以終日過著讀書與思考的日子。不過後來發現經營寺廟需要的絕非閱讀或知識，於是打消了念頭，決定做一個人也沒問題的美術設計工作。

根據京極夏彥自述，他從小就喜歡讀書，熱愛由文字建構出的世界，總會超出同齡人的閱讀傾向。在小學時便靠著字典來猜測漢字的意思並讀完了「柳田國男全集」。並因為這位日本民俗學之父的啟發，對民俗學、宗教這類隱藏在現代文明的縫隙的存在感到興趣，「無論說有多喜歡都不為過」，繼而投入水木茂以「鬼太郎」為中心的漫畫世界中，開始展開對妖怪的思考。這也就是為什麼，《姑獲鳥之夏》的人物設定與故事題材原本是打算畫成漫畫的，但最後卻發現還是寫成小說比較好，「因為文字比較能保留那種幻想的可能」。

而由《姑獲鳥之夏》開啟的「百鬼夜行」系列，至今將近三十年，出版了九本「本傳」與八本「外傳」，外傳暫且不計（註一），本傳作品如下：

一、《姑獲鳥之夏》，一九九四年九月（六百三十頁）。
二、《魍魎之匣》，一九九五年一月。（一千零六十頁）
三、《狂骨之夢》，一九九五年五月。（九百八十二頁）
四、《鐵鼠之檻》，一九九六年一月。（一千三百五十九頁）
五、《絡新婦之理》，一九九六年十一月。（一千三百八十九頁）
六、《塗佛之宴 備宴》，一九九八年三月。（九百八十一頁）

七、《塗佛之宴 撤宴》，一九九八年三月。（一千零七十頁）
八、《陰摩羅鬼之瑕》，二〇〇三年八月。（一千兩百二十一頁）
九、《邪魅之雫》，二〇〇六年九月。（一千三百三十頁）（註二）

這系列的故事雖然常被命名為「推理小說」，也基本上是依循著「命案發生—偵探介入—真相大白」這樣的敘事邏輯，但細究其內容，卻顯得頗有些不同。

本系列可以稱為偵探的有兩個角色，一個是職業上的偵探——榎木津禮二郎。身為華族之後，卻自己出來開了間私家偵探社，不過也不做任何普通私家偵探會做的跟蹤、調查之類的事。畢竟「調查是下賤的人所行之事，身為神的自己是沒必要做的」，具備觀看他人回憶的超能力，這讓他常會如同天啟般地說出真相，但由於語焉不詳，在小說中往往扮演著混淆讀者的功用；而真正擔綱讀者眼中的偵探則是中禪寺秋彥，開了間舊書店「京極堂」並以此為名。不過除了舊書店老闆外，還繼承了武藏晴明神社擔任宮司／陰陽師，副業則是專門「驅逐附身妖怪」（憑物落とし）的祈禱師（拝み屋）。

特別之處就在於這個「偵探＝陰陽師」的人物結構中，對口頭禪是「這世上沒有什麼不可思議的事」的京極堂而言，解決事件並非找到「真相」而已，而是如何將「不可思議」變成「可思議」的過程。相較於其他推理小說的核心關懷是「誰殺的」，「百鬼夜行」系列的問題則在揭曉凶手才真正開始。

正因如此，就算是讀者眼中的偵探，京極堂也從未做過如福爾摩斯那樣收集物理證據，或是像白羅那樣到處打聽推敲出言詞的漏洞之類的事情。他更重要的工作毋寧是將案件及其衍生現象賦予一個總括的「形

註一：外傳作品有：《百鬼夜行——陰》（1999.07）、《百器徒然袋——雨》（1999.11）、《今昔續百鬼——雲》（2001.01）、《百器徒然袋——風》（2004.07）、《百鬼夜行——陽》（2012.03）、《今昔百鬼拾遺——鬼》（2019.04）、《今昔百鬼拾遺——河童》（2019.05）、《今昔百鬼拾遺——天狗》（2019.06），除了「今昔百鬼拾遺」那三本外，均為短篇集，這三本後來也出版了合集《今昔百鬼拾遺 月》（2020.08）。

註二：出版日期以新書版初版為主，頁數則參考講談社文庫版本。

體」——多半是利用妖怪的象徵概念，再拆解這個形體，讓書中的當事人與書外的我們知道事件背後的結構，得以用「理解」去對抗「附身妖怪」，而只有驅逐了附身妖怪，京極堂的任務才能稱之為完結。

之所以會如此設計，或許我們還得回到九〇年代日本推理小說的發展來看。

「百鬼夜行」與新本格

眾所周知，松本清張一九五七年的《點與線》引發日本的社會派風潮，此後三十年本格推理小說只能靠少數堅持不輟的作家延續命派，這段時間甚至被笠井潔稱為「本格之冬」。直到綾辻行人《殺人十角館》於一九八七年出版，從此被標記為新本格元年。

綾辻行人在小說的開頭，清楚地劃分出新本格與社會派的世代遞嬗。他假大學推理社團成員之口說出「我不要日本盛行一時的『社會派』現實主義。女職員在高級套房遇害，刑警鍥而不捨地四處偵查，終於逮捕男友兼上司的凶手歸案——全是陳腔濫調。貪污失職的政界內幕、現代社會扭曲所產生的悲劇，全都落伍了」，並同時強調推理小說就是「遊戲」而已。

儘管這極有可能是年少時的狂言戲語，但綾辻行人所提出的「遊戲」，卻很好地說明了新本格的傾向。如果我們將遊戲定義為「在規則的限制下，進行一連串的互動，需要有個結果並從中獲得愉悅感」的話，什麼會是「小說」的基本規則呢？我想應該是語言吧，用文字來表現故事以及意欲表達的東西，正是小說的無上命令。那換句話說，一種基於遊戲而出現的推理小說，或許也正是意識到語言所佔據的主宰位置，進而對其產生顛覆的意欲。

所以，一種無視現實世界運作規則，甚至無法在真實層面運作的詭計：敘述性詭計誕生了。當然這種基於敘事才能成立的推理小說詭計早就存在，但在八〇年代後現代主義盛行之際，普遍對於這個世界是否有絕對的真實感到困惑，並對我們予以信賴的語言產生質疑時，這個寫作手法卻迅速地引起了新本格作家的興趣，繼而發揚光大。

不過，對京極夏彥來說，語言原本就是無法信賴的東西。他曾經將人的意識比喻為「類比」、而語言就是「數位」，在類比的世界中，一如時鐘，指針是均勻地從1移向2，是一種連續性的展現；然而數位時鐘的盤面上，則是直接從1跳到了2，無法意識到中間的變化，並構成了「不連續性」。正因為語言的不連續性，它只能截斷並保留某時某刻的想法，當意識化為語言的同時，意識早就繼續往前邁進了，這是一個永恆的逸脫的過程。在「百鬼夜行」系列中，他試圖以推理小說的形式來展現這種語言的不可信任，案件本身往往非常單純，但是當每個當事人都透過自己的語言來企圖謀奪某種真實性的同時，這些言語的交混便會拖延解謎的關鍵。對偵探（＝京極堂）而言，解謎並不困難，麻煩的地方卻在於如何藉由自己的語言來框限眾人的認知，繼而推導至他希望的結果；對作者（＝京極夏彥）而言，寫推理小說也並不困難，但如何提醒讀者這種語言的不可信，便讓他開始引渡大量知識進入小說之中，透過偵探之口達到某種調和。繼而讓讀者發現，語言這種可以被任意操作的東西，恐怕才是最需要保持懷疑的對象。而當他所希望處理的東西越來越複雜而麻煩時，他所需要動用的知識（＝語言）也就越來越多，這便造成了他小說篇幅越趨膨大的原因。

京極夏彥當初因為公司生意不好而寫起小說，但歸根究柢卻是因為當時泡沫經濟崩潰，全日本都處於景氣寒冬，日本的企業神話破滅，過去以為不可能動搖的世界產生了裂痕，為新本格這種在質疑世界構成的文類打下了受歡迎的基礎。於是京極夏彥成功的擴大了新本格的受眾，也為自己開創了條獨一無二的寫作道路。

更別提，他還有妖怪呢。

新本格與妖怪

在推理小說的發展中，將鄉野傳說、民俗信仰與殺人命案結合的所在多有，早期的西方有約翰・狄克森・卡、日本有橫溝正史，到了九〇年代初期，也有如《金田一少年事件簿》這類的漫畫作出現代的嘗試。但是這類小說多半都有很明顯的「否定怪異、高舉理性」的特色，讀者從一開始就很清楚知道那些怪物並不存在，就像是人工調味料一樣，只是點綴。

但在京極夏彥筆下，妖怪從一開始就佔據了重要的位置，如果回頭看「百鬼夜行」系列的書名，發現都是「『妖怪』之『漢字』」這樣的組合，他曾在一次訪談中表示，「妖怪就是啟發整個故事的開端，漢字則總括了情節的發展，但我並不會去直書妖怪，而是透過後面的漢字來提醒妖怪的存在」。如果用台灣同樣在研究妖怪與創作推理小說的瀟湘神的說法，就是「京極夏彥的小說中，妖怪是不登場的，但正因為不登場，所以無法被否定，因此也就可以殘留在讀者的心中」。

「百鬼夜行」系列的故事背景多設定在第二次世界大戰後的日本，儘管故事有時會回溯到戰爭時期或甚至戰前，但如果限定事件本身，本傳這九本的時間甚至是侷限在一九五二至一九五三這兩年。京極夏彥創造了一個時間凝滯在結界內的世界，在其中盡情地放任妖怪馳騁。這恐怕是因為，那是妖怪還能存在的最後時光了。京極夏彥認為，妖怪可以分成兩種：一是角色化的妖怪，一種是存在於言說中的妖怪。前者藉由圖像來表現妖怪的形象，可以成功建立其大眾認知，但問題就在於視覺是一種絕對性的感官。當一個妖怪被圖像化／角色化了，也等同於定型了，這種定型奪走了妖怪的可能性，無論是江戶時期的鳥山石燕或是昭和時期的水木茂都在做類似的事情；而口傳型的妖怪則有各種變形的可能性，還可以因應時代與地方來做出變形。只是當二次世界大戰之後，日本必須要成為現代國家，需要用科學來摧毀那些妖怪的存在可能，而讓牠們只能存在於畫冊或圖鑑之上，那實在是太可憐了，在可能的範圍內，他想重新召喚妖怪，賦予牠們生命。

在華人世界的概念中，妖怪是一種超自然的、威脅到人日常生活的東西，只是「百鬼夜行」系列常把妖怪視為一種「解釋機器」，用來概括描述那些人們無法理解的存在，牠更用來概括那些人們的恐懼或哀傷。無論是自然定律或是人的內在心靈，妖怪得以將「現象」具象化，而一旦具象了，人就可以驅逐、迴避、甚至嘲笑牠們。儘管是被排拒出的、殘渣一樣的存在，但反而成為了文化或日本本身的具象物。

這讓他書寫的妖怪推理獨樹一幟，因為他想書寫的，並非單純的事件或人心的形狀，而是想透過「百鬼夜行」這一系列，重新書寫傳統、理解現代的根由，對這個世界做出專屬於他的解釋。

畢竟，「這世上沒有不可思議的事，只存在可能存在之物，只發生可能發生之事。」

作者介紹——

曲辰，一個試圖召喚出小說潛藏的世界樣貌的大眾文學研究者。相信文學自有其力量，但如果有人能陪著走一段可能得以看到更清晰的宇宙。

總導讀(二)　凌徹

獨力揭起妖怪推理大旗的當代名家——京極夏彥

日本推理文壇傳奇

在一九九〇年代的日本推理界，京極夏彥的出現，為推理文壇帶來了相當大的衝擊。書中大量且廣泛的知識、怪異事件的詭譎真相、小說的巨篇與執筆的快速，這些特色都讓他一出道就受到眾人的激賞，至今不墜。

此外，京極夏彥對妖怪文化的造詣之深，也讓他不同於一般的推理作家。除了小說以日本古來的妖怪為名，故事中不時出現的妖怪知識，也說明了他對於妖怪的熱愛。

身為日本現代最重要的妖怪繪師水木茂的熱烈支持者，更自稱為水木茂的弟子，京極夏彥在妖怪的領域也具有無比的影響力。京極夏彥對於妖怪文化的大力推廣，也絕對是造成日本近年來妖怪熱潮的重要因素之一。

而這一切，或許都是京極夏彥當初在撰寫出道作《姑獲鳥之夏》時，所始料未及的吧。畢竟他以小說家之姿踏入推理界，進而在妖怪與推理的領域都占有一席之地，其實可說是無心插柳的結果。他出道的過程，早已成為讀者之間津津樂道的傳奇故事了。

京極夏彥是平面設計出身，就讀設計學校，並曾在設計公司與廣告代理店就職，之後與友人合開工作室。但由於遇上泡沫經濟崩壞，工作量大減，為了打發時間，他寫下了《姑獲鳥之夏》這本小說，內容則是來自於十年前原本打算畫成漫畫的故事。而在《姑獲鳥之夏》之前，他不但沒寫過小說，甚至連「寫小說」

這樣的念頭都不曾有過。

《姑獲鳥之夏》完成後，因為篇幅超過像是江戶川亂步獎與橫溝正史獎這些新人獎的限制，所以他開始刪減篇幅，但隨後便放棄修改而沒有投稿。之後他決定直接與出版社聯絡，詢問是否願意閱讀小說原稿。會撥電話給講談社其實也是巧合，他當時只是翻閱手邊的小說（據說是竹本健治的《匣中的失樂》），查詢版權頁的電話，之後便撥給出版這本小說的講談社。儘管當時正值黃金週(日本五月初法定的長假)，出版社可能沒有人在，但他仍然試著撥了電話。

沒想到在連續假期中，講談社裡正好有編輯在。編輯得知京極夏彥有小說原稿，儘管是新人，但仍請他寄到出版社來。京極夏彥原本以為千頁稿紙的小說，編輯會花上許多時間閱讀，之後還有評估的過程，得到回音應該會是半年之後的事，於是小說寄出之後便不再理會。結果回應來得出乎意料地快，在原稿寄出後的第三天，講談社編輯便回電，希望能夠出版這本小說。

推理史上的不朽名著《姑獲鳥之夏》，就這樣在一九九四年出版了。京極夏彥的作家生涯，也就此展開。

相較於過去以得獎為出道契機的推理作家，京極夏彥並沒有得獎光環的加持，只是憑藉著小說的傑出表現才有出道的機會。但他的才能不但受到讀者的支持，推理文壇也很快給予肯定的回應。一九九五年的《魍魎之匣》才只是他的第二部小說，就能夠在翌年拿下第四十九屆日本推理作家協會獎。一出道就聚集了眾人的目光，第二部作品更拿下重要的獎項，京極夏彥的實力，由此展露無疑。

而他初出道時奇快無比的寫作速度，則是除了小說內容外更令人瞠目結舌的。《姑獲鳥之夏》出版於一九九四年，接下來是一九九五年的《魍魎之匣》與《狂骨之夢》，一九九六年的《鐵鼠之檻》與《絡新婦之理》。表面上每年兩本的出版速度或許不算驚人，但如果考慮到小說的篇幅與內容的艱深，應當就能了解他的執筆速度之快了。除了《姑獲鳥之夏》不滿五百頁，之後每一本的篇幅都超過五百頁，後兩本甚至超過八百頁。如此的快筆，反映出的是他過去蓄積的雄厚知識與構築故事的才能。

對象。

介紹過京極堂系列的特色之後，以下針對各部作品做簡單的敘述。

一、《姑獲鳥之夏》（一九九四年九月），女子懷孕了二十個月卻尚未生產，她的丈夫更消失在密室之中。同時，久遠寺醫院也傳出嬰兒連續失蹤的傳聞。

二、《魍魎之匣》（一九九五年一月），因被電車撞擊而身受重傷的少女，被送往醫學研究所後，在眾人環視之下從病床上消失。此外，武藏野也發生了連續分屍殺人事件。

三、《狂骨之夢》（一九九五年五月），女子的前夫在數年前死亡，如今居然活著出現在她的面前，雖然驚恐的她最終殺死了對方，卻沒想到前夫竟然再次死而復生，於是她又再度殺害復活的死者。

四、《鐵鼠之檻》（一九九六年一月），在箱根的老旅館仙石樓的庭院裡，憑空出現一具僧侶的屍體。之後，在箱根山的明慧寺中，發生了僧侶連續遭到殺害的事件。

五、《絡新婦之理》（一九九六年十一月），驚動社會的潰眼魔，已經連續殺害四個人，每個被害者的眼睛都被鑿子搗爛。而在女子學院的校園內，也發生了絞殺魔連續殺人的事件。

六、《塗佛之宴》（一九九八年三月、九月），分為兩冊「備宴」與「撤宴」。「備宴」中收錄了六個中篇，「撤宴」解明隱藏於其中的最終謎團。關口聽說伊豆山中村莊消失的怪事，前往當地取材。數日後，有名女子遭到殺害，關口竟被視為是嫌疑犯而遭到逮捕。

七、《陰摩羅鬼之瑕》（二〇〇三年八月），由良伯爵過去的四次婚禮，新娘都在初夜遭到殺害，兇手至今仍未落網。如今，伯爵即將舉行第五次的婚禮，歷史是否會重演？

八、《邪魅之雫》（二〇〇六年九月），描述在大磯與平塚發生的連續毒殺事件。

京極堂系列除了長篇之外，還包括了四部短篇集，都是在雜誌上刊載後集結成冊，有時也會在成書時加入未曾發表過的新作。這四本短篇集各有不同的主題，皆以妖怪為篇名。

一、《百鬼夜行——陰》（一九九九年七月）收錄了十篇妖怪故事，每篇故事的主角皆為系列長篇中的配角。藉由這十部怪譚，讀者可以看見在系列長篇中所未曾描述的另一個世界。

二、《百器徒然袋——雨》（一九九九年十一月）、《百器徒然袋——風》（二〇〇四年七月）各收錄三篇，主角是偵探榎木津禮二郎，故事中可以見到他驚天動地的大活躍。

三、《今昔續百鬼——雲》（二〇〇一年十一月），共收錄四篇，本作的主角是妖怪研究家多多良勝五郎，描述他與同伴在傳說蒐集旅行中所遭遇到的怪事。

巷說百物語系列

京極夏彥的另一個系列作品是《巷說百物語》，這個系列開始發表於一九九七年，一九九九年出版第一本，到二〇〇七年為止共出了四本。本系列的第三本《後巷說百物語》更讓京極夏彥拿下了第一三〇屆的直木獎，成為他作家生涯的重要里程碑。

《巷說百物語》刊載於妖怪專門雜誌《怪》上，是這本雜誌的創刊企畫，一直持續至今。在試刊號的第〇期，京極夏彥發表了《巷說百物語》的第一個故事〈洗豆妖〉，之後除了兩期之外，其餘每一期都可以看見《巷說百物語》系列的小說。京極夏彥總是提及，只要《怪》繼續出刊，《巷說百物語》就不會停止，由此可見他重視這本雜誌的程度。

刊載於雜誌上的巷說系列，每期都是一個完整的中篇故事，目前為止尚無長篇連載。而在匯整出版單行本時，京極夏彥會再新寫一篇未發表在《怪》上的作品，做為每本小說的最後一則故事。本系列至今已出版了四本，從一九九九年八月的《巷說百物語》，二〇〇一年五月的《續巷說百物語》，二〇〇三年十二月的《後巷說百物語》，到二〇〇七年四月的《前巷說百物語》，除了《巷說百物語》收錄了七篇作品之外，之後的三本都收錄六篇作品。

巷說系列的背景設定於江戶時期，從一八二〇年代後半開始。在那個時代，妖怪的存在依舊深植人心，人們深信妖怪會作祟，怪事的發生也可以歸因於妖怪而不必尋求合理的解釋。系列的靈魂人物是又市，以言語欺瞞人們的詐術師。在《巷說百物語》中，詭異的怪事不斷發生，而這一切怪事，其實都是又市在幕後設計的。他接受委託，並與伙伴們刻意製造出妖怪奇聞，藉由這些怪事的發生，使得他能夠達成真正的目的，並且能夠被隱藏在怪異之下而不為人知。

《續巷說百物語》與前作略有不同，著眼點較偏重於角色，固定班底的描寫在本作中被突顯，他們的過去也藉由不同的故事被一一呈現。《後巷說百物語》發生於江戶時代之後的明治時期，四名年輕人每逢遭遇怪異，便來請教一位隱居在藥研堀的老翁。老翁由這些怪事，回想起年輕時與又市一行人所遇到的事件，並在故事最後會同時解決現在與過去的事件。

《前巷說百物語》的設定再度轉變，描寫的是又市的年輕時期。在前三作中，又市已經是成熟的詐欺師，但他並非生來就是如此，《前巷說百物語》中的又市還年輕，他的技巧也還不純熟，因此故事又再次表現出和前三作不同的風格。

巷說系列目前共包含上述四本，但還有另外兩本小說與其相關，那就是《嗤笑伊右衛門》與《偷窺者小平次》。這兩本其實是京極夏彥改寫日本家喻戶曉的怪談，使其呈現新貌的作品。但是由於巷說系列的重要人物又市與治平也出現在其中，而且對他們兩人的生平有著較多的描述，因此雖然小說本身的重點在於固有怪談的重新詮釋，但由於人物的重疊，其實也等同於巷說系列的外傳作品。而在京極夏彥的得獎史上，這兩部作品同時都有得獎的表現，《嗤笑伊右衛門》拿下第二十五屆泉鏡花文學獎，《偷窺者小平次》則是獲得第十六屆山本周五郎獎。

開創推理小說新紀元

京極夏彥的過人才華，發揮在許多的領域上，也讓他有著非凡的成就。過去台灣曾經出版過京極夏彥的數本小說，讀者們也已經對他有著一些認識。可惜的是，過去都未曾以作品集的型態來全面地引薦與介紹，因而對讀者而言，期待度極高的京極夏彥作品，也始終都是傳說中的名作，無緣一見。

如今，京極夏彥的小說再度引進台灣，而且是他筆下最主軸的京極堂系列作品全集，讀者們可以從完整的小說集中一睹這位作家的驚人實力。足以在日本推理史上留名的京極堂系列，其精彩的故事必然會讓人留下深刻的印象。妖怪推理的代名詞，開創妖怪小說與推理小說新紀元的當代知名小說家京極夏彥，現在，就在眼前。

二〇〇七年五月九日

作者介紹——

凌徹，一九七三年生，嗜讀各類推理與評論，特別偏愛本格。

鬼神之為德，其盛矣乎！
視之而弗見，聽之而弗聞……

註：本作品中做為章節標題之妖怪，日文原文中皆無漢字，而以平假名表記，譯文除「野篦坊」採應對漢字表記以外，其餘「嗚汪」、「咻嘶卑」、「哇伊拉」、「休喀拉」、「歐托羅悉」皆採音譯。

ぬりほとけ

塗佛

——畫圖百鬼夜行・前篇・風

那……

那是我。

我站在樹下。

我究竟在做什麼？

兩眼空虛，茫然佇立。

那是什麼樹？樹很大，非常大。

茂盛的枝葉在初夏舒爽的風中擺動著。

是朝陽，還是夕照？幾道格外清爽的光線自上方的雲間射下，反射在一片片葉子表面，淺黃、蔥黃等各式各樣的綠，轉化為細碎的光粒明滅閃爍著。

綠色沁入眼中，近乎疼痛。

樹的另一頭，是一片有如舞臺布景般的霧白天空。

地平線在繚繞的雲霞中變得朦朧，曖昧地融化在峰巒裡，沒入下方昏暗的綠。

不可思議的情景。

異樣鮮明，卻又異樣迷濛，沒錯，就像睡眼惺忪中看見的異國早晨的景色。儘管模糊而欠缺真實感，卻又徹頭徹尾地真實。

此刻……

此刻是何時？

是現在，還是過去？

我為什麼會去想這種事？

無論什麼樣的情況，**此刻**都一定是現在。

因為現在以外的**此刻**是不存在的，不可能存在。

不管在語言或概念上，那都是矛盾的。

但是……

沒錯，例如過去的回憶就這樣完完全全地化為現實重現，並置身於其中，對自己而言，那真的是**此刻**嗎？

那……不，那依然是**此刻**。

只是名為**此刻**的真實時間裡，有一段封閉的過去這種虛無的時間，如此罷了。

而如果這是過去的重現，就應該是曾經體驗過的事，那麼無論它有多麼地真實，也不過是一種反覆，應該馬上就能夠察覺。

然而……這奇妙的感覺是什麼？

彷彿窺看著未曾體驗過的過去似的。

這……

這是夢嗎？

我似乎正仰望著樹上。

迷惘的眼睛筆直地注視著什麼。

我看到了什麼？

我緩慢地將目光從我身上移動到我的視線前方。

樹幹，樹枝，樹葉，白色的腳。腳，是腳，一雙腳懸掛著。

我一定是在看那雙腳，絕對是。一想到這裡，背後的汗毛彷彿一口氣倒豎起來，我變得驚惶失措。

討厭，討厭極了。儘管如此，我依然只能夠站在遠處，怔怔地看著我仰望樹上的腳。

啊，我逃走了。

不可以……讓我逃了……

我為了追上我，踏出有些麻痺的腳。

絆住，沒辦法順暢地跑，彷彿奔跑在棉花上面。

這果然是夢嗎？我逐漸地遠離了。
總算，我來到我先前站立的樹下。
這裡……
這是哪裡？
我停止追逐已經完全消失身影的我，緩慢地仰望樹上。
人偶，是被五花大綁的裸體女人偶。
透明白皙的皮膚沐浴在穿篩過樹葉的陽光下，多美啊。
此時……我的腦中一瞬間冒出無數詭異悲傷的景象。
哭泣不休的大群嬰兒，永遠臥床不起的男子，被塞入箱中的眾多女子，竄爬的手，抱著棺桶、鮮血淋漓的男子，述說未來的骷髏，無頭士兵，面目模糊的女子，在無間地獄持續苦行的眾多修行者，歌唱御詠歌（註一）的市松人偶（註二），如小牛般巨大的老鼠，伸長的手，漆黑的異國神祇，迷戀眼球的蜘蛛男，墮落天使，雙性人。這些……這些傢伙不都是死人嗎？
然後……我注意到了。
啊，**現在的我正是剛才我看見的我**。
那麼……我得快點逃走。

註一：為佛教信徒於巡禮寺院、靈場之際所唱的歌。也稱詠歌、巡禮歌。
註二：頭與手腳為木製，身體為布製，可更換衣物的一種人偶。女人偶植髮，男人偶的頭髮則用畫的。也稱京人偶、東人偶。

1

ぬっぺっぽ

野箆坊——

神祖居駿河時，某朝，庭現一物，形如小兒，或稱肉人者，有手無指，以無指之手示上而立。見者驚，懼為變化之物，欲收之而不得。庭中騷然，侍御稟其事，問如何，命逐出人不見之處。旋逐城外小山。一人聞此，曰：「殊為可惜，因左右不學，君失得仙藥。此為白澤圖中名封之物。食此，神力武勇。」（後略）

——《一宵話》卷之二／秦鼎
文化七年（一八一〇）

1

我最後的記憶極度脫離現實。

那個時候，我和兩名男子身處廢棄屋舍的內廳。

其中一名是姓淵脇的年輕警官，另一名自稱堂島、年約五十多歲的男子，職業我不太清楚，記得他好像說是鄉土史家。

地點在伊豆（註一）的韮山，位於人跡罕至的深山之中。日期－如果我的記憶正確——應該是六月十日。我確實是在六月四日來到伊豆的，然後花了六天採訪，應該沒有算錯。

「這裡，簡直是……簡直是異空間……」

我十分清晰地記得淵脇如此喃喃自語著。的確，我也覺得這裡有如異空間。我置身的狀況就是如此奇異。話雖如此，但我並非身在什麼莫名其妙、不可思議的地方，也並未受到荒唐無稽的不成文法則所支配。

即使如此……那個時候，我依然身陷異空間。

我找不到其他恰當的形容。

異空間……

我覺得異空間這個詞，是個非常模稜兩可的詞彙。照字面來看，它應該意味著迥異的空間，不過是與什麼東西、怎麼樣地迥異，卻不甚明瞭。首先，空間這個詞就很難纏。最近彷彿理所當然似地經常聽到這個字眼，但是它原本應該不是個會在日常對話中出現的單字才對。除了做為專門術語，在限定的狀況使用以外，它的語義是多層的，要怎麼解釋都成。在日本固有的詞彙（註二）當中，也找不到適當的對應說法。在「空間」上頭冠個「異」字，意思卻可以若無其事地通用，語言真是不可思議。

這個詞彙拋下嚴密的語義，只有語感獨自橫行。其他類似的還有亞空間、異次元等詞彙。語言是生物，所以即使是擁有典故、來歷正統的詞彙，若是不符合民情，也會被廢棄不用；相反地，縱使是缺乏歷史及學術整合性的新詞，只要符合那個時代的需求，也能夠發揮十足的功能。

異空間和異次元，就語言來說是有效的吧。

這類語群之所以會固定下來，主要原因之一，應該是荒誕玄學（註三）的言論在一般大眾之間的普及。將學術用語挪用到學問以外的言論——以這個層面來說，娛樂小說的影響力遠大於科學技術的進步與發展。不過，用語嚴密的定義與概念也會在傳播過程中喪失掉大半。

然而另一方面，換個角度來看，正因為定義變得曖昧，才能夠留存至今吧。比方說，我們絕對不可能體驗到狹義的異空間。恐怕永遠都不可能。

縱使理論上可能，現實上我們也不可能從我們所屬的空間踏入我們不可能存在的其他空間。

但是，正因為未被定義……

我們才能夠時常窺探到異空間的片鱗半爪。

當然，那並非特別不可思議的空間。

不必無謂地尋求奇景絕景，異空間隨時都會顯現在旅途中的平凡城鎮、或平時不會經過的小巷當中。不僅如此，即使在熟悉的房間角落、花瓶底下，都存在著異空間。只需要一點差異，它就能夠顯現。

光的強弱、一抹幽香、一絲溫差……

不，甚至不需要這些東西。只要觀點改變，世界就為之丕變。老掉牙地說，異空間就存在於自己當中。

所以，人才能夠足不出戶，就是個旅人。

那樣的話……或許我其實是身處那個昏暗地窖般的小房間中，在自己的體內旅行也說不定。所以……

註一：日本舊國名，為現今靜岡縣東部、伊豆半島及東京都伊豆諸島。亦稱豆州。

註二：原文作「大和言葉」，這裡是指大陸文化傳入日本以前的日本固有語言，相對於漢語等外來語而言。「異空間」屬漢語。

註三：日文作「空想科學」，為法國作家雅里（Alfred Jarry，一八七三～一九〇七）所創新詞 Pataphysics 之譯語。中文或譯為「超然科學」、「不通學」。

所以我……

無法斷定倒在那裡的是不是真的屍體。

話說……

開端，是五月下旬。

記得當時是溲疏花（註一）開時節，一個令人不愉快的陰天。

大白天的，室內卻陰暗混濁，模糊朦朧。即使開燈，也驅趕不走這些混濁，反而泛黃了似的，更加令人不快。

那一天，不知是氣溫還是濕度影響，我比平日更爬不起床。

記得我起床之後，好一陣子都無法動彈，就算洗臉漱口，也全然不起效用。好了，著手工作吧——我煞有介事地抖擻精神，握住鋼筆，卻指尖弛緩，視野模糊，完全無法集中精神。

總而言之，那天的不適並非天候等外在因素所造成，一切應該都是我內在的問題。我的身體——特別是腦袋的狀況不佳。

這如果是上班族，無論情願與否，都得在一定的時間出門，只要在都電（註二）的人潮中推擠一番，精神也會振作起來吧。

就算振作不了，只要移動，縱然不願意，心境也會轉換。就算不轉換，只要待在職場，怎麼樣都得裝出應有的態度。

但是像我這種自由業者，鎮日醉生夢死，生活毫無高潮起伏，就沒辦法這樣了。自由成立於不自由之上。就像沒有拘束，就沒有解放一樣，既然不受他律的支配，若想獲得自由，就只能把一切交給自律了。

這種情況下，加諸於己身的壓力是壓倒性地巨大。

所謂自由業，是空有其名。

對於自甘墮落的人而言，駕馭自己，要比跨上駿馬艱難得多了。

我深深地、長長地嘆了一口氣。

即使徒然面對書桌，也擠不出半個字。稿紙一直都是空白的，感覺那些數量龐大的空格永遠無法被填滿。

我把手肘撐在書桌上，下巴托在手背上，眺望窗外。

窗玻璃蒙上了一層灰塵，宛如霧面玻璃一般。

窗戶外頭的鄰家庭院那一成不變的失焦景色，與自己朦朧地倒映在上面的臉孔重疊在一起——我覺得我好像就這樣忘我了好長一段時間。

至於那個時候，我衰竭的腦袋慢條斯理地在想些什麼？自己為什麼會變成小說家？寫小說的意義何在？何謂小說？——我想的淨是這類乍見深奧，實非如此，而且得不到明快解答的問題。換言之，我能夠運作的唯一一小部分，全都浪費在無益的思考上了。

我正處於這樣的狀態中。

我聽見玄關門打開的聲音。

瞬間，我心中萌生出後悔。

光靠副業維持不了家計，妻子自春天起外出工作了。

所以白天時，家裡只有我一個人。

我後悔沒有鎖上玄關門，現在的我的狀態是不能見人的。

註一：溲疏花（*Deutzia scabra*），虎耳草科溲疏屬植物，五、六月開花。

註二：正式名稱為東京都電車，為東京都經營的路面電車，自一九〇三年由品川新橋線開始營運，全盛期有四十一條路線。一九七二年以後，只留下荒川線繼續經營。

但是我沒有鎖門，而我人在屋子裡，事到如今也不能假裝不在，若是來人呼叫，我也不得不回應。

我思及至此，沒有多久，果然傳來了叫門聲：「有人在嗎？」

「老師，請問關口老師在嗎？」闖入者的叫聲絲毫不客氣，也沒有歇止的跡象。情非得已，我以應該是倦怠到異常的動作回頭，用緩慢得駭人的動作來到走廊。

走廊看起來比房間更加暗淡，感覺就像瞳孔貼上了一層膜。

是因為光量不足嗎？

「哦……？」

訪客是妹尾友典。

「……關口老師……您剛起床嗎？」

妹尾把眼鏡底下略微下垂的一雙細眼瞇得更細，笑了。然後他確認：「您剛才在睡覺吧？」

「沒有。」

我想聲明我沒在睡覺，卻舌頭打結，模糊不清地發出某種無法理解的不明語言。妹尾再次得意地笑，說：「原來關口老師是夜貓子啊。」誤會終究沒能解開，我放棄說明，帶妹尾進到屋裡。

妹尾難得來訪。

妹尾在只有一名社長、兩名員工的小型出版社擔任糟粕雜誌（註）的編輯。我雖然算是靠寫小說維持生計，但是因為不僅寫得慢，銷路又不好，所以除了文藝雜誌以外，也到處寫些猥褻的實錄報導來糊口。我使用筆名，也提供稿子給妹尾所編輯的《實錄犯罪》。

「真是稀客……」我總算說出像日語的話來。

「……鳥口呢？」

名叫鳥口的青年是妹尾的部下，平素拜訪這裡的幾乎都是他。

「鳥口最近很忙。喏，就那個算命師啊。」

「哦……」

我不是很清楚，不過鳥口這幾個月以來，一直在追蹤採訪一個冒牌算命師。

「我記得是……」

我說出口的話極為簡短，不過似乎比滔滔不絕的空洞內容更容易懂。可能是對方會自己揣摩意思來回答我吧。妹尾點了幾下頭。

「沒錯沒錯，那件事愈來愈不得了，我們現在領先了其他出版社呢。誰也沒料到事情竟然會**變成那樣**，所以搶先採訪的只有我們而已。」

「哦……這樣啊……」

我不明白妹尾說的那樣是哪樣。我既不看報，也不聽廣播。這幾天以來，我甚至沒有和妻子以外的人交談過。

「然後呢？」我問。

「然後……什麼？」

「呃，就……」

「然後呢」這樣曖昧的詢問，的確會讓人窮於回答吧。

「……你今天是……？」

「我是為了別的事來的。關口老師，您最近有沒有稿子要截稿或是要進行採訪……？」

「呃，這……」

「沒有，沒有是吧？那太好了。」

我覺得一點都不好。

註：日本戰後一時蔚為風潮的三流雜誌類型，內容多以腥羶八卦的不實報導為主。由於雜誌社經常遭取締而倒閉，如同用糟粕釀造的劣酒般，幾杯下肚即倒，故而名之。

「反正我總是很閒。妹尾先生才是，總編輯可以擅離職守外出嗎？會被社長責罵吧？」
「我就是來處理社長交代的事的。」妹尾愉快地說。
妹尾比我年長，如果不說話，他看起來也像是有了相當的年紀。不過實際一交談，印象隨即改觀，無論什麼話題，他都會像個孩子般高興地聆聽，而且十分健談。
光是閒話家常，有時隨便就可以聊上兩個小時。
「社長交代的事？那還真是個大任務呢。這跟我有什麼關係嗎？」
「這個嘛，我想您聽了就知道了……啊，這理所當然嘛。」
「是理所當然啊。」
對話總像少了根筋。
妹尾也好，鳥口也罷，明明老是寫些令人鼻酸的淒慘事件報導，個性上卻都有些灑脫不羈之處。妹尾原本就大而化之，再配上天性魯鈍的我，使得對話完全失去了緊張感。
「那麼……」
原本有些駝背的妹尾略微挺起身子，從破爛的皮包裡取出大型文件袋，開口問道：「……關口老師，您記得津山三十人慘案（註一）嗎？」
「呃，記得是記得……」
「我想也是。」妹尾說。「一般人都知道。」
「是嗎……我記得好像是昭和十三年的事吧？」
「是啊，距今才十五年。」妹尾顯得格外神采奕奕。「當時我才二十三歲呢。」
「啥？」
當時我又是幾歲呢？
「因為我跟兇手都井年紀相同。」
「這又怎麼了嗎……？」

「津山事件在連續殺人事件當中，算是空前的大事件。在短時間內進行大屠殺這一點上，無人能出其右。兇手在短短一個小時之內，就奪走了三十條人命呢。」

「妹尾先生，這種事要是隨隨便便就有人能出其右就糟糕了。不過就算過程慘絕人寰，它的實情也與世人所認定的獵奇事件有些不同吧？」

「當然不同了……」

「而且據說兇手是個老實的讀書人。」

「是這樣沒錯。不過我所說的不同，並不是這種不同。雖然關口老師說『世人所認定』，但是其實呢，世人根本已經**不在乎**了。」

「不在乎？……怎麼說？」

「已經忘了，年輕人已經不知道津山三十人慘案了。」

「哦……」

所以妹尾才會先問我知不知道吧。

「也難怪吧。不管怎麼說，中間都經歷過戰爭時期嘛。別說是三十人了，戰爭裡死了好幾萬人。該怎麼說，相形失色嗎……？」妹尾以奇妙的聲調說道，甚至露出奇怪的神情。「那真是起大事件吶。可能是我的故鄉在關西，比東京更靠近那裡，所以才會記憶猶新吧。」

「說是大事件，的確是起大事件，我想當時應該也轟動一時。不過，我記得還比不上阿部定事件（註二）。」

註一：亦稱津山事件，一九三八年發生於日本岡山縣一個小村落。兇手都井睦雄於短時間內殺害了三十人後自殺，是日本犯罪史上前所未見的殺戮事件。

註二：一九三八年五月，料亭女侍阿部定勒死男友，並切除其性器官。由於案情駭人聽聞，在民間造成轟動。

妹尾拿著文件袋，雙臂交抱著，露出納悶的模樣，還垂下了兩邊嘴角，「唔唔」地低吟。

「就像關口老師說的，或許是因為戰爭的關係。可是那麼重大的事件，會遭到遺忘嗎……？」

「都已經是這種時代了，那種黑暗的記憶，大家毋寧是想要遺忘吧……」

這個國家的人民竭力避免注視黑暗，只努力望向光明生活著。這也無可奈何吧。若非如此，也不可能在這麼短的期間內將一片焦土復興到這個地步。

我這麼說，妹尾便再一次露出納悶的模樣。

「可是，那麼為什麼敝社的雜誌這類犯罪雜誌，只要出版，就有不錯的銷售成績？坊間充斥著獵奇變態犯罪讀物。我們的雜誌也是，只是把內容寫得再**聳動**一些，還可以賣得更好。雖然那不合我的志趣。」

「那是因為……」

我認為，即使視而不見，聽而不聞，黑暗也不可能就此消失。

就算粉飾太平、以漂亮的詞句蒙混過去、用道理加以封印，存在的事物還是存在。只要稍微出現一點點裂痕，黑暗就必定會衝破日常的表面，傾巢而出。每個人都隱約知道這個道理。儘管依稀明白，卻佯裝不知道，如此罷了。所以至少想要把世上的黑暗都當做身外之事、是虛構的事吧。

「……雜誌說穿了只是杜撰出來的。」

「我們雜誌標榜的可是實錄。」妹尾依舊一臉無法信服的表情。

「姑且不論這個，妹尾先生，從剛才開始，你的話就一直不著邊際……」

我這麼一說，妹尾便說：「啊，這真是失禮，難道尊夫人要回來了嗎？」他伸長了脖子四下張望。他對於談話沒有進展似乎不以為意。

「不，內子暫時還不會回來，她黃昏才會回來。不管這個，是不是差不多該進入正題了……？」

「正題？咦？剛才說的是正題的一部分啊。」

「咦？津山事件嗎？」

「不是。」妹尾又交環雙臂低吟。「跟津山事件本身沒有關係。」

「妹尾先生，你講話怎麼這麼拐彎抹角的呢？」

「嗯……說的也是。那麼……」

妹尾猶豫一會，搖了一下頭，說：「那麼我開門見山，直接說結論了。」接著他說：「可以麻煩您……找個村子嗎？」

「找……找村子？什麼意思？」我一頭霧水。

別說是一頭霧水，因為太過唐突，我甚至不覺得妹尾是在捉弄我。

「您一頭霧水，對吧？」妹尾笑得開懷。

「當然會一頭霧水啦。你說是社長交代的事，跟津山事件有關，然後突然要我找一個村子，這簡直是打禪語嘛。要是解得出來，那我就是個了不起的高僧了。」

「啊哈哈，說的沒錯。」妹尾搔著頭，鬆開跪坐的腳。「其實啊，我們社長——也就是赤井書房的老闆赤井祿郎，我想您也知道，他的本業是販賣學習教材的。出版算是他的嗜好，所以賺不賺錢是其次，只要我們盡心做好工作就好。」

「那不是很好嗎？」

「嗯，這是很好，但是相反的，就算破產了他也不痛不癢，所以我們做員工的總是提心吊膽的……，咦？這又離題了。」

「哦……」

因為搞不懂主題是什麼，就算離題了我也不可能發現。我與赤井社長有數面之緣，印象中他就像個性情溫和的青年實業家，沒有出版業者那種獨特的氣質。

「反正，我們老闆赤井總是忙著修理、改造汽車，申請發明專利等等，興趣太多是他唯一美中不足之處……總之，赤井的老朋友裡，有位叫光保的人。」

「光保？是名字嗎？」

「是姓，光保……我記得是叫公平吧。這個人頭髮稀疏，身材微胖，是個面色光滑紅潤的阿伯。這位光保先生以前是位警官。」
「警官……？」
「嗯，警官。以前好像在靜岡擔任巡查，還是駐在所（註一）警官。這個人啊，他以前被分發駐守的村子，**不見了**。」
「這……」
令人不解。
「……你說的不見，是指廢村的意思嗎？或者是蓋水壩而沉入水中，還是和鄰村合併後改了名字……」
妹尾拜拜似地豎起單手，左右搖擺。
「不是。」
「不是嗎？」
「廢村……是廢村了沒錯——不對，真難解釋呢。真的是消失了。」
「妹尾先生，什麼消失……」
「只能說是消失了。光保先生當時常駐的派出所——還是叫駐在所？這我不太清楚，而且警察機構和現在也不一樣了。當時好像是內務省（註二）管轄的嗎？」
「什麼『嗎』，妹尾先生，那是什麼時候的事啊？」
「哦，就跟津山事件同一年啊，十五年前。聽說他一直任職到昭和十三年的五月。」
「原來如此……」
關聯只有如此。
三十人慘案似乎只是用來交代時代背景的前言罷了。
「然後，聽說那是個小山村，面積廣闊，但是戶數很少，總共只有十八戶而已，人口頂多也只有五十人左右。是個小村落。」
「村名叫什麼？」

「好像是**hebito**村。」

「怎麼寫？蛇和戶嗎（註三）？」

「忘記了。」妹尾說。「我是從光保先生那裡聽來的，但忘記是什麼字了。應該是有個戶字，可是我不記得有蛇這個字……是兩個字沒錯，我應該抄下來的。然後，聽說村子正中央有一戶宅第宏偉的人家，屋主好像是地主還是村長。那戶人家姓佐伯，這我倒是記得。在這戶人家周圍，相隔甚遠的地方零星地坐落著人家和小屋。幾乎都是農家，也有販賣牲口的，而賣雜貨跟處理郵件的，就只有村子入口處的那一戶。還有一戶是醫生，據說是佐伯家的親戚。」

「哦，真詳細呢。」

「哎，因為才十八戶嘛。在那裡當警察的話，全部都會記得的。實際上，光保先生也說他到現在都還記得。」

說的也是。

「只是，聽說光保先生在那個村子連一年都沒待滿。」

「因為調職嗎？」

「他出征了，因為出征而離開。是日華事變（註四）吧，我記得《國家總動員法》（註五）好像是在那一年

註一：駐在所功能與派出所相同，設於山區、離島或偏遠地帶，有警官常駐。相較於派出所為輪班制，駐在所多兼具官舍功能，派任警官與其家眷居住於此。

註二：內務省為二次大戰前的日本中央機關之一，管轄警察及地方行政等一般內政。曾設造神宮使廳強化國家神道政策，並實施特別高等警察（特高）制度，利用治安維持法統治遊行、言論。設立於一八七三年，一九四七年廢止。

註三：日文中，hebi可對應漢字「蛇」，「to」可對應漢字「戶」。

註四：即中日戰爭。日本亦稱為日中戰爭或支那事變。為一九三〇年至一九四五年中國對抗日本侵略的戰爭，第二次世界大戰的一部分。

註五：中日戰爭時，日本為了進行總體戰，制定此法，授權政府運用國家所有人力、物力資源。於一九三八年制定，隨著日本戰敗，於一九四六年廢止。

施行的……」

說到這裡，妹尾抿起嘴巴，鼻子「唔嗯」了一聲。

「……然後，光保先生復員回來一看，村子竟然不見了。」

「所以說，妹尾先生……」我往前探出身體。「所謂不見是什麼意思？你剛才說只能說是消失了，可是村子不可能像煙霧一樣憑空消失吧？」

「可是就是這樣。」

「什麼就是這樣，那村子原本所在的地方怎麼了？變成一片荒野嗎？還是開了個大洞？」

「沒有洞。」

難懂到了極點。不曉得是說的人說不清楚還是聽的人理解力不夠，絲毫抓不到這番話的重點。

妹尾似乎也察覺到我還是聽不懂，他尋思了半晌後，如此加以說明。

「正確地說，光保先生回國，是太平洋戰爭結束以後；更正確地說，是昭和二十五年。才三年前的事而已。換句話說，光保先生長達十二年間都在大陸輾轉流離。聽說他最後到了馬來半島，我是不知道他做了些什麼。其實……光保先生去年造訪那座令人懷念的村子。現在有許多地名還有交通狀況之類的不是都變了嗎？可是那地方卻沒有半點改善，現在依然沒有巴士通行，而且地處連鐵路都沒有的窮山僻壤，他憑著模糊的記憶到了那裡一看……村子竟消失得一乾二淨。在十二年之間，hebito村消失得無影無蹤了。」

「變成……山了嗎？」

「那樣的話還可以理解。比方說……對了，位於村子入口處的雜貨店。」

「也處理郵件的那家？」

「對。那家雜貨店好像叫三木屋，它**跑到了鄰村**。」

「搬家了？」

「不是，地點好像沒變。說是好像，是因為光保先生的記憶也不是那麼明確。總之，光保先生姑且忠實地照著他模糊的記憶前進，而記憶中的建築物，幾乎都位在記憶中的位置上，所以他覺得應該沒有錯。然而……」

「然而？」

「他望向那些建築物的門牌……村名竟然不一樣。上面的地址在他的記憶中，應該是**鄰村**的。」

「這種事常有吧？和鄰近人口過少的村落合併，所以地址改了吧。」

「有可能，可是不止如此。那裡不是什麼雜貨店，住的是完全不同的人。」

「雜貨店一家人搬走了還是過世了，別的人住進來了吧。」

「也不是。那裡住了一對光保先生素未謀面的老夫婦，說他們已經在那裡**住了七十年**。聽好了，七十年呢。」

「這……」

他們說謊，或者是光保先生……

「……搞錯了之類的，他弄錯路了。」

「是啊，你說的沒錯。或許是在恰好相似的地方、相似的地形上，有著相似的人家。於是，光保先生儘管有些混亂，但還是姑且朝著村子的中央地帶前進。也就是佐伯家所在的地方。結果……」

「結果？」

「路完全一樣。路邊的地藏石像和柿子樹等等，光保先生全都記得。」

這不就叫做似曾相識（déjàvu）嗎？

覺得看過不應該看過的景色，對不曾去過的地方感到懷念——這些大部分都是大腦在騙人。是記憶混淆罷了。

所謂現在，其實是最近的過去。

認知到的瞬間，那就已經是經過一段時間的過去了。所以若是以量來捕捉時間，無與有的接點正是「現在」。接點雖然存在，卻沒有質量。換言之，狹義中的「現在」，數量上等於零。過去無休無止地不斷增加，未來則當然是——無。我們總是站在源源不絕地增殖的過去這個隊伍的最前端，前方空無一物，所以未來也不可能預知。所謂似曾相識，只是那鄰近的過去，不經意地與更遙遠的過去重疊在一起罷了。也就是所謂的——錯覺。

我這麼告訴妹尾。

編輯點了幾次頭。

「光保先生也認為就是您所說的錯覺。可是他愈是往前走，這個想法就愈動搖。記憶中的家家戶戶，完全位在他記憶中的位置。也有一些人家和雜貨店一樣，住著不同的人。大部分住的都是老人，一問之下，他們同樣告訴光保先生，說是從以前就住在這裡了。」

「從以前是指……？」

「哎，就是從以前吧，他們都是老人了嘛。其中也有幾家成了空屋，光保先生忍不住進了屋裡。雖然外表符合記憶，屋子裡卻完全陌生。有些人家的家具還留著，他打開抽屜一看，裡面放了幾張泛黃的照片，上面的人從沒見過。」

這……

果然是錯覺。

若是強詞奪理，強加解釋，這番話可能會變成超常現象；若是聽個不留神，就會變成怪談。

即使如此，這還是錯覺吧。

如果再次比喻，時間就像湍流。湍流中的河水原本應該毫不止息地流動著，但是如果在河中築起水壩，擋住水流，即使只是暫時，水壩還是會承受到相當大的負荷。不僅如此，水流只要停止，就會變得混濁，然後逐漸地溢滿，終究還是會流失。記憶這種東西，如同老舊梳子的梳齒般逐漸缺損。

但是，缺損的部位會以某些形式被填補起來。

記憶重複著缺損與補足，逐漸被竄改。

而且是符合期待地……

「這……所以說，人不可能每樣事情都完全記得吧？假設十件事裡記得五件好了，而五件事當中恰巧有兩件符合，雖然有三件事不同，但是當事人也不知道忘掉的那五件事都不符合吧？結果明明只有兩件事符合，卻會連同忘掉的五件事在內，認為一定有七處符合。所以說，妹尾先生，那是另一個村子。」

「可能是吧。」妹尾乾脆地同意了。

原本預期對方的反駁，結果我的愚見就像撲了個空，煙消霧散了。

「那、那樣的話……」

「沒錯，是錯覺。那個叫光保的人是有些難以捉摸，不過還是具備一般的判斷能力，所以他好像本來也以為是自己走錯路，或者是記錯了。但他還是覺得『就算是弄錯，這也太相似了』，邊往山路還是田間小徑走去。然而光保先生愈是接近，愈覺得情況不對。眼前沒有田地，雜草叢生，甚至長著樹。他分明是往村子中央前進，景色卻變得彷彿遠離村落，跟記憶中完全不像。」

「他果然還是搞錯了吧。」

「光保先生也這麼認為。然後，他總算來到村子中心相當於佐伯家一帶的地方。然而……」

「然……然而？」

「那裡是深山，或者說叢林……好像完全沒有人跡。可是啊……」

「請不要吊人胃口呀。」

「我沒有在吊您胃口。即使如此，光保先生還是覺得，就算搞錯了，若只看地形，他仍然認為到過這裡，於是四處張望……」

妹尾說完，緩緩地轉動臉以及視線。「……結果，他突然感到害怕，落荒而逃了。」

「什麼？」

「因為佐伯家**就在那裡**。從大門到屋頂，與記憶中的建築物完全相同。不過看起來已經久無人居，成廢墟了。」

「這……」

「沒錯。這也是錯覺嗎？還是幻覺？又或者是非常相似的建築物？雖然不明白，但是光保先生說那一棟格外宏偉的建築物，與記憶中一模一樣。」

忽地，一陣惡寒。

「請、請等一下。你剛才說的，是村子消失的事件……嗎？」

妹尾點點頭。

「可是妹尾先生，如果是民間故事也就算了，現在可是昭和時代呢。怎麼可以只憑這些就說村子消失了呢？雖然聽起來很不可思議，但那應該是偶然吧。應該是那個叫光保的人走錯路，去了另一個環境非常相似的村子罷了吧？」

「可是啊，關口老師，光是地形或建築物的話，還有可能是錯覺，但是鄰村的村名……與光保先生記得的一字不差呢。這一點說不過去吧？」

「唔，或許是如此，但也可能是他跑到了另一邊去呢。得先確認這點才行。不是有地圖嗎？」

「沒有。」

「沒有？」

「沒有，那座村子本來就沒有記載在地圖上。舊地圖的話，因為人口太少，只畫了一座山而已。」

「可是，妹尾先生，參謀本部的陸地測量部——也就是現在的建設省吧？那個機構不是從明治時期開始，就持續在進行測量調查嗎？戰後聯合國應該也下令要盡快修復地誌、地圖等等。有些地圖的縮尺比例，甚至連每一戶人家都有記載。不可能那麼荒唐，會有村子沒畫在地圖上的。」

「哦……」妹尾蜷起了背。「聽說那個地區頗為混亂不清。最近的地圖當然是有，不過上面好像只有鄰村……」

鄰村確實存在，然而……卻有地圖上不存在的村子……這種事可能在日本發生嗎？

「……說起來，什麼地圖修復、地誌調查、地形測量，也都是從都市地區開始進行吧？山區都被擺到後頭。而且不管再怎麼詳細調查，也沒有樹海（註）的地圖，不是嗎？」

「應該……沒有……可是……」

「不過那個村子好像沒有樹海那麼落後啦。」

「警……警方怎麼說？警方應該有紀錄吧？既然當時都設有駐在所了。」

「這個啊，資料好像毀於戰火了。警方相關人員不是戰死就是退休，再加上警察法經過幾次修正，據說記得當時的事的，已經沒剩下幾個人了，而且都只有零星的記憶。」

「那……政府機關之類……對了，還有政府機關啊。不可能有政府機關不知道的地址吧？而且應該也有戶籍。要是沒有地址，就沒辦法徵稅了。」

「沒錯，當然光保先生也調查過了。但是聽說政府機關的紀錄當中……也不存在這樣的村子。」

「不存在？」

怎麼可能？

「可是就是沒有。也問過郵局了，一樣沒有。不過關於這一點，倒是可以做出一些推理。我想那個hebito村只是一個俗稱，實際上登記的土地資料是別的名稱。所以搞不好那塊土地的名稱原本和鄰村是一樣的。」

「居民的戶籍呢？光保先生應該記得居民的名字吧？」

不可能沒有戶籍。為了廣為徵兵，政府連山村離島都不放過，仔仔細細地查遍了每一個國民的姓名、出生地、住址、親屬關係。日本不可能有人沒有戶籍，生活在這個國家的人，一定都被登錄、加以管理。

「戶籍在戰爭時期好像也幾乎全遺失了。我還以為那一帶不像東京，遭受到的空襲應該不怎麼嚴重，這算是一種偏見嗎？當然，戶籍什麼的很快就補齊了，不過資料登記的全都是現在住在那裡的居民，沒有半個光保先生記得的名字。」

「姓佐伯的人呢？」

註：樹海指如大海般遼闊的樹林，日本最著名的樹海為青木原樹海，位於富士山西北麓。

「沒有人姓佐伯。」

「沒有……？」

「與其說是沒有，應該說是不知道。別說是住址了，連是生是死——不，現在連那戶人家**是否曾經存在都無法確定**。」

妹尾說完，又發牢騷似地說：「人這麼多，就算是國家，也不可能每個都掌握得住吧。」

心情變得十分複雜。

我並非強烈主張，只是隱隱認為，老早以前就對以國民的身分被國家登錄這件事感到抗拒。一方面也是因為受到徵兵，歷經苦難之故。更重要的是，我不願意被國家這種莫名其妙的東西給管理。可是……

例如說，只因為沒有戶籍，連存在都無法證明的話……

那也教人不願意。

理由我明白。

如果社會是一片汪洋，個人便是漂浮其中的藻屑。如果歷史是沙漠，那麼人生就只是一粒細沙。即使如此，對於人類而言，只有自己的人生才是全世界。只有透過自己的眼睛知曉的世界，才是唯一、絕對的世界。所以如果不將一粒細沙與沙漠、將藻屑與汪洋視為等價，人就活不下去。人無論如何都想相信自己永遠是自己。對個人而言，否定個體就等於否定全世界。所以個人總是強調：我就是我。

然而，我真的就是我嗎？有時候我無法確信。我不曉得今後我是否一直都能夠是我。所以會想要證據，想要別人來保證「你就是你」。客觀的記述在這種時候特別有用。

藉由被記錄，個人能夠暫時獲得一種被歷史認知的錯覺，感到安心。

儘管是因為存在所以有紀錄，而不是有紀錄所以存在。

——本末倒置。

我嘆了一口氣，還是不想認同。

「因……因為沒有戶籍，連存在都無法確定……，沒這種事的。戶籍這種東西，不過是短短幾行記述罷了。那種東西就算燒掉，也不代表那個人或那個人的過去消失了。在某個地方一定有人記得那個叫佐伯的人。」

「是的，光保先生就記得，只是……那場戰爭裡……」妹尾說道，又大大地嘆了一口氣。「失去了許多事物啊。」

的確，這個國家失去了許多事物。人命、財產、建築、資源……但是……

難道說連過去都失去了嗎？

「這……妹尾先生……」

「總覺得教人厭倦，真的沒有任何人記得。佐伯一家自不用說，連hebito村也是。」

那樣的話……

「那麼，究竟該怎麼看待這件事才好？」

「是的。」妹尾恭敬地這麼應了一聲。「話題總算漸入佳境了。唔，一般的解決方法只有一個。很簡單，那就是光保先生**腦袋有問題**──換句話說，叫hebito村的村子原本就**不存在**。hebito村是只存在於光保先生腦中的村子──這麼說就通了。」

「哦……」

這是一個解法。

只是這麼說的話，總覺得似乎太簡單了。

「光保先生腦袋有問題，是嗎……？」

「就算不是整個有問題，也可能是搞錯了或記錯了，或是錯覺、幻覺，攪在一起的話，**什麼事都有可能**吧？」

「唔……是啊。」

也不能說沒這個可能。

「光保先生的腦子回溯時間，擴張空間，創造了架空的村子以及未曾體驗的過去。所以他記憶中的村落景象還有人名，一切都是虛構的——就是這樣的解釋。」

「可是，也有符合的部分吧？」

「那個村子原本就不存在於這個世上，那種瑣碎的記憶，事後要怎麼修正都行吧？關口老師不也說了嗎？這正是似曾相識的錯覺。」

妹尾說的沒錯，我不由得沉吟起來。

因為我發現，對於怪異現象應該是懷疑派的我，不知不覺間竟做出了肯定的發言。並非我願意承認怪異現象，只是無法釋然而已。

「而且，也可以這麼想。」妹尾繼續說。「例如說，他——光保先生，其實是他說的村子的鄰村駐在所警官。」

「也就是說，光保先生創造的部分只有村子和人名等屬性，其他像是風景和地理條件等舞臺布置是真實的嗎……？」

「沒錯，所以他才會去到那裡。」

有道理，我幾乎就要接受了。但是……

「所以呢……請看這個。」

妹尾將手中一直把玩的文件袋放到榻榻米上，推到我面前。我伸手拿起文件袋。「這是什麼？」我問，妹尾恭敬地回答：「請打開來看。」我解開繩子，打開封口，裡面裝了幾張褪色的舊報紙。

「請看，有一篇用紅筆做記號的報導。」

妹尾抬抬下巴，我望向報導。

視線掠過標題。

「靜岡縣山村疑似發生大屠殺」

「大屠殺？」

「是的。這是全國性報紙，上面聲明了是未確認消息，對吧？地點是靜岡的山村。」

「大屠殺……」

「是大屠殺啊，**整個村子全部**。」

「怎、怎麼可能……」

【桐原記者・三島訊】靜岡縣某山村疑似發生村民全數失蹤的重大案件。儘管尚未獲得證實，但消息指出，極有可能是一起大屠殺事件。韮山等鄰近警察機關協商後，認為縱然是謠傳，亦可能造成民心不安，決定於近日展開調查。

「這是昭和十三年七月一日的報導，但沒有後續報導。可能是假消息，或有其他什麼理由，這就不知道了。所以我查了一下地方報紙等其他資料，結果找到了下一張……」

另一份報紙上也有用紅筆圈起來的報導。

「這是六月三十日的地方報紙，上面也刊登了類似的報導……不過比較詳細。」

【韮山訊】縣內部分地區繪聲繪影地流傳著村民於一夜之間全數消失的詭譎傳聞。傳聞中神祕消失的H村位於縣內中伊豆，是個擁有十八戶、五十一名村民的小村落。傳聞的來源是中伊豆地區的巡迴磨刀師津村辰藏先生（四十二歲）。津村先生每半年會造訪一次H村，但是他於日前六月廿日造訪時，發現村中竟空無一人。據推測，由於H村平素與其他村落幾乎不相往來，所以延誤了發現時間。一說屋內濺滿了大量血跡，或屍體堆積如山，但消息真偽仍未經證實。由於津山事件甫發生不久，甚至傳出大屠殺等駭人聽聞的說法，還有集體潛逃、食物中毒、傳染病等臆測，流言蜚語甚囂塵上，盼有關當局能夠盡快查明，揭露真相。

「這個報導……」

令人難以置信。

我慌忙尋找後續報導，但是畫了紅圈的報導只有這兩則。

「您有所懷疑，對吧？這可不是造假。」

「我並沒有懷疑是造假。如果是鳥口就算了，我不會懷疑妹尾先生。不過這種事還真是……」

前所未聞。

大屠殺事件過去可能發生過幾次，但是規模應該沒有如此龐大。在我的認知裡，就像妹尾說的，津山事件應該是最慘絕人寰的紀錄。如果報導不假，不管怎麼樣，都不該無人知曉。就算不是命案，而是傳染病或漏夜潛逃，也是起重大事件。

妹尾得意地笑著，說：「怎麼樣？」

「什麼怎麼樣？」

「所以說，光保先生說的hebito村，正位在這兩篇報導所述的區域啊。」

「你的意思是……H村就是hebito村？」

妹尾笑得更燦爛了。「好像是。」

「可是妹尾先生，光靠這些，還不能斷定就是吧。」

上面只寫了H村，只要是村名拼音開頭是H的村子，哪裡都有可能。

「不，目前那一帶並沒有符合條件的H音開頭的村子。」

「可是，hebito村是只存在於那個叫光保的人腦中的村子吧？這……」

難道說捏造的記憶溢流出來，化為過去的事實了嗎？

「……這怎麼可能？」

妹尾相當平靜。「也不是完全不可能。光保先生**頭腦有問題**——這完全只是個假設而已。他本人可是非常**正常**的。」

「可是，雖然對光保先生過意不去，不過除了接受這個假設以外，現實中想不出其他任何可能的結論啊，妹尾先生。」

「這樣嗎？我倒不這麼覺得。而且最奇妙的是，這則報導就此沒了下文，完全沒有後續消息。」

「因為只是空穴來風吧。如果只是謠傳，也就不會刊登後續報導了。『大屠殺純屬虛構』——那個時代可沒那麼悠閒，刊登這種愚蠢的報導。」

「是嗎？我總覺得哪裡不對勁。這要是真的大屠殺事件，津山事件可是完全沒得比。受害人有五十人以上呢。」

「沒有……那種事吧，完全沒聽說過這類傳聞，也沒有任何人知道。死了五十人的大慘案，卻沒有任何人記得，這根本說不通。」

「所以啊……」

「所以什麼？」

「所以**津山事件不也一樣**嗎？就連這個實際發生過、受到大肆報導、造成轟動的大事件，現在也逐漸淡化，被大多數人遺忘了。要是沒有被報導出來的話……」

「沒有……被報導出來？為什麼？」

「天知道。」妹尾歪了一下頭，馬上又擺正。「例如，也有大本營發表（註）的例子。資訊操作。」

「那是……因為當時是戰時啊。」

「這也是戰時發生的事啊，日華事變的時候。」

「可是……」

就算隱瞞這種事件，也不會為國家帶來任何好處；相反地，即使揭露，也不可能對戰況造成影響。

妹尾微笑。「總之……只要沒被報導出來，不管再怎麼重大的事件，也幾乎不會有人知道。」

「可是當地人會知道吧？人說悠悠之口難杜，馬上就會傳開的。」

「報紙上寫著那裡與其他村子沒什麼往來。」

「就算是這樣，或多或少還是會有吧。總會有親戚朋友之類的吧？不可能有村落完全孤立。又不是交通

註：指第二次世界大戰時，日本的軍事最高統帥機關大本營所做出的八百多次官方發表。其中誇大日軍的戰績、掩飾死傷狀況等，許多發表與實際戰況相去甚遠。

完全斷絕的海上孤島。縱使他們自給自足，那種生活也不可能成立。」

「哎、哎。」妹尾伸手制止。「用不著這麼激動。我啊，又不是斷定就是怎麼樣。聽好了，關口老師，這裡有兩篇報導，報導上儘管暗示這是全村慘遭殺害的歷史性大慘案，卻就此沒了下文。我想知道事情的來龍去脈。另一方面，有個人懷疑幾乎就在同一個地區，有個村子消失了。而這個消失的村子的拼音首字母，與全村遭到殺害的村子相同……」

「共同點只有這樣而已啊。」

「要寫成雜誌報導，這樣就綽綽有餘了……」

「哦……」

原來是來邀稿的。

妹尾笑嘻嘻地搔搔脖子。「所以就算不是也無妨。就算只能證實那些報導是謠傳，也算是種收穫，對吧？而且光保先生能夠確定是自己搞錯的話，也能解除疑惑了。如果還能夠順便找到他原本待的村落，豈不是一石二鳥嗎？」

「你要我……寫這份稿子？」

「沒有其他人選了。鳥口在追的事件愈來愈棘手，可是雜誌不快點出刊就糟糕了，這可關乎《實錄犯罪》的存亡呀。採訪費用我會先預付給您，您不願意嗎？」

「呃……」

老實說，我困窘了。

連日來的不適，讓我整個人癱瘓了，這是事實。但我也覺得需要找個機會轉換一下心情。

而且就算光坐在書桌前瞪著稿紙，也只是坐痛自己的屁股罷了。硬是要寫，也只寫得出劣作；就算不是劣作，寫出來的稿子也未必能登上雜誌。上個月刊載的稿費早已拿去償還債務，家計現在已經是捉襟見肘，若不盡快想想辦法，危機已迫在眉睫。

「可是……」

這是個混沌模糊的任務。

完全不曉得該從哪裡著手才好。這與其說是採訪，更像調查。我是個作家，不是偵探，完全不知道調查的竅門。我遲遲不作答，妹尾便說：「如果您答應，我會介紹光保先生給您認識。」

「就算這樣……」

「聽說光保先生每天都在懷疑自己是不是腦袋有問題，疑神疑鬼地過日子。如果去年自己去的地方是hebito村，為什麼會住著自己不認識的村民？為什麼村子的名字會不見？他說他無論如何都想知道。還有，如果其他地方真有hebito村存在，他怎麼樣都想去一趟。」

「為什麼？」

「他說有事要找佐伯家。」

「有事啊……」

這個時候，我忽地想起。

儘管我從容不迫地聽著妹尾的話，認為這是可以用道理釐清的問題，但如果這是……

這世上沒有不可思議的事……

這是朋友經常掛在嘴邊的話。我有時候也這麼認為，但有時候卻無法這麼認為。有沒有可能這件事其實就是這麼離奇不可思議……？

我默默地望著骯髒的窗戶。

2

光保公平這個人有如一顆雞蛋般，難以捉摸。就像妹尾說的，他紅潤的肌膚充滿光澤彈性，額頭非常寬廣，上頭只是敷衍似的長了幾根如羽毛般的頭髮，顯然他已瀕臨禿頂危機。他的小眼睛如嬰兒般渾圓，還有小鼻子及小嘴巴，幾乎沒有眉毛。

「我這個人啊，很膽小的。」光保說道。他雖是笑著說，看起來卻像一臉苦惱，又像在生氣。總之，幾乎無法從他臉上的表情看出心情。

「我小的時候，每次走夜路，總覺得會有怪物從背後追上來。那個時候我很喜歡吃麩餅，所以總是一邊告訴自己：回到家就有麩餅吃嘍，回到家就有麩餅吃嘍，一邊拚命地往前走。就像在馬的鼻子前面吊紅蘿蔔那樣。」

「哦……」

「不好意思！」光保突然大聲說。

「啊？」

「請問您……重聽嗎？」

「啥？」

「您重聽嗎？」光保再次詢問，指著自己的耳朵。看樣子是因為我的反應太少，被誤認為有聽覺障礙了。

「呃，這……不是的。」

「哎呀，失禮了。其實我因為遭到轟炸，右耳受創，有些不靈敏，以為關口先生也是這樣。真不好意思。」

「不會……」

「啊，我拜讀了您的大作。不過，耳朵聽不清楚，嗓門自然而然就會變大，實在不適合密談。」

光保放聲大笑。「也因為這樣，我算是個傷殘軍人……也加入了傷殘軍人的援助團體。」

「哦，這樣啊。」

我這個人在個性與人格上也有著重大缺陷，不過光是如此，應該無法指望得到光保的援助吧。

「這非常不容易。」

「什麼東西不容易？」

「援助活動。我自以為是誠心誠意地在幫助別人，但是有時候他們會覺得遭到歧視，覺得我是在同情。

真的很難。他們會說：『你傷得輕，我傷得重，所以你瞧不起我，同情我，幫助我，陶醉在優越感中。』我覺得很受傷。哎，說我是自我滿足，或許沒錯，可是我並沒有歧視別人的意思。」

「哦，我了解。」

光保雖然看起來有點神經質，不過似乎性情溫厚，與惡意完全沾不上邊。他應該真的是出於善意而提供援助吧。

不過心意這種東西，鮮少能夠真正傳達給對方。如果如實地傳給了對方，還是把它當成偶然比較好。換句話說，能夠傳達的時候，什麼都不用做也能夠傳達；傳達不到的時候，無論怎麼做都傳達不了——就是這麼回事。

「哎，問題並不單純。確實，世上充滿了偏見與歧視。就算說話的人沒那個意思，也總是有種受到歧視的感覺。相反地，不管受到多麼嚴重的偏見與歧視，只要承受的一方一無所覺的話，就等於沒有。」

「確實如此……」

「關口先生，身為一個作家，您怎麼想？」

「呃……」

打從一開始……就是我不拿手的話題。

苦思惡想之後，我發表了一段莫名其妙的意見。

不僅不明所以，有可能連語言本身都說不通。我吞吐又結巴，光保附和著認真聆聽，過了半晌後說：

「不愧是鑽研文學的，講的話真是深奧難解。」他是太高估我，把我的話想得太深了吧。雖然覺得總比讓他目瞪口呆要來得好，卻也沒甚差別。

不管怎麼樣，光保是以認真的態度面對這些問題，我這種愚蠢的意見自然不能成為參考。

結果，我默默低下頭去。

據說光保從事室內裝潢工作，他的事務所地板異常光潔。

遲遲無法進入正題。

我莫名地想抽菸，把手伸進內側口袋。忽地，一個念頭湧上心頭：或許光保討厭菸味。我覺得如果光保討厭香菸，那麼即使我只是出聲要求抽菸，就會遭到輕蔑，結果我硬是把抽菸的欲望按捺下來。

「不是有個叫野篦坊的妖怪嗎？」光保再次唐突地發聲說道。

「什麼？」

「像這樣，光溜溜的。」

「那、那怎麼了嗎？」

「人家說我很像野篦坊，呵呵呵呵……」光保笑道。

我不曉得該如何回答是好。

「我年輕的時候很瘦，不過從那個時候起就常被人家這麼說了。我明明就有眼睛鼻子，卻長得跟野篦坊很像，非常像。我是不覺得討厭啦，還經常模仿落語（註一）還有……呃，模仿八雲的**那個故事**裡的，『是長得像這樣嗎……』逗大家開心，這很受管用。」

八雲指的是小泉八雲（註二）——拉夫卡迪歐．漢，而**那個故事**，指的則是他寫下的怪談〈貉〉吧。

那是運用所謂「二度怪異」手法的短篇小說。

所謂二度怪異，指的是一種怪談故事的形式：遭遇怪異，第一次嚇得逃跑，放下心來，鬆了一口氣的時候，又遭遇到相同的怪異，再次受到驚嚇。

藉由反覆怪異，達到嚇唬人的效果，大多數時候，會同時運用慢慢降低音量，在結尾的部分「哇」的大聲嚇人的手法。在這種情況下，聽眾的確會大吃一驚，這個花招可以多次使用，但是有個缺點，就是嚇過一次後，大致的手法就會曝光，驚嚇度也會隨之半減。所以講述怪異故事最有效果的次數是包括第一次在內的兩次，因此稱為二度怪異。

但是，如果能夠讓聽眾認為既然被嚇過一次，應該不會再有第二次的說故事功力，那麼第三次也能夠成功。只要敘述者具備讓聽眾不斷卸下心防的說話技巧，那麼反覆四次、五次也有可能，只是隨著次數增加，會產生出一種預期配合的心理。但是即使如此，還是能夠獲得極佳的演出效果，使「要來了要來了」的期待感，激發出相對的恐怖感——當然，這也視敘述者的技巧而定。

總而言之，二度怪異是將攪亂過一次的秩序恢復到原本的狀態後，再次加以推翻，是一種大逆轉的怪談。

「只是，」光保繼續說。「我記得在那個故事裡，**野篦坊**是貍子變成的，貍子。」

是貉——我想糾正，卻打消了念頭。

因為光保的口氣聽起來很愉快，我不忍心為了這點小事澆他冷水。不管是貍子還是貉，反正都是一丘之貉。光保繼續說下去。

「可是在我的想法中，野篦坊一定不是像那個故事裡出現的那種妖怪。」

「不是嗎？」

「不是。」光保不知為何，滿足地點頭。「八雲的故事，嗯，是貍子的故事。主角在路邊被女人嚇到後，去到蕎麥麵店一看，沒想到店老闆也變成同一張臉——是這樣的故事吧？」

「是啊。」

小泉八雲很正確地蹈襲了二度怪異的形式。〈貉〉的情節如下：

一名男子經過紀伊國坡途中，發現一名女子蹲在路邊，便出聲叫喚。女子狀似痛苦，遲遲不肯轉頭露臉，男子想要攙扶她，於是女子回過頭來，手往臉上一抹。結果，那張臉上竟沒有眼睛，也沒有鼻子和嘴巴。

註一：日本傳統表演藝術，類似中國的單口相聲。

註二：小泉八雲（一八五〇～一九〇四），原名派崔克・拉夫卡迪歐・漢（Patrick Lafcadio Hearn），為出生於希臘的英國人。一八九〇年以特派記者身分渡日，與日本女性結婚，歸化為日本人，改名小泉八雲。著有《怪談》等與日本文化相關的作品。

男子大驚，倉皇失措地逃離現場，不久後，他看見夜間營業的蕎麥麵店燈光，跑了進去。老闆訝異地詢問他為何如此驚慌？男子便說出剛才發生的事。但是當他說明女子的長相時，老闆卻伸手往臉上一抹，於是老闆的眼睛、鼻子和嘴巴也跟著不見了……

燈光驀然熄滅。

故事突然終結。

光保用手往臉上一抹。

「這表示那個蕎麥麵店的老闆也是**野篦坊**吧？」

「是啊。」

「就是這裡不對。」

「你的意思是……？」

我不懂他在說什麼。這個故事是小說，無所謂對或錯吧。

光保說：「這故事不是**野篦坊**變成賣蕎麥麵的老闆在做生意吧？不是吧？」

「我想……應該不是吧。」

「當然了。這並不是**野篦坊**化身為人類，然後顯現出真面目的故事。故事的最後，是以燈火突然熄滅作結吧？」

「是啊。」

「您覺得後來怎麼了？」

「後來……沒有後來吧？」

正因為在那裡唐突地結束，所以才會是怪談。我認為小泉八雲做為一個怪談作家，技巧十分高明。這篇故事一點都不像是外國人寫的，也不像原本是以外國語言書寫的文本。而且既然文本就到此為止，自然沒有下文。

我這麼說。

「那只是他沒寫而已吧？因為這是故事，所以寫到那裡而已，一定還有後續。」

「這……呃……是這樣嗎？」

「關口先生，我是這麼想的：燈光『啪』一聲熄滅，然後男子回過神來，發現**又回到了最初的場景……**」

「最初？……你是說紀伊國坂嗎？」

「對，就是那個坡道。」光保說。「又回到最初發現女子，攙扶她的場所。換句話說，一切都是**假的**，時間也幾乎沒有流逝。或者是到了早晨，男子發現自己睡在那個坡道上。這個故事就是這樣。」

「是這樣嗎？」

「沒錯。所以呢，這是貍子的故事。因為不是常有這樣的故事嗎？主角救了姑娘，姑娘為了謝恩，招待主角到豪宅去，享用山珍海味，結果主角回過神來，發現自己吃的是馬糞，溫泉其實是堆肥……」

「或者是在同一個地方來來回回地打轉？」

「沒錯沒錯。以為是茶室，沒想到竟是八張榻榻米大的某某東西（註）……有這種故事吧？就跟那個一樣吧？一樣的。」

確實，貍子可提供所有的幻覺場景。在幻覺中，連時間都可以任意延長縮短。無論是幾小時、幾天、有時候甚至是幾年，都能在一瞬間進行。就如同光保說的，〈貉〉的故事，也能夠視為大部分貍故事的一種變型。

不——應該這樣看待才對吧。因為小說的標題就叫做〈貉〉，既然特意以此為標題，應該有什麼含意才是。出於作品的性質，作者或許想要隱瞞怪異的種類，所以直接題為〈野篦坊〉會有諸多不便，但是話說回

註：日本民間傳說裡，貍子會張大陰囊罩住人作怪，使人以為置身豪宅，大小據說就有八張榻榻米大。一說則是由於貍皮延展性佳，以貍皮包覆金粒敲打，可製成八張榻榻米大的金箔，故有此說法。

來，應該也沒有必要把怪異的真面目拿來當做標題。像是〈紀伊國坡之怪〉，還是〈蕎麥麵店老闆的臉〉，可以用的標題多的是。

不僅如此，作者不但把作品題為貉，甚至在開頭就聲明這是貉的故事。故事中也根本沒有揭露怪異真面目的必要。我想這不只是因為小泉八雲蒐集到的傳說偶然是貉的故事，更是一種別有用心的技巧。記得有個說法認為，不是因為故事中有野箆坊出現，所以是恐怖小說，而是二度怪異這個形式本身就是恐怖小說。

我表示同意，光保便好似心滿意足，高興不已地說：「這樣的話，**野箆坊**就算換成一目小僧（註一）也可以吧？」我回答：「應該沒關係吧。」

當然，小泉八雲所採用的「沒有眼睛鼻子和嘴巴，有如雞蛋一般」的臉，就演出效果而言出類拔萃，不過若是優先考慮二度怪異的構造，就沒有一定非是野箆坊不可的必然性。事實上，民間傳說或故事中的二度怪異裡，是野箆坊的例子雖然不少，不過也未必一定如此。

光保繼續說道：「我是會津人，在當地也有類似的故事，主角是叫做『朱盤』的妖怪。」

「朱盤？」

「對，紅色的，盤指的好像是圓盆之類的東西。臉像這樣，紅通通的，非常紅，一片火紅，然後巨大的眼睛炯炯發光。很可怕吧？太可怕了。小的時候，我曾經夢見過好幾次。」

「哦，這類故事有很多。據我朋友說——書名我忘記了——好像是中國的古籍裡就有這類故事的原型。那個故事好像是有人遇到一個一樣是穿著紅衣服的女子，那就是野箆坊，不過在其他書籍的記述裡，就變成了單純的怪物，所以並不一定。」

「哦，這樣啊。」光保佩服地說。「您有熟悉這些事的朋友呀？」

「嗯，有一個。」

這些都是得自朋友中禪寺的牙慧，中禪寺這個人精通有關妖魔鬼怪的古書漢籍。對於妖怪，他知之甚詳。我這麼說明，光保便高興地說務必要介紹給他認識。

「我想知道那本中國古籍的名稱，非常想知道。我想看。」

「哦。那傢伙跟我不一樣，什麼都記得，只要問他，馬上就可以明白了……可是光保先生，恕我失禮，您為什麼會想要知道呢……？」

他似乎對野篦坊相當執著。

光保搔搔頭，表情意外地和藹可親。

「哎，我想您也察覺到了，我因為有**野篦坊**這個綽號，所以開始對它產生興趣，因此特別留意，自然聽見、看見了許多事，人就是這樣吧。不知不覺，我對它也有一定的了解了。」

「哦，經常是如此。」

「就是吧？我想說的是，在我的想法裡，野篦坊並不是貍子。不是那種只要嚇嚇人就高興的輕浮妖怪。單純嚇人的例子裡，根本是貍子幻化成人似地**變成野篦坊**罷了。」

「喔……」

有可能。

「不懂嗎？不好懂吧。」光保重複了好幾次。「這是我的……呃，一介室內裝潢師傅的意見，不是學者的高見，您可以嗤之以鼻無妨。例如說，貍子會幻化成許多東西吧？」

「對呀。」

「諸如一目小僧啦。」

「嗯，大入道（註二）之類的。」

「對，還有轆轤首（註三）等等。可是，我想這並不代表一目小僧或大入道、轆轤首的真面目就是貍子。

註一：日本一種通俗的妖怪，形象為小和尚，只有一顆眼睛，會突然現身嚇人。
註二：日本通俗妖怪之一，形象為巨大的僧人，但有時候只是巨大而模糊的影子或巨人。
註三：日本妖怪之一，外表與人類相同，但脖子異常地長，可自由伸縮。傳說會伸入民宅舔燈油。

狸子會化身成姑娘，但是姑娘並不是狸子。如果有人主張全世界的姑娘的真面目都是狸子的話，那麼這個人腦袋一定有問題。」

「嗯，是謬論。」

「真正的姑娘另有其人，對吧？一目小僧或大入道、轆轤首也是一樣的。我調查後，才知道一目小僧可是大有來頭的。而且大入道也是那個……大太法師（註一）嗎？那種東西從以前就有了。還有，因為我在大陸待了很久，也很清楚飛頭蠻（註二）的故事，那很可怕。所以啊，這些都各有本尊。狸子只是化身成那些東西而已。」

「哦，原來如此……」

「您了解了嗎？有和狸子無關的一目小僧，或是和狸子無關的大入道。啊，我的意思並不是它們真的存在，請不要誤會了，關口先生。」

「這我明白。」

「您明白啊。嗯，該說是存在，或說是傳說中存在呢？話說回來，關於野篦坊，這個就……」

「就……？」

「沒怎麼聽說了。所以我才會尋找**不是**狸子變成的野篦坊。啊，也不是真的走訪尋找，關於這部分……」

「我明白。」

「那我就放心了。剛才說的這些問題，雖然不是很明確，但我從約二十年前就在想了。當時我才十八九歲，還很年輕呢，是個毛頭小子。只是……我的老家是賣魚的，因為家裡幹的是這一行，也沒法子念什麼書。而且我是次男，不能繼承家業，也沒有錢。總之，調查這類事情，是我的興趣。」

「這樣啊……」

調查研究野篦坊這種事，也不可能當成正職來幹。

「然後，在我二十二歲的時候，得到了天啟。」

「天啟？」

「天啟。恰好就在我當上警官那一年，我偶然得到了一個古繪卷。是我愛好藝術的舅舅過世後，當做遺物分給我的……」

光保略微坐直，轉過身去，望向房間右上角，像在確認什麼。我隨著他的視線望去，那裡祭祀著一個小神龕。光保站起來，來到神龕前拍手拜神，行禮後，把下面的椅子當成踏腳臺，從神龕裡取出了一樣東西。

「……就是這個卷軸。我沒有請人鑑定過，所以不曉得值不值錢，不過這一定是明治以前的東西。上面寫著鳥羽僧正（註三）御真筆。我也不曉得鳥羽僧正是什麼樣的人物……」

「啊，那個……」

——我知道這個繪卷。

「……記得是……」

——我是在哪裡知道的？

「您知道？不愧是小說家，真不愧是小說家。」光保絮叨地說。「您知道鳥羽僧正？」

「嗯，鳥羽僧正我也知道……重點是那份繪卷，呃……那是……」

「您知道這個？這是妖怪的畫呢。」

「果然……」

八成是從中禪寺那裡聽來的。我完全不記得是在何時、在什麼狀況下聽到的，但我記得曾經聽說過，據傳是鳥羽僧正所畫的妖怪繪卷在某處流傳。

註一：日本傳說中的巨人，各地有許多窪地傳說皆是大太法師留下來的足跡。
註二：中國一種飛頭妖怪。
註三：鳥羽僧正（一〇五三～一一四〇）為平安時代後期的天台宗僧侶，法名覺猷，精於繪畫，據傳為《鳥獸戲畫》的作者。對密教圖畫的研究整理極有貢獻。

不過我記得朋友好像也說，據傳是鳥羽僧正所畫這一點，應該是杜撰的。

「也不算是知道，只是從我剛才提到的那個朋友那裡聽說罷了。」

光保的眉間擠出一條小皺紋。

「這樣啊。哎，世間廣闊，竟有如此博學多聞之人呢。不過我竟然能夠碰上連這種東西都通曉的人，這又讓人感覺世間狹小了。世界究竟是大還是小呢？愈想愈不明白了。」

光保說著奇妙的道理，萬分謹慎地在桌上展開卷軸。

「您知道的話就好說了。這是題為《百鬼圖》的卷軸，上面畫了好幾種妖怪。因為很可怕，我沒有仔細算過。喏，這畫很恐怖吧？東西十分古老，紙也破破爛爛了。這個怎麼讀呢？我看不懂這種像蚯蚓爬的字。這個是平假名，還讀得出來吶。」

光保抓起小型眼鏡的鍊子。

「欸，這個字是……休嗎？是咻啊。咻嘶卑……吧？這個是……嗚汪嗚汪，長得很恐怖呢。這個是天狗吧。哎呀，真是太奇形怪狀了。」

他的眼睛熠熠生輝。

光保早已忘了我的存在，埋首畫中。那有些脫離常軌的態度讓我有點畏縮，不過生性愛湊熱鬧的我，最後還是探出身體，望向古繪卷。

變色的紙上，橫行著一大群帶有異國風味形象的異形。儘管已經褪色，而且處處斑駁，有著艷毒鮮麗色彩的妖怪畫經過漫長的歲月，依然散發出十足的妖氣。

「喏，好厲害。關口先生，快看啊。真是噁心。這個是……呃，姑獲鳥。旁邊有寫假名的讀音。這個是……唔，歐多羅歐多羅嗎？感覺好像會被抓去吃掉似的。這個不會念呢……是塗嗎？塗……佛嗎？」

我朦朧地回想出來。

朋友向我說明過，雖然不知道真偽，不過傳說這些畫是狩野派（註）一個叫什麼的畫師的作品，被弟子一一臨摹而流傳下來。記得當時聊到它也是中禪寺所收藏的《畫圖百鬼夜行》這本江戶時代的妖怪畫大全的底本。《畫圖百鬼夜行》我倒是在中禪寺那裡看過好幾次，記得它的線條相當流暢，畫工精巧，稱得上是畫得好的一類。

若比照這個記憶，現在攤在桌上的《百鬼圖》中的妖怪，上頭描繪的異形形態確實相似，但是每種妖怪的畫法都顯得樸拙俗氣。就連外行人也看得出來。

但是正因為不洗練，我覺得《百鬼圖》的畫更令人毛骨悚然。

「這個，就是這個。」光保說。「喏，野篦坊。關口先生，讀得出來吧？這是野，然後這是篦，然後是坊。請看……」

我的視線落向光保浮腫的指尖。

是一團東西，肥胖柔軟的東西。

是灰褐色的肉塊，或者形容為腐肉比較恰當？

鼓脹鬆弛，浮腫皺起。

但是仔細一看，肉塊上有著像是手腳的東西。

肉塊長著如象腿般的雙足。

上頭那醜陋、鬆弛的皺紋，看起來也像是一張臉。

表情像是在笑，也像是悲傷。

巨大的臉上……長著手腳。

這實在不像是這個世上的生物，是個醜怪的肉塊，畸形極了。

註：日本自室町時代中期至明治時代畫壇最大的流派，以狩野正信（一四三四～一五三〇）為始祖。江戶時代，此派畫家探幽等一門為幕府的御用畫師。

了。」

「這就是……野篦坊……嗎？」

「是野篦坊啊。所謂野篦坊，並不是沒有臉的妖怪。它不僅有臉，而且這豈不是一張大臉嗎？所以和有沒有臉沒有關係，這種**平滑**的質感才是重點。所謂野篦坊，是沒有凹凸、無法捉摸的平滑妖怪，這樣就對了。」

「你說它……指的不是沒有臉的妖怪？」

「因為它有臉啊，根本是只有臉吧？」

光保說的沒錯。

「我沒看過哪一張古畫的野篦坊長得像人的。」光保說。「但我並沒有積極地調查，所以或許有吧。不過妖怪歌留多（註一）之類的也沒有野篦坊吧？」

「呃，我沒見過你說的妖怪紙牌……」

光保這麼一說，我也覺得確實如此。小泉八雲的小說裡出現的妖怪——也就是無臉人的畫，的確並不常見。關於這一點，我亟欲知道喜愛妖怪的朋友的意見。

「那麼……光保先生，你的意思是，野篦坊這個名字用來指稱人形的無臉妖怪，是後世的事嗎？」

「沒錯，我想要讀讀您說的中國古籍的理由就在這裡。那本中國的書裡，不是有無臉女子登場嗎？可是不叫做野篦坊吧？」

「這……因為是中國的書籍……」

中國話裡有相當於野篦坊（nopperabō，意為平滑）的字彙嗎？在我詢問之前，光保開口了：「我在中國待了很久，也學會了當地的話。可是，我想並沒有意為**無臉人**的單字。日本也是吧？先有nopperi或nupperi（註二）這類單字。然後，先是畫在這裡的肉塊妖怪被這麼稱呼，之後無臉妖怪也跟著被這麼叫……」

「哦……」

「……野篦坊這個字啊，與其說是妖怪的名字，更應該說是形容詞。是形容平滑沒有凹凸的模樣。例如：這傢伙就像個野篦坊一樣。也有愚鈍的意思，我們也說nopperapon（呆板的人）呢。像是norarikurari

（左右閃躲）、nurakura（滑溜溜），還有nupperi（光滑）也是。而這些詞變成了妖怪的名字。調查方言的話，還有nuppeppō、nopperapō、nuhhehhō等等。」

「哦……」

大同小異。

「關口先生，聽好了……」光保似乎很興奮。「……野篦坊的**坊**並不是指和尚的坊喔（註三）。如果是和尚的坊，會有一種擬人化的感覺，但是如果是和尚的坊，音就不應該會變成**hō或pō**。」

「哦，或許是吧。」

「是的，就是這樣。」光保薄薄小小的嘴角滿是泡沫。「我們不會稱和尚（お坊さん，obōsan）為opōsan或ohōsan吧。坊主（bōzu，僧侶）也不說pōzu或hōzu吧。」

「是不會這麼說。」

「就是吧。然後，也有叫做zunberabō或zuberabō的妖怪。這些名字好像是來自於鬆散無力的**zubora**（懶散）或**zubera**（吊兒郎當）。」

「哦，難怪……」

「所以，所謂zunberabō，就是**zumbera的bō**。我認為所謂野篦坊（noppera-bō），同樣指的也就是**noppera的bō**……」

「**bō**？」

完全不曉得他在講什麼。

註一：歌留多為一種遊戲用的紙牌，上面印有各種圖樣花紋或詩句。

註二：意思皆為平滑、平坦。

註三：日文中的「坊」字，原指僧侶的住居，後世沿用來稱呼僧侶。

「什麼叫bō？」

光保不曉得從哪裡拿出手巾來，擦了擦額頭和嘴巴。然後語氣極為冷淡地說：「總算要進入正題了。我認為，那個字原本應該是**hō**。」

「hō……？」

「沒錯。坊主（和尚）的坊（bō）字再怎麼變，讀音也不會變成**hō**，但是**hō**的話，倒是有可能變成**bō**。上面連接別的字的話，有的時候清音會變成濁音，不是嗎（註一）？風呂（furo，浴室、入浴）也是，像一番風呂（ichibanburo，第一個洗澡）或五右衛門風呂（goemonburo，鐵鍋澡盆），furo的讀音會變成buro。蒲團（futon，棉被）也是，像是羽根蒲團（hanebuton，羽毛被）。塀（hei，圍牆）也一樣，板塀（ita-bei，板牆）、黑塀（kurobei，黑牆），一樣會變成濁音。池袋（ikebukuro）也不念做ikefukuro。ha、hi、fu、he、ho的發音會變成ba、bi、bu、be、bo。」

「是這樣沒錯……，所以你說的**hō**指的是什麼？我不曉得什麼**hō**。是指鳳凰（hōō）的鳳嗎？」

「先別急。」光保揚手。「那個**hō**是什麼，正是我長年以來的課題……」

光保抹了一下臉。

他在擦汗。

「……長久以來，我一直弄不懂。因為我只是一介賣魚郎的兒子，就算想調查，也無從調查起。話雖如此，這也不是什麼不弄清楚就會死的重大問題。」

「但是啊，關口先生……」光保再一次正襟危坐，上身前傾。「就像我剛才說的，我得到這個繪卷的同一年，從會津遷到靜岡，當上了警官。至於為什麼是靜岡，因為我舅舅就住在那裡，是他給了我繪卷……」

「那個愛好藝術的？」

「對。他是家母的哥哥，熱中於研究國學（註二），動輒蒐集古物，惹得舅母生氣。舅舅對我說：『你與其遊手好閒，倒不如去幹點對國家有貢獻的工作。』還說：『到我這裡來，讓我從頭鍛鍊你。』沒想到我一過去，他就心臟病發過世了。但是啊，關口先生……」

光保露出一種難以形容的複雜表情。「巧的是……這問題的關鍵也在靜岡。」

「關鍵……？」

「沒錯，關鍵。舅舅過世時，我從舅母那裡連同這個繪卷，得到了幾本古文書。當然就算收下，我也看不懂……那種古文書，我不可能看得懂，所以我全部賣掉了。不過裡面摻雜了一本江戶時代的隨筆，叫做《一宵話》。」

光保這次從辦公桌的抽屜裡取出一本線裝書。

「就是這個，只有這本書我後來要回來了。這說是偶然，也是偶然。我賣書的那家舊書店，似乎原本就覬覦著舅舅的藏書，而且老闆也是個好事者……」

「開舊書店的多半都是好事者。」

「這樣嗎？老闆說他閒暇時讀了買來的書，這本書好像是尾張藩的御用學者，一個叫秦鼎的人寫的隨筆，聽說直到不久前，還因為某些理由——詳細情形我已經忘了——被認為是別人所寫的作品。而一位姓森的學者發現了古本，才推翻了定論。這好像就是比較舊的那本書，所以價錢相當高，也是一本大有來頭的書，老闆忍不住拿來讀了。結果內容意外地有趣，因為太有趣，他聯絡了我。」

「特地聯絡你？」

「是的，他寫信給我。因為我大方地出售了許多珍本，所以讓他很有好感吧。雖然現在想想，或許我是被坑了。不過我也不曉得書的行情怎麼樣，所以也無所謂啦。我想他或許是以出乎意外的便宜價格買到了珍本，感到內疚吧。而我當時在三島擔任警官，舅舅的家還有那家舊書店都在沼津，所以我輪休的時候，就去

註一：日文中，清音為k、s、t、h（f）音起頭的字母，濁音則為g、z、d、b音起頭的字母，另外，p音起頭的字母稱為半濁音。有時候兩個詞彙複合為一個詞彙時，後接語的語頭清音會有濁音化現象。

註二：國學指研究儒學及佛教等外來思想傳入日本以前的日本固有文化及精神的學問。

了那家舊書店。我永遠忘不了，那是十八年前，昭和十年的元月。」

當時還是個菜鳥警官的光保到訪，舊書店的老闆非常高興，將隨筆的內容生動滑稽地講述給他聽。

「我聽著他冗長的說明，突然被某句話給觸動了，就是這個部分。關口先生是作家，應該讀得懂這些吧？根據我所拜讀的您的大作來看，這類作品正是關口先生的世界吧？是關口先生的世界吧？」

改變音調，重複著同一個句子，似乎是光保的習慣。我激烈地搖手否定，幾乎快把手給甩斷，誇張地反應說：「我不懂，我看不懂。」

「這樣啊，我感覺您應該讀得懂。這是其中叫做〈異人〉的章節。旁邊寫了些什麼，對吧？聽說寫著：這似乎發生於慶長十四年（一六〇九）四月四日的事，但實情不詳。」

「慶長……一六〇〇年嗎？江戶幕府剛成立的時候？」

「是啊，應該是吧，我對這方面不清楚。然後呢，這裡寫著：神祖——聽說這指的是家康公（註）。神祖居駿河時……」

「駿河指的是駿府城嗎？」

「應該是吧，那個時候家康是住在駿府城吧。雖然不曉得是不是偶然，不過那個時候，庭院裡出現了**怪東西**。」

「怪東西？」

「對。呃，上面寫道：形如小兒，或稱肉人者。還說有手，但是沒有手指。它用沒有手指的手指著上方。眾人都大為驚恐，說是妖物。要是有那種東西突然冒出來，那真的很可怕。但是呢，關口先生，重點來了，這上面寫著『肉人』兩個字。就是這裡，真的這麼寫著。字您看得懂嗎？」

我識字，但是看不懂古文。我只是不擅長辨認變體假名和古文罷了。

仔細一看，確實可以看出一個像是「肉」的字。

「什麼叫肉人呢？」光保問。

「不曉得。」

「這種形容不尋常吧？既然叫做肉人，形狀應該近似人類，但說是人形的肉，也很奇怪對吧……？」

光保這麼說，我還是不曉得該怎麼答腔。

「人類和野獸都有肉。特地強調肉的理由……是因為沒有毛嗎？」光保說。

「應該是吧，會不會感覺像是剝掉毛皮的動物？」

「我也這麼認為，可是上面寫的是肉——**人**。人一般是沒有毛的。啊，不是因為我頭快禿了才這麼說，我說的是身體。啊，關口先生這種型的，上了年紀也很危險，**腦袋瓜**都是有一天就突然禿光的。」

「什麼？」

「嗯，這要是豬還是猿猴，那還可以理解。像是肉豬或肉猿……就是沒有毛的動物嘛。可是上面寫的是肉**人**對吧？並不是說沒有皮膚之類吧？要是筋肉裸露在外的話，不是應該會寫無皮人嗎？如果是肉很多……那應該會寫肥，那樣一來，就單純是個巨漢了。然後上面還說沒有手指，換句話說，這指的是光溜溜、沒有凹凸、肥肥軟軟的東西。卻又有手腳，所以是肉的人，也就是……」光保指向野篦坊的畫。「我認為就是這個。」

「原來如此。的確，這有肉人的感覺。」

「沒錯吧，沒錯吧。」光保一連點了好幾次頭。

「可是，光保先生，光是這樣……」

「問題不在這裡。」光保皺起眉頭，手指按上眉間，調整眼鏡的位置。「接下來的記述才是問題。上面寫道，家康公說這個肉人很噁心，吩咐下人把它趕走，結果它被趕到另一邊的山裡去了。但是肉人被趕走以後，來了一個人，說他們真是暴殄天物。」

註：德川家康（一五四二～一六一六），成立江戶幕府的第一代將軍。

「暴殄天物？為什麼？」

「這裡寫道，那個人說只要吃了那個肉人，就會力大無窮，英勇無雙。」

「吃？這……是拿來吃的嗎？」

我望向圖畫，多麼古怪的食物啊。

「是拿來吃的。然後，根據那個人的說法，這一定是出現在《白澤圖》的封（hō）。」

「封……？」

「沒錯。**封**，封建時代的封，信封的封。這裡有寫。喏！是封吧？這不念做 fu，而念做 hō。我啊，終於找到了……我找到 **hō** 了！」

「哦……」

多麼漫長的路程啊。雖然只是聽了將近一個小時的話，我卻似乎完全被光保感染，彷彿終於邂逅了尋覓多年的答案，感到一股奇妙的滿足。

「如果這是封的話，事情就簡單了。平坦的封叫 nopperabō，平滑的封就是 zuberabō 吧？聽說也有 **nururibō 或 nuribō**，也全都是這個封。一定是的。」

「……是、是這樣嗎？」

「就是這樣啊。」光保自信滿滿地說。「當時我大叫快哉呢，十八年前，我心想：就是這個！忍不住抱住舊書店老闆的肩膀，大叫謝謝。明明不是什麼大不了的事，我卻蹦蹦跳跳地回家去，高興了好一陣子。因為這是我長年以來的心頭之謎。可是過了一段時間，我卻覺得只有這樣讓人心裡不踏實……」

光保闔上《一宵話》。

「……沒有其他記述，這不是很奇怪嗎？如果真的是這樣的話，找不到其他關於封的紀錄，豈不是很奇怪？如果野篦坊的坊本來是封的話，應該還有更多其他的紀錄才對。而且如果這本書的記述——或者說裡面那個人說的話是真的，那本《白澤圖》裡應該會有封才對。」

我更想去請教中禪寺了。

他或許知道些什麼。

「有其他紀錄嗎？」

光保這次搖了好幾下頭。

「沒有。我也請教過大學的教授……但是沒有。」

「那本《白澤圖》的書呢？」

「據說《白澤圖》這本書，是記錄一頭叫做白澤的神獸，在上古時代對中國偉大的帝王——是黃帝嗎？——講述的話，裡頭記載了一萬數千種妖怪的名字和特徵，但是聽說這些說明本身就是神話了……所以現在也找不到這本書了。」

「黃帝啊……」

「對。聽說白澤這種神獸是漢方藥（註）的守護神，現在說的『白澤圖』，指的是畫有那種神獸形態的護身符，可以避邪。」

「可是《一宵話》裡出現的那個人，不是說的很有自信嗎？現在可能找不到，但在過去的那個時代……應該有吧？」

「有的。」光保若無其事地說。

因為他說得太稀鬆平常，我差點就這麼聽過就算了。

「你剛才……說什麼？」

「有啊，白澤圖，還有……封。」

「在哪裡？」

註：漢方相對於和方而言，指中國傳至日本的醫術，漢方藥即中藥。

「就在……」光保說。「**hebito村的佐伯家裡**。」

「啊……」

怎麼會有這種事？此時我不像樣地張大嘴巴，表情一定十足呆蠢。

說起來，我原本就是為了詢問hebito村的事，才來到位於南千住的這家光保裝潢店的。口才笨拙的我怎麼樣都無法進入正題，而光保熱心講述野篦坊的事又相當有趣，所以我不小心就錯失了開口的時機。不，我應該沒錯過開口的時機……

「啊……所以……」

仔細想想，光保應該打從一開始就知道我拜訪的理由了。光保應該是委託人，不管他人再怎麼怪，也不可能會沒完沒了地淨扯些毫無瓜葛的事。一直以為毫無瓜葛的我才有問題。

「沒錯，就是這樣。記得……我是在十六年前的昭和十二年春天被派遣到hebito村的駐在所，關於這個部分，關口先生已經知道了吧？」

「嗯，我聽說了。」

前提是妹尾說的內容正確無誤，但是我多少還有些存疑。

「那麼……我就不再多做說明了。就如您所知道的，也可能一切都是我的妄想。那樣的話，我一定相當……不，是完完全全地**瘋了**。但是我無法判斷。我只是述說我所知道的，我認為真實的狀況。」

我想，完全無法相信自己的記憶，一定令人極度不安。因為我也曾經陷入相同的精神不穩定狀態。但是我的情況是自己沒出息、沒用，而我對於這樣的自己，半自主地感到不信任。不安的要素存在於內部，我並沒有遭到外部的否定。然而光保的情形不同。

否定他的記憶的是外在的人，是第三者。

光保取下眼鏡。

「如此這般，我得到了天啟，發現封就是野篦坊的真實面貌。您可能會覺得我這個說法太誇張，但是對我來說，那真的就是天啟。因為這完全是在機緣巧合下得到的結論，但是我卻從此無法再前進任何一步，陷入膠著狀態。要是舅舅還活著就好了，我只是從一介賣魚郎的兒子變成了一介巡查罷了，根本束手無策呀，毫無辦法。」

這……是當然的吧，無從調查起。

「所以我尋找熟悉駿河以及伊豆歷史傳說的人，詢問他們的意見。我想，或許會有一些關於封的傳說流傳下來。就算沒有紀錄，或許也有口傳留下。但是，完全沒有線索。在調查當中，我收到了任命書，被調派到中伊豆山中的駐在所。hebito村，字是窗戶的戶、人群的人。或許您會奇怪，戶怎麼會念做he，不過青森也有八戶（hachinohe）跟三戶（sannohe）這樣的地名，就是那個戶。bito是人。至於村名的意思，我就不曉得了。」

原來如此，妹尾也說**有個戶字**。

光保捲起繪卷，慎重地用繩子綁好，有些輕率地擺到神龕上。他的動作讓人搞不懂他到底是珍惜還是不在乎那個卷軸。

「至於地點……」

光保一邊說，一邊踩出腳步聲，走到房間左端，從壺狀物裡抽出一個紙筒。壺裡插滿了成卷的壁紙及和式門窗紙的樣本。

「……這是地圖，最新版的。我拜託赤井，好不容易才拿到的。這是沼津一帶的五萬分之一應急修正版。修正測量還沒完成，這是根據美國陸軍拍攝的航空照片與兩年前美軍進行的當地調查資料修復完成的。市面上應該還沒有……」

光保從筒中抽出地圖。

然後他用粗短的手指靈巧地打開。紙似乎捲得很緊，不容易攤開。

「……就如同您所看到的，上面沒有那個村子。」

光保說道，但是我根本不曉得該看哪裡才好。而且地圖也還沒有完全打開。

「呃……」

「田方一帶有一座韮山村吧？傳說賴朝（註）被流放到那裡。在右下方，喏，那裡。」

我找不到。

我不太會看地圖。

「不是有駿豆鐵路嗎？沿著下田街道，從地圖上方通到下方的鐵路。循著它往上看，有一個原木車站吧？」

我用手指頭沿著地圖上的鐵路查看，尋找那個地名。他說的應該是「原木」這兩個字。

「啊，有了。」

「就在它底下，有個韮山車站，四日町附近。韮山與原木正中央，有一條往山上去的路吧？」

「啊……啊，有了。」

「從那條路走上去，越過毘沙門山後，循著沒有路的山地北上，一直走，就在那一帶。」

「全都是……山呢。」

「對，什麼都沒有吧？航空照片上可能拍不到吧。村子淹沒在樹林中，大白天裡也陰森森的。」

「就算如此樣，至少看得到田地吧？」

「都是些貧瘠的梯田，勉強足夠自給自足而已，規模比家庭菜園大上一點罷了。就算照片上拍到了，也只會被當成雜物吧，雜物。」

「這樣嗎？可是……」

有地圖上不存在的村子嗎？江戶時代或許有可能，但明治以後，國內的每一寸國土都被一一徹查，仔細記錄下來，不是嗎？

「我在駐在所任職的時候，村子也未登錄在地圖上。這一帶只有明治十九年時測量過一次。第二次測量，是我遠渡大陸以後的事了。昭和十八年，是為了徵兵而進行的調查吧。所以一定調查得非常縝密，而那個時候，戶人村……」

已經**不存在**了嗎……？

「不存在了吧。」光保說。「不，或許打從一開始就不存在。可是啊，我是記得的。到底是怎麼樣的來龍去脈，才會決定要在那麼偏僻的地方設置駐在所？這我就不曉得了。當時警察是由內務省管轄，應該是上頭決定的吧。可是你不覺得正因為如此，才更有可信度嗎？因為我根本沒有理由那樣妄想。」

「我也這麼認為，但是光保先生，會不會你其實是在鄰村的駐在所……」

這是妹尾想到的。

「鄰村……您是說是奈古谷嗎？以村來說的話，那裡已經算是韮山村了。」

「韮山嗎……？」

這和我的想像相去甚遠。我從妹尾的說明得到的印象，是山的地表上有好幾個小村子，而當中的一個消失了。也可能是因為我怎麼樣都沒辦法跳脫最初想到的合併或廢村等最符合現實的印象吧。但是……

從地圖上來看，緊鄰的村子——韮山村很大。相反地，戶人村是個連地圖都沒有記載的小村子。這太小了，規模相差太遠，根本無從比較。再加上從相關位置來看，戶人村只能說是獨自坐落於山中。前往戶人村的道路，並不能通往戶人村以外的村落。所以……

不可能搞錯。

「這……那……」

我想不出該問什麼問題。

光保似乎察覺了我的心情。

「哦，您從妹尾那裡聽說了什麼，是吧？是去年我去找村子時的事嗎？那一帶的住址記載的是韮山。說是鄰村的話，也算是鄰村。」

註：源賴朝（一一四七～一一九九），鎌倉幕府的初代將軍。在平治之亂中被流放到伊豆，後來奉以仁王之命討伐平氏，開創鎌倉幕府。

「那……不可能是搞錯路，或是記錯地址嗎？」

「不可能。」光保說道，用食指敲敲額頭。「唯一能夠想到的可能性，就是我的腦袋已經錯亂到無可救藥的地步了。或許真的是這樣，不過您就當做妄想，姑且聽之吧。收到任命書以後，我沒有理由違抗，再加上原本我就對這塊土地不熟悉，一點都不覺得這個命令哪裡奇怪。只是現在回想，是有些不對勁。」

「怎麼個……不對勁？」

「呵呵呵……」光保抿嘴笑了。「我記得好像有人對我說：『怎麼會被派到那種鬼地方去？』」

「是誰說的？」

「上司。」光保說。「不過，我只是隱約記得。當時的警察就像軍人一樣，不能對命令有任何質疑。所以都過了十五六年，我才覺得好像有這麼一回事，不能指望我的記憶確實呢。」

光保很冷靜，要是我的話，「這麼覺得」一定會在一眨間的功夫變成「絕對如此」吧。我會這麼信以為真，所以我才更不能相信自己。

「我收拾行李，當天就前往當地了。那裡電話自然不用說，連電都沒有。話雖如此，當時和現在不同，這是很稀鬆平常的事。但是我是警察，沒有電話還是很不方便。那時我心想這真是傷腦筋，萬一發生狀況，若要請求支援，都得跑上好幾個小時的山路呢。我沒有自信可以勝任。可是卻有人莫名其妙地說什麼正因為村子偏僻落後，所以更需要派駐警察……」

事有蹊蹺，實在說不通。

「……村子入口有一家三木屋雜貨店。說是雜貨店，也只是進一些乾貨、繩索等村裡沒辦法自行生產的東西來賣，賺些跑腿錢，不算是經營雜貨店，只能說是非務農的人家罷了。那一家的老闆是個有趣的老頭子，對……他說女兒嫁到韮山村去了，還有什麼孫子，孫子現在應該也年紀不小了吧。如果我的腦袋正常的話。」光保說。

「雜貨店前面——說是前面，也距離相當遠——有一戶養馬的人家，姓小畠，馬只限於有急事到韮山時使用，他們並不是靠販賣牲口來維持生計。只是沒有他們的馬，村民會感到不便，所以才待在那裡，其實也是農家。姓小畠的還有其他五戶，全都是農家。貧農，而且全都是老人。」

「年輕人呢？」

「有是有。小畠本家的繼承人，一個叫祐吉的，當時才二十五歲左右……現在大概四十了吧……如果實際存在的話。」

不是「如果活著的話」，而是「如果實際存在的話」，感覺實在很不踏實。

「然後還有六戶姓久能的人家，三戶姓八瀨的人家。因為沒有店號，叫姓的話會混亂，所以大家幾乎都是直呼彼此的名字，整個村子就像個大家庭。然後村子的正中央……」

「是佐伯家嗎？」

「沒錯，佐伯家。佐伯家裡有七個人。當家的是癸之介，太太叫初音。上代當家甲兵衛已經退隱，還有當家的弟弟乙松、繼承人亥之介。然後還有分家的兒子，一個叫甚八的年輕人，像個傭人般被使喚。還有當家的女兒布由，布由長得非常漂亮，就像竹久夢二（註）畫裡的美人一樣。真是漂亮。」

「年輕……嗎？」

「還是個姑娘，很年輕。當時才十四、五歲吧。我不識好歹，喜歡上人家了。啊，真丟臉，竟然說出口了。」

光保羞紅了臉。

「這事暫且不提，以佐伯家的宅邸為中心，四周遠方散布著我剛才說的十六戶人家。然後出口……說是出口，再往前走也是山，算是盡頭了，那裡住著一名醫生。」

「那樣的深山裡有醫生？以位置來看，會去求診的只有村人吧？」

註：竹久夢二（一八八四～一九三四）為日本畫家、詩人。其插畫作品以表情哀愁的美女畫為特色。

「雖說是醫生，可不能想像成一般醫院喔，只是棟小屋而已。那是佐伯的分家，就是剛才說的甚八的父親，名叫佐伯玄藏。他是個漢方醫，至於有沒有證照就……他幾乎是個仙人了，會煎藥草給病人吃，我吃壞肚子的時候，也喝過苦極了的湯藥，很有效。跟一般的醫生不一樣。」

「駐、駐在所呢？」

「佐伯家旁邊有一間空的小屋。」

「小屋……？」

「嗯，小屋，簡陋的臨時小屋，應該是倉庫吧。我會去撿拾柴薪，劈柴生火，自己煮飯，簡直成了山中小屋的看守者。伊豆群山，淡淡月光（註）……才沒辦法有那種閒情逸致呢，而且也沒有舞娘會經過……」

描述都非常具體。如果這是妄想，光保這個人的妄想症肯定已經病入膏肓了。

「一開始我遲遲無法融入其中。村人也……怎麼說，好像藏有祕密似的，說話吞吞吐吐的，而我雖然有維持治安這個名正言順的理由，卻沒有什麼具體的工作。就像在監視村人，感覺坐立難安。」

「每個村落多少都會有些封閉之處啊……」

對於小型共同體而言，國家派遣過來的警官，完全是個異物。就像家裡混進了陌生人，等於是不速之客吧。

「……他們遲遲不願意打開心房嗎？」

「我不記得曾被惡意對待，可是也不記得他們對我有多親切。這也是當然的，因為沒有共同的話題嘛。」

這話雖說得直接，不過確實如此。

「只是，佐伯家的人還算親切。他們說我是為了村子而來，處處照顧我。像是入浴啊、三餐，幾乎都是麻煩佐伯家。當家的和退隱老爺都是很嚴肅的人，很少見到他們，而且也沒說過話，不過太太十分平易近人。然後我跟亥之介還有甚八年齡相近，過了半年左右，也變得熟稔了。布由小姐也……那個……呵呵呵呵。」光保把手按在嘴上，抿嘴笑道。「雖然我們之間什麼都沒有啦。我是個警官，要是有什麼就糟糕了。可是她真的是個溫柔的好姑娘，然後……」

光保像在做夢般遠遠地望向斜上方，述說著不知道是事實還是妄想的過去。

他說事情發生在秋天。

光保住進村裡，過了約莫半年。

「……那時，我和亥之介已經很熟，兩個人會聊天了。至於甚八，他總是公桑、公桑的叫我，三不五時就會拿酒過來。所以我聽說了不少佐伯家的事……」

據說佐伯家系流傳已久，甚至不知道現在是第幾代了。

村裡的三個家族——小畠、八瀨、久能，全都是佐伯家傭人的後裔。

主從關係表面上雖然已經解除了，但村子裡依然存在著不成文的嚴格規範。

「……甚八說，不曉得為什麼，佐伯家的媳婦儘管是附近城鎮身家良好的女孩，卻願意嫁到這種深山來。他總是說自己是分家的人，而且祖父那個樣子，害他連個媳婦都娶不到，抱怨個沒完。」

「……祖父那個樣子，是什麼意思呢？」

「哦，甚八的祖父——也就是醫生玄藏的父親。我不知道叫什麼名字，他是退隱老爺的胞弟，與本家不和，年輕時就時常惹是生非，破壞村裡的秩序。這是很久以前的事了。最後他被趕出村子，好像成了蛇橋一帶某戶望族的養子，結果在那裡也惹出事端，最後離家出走。流浪了幾年後，他在明治末年帶著兒子玄藏回到了村子。雖然回來了，可是還是和村子裡的眾人合不來。結果一下子離開、一下子回來，就這麼來來去去的。玄藏對父親忍無可忍，在大正年間斷絕了親子關係，成了佐伯家的養子，改姓佐伯，定居在村子裡，娶了村裡的姑娘，生了甚八——內情就是這麼複雜。真的很複雜吶。甚八雖然算是分家的人，但是在村子裡總是多少抬不起頭來。」

註：此為一九四八年由古賀政男作曲、近江俊郎演唱的暢銷曲〈湯町悲歌〉的歌詞。

甚八這個青年，似乎為了自己尷尬的身分感到羞愧。

「哎，說起甚八，母親是村裡的姑娘，所以他也等於是傭人的後代。可是我想他應該沒有受到明顯的歧視，反而甚八在待人接物上格外客氣。至於那個近乎斷絕關係的祖父，當時每年都會回來個一兩次，每次一回來，就大吵一架。反倒這件事才麻煩……不過甚八和繼承人亥之介倒是相處得還算好。」光保說道。

「他們很要好嗎？」

「普普通通。現在想想，或許甚八是迷戀上了布由小姐，但也有可能不是。總不會是愛上太太吧……？不知道，人心是很難捉摸的。感覺上，他對本家有種難以割捨的依戀……」

「記不得那是九月，還是已經十月了……」光保望向更遠處說。

村裡來了一名陌生男子。

男子肩上背了一個極大的江戶紫（註一）包袱，深深地戴了一頂鴨舌帽，腳上紮著綁腿……

男子一步步地爬上山來。

男子看見光保時，吃了一驚。

他一定沒想到這樣的深山僻野中竟然會有警官吧。

光保詢問對方身分，男子回答他是個賣藥郎。

經他這麼一說，仔細一看，男子的確是鎮上經常看到的越中富山賣藥郎打扮。

「以往負責的人因為久病不癒，不能過來了。從今年起，換成小的負責這一帶。」男子殷勤有禮地說。

「那個人是來找玄藏先生的。還很年輕……是啊，大概二十出頭，氣色很糟，他是所謂的家庭藥品推銷員。」

玄藏好歹也是個醫生，醫生怎麼可能會買家庭藥品呢？光保感到懷疑。

「……此時正巧亥之介過來，向他打招呼說：『咦？新的賣藥郎嗎？辛苦了。』聽甚八說，玄藏先生在村子定居下來以前，住在富山一帶，拜某個漢方醫師為師。雖然玄藏先生平素會摘些附近的藥草，或煎或磨地調製藥劑，不過開業以後，每年春秋兩次，都會請富山的師父送些丸藥、解熱鎮痛劑、丸金丹（註二）之類的藥過來……」

賣藥郎和亥之介在光保面前，說著前任賣藥郎因為風濕而行走不便、賣藥的反而不顧身子等話題，融洽地聊了一陣子。

「……我本來只是漫不經心地聽著，然而就像我剛才說的，突然聽到一句話，接下來話就這麼傳進耳中來了。」

「什麼……話？」

「當然是和**野篦坊**有關的話。」

「什麼？」

「白澤圖。」

白澤圖——這三個字從賣藥郎的口中冒了出來，耳尖的光保自然不會錯過。

光保慌忙注視兩人。亥之介霎時臉色一白，賣藥郎一臉狼狽。亥之介把賣藥郎往光保的小屋拉過去，並且小聲、激動地在說些什麼。光保馬上察覺這是不能讓外來的警官聽見的事，卻無法保持沉默，他湊到旁邊去，豎起耳朵來。他硬是說服自己，既然想隱瞞警方，肯定不是什麼正經事。

亥之介逼問賣藥郎：

——這話你從哪裡聽來的？

——這……之前巡迴的人。

——說謊，那個男人不可能知道。

——小的沒有說謊。

註一：一種日本染色名，為偏藍的紫色。

註二：一種提神、解毒，適用於各種症狀的黑色丸藥，是日本從前的家庭常備藥。

賣藥郎哆嗦著，從懷裡取出一張紙攤開。

——這、這是小的白澤圖，是我們避邪的護身符。

——白澤是我們的守護神，因為之前的人每年都會過來，在偶然的情況下得知了貴府的那個……

——因為名稱相同，詢問之下，才知道原來是傳自上古的藥方。

亥之介從賣藥郎手中搶下紙來，凝視片刻，揉成團收進懷裡，靜靜地說：

——是玄藏叔說的嗎？還是甚八？難道是叔公？

——算了，總之無論如何，你千萬不可以在這個村子提起那個名字。

——幸好聽到的是我，要是被老爺聽見了……

——你就等著吃不完兜著走。

——小的沒有惡意，小的不敢再提了，請大爺原諒小的……

賣藥郎直賠不是，連滾帶爬地離開了。

「賣藥郎走掉以後，我一把抓住亥之介，把他拖進自己的小屋，關上了門。我把那扇歪歪斜斜的門給扎扎實實地關上了。」

「然後……你問了緣由嗎？」

「是啊，我問了。」

光保答得很輕鬆。碰上那種狀況，換作是我，絕對問不出口吧。

「其實我也覺得那樣做似乎很不恰當，可是我就是按捺不住，完全沒辦法。所以我直截了當問他：『你說白澤圖怎麼了？』沒錯，我問了。『你知道白澤圖嗎？難道白澤圖在這裡嗎？白澤圖……』」

光保平日大而化之，此時卻激動不已，亥之介被他嚇了一跳，安撫馬匹似地勸阻他後，回答道：「拜託，請你當做沒這回事……」

「怎麼可能就這麼算了呢？我好歹也是個警官，必須維護村子的治安。我說：『亥之介啊，我忝為村子的一員，鞠躬盡瘁到今天，一直以為和你是一家人，沒想到你竟然如此不信任我……』，然後又說：『你可別把我和那種居無定所的藥販子拿來相提並論。』此時……」

此時甚八溜了進來。看樣子，甚八一直躲在暗處觀看這場騷動。甚八說：

──亥之兄，你不是總是說嗎？

──說你不願意被這個家束縛，說你已經受夠這些老掉牙的規矩了。我也同意你的話。

──我的身分不能繼承家業，但是只要佐伯家存在一天，我就是傭人、奴僕──亥之兄，你不是這麼對我說過嗎？

──說輪到你當家以後，絕不會再這樣繼續下去。

──說你要把這個家連同山林一起賣了，把錢分給我和家父玄藏。

──把你束縛在這個家的舊習，它的根源就是**那個東西**吧？

──我不曉得它有幾百年、幾千年的歷史，但全都是因為有**那個東西**……

亥之介聽著甚八的話，露出極為沉痛的表情，思量良久，回答：

──公平先生，不可洩露白澤圖之事，這是佐伯家──戶人村的規矩。

──可是就像甚八剛才說的，我已經受夠了。

──但是……

亥之介在猶豫。

「他在猶豫到底還要不要遵守老掉牙的迷信嗎？」

「那算迷信嗎？」光保說，眨了幾次眼睛。「就意義來說，算是迷信吧。然後，我突然同情起亥之介來了。因為這事對他來說很嚴重吧？很嚴重的。然而說到我，我追問的動機只是為了野篦坊，並沒有太重要的理由。所以我把我為什麼想知道白澤圖的理由，全部告訴他們。我告訴他們說：『如果你們覺得這理由可笑的話，就不必說了。』然而……」

亥之介卻說出來了。

──白澤圖這東西，是佐伯家代代由當家繼承的祕傳古文書。

──它被安置在禁忌的內廳，只有佐伯家的當家才能夠閱覽。

──剛才的賣藥郎不知何故知曉了這個祕密。

──過來商量說能不能讓他看看。

「我渾身發顫，哆嗦個不停。我覺得是野篦坊把我引導到這個村子的，這是命中註定。」

「說是命中註定會不會太誇張了些？」我說。

「一點都不誇張。」光保回答。

「可是光保先生，白澤圖是賣藥郎都會隨身攜帶的東西吧？那樣的話，富山等地不是更多嗎？」

「不，不是那樣的。賣藥郎身上帶的，說穿了是避邪的護身符。而佐伯家流傳的是古文書，也就是書籍，書籍喲。」

「或許是吧，但是真正的白澤圖已經佚失……沒錯，那應該是黃帝時代的夢幻珍本，不是嗎？不管是地點或時代，都相差太遠了。」

光保笑得像個孩子似的。「我想，一般都會這麼認為的吧。」

他的口氣像是在說「事實上並非如此」。我問：「難道還有什麼嗎？」

光保答道：「沒錯。那個啊……**真的就是**，關口先生。」

「真的就是？是什麼？」

「這是佐伯家的……祕密呀。」

「祕密……？」

古老望族的祕密。這句話感覺似乎經常耳聞，實則鮮少聽到。同時它也是平凡無奇，卻又超脫現實的一句話。

光保繼續說下去。「其實，被安置在內廳的，不只有白澤圖而已。佐伯家一族其實祭祀著**某個東西**，代代守護著它。」

「某個東西？」

「是的。白澤圖只是附屬品，本體是別的東西。那個東西呢，亥之介說……是個**形似人類，不會死的生物**。」

「不、不會死？」

「……亥之介是這麼說的。亥之介說，佐伯家代代一直守護著**它**。它住在宅子的內廳裡，不會動，但也不會死，就這麼一直活著。您相信嗎？」

怎麼可能相信？我老實地搖頭。

「我想也是。」光保說。「沒錯，那時我也無法置信。一般人才不會相信，而且亥之介和甚八好像也不相信。但是他們兩個人也說，內廳裡肯定有什麼東西。然後呢……」

「然後？」

「它……被稱為**君封大人**（kunhō）。」

「君封？」

「沒錯。君……**封**。**這不就是封嗎**？**是封**吧？」

「是封吧？是封喲……」光保說著，忙碌地挪動身體，一點一點地往前逼近。我慢慢地往後退去。

「聽好了，關口先生，那是形似人類的生物耶，而且還有白澤圖，再加上伊豆是駿河的鄰國，越過一座山，就是駿河了。這一定是那個駿府城的封沒錯吧？不會錯吧？」

「呃……」

到了這步田地，我的興趣突然急速減退了。談話的內容似乎有點超出我可接受的範圍了。雖然光保最初說的內容就已經瀕臨我的臨界點，但是直到中盤左右，我都還能認同光保。

但是……

為了維持我渺小的常識，我揚手制止有些亢奮的光保。但是光保卻不讓他小小的嘴唇稍事歇息。

「關口先生，請聽我說。亥之介說，那個**君封大人**不僅永遠不會死，只要吃了它的一部分，就能夠獲得永恆的健康與長壽。只是，能夠吃它的只有被選中的人——像是皇帝或帝王。除此之外，都不准吃它。」

光保站了起來。

「根據傳說，被選中的人遲早會來到戶人村。在那之前，藏匿、守護**君封大人**，就是佐伯一族的使命。每隔幾年，當家會獨自進入內廳一次，依照白澤圖所記載的處方照顧**君封大人**。那個時候，就能夠享用一些**君封大人**的餘惠。所以佐伯家的當家都很長壽。這更接近《一宵話》中的封了。《一宵話》不是說，只要吃了封就能夠身體健康嗎？」

「請、請等一下，光保先生，確實是這樣沒錯，可是難道你……」

光保連眼神都變了。「難道……什麼？」

「難道你是認真的……？」

光保別有深意地「呵呵呵呵」笑了，然後說：「我當然是認真的。」

「可是……你剛才說一般人不會相信的……」

「那是一般人啊。」

「什麼一般人，你……你冷靜點啊，光保先生。那種東西……那種奇怪的東西不可能存在的。首先，根本就不可能有什麼不死的生物，這你應該明白……」

「不不不。」光保搖頭。「關口先生，的確，我原本也不相信有那種東西。十六年前聽說這件事的時候，我也只把它當成一個傳說。那時，我只對《白澤圖》有興趣。但是現在不同了，我現在深信不疑。**君封大人**是不死身的肉塊，是長生不老的神藥，返老還童的妙藥，能使受傷的肉體痊癒的祕藥。」

「光保先生，你……」

「關口先生，我啊，長達十二年的時間身在大陸，親身體驗到了超越人類智識的事物存在。我深切地體會到了。然後，我逐漸相信佐伯家內廳的那個東西也是真的。」

「什、什麼真的……你……」

「我在大陸遭遇了許多恐怖的事，目睹了不可思議的事物，也經歷了奇妙的體驗。話說回來，關口先生，您知道『視肉』這東西嗎？」

「是肉？」

「視覺的視、肉體的肉。據說這是深藏在名山裡的肉，或者是埋藏在皇帝的陵墓裡。這東西雖然是肉塊，卻是活的，而且還有兩顆眼睛。這種肉不管怎麼吃都不會減少，無論怎麼切，都會不斷增長，恢復到原來的模樣，也不會死。這根本就是**君封大人**。還有，據說打敗諸葛亮的司馬懿擊敗公孫淵之前，遼寧出現了一個怪物，就很像這個視肉。那個肉塊有好幾尺長，上頭有張大臉，肥顫顫地行走。這根本就是駿府城的肉人吧？」

「這、這只是傳說……」

「還有，中國有個叫『太歲』的東西。」

光憑我的勸說，根本無力阻止光保。

「所謂太歲，是埋藏在地底的一種無固定形狀的柔軟物體，不過這東西也有眼睛，而且眼睛很多。太歲本來是指木星，傳說大地的太歲會配合木星的活動，在土中移動。但是這個叫太歲的東西萬一被挖出來，就會發生可怕的災禍。」

與其說這是傳說，毋寧說是神話，已經超出現實了。

「不不不，這可是真的，」光保說。「我隸屬的部隊在大陸就挖到了太歲。」

「挖、挖到太歲？」

「嗯，挖到了，挖中寶了。當時我們在挖壕溝，挖到太歲時，我們慌了手腳，立刻把它埋回去，但緊接著就發生了傳染病，死了三個人，死了三個人呢。」

「這……」

「那種東西是真實存在的。」光保斬釘截鐵地說。

「可是，光、光保先生，這、這個世上……」

「這個世上還是有許多不可思議的事的。」光保說。「一定存在一種黏答答、滑溜溜的未知生物，只是不知為何，鮮少出現在世人眼前而已。野篦坊原本就是種未知的生物，在不知不覺間，它成了沒有臉的妖怪，但還是一點一滴地流傳了下來。那幅畫上肥肥軟軟的臉……您也看到了吧？」

畫是看到了，可是……

「真的很抱歉，可是說它真的存在……我還是無法相信。雖然大陸那裡或許還有許多未知的生物……」

「還有很多啊，」光保使勁皺起淡淡的眉毛。「就算有封也不奇怪。」

「不，請等一下，重要的是……對，姑且不論那種脫離常識的東西是否存在，那種陌生的傳說留存在靜岡的山村裡這件事更教我難以信服啊，光保先生。說起來……」

那個村子本身或許就是一場妄想，不是嗎？

不，這已經不是虛妄或現實的問題了。

這如果是真實的，那麼它就是無限接近虛妄的現實；這如果是妄想，只能說是脫離常軌的妄想。而如果一切都只是光保的妄想，就算這類巧合再多，也毫無意義。

如果一切都只是光保虛構的，那麼細節部分會吻合，反倒是天經地義的事。如果這一切都是光保的腦子構築出來的情節，沒有道理會不合情理。如果有矛盾的話……

——是與現實之間的矛盾嗎？

那麼，就算糾正也沒有意義。

「不，光保先生，這樣好了。我們退一步想，假設你的體驗是真實的好了。即使如此，那種傳說……對，例如那個——亥之介跟甚八嗎？——有沒有可能是那兩個人在捉弄你？」

「捉弄……？我實在不這麼認為。就算是我，最初也不是完全相信那個傳說，而且還相當存疑。可是啊，關口先生，欺騙警官又有什麼好處？而且那個祕密傳說會被揭露，也是由於一個外來的賣藥郎，可以說是不可抗力。所以內廳裡一定有《白澤圖》，也有被稱做**君封大人**的某物——不，某種生物，這是確實的。這教我怎麼冷靜得下來？」

「這……是這樣沒錯，可是……」

藥商，富山的賣藥郎。不知為何，這讓我十分掛意。

「可是光保先生，雖然你說它確實存在，但是你看到它了嗎？」

「怎麼可能看到呢？」光保若無其事地說，再次坐下。「聽好了，關口先生，我也退讓一步，假設不死的生物是漫天大謊好了。可是佐伯家的退隱老爺和當家的癸之介先生好像都對這個傳說深信不疑。不，連村中的老人也似乎全都相信，當時好像還舉行了數年一次的儀式。所以那裡面應該有什麼東西，不管是迷信也好、假的也行、騙人的也罷，總是有什麼東西在那裡，而村人守護著那個來歷不明的東西，這一點是千真萬確的。而且不是我這個外來者能夠輕易窺見的東西。」

光保說到此，嘆了一口氣，說：「盲目的信仰真的是很可怕哪，關口先生。日本人也曾經在大陸做出令人髮指的行徑吧？就算是戰爭，一般人是做不出那種事的。可是我們卻相信著國家至上，動手了。就算動機並不如此單純，也是因為相信，才做得出來。要是懷疑的話，就不可能做得出那種殘酷的行徑。美國也是相信自己是正義的一方，才扔下了原子彈吧？若非如此，絕對不可能做出那種事來。所以啊……不管怎麼樣，對那個村子的人而言，那就是真實。」光保總結說。

確實，盲目的信仰是駭人的。但是正因為如此，我有些害怕眼前這個人。

我將不知何時早已別開的視線……轉回光保臉上。

光保的眼神是認真的。

「那個時候，亥之介答應我。他說：『輪到我當家的時候，**一定會讓公平先生看看它。**』」

「光保先生……，所以你……才會去到那個村子……」

光保閉上眼睛，皺起眉頭，慢慢地、深深地點了點頭。

「從那之後已經過了十六年。毫無疑問，佐伯家的當家應該已經是亥之介了。所以我才會去，我想看看**君封大人……**」

光保的眼睛不再注視任何東西。

「……所謂被選中的人，指的應該不是當權者吧？而且或許不只限於一個人。例如，有沒有可能說，人權遭到當權者蹂躪、幸福被榨取的人，才有資格分得它，被選中？它或許會為傷殘軍人——為了所有為國犧牲奉獻而身體殘缺的人派上用場，對吧？關口先生，您覺得呢……？」

光保公平光溜溜的臉探向我。

我別開視線，不知該往哪裡看。

我默默地，望著亮晶晶的地板。

3

風光明媚——我這麼想。可是這種感想，只要伶俐一點的孩子都會說，所以我沉默不語。玻璃拉窗擦拭得非常乾淨，得以將山巒和花草樹木等悠閒景色盡收眼底，看起來就像上了框的畫一般鮮明。我心想：這樣看起來晶亮有光澤，比直視還要美麗。或許是因為有了邊框的關係。

年輕警官從鋁製大茶壺將不知道是熱水還是熱茶的液體倒進茶碗裡，開口說道：「這真是奇怪，你問過政府機關了嗎？」

「問過了。」

「沒有收穫？」

「沒有。職員全都是年輕人，上了年紀的都是有地位的，對於這方面的事……」

「不太清楚，是吧。」警官——淵脇巡查口吻輕佻地說。「我到這裡也才兩年。戰爭結束以後，許多事都面目全非了。當然也不是說過去就這麼沒了，可是感覺上就像是重新清算過一次，過去的都**不算數**了。清算的是上頭的人嘛。但是像我們，就算被清算，也沒有什麼不方便的，至於不方便的部分，都給忘了。」

淵脇笑道。

他才二十五、六歲吧。

我磨磨蹭蹭地活了三十幾個年頭，卻仍然沒有變成大人的感覺。我認為自己永遠都無法完全成熟。不是青澀，而是不成熟。即使如此，像這樣面對年輕人，還是會感覺有一道鴻溝。我雖然不是大人，卻也不年輕了。

我笑不出來。

「你問過這一帶的阿公阿婆了？」

「問過了。不過也只是沿著道路在院子前招呼，問過七八個人而已。得到的答案都很模糊，像是『有那種村子嗎？』『好像有呢。』『或許有吧。』還說去看看就知道了。」

「說的也是。」淵脇又笑了。

無憂無慮。比起警官，他更適合去做生意。

「至少我不知道。請看，這是這一帶的地圖。喏，每一戶都有寫名字吧？登記冊上記載了家庭成員和職業等資料。一有人搬來，我就會立刻過去拜訪。你說的地方是……」

淵脇用食指劃過地圖。

「哦……哇，這可真遠，我只去過一次呢。可是這裡住的是熊田家，還有田山家跟村上家。這戶是空屋，這裡也是空屋，這裡……是須藤家。完全不一樣。」

「是不一樣。」

「會不會是搞錯了？這一帶的居民全都是老人。雖說從事的是農業，不過應該是靠家人寄來的生活費過日子吧，我去拜訪時這麼聽說過。然、後……嗯？」

淵脇露出一臉納悶的樣子。

「沒有那麼大的宅子啊。你說的應該是這一帶……我沒有去過。這份地圖連空屋都記載上去了，不過不是測量描繪的地圖。用途不一樣，是要填寫每一戶人家資料的。沒有呢，你說的那個佐……」

「佐伯家。」

「對，沒有佐伯家。」

「沒有嗎？」

「沒有。」淵脇依舊快活地說。「對了，住在這座山中村落的老人，偶爾也會下來村子。喏，像是歲末年終，不是會採買年貨嗎？就算住在山上，也是要吃年糕的。」

「嗯，是啊。」

「像那種時候，就會彼此打打招呼，或是聊聊天。碰面時，他們也會說『警察先生，辛苦了』。可是像那種大宅子，我從來沒聽說過呢。」

「你說的是熊田家或田山家的人？」

「應該是吧。老實說，我不記得是哪一戶的居民，可是既然是從那邊下來的，就一定是山中村落的居民。基本上要來去那裡，都一定要經過這個駐在所前面的路。我想想……嗯，所以會經過這個駐在所前面的，就只有跟那個村落有關係的人，一定是的。不過我之前都沒有注意，因為這裡已經是村子邊緣了，其他全都是有事來駐在所的，一般而言不會經過。可是……很少有人會經過這裡，大概只有郵差吧。」

「郵差會經過嗎？」

「嗯……大概幾個月會經過一次。至於是去熊田家、田山家還是須藤家，我就不知道了。一定是送生活費過去吧。」

「既然有生活費……就表示外地有家人親戚……」

那些老人是否真的在那裡住了七十年以上？……有必要確認。

「應該有家人吧。」淵脇說著，連同椅子一併旋轉，翻開桌上的基本住民登記冊，哼歌似地說：「這個不能給你看，不過呢……呃……有了，熊田家，上面有兒子的名字，緊急聯絡地址……也有。不過我沒有實際確認過住址……哦，須藤家的也寫了。這些資料都是自行申報的，這一帶不會發生什麼緊急狀況嘛。但是還是得姑且問一下……嗯，好像每一戶在外地都有家人。」

如果有家人親戚的話，他們就是歷史的證人。對於這些人來說，前方村落應該就是他們的故鄉。

「那樣的話，應該也有這些人的家人來訪吧……？」

「咦？呃，可是我不記得有人來訪。你這麼一說，真的沒有人來過。這些家人真是冷漠，至少過年也該回家一趟嘛。」

淵脇噘起嘴巴，接著說：「真是不孝到了極點，就算回家露個臉，也不會遭天譴吧？本官的老家在熊本，不過盂蘭盆節掃墓和過年還是會回家。登記冊上的親戚的住址……哦，全都在靜岡縣內呢。住得不是很遠，不過不是這種鄉下地方，而是更大的城鎮……對了，與其在這種小村子探聽，倒不如去市公所或縣政府那邊調查怎麼樣？」淵脇說。「紀錄這種東西，愈接近中央就愈多吧。」

「不……到處都找不到紀錄，所以只能仰賴記憶了。」

靜岡、三島和沼津我都去過，也詢問過縣政府。來到這裡之前，我已經執行了所有想得到的方法，只是沒有半點收穫。

沒有人知道戶人村。

沒有留下任何紀錄。

這我已經預料到了。反正政府機關的文件也追溯不到百年前，我應該調查更古老的紀錄或書籍。但是我沒有時間涉獵文獻資料，而且也不擅長這類作業。所以我想到去找精通古籍的中禪寺商量，在出發到伊豆前，打過一次電話給他。然而鮮少出門的書癡好巧不巧不在家，我輕易地就放棄了。

——再聯絡他一次看看吧？

我想。

——中禪寺不行的話……還有宮村先生。

宮村香奈男是專營和書的舊書商。

——賣藥郎，賣藥郎？

為什麼？我突然想起這個字眼。賣藥郎讓我耿耿於懷，這麼說來……

——還有巡迴磨刀師。

「對了，行商的怎麼樣呢？他們不會去山裡的村落嗎？呃，例如說研磨刀刃的磨刀師……或是賣藥郎之類的……」

「賣藥郎？你是說藥販子嗎？會帶些陀螺、紙氣球來賣的人，是吧？不會，因為這條路是死路，做不了買賣。能夠穿過去，越過山頭的路在另一邊。」

「另一邊……？」

「對，另一邊。一樣是山中，不過奈古谷那邊有溫泉，還有一座名刹國清寺。有座佛堂據說是文覺上人（註）被流放的地方。可是啊，這條路再過去的話，就……」

什麼都沒有嗎……？真的？

「那麼……不就幾乎不會有人經過了嗎？」

「我就說沒有人會經過了。除了居民跟郵差……我想想，啊，對了對了，這麼說來，去年夏天有美軍經過。可能是進駐軍吧。」

「進駐軍？」

「不過這一帶沒有基地。美軍開著吉普車經過這裡，不曉得車子可以開到哪裡。他們一下子就折返回來了……到底去做什麼呢？」淵脇放下喝到一半的茶杯，納悶地說。「……真奇怪。我剛才說過，會經過這裡，就是去那個村子。可是去做什麼呢？美國人去慰問貧窮老人家？怎麼可能。難道是去送巧克力嗎？啊哈哈哈哈。」

「會不會是測量之類的……」

光保說，敗戰後的地圖修復，主要是依據美軍的航空照片與調查結果。他還說，這一帶在兩年前做過調查。會不會是後續調查之類的？

淵脇的頭偏向另一邊。

「我覺得不是。如果要進行調查，我這裡會收到通知。美軍的調查，應該在我調派到這裡前就已經結束了。」

那麼……是什麼？

此時，我的心中升起一股詭異感，微弱地盤旋著。

雖然不到不祥的預感這種程度，卻是一種模糊的詭譎感覺。或許只是我多心了。

但是視情況……

這或許是起規模龐大的事件。

怎麼個龐大法？為何我會這麼想？我沒有半點明確依據，然而在我心中，但覺那股厭惡感逐漸壯大。

「那麼……對了，我想大概是去年秋天，我剛才說的朋友，該說是朋友還是……一個像這樣**光禿禿**的……」

光保真的來過這裡嗎？

「哦，**岡保**先生。」淵脇說。「對對對，你說去年是吧？去年啊……秋天的話，還不到一年呢。唔……哦，我想起來了。沒錯，那個人長得很像這把茶壺，對吧？這麼說來，他好像頭頂冒著熱氣，爬著坡上去了。對對對，我想起來了。」

「你想起來了？」

「想起來了。」淵脇高興地回答。「原來如此，是因為這樣啊。這麼說來，那個人過了近半天的光景，突然臉色大變地跑了下來。他衝進來，大叫著說什麼村怎麼了，鬼吼鬼叫的。我也不曉得剛才你告訴我的這些因由，只能叫他先冷靜下來，結果變得像在雞同鴨講一樣。」

「雞同鴨講？」

「雞同鴨講……是啊。然後我給他看了這份地圖，告訴他沒有他說的那個什麼村，結果……他當場昏倒了。」

原來如此，光保親身體驗了二度怪異的情境。

「我忙著照顧他，真是累壞了呢。」淵脇說。「現在想想，那個人的確是叫**岡保**，實在讓人印象深刻。

註：文覺（生卒年不詳）為平安末期、鎌倉初期的真言宗僧侶，原本為武士，誤殺同事妻子而出家。因復興神護寺之事觸怒後白河天皇而遭流放伊豆。後來幫助源賴朝建立鎌倉幕府，但賴朝沒後，被流放至佐渡。

可是，我覺得他好像有點不太正常。所以那些胡說八道，應該都是他的幻想吧？是妄想。你也真是個好事之徒，竟然為那種事千里迢迢地跑到伊豆來。」

無可否認，我就是好事之徒。

「不過，這裡是個可以悠閒度日的好地方，治安又好。你可以去泡個溫泉，療養療養身體。我來到這裡以後，胖了一貫（註一）呢。食物美味，又沒有犯罪事件，到目前為止，我只出動過一次，去勸導家庭聚賭而已。」

淵脇洋溢著發自心底的、沒有一絲陰霾的溫和笑容，請我喝淡茶。飲盡後，餘香掠過鼻腔，我才發現自己喝的是番茶（註二）。

我望向外面。

窗框中的情景悠閒至極。

蒼穹高遠清澈，綠意深邃剔透。非常適合「洗濯生命」、「洗滌心靈」、「心境煥然一新」等等形容。

我一時沉醉在景色當中。

確實，有一種受到洗滌的心情。

但是受到洗滌的似乎只有表面，中心的黝黯依然頑固地殘留著。分不清是神清氣爽還是暮氣沉沉，不上不下地，教人厭煩。

我從內袋裡取出摺起的剪報。

就是那篇記載了大屠殺謠言的報導。

「淵脇先生，請你看看這個。」

「什麼？」

我遞出報紙，淵脇說：「我瞧瞧。」

我有些緊張。

淵脇不為所動，說：「這怎麼了嗎？」

「這……你怎麼想？」

「怎麼想……就像這上面寫的，只是傳聞罷了吧？那麼久以前的傳聞，哪有什麼感想？」

「你怎麼能夠斷定它是傳聞？」

「因為我根本沒有聽說過這種事啊。」

「那個時候，淵脇先生幾歲？」

「呃……九歲。」

「那……還很小。」

「的確還是個孩子，可是如果發生了這麼重大的事件，一定會知道的。上面說村人全部遇害，不是嗎？不可能不知道的。比如這篇報導裡面引用的──津山事件，是嗎？這個我就知道。兇手拿著獵槍跟日本刀，像這樣一個接一個砍殺三十多名無辜的村民，對吧？我在《新青年》（註三）讀到的。」

「你……你說的是《八墓村》吧？淵脇先生，那是偵探小說啊，橫溝正史寫的。」

「啊？對呀，這麼說來，那裡面有名偵探登場，現實生活中不可能有名偵探嘛。這樣啊，原來是創作啊。可是……我記得……」

「沒錯。津山事件好像是那部小說的原型，或者說靈感來源。可是真正的津山事件你就不知道了吧？」

「你這麼一說……」淵脇說，用中指輕搔頭部，就像個自告奮勇地舉手，卻說錯答案的小學生。「……我確實不是很清楚。」

註一：一貫相當於三．七五公斤。

註二：以茶葉摘剩的硬葉製成的次級煎茶。

註三：日本的推理小說雜誌，一九二〇年至一九五〇年間發行。除了翻譯介紹海外推理小說，亦培育了許多知名推理作家，如江戸川亂步、夢野久作、橫溝正史、小栗虫太郎等。

說到村裡的老人為何會那麼清楚地記得磨刀師阿辰，並不是因為磨刀師阿辰很受歡迎，而是他惹上了麻煩。磨刀師阿辰——津村辰藏，在昭和十三年的夏天，被憲兵給抓走了，老人這麼說。

「憲兵？抓走一般民眾？」

「不清楚究竟是憲兵、警察還是軍人。綜合我所聽到的，磨刀師阿辰這個人每年都會從下田那裡上來，夏季就在這一帶巡迴，然後再從三島去沼津。聽說他在去三島之前，在韮山這裡被抓了。」

「為什麼？」

「不知道……」

聽說他是共產黨……

是俄國的間諜呀……

是國家的叛徒啊……

是賣國賊啊……

老人接二連三說出完全時代錯亂的話來。

他被抓是當然的——每個人異口同聲地說。時代變了，所以正義的標準也變了，但是老人並沒有這種認知。可是，若說他們全都是無法擺脫戰前與戰時意識形態的國粹主義者，似乎也不對。在他們的腦中，民主主義與軍國主義毫不衝突地共存一處。它們是不一樣的信念，卻也是相同的信念。

「……到底發生了什麼事呢？」

我沒有回答。

因為那應該不是事實。實情是老人認為：如果民眾會毫無理由地遭到拘捕，那怎麼得了？所以既然被捕，一定是那個人做了什麼合該被捕的事，而國家會逮人的理由，除了**這類理由**以外，別無可能。

老人將正義排除在外。

因為如果懷疑，有些事物就會崩潰。

「那麼……」我凝視淵脇。「……你怎麼想呢？淵脇先生。」

淵脇瞬間露出困惑的表情，很快地低下頭，在地圖指指點點，計算戶數。

「呃……十五、十六，全部有十七棟屋子，不過有十棟是廢棄的，裡面的全都是空屋……從這戶須藤家到下一棟空屋，距離相當遠……如果這中間有那個佐……」

「佐伯家。」

「有那個佐伯家的話……加上那戶佐伯家，總共十八戶嗎？十八戶，數字吻合。關、關口先生……」

淵脇抬起頭來，他的表情很無助。「……這、這到底怎麼回事呢？」

「我就是……為了查明這一點而來的。」

我應該也一樣一臉無助吧。

淵脇交抱雙臂。

此刻，我不安的毛病似乎已經完全傳染給這名年輕的巡查了。

「對了，還有一件事……我從老人那裡問到一個有意思的消息。」

「什……什麼消息？」

「記得這件事的只有一個人，就住在這附近，那個十字路口前的豆腐店的退隱老爺。他說是十幾年前的事了，他有事到這個駐在所來，和當時的警官聊天。當時，退隱老爺似乎對郵資調漲的事大為光火。此時，有一個像是警官的年輕人，背著大行李過來了……」

「然後呢？」

「那名年輕人過來敬禮打招呼，聊了一陣子後，往山上去了。駐在所警官好像說『是新任警官』，但是退隱老爺不記得後來曾經再看過他。這件事說不可思議，也算是不可思議。」

「那是……什麼時候的事？」

「我請人調查過了，郵資從明治三十二年起就沒有再調漲過，一直到昭和十二年四月一日才又調漲……光保先生調派到戶人村，就是那一年春天。」

「那麼，那名新警官就是……」

「光保先生吧。」

我打電話向光保求證，他說從他上山到戶人村赴任，一直到被召回沼津的舅母家出征，這段期間一次也**沒有**和韮山的居民接觸過。每個月月初他都會下山一次，進行定期聯絡，但所有的事都可以在駐在所——也就是村子邊緣的這個場所辦妥。只要在這裡折返，就不會進去村子裡。光保的徵兵體檢是在沼津做的，當時他也是直接到車站去。春節就在山裡過，完全沒有被韮山的居民看見。

淵脇更加困惑了。

「可是那樣的話……請等一下，我來整理一下。虛實混淆在一起，亂成一團了。呃，首先是那個……干保先生？岡保先生？」

「光保。」

「嗯，那個人。假設那個人真的是十六年前派任到這附近的警官好了。雖然沒有確切證據，不過要是每件事都懷疑，會沒完沒了，就先當成真的吧。然後是磨刀師阿辰，據說真有其人。報紙上說，他在十五年前散播奇怪的謠言，然後遭到逮捕了。」

「是啊。」

「謠傳中的村子，與光保先生記憶中的村子一致。但是現實中卻不存在符合光保先生記憶的村子，紀錄上也沒有。」

「不過……」淵脇說，表情糾結在一塊了。「疑似光保先生赴任的地點，有一個村子的規模和報導中提到的相當。」

「是的。」

「可是，那裡卻不符合光保先生的記憶。」

「就是這樣。」

某些部分接合，某些部分兜不攏。

一切彼此證明一小部分，又彼此否定一小部分。真偽不明的事項全都是些瑣碎的問題，然而整體卻迷茫不清。

就彷彿看似無所謂、不值一提的錯誤累積，結果竟扭曲了整個世界似的，令人莫名煩躁。

淵脇說：「這……是二選一。」

「二選一……？什麼意思？」

「嗯，首先是這篇報導……無論這是謠言還是事實都無所謂。不管是謠言還是事實，都與主軸無關。問題在於這篇報導中提到，十五年前在這一帶，存在著一個擁有十八戶、五十一人的H村。關於這一點，並沒有太大的歧異。」

「為什麼？」

「因為這一帶實際上就有一個十八戶、五十一人規模的村落啊。不過現在只剩下十七棟屋子，七戶十二人。只有名稱不同而已。」

「H村……拼音首字母是H的村名嗎？」

「沒錯。某某村這樣的叫法，在頒布市町村制度以前就存在了吧？換句話說，它不一定是地址的正式名稱，說穿了只是村落的俗稱、綽號。這個韮山村裡面，也有多田、長崎、田中等等稱呼，仔細想想，只有這座山上的村落沒有名稱也很奇怪。所以或許在以前，它是以首字母H的俗稱來稱呼的。因為和其他聚落相距遙遠，所以加上村來稱呼，而現在那個名稱已經失傳了。」

「原來如此。」

這倒是有可能。

「所以我們先把這篇報導中的H村當做這前面的村落吧。十五年前，磨刀師阿辰去了前面的村落，偏偏沒碰見半個人，所以他便放出了奇妙的風聲——有可能是這樣。如此一來，問題的範圍就縮小了。」

總覺得淵脇很拚命，拚命地把問題拉往自己居住的世界。

「什麼叫做範圍縮小了？」

「光保先生曾經被派遣到那個H村，對吧？這件事剛才已經確定過了，為了方便起見，暫且把它當成事實。在那裡，應該發生了如同光保先生記憶中的事。」

「你是說，也有佐伯家？」

「暫且當做這樣吧。」

「可是……並沒有佐伯家。」

「不，不能說現在沒有，以前就沒有啊。磨刀師阿辰曾經提到，這篇報導裡頭也寫了，所以有可能發生了像是連夜潛逃，或是全家自殺這類事情吧。傳染病或大屠殺實在不太可能，所以十之八九是連夜潛逃吧。佐伯家和其他人家連夜潛逃了——在光保先生出征以後。」

「連夜潛逃……？」

「沒錯，潛逃，跑路了。」淵脇像是在說給自己聽。

「可是淵脇先生，現在住在那裡的田山家和熊田家，那些人又是從哪裡……？」

「他們沒有一起逃走啊。」

「可是光保先生並不認識那些人啊。」

「關鍵就在**這裡**……」淵脇拍了一下膝蓋。「……關口先生，聽好了，這並不是什麼複雜的問題，只是光保先生一部分的記憶悖離現實罷了。反正熊田家和田山家從以前就住在H村——我不曉得那是蛇村還是蜥蜴村，只是光保先生**記錯**了……」

「怎麼可能……」

「就是這樣啦。」淵脇再一次拍打膝蓋。「關口先生，光保先生那個人，容貌是不是和年輕時差很多？」

「這……」

他說他變胖了，年輕時應該也還有頭髮。我這麼回答，淵脇便滿足地點頭說：「就是嘛。他在那裡只待了不到一年的時間吧？熊田先生他們雖然還不至於老年痴呆，畢竟也上了年紀，他們忘記光保先生了。問題在於光保先生吧。因為光保先生也忘記對方，事情才會變得這麼怪異。再加上政府機關和警署與H村相關的紀錄都丟失了，才會搞得這麼複雜，如此罷了。」

「唔……」

淵脇說的沒錯。

「如果沒燒掉的話，佐伯家的人也……當然或許不叫這個姓，因為這是光保先生的記憶嘛。可是，相當於佐伯家的人的紀錄或許還保留著。不，或許只是姓氏不同，其實紀錄還保存在什麼地方。一定是這樣的，所以……」

「淵脇先生，請等一下。你剛才說……二選一……」

「是二選一啊。」

「什麼東西二選一？」

「也就是說，這並不是什麼村落消失、居民消失這類不可思議的事情。村子還在，人也住在那裡。所以不是光保先生記錯了，就是**村落的居民全都在說謊**……不是嗎？」

「居民全都在說謊？」

「不過這不可能啦。如果現在住在那個村落裡的十二個人全部串通起來說謊，當然就會變成這種狀況啦。可是光保先生會來訪，是碰巧的吧？他們不可能事先串通好。而且他們也沒有理由騙人吧？所以選項只有一個……」

淵脇的食指指向我。「光保先生精神錯亂了。」

是這樣子嗎？

雖然淵脇如此斷定，我卻無法就此接受。要是這樣就解決了，豈不是最初就解決了，我也不會大老遠跑來這種地方了。

淵脇闔起登記冊，說：「話說回來，那位光保先生為什麼沒有來？」

「那是……光保先生非常明白自己似乎陷入混亂了。換句話說，他極端害怕是自己的腦袋——精神失常了。他認為如果是自己異常，那麼無論看見什麼，聽見什麼，都不可能釐清真相，所以才由第三者的我作為代理人來探究真相……」

「他很有自知之明嘛。」淵脇大聲打斷我的話，恢復笑容。「精神狀況有問題的人，一般都不會承認自己異常，不過這個人倒是很有自知之明。但是，事實就像他所擔心的呢。」

「可是……」

「光保先生需要的不是事實，而是休養。去泡泡伊豆的溫泉，放鬆一下就好了。」

淵脇背過身去，一副「事情解決了」的態度。

我束手無策，又望向窗外。

——有人影。

一名男子悠然橫越窗框而去。

男子身穿和服，一件暗紅色的薄料和服披風披在身上，前方敞開，輕柔地隨風搖擺著。底下穿的像是作務衣（註一），不過應該是白色單衣（註二）搭配黑色窄口寬褲裙。打扮就像個茶人或俳人（註三）。男子手中提著一個老舊的行李箱，顯得格格不入。

「啊。」

我叫出聲來，淵脇回頭。

「那個人……」

路過這前面了。

路過駐在所前面的人……

是親屬嗎？——我一瞬間這麼想。

我打開拉門，把頭探出門外。

「請問……」

男子回頭。

他的眼神彷彿會射穿他人，下巴厚實，眉毛筆直。

出乎意外地男子似乎並不年輕，但凌亂膨鬆的長髮，使得男子的年齡難以判別。

男子瞇起眼睛笑了。「有事嗎？」

聲音洪亮。

「呃、那個，不好意思，你……」

「我要前往這前面的村落，有什麼問題嗎？」

「你、你……」

淵脇從後面探出頭來。「不好意思，可以請教一下你要去做什麼嗎？」

男人閉唇不語，笑意更濃了。「啊，你是這裡的警察先生嗎？辛苦了。這是盤問嗎？」

「不、不是的……」

「沒關係，這是你的職責所在。敝人名叫堂島靜軒，至於職業……，我在調查地方的歷史和傳說，算是個搖筆桿的吧。」

「歷史……和傳說？」

「是的。」男子——堂島格外清晰地答道。「我從幾年前開始，就在整理這一帶的鄉土史。大前年我曾經拜訪這上面的人家，採集了一些傳說，但是在調查當中，發現了一些教人納悶的問題。所以我想再次前往拜訪，確認一些問題……」

堂島說到此，壓低了聲音。「……這有什麼問題嗎？」

「呃？」

註一：僧侶進行清掃作業等勞動時穿的衣服。上衣前面為交叉重疊式，底下則是窄管長褲。
註二：單衣是單層無襯裡的和服，於初夏至初秋時穿著。
註三：茶人指愛好茶道的人，俳人是精通日本詩詞「俳句」的詩人。

「發生了什麼事嗎？」

淵脇被這麼一問，轉向我這裡。這種狀況理應由我來說明，但是這件事原本就十分複雜，很難在一時之間簡明扼要地交代清楚、也很難向初識的人說明。而且對我這個有點社交恐懼症的人來說，這根本就是不可能的任務。

我含糊不清地蠕動嘴巴，發不出聲來。

堂島維持笑容，說：「我可以走了嗎？」然後他慢慢地行了個禮，朝上望著我們，就這樣緊盯著我們直起身子，說了聲「告辭」，轉過身去。

「請……請等一下。」我伸出手，只說了這句話。

堂島只回過頭來，隔著肩膀望向我。

「我……我也要去。」

不管怎麼樣，也只能去了。

「我也……一起去。」

淵脇驚訝地看著我，然後死了心似地說：「唉……我……也一起去吧。」

他牽起腳踏車。

但是，淵脇的腳踏車不到一個小時就被棄置路邊了。

「這麼說來，我都忘了呢。」巡查埋怨道。

路程並不平坦。

雖然算是有路，但到處崎嶇不平，或中斷，或彎曲，有些上坡嵌入木片或石板權充階梯，有些坡道甚至垂吊著鎖鏈，必須抓著鎖鏈往上爬才行。

我在路上自我介紹。

然後將難解的狀況，以難解的話語、難解的順序，難解地向堂島說明。堂島沒有看我，只是「哦？」「嘿？」的應和，有幾次難得轉過頭來，以極為清晰的嗓音說：「真不得了。」

從途中開始，淵脇加入說明，並解釋他提出的光保錯亂說。被他有條不紊地這麼整理後，感覺這似乎只是一件單純不過的蠢事。即使如此，我還是像第一次聽到時那樣，留下一種無法釋然的疙瘩。

約莫花了一個小時，才大略說明完畢。

堂島總算把整個身體轉向我們了，然後他用一種有些做作的口氣說：「原來如此……，聽起來像是不可能發生的事。」

我點頭，但淵脇搖頭。

堂島接著問：「可是……關口先生，如果你知道了真相，究竟打算怎麼做呢？」

我還沒有回答，他已接著說了下去：「總不可能只是把它寫成報導吧？」

我不曉得該怎麼回答這個問題。

「我只會……把它寫成報導。」

「不，不可能。」

「不可能……？」

「你已經不計得失地想要知道真相了。你的口氣聽起來就是如此，你已經無法回頭了……，不對嗎？」

「這……」

吱吱吱——山鳥啼叫著飛過。

堂島背對山壁站著。「例如說……」

他的眼神像要射穿人一般。

「這個世界就是把幻想與現實視為對立，才會變得莫名其妙。我們活在名為現實的幻想懷抱中，同時也懷抱著名為幻想的現實而活。一般而言，這個世上的現實與幻想是等價的。對人而言，幻想無法與現實切割、區別開來……」

那雙筆直、端正的眉毛充滿力量。

「……所以，世上的**一切全都是不可思議**。我身在此處，還有你身在此處，若說不可思議，也全都是不可思議。這麼一想，無論是一個村落消失了，或多少人消失了，都不是什麼值得大驚小怪的事。就算過去全都消失不見，但我現在身在此處，你也身在此處，不是嗎？」

「這……」

「不能接受，是嗎……？」堂島說。「……一定不能接受吧。你想要身為你自己。就是因為這麼想，你才會覺得不能接受。沒錯，人總是希望自己就是自己。對你來說，世界是只屬於你的。所以你想要把自己和世界區隔開來，視自己是特別的。你想要區別他人與自己，正因為如此，世界才會充滿不可思議。只要發現自己或許不是自己……，世上就沒有任何謎團了。」

「什麼……意思？」淵脇問道。

「何謂謎團？就是……不了解的事。謎團指的並非不可能發生的事。因為世上的一切事象，都是普遍地實際發生的事。發生不可能發生的事，這是矛盾的。無論人類知曉與否，太陽依然東升西落。太陽升起是很不可思議的事，對於不知道地動說的人而言，是一個謎團。但是只要了解天體運行的原理，就根本不是什麼謎團了，對吧？但是即使了解了原理，天體的運行也不會改變。因此所謂謎團，只不過是人類不了解的事罷了。只要沒有人，也就沒有謎團。那麼所謂人，指的是誰？沒錯，就是你……」

堂島看著我。「……因為有你……就有對你而言的謎。只要你不是你，就沒有對你而言的謎了。」

「我……不是我……」

「這個世界的一切都是真實的，只要照單全收，就沒有問題了。人總是置身真實之中，卻不承認這一點。若問為什麼，因為人想要以自己為基準來揣度世界。因為想用自我這個狹隘的模子套住世界，才會出現莫名其妙的事。只要領悟到一切都是不可思議，世界便屬於你。但是想要維持自己，同時又知曉世界——想要解開一切的謎團——就必須將自己這個容器無限擴大，直到與世界同大。這是件難事。所以……」

披風輕柔地飄動起來。

「……如果自我會阻礙我們領悟真實，捨棄那種無聊的東西，豈不輕鬆多了……？」

堂島壓低了嗓音。「……即使如此……」

他的視線貫穿了我。「你還是想知道嗎？」

「我……」

我到底在做什麼？

……現在這種狀況，是現實嗎？

我是否只是被光保的妄想給吞沒了？

這一切是否都是虛假的？

我……

我是我。

我豁出去了，然後開口：「我……想知道。」

堂島瞇起眼睛笑了。「這樣啊。很好，我明白了。那麼走吧，天黑就麻煩了。」

「喏，就快到了。」不可思議的男子說道，甩動披風轉身。

我就像被吸引過去似的，踏出步伐。

回頭一看，淵脇一臉茫然地跟了上來。

沒有門，也沒有標誌。沒有任何指示村子境界的東西，山中極為唐突地出現了建築物。

那是……

根據光保的說法，那是一家叫做三木屋的雜貨店。

在地圖上，它現在是姓熊田的農家。

從外表看來，它並不像雜貨店。那棟飽經風雪的灰褐色半腐朽建築物，一副理應在此的模樣，完全與草木和山中的景色同化了。屋簷下掛著一些作物，卻也乾枯並褪成褐色，木板屋頂上雜草叢生。

屋後是綿延的群山。

「真是宏偉，看看那片山壁……」堂島仰望山脈。「……這裡的居民，就像緊緊攀附在這座大山上生活著。簡直就像苔蘚或岩海苔，依附在某些事物上，才勉強得以生存。」

堂島轉過頭來，露出笑容。「面對如此壯闊的大自然，人類簡直有如大象身上的蝨子——你們不覺得嗎？嘴上雖然了不起似地談論著什麼過去未來，但是蝨子不可能理解大象的時間。住在那些屋子裡的老人們，日出而作，日落而息。無論是雨是晴，都耕作著貧瘠的旱田，吃著芋粥，蓋被而眠。他們已經幾年、幾十年都這麼做了。日復一日，重複著相同的日子。沒有昨天，也沒有今天，只是活著……」

淵脇像是被什麼擊中似地抬起頭來，嘴巴微張，環顧應該已經熟悉的群山。我無法忍受幾乎要頭暈目眩的預感，麻木地望著淵脇的脖間喉嚨。

「明天和今天是同一天，今天和昨天也是同一天。如果只是相同的日子不斷重複，豈不是等於沒有時間？三天還是一年、十年還是七十年，都是一樣的，關口先生。」

——不管十年，

——還是七十年？

「堂島先生……你……」

知道些什麼嗎？

「你剛才……不是說這個村落有什麼令你感到納悶的地方嗎？」

「是的，我是這麼說過。」堂島說道，又笑了。「沒什麼，不足道的小事罷了。」

「什麼不足道的小事？」

「就是不足道的小事。沒錯，習俗與風俗這類東西，不同的土地或人家，差異也非常大呢。」

堂島拱著肩，往建築物的方向前進。

「語言也是。同樣的東西，稱呼卻不同；同樣的名稱，指的東西卻不一樣。光是一個魚鉤，只要看看形狀，就可以知道是日本海側的，還是太平洋側的，甚至是瀨戶內海的。新年的裝飾、盂蘭盆節及五大節日（註）等年中節慶的慶祝方式、從吃飯的規矩到打噴嚏的方法，全都有微妙不同……」

堂島站在門口。

「像這戶人家……」

門「喀噠」一聲打開了。

一個老人面無表情地站著。

眼珠混濁，從高高凸起的顴骨上邊到太陽穴，布滿了密密麻麻的老人斑。曬得黝黑的頭皮上長滿了理短的雪白頭髮，就像撒了一層白粉似的。泛黑的襯衣上穿著鋪棉短外套，脖子上掛著像是手巾的東西。老人完全是景色的一部分，自然而然地存在於此。

「……什麼事？」

「哦，熊田先生，你是熊田有吉先生吧？」

堂島這麼說的時候，老人混濁的眼睛不知為何直盯著我看。

「我是。……你是？」

「熊、熊田先生……，我是駐在所的……」

「你是？」——這句話顯然是對我說的。淵脇被忽視了。

「你是……」

老人推開堂島般朝我走近一步。堂島大大地轉身，朝老人背後開口：「熊田先生，請讓我參觀一下府上裡面。太太在田裡嗎？喏，關口先生、警察先生，你們也一起進來吧。打擾了……」

堂島輕巧地穿過昏暗的門口。我向老人行禮後，跟了上去。

一片漆黑，眼睛適應不了。

這個家裡只有臭味和濕氣。

黑暗、簡陋、乾燥的家。

眼睛習慣後，卻看不到色彩。

註：指一月初七人日、三月三日女兒節、五月五日端午節、七月七日七夕、九月九日重陽節。

黑白的泥土地房間裡，站著一樣是黑白的堂島。

「哎，要看的地方也沒多少。熊田先生，茅廁在哪裡……？哦，這邊啊。喏，請看，是這裡。熊田先生，這是什麼？」堂島指著某處問道。

梁上掛著裝飾品，我定睛細看。

──是御幣（註一）嗎？

看起來像是供奉在神龕或注連繩（註二）上的幣束。

上面夾著像幣串（註三）的東西，還垂著像是稻草的物體。每一個都相當老舊了，感覺像是被遺忘了好幾十年。

「那是廁所的裝飾。」熊田老人在門口說。「……一直沒更換。」

「我就是在意這個，這個……是人的形狀呢。」

這麼說來，的確是人形。

「而且有兩個。」

「這又怎麼了？」老人說。「那東西只是裝飾罷了。一直沒替換，也不靈驗了。你想要就拿去吧。」

堂島大概眯起眼睛笑了。「我真的可以拿嗎？」

「無所謂。那種沒有放水流的**雛公主**，其實是污穢的。只是拿來擺著，也不會有什麼好事。」

堂島說：「那我心領了。」

然後他問道：「姑且不管這個，請問府上的神龕有牌位嗎？」

「那怎麼了嗎？」

「能否讓我參觀一下？」

老人一臉不悅，回答：「那不是什麼可以給外人看的東西。」堂島說「這樣啊」，慢慢地把頭轉向我。

「關口先生，這位熊田有吉先生在這裡住了七十年以上。你有沒有什麼問題要請教他？」

「這……」

——這個老人會說謊嗎？

不能因為對方看起來像個好好先生就相信他。有些奸巧之徒會偽裝魯鈍，老謀深算的有識之士也經常誆騙別人。但是……

這個老人可能和別人串通勾結嗎？不，他這麼做有意義嗎？他有什麼不惜隱瞞也要守護的事物嗎？他有什麼即使扯謊也要得到的東西嗎？

就像堂島說的，這裡是時間的孤島。

既沒有可以失去的東西，也沒有渴望的事物。

昨天與今天相同，今天與明天也相同……

「請問……」

但是……

「你記得十六年前，有一名警官被派遣到這個村莊的駐在所嗎？」

老人轉向旁邊看了一下，他在看淵脇。

「警察一直在下面的村子。」

「不是下面，是呃……這個村落。」

「不知道，不記得。」

「這一帶是叫做……」

「聽說是韮山村，寫這樣信就會送到了。」

註一：御幣是幣束的敬稱，是一種祭神道具，用來祓除不祥。一般以兩條紙垂夾在細長木棒上製成。

註二：繫於神靈前方或祭神場地的繩索，以禁止不淨之物侵入。

註三：即幣束用來夾紙垂的木棒或竹棒。

沒錯……這裡的地址是韮山村。

「請問，有沒有類似俗稱的稱呼……？」

老人緊抿著嘴，摩擦著下巴。「不知道，這裡就是這裡。」

「那麼，你……一直在這裡、在這個村子、在這個家……長大嗎？」

老人面不改色，以毫無抑揚頓挫的聲音簡短地答道「是啊」。

「我爸和我阿公，八成連阿公的阿公都在這個家長大，死在這個家。我也和我爸一樣，在這裡長大，在這裡娶老婆，以後也會死在這裡。兒子已經離開了，不過我要死在這裡。」

「令公子是什麼時候……？」

「不曉得。好幾十年前離開，就這麼一去不回。只會送錢來，但是人從來沒有回來過。」

「不過也沒辦法。」老人說，進到屋子裡頭。被裁切成門口形狀的明亮戶外，只有淵脇一個人佇立著。

「幾十年之間……，一次都沒有回老家嗎？」

「我連他的臉都忘了。老太婆偶爾會想兒子，哭個不停，不過……沒辦法。」

「令公子現在在哪裡呢？我聽說是在縣內……」

「我也不清楚。我從來沒離開過這座山，只去過下面的村子。」

「令公子寄錢來的信封……還在嗎？」

老人無言地推開我，吧嗒吧嗒地走上木板地，粗魯地打開木板門。然後從櫃子的抽屜裡抓出一疊信封，再次吧嗒吧嗒地走回來，把信封遞向我。

我窺看堂島的反應。堂島望著天花板，老人維持著遞出信封的姿勢。結果，我先小聲地說了聲「謝謝」，收下那疊信封。

信封用捆包繩綁住，數量非常多。

「這……」

裡面好像還裝著紙鈔。

「沒地方花。」老人說。

不曉得有幾年份，累積的金額也許相當驚人了。

我確認信封上的寄件人。

熊田要一……

地址是下田。下田的話，確實離這裡不遠。和淵脇說的一樣。

這次我望向淵脇，年輕的巡查一臉疲憊。我得到老人的許可，把地址抄在記事本上，正要奉還信封時，堂島叫道「關口先生」。

「你確認郵戳了嗎？」

「郵……郵戳嗎？」

我反射性地拿回信封確認，連去想這有什麼意義的工夫都沒有。

光線幽暗，戳記模糊不清，我看不清楚。

東……

東……中。

東……東京中……

我拿起第一封信，看第二封。

「東京中央？是東京中央郵局。」

「寄件地址寫的是下田，他是去東京有什麼事嗎？下一封怎麼樣？」

「咦……」

我連忙看第三封，這封信戳記暈開，無法辨識，但是第四封依然是東京中央局的郵戳。我被一股詭異的焦躁感籠罩。我確認第五封、第六封、第七封……

「這到底……全都是從東京投遞的。」

不知為何，我輕微地發顫，望向熊田老人。

老人依然故我，板著一張臉站著。

「這……堂島先生……」

「已經可以了吧？再打擾下去，對人家也過意不去。關口先生，喏，快把東西還給人家，我們走吧。熊田先生，打擾你了。」

「啊……」

堂島隨便謝了幾句，走出屋外。我匆匆地將信封塞還給老人，迅速而含糊地道別後，連滾帶爬似地追上堂島。

我覺得害怕。

外頭褪色了，一片淡褐。

宛如置身夢境……

背後傳來關門聲。

堂島已經走了一段距離。淵脇一臉不安，一面頻頻回頭，一面跟了上去。

「堂、堂島先生……」

「關口先生，怎麼樣？你滿意了嗎？」

「什麼滿意……這到底是……？」

堂島停下腳步。

「你明白了吧？」

「明白什麼？我還……」

「我也莫名其妙。」

「哦？」堂島笑了。「莫名其妙的話，就這麼莫名其妙不也倒好？」

「一點都不好。我……這一帶也是我的管轄範圍，要是發生了什麼可疑的事……」

「沒有任何可疑的事。關口先生，你認為那位老人家在說謊嗎？」

「這……我想不是。」

換句話說，幾乎可以確定是光保錯亂了。不過，我也覺得沒有見過其他居民就這麼斷定，似乎太武斷了。另一方面，我又覺得不管見到誰，得到的答案都會是一樣。堂島笑得更愉快了。

「沒錯吧？那個人看起來不像會說謊。可是……」

「可是？」

「那個叫熊田的人，**不是本地人**。」堂島說完，又邁開步伐。

淵脇繞到他前面。「請等一下，那個人不是說，他是在這裡出生長大的嗎？」

「他是這麼說。」

「可是你卻說他不是本地人，這是什麼意思？你不是說他沒有說謊嗎？」

「他沒有說謊吧，他這麼信以為真。所以對他而言，這就是事實。他根據他的事實，老實地這麼告訴我們，所以他並沒有說謊。」

「信以為真？」

「沒錯。關口先生，你也看到那間茅廁的裝飾了吧？」堂島面朝前方，向我問道。

「看到是看到了……，那怎麼了嗎？」

「那個老人家稱它為『**雛公主**』。其實，我是為了確定這一點才來的。例如說，廁所的神也有許多種，在寺院之類的場所，祭祀的是烏樞沙摩明王（註一），常會貼上它的符。中國的廁神叫紫姑神（註二），它的御神體是葫蘆。」

註一：佛教中的神明，以聖火燒盡人世煩惱與污穢。由於廁所自古便被視為怨靈及惡魔的出入口，所以有藉由烏樞沙摩明王的火焰來清淨它的信仰。

註二：紫姑是中國民間傳說中一個遭正室嫉妒的妾，死於正月十五，因生前常被吩咐清掃廁所，故被奉為廁神。後人在正月十五以稻草等紮成人偶，以葫蘆等做為頭部，迎接其靈，為「迎紫姑」。

「這又有什麼關聯嗎……？」

「剛才我不是說了嗎？這類習俗會隨著地方或人家而不同。在廁所設置神龕，祭祀一對男女人偶，做為廁神的憑藉──這種習俗流傳的範圍相當廣，但是地方不同，祭祀的方法還是會有些微的不同。一般都會在每年正月十四或十六日更換新的人偶。熊田先生說已經很久沒有更換了，對吧？」

「他是這麼說。」

「所以那不是單純的裝飾品，過去一定是信仰的對象。熊田先生知道那個東西必須更換，這一點不會錯。伊豆這裡當然也有廁神信仰，不過我不曾見過那種形態的東西。如果那是這一帶信仰的一般形態，我覺得很耐人尋味。可是……」

「可是什麼？」淵脇問道。

「其實，我曾經在別的地方看過與熊田家樣式相同的廁神。是在宮城縣的某個地方，陳設的方法完全一樣。即使在宮城縣內，祭祀廁神的方法也不一而足，稱呼也不同。像是御分銅大人（註一）或御黑納大人（註二），祭祀方法也不同。但是在熊田家，他稱之為雛公主。」

堂島似乎很開心。

「雛公主……這是在特定的地區才通用的名稱，而非廣泛的稱呼。說到雛公主，一般指的是桃花節（註三）的女娃娃。那特殊的擺設法，還有特殊的稱呼都一樣的話，實在難以說是巧合。」

「那麼堂島先生，你是說那個熊田先生……」

「是的，他八成是宮城縣人。搬到這裡，頂多是十四、五年前的事。」堂島乾脆地說。

「可、可是……」

「他講話的腔調也不一樣，不是這一帶的口音。那個老人家沉默寡言，所以聽不太出來，不過他今天說了不少話，我完全聽出來了。他平素似乎也和村人不相往來，所以才沒有露出馬腳吧。還有那些信件……」

「啪沙」一聲，披風揚起。

「那是他兒子寄來的十四年份的生活費，對吧？但是十幾年前離開家裡的其實並不是兒子，而是**熊田先**

生。熊田先生離開宮城的家……」

「那……那麼……」

「這裡……一定就是那個戶人村。」堂島說。

淵脇怒吼道：「那你的意思是錯亂的不是光保先生，而是熊田先生嗎？」

「應該沒有人錯亂。熊田先生是**被賦予了過去**，被某人。」

「你是說……記憶被操縱了？」

「記憶？」淵脇發出奇妙的聲音。「怎麼可能有這種事……？可是熊田太太……」

「熊田太太也一起遷了過來——不，應該說這個村落的人全都是從外地遷來的。」

「簡直胡說八道，我才不信！」淵脇再次繞到堂島前面。「是用魔法嗎？還是忍術？這種事哪有可能辦得到！」

「辦得到，這一點都不難。不是把所有記憶掉換，只要稍微改變一下對地點和土地的認知就行了。可是正因為如此，無所謂的部分——例如祭祀廁神方法的記憶，就這麼保持原狀了。」

「這、這……」

堂島笑出了魚尾紋。「據我推測，住在這裡的人，是從規模相同的其他村落集體遷徙過來的。因為人際關係的記憶是很難修正的。」

「騙人，我不相信！」淵脇說道。

我了解他的心情。這種事與其說是無法置信，更接近不願意相信。但是……我已經相信起堂島的話了。

註一：音譯，原文作「オフンドウ様」(ohundō-sama)。
註二：音譯，原文作「オヘーナ様」(ohéna-sama)。
註三：即三月三日女兒節，這天有女兒的人家會裝飾女娃娃慶祝。

因為我……

「警察先生。」堂島以嘹亮的嗓音說。「這座村子的墓地在哪裡？」

「咦？」

「在日本，每個村落都一定有墓地。地下念佛信徒（註一）和地下基督徒（註二）姑且不論，檀家制度（註三）浸透了這整個國家，每一座村落都一定有菩提寺（註四）和墓地。然而這個村落卻沒有墓地。我以前調查時，終究也沒能找到。山腳的寺院沒有墓地，也沒有過去帳（註五）。這是怎麼回事呢？」

「所以你剛才才會打聽牌位和神龕嗎？」

「我想或許能得到一些線索，所以才問的。」

堂島前進的方向出現了其他人家。

「可以想到的推測沒有幾個。不，只有一個，那應該就是正確答案。」

「什麼答案！」

「這個村子裡……**還沒有死過人**。」

「哈！」淵脇大吐一口氣，抱起雙臂。「堂島先生，捉弄人也該有個限度……」

「愚弄警官？我才沒有那麼膽大包天呢。警察先生，聽好了，我並不是在說這裡的村民長生不死……」

——長生不死。

不死的生物，**君封大人**……

我背後爬滿了雞皮疙瘩。

「……如果這個村落的人全都是十幾年前遷徙到這裡來的……，那麼還沒有人過世，也並不奇怪吧？」

「嗯……可是……」青年警官放開雙手，握住拳頭。「可是……」

「不過這也只是推測。我想他們家裡應該沒有牌位或神龕這類東西。他們——這裡的居民，雖然有過去的記憶，卻沒有過去的紀錄。他們應該沒有將這類東西**帶過來**。只是……儘管沒有這些東西，但是在他們的認知裡，應該不是沒有，只是不去看、不去思考而已。因為沒有的話，是很不自然的。」

「我……我去確定！」

淵脇就要跑開，堂島制止了他。

「沒用的。他們絕對不會讓你看牌位和神龕，也絕對不會承認家裡沒有這些東西。他們認定神龕就在家裡，只是不去看而已。對他們來說，這才是事實，他們不可能做出破壞事實的行動。萬一去找神龕，卻找不到，他們就會發現矛盾。如此一來，他們就不得不懷疑自己的過去，那麼現在的自我也會跟著消失了。」

「可是……」

「聽好了，熊田先生的生活費全都是從東京寄來的吧？住在下田的人再怎麼頻繁地上東京，長達幾十年間都從東京投郵，還是很奇怪吧？要我斷言也行，熊田先生的兒子不住在下田，應該也不住在東京。然後，寄到這個村落來的生活費，全都是從東京中央郵局寄出來的。對吧？你這麼想吧？關口先生……？」

「啊……」

「以這一點來說，這個村子是虛構的村子。可是呢，在前來這裡的途中我也說了，虛構與現實並沒有差別。因為儘管這是個虛構的村落，居民卻實際存在。這些居民也有過去，甚至有戶籍。這麼一來，虛實根本已經顛倒過來了。就像警察先生說的，關口先生的朋友所體驗到的事，才是虛構。」

註一：念佛指的是淨土真宗（一向宗）信仰，淨土真宗在日本南九州的舊薩摩藩和舊人吉藩等地，自十六世紀以來，三百年間遭到當權者的打壓，因而轉入地下，以「講」為組織，以各種偽裝守護著信仰。地下念佛信徒指的就是這些信徒。

註二：日本江戶時代，將軍德川家光發令禁止信仰基督教，一些基督教徒遂假裝改信佛教，私底下以各種方式繼續信仰著基督教，稱為地下基督教徒。

註三：檀家制度也稱寺請制度，為江戶幕府強制他宗信徒改信佛教而制定的制度。每一戶人家都必須歸屬於某一座寺院，成為該寺之檀家（施主），布施該寺，維持該寺財源。而寺院則有相當於現今戶籍之「宗門人別帳」，旅行或搬遷時必須攜帶寺院發行的證文。

註四：菩提寺泛指有祖先墓地、負責祭祀的寺院。通常為檀家制度中該戶隸屬的寺院。

註五：過去帳是寺院記錄檀家信徒法名、俗名及死亡日期的紀錄本。

「這、這麼抽象的事，我不懂。我是維護地方治安的警官，但是……但是這……關口先生，你從剛才就一聲不吭，難道你對這個人的話……」

「淵脇先生……」

我完全了解淵脇的焦慮。借用堂島的話來說，淵脇想要身為淵脇吧。年輕鄉下巡查的模子不可能容得下如此怪誕的事。我無法直視淵脇，結果轉向堂島開口：「那麼是誰……為了什麼……做出這樣的事？」

「不知道。」

「寄出生活費的人就是一切的主謀……嗎？」

「這我不曉得。」

「可是……」

廢棄的房屋。屋頂破漏，門板也掉了。

山鳥啼叫。

「怎麼樣？兩位要就這樣回去嗎？或者還有什麼事要調查呢？再繼續走下去，就離開村落了。前面就是最後一戶……，我記得是須藤家，警察先生，對嗎……？」

淵脇的表情十分悲愴。

「……再過去就是草叢了。雖然有路，但應該沒有人居住。我要去調查一下，兩位呢？」

「你要……調查什麼？」

「墓地呀。這座村落很古老，我認為撇開現在的居民不談，應該有以前的村人的墓地才對。而且從兩位的話來看，前方或許有庄屋（註）或村長的家，那麼宅子的土地裡或許會有墓地。我想看看。」

「佐伯家啊……」淵脇呢喃。

「我也去。如果那裡有建築物……我應該要看一下。不管堂島先生的話是真是假……我都得確定一下才行。」

「真是盡忠職守。」堂島說。

路旁立著損壞的石佛。

表面磨損到連臉部的凹凸都看不出來，簡直就像野箆坊。略微偏西，染上橘色的斜陽使得它的輪廓更顯得曖昧。

繼續走了約十五分鐘。

幾乎無路可走了。雖然地面硬實，但也只是勉強能夠通過而已。

我低著頭，盡可能什麼都不去想，只顧著挪動雙腳。思考的話，或許可以得到某些答案，可是彷彿會有什麼莫名其妙的東西壓倒理性而湧上來，我一心只感到恐怖。

有野獸的氣息。

即便不是如此，山林原本就十分可怕。

我停止思考，只是注視著大地。

雜草、枯草、果實、蟲的屍骸、樹葉、泥土……

「啊……」

——菸蒂。

「……這是……」

淵脇跑過來。「什麼？啊，這是洋菸，而且有好幾根。這……哦，是那些進駐軍人留下來的嗎？咦？」

淵脇似乎眼尖地發現了什麼，以警官的機敏動作撥開山邊的草叢。

「關口先生！你看一下！」

我已經……什麼都不太想看了。

註：江戶時代，領主從村落中選出的管理者。多為地方望族，主要代替領主執行統籌納稅及其他行政事物，為一村之長。相當於現代的村長。

我墊起腳尖望過去。淵脇叫了聲：「好痛！」甩了甩手。他好像想拿起什麼。

「這……是有刺鐵絲網。真是危險，竟然捲起來放在這種地方……是丟在這裡嗎？啊，這是什麼？是沙包耶。破掉的沙包。是設了路障嗎？在這種地方？……為什麼……？」

年輕巡查抬起頭來。「……為什麼美軍要封鎖這裡？喂！」

警官的表情泫然欲泣。

我無法思考。

「警察先生，正確地說，應該是曾經封鎖這裡吧，是過去式。以時期來推斷，應該是占領解除了，所以在歸國前撤收了。可是這條山路十分險惡，而且這些東西也不值得帶回去，所以就這麼扔下不管了吧。噢噢……」

堂島說到這裡，停下腳步。接著他說：「關口先生，你的朋友似乎沒有錯亂。」

「咦？」

「喏……那一戶就是佐伯家吧？」

堂島伸手指去，他的影子伸得長長的。

我害怕踩上他的影子。

「喏，你看。好大的宅子，簡直就像大本營。不，比大本營規模更大。大成這樣的話，**航空照片也拍得到**。」

「咦……？」

——怎麼可能？

航空照片不是沒拍到嗎？

淵脇跑了過去，我也慢吞吞地趕上他。

在我追上去之前，年輕巡查叫了出來：「啊……這……這種地方竟然有這麼壯觀的宅第……不敢相信！簡直就像古裝電影裡出現的大宅邸！」

淵脇稚拙的比喻在某種程度上是正確的。
那是一棟富麗堂皇的宅第。
我曾經想……應該有的。
我也曾經懷疑……真的有嗎？
我也曾經期望……不可能有。
可是，光保的妄想……如今在我眼前顯現出它鐵證如山的壯觀容貌。
那是一棟門面堂皇的宅第，庭院有土牆圍繞。
大門的旁邊蓋了一棟簡陋的小屋。
那應該就是光保住的小屋——駐在所吧。
「看看這規模，就算庭院裡有墓地也不奇怪吧。可是……這麼宏偉的宅第竟然空無一人，而且遭到棄置，這實在……」
堂島跨步走去。
我心想……
既然這裡有宅第，就表示過去有人住在這裡。那麼……
例如，這樣的推論能夠成立嗎？不見棺材不掉淚的我，如今仍然死命掙扎著想要維持自我。
我所想到的可能性，是全村共謀，殺掉了住在這棟宅第的一族。如果全村的人都是共犯，要隱匿犯罪，應該是易如反掌。
不管有誰詢問任何事，只要昧著良心使糊塗——佯裝不知就行了。在這種封閉的環境下，只要默不作聲，犯罪甚至可能不會曝光。
——這種情況，磨刀師阿辰要怎麼解釋？
假設說，磨刀師阿辰其實不是來拜訪村子，而是來拜訪這棟宅第的呢？磨刀師阿辰偶然造訪，目擊到大宅裡的人慘遭殺害的屍體，嚇得落荒而逃。他的經歷渲染為村人遭到大屠殺這種聳動的流言，傳播開來，結果就像報紙上寫的，警察開始介入調查。可是如果全村人都是共犯，想要遮掩是很簡單的。之所以沒有後續報導，是因為犯罪被**完美隱匿**了吧。

——此時，光保來了。

犯罪被順利壓下來後十幾年，知道當時情況的人——光保公平竟然突然出現了。村人當然會裝傻。再怎麼說，光保以前終究是個警官。

這……

可是……

稍微走下坡道，愈來愈接近宅邸了。

——不行。

這個推論無法解釋任何疑點。

村人可是**全部被掉包**了。

我閉上眼睛，用力甩了一下頭。

光保的記憶是正確的。迫近眼前的宅第本身，它的存在就證明了這一點。那麼……就像堂島剛才說的，那個老人當時根本**不住在**這個村子裡。

——那樣的話……

堂島來到門前，停下腳步。

淵脇走下斜坡，也站在他旁邊。

接著他仰望門扉，深深地嘆了一口氣，「關口先生……」大聲呼喚我。

「關口先生，你來看看這個！」

淵脇指著門。我心想：根本用不著看。

「這個！佐……佐伯……，門牌上寫著佐伯！這下子錯不了了。光保先生是正常的，關口先生。他既沒有錯亂，也沒有混亂。換言之，這裡……是戶人村！」

沒錯。

這裡是戶人村。

剛才堂島不也說過了嗎？

淵脇做出氣得跺腳般的動作。

「這……這樣的話，那些老人似乎真的是從外地遷來的。可是，呃，什麼他們的記憶被操縱，我一時實在無法相信……，因為一般根本不會有人去做這麼大費周章、而且荒誕的事。就算真的辦得到，首先根本就沒有動機這麼做，也沒有方法。不是嗎？堂島先生！」

堂島打開門扉。

「動機是什麼？你知道動機是什麼嗎？堂島先生！」淵脇大聲詢問。

堂島瞥了淵脇一眼，笑道：「我當然不知道。」接著他說：「不過……是啊，以前住在這裡的人，還有原本的村人都到哪裡去了呢？」

「大……大屠殺……嗎？」

「這個嘛……」堂島裝傻，穿過門扉。

「你是說大屠殺是事實嗎？堂島先生，可是從來沒有報導過那種事啊！」

「報紙不是報導過嗎？」

「那是傳聞，報導只說是傳聞！」淵脇像是要挽留堂島似地大吼著。「……而且那篇報導上說警方著手調查了。對吧，關口先生？你的意思是儘管警方出面調查，卻仍然無法揭露事實嗎？怎麼可能！為什麼？」

堂島打開玄關門，回過頭說：「這很簡單啊。」

淵脇又接著吼道：「為什麼！警方為什麼視而不見！」

「因為**村人的替身早就已經準備好了**。」

「啊……」淵脇這麼嘆道，回望遲鈍的我。「如果村人全部被掉包……是為了……掩飾大屠殺……」淵脇按住了額頭。「……這有可能嗎？」

有可能。

我也這麼認為。如果這是組織性的犯罪，可能性就更大了。而淵脇好像忘記了——或許他是意識性地不去想——事件背後肯定隱藏著一個離奇的巨大影子。

那就是——軍部。

唯一的證人——磨刀師阿辰被憲兵綁走了。

軍部解散後，美軍在現場徘徊不去。

不管是對報社的資訊操縱，或是對警方的搜查施壓，如果軍部參與其中，那都是易如反掌的事。無論是抹消戶籍、竄改地圖、回收紀錄或洗腦——每一樣應該都不是難事。

不祥的感覺超越不祥的預感，凝結成不祥的圖像。

但是……為什麼？

「但是為什麼？」淵脇也說。「大屠殺的動機是什麼？我退讓一百步，承認掉包村人這種荒誕的粉飾是為了掩蓋大屠殺好了。那麼大屠殺的動機是什麼？」

堂島默默地走進屋子裡。

「兩位看看，所有家具用品都還留著，連玄關的插花也就這樣枯萎了。」

淵脇控訴似地大聲叫著，穿過玄關門。我也跟上去。堂島穿著鞋子，就這樣踩上客廳。

「堂島先生！」

「這是廢屋了，沒關係的。」

只聽見他的聲音。

堂島不斷地往裡面走去。

落後的話……會迷路的。

嘹亮的聲音響起。「為什麼……為什麼為什麼，你們只會滿口為什麼。」

漫長的、鋪榻榻米的走廊，塗成紅色的窗格。

「你們就這麼想要製造謎團嗎？」

灰泥工藝的窗戶，污漬，污垢，灰塵。

「謎團不可能只靠謎團本身成立。」

榻榻米上一大片污漬……血跡。

「說什麼懂不懂……」

轉了好幾次彎。

「其實答案早就明擺在眼前了。不，世上只存在著答案。」

紙門開了。

「用不著問是什麼，蘋果就是蘋果。只有不知道蘋果的人發問，蘋果才會是謎。而這個謎題的答案則是：這是蘋果……。可笑。用不著問、用不著回答，蘋果不就是蘋果嗎？」

紙門開了。

「喏，你們尋找的答案就在這裡面。」

紙門開了，堂島回頭。「關口先生，你不是打從一開始就知道了嗎？」

沒錯，我早就知道了。

內廳。

禁忌的內廳裡的……

不死的生物……

君封大人……，這就是動機。

內廳十分寂寥，有些陰寒。透過紙窗、欄間（註），夕陽被濾掉大半，變得微弱，在無數榻榻米粗疏的紋

註：設置於天花板與紙拉門上框，形似窗戶，做為採光、通風、裝飾之用。除一般格狀外，有些欄間雕工繁複華麗，富藝術價值。

路上起伏著。

堂島筆直地走過房間，來到壁龕前，拿下掛軸，用力拍打牆壁。

「嘰」的一聲。

牆壁不費吹灰之力地開啟了。

淵脇確認似地朝我望了一眼，接著頭也不回似地走向壁龕。然後他望進牆壁裡面，發出了不成聲的尖叫。

吃了即可長生的不死生物……

那不可能是這個世上的生物。

可是，如果它**真的存在**……

我認識一個科學家，為了追求不死，誤入冥界。提供那個人資金的，不也是帝國陸軍嗎？那麼……

踏出一步。穿著鞋子踩上榻榻米的感覺好討厭。

再一步。

我知道，我知道那裡面有什麼。

近乎瘋狂的預期心理。

儘管期待，卻又恐懼……，這……

我站在壁龕前，然後……

我以模糊不清的眼睛，慢慢地望進裡面。

這裡，簡直是……

「簡直是異空間……」淵脇喘息似地說。

裡面是個漆黑模糊的小房間。

是因為光量太少嗎……？

房間中央，有個疑似祭壇的東西，上頭放著不知是哪一國的異形裝飾。

前面倒著一個乾癟的物體。

那是屍體嗎？或許是屍體，也或許不是屍體。祭壇上擺著一冊老舊的書本。更裡面是……

一個質感濕滑的塊狀物坐鎮在那裡。

沒有頭的胴體上，附著短小的手足……

——**君封大人**。

它陣陣微動著。

——**是活的**。

此時，突然有人拍我的肩膀。

回頭一看……

一個背著大行李的賣藥郎站在那裡。

燈光驀然熄滅。

*

——就到這裡為止。

後來我的記憶中斷了。

只有賣藥郎的相貌烙印在視網膜裡。

而那段極度脫離現實的記憶之後，接著是模糊的、夢一般的山景。

舞臺布景般的天空，繚繞的雲霞，以及山巒。美麗的色彩在腦海中復甦。是朝陽嗎？還是夕照？還有那繽紛閃爍的，樹葉。那是棵大樹。我在景色中眺望著大樹。我是景色的一部分。

在廢屋昏暗的內廳看到的賣藥郎臉孔，與那片雄偉的群山及巨木的風景，在我的心中沒有間隔地直接連結在一起。就像從電影底片中抽出場景，重新剪接過一般。

這是不可能的。不伴隨時間經過而在空間中移動，是不可能的。那麼連續的情景就是夢境，那一定是夢的記憶。可是……

夢的情景就這樣成了現實。

察覺到的時候，我已經身在**與夢境如出一轍**的景色中。我站在大樹底下，被眾多男子包圍。他們抓住我的肩膀，抓住我的手。警察指著我嚷嚷：「這是什麼？是誰幹的？」

我仰望樹上，樹上……

女人的腳。

被五花大綁的裸女。

我覺得**把女人吊在那裡的是我**。

因為**我看到我站在這裡**，而我從這裡逃走了。

所以……所以我這麼說。

我將**我所看到的**照實說出。

警官說：「是嗎，是你幹的。」

我害怕地回答：「我什麼都沒做。」

警官說：「你剛才不就說是你幹的嗎？」

我再次回答：「大概是我幹的，可是……」

我什麼都沒做。

「開什麼玩笑！」眾人異口同聲地咒罵我。

然後我被麻繩捆綁，被好幾個人架住，從夢境延續的那棵樹下，被移到這棟有銅牆鐵壁圍繞的建築物。

接著整整兩天，我幾乎都沒睡。

一個表情看不出究竟是生氣還是厭倦的男子只是注視著我。光源斜照，男子的臉上彷彿刻著濃重的陰影。

——**是我幹的**。

眼前的男子這麼說。一次又一次，不斷重複地說。是你幹的是你幹的是你幹的——像鸚鵡一般，只是不斷地反覆。我漸漸地開始覺得，既然他這麼說，或許真是如此。可是儘管如此，我還是無法點頭承認。話說回來，我也無法用力搖頭否認。我只是痴呆了似地陷入遲緩，眼神渙散地盯著男子動個不停的嘴巴。

男人終於受不了我了。

他說：「夠了。」我覺得有點寂寞，覺得被拋棄了。在這種狀況被拋下，今後我還能好好地活下去嗎？——我打從心底擔憂。老實說，我還比較希望就這樣不斷地被逼問下去。

我被帶到陰暗的房間，被人家從背後被粗魯地一推。

啊，這裡一片漆黑多麼舒適啊。

後頸下方傳來「嘰」的金屬磨擦聲，「砰」的衝擊傳到脊髓，接著象徵監禁般「鏘」的微弱振動傳進鼓膜。

——監禁。

然後，大概經過了極為漫長的時間，黑暗的氣息深深地浸染全身，我幾乎要與情景同化似地不斷虛脫，總算恢復到稍微可以掌握自己置身的狀況。這……是現實。

我……被逮捕了。

2

うわん

嗚汪——

（前略）有一地亦稱妖怪為「汪汪」。如筑前博多，妖怪之幼兒語為「汪汪」，同地區嘉穗郡稱「梆梆」，肥後玉名郡亦稱「哇汪」，薩摩雖有「嘎哞」一語，對小兒仍稱「汪」，以「汪來了！」嚇唬小兒。

——《妖怪古意》／柳田國男
昭和九年（一九三四）

1

潮騷混合在春季的香味中，輕搔著耳朵的汗毛。

空氣通透得能將遠方景物盡收眼底，總覺得舒爽極了，朱美很久沒有像這樣，脫下鞋子，光腳踏上地面。

朱美不穿布襪。她不喜歡穿襪，覺得那簡直像纏足。真舒服。彷彿冰涼透明的天空自頭頂貫穿腳底，就這樣被吸入地面似的。

——我討厭城鎮。

朱美在山中長大的。

爬上高一點的地方，就可以看到大海。

朱美覺得這裡真是個好地方。

不久前，她還住在逗子。

因為租賃的房屋決定要拆掉了，她暫時前往東京。

但是半個月她就受不了了。

在逗子租的房子，是一棟極為老舊的屋子，總是聽得見海潮聲，不僅如此，還背負著令人避忌的來歷，那裡的生活實在稱不上舒適，即使如此，還是遠比都市艱辛的生活要來得好多了。

她懇求丈夫，帶她離開城市。

朱美的丈夫從事的行業，總是在外旅行。朱美對土地沒有執著，平素甚至老說無根漂泊不定的生活才適合自己的性子，所以她希望能夠和丈夫同行，然而她無法如願。

朱美在逗子涉及了一起可說是她人生分水嶺的重大事件。然後，她犯了罪。雖然不是大罪，卻也不是微罪，目前尚未有個結果，所以她必須清楚地交代居所才行。審理、審判等等讓她覺得麻煩極了，但是朱美是那種既然犯了罪，就得好好贖罪才行的個性，她非常乾脆地接受了現狀。

然後，她在這裡——沼津——安頓下來。

她原本是要去富山。富山是丈夫的故鄉，也是朱美戰時避難的疏散地。那裡有一些親戚朋友，丈夫說這樣也比較能夠安心，但是朱美懇求說既然要搬家，全然陌生的地方比較好。

世事難料。

所以擔心也沒有用。

不管是過去還是以往，已經過去的事，對朱美來說都無所謂，她覺得人擁有的只有當下。同時她也認為往後的事既無法預知，而老是看著過去未免也太不乾脆。而且回憶這種玩意不管是好是壞，總是有種黏稠的感覺。所以對於朱美這種女人來說，與過去有牽扯的地方，未免令人不快。

駿河這裡的空氣很適合朱美。

她小跳步似地跨出步子。

——好像少女。

不過朱美的少女時代並沒有快活跑跳的回憶，但她也不覺得這有什麼不幸。現在這種年紀還能夠像這樣跑跳，已經很不錯了。

朱美就是這樣一個女人。

海風吹拂。

眼前是一片松林。

放眼所及，全都是松樹。

老實說，朱美不怎麼喜歡松樹。

松樹這種樹木，春夏秋冬都是一個樣，總是一片青蔥，尖尖刺刺，誇示著它的生命力。就是這一點讓朱美討厭。而且她覺得松樹從種植時起，就已經不年輕了。就算經過百年，松樹還是一樣的松樹。

松樹打從一開始就是年老的，而且永世不變，這種存在令朱美無法理解，也不想理解。

每當看見松樹，她就這麼想，然後獨自一人暗自竊笑。笑自己把植物比擬成人，還一本正經地去思考。

——樹不就是樹嗎？

然後朱美笑了。

儘管覺得不喜歡、討厭，朱美還是常來這裡。

不曉得是真是假，據說這裡的松樹有千棵之多。

從狩野川河口一直到田子之浦，連綿不斷的千松原——這裡就是聞名遐邇的東海名勝青松沙丘。說是名勝，但這裡不光是景色優美而已，聽說這片松原還是一片防鹽林。過去沒有這片松原時，海風從駿河灣毫不留情地撲向這一帶，對居民造成了無可估計的鹽害。海風吹在臉頰上，感覺雖然舒爽，但若是超過一定程度，也會變成荼毒人類的凶器呢——朱美這麼想著。

不過，她也聽說此處原本就是一片松林。

聽說在以前——不過朱美不曉得是多久以前，也沒有興趣知道——一個叫武田勝賴（註）的武將把這些松樹全部砍伐殆盡了。

真是給人添麻煩。

雖說是為了作戰，但是不管理由有多麼名正言順，說穿了只是個人的妄念。

朱美不曉得武將有多偉大，可是那種妄念竟在經年累月後依然影響著後世，這讓她覺得十分反感。時間是會過去的。

所以朱美覺得人也應該死得乾脆一點。想要在死後留下些什麼，根本是太貪心了。

——簡直是貪得無厭。

聽說把被砍伐的松林恢復原狀的，是比叡山延曆寺一位偉大上人的弟弟——一名叫長圓的僧侶。傳說那名僧侶偶然路經此地，立誓拯救為鹽害所苦的村人，一棵一棵地種下松苗。

明明只是路過而已……

聽說僧侶每種下一棵松樹苗，先前的就枯萎了。

是因為海風肆虐。朱美覺得要是一般人，應該很快就會放棄了。她不認為單憑一個人能夠種起一片樹林。所以順其自然就好。然而長圓不放棄，他念誦佛號，一直不斷、不斷地種。這不是常人辦得到的。

結果現在成了一大片美林。

居民大為感激，甚至為僧侶興建寺院。

朱美覺得僧侶很了不起。可是……朱美還是覺得這只是另一種形式的妄念。

這麼想，應該會被斥責：「怎麼能把救濟眾生的大願稱做妄念呢？」但是無論動機是什麼、結果如何，朱美還是認為只要是超過個人能力範疇的行為，根源全都是妄念。不管結果是誰哭泣、是誰歡喜，那都是後話了，無論是信念還是邪念，若根本上沒有駭人的執著，無論什麼樣的偉業都無法達成，不是嗎？

打消武田勝賴的妄念的，是僧人長圓的妄念。

——不管哪邊，都一樣執念極深。

朱美撫摸粗糙不平的樹幹。

皸裂的樹皮間浮出松脂。

——一千棵的和尚妄念。

現在依然造福著世人呢——朱美默不作聲地說道。

看見大海了。

丈夫今天也不會回來吧。

每當巡迴相模，沒有半個月是不會回來的。

朱美的丈夫從事巡迴販賣家庭藥品的行業。

他富山的老家經營藥店，是個如假包換的越中富山賣藥郎。這種生意並非一次買斷，而是把整箱藥品寄放在顧客家，隔些日子再來拜訪，只收取顧客用掉的藥品費用，是一種賒帳買賣。所以要是不經常巡迴拜訪

註：戰國時代的武將，武田信玄之子。

客戶，就做不成生意了。

丈夫一年有半年以上都不在家。

朱美幾乎都是一個人。

但她不覺得寂寞。不是因為她習慣獨處，只是她知道，即使身在百人之中，只要覺得人終究是自己一個人，仍然是孤單的。

——溫暖不是外在的。

她覺得還會向他人尋求慰藉，表示還沒有長大。

即使是人生的伴侶，依舊是別人。她認為幸福是追求不來的，而是要珍惜當下才能擁有。所以她不寂寞。

狗在吠叫。

朱美瞭望松原。

一町（註）遠的地方，有東西在動。

朱美用力伸長脖子，稍微探出身子。

好像是個男子。

男子在跳，但不像歡欣的雀躍。每當男子一跳，手中一條像腰帶的繩子就在空中飛舞。不久後，繩子勾到松樹凹凸不平的粗枝上。男子拉扯繩子，捋了幾下。

——哎呀呀。

朱美嘆了一口氣。難得人家神清氣爽地在這兒散步，這下子可怎麼辦才好……

男子將繩子結成環後，再拉了幾次，接著低下頭來，似乎在尋找什麼。

——何必在這種地方……

毫無疑問，男子正準備上吊。他八成是在尋找做為踏腳臺的東西吧。仔細一看，繩子所掛的樹枝，是棵枝葉繁茂的雄偉青松。若是其他的松樹，樹枝可能會折斷。

阻止嘛，是多管閒事；說教嘛，是不識趣。可是……

──既然碰上了，也是種緣分吧。

朱美穿上木屐。用不著焦急，繩子還沒掛好，要是就這樣上吊，人絕對會掉下來。男人不曉得從哪裡找來木桶般的東西，站了上去，把脖子伸進繩圈裡。

「啊……小哥，不行呀……」

那個木桶──朱美準備叫道的瞬間，木桶的箍子彈開，整個四分五裂，男子抓著繩子就這麼跌了下來，繩子當然也從樹枝上滑開了。朱美跑了過去。

男子的腰好像摔著了，他躺在地上掙扎著。

「真是教人看不下去。偏巧不巧在我面前上吊，至少也吊得瀟灑些吧。來……」

朱美伸出手去，男子老實地抓住了。

朱美把他拉起來。男子按著腰，露出痛苦的表情。

男子口口聲聲叫著好痛。乍看下，是個三十五六歲、不到四十的落魄男子。

「什麼嘛，看你好手好腳的，不是個英挺的大男人嗎？現在這種時勢，或許你有什麼別人難以想像的苦衷，可是如果你真的煩惱到要自我了斷，也得好好想想方法嘛。你看看，難得的決心都給糟蹋了……」

男子疼痛地撫著腰際，呆呆地「噢……」了一聲。他穿著西裝，裡面是一件開襟襯衫。松樹底下擺了一只扁平的旅行袋。

「啊，好痛。」男子說。

「什麼呀，你這人怎麼這麼愣頭愣腦的……」

朱美雖然覺得有些過意不去，卻還是忍不住……啞然失笑。

註：町為長度單位，一町約一〇九公尺。

「……真是的，這種時候，不是該說『不要阻止我』或是『不要問我理由』嗎？哪有人上吊還這麼悠哉的？」

「呃……是這樣嗎？」

「當然是啦。」朱美說著，又笑了。

然後她說「喏，站起來吧」，再次伸出手。男子右手撫著腰，伸出左手，但是指尖一碰上，又慌忙縮了回去。

「幹麼呀？難道又想繼續上吊了嗎？不過我看你腿軟成這樣，本來吊得上去的也吊不成嘍。」

「不……」男子把手撐在沙地上，爬了起來，說：「我打消念頭了，這行不通的。只是妳的手……呃，實在太冰冷了，所以呃……」

「哎呀，討厭，現在離天黑還早呢。我可不是幽靈呀。」

「我知道。」男子莫名一本正經地回應朱美的玩笑話，然後道歉：「失禮了。」被這麼一道歉，朱美也感到困窘。

「真是讓妳見笑了。我不是一時鬼迷心竅，不過我似乎被吊死鬼給附身了。托妳的福，附身妖怪離開了，我也從樹上掉下來了。」

男子外表看起來很老氣，卻出乎意外地相當年輕。

朱美再次準備要開口時，男子叫道「痛痛痛痛」，又屈起了身體。

「哎呀，是不是摔著什麼地方了？要是腰骨碰斷了，會有生命危險的。」

不過他本來就想尋死了。

看樣子，男子似乎摔得相當嚴重。

會不會是撞到樹根了？男子「嗚嗚」呻吟著，又蜷起身體。

「……想死卻沒死成，不想死卻摔死了，那可就本末倒置了。看你這樣子，還是休養一下比較好吧。我看你不像當地人，你住哪個旅館？我去叫人……」

「不……不，我沒有住旅館，已經退房了。」

想想也是，如果他真心尋死，也沒打算再回旅館去吧。

「那……」

「不，呃，給妳添麻煩了。不要緊，我只要稍微休息一下就好了。」

「躺在這種沙地上，不管休息多久，跌打損傷也不會自己好起來。沙子治得好的頂多只有河豚毒。真沒辦法……」

朱美轉頭望向來處。

「……我家就在附近。是租的房子，雖然很小，不過如果你不嫌棄……」

「這、這怎麼行？男人去妙齡女子家裡……」

「哎呀討厭，什麼妙齡女子，說這種奉承話。要說麻煩，你早就已經給我添麻煩了。要是你倒在這裡，就這麼上了西天，教我晚上怎麼安心睡覺？」

朱美記得去年冬天也說過同樣的話，就是那宗逗子事件的開幕。

很難得地，她隱約有了不好的預感。

成列海鼠壁（註）的屋舍。

從大馬路彎進旁邊的小巷。

這個房子只有三個房間，十分小巧簡素。

朱美靠著路人幫忙，把男子帶回自宅。男子頻頻說著「對不起」、「我不要緊」、「對不起」，但是他好像連腰都直不起來，無可奈何。如果他滿口嚷著無論如何都要去死，那還另當別論，但既然他已無意尋死，

註：一種在外牆貼方瓦，縫隙填灰泥的凸稜牆壁。

也不能拋下他不管。

雖說萍水相逢也是前世因緣，但別說是前世了，今生都有了這麼深切的關聯，哪有任由他去的道理？朱美這麼想，但實際上她對此人充滿了好奇。

——真的……

就是因緣際會吧。

男子的腰部撞出了一處清楚的瘀傷，果然撞得很嚴重。不過男子無法走動，似乎不是因為撞傷所致，而是右腳扭傷了。

朱美為他貼上膏藥。

這裡不缺的就是藥。

男子自稱村上。

「不好意思」、「真是丟臉」——即使如此，男子仍然再三如此反覆，然後有些僵硬地說：「不過真是嚇了我一跳，我還以為妳絕對是個十七、八歲的姑娘呢。」

「哎喲，你再繼續這麼胡說八道下去，小心嘴皮子爛掉。」朱美答道，闔上藥箱。「對著我這種半老徐娘，說我二十二、三也就罷了，什麼十七、八歲，簡直就像在挖苦人。」

「不，可是沒辦法啊，在我眼裡看起來真是這樣。說妳是十七、八歲，也絕對不會有人起疑的。對妳男人——啊，不，對妳先生雖然過意不去，可是妳看起來真的一點都不像已婚的人……」

「你這人真討厭。隨便少報十歲以上的年紀，神明會生氣的。而且外子也會笑我的。」

朱美笑了。雖然說話有些笨拙，但唯一可確定的是，這個自殺未遂者正拚命地讚美自己。他的心意朱美十分明白。村上非常惶恐，搔了搔頭。

「呃……話說回來，真是大恩無以為報啊。要是沒有妳路過，我現在真不曉得怎麼了。妳真是我的救命恩人。」

就算朱美沒有路過，他的上吊行動應該也會宣告失敗，如果摔得跟現在一樣，也沒辦法再次挑戰上吊，所以不算是朱美救了他的命。朱美這麼說，於是村上露出一種快打噴嚏般的表情說：「沒那回事。托妳的福，我打消尋短的念頭了。現在想想，我實在不曉得當時為何會那麼想死。該說是走火入魔，還是鬼迷心竅呢？要是沒有遇到妳，我或許會把摔傷當成更嚴重的不幸，爬過海灘，跳海自殺了。」

「這樣啊……」

朱美的心情變得有些愉快。

男子嚴肅的口吻反而有種獨特的滑稽感。他愈是一本正經，就愈顯得好笑。這名男子就是這麼有意思。

「……那還真是值得慶幸呢。」

「話說回來，呃，妳先生……何時回來？」

「天曉得。」

「天曉得……？呃，我給妳添了這麼多麻煩，說這種話實在過意不去，但我現在沒有辦法好好答謝妳，呃，我得在妳先生回來之前告辭才行……」

「如果你是擔心這個，暫時不要緊的。」朱美說。「……外子出外巡游各地做生意，完全不曉得會在明天回來、下週回來、還是下個月才回來。」

「妳又開我玩笑了。」村上說。

「才不是玩笑。外子是越中富山的賣藥郎，現在正在相模一帶拜訪客戶。」

「賣藥郎？」村上突兀地驚叫。

「賣藥郎……怎麼了嗎？」

「呃、不……」

村上說「沒什麼」。

「什麼啦？」

「呃，就是……」

村上的臉色暗了下來。

不過也只有一瞬間，沒出息的男子很快就恢復一臉沒出息的表情。

「嗯，是我孩提時的事了……」

「孩提時？」

「是的，是我小時候的事。」村上趕忙解釋道。事實上，他的口氣聽起來像是突然遭到逼問，窮於回答，而臨時想到了藉口。

「呃，我小時候非常害怕賣藥郎……，不、呃、啊，失禮了。」

村上異常慌張地搖頭。「啊，真、真對不起，我竟然這樣說恩人的先生……」

「討厭啦。」朱美笑道，接著說：「你話像這樣說到一半，反而教人在意。」

「哦，欸，說的也是……」村上又扭扭捏捏、深感難為情似地惶恐不已。「是啊，在我的故鄉，有會拐帶走小孩的賣藥郎……，啊，這當然是為了嚇唬小孩編出來的故事。據說那個賣藥郎背著一個巨大的包袱，會在黃昏來訪。他戴著一頂壓得很低鴨舌帽，綁著綁腿之類的東西，會抓走黃昏時還在外頭玩耍的小孩，把他們裝進包袱裡帶走。還說他會把小孩子磨碎，做成藥來賣。嗯，家父等大人都會這麼哄騙小孩子。要是做壞事的話，賣藥的會來喲……」

村上說到這裡，仰望朱美的眼睛。「真、真是抱歉，我絕對不是在侮辱妳先生的職業……」

他急忙說道，像雞似地伸著脖子道歉。朱美倒是覺得這番話頗有意思，笑著答道：「沒關係。」但是村上卻說：「不，有關係，我不該說這種話的。」他更加惶恐了。

「我、我這個人也過於冒昧了，妳一定覺得很不舒服吧。」

「討厭啦。噯，外子真的不是人口販子，應該不是啦，可是很多地方都會拿這種話嚇小孩吧。我小時候也怕死按摩的了。我以前幫傭的地方，有按摩師傅會去幫大老闆推拿，那真的很可怕。現在想想，對人家按摩師傅真的很失禮。這麼說來，我更小的時候——我以前住在信州的深山裡——對，那個時候大人都會說，要是玩得太晚不回家，就會有背布袋的過來喲。」

「背布袋？」

「可能是貍子之類的吧。就像大黑大人（註）那樣，背個大大的布袋。然後一樣會把不乖的小孩裝進布袋裡。我不記得會被吃掉還是被殺掉，不過那跟拐人的賣藥郎是一樣的吧……」

村上應了聲「噢……」，用雙手抱住肩膀。

他的動作像是在忍耐寒意。

「拐人的真的很恐怖……」

「哎呀……」

多麼膽小的自殺者啊。

比起自我了斷性命，被拐走似乎更令他覺得恐怖。

村上害怕了一陣子後，說道：「那麼恕我告辭。」站了起來。——不，是想要站起來。

這個窩囊的自殺者開口閉口就是「恕我告辭」、「恕我告辭」，三番兩次想要辭別。但是再怎麼說，他還是無法走動，所以也無從離去。村上連站都站不起來，甚至還痛得哀嚎。朱美「噯噯」地安撫他。

從剛才就不斷地重複上演這齣戲碼。

村上再次低頭。「真、真是太丟臉了。我馬上就會告辭，呃，請妳再稍待……，啊，痛痛痛痛……」

「什麼馬上，看看你的腳，這兩三天是動不了的。如果你這麼討厭這裡，我幫你在這附近找家旅館吧，或者是請醫生來……」

「不，呃，說來實在丟人，我身無分文，旅館和醫生都……」

「那樣的話……就在這裡住下……」

註：大黑大人即大黑天，為佛教中掌管破壞與豐饒的神明，後來轉化為司掌食物、財福之神。在日本與大國主信仰相揉合，成為七福神之一，也被稱為「惠比壽」，作為廚房之神受人信仰。

「不，這也、那個……」

「如果你擔心外子，那你是多慮了，反正他也不會回來。」

「這、就是那樣才更令人傷腦筋呀。呃……怎麼說趁著丈夫不在，闖進只有一個女人家獨處的家裡……」

他說話變得口齒不清。

朱美心想：又來了。

大部分的男人都會說這種話。丈夫不在時來訪的男人全都是姦夫，老婆不在時來訪的女人全都是淫婦──世人大概這麼認定的吧。彷彿非得把所有的事情都往男女關係聯想才行。例如人們會說，一個人之所以醋勁大發，是因為自己也有內疚之處，可是其實只要不是一年到頭都在發情的色情狂，根本很少會發生**那種事**。說起來，眼前這個其貌不揚的男子，怎麼看都沒有半點魅力，就算丈夫這當兒回來了，朱美也不認為兩人有絲毫遭到懷疑的可能性。

不過要是把這番想法說出口，就太傷人了。

朱美覺得有點不知如何是好，實在沒辦法。

村上抬起上半身，說：「不管怎麼樣，我得告辭了。改天我會再登門道謝的。」就算朱美說「好吧，那你走吧」，把他給趕出去，他一定只撐得到門口，然後就蹲著走不動了。

朱美思忖後，決定離開家裡。

繼續爭論下去也不會有結果。

拜託他看家的話，他應該會乖乖待著不動，讓他一個人獨處，或許會稍微冷靜一點。如果他無論如何都想離開，只要在朱美回來之前離去就行了。不過朱美覺得就算他想走，應該也走不了。

而且仔細想想，朱美本來並不是要去松林散步。當然她也不是為了撿回上吊的男人才在外頭徘徊，她本來是去買晚餐材料的。因為春風太宜人，她才忍不住繞了路。

朱美好不容易勸住男子，說她有事外出，請他別想太多，暫時先在這裡休息，然後站了起來。

她走下泥土地，拿起丟在鞋櫃上的錢包，打開玄關的拉門。

她踩了一下木屐，踏出步伐。

才剛走出玄關口……

就響起一陣吵鬧聲。

聲音甫落，一名男子像要避開什麼似地從鄰家衝出巷子來。男子衝勢過猛，差點跌倒，待他重新站好時，臉望向了朱美這裡。

他們四目交接。

男子的打扮奇異。

他的服裝並不惹人側目，卻有點奇怪。當朱美注意到是因為他脖子上掛的圓形裝飾物時，男子把手伸向朱美，就要開口。

這一瞬間……

疑似煤球的物體從鄰家門口朝男子扔去。男子往後一跳，煤球掉在巷子裡。尖銳的咒罵接著響起：「快給我滾！糾纏不休的，煩死人了！我家是車返的山王大人（註一）的氏子（註二），才不會加入那種怪組織！」

男子被罵得狗血淋頭，頻頻瞄向朱美，好不狼狽，但是沒多久又響起了一道喝罵：「你要在那裡杵多久？快給我滾！噁心的東西！別以為我是女人就好欺負，小心我真的揍你！」

吼聲之後，接著是嬰兒的哭聲，鄰家的婦人從門口走出來了。她穿著寬鬆的棉外衣，背上背著嬰兒。男人露出尷尬不已的表情，最後還是匆匆地離開了。

「乖喲乖喲，對不起喲，真可憐，把你吵醒了。」婦人努力安撫嬰兒，罵道：「撒個鹽驅邪好了。算

註一：山王大人指日枝神社的祭神山王權現（權現意為示現、化現）。車返為聖域等地，車子無法進入而折返的地點。

註二：指氏神（當地神）所守護的土地的居民。

朱美也看到了。那是個飾品，約有手鏡大小，上面有著黑與白兩色的巴紋（註）。看起來雖然陌生，卻不是沒見過，那個圖樣朱美曾經在哪裡看過。

「他要奈津姊信教嗎？」

「就是啊。」奈津噘起嘴巴。「我怎麼可能加入那種怪宗教呢？我真是無法理解怎麼會有人被那種怪宗教騙去。然後，朱美，成仙道好像有很多信徒。雖然不能大聲說啦。」

奈津掃視周圍兩三次，壓低嗓音，身子前屈。「聽說這一帶也有不少。聽說小林家就信了，大野家的阿婆也是，還有清水家。他們表面上雖然都裝著一副沒事人的樣子，可是私底下竟然相信那種低俗的成仙道耶。」

「成……鮮道？」

字怎麼寫呢？

「說是信那個的話，就可以長命百歲，活上一兩百歲，真是胡說八道。喏，這一帶的水不是很乾淨嗎？所以他們會喝什麼湧出來的泉水。可是那種東西，在家裡喝不也一樣嗎？誰會特地花錢去喝啊？」

「才不喝咧、才不喝咧……」——奈津揮揮手。「聽說三島這一帶滿多據點的，真是沒把人看在眼裡。三島已經有三島大社了，我們家代代也是山王大人的氏子。像我曾祖母就很自豪，說她曾經在運白砂的隊伍裡擔任照顧婆呢。」

「運白砂？」

朱美還不熟悉這塊土地。所以雖然她不懂什麼成仙道，但奈津說的山王大人，她也莫名不知所以。三島大社她還知道，至於運白砂，就一頭霧水了。

朱美如此表明，奈津便將她栗子般的眼睛睜得更圓，說道：「就是祭典呀。妳不知道嗎？要從狩野川的河堤運石頭過去，做成一個祭壇，然後一大群人排著隊，把它搬到山王大人那裡。聽說以前的隊伍就像諸侯出巡般盛大，那個時候不是從河邊，而是從海邊——就是千松原的海邊，從那裡搬石頭過來。那裡不都是石頭嗎？」

「山王大人是……？」

「神社啦神社，車站那邊的……是叫日枝神社嗎？哎喲，我不知道它正式的名字叫什麼啦。」

奈津放聲大笑。「所以說，信奉的神明怎麼可能隨隨便便說換就換呢？家裡還有神龕呢，而且是代代流傳下來的。辦葬禮不是也有寺院嗎？我們是檀家嘛。什麼新宗教，根本不需要。可是啊……」

——神明。

朱美不太喜歡這個字眼的語感。

朱美是個性情淡泊的女子，所以和其他許多事物一樣，她對於神明也沒有什麼特別的感覺。只是說到朱美聽到神明二字時的感想，大概與一般人大不相同。

朱美最近才發現自己的這種特質。她長年以來一直掩蓋著它，等到總算掀開蓋子一看，朱美的半生卻有如被神明這個字眼給戲弄了一般。不知是否受到這樣的影響所致，朱美似乎無法像常人一樣接受信仰這種事物。對於這部分，她無論如何都無法坦然面對，連自己都覺得厭惡。

就在朱美陷入思考時，忙碌的主婦又說出一堆話來了。朱美想答也答不了，只好敷衍地笑笑。

奈津整張臉都在笑著，問道：「那朱美，妳現在出來做什麼？」

「做什麼……？」

沒做什麼，可是……

情勢使然，朱美不得不說出她在千松原撿到一個上吊者的事。奈津眼裡浮現好奇之色，說：「哎喲，真不得了。那麼……他在嘍？」

奈津的視線瞄向朱美的家，朱美點點頭。

「做好事也該有個限度呀。」奈津說。「那妳打算怎麼做？」

註：巴紋是一種形似蝌蚪，或太極圖單色邊的圖形，依數目不同，稱一巴、雙巴或三巴。這裡的黑白兩色巴紋，指的其實就是太極圖案。

「那個人堅持要走，要離開。我跟他素不相識，也不欠他什麼，他只是個路過的陌生人罷了。要是他能走的話，我會要他馬上走。可是看他那樣，實在沒辦法拋下不管。」

「他站不起來嗎？」

「是啊。要是把他趕出去，救了他的我不知道會被罵成惡鬼還是蛇蠍呢……」

「啊哈哈哈，真是倒楣。那也沒辦法，妳就暫時照顧他一陣子吧。我去幫妳一起跟他說，叫他乖乖待著。話說回來，妳不想問問他自殺的理由嗎？」

「理由……？」

「對，理由。到底什麼事把他逼到這種地步……？這種人可不是隨便就碰得上的。妳也想知道吧？而且妳說他還是個窮光蛋，不叫他說點有趣的事來聽聽，妳豈不是虧大了？總之，妳先去買東西吧。」

奈津拍了一下朱美的肩膀。

「朱美，妳幹麼一臉怪表情啊？隨便去附近買條竹筴魚就行啦。我家老太婆也快回來了，她一回來，我就去妳家。喏，快去吧。」

奈津推推朱美的背。朱美在催促下走了出去。出去之後她才想到，一如往常，她又完全被捲進奈津的步調裡了。

她就這樣走出大馬路。

原本舒爽的風已經停了。

天空也暗下來了，上頭雲霧籠罩。

明明還不到太陽西下的時間。

——問他自殺未遂的理由？

朱美連想都沒想到。

她也不想探聽自殺者的心情。

說起來，換作自己是村上，會向別人吐露這麼重大的事嗎？殷切渴望赴死的人，會……

——他已經不想死了。

朱美也覺得，或許問問他反而比較好。

朱美也曾經想過要尋短，但是她從來沒有試圖自殺。

也不知道為什麼，只能說她就是這種性子。但唯一可確定的，並不是因為她很幸福。

證據就是……殺人。朱美曾經想過，但那是老早以前的事了。

但是……

也許不管殺人還是自殺，都一樣。同樣都是討厭、憎恨、怨恨、痛苦、悲傷、空虛這類負面情緒凝聚在一起，只是發洩的對象不同罷了。

如果真是如此，那種念頭或許並非與不幸直接相關。

比照自己的經驗來看，朱美這麼認為。當然，無論在任何情況下，人都有各式各樣的理由，而且那或許不是能果斷釐清的事。

過去……朱美曾經對某人懷有深切的殺意。可是，那時候朱美究竟是討厭那個人？憎惡那個人？還是怨恨那個人？

似乎都不算是。說憎惡的話確實憎惡，而且也不是不怨恨吧。朱美應該也不喜歡那個人，那麼或許就是討厭。可是，朱美應該也不會因為這樣就想殺了對方，她覺得絕對不是。說起來，因為憎恨就殺掉對方，也不能怎麼樣。

沒錯，不能怎麼樣。所以……

——所以啊……

如果能怎麼樣的話，事情早就解決了。就是因為不能怎麼樣，而且知道不能怎麼樣，人才會費盡心機，設法將那種道理說不清的事化成具體。朱美覺得那就是在某個瞬間，由微不足道的契機凝聚而成的殺意。所以那個時候、那一瞬間，不是憎惡也不是怨恨。而那種有如熱病般的殺意朝外發露時，就成為殺人行動，朝內發露時，就成為自殺行為……，會不會只是這樣而已呢？

薦說：「靜岡的氣候風土都十分不錯，要住的話就住靜岡吧。」甚至還幫他們尋找租屋處。朱美才能有現在的生活。就某方面來說，尾國是朱美夫婦的恩人。

搬家後，這是尾國第一次來訪。也因為是他介紹的，他似乎一直很掛意。

一問之下，原來尾國兩天前來到沼津，巡訪客戶，那麼朱美昨天看到的賣藥郎或許就是尾國。

朱美並沒有特別詢問。

尾國說：「可是……總覺得這件事很不可思議，令人費解。首先，那個人到底為什麼要上吊？妳問過他有什麼隱情了嗎？」

「這個嘛……」

——我**少了什麼**……

——他說他少了什麼。

朱美不明白。

昨晚……

村上躺在床上，總算平靜下來後，朱美聽聞了一些狀況。當然，問出來的不是朱美，而是全身上下充滿了好奇的鄰家主婦——奈津。奈津也算是救了村上，她用一種母親斥責做錯事的兒子般的口吻詢問。村上十分惶恐，卻也沒有刻意隱瞞的樣子，一面述說生平，一面順著詢問吐露實情。關於感到自殺衝動的經過以及動機，村上首先這麼說：「我**少了什麼**……」

「什麼是什麼？錢嗎？還是女人？」奈津追問。

「就是因為不曉得是什麼，才會這麼害怕……」村上這麼說。

少了什麼，但是不知道少了什麼——膽小的男子說他受到原因不明的失落感折磨，才會想要了卻生命。真是無法理解。

「什麼叫做少了什麼……？」

「不曉得，我想……大概是覺得很虛幻吧。」

「虛幻？」尾國那張平坦的臉皺了起來。「聽起來好像少女小說中會出現的詞呢。虛幻啊……，人會為了那種棉花糖般的理由去死嗎？我實在不了解那種心情。不是因為生意失敗，還是老婆跑了這類理由嗎？」

「他說他經營的螺絲工廠倒閉了，不過那似乎對他沒什麼影響。他說因為加入了什麼研修會，也漸漸振作起來。」

「噢，呃……叫做『指引康莊大道』之類的。可是那個團體很可疑。我聽說那是一個詐欺團體，專以中小企業經營者為下手對象，給他們一些草率的建議，算是一種靠心靈課程來斂財的團體吧。我認識的朋友家人也上過當。」

「我對這種事不太了解。管它是騙人的還是胡說的，只要生活平順就好了吧……」

——自殺的動機。

朱美終究無法理解。但是她又覺得自己十分體會村上的心情。尾國和朱美不同，熟諳世事，見識也深，朱美心想他或許會懂，所以才告訴他。

尾國望了草鞋一會，低喃道：「嗳，大概是……生病吧。」

「是……生病嗎？」

「應該是生病吧。這不是心態、想法如何的問題，就是沒什麼理由的。我聽說那種人只是被蚊子叮了一下就會想死。」

「有那種病嗎？」

「嗯，有一種氣鬱之症。」

「氣鬱……」

「是啊，會變得憂鬱。我聽說得了那種病的人，會突然想死，沒有什麼理由。對本人來說，應該是相當嚴重的事……，不過家人更辛苦吧。病人會突然想死，必須時時刻刻盯著才行。」

「真棘手呢。」朱美說。

「就是啊。」尾國應道。

「那種病治得好嗎？」

「有些溫泉對精神方面具有療效，也有藥物……。我手上也有那種藥，不過過去一般人根本不會把它當成一種病吧。現在不是有那種治精神疾病的醫生嗎？所以大家也知道那算是一種病了吧……」

朱美不認為村上是得了那種情緒低落的病。

因為恢復意識以後，村上連一絲憂鬱的模樣都沒有。他好像在害怕什麼，卻沒有陰鬱的樣子。就像第一次救了他的時候一樣，十分窩囊，只是不停道歉。不過，他雖然道著歉，卻也頻頻地像是在自問自答。

——這就是他生病的徵兆嗎？

或許連他自己都不明白自殺的動機。那就像發作一樣嗎？朱美提出疑問，於是尾國說：「就像波浪一樣，一陣一陣的吧。時好時壞，所以才是病。如果是痛苦得不得了而想不開，就不會如此陰晴不定了。」

尾國這麼作結。

是這樣嗎？朱美心中暗忖。就算是痛苦得不得了，想不開而尋死，決定自殺的瞬間，不也像發作一樣嗎？

——否則的話……

「話說回來，」尾國轉過上半身。「聽說那個人很怕賣藥郎？」

「他是這麼說的，他似乎很膽小。」

「這也不一定。」

尾國蹺起腳來，身子又轉過來一些。「我說這種話也滿奇怪的，不過我也不是不了解大家為什麼會害怕賣藥郎。我們就像候鳥一樣，從一地到一地、從城鎮到城鎮，不斷地飄泊。對當地的人來說，我們是一年只來一次的外來客。就算再怎麼熟悉，隔了一年，人會變，人情也會變。老人會過世，嬰兒會出生，一些夫婦也會離異，而我們又同樣地出現在那裡。喏，鬼啊神的，不也是每年來個這麼一次嗎？跟這個是一樣的。但是咱們的面相又不像神明那樣令人崇敬，連我自己都覺得可疑，跟鬼是一樣的。」

尾國笑得像咳嗽似的。「巡迴諸國當中，可以聽到許多傳聞。至於小孩被拐的傳聞，則是到處都有。什麼藏小孩的盲人啊、抓小孩的老太婆，每個地方說法都不同。天狗也會抓小孩，就是所謂的神隱（註）。以現代的講法來說，就是拐小孩的。」

「拐小孩的……」

「沒錯。什麼取兒肝、榨童子脂，主要是畿內地方的說法。就像字面上的意思，把抓來的小孩活活挖出肝來，或榨取脂肪製成藥，據說對於不治之症、難治之症具有療效。噯，那都是胡說八道。我……不不不，妳先生當然也沒有經手那種東西。只是，或許也有些人深信不疑吧。」

「或許……吧。」

朱美知道一個男子，深信人體能夠變成靈丹妙藥，因而誤入歧途。她也聽說在不遠的過去，相信此道的人引發了好幾宗獵奇事件。所以雖然朱美不知道那種藥究竟有沒有效，但傳說、迷信現在依然具有影響力吧。

朱美大略說明自己的想法，尾國說：「噯，是啊。以前真的有。」

「你的意思是……？」

「就是取兒肝啊，我想過去真的有拐小孩的吧，以前有這門生意的。因為雖然名稱不盡相同，全國每一個地方都有這樣的傳說吧。如果做壞事，妖怪會來喲……，拐小孩的會來喲……」

「那是妖怪吧？」

「就是妖怪啊。要是送來恐嚇信的話，那就是犯罪，不過就算拐走小孩，就這麼殺掉，也沒有人知道是誰幹的。即使拐走小孩的是人，但因為不知道究竟是誰拐走的，所以還是妖怪。小孩被拐走的現象本身就是妖怪。不過迷路餓死，或是摔下谷底而死，這些也都被當成被拐走吧。若非如此，才不會有那麼多拐人的妖

註：神隱指人神祕失蹤的現象，古人多認為是天狗或山神所為。

「我想就是因為過去日本有過這樣的人，吃人的怪物和拐人的怪物才會如此橫行吧。然後，這些人應該不是當地人，所以村人得警戒旅人。而我們這些賣藥的，在村人看來，只是單純的旅人。」

「所以賣藥郎才恐怖……？」

「我覺得即使他人認為我們很恐怖也沒辦法。因為換個角度來看，我們就像剛勾一樣，是妖怪的同類。」

——妖怪。

——拐人販子。

——賣藥郎。

「從過去不就有買賣人口這樣的行業嗎？我不曉得現在怎麼樣，不過在不久前，到處都還有人賣女兒。就算不拿去吃，人也一樣可以拿來做為商品。那樣的話，就得找地方進貨才行。一般來說，是從父母那裡買來。可是如果進貨價是零，那可就賺翻了吧……」

「朱美嫂，妳怎麼了？」尾國說，他平坦光滑的臉轉過去。

朱美謹慎地說：「是關於……那位村上先生……」

村上害怕賣藥郎的理由。

朱美昨晚聽到了其中的理由。

朱美回想起窩囊上吊男的臉。

村上說他出生在紀州熊野，據說是位在和歌山縣與三重縣間，一個叫新宮的地方。約莫十五、六年前，村上年僅十四，就離開了老家。說是離開，也不是被送去給人做雇工或是讓人收養，而是離家出走。

村上說：

——我害怕嚴格的父親，憎恨只眷顧弟妹的母親。

——我討厭傲慢的哥哥，受不了囉嗦的親戚。

——我不喜歡家業，鄉下的風土也不合我的脾性。

——所有的一切都讓我厭惡。

——我家是個農家，但是非常貧窮。

——土地也很貧瘠，種不出什麼作物。

——也做過抄紙的工作，但是不管怎麼拚命工作……

未來都看不到希望。村上深感絕望，結果逃離了家裡、村子與生活。

朱美心想：十四歲，那是個不上不下的年紀。

已經不是孩子了，但也無法自食其力。近年教育制度似乎逐漸確立，所以中間出現了學生這種不是孩子也不是成人的位置，不過當時並非每個人都能夠升學，那樣的話，就只能安於半大人這種無可奈何的身分。

朱美也出身貧苦，十三歲就離家替別人幫傭了。

一個半大人，是沒有能力選擇人生的。

村上可能是痛恨這一點吧。

少年過去也曾經試著離家出走過幾次。

每當他離家出走，就會被帶回來。他再怎麼說都只是個少年，行動範圍有限，這也是沒辦法的事。頂多只能在村子郊外徘徊，根本無法逃離家的束縛。

但是……

村上說，當時是早春。

他說無法明確地回憶起是昭和十二年還是十三年。

一如往常，村上與家人發生激烈口角，「我再也受不了了！我要離開這裡！」他氣沖沖地丟下這句話，奔出了家裡。

父親氣得漲紅了臉，追了上來。

村上頭也不回地拔腿狂奔，所以不曉得父親追了多遠，他心想父親應該很快就折回去了。

總是這樣。父親和母親知道村上會跑去哪裡，所以不會認真追趕，這讓村上有些不甘心。不過逃亡者也覺得至多在河邊或村子郊外就會被逮住了——村上這麼述往。

真的完全一如往常。

那個時候，村上逃進神社的境內。

那座神社叫做阿須賀神社。

他縮起脖子，鑽進鳥居。

可以躲藏的地方不多，村上過去也曾逃進這裡幾次。上次他在社殿右側被抓到，所以這次他繞到左邊去。

左側稱為上御備，右側稱為下御備。

「不過不知道為什麼會這麼稱呼。」村上說。

雖然不知道由來，但村上逃進了被稱為上御備的神域。

那裡有兩棵巨大的神木，就像鳥居般聳立著，村上從中穿過。社殿後方樹木繁茂，是一座小丘陵，那裡叫做蓬萊山。

兩棵神木正中央祭祀著高約五、六尺的立石。立石上掛著圍裙般的東西，下面用河原石排成圓形環繞，內側鋪滿了小石頭。

據說那塊石頭叫做「子安石」。

村上躲在它後面，石頭後方長滿了不可思議的樹木。他就像夾在樹木與石頭之間蹲著，就這樣躲了一會。由於沒有人追來的跡象，村上把背靠在石頭上，伸長了腿坐下。

不知道過了多久。村上的記憶裡，約莫是一個小時，但是當時沒有時鐘，這部分相當曖昧。

毫無人的氣息，卻突然傳出聲音。

──你在做什麼？

少年嚇癱了。不是比喻，他真的嚇到腿軟了。那道聲音儘管低沉，卻銳利得宛若貫穿腦門。聲音接著說：

──這裡古來就是神域。在我國尚未得名之前，就是個神聖的場所……

——非閒雜人等擅入之處……
村上理所當然地以為是神官。他屏住呼吸，縮起身子，望向聲音傳來的方向。然而站在那裡的並不是神官。
他看見黑色的伊賀褲（註）及綁腿。他往上望去，上面一樣是黑色的衣物。兩個三角形重疊、竹籠眼般的紋路令他印象深刻。
沒有這種神主。
這麼一想，村上突然感到恐怖。
——怎麼了？
男子獰笑。
——村上兵吉，用不著害怕。
發不出聲音。
——你又不學乖地離家出走了嗎？
男子悠然走近，緊挨著村上屈下身子，附耳說道：
——真是個壞孩子。
「雖然莫名其妙，但我覺得自己一定會被殺。」村上形容當時的心情，覺得自己遭到了天譴。
男子慢慢地抬起頭來，仰望不可思議的樹木。
——這叫做天台烏藥，是長壽不老的藥。不過是假貨。
——你的祖先為了尋找這種樹木，從遠方來到這塊土地。你知道嗎？

註：伊賀當地人常穿的一種寬筒窄口褲。

不知道。

這個人是誰？

——我……

——對，我是**賣藥的**。

——尋找長生不老仙藥的**藥商**。

明明沒問出口，男子卻這麼說。

藥商……，拐人的賣藥郎……，要是做壞事……

就在尖叫湧上喉嚨的瞬間，響起了「兵吉、兵吉」的呼叫聲。

是父親。

一瞬間，村上想要大叫「爸」，卻吞了回去，在極短的時間內以驚人的速度尋思起來。自己是離家出走的，怎麼能為了這點小事向那個討厭的父親求救？自己是那麼沒用、無法獨當一面的男人嗎？

一身黑衣的男子直盯著村上。可能當場識破了村上的內心掙扎吧，他朝著父親聲音傳來的方向望了一眼，說：

——你想逃走嗎？

村上仰望，視線對上了。

——我帶你逃走吧。

——過來。

男子抓住村上的手，把他拉起來，帶領他到天台烏藥樹後面，蓬萊山的樹林中。兵吉、兵吉，我知道你在這裡！你給我差不多一點！——父親的聲音接近了。男子分開叢生的樹木，潛入裡面，眼前出現了一塊巨大的岩板。

岩板直直裂開，有一個勉強僅容一人通過的裂縫。村上心想，男子可能就是從這裡出來的。

——這裡……

裡面就像洞窟。

——這裡並沒有那麼古老。

——不過，神社的人也不曉得有這樣的地方。

男子說著，點燃了蠟燭。

村上說，他看見了幾尊佛像。神社境內有佛像，這實在相當荒唐，但村上記得那確實是佛祖的模樣。

這時，父親的聲音又遠遠地傳來了。村上心想，父親一定正在尋找子安石一帶。

他暫時壓低呼吸聲，豎起耳朵。

等父親的聲音完全消失後，幾乎令人窒息的緊張感也解除了。村上總算發得出聲音了。

——你……是誰？

他的聲音顫抖、沙啞。

我是藥商——男子再次說道。

你怎麼會認識我？——村上又問，男子籠罩著濃濃陰影的臉笑開了。

——這沒什麼，我又不是只認識你一個人。

——我對於這一帶的每一個人都瞭若指掌。

——從祖宗八代、家業到家庭關係，全都調查過了。

——所以你經常離家出走這件事，我也早就知道了。

——不必擔心。如果你真心想離開家，我可以幫你。

處於乾燥的洞窟內部，男子說話的回音，一次又一次震動著鼓膜。

——你真的拋棄得了家嗎？

拋棄得了家嗎拋棄得了家嗎拋棄得了家嗎？

那種父親。那種家。那種村子。

「現在想想，我不懂自己那個時候到底是在痛恨些什麼。」床上的村上垂著頭說。朱美心想，每個人一定都有過這樣的時期。

想要離開家、討厭父母，這些牢騷其實只是藉口吧。儘管不明所以，總之就是想要反抗——朱美覺得這才是真實的。

憤懣的源頭並不在外側。

可是在那種時期，很少有人能注意到幸福與不幸其實都不在自己之外。因為事實上，胸口就是充滿了無處排遣的憤懣，所以才會向外尋求反抗的對象。會怪罪於父母或環境，只是為了想自我正當化罷了。

但是，在向外側尋找理由的時候，問題永遠得不到解決。有時候，被壓抑的衝動會帶來巨大的扭曲——儘管如果能夠隱忍過去，它其實是非常微不足道的小事，甚至可以當做不曾發生過。

村上少年時，怎麼樣都無法忍耐吧。討厭討厭討厭——莫名其妙的厭惡感在黑暗中膨脹，結果村上少年對男子點頭了。

男子狂妄地笑了。

——好骨氣。這座神社號稱熊野三所權現（註一）的發祥地。

——但那只是在明治的神格上申時這麼奏上的罷了。

——這裡原本祭祀的是泉津事解男命。

——泉津事解男命這個神……

——是伊奘諾命將休書交給黃泉之國的伊奘冉命時所誕生的神明（註二）。

——所以如果要與日常的束縛訣別，這地方是再恰當也不過的了。

男子在洞窟中站了起來。

——這裡什麼都沒有，我尋找的東西或許不在此處。

——也得問問你的家人才行。要是問不出個結果來，可**不能善罷甘休**。

——我也猶豫過，把毫不知情的你給捲入，似乎說不過去。

村上一臉糊塗。

男子接著這麼說：

——你的家人……或許會**消失不見**。

——即使這樣也無所謂嗎？

少年點頭。那種父親、那種家庭——可是村上說，他一點頭就後悔了。可能也是因為他不太懂男子的意思吧，但是那時已經太遲了。

男子把臉靠過來。火光幽幽搖曳，只看得見男子的嘴巴。

——你今後就在我手下工作，在伊豆。

——不，先讓你去東京好了。

村上說，儘管他的意志薄弱，卻強烈認定自己已經對這名男子唯命是從了。

——要後悔只能趁現在。

——沒辦法回頭嘍？

——你答應了，是吧？

少年村上兵吉，就這樣被男子給**拐走**了。

「被拐走了……」尾國重複朱美的話。

「被拐走了。因為村上先生就這樣——唔，何況他是離家出走的，若就此回了家也太可笑了——總之村上先生被那個怪人帶走，搭上火車，上了船，就這麼被帶離故鄉……」

尾國默默地把視線從朱美臉上轉開，瞪著玄關的拉門。

註一：日本紀伊國東牟婁郡熊野山，因山中有熊野坐神社、熊野速玉神社、熊野夫須美神社等三所神社鼎立，故又稱熊野三所權現。權現為示現、化現之意。

註二：伊奘諾命與伊奘冉命亦寫作伊邪那岐命、伊邪那美命，是日本神話中奉天神之命生下日本國土及神明的兩位男女神。

「昭和……十二年，是嗎？」
「好像是那個時候。」
「那個……神祕男子自稱藥商？」
「就是啊，所以村上這個人真的是被賣藥郎給拐了。」
「賣藥郎啊……」尾國自言自語似地呢喃道。
「嗯，就像傳聞說的，做壞事就給抓走了。他是這麼想的吧。」
「兵吉……」
「什麼？」
「那個上吊的男子，是叫村上……兵吉嗎？」尾國這麼問朱美。
——為什麼頓了一下？
「是啊……，是兵吉沒錯……。尾國兄，難道你……認識他？」
「沒這回事，我怎麼可能……」尾國猛然回頭說道。也是吧，這種巧合不多見。可是……
「呃，我當然不認識那位先生，不過我知道那座神社。那座阿須賀神社，是與徐福有關的神社。」
「徐福……？」
「他是中國古代方士……類似仙人的人物。據說他古早以前曾經遠渡日本，前來尋找珍奇的藥物。」
「藥？」
「對，藥……」尾國說到這裡，望向朱美的眼睛。「傳說徐福渡海來到有明海，從那裡登陸，四處尋找祕藥，最後去到我出生的地方，也就是佐賀平野的北邊——金立山。據說在那裡，一個白髮童顏的男子將祕藥傳授給徐福。而那座山上的金立神社，也是與徐福有關的神社。我的老家就在山腳下，我從小就聽大人講述這個傳說，所以老早就十分在意了。」
「在意……？」
「在意這是不是真的。如果真的有能夠治百病的藥，不管是阿婆的腳氣病還是老爸的痛風都能夠治好了──哎，其實也不是出於那麼正經八百的心態，不過就是一直放在心上。我也曾經向人打聽過，結果有人告訴我，那種藥其實就是黑蕗。我故鄉的山裡確實黑蕗群生，但是那並不是可以治百病的藥草。」

尾國從包袱裡取出紙包。

「這是叫做細辛的藥，它的原料就是黑蕗。具有鎮痛解熱的功效，可是不能治百病。我真是大失所望。失望之餘，又知道了一件令人大失所望的事。除了九州以外，據說徐福也從其他地方登陸。先是丹後的新井崎，新井崎神社也祭祀著徐福，然後還有熊野的阿須賀神社……」

「哦……」

「我會知道那個神社，就是這個緣故。」尾國說。雖然不覺得尾國在說謊，但朱美總有一種受到哄騙的感覺。

「是的。嗳，這是古時候的傳說了。就像桃太郎的故事一樣，不曉得究竟哪些部分是真的，或許全都是假的。不過，熊野連徐福的墳墓都有。若只論墳墓的話，甲州富士吉田也有呢。」

「富士吉田？」

「富士山的山麓有許多徐福傳說，據說富士山就是徐福的目的地。聽起來很有這麼一回事，不過我覺得太過巧合了。甚至有傳說認為富士山的別名就叫做蓬萊山。可是我覺得那個熊野的蓬萊山──就是他們兩個人躲藏的地方，才是真的蓬萊山。傳說中，蓬萊山漂浮在海面。富士山並沒有浮在海上吧？而且我聽說熊野的蓬萊山古時候是一座島，四面環海，所以……」

「哦……」

這……跟村上的名字到底有何關聯？

無法釋然。可是尾國平坦的臉還是老樣子，甚至露出笑容。那個讓朱美一瞬間困惑的不自然停頓，只是一場幻覺嗎？她甚至開始這麼覺得。

朱美默默地望向庭院。

「所以呢……」尾國接著說。「……那個自稱藥商的神祕男子，會不會也是聽了這樣的傳聞，而前來尋找祕藥？那麼……沒錯，那一定又是個好事之徒。」

「這樣嗎……？」

好事之徒會帶走離家出走的小孩嗎？

朱美這麼問，尾國的臉微微地抽搐著。朱美無法判別他是想要笑，還是感到困窘。

「那麼朱美嫂，妳認為那名男子……是人口販子？」

「與其說是人口販子，這種情況應該算是誘拐犯吧。尾國兄，你不是才剛說有這樣一門行業嗎？」

尾國的顏面肌肉又非常細微地顫動了。

「我不是說現在有，是說過去有。現在已經沒有了吧。」

「你是這麼說，可是那件事又不是發生在現在，而是戰前——十五六年前的事。」

「是這樣沒錯。」尾國苦笑。「唔，我說的過去，頂多是到明治吧。在昭和年代……想要拐人還是很困難吧。證據就是，最近的孩子就算對他們說牟啊嘎的，他們也不怕了。說到最近的誘拐犯，全都是綁票勒贖。威脅說會有人來抓小孩喲、會被綁架喲，害怕的都是父母呢。」

「可是尾國兄，你也說過，直到最近都還有人賣女兒。我也一樣，幫傭只是說得好聽，實際上可說是被賣過去的。」

「如果那位村上先生是女的，狀況又不同了。買賣女兒是確有其事。我對法律不熟，不過或許那個時候，人身販賣還半公開地存在。可是他是男的，男人賣不了錢吧？而且越後獅子（註一）、見世物小屋（註二）等等，現在都式微了。」尾國這麼作結。

他說的沒錯。可是，總覺得尾國的口氣像在辯解。關於這件事，朱美覺得尾國根本無須做任何辯解，但不知為何，她卻覺得聽起來有此意味。

「那……」尾國毫無脈絡地拉回話題。「那個人後來……怎麼了？」

「咦？哦，他……」朱美有些猶豫該不該說。

「他怎麼了？」尾國對朱美笑道。

朱美略略後退。

尾國瞇起細長的單眼皮眼睛。「總覺得這件事很可疑。那麼那個人就這樣跟著神祕男子一起離開故鄉了嗎？真難以置信。那個神祕男子就像山椒太夫（註三）的故事般，把他給賣掉了嗎？既然他人還活著，表示他也沒有被活生生地挖出肝來吧？」

「這……也是。這件事真的很離奇，村上先生說，那名男子讓他在外地學了讀寫算術呢。」

「還供他上學？」

「這我就不曉得了……」

整整三天。

村上說，他們整整花了三天移動。

下了火車，上船時，村上已經死了回家的心了。他似乎處於一種或許會被殺的恐懼當中，但是男子十分冷靜，也沒有突然翻臉。然而景色目不暇給地變化，村上完全不知道他們究竟經過了哪些地方、是如何移動。這也難怪，對於從未離開村子的少年來說，連鄰村都是異鄉。

「我們抵達了一座城市。現在想想，那裡應該是東京的中野。只要去看看就知道了，但是我很害怕，不敢去那裡。」村上用一種隨時都會哭出來的語氣說。

他說，那是一棟像監獄般的建築物，村上在那裡接受了基本教育。有一個像是教官的人，幾乎成天跟著他，村上完全沒有接觸到教官以外的人。但是他覺得那裡還有許多人。

註一：源自越後國（現新潟縣）的舞獅，讓小孩子戴著獅子頭跳舞雜耍，沿街乞討。

註二：近似西洋的馬戲團、畸形秀，以畸形的人或才藝表演來招攬客人。有時候被拐走的小孩也會被賣到見世物小屋。盛行於江戶時代，近世由於人權等問題，昭和五十年後嚴禁身體有殘疾者表演，日漸沒落。

註三：日本廣為流傳的故事。平安時代末期，安壽與廚子王姊弟與母親去見遭到左遷的父親途中，在越後國遭人拐走，賣到富豪山椒太夫家，受盡折磨。後來姊姊為了讓弟弟逃走而犧牲，弟弟與父母重聚，並向山椒太夫復仇。中世以後，成為各種小說、戲劇的題材。

男子把村上交給那名教官後，沒有半句說明就離開了，之後一次都沒有露面。

村上被禁止外出，甚至連詢問地點和名稱都不准。所以村上現在依然不知道那裡是什麼地方。

「那裡不嚴格，反倒相當寬鬆。我的記性不算差，所以也覺得讀書滿有意思的。而且同時我感到自己的人生就這樣改變了，湧出了一絲希望。可是，完全不知道自己為什麼被帶來，這還是讓我……害怕極了。」

村上說。

他是個膽小的人。

接著，三個月後。

村上從那裡逃走了，他說他再也無法承受了。

村上撬開廁所的窗戶，翻過圍牆，逃走了。自己總是在逃避——村上說他當時這麼想。他漫無目地地竄逃。因為連自己在哪裡都不曉得，當然也不知道該往哪裡逃才好。

由於害怕有人追來，他不敢睡覺，身上沒錢，也不能吃飯，村上只是一個勁兒地逃。

「我來到河邊，一面藏身釣魚船，一面沿著河岸逃走。我在深川一帶，過了一陣子流浪兒般的生活，然後一路流浪到板橋。我在那裡幫忙江湖藝人，住了下來。」

他說他沒有想過要回熊野。那時，村上對於故鄉與家人的反抗和厭惡都已經消失，他反而非常想家，但是……

「我覺得一回去就會被抓。不是被父母，而是被那個賣藥郎。而且……」

男子曾說「你的家人或許會消失不見」，這句話一直盤踞在他的腦海。男子說再也無法回頭，這話完全沒錯。村上已經沒有任何回去的地方，也沒有人可以依靠了。可是他不後悔。不過村上說，那不能說是具有建設性的積極態度，他只是害怕往後看罷了。村上被遭人追捕的恐懼感驅策，不斷逃亡。

「我生活在恐懼當中，只要存到一點錢，立刻就改變住所。我從一個城鎮流浪到另一個城鎮，不久後因緣際會，獲得營造公司僱用，成了流動工人的一員，巡迴全國。沒有多久，戰爭爆發了。」

是太平洋戰爭。

但是村上沒有收到赤紙（註）。

或許是寄到故鄉去了，但本人不可能收到。

村上說，戰爭時，他待在茨城。戰爭爆發後，工人同伴就像缺牙的齒列般零落散去，也沒有工作可接，於是村上偽造身分和來歷，在鎮工廠工作。

當時村上是個四肢健全的健康成年男子，卻沒有應徵入伍，不管怎麼看都事有蹊蹺，而且還有承受世人的眼光。於是村上向雇主坦白以告，工廠老闆是個好人，村上說他不想給老闆添麻煩。雇主諒解了一切，藏匿村上。

「由於軍需景氣，工廠非常忙碌。老闆年紀大了，而且肝臟不好，性子也變弱了。我想也是因為老闆的兒子才剛被徵召當兵吧。老闆說，去了前線的話，八成回不來了。事實上，老闆的兒子真的戰死了。」

村上小心翼翼地過日子。儘管完全沒有觸犯任何法律，村上的人生卻是一輩子在逃亡，本身就帶有內疚之感。所以村上生活得戰戰兢兢，就在他快要窒息時，戰爭結束了。

然後……

「老闆說要收我為養子，讓我繼承工廠。但是我的身世就像我剛才說的那樣，唉……我沒辦法輕易地接受老闆的好意。而且那樣的話，總覺得很過意不去。可是老闆很堅持，我也覺得不能辜負他的心意。」

於是……

大約時隔十年，村上回到了故鄉熊野。

他說他的心情十分複雜。

然而……

家人不見了。

註：即軍方的入伍召集令，因為使用紅色的紙張，俗稱赤紙。

父親、母親、哥哥、弟弟、妹妹、親戚、熟人，全都不見了。

屋子也燒毀了，只能看出一點殘跡。

那裡沒有村上拒絕的過去，也沒有應該要迎接他的過去。

不僅如此，聽說連阿須賀神社的子安石都遭到轟炸，形影不留。別的地方立了一塊相似的石頭，但那並不是記憶中的石頭。至於洞窟，村上害怕得不敢進去。

村上前往區公所。

但是……

「嗯，有死亡證明書。不，我是說我的。我在昭和十三年，十五歲時死亡。因為我一直行蹤不明，所以被判斷為死亡吧。關於家人，區公所說不曉得，那時世局十分混亂。噢，沒有提出遷移證明，也沒有死亡證明。嗯。可是原址沒有人。有些人在疏散避難時，就這樣在疏散地過世了。如果家人全都死了，也不會有人送來死亡證明吧。戶籍單位的人也十分傷腦筋。」

村上無可奈何，只能就這樣回到茨城。

工廠老闆聽完村上的話，雖然放棄收養他，但希望村上繼承他的財產。不過即使只是讓渡經營權，也需要戶籍。

老闆想出了一計，耍了一點小手段，讓村上擁有新的戶籍。

村上說，好像是偽稱戶籍資料毀於戰火，但他不知道詳情。

村上兵吉重生了。

該說他是重生為一個沒有過去的男人嗎？

或許他也算是數奇命蹇。

尾國環起雙臂。

「捏造……戶籍啊……」

「我不曉得，這算捏造嗎？不過他本來也是莫名其妙被宣判死亡的。」

「就算是這樣……」尾國說道，陷入了沉思。確實，那不能說是正當的手段吧。朱美也認為就算是陰錯陽差地被送出死亡證明，也應該採取適當的方法來糾正錯誤才對。

尾國露出一副想通了的表情。「那就是……他說的倒閉的螺絲工廠嗎？」

「應該是，他說那位老闆前年過世了。聽說是戰後經營陷入困難，村上先生也費盡心思挽救。但是他從來沒有經營過工廠，而且現在景氣又這麼差。」

「應該……是吧……」尾國臉上的表情消失了。

「你……怎麼了嗎？」

——幹麼呀？

尾國的反應怎麼這麼奇怪？

尾國一副大夢初醒的樣子，有了反應。

「啊……沒事。只是，總覺得聽起來很像編造的故事，教人難以置信。依我個人的淺見，嗳，是吹牛吧。」

「我倒不覺得是編出來的。如果是信口開河，隨口胡謅，也太詳細，太鉅細靡遺了。再說，騙我有什麼好處呢？」

「這……這我不知道，但有些人天生就有說謊癖。而且他會上吊自殺，搞不好也只是偽裝的。第一次姑且不論，第二次的時機也算得太準了吧？朱美嫂心思縝密，我想是不會有什麼萬一，但是有些惡劣的人，就是專門利用別人的好意……」

「如果要騙人，我想應該會扯些更像樣一點的謊吧。就算要引起他人同情，也會把身世說得更可憐些。那種謊話還容易編多了……」

是的，村上說的內容確實脫離常理，而且突兀。但是朱美之所以相信村上，是因為村上的態度一點都不悲愴。

村上只是歉疚地、害羞地、淡淡地、訥訥地述說他的生平。然後他好幾次側頭沉思，一副連他都難以相信自己的過去似的。

——他不悲傷嗎？

村上的話裡，沒有悲觀也沒有自棄。

仔細想想，他的生平難以說是順遂。但是村上應該並未對此感到不幸。

所以他自殺的理由更難以理解了，他的連續自殺未遂顯得極為突兀。只有這一點，與村上這個人的人生**格格不入**。

朱美這麼說，尾國便說：「妳說的沒錯，所以他的話才可疑。朱美嫂人太好了。我說的不對嗎？他過去的人生飽經波折，然而他卻沒有什麼特別的理由，就上吊自殺，這太奇怪了。裡頭一定有什麼古怪。我想他一定是個油嘴滑舌、信口開河的傢伙。妳最好不要再跟他扯上關係了。」

「這……」

可以就這樣丟下他不管嗎？他住院的錢和治療費該怎麼辦呢？

「那種事不是妳該替他操心的。」尾國異常熱心地說。「如果他說的不假，那麼儘管工廠倒閉，他卻不怎麼悲觀，對吧？也不愁吃穿。那種人為何非得要勞妳照顧呢？」

尾國說的確實沒錯。

村上只是單純地在旅途上用光手頭的錢罷了。

「所以他才可疑。」尾國接著說。「依我之見，那傢伙其實正為錢發愁。所以才偽裝自殺，尋找願意救助他的善心人士。無論是誰，都不想看到有人死在眼前，他就是算準了這一點。這和詐欺師還有黑道的手法如出一轍。妳知道一種叫撞人師的嗎？像這樣，朝人直撞過來，明明沒受什麼傷，卻裝出傷得很嚴重的樣子，勒索慰問金和治療費。他一定也是那一類的。那段奇怪的往事八成也是假的。說起來，他提到熊野、中野、茨城等等，講了很多地名，卻一次也沒有提到沼津這裡。他何必在與自己毫無瓜葛的地方上吊？」

「這是有理由的。」

「理由……？」

尾國沉默了。

「村上先生說他關掉工廠後，去了東京。不曉得他是踏實還是膽小，在工廠經營狀況還沒有落到不可收拾的地步前，就把它給關閉了，所以並沒有負債，但是鄉下也找不到工作，所以他選擇到大都會，碰巧郵局正在徵人，他便進入郵局工作。說是工作，也只是臨時雇員。那是去年春天，他到了中央郵局。村上先生在那裡的工作是檢閱信件。」

「檢閱……信件？」

「是的。戰爭時，動不動就是什麼敵對語言啊、危險思想的，控制得非常嚴格，但是據說戰後在不同的意義上來說，也一樣嚴格。不過占領解除後怎麼樣我就沒聽說了，所以不曉得。不管是左派思想還是右派思想，進駐軍都不怎麼喜歡吧。所以政府就蒐集投寄的信件、明信片，檢查有沒有危險的內容。真是討厭……」

尾國臉上的表情再次消失了。「真令人不解，這又怎麼……」

「村上先生說，不管是收件人還是寄件人——不，連信件的內容都要一一看過，結果……他發現了。」

「發現什麼？」

「名字。」

「誰的名字？」

「熊野老家鄰居的名字。」

「鄰居……？」

「收件人的名字和鄰居的退隱爺爺名字相同。」

「是同名同姓的人吧。」

「但是啊……他把信件翻過來一看，寄件人的姓名竟然與鄰居當家一模一樣。當然，十幾年前村上先生還是個連字都還不太會讀的小鬼頭，就算讀音相同，字或許不一樣。村上先生說，當時他心想：父子兩個人都同名同姓，這也真稀奇。但是啊……」

「但……是……？」

「接著他看到寄給對面鄰居父親的信。翻過來一看，寄件人同樣是對面鄰居的兒子。」

尾國終於連應聲都沒有，沉默了。

「村上先生說，他覺得不可能有這麼巧的事，我也這麼覺得。所以，村上先生偷偷地把地址抄下來了。他說這種事是嚴格禁止的，理由是為了保護個人隱私，可是連信件內容都給人家看光了，說什麼隱私也實在好笑，但是規定就是規定。不過其他臨時雇員全都是剛畢業的學生之類，很容易就可以瞞混過去。可是，事情並沒有就這樣結束……」

尾國無言地等待朱美接下來的話。

「……村上先生終於找到了。」

「找到……什麼？」

「就是……」

「是什麼？」

「他父親的名字。」

「咦？」

「是寄給他失散父親的信，寄件人是……村上先生的哥哥。」

「這……」

「這可說是關鍵性的證明吧。結果，最後他找到了對面與兩鄰總共七家，等於是村落一角所有人的名字。聽說那七戶人家在村子裡也建在比較偏遠的地方，就像本家分家一樣，唔，就像親戚那樣吧。而且是全部。更奇怪的是，收件人全都在伊豆這裡。而且更奇妙的是，信是在東京的郵局投寄的，寄件人的地址卻也全都在伊豆。下田、白濱、堂島、韮山，還有沼津這裡……」

「怎麼可能……」

尾國露出極為怪異的反應。

他呢喃：「有這麼巧的事嗎？」接著啞然失聲。

聽到這件事的時候，朱美確實也感到吃驚，但這並非不可能。

被當成亡故的，只有村上一個人而已，至於他的一族老小並未過世。就算屋子燒掉了，也沒有任何證據顯示他們死了，而且七家人全部死絕，這再怎麼說都太誇張了。他們只是行蹤不明，推測他們搬到別處去了還比較合理。

但是發現住址這件事，並不值得大驚小怪。該吃驚的反倒是村上在郵局工作這個巧合，這麼一想，尾國驚訝的模樣令人感到不尋常。

「村……村上他……」尾國喘息似地說。「……妳說，他參加了『指引康莊大道修身會』對吧？」

「嗯。尾國兄剛才說那是**騙人**的，不過村上先生似乎很感謝他們。聽說是他的房東介紹的，那裡連一些瑣碎的小煩惱都願意傾聽。不僅如此，還給了他適切的指引。所以，關於這件事他也……」

「告訴他們了嗎？」

「該說是告訴嗎……？村上先生說是去商量。」

尾國單手「咚」一聲拍在木板地上，輕聲呢喃。「這樣啊。」

「什麼東西這樣啊？」

「不……所以……他才……」

——怎麼回事？

「他才會到伊豆……」

「是啊，但是村上先生不曉得該怎麼辦才好。他覺得自己拋棄故鄉，空手來到這裡，事到如今也沒臉見家鄉父老了。所以他去找修身會的大人物商量了。」

尾國以低不可聞的聲音「嘖」了一聲。

「所以……那個人指示他來伊豆嗎？」

「他沒說是指示。村上先生說他參加了類似研修的活動，好釐清自己的心情，最後村上先生決心要去見親兄弟。」

「研修啊……」尾國不屑地說。

顯而易見，他的反應不尋常。朱美細細觀察尾國的模樣，尾國平素幾乎不會表露感情。朱美過去從未見過他這個樣子。

「村上先生說他不敢一開始就去見父親，所以先前去哥哥的住址。然而那個住址卻找不到人，那裡住的是別人。他以為自己記錯了，詢問住戶，卻沒有類似的人，也不肯聽他說明。所以他便接二連三巡迴伊豆，卻全部落空了……」

——他已經沒在聽了。

朱美這麼感覺。朱美的話沒有傳進尾國的耳中，他的態度讓人感覺他**已經知道**接下來的事。

即使如此，朱美還是說下去。

「……然後他來到了這個城鎮。他說沼津這裡應該住著過去住在他家後面姓須藤的人，但是他也沒有找到。結果他好不容易下定的決心就這麼落空……」

然後村上來到這裡，受到無法排遣的失落感、焦躁感侵襲。

——我少了什麼。

少的是什麼？

過去嗎？

人總是說，人無法逃離過去。

朱美認為過去就跟夢一樣。儘管人總是說過去就像枷鎖一般，然而過去一旦不見，人似乎就會立刻陷入不安。

朱美就是不了解這一點。

世人說，過去不會消失，也無法改變，但是朱美不這麼認為。對朱美而言，過去並不是事實。過去是記憶，所以可以刪除，也可以改變。所以她總覺得無聊的過去就這麼忘了還比較乾脆。她也覺得既然可以改變，就無須拘泥。就算沒有了，也不會有什麼妨礙。就算沒有昨日，只要有今天就好了。

換言之，所謂過去，只是執著的另一個名字。

但是……

她也覺得，實際上也有人是仰賴回憶而活的吧。

例如說，朱美過去有個朋友，就完全失去了過去。朱美這樣的女子終究無法了解，但那確實會令人變得虛無吧。

但是村上有著確實的過去，他清楚地記得比任何人都乖舛的過去。而村上比任何人都清楚，那不是假的。

他並沒有欠缺。

儘管如此……

雖然朱美到最後還是不了解，

但她也覺得其實她完全了解。

「少了什麼啊……」

尾國自言自語似地呢喃道，沉思了好一會。朱美凝視著他的側臉，接著發現自己懷疑起尾國來。尾國今天碰巧來訪，朱美也並非應他要求才說出村上的事，而是自己主動說出來的。簡而言之，這部分完全沒有令她起疑的理由。那麼朱美的疑心不是出於理性的判斷，而是極為本能的感覺。不過朱美**這方面**的第六感十分敏銳。

——這個人……

是朱美的恩人。認識四年當中，她和丈夫受過尾國不計其數的幫助，卻不記得尾國曾經麻煩過他們什麼。他是個親切的人、奇特的人。但是……

——我對他一無所知。

朱美對尾國一無所知。

她知道尾國的姓名、出生地、年齡和職業。但是例如說，他住在哪裡？他有家人嗎？他平常都怎麼過日子？

——不知道。

朱美認識親切的賣藥郎尾國，但是她對於尾國誠一這個人卻一無所知。看不見他的生活、看不見他的臉、沒有氣味。

對朱美來說，尾國只是個代表親切外人的記號。

例如說……

——尾國是他的本名嗎？

朱美忽地這麼想。這麼一想，連尾國的名字都變得可疑起來。

原本這些事根本無關緊要。朱美也有一些朋友只知道綽號，就算知道本名，也不是說連戶籍都要確認才能夠來往。而且名字的功能只是識別個人，只要能夠區別，朱美覺得不管是記號還是號碼都無所謂。如果不計較過去——家世或來歷，那麼不管交情深淺，即使不知道本名，也不會有任何問題。事實上，朱美就知道有人以別人的名字活了好幾年。但是……

這股突然湧上心頭、揮之不去的不安是什麼？

說起來，朱美是在哪裡、怎麼認識這個賣藥郎的？

她覺得好像認識很久了，那麼到底是什麼時候認識的？

應該有初識的場面才對，那是……

——不記得。

記憶……缺損了。

信賴感急遽消失。

朱美悄悄地，望向或許其實是個陌生人的恩人。

賣藥郎緩緩地開口：「朱美嫂，從村上兵吉那裡聽到這件事的……只有妳一個人嗎？」

「不……」

奈津也在。
奈津也聽見了。
「……只有我一個人。」朱美撒了謊。
賣藥郎慢慢地說：「這樣啊。」
他把臉轉向朱美，手徐徐地伸向她。
──他想幹麼？
「磅」、「磅」，丟東西的聲音響起。
嬰兒刺耳的哭聲。
雜貨店的狗叫聲。
尾國嘖了一聲，望向喧鬧傳來的方向。
「又來了！你給我差不多一點……！」奈津的聲音響起。
朱美趁機站起來，打開玄關門。
探出頭去一看，胸前掛著圓形飾物的男子正茫然站立在朱美面前。

3

消毒水的刺激氣味從鼻腔直竄腦門。
純白的床單在螢光燈照耀下，顯現出不健康的清潔。
上面躺著遍體鱗傷的自殺未遂慣犯，朱美和奈津兩個人坐在堅硬的小椅子上，望著他倦怠的睡臉。
「真是傻。」奈津說。「這真的是病呢……」
她嘆了一口氣。「朱美也真是撿了個傻子回來呢。」再次深深地嘆息。
「劈哩啪拉講了那麼一大堆，普通人應該都爽快了吧？就算不暢快，也該會平靜一陣子才對吧？」

理所當然地，沒見到尾國的人影。

泥土地上只留下了一張信紙。

信上寫著：「千萬小心——尾」。

朱美宛如附身妖怪離去似的，渾身虛脫。

然後她一點都不像她地自問自答起來。尾國遭到這麼簡慢的對待，卻還是擔心著朱美，不是嗎？

然而自己卻……，那個時候，為何會那麼強烈地懷疑起尾國呢？

——因為他的樣子真的很不對勁。

尾國的樣子真的不對勁嗎？

不對勁的會不會是自己？當時的朱美確實不太尋常。

但是……尾國最後的動作是什麼意思？如果沒有被阻撓，他朝著朱美伸出來的手本來打算做什麼？

總覺得一切都無所謂了。

朱美睡得不省人事。

連夢都沒有做。

「話說回來……這個人幹麼這麼執意要死啊？」奈津難以置信地說。

是奈津將朱美從虛無的睡眠中拉回了煩雜的現實。奈津一早就來拜訪，她一叫醒朱美，就抱怨成仙道的隊伍鏘咚鏘咚吵個不停，嬰兒都沒辦法睡覺。

才剛起床就聽到這番抱怨，朱美也無話可答，但是奈津對此也十分清楚吧。她是來做什麼的？朱美定神後一聽，也沒什麼，奈津說她把嬰兒寄放在娘家一天，是來邀她一起去探視村上的。

外頭的確很吵。

鑼鼓喧天，還有像笙或笛子般不可思議的音色夾雜其中。雖然沒有人聲，但是連屋子裡都能夠濃濃地感覺到一種萬頭鑽動的、難以形容的氣息。

可能被異常的狀況給嚇到了。連雜貨店的狗都發出害怕的吠叫。

這個樣子，嬰兒不可能睡得著。

奈津的娘家離此有段距離，嬰兒已經被受不了的婆婆抱過去了。

朱美也覺得得去醫院一趟才行，所以她急忙準備出門，但去了又能如何？這究竟是怎麼回事？她的思緒怎麼樣都理不清。

外頭更加吵鬧了。

大馬路上，男男女女脖子上掛著那種雙巴圖紋飾物，整齊並排著。其間有一些穿著陌生異國服飾的人，手裡拿著樂器，以一定的間隔站著。幾名維持交通的警官一臉索然地望著他們，態度消極地走來走去。就像奈津說的，信徒的數目似乎不少。

朱美想起在照片上看過的立太子儀式。拿來比較或許很不敬，規模也大不相同，但是兩者的情景十分相似，只是沒有大人物行經罷了。

不管等上多久，都沒有人通過。

朱美和奈津兩個人沿著人牆往醫院走去。離開大馬路後，隊伍依然延續著，結果前往醫院的路上，幾乎都被那個怪異的團體給占據了。

換個角度來看，他們也像是一支異國的軍隊。

到底有幾個人？朱美非常在意。

村上在睡覺。

護士一看到朱美和奈津，當場身體一軟，就像一顆洩光了氣的氣球似的。接著她異常情緒化地說：「啊，太好了。」

狀況異於昨日，醫院也不能對村上掉以輕心了吧。既然收留了他，院方也有責任，要是村上死了就糟了。話雖如此，這只是一家鎮上的小醫院，沒有人手可以成天監視村上。院長說，老實說他傷透了腦筋。朱美和奈津雖然與村上有關係，但她們並非當事人，也不能隨便把她們叫來，要求她們照顧。院方十分明白朱美和奈津只是善意的第三者，以她們的立場而言並無須負責。院長說，或許交給警方處理才是上策。

朱美也覺得這樣做比較好。

之所以沒有驚動警方，是因為狀況不嚴重，更因為村上本人**少根筋**。

仔細想想，這如果是一般的自殺未遂，事態應該更嚴重吧。理所當然，試圖自殺的人都有迫切的苦衷，就算失敗了一次，也很少會馬上就打消尋短的念頭。

那種情況，自殺者一定會激動地大吵大鬧，一次又一次嘗試自殺。

至少不會像村上這樣，一副「留得青山在，不怕沒柴燒」、「和尚在，缽盂在」的態度，就這麼平靜下來。

碰上自殺未遂，應該立刻交給司法人員處理才是道理。明知道一個人可能再次自殺卻置之不理，絕非明智之舉。

然而村上的狀況不同，所以就算沒有通報警方，也沒有人能夠責怪。村上的精神狀況既不迫切，人也沒有錯亂。這種情況，是不會一而再、再而三地自我了斷的。看到村上的態度，絕對不會有人認為他會再度尋死。然而……

燙手山芋正沉沉睡著。

——總覺得好不協調。

充滿波折而且數奇的人生、窩囊的動作和懦弱的態度，以及屢次試圖自殺的舉動。不協調、不相稱、格格不入，總覺得有哪裡不對勁。

或許就像尾國說的，村上前天說的身世全都是騙人的。那窩囊的動作也可能只是為了誆騙朱美而演的戲。事實上，完全沒有證據可以證明這個人真的叫做村上兵吉。

——可是……

朱美不覺得那番話是騙人的。

當然，這不是出於理性的判斷。

——為什麼呢？

昨天，朱美對尾國起了疑心。別說是尾國的身分，連他的名字都懷疑起來。然而朱美對村上所說的一切卻幾乎毫不懷疑。

朱美和尾國認識四年多了，而且他還是朱美的恩人；另一方面，村上完全是個陌生人。他們只是前天碰巧相遇，不僅是人品，什麼都不曉得。然而她卻相信村上，懷疑尾國，朱美實在不懂自己的腦袋究竟是怎麼了。

理由是……

——確實的事。

至少眼前的男子確實想死，不是嗎？他真的有可能像尾國說的，是偽裝自殺嗎？

朱美回想起來。

一開始的自殺……

如果就像尾國說的，村上是企圖偽裝自殺的話，那麼村上就是守候在千松原那裡伺機而動，物色詐騙的對象了。

不久後，朱美出現了，村上看到朱美以後，掛上繩子……。可是，如果朱美是個冷漠的女子，或者真的沒有注意到村上的話……

為防萬一，只要事先準備一踩就壞的踏腳臺就行了。

——是有這個可能，可是……

可能是可能，但是就算朱美救了村上，也完全不能保證朱美會帶村上回家，那樣的話，村上也無法繼續尋找下一個獵物。因為村上由於試圖自殺，真的受傷了。

如果受傷是個意外……

第二次自殺。

村上不可能預料到朱美會外出。如果朱美沒有外出，究竟會變成什麼樣的情況？朱美無法想像。

假設幸運地朱美外出好了，那樣的話，就等於是村上把握良機，將繩子穿過紙門上框，站在茶箱上，脖子套進繩圈裡，預先做好上吊準備，等待朱美回來。他打算一聽到朱美開門的聲音，就踢開箱子。

——這也不是做不到，可是……

村上不曉得朱美什麼時候才會回來，而且朱美也覺得村上不可能用他骨頭裂開的腳，維持著不穩定的姿勢，一直站在茶箱上。

而且光是門框掛著繩子，就足以讓人看出他正準備上吊了。例如說，聽到開門的聲音後，再爬上茶箱——只要採取這樣的行動就夠了，不是嗎？就算只有這樣，朱美也一樣會上前阻止吧。

那麼村上根本沒必要做出極可能讓自己喪命的危險演出。昨天村上在朱美開門的瞬間踢開了茶箱，要是朱美沒有衝過去抱住他，他肯定已經一命嗚呼了。

但是，如果他的目的是要住院，或許有必要受那種程度的傷。

因為醫生是騙不了的。

然後……第三次。

到了第三次，真的完全看不出他的意圖。

例如說，假設村上真的是利用他人的善意來詐欺住院——雖然朱美不曉得有沒有詐欺住院這種說法——那麼這些連續自殺未遂也實在是太沒有章法了，只能夠說是盲幹一通。朱美實在不認為村上像這樣密集地三番兩次自殺，會有什麼好處，毋寧造成了反效果。事實上，院長就在考慮要不要通報警察。朱美覺得真要偽裝自殺，最有效果、而且最有效率的時間點，應該是即將出院時才對。

——所以……

朱美認為，村上自殺未遂應該不是作假。

如果自殺是真的，那麼謊報姓名、述說虛構的經歷也沒有意義了。就算欺騙朱美，村上也得不到任何好處。所以村上應該是真名，他那段怪誕荒唐的生平即使有所潤飾，也應該是真實的。

——尾國呢？

至於尾國，他沒有任何確切的部分。唯有他過去對朱美十分親切這件事是事實。那是尾國的本質嗎？或者其實不是？朱美沒有可以判斷的基準。
不過就算是尾國，欺騙朱美也同樣沒有好處。
總覺得莫名其妙起來了。
只是……徒然被攪亂。
朱美拉緊和服的衣襟。
「這個人幾歲？」奈津問。
「不曉得。他說十五六年前是十四歲，現在應該三十左右吧。」
實際年齡比外表年輕多了。
奈津說：「要是有老婆就好啦。」
「會有什麼不一樣嗎？」
「當然會不一樣，有家室就好啦。」
「是……嗎？」
「因為……」
奈津正要說什麼時，村上「嗚嗚」地呻吟，睜開了眼睛。「哎呀，醒了。」奈津高興地說，她可能很無聊吧。
村上眨著眼睛，頭往旁邊一歪，依序望向朱美和奈津，接著又說出那句老掉牙的話來。「啊，對不起。」
「村上先生……你……」朱美不曉得該怎麼接話。
「夢……」
「咦？」
「我做了個夢。」村上彷彿仍然置身夢境，幽幽地說。「很懷念的夢，那是……」
「夢到你爹嗎？還是你娘？」奈津問。
村上茫然開口：「呃，聽妳這麼一說，好像是那樣……又好像不是……。不是父親，那是個很溫暖的夢……，像這樣，有什麼滲出來似的……，不，我一看到兩位的臉，就忘個精光了。」

夢都是這樣的。

村上試著爬起來。朱美想要制止，但又不願意聽他道歉，於是伸手幫他。「謝謝。」村上說。

「我沒想到兩位還會來看我。兩位一定覺得很受不了吧，我自己也是。」

「是很受不了啊，就是因為受不了才跑來的啊。」奈津說，「對吧？」她拍了拍朱美的肩膀。

村上垂著頭，低喃道：「我是怎麼了呢？我現在……一點都不想死。」

「那是怎樣？想死的時候是什麼心情？你都給大家添了那麼多麻煩了，就老實說出來吧。」

「奈津姊，等一下……」

「沒關係的，朱美女士。我也覺得自己真是做了蠢事，羞愧極了，覺得無地自容。不管是被責備還是被逼問，都是無可奈何的事。可是……」

「可是什麼？」

「我只能說，和昨天一樣，是一樣的心情。像這樣，少了什麼……」

「村上先生。」朱美再次呼喚。「這種事……是第一次嗎？」

「什麼？」

「你過去也曾經想要尋死嗎？」

村上想了一會，小心翼翼地答道：「造訪伊豆之前沒有。」

朱美追問：「恕我冒昧，我覺得在你過去的經歷裡，應該有過好幾次想死也不奇怪的遭遇。即使如此，你卻從來沒有嘗試過自殺──不，就算沒有真正嘗試，也從來沒有動過尋死的念頭嗎？真的嗎？」

聽到朱美的問題，村上露出極為困窘的表情。

「我可能是個傻瓜吧，我不覺得自己是不幸的。而且不管碰到什麼事，都是我自己招惹的，說到我覺得討厭的事……對，我很膽小，所以最怕遇上恐怖的事，可是如果論恐怖，我覺得世上最恐怖的莫過於死。至於貧窮和辛苦……，是啊，我並不覺得有多苦……」

朱美十分明白。

村上所述說的如履薄冰的人生，沒辦法與眼前的窩囊男子連結在一起。要將這兩者連成一條線，應該需要某種條件。

剛才村上本人說的遲鈍而膽小、卻不知為何積極向前、不怕吃苦的男子——這種有些複雜的性格，就是維持他的過去與現在一貫性的條件。這一點應該不假。但是這樣的話，自殺這兩個字依然顯得格格不入。這種人不會尋死。

「只是，呃……我自己也不了解，只覺得我一定是瘋了。」

「關於這一點，」朱美問道。「你說的少了什麼的感覺，是從以前就有的嗎？」

「呃……有是有……」村上露出有些懷念的表情說，或許他的身體大半都還浸淫在延續的夢境中。

「可是，既然從以前就有這種缺憾的心情，而那當真是你自殺的理由的話，為什麼你過去從沒動過輕生的念頭呢？為何事到如今才突然……」

「啊，是啊。」村上按住胸口。「不……這我怎麼樣都沒辦法說明白，但我幾乎一直懷抱著這種心情。不過……是啊，只是我從來沒有意識到自己內心懷抱著這種缺憾。不，我沒有想到這種心情就是缺憾嗎……？一旦發現其實如此，就覺得：啊，原來我一直是這樣的。我在旅途中發現，我之所以總是覺得寂寞、空虛，就是因為這個缺憾。所以……」

一如往例，內容不得要領，難以理解，但朱美大概了解他想說什麼。

每個人應該都有類似的經驗，每個人心中都有莫名的不安。

那一類的不安，完全掌握不到真面目。換言之，正因為如此才會不安。人無法承受那種不安，所以想要賦予它形象。因為只要有個確定的形象，就可以暫時放下心來。

給它名字，給它理由，給它意義。

於是不安將會成形，然後人就能稍感放心。就像把不明就裡的妖怪命名為「牟」或「嘎」一樣，村上則給了他的那種心情「喪失」、「缺憾」這種名字吧。但是，村上內心的怪物相貌不明。因為不知道缺少了什麼、失去了什麼，所以無法真正安心。

——話雖如此……

朱美覺得這應該構成不了自殺的動機。

朱美站了起來，來到窗邊。

她不喜歡醫院的味道。

她打開窗戶。

感覺不到期待的春風。天空微暗，風已經停了。而且外面的空氣溫熱，幾乎與室溫相同。即使如此，她還是覺得瀰漫閉塞房間中的黏滯空氣稍稍稀釋了一些。

望向外頭……

朱美倒抽了一口氣。

那些占據了沿路的成仙道信徒正隔著空地，橫排呈一列，目不轉睛地注視著這裡。

——什麼？

他們沒有敲打樂器，約有五十人，不過有一半以上應該是一般信徒，服裝不同。甚至有人拿著菜籃，或牽著狗。對面二樓住家的住戶從窗戶探出頭來，一臉訝異。

此時——傳來護士的聲音。

接著病房的門靜靜地打開了。

回頭一看，是那個胸前掛著圓形飾物的……

成仙道男子。

「你……你跑到這種地方來幹麼！」奈津叫道。「看清楚場合，好嗎？我要叫警察嘍！」

男子表情不變，雙手合十，行了個禮。

「松嶋女士，今日吾等並非前來引導松嶋女士。為了拯救這位道友尊貴的性命，吾等明知失禮，仍冒昧前來，請您千萬諒解。」

「諒解你個頭啦！」奈津站了起來。「朱美，這些傢伙終於盯上妳了。不可以聽他胡說，會被騙錢的！」

男子恭恭敬敬地說：「吾等所指，並非那位……一柳女士，是嗎？而是病床上那位被施以禁咒的先生。吾等……是前來拯救您的。」

「金咒？」村上露出如墜五里霧中般的表情。

「您是……村上先生嗎？吾等所屬之團體，在偉大的真人——曹方士門下日夜修行不懈，謂之成仙道。敝人名叫刑部，擔任乩童。請多指教。」

男子——刑部深深地行禮。

「你在胡八說道些什麼啊！」奈津大叫。「你怎麼會知道這個人？不要信口開河了！」

「天地雷風山川水火，世間之事，皆可透過八卦之相得知。吾師曹方士是一名法力高深的日者（註一），不需仰賴竹籤、擲錢、鏡聽、雜卜之術。那位先生的事，吾師瞭若指掌。」

「聽不懂你在說什麼啦！」

刑部笑了，他的眉毛十分稀疏。

「其實，前月吾師曹方士在吾等位於富士吉田的本部——蓬萊廟的道觀進行潔齋，當時吾師卜得一個極為凶險詭異的卦象，遂緊急舉行科儀（註二），因而獲知了這位先生的事。」

「胡說！如果那麼早就知道，為什麼到這個時候才來？反正你一定是在朱美家偷聽到的吧！」

「其後方士便對這位先生極為掛心……」

刑部完全不理會奈津的話，從容不迫地走進病房。他後面的走廊站著幾名像是信徒的人。

「……但是方士十分繁忙，遂吩咐吾等扶乩，持續追尋這位先生的行蹤。您……」

註一：即占候卜筮之人。

註二：道教儀式的程序規矩稱為科儀。

階段，整個城鎮都已經被成仙道給包圍了。因為他們……

——占據了道路。

如同字面所述，不管怎麼掙扎，都無處可逃。

朱美將視線從刑部移向村上。

村上一臉哭相，嘴巴顫抖似地微開。他一直抓不到開口的機會。

「請問……」

「村上先生，怎麼了？」刑部迅速且殷勤地應話。

「請問，我……」

「村上先生！」

「奈津女士，沒關係的……。啊，對不起。呃，我不知道這些人是何方神聖，也不太明白剛才在說些什麼，可是如果他們知道我究竟怎麼了，我希望他們能夠告訴我。我……我到底是怎麼了？你剛才說什麼禁咒……」

「所謂禁咒，簡單明瞭地說，就是詛咒。」

「詛咒？太好笑了。」奈津一副要吐口水的態度。

但是朱美知道，詛咒是有用的。詛咒並不是什麼神祕的力量，以朱美的話來說，那就是執念。超過一個人的容量，溢流而出的妄念。

刑部接著說：「禁咒原本是為了護身而制定出來的方術。就像敝人方才所說，只要氣脈通暢，疾病就會痊癒，家運能夠興旺，國家也會繁榮。但是如果反過來做，將會如何？氣脈被攪亂或斷絕，人就會生病，家運會傾頹，國家會滅亡。若切斷大地的龍脈，土地將會崩壞。換言之，如果能夠隨心所欲操縱氣脈，也有可能釀生禍害。以此術作惡之人……也並非沒有。」

「作惡……」

「沒錯。」刑部清晰地答道，穿過奈津走去，來到村上的腳邊。「禁水，水將不會凍結，同時也將沸騰；禁火，火將不會灼燒；禁釘，釘入之後即使不去觸碰，也會脫落。如果禁人，就能夠隨心所欲地操縱對方。」

「隨心所欲……」

「沒錯。」刑部說。「若是各位誤會就不好了，氣是世界的根本、宇宙的根源，並非特別的能量。例如說，吾等雖說發氣、通氣，完全是一種比喻，並不會發生洩氣這一類的力學作用。即使是以氣震走物體，也絕非放射出看不見的能量。禁咒的禁，是束縛之意。換言之，它頂多是封住對象這樣的意思，其後的作用，則是藉由改變對象體內的氣流，使**對象本身**產生變化。」

換句話說……

會變得唯命是從，是因為聽從的人自己想要聽從吧。例如，有「被氣勢打倒」這樣的比喻，但是這種情況，被打倒的人是**自己倒下**的，勝利的一方物理上什麼都沒有做——是接近這樣的情況嗎？

那麼……

「村上先生被施下了禁人之術。您當然是依自己的意志試圖自殺，但同時這也是某人的意志。換言之，您等於是被強迫自殺的。」

「怎麼會……？是誰？」

「容我拜見……」刑部望向村上的臉。「您有著一張複雜的面相。雖然不會成功，但也不會失敗……」

這一點確實說中了。

村上是主動離家出走的，但是原本單靠他一個人，不可能成功地離家。由於怪異男子的介入，他碰巧成功離家了，卻也難說是成功地實現自我。但是村上沒有認輸，雖然歷經各種波折，不過最後他甚至曾經擁有過一家工廠，這也算是一種成功吧。但這是他所期望的道路嗎？這就很難說了。而且他也沒有堅守那間有如上天恩賜的工廠，乾脆地關了它，卻也不是就此被逼到了絕境。

村上沒有成功，但也沒有失敗。

「您……沒錯，事業失敗了。不過是不是沒有虧損呢？敝人看您的樣子，是個看得準收手時機的人物。」

意思是膽小或慎重嗎？

話要看怎麼說。說穿了，村上這個人慎重到可以彌補魯莽，膽小到極點反而變成莽撞，個性實在棘手。

「莫非……」刑部發出格外響亮的聲音。「……您手中還有財產？」

「這個人窮得連一毛錢都沒有！」奈津說。

但是村上以空虛的眼神望向刑部，答道：「雖然不是多大的金額……」

「你不是說你沒錢嗎？」奈津尖聲說。

村上害怕地縮起身體，道歉說：「對不起，但我身邊真的沒錢了。」這麼說來，村上昨天不是才和護士商量支付費用的事嗎？而且村上也對朱美說過，他會再來登門致謝。

「我收掉工廠時，把土地房屋全部處理掉了。原本我就不好意思繼承，所以沒什麼執著。結果負債全數還清，把錢分給員工以後，還有剩餘。不過也不夠在別的地方置產，或遊手好閒地過上好幾年，我也不想就這樣坐吃山空，所以……我去了東京。」

「那些錢現在怎麼了？」

「哦，帶出來旅行也危險，所以寄放在房東那裡。」

「原來如此。」刑部說，背過身子。

轉向朱美那裡——窗戶的方向。

「村上先生。您是否來到伊豆以後，才第一次想要尋死呢？」

「嗯……」

缺憾……

剛才村上說，他一直懷抱著缺憾。

但是他也說，他在旅途中才感到自己有所缺憾。

所以關於這一點，刑部說對了。

「您原本是個非常纖細的人。您一直極力避免您覺得恐怖、嫌惡、討厭的事物。儘管如此，您似乎也十分勇敢，那是因為您這個人並不好戰。攻擊就是最大的防禦。您為了保護自己，能夠變得果敢。然而您果敢的攻擊性一旦遭到剝奪，您將輕易地選擇死亡。您就是如此孱弱的人。」

「可是，我過去從來沒有動過輕生的念頭……」

「每個人都一樣軟弱，但是大部分的人不會選擇死亡。因為人**天生就是如此**。」

「天生……就是如此？」

「人——不，生物是為了生存而活，所以天生就會努力存活，而不是被設計成會自行赴死。就算人嘴上喊著要死，一般也不會那麼容易就去死。所以強迫別人自殺，比殺人更要困難得多了。但是……」

「但是？」

「這個機制能夠改變。換言之……例如村上先生的情形，可以說是果敢的攻擊性被暫時封禁了。結果這段期間，您纖細而軟弱的原本的自我裸露出來。這是令人無法忍受的事，這種事連續幾次發生的話，不久後……您將自發性地選擇死亡。」

「自己……選擇死亡……」

「是的。」刑部說。

鉦的聲音響起。

以此為信號，太鼓和笛子也響了起來。

「有一種病，叫做憂鬱症。聽說得了這種病的人，滿腦子只覺得活著很痛苦，嚴重的人，甚至會想死。」

尾國也說過，他說是……氣鬱之症。

氣……鬱。

「直接叫人去自殺……這種禁咒不可能成功的。操縱人是可能的，但無法操縱人去自殺。不過，可以使人陷入憂鬱狀態。換言之，您等於是被人強制得了憂鬱症。脫離憂鬱的狀況後，便陷入狂躁的狀態。試圖自殺以後，您的心情是否會變得異常爽朗呢？」

異常爽朗……

對，確實如此。

窩囊、少根筋——朱美也想了許多種形容，但這全都是因為村上看起來十分開朗之故。

「這……可是……」

病床上的村上表情變得僵硬，全身都僵直了。

刑部把玩著胸前的圓形飾物。在近處一看，那似乎是金屬製成的。朱美第一次看到時之所以聯想到手鏡，不僅因為它的形狀和大小，更因為它的表面看起來有如鏡子。

村上在發抖。

「可是那種詛咒……，到底是誰……？為了什麼……？」村上擠出聲音說。

刑部以憐憫的視線望著他那可憐的模樣。「您死後能夠得利的人所下的手。」

「得利？」村上抖得愈來愈厲害了，病床喀噠作響起來。

他在害怕嗎？

「……例如說，您的房東……不，不是。」

刑部說著，來到朱美旁邊，接著他站到大開的窗戶前。即將西下、威力減弱的陽光，在圓形飾物上反射開來，飾物一瞬間發光似地一閃。詭異的樂音毫不留情地從窗戶灌注進來。

鉦、太鼓、笙、笛。

坐立難安。

「啊嗚、啊嗚」，狗吠叫著。

那種獨特的音色或許會觸怒動物的神經。

刑部一逕望著外頭的同志。

「村上先生，陷害您的，應該是您的房東背後的……」

——指引康莊大道嗎？

尾國說過。

——他加入了「指引康莊大道修身會」。

——算是靠心靈宗教斂財的團體。

——非常可疑。

——聽說是詐欺。

這樣啊……

將村上拉進那個可疑組織的，不就是他的房東嗎？而村上不是和那個組織商量該不該去伊豆嗎？結果他參加了類似研修的可疑活動……

——研修。

他在那裡被施了法。

「不要不要不要！」村上突然大叫。

「幹麼，怎麼了！」奈津站了起來。

「村上先生，再這樣下去，您絕對會死。」刑部望著窗外說。

村上發出「噢噢」的嗚咽，抱著頭縮起身體。「幹麼啊，你振作點啊！」奈津伸手摸他。「放手，我已經沒救了！」村上甩開奈津的手。

「放開我！我要死！讓我去死！」

「村上先生……！」

朱美忍不住走過去按住村上。

村上的背陣陣地搏動著。

回頭一看，刑部正冷冷地望著這一幕。

「好可怕」、「好寂寞」，搏動這麼訴說著。

——他是真心的。

鉦、太鼓、笙、笛。大批群眾的呼吸、氣息。

狗狂吠不止，儘管風都已經停了。

城鎮騷然不安。「噢噢、噢噢……」村上哭泣著。

汪、汪，狗吠叫著，冷靜不下來……

「我要死，我要去死！」村上吼叫，陷入狂亂。護士撥開信徒跑進來。朱美、奈津和護士三個人一起壓制，村上卻靜不下來。他哭叫著：「讓我去死！我受不了了！」村上總算在朱美面前顯露出自殺者的態度。

「你幹麼啊，不要杵在那裡，過來幫忙啊！」奈津叫道。

刑部不為所動，說：「敝人說過，吾等想要救他。」

奈津抓住村上掙扎的手臂，大叫：「救得了就快救啊！」

「明白了。」

刑部從懷裡取出輪狀物。

是茅輪——正月及盛夏時分，神社等地方會設置的茅萱輪。據說穿過它，即可潔淨身體，是縮小版的茅輪。

「臨兵鬥者皆陳烈前行……」刑部朗聲念誦，將輪舉到窗邊。

鏘！好像是鉦響了。

村上安靜下來了。

朱美慢慢地抬起頭來。
奈津目瞪口呆地張著嘴巴。
原本抱住頭的村上像哮喘病患般「咻」地吸了一口氣，一邊吐氣，一邊戰戰兢兢地撐起身子。感覺好像完全崩壞掉了。
「呃……我……」
「敝人斬斷禁咒了。」刑部說。
「救、救救我……！」村上在病床上跪伏下來。
「不……不要這樣啦！喂，村上先生！」奈津說。
刑部對著窗戶，高舉茅輪，耀武揚威似地佇立著。奈津放開村上，轉向刑部。
「什麼**咒語**，那都是心理作用啦。不要被這種傢伙的胡說八道給騙了，這些人的目的也是錢。絕對是騙人的！」
奈津說完的瞬間，刑部放下高舉的茅輪。
村上再度出現劇烈變化。
在朱美的手底下，村上的背猛烈地抽搐著。「不、不行！」村上說。
「幹麼！你不要開玩笑！」
村上已經無法回話了。
「松嶋女士，此非邪法誆騙之類。即使如此，您還是不明白嗎……？」
「知道了、知道了啦，快點……」
刑部傲慢地笑了。
接著，他就要舉起茅輪。
然而……

他的表情突然糾結了。

村上也定住了。

「怎、怎麼了啊！」

刑部手中的茅輪舉在不上不下的地方，眼睛凝視著窗外。他的臉色有點蒼白，稀疏得看不見的眉毛抽動了兩三下。

朱美感覺到村上的心跳平靜下來，她放開手，靜靜地站了起來。

——聲音。

聲音停了。不，鉦和太鼓的聲音還隱約聽得見，但是……

——亂掉了。

她望向外面。隊伍亂了，還聽得見人聲。

雜音傳來，鬧哄哄地爭論著。

外面——不，是走廊傳來的。

朱美回頭望向病房入口。成仙道的信徒在走廊說著什麼。不久後，一名男子就像扯開那股喧囂似地走了進來。

褪了色的江戶紫大包袱。

鴨舌帽。

賣藥郎。

「尾國兄……」

來人是尾國誠一。

尾國連一點腳步聲也無地踏了進來。

刑部放下茅輪，總算回過頭來。

「你是……昨天的……」
「我是越中富山的賣藥郎。」尾國說道，冷冷地盯著刑部。
「那位朱美女士是我的舊識、同業朋友的太太。她這個人性子直爽、脆快了當，平常絕不會為這種麻煩事操心……」
尾國說到這裡，望向朱美。「但是這次對手太歹毒了，我實在無法坐視不管，所以明知不識趣，還是像這樣出面插手……。您，那邊那位老爺，村上兵吉先生……」
「啊……是。」近乎崩潰的村上發出截至目前最為窩囊的聲音，抬起頭來。
他似乎完全搞不懂發生了什麼事。
不過奈津——當然還有朱美也是一樣的。
尾國說：「村上先生，您的確被施了法。對您施法的肯定是『指引康莊大道修身會』的磐田那傢伙。可是，您會復原，並不是因為這個男子的法力。」
村上望向尾國，然後轉向刑部。
刑部以乾涸的眼睛瞪著尾國。
尾國更踏出一步。「攪亂老爺您的，是狗。」
「狗……？」
「**狗的叫聲會成為契機**——您被下的是這樣的法術。只有狗在叫的時候，老爺才會引發氣鬱之症……」
「啊……」朱美忍不住出聲。
不管是在千松原還是在朱美家，的確都有狗在叫。
而剛才……
——外面的狗也叫了。
「據我聽聞，『指引康莊大道修身會』的磐田會長去年遭到暴徒襲擊後，身邊總是帶著一頭雄壯的狗保就算對方破口大罵，叫我說真話，我也只是困窘不已。說起來，就算是親身經歷，終究也只是個人的認識，而體驗者本身不可能去判斷那是不是客觀的事實，不是嗎？

所以我愈是被逼問，就愈不了解自己的所見所聞究竟是不是事實了。

但是，單調的拷問在反覆當中，漸漸地不再伴隨著痛苦了。

能夠預測的話，就不恐怖。

無法預測的平時更讓我不安多了。

只要在封閉的環境裡重複相同的行為，就完全有預期心理，肉體的痛苦也遲早會習慣。

一旦習慣……便急劇地失去了現實感。

這是我卑鄙的自我防衛法。

我變成了扮演受審問的我這個他者，每當相同的戲碼反覆上演，就逐漸褪色，最後變得不關己事。我已經從本體游離，變成了第三者，旁觀著受折磨的我。

我回想起從軍時代，有點相似。

所以，我幾乎不再有所反應了。

已經……無所謂了。

所以……

我義務性地對粗暴的言詞左耳進右耳出，被毆打了好幾次……。我蜷起身子，全身虛脫，以空洞的眼神望著警官動個不停的嘴巴，整個訊問時間，就一直這樣。

時間一過，我又回到這個房間。

所以……

這個乾燥無味的牢檻，對現在的我來說，也是個安身之處。

我嗅著發霉的味道，盯著骯髒的牆壁，就這樣尋思著。

一旦從世界隔絕開來，我血液停滯的腦髓似乎也會稍微發揮一點功用，原本記憶力不好還健忘的我，連一點芝麻小事都回想起來了。每當回想起來，我忍不住猜疑它們是否與這次的事件有關……？我也幻想著，試著將被拘捕前發生在身邊的無關事象連結起來，看看能不能導出驚人的結論。不是推理，是妄想，是無為的作業。

而我……又想起了某起事件。

3

ひょうすべ

咻嘶卑——

上總國夷灊郡岩田村半左衛門，某日，其村船頭來訪，言近日河童夜來，甚駭。遂抄與半左衛門家傳菅丞相之歌，爾後河童即來，亦逃之夭夭。右歌云：

「咻嘶卑啊，毋忘舊約。川中人，氏菅原。」

右歌中咻嘶卑者，川童也，曰菅神之歌者，殊為可疑，土人之俗傳不足取，姑錄所聞。

——《耳囊・卷之七》／根岸鎮衛
文化六年（一八〇九）

1

第一次見到宮村香奈男是在今年正月。

美日議和後初次迎接的新年，感覺比占領時的正月還平靜一些。

不過這是一般世人如此，至於我，依然頂著一張毫無起色、無精打采的表情，沒錯，我遲遲無法擺脫年底發生的逗子事件的餘韻，處在一種不知道是歡喜還是憂愁的不上不下狀態，儘管如此，我還是沉浸在喜氣洋洋的新年氣氛裡。

我記得那個可憎的潰眼魔名號就是當時在街頭巷尾傳播開來的。後來，潰眼魔事件的影響逐漸漫延到我身上，不過那時，我當然不可能預知到那麼久遠的未來，所以對於這件事並不怎麼感興趣，也沒有詳加打探。

我記得那天是一月三日。

我伴同妻子，前往朋友中禪寺家拜年。

話雖如此，我們夫婦倆都不是勤快的人，交際圈子也很小，原本就沒有在過年期間到處拜年的習慣。

不過我和中禪寺認識很久了，兩人的妻子也很要好，再說他家是可以從我家散步走到的距離，不只是過年，我們兩家平素就來往頻繁。因此那天只是拜訪的日子恰好是過年，也不算是特地前往拜年如此慎重。

但是話說回來，我們夫婦倆一同外出就是件稀奇事，而且我姑且不論，妻子做了一番打扮，讓我覺得有點拘謹、不自在，感覺渾身不對勁。

中禪寺家——京極堂是一家舊書店。

這天京極堂有客人。

那是個穿和服的小個子男人，非常親切熱情。

年紀大約三十幾或五十幾，看起來似乎上了年紀，卻也帶著幾分孩童的稚氣，頂多看得出他不只二十幾歲，除此之外，不管是年紀還是職業都令人摸不著頭緒，風貌十分獨特。

一如往例，京極堂只介紹我是**熟人**關口。

京極堂似乎從學生時代起就不承認我是他朋友。

每當有人問他：「這位是你朋友嗎？」他便否定說：「不是朋友，是熟人。」最近他可能連一一否認都嫌麻煩，總是先發制人地向別人介紹我是熟人。我不太明白朋友和熟人之間有多大的差別，也覺得兩者似乎都一樣，不過每當被這麼介紹，我就強烈地感覺自己被瞧不起了。儘管如此，京極堂卻介紹妻子「這位雪繪女士是內子的**朋友**，**也是**關口的妻子」，更教人氣惱。

可是如果我在這時候強調「不是的，我是他朋友」，想想也很可笑；而且就算我這麼說，如果京極堂反駁「我又沒拿你當朋友」，我也無話可說，而且更加下不了台。

所以我只是默默地行了個禮。

來客一邊笑著，一邊以輕柔的聲音極為恭敬地說：「敝姓宮村。」

詳情我已經忘了，不過根據京極堂的說明，宮村也經營舊書店，在川崎一帶開了一家專營和書的小店。京極堂說在**那一行**裡，宮村是個連他都望塵莫及的高人，不過那時，我並不知道京極堂說的**那一行**是哪一行。

這是題外話，一個月後發生了箱根山事件，京極堂和我都被捲入，而造成這件事間接原因的，聽說不是別人，就是宮村先生。因為宮村先生不在，所以京極堂才會被找上——事情的真相似乎是如此。

當然，這是我事後才聽說的。

儘管沒有任何說明，宮村卻知道我的身分。他說：「我拜讀了您所有的大作。」我登時臉紅了。

宮村用祖父守望幼兒般的眼神看著我，以柔和的口吻說：「關口先生寫的小說十分難以翻譯，這讓我感到十分高興。」難以翻譯是什麼意思？我不太明白他真正的意思，不過他的口氣聽起來像是在稱讚，所以我胡裡胡塗地向他道謝：「多謝誇獎。」

眾人彼此拜年後，暢談了一陣子。

宮村就像他給人的第一印象，十分和藹可親，是個典型的好好先生。他的口才便給，就算是一點小細節，也會比手畫腳地努力表達，讓人很有好感。此外，他也常常將話題帶到絕非擅長社交的我身上，對於我有些令人消化不良的話，也認真聆聽。

宮村對於笨口拙舌的我無聊的話也一一應和，歡笑以對。

不久後，我發現了一件怪事。對話時，宮村總是用店號稱呼朋友為「京極堂先生」，但京極堂卻不是用店名或姓氏稱呼宮村，而是稱他為「老師」。

就我所知，朋友視為老師景仰的人物只有一位，除了那個人以外，他應該沒有其他稱為老師的對象了。頂多偶爾會稱呼我為大師而已。當然，他那麼稱呼我的時候，只是在揶揄罷了。

我感到疑惑，悄聲問京極堂宮村究竟是什麼老師？宮村耳尖地聽見我的問題，答道：「沒什麼，關口先生，我以前是個教師。」接著他望向京極堂說：「不過，京極堂先生，如果我是老師的話，你也是老師啊。」這麼說來，京極堂以前也曾經當過教師。

朋友聽到這話，咧嘴一笑說：「老師，這話就不對了。雖然學生裡面，現在還有些冒失鬼會稱呼我為老師，不過宮村老師的情況不同吧？就算不是你的學生，每個人也都稱呼你為老師，不是嗎？就連山內先生也這麼稱呼你了。」

京極堂這麼說，宮村便搔了搔頭說：「呃，不過俗話說：『別笨到被稱大師』（註一），這實在不怎麼教人高興……」

換言之，宮村之所以被稱為老師，是因為他的外貌和態度很像教師嗎？

這麼一看，宮村確實像個教師。相反地，京極堂不管是斜著看還是倒著看，怎麼看都不像個教師。兩人的打扮雖然都是十幾年前的文士風格，看起來卻相差了十萬八千里。

應該不是年紀的關係，這一定是品行或為人所致。

我這麼一說，京極堂便難得坦率地點頭說：「原來如此，品行啊，這或許也是原因之一。不過不只是這樣，這位先生之所以被稱為老師，是有理由的。」

說完後，他轉向宮村：「對吧？宮村老師？」

宮村拘謹地說：「京極堂先生真是不懷好意。」

這話一點都沒錯。

不多久，京極堂夫人靦腆地站起來說：「我得去準備一下，請恕我暫時失陪。」

宮村微笑，答道：「多謝款待，我已經很飽了，請不必麻煩了。」夫人望向我，想要徵求我的同意，不過我嘴裡塞滿了料理，沒辦法回答，妻子代替我說：「廚房的事，我也來幫忙。」於是兩個妻子一邊談論著和服裝扮如何、金團（註二）如何，隨即離開了。

人數一減少，四周的書立刻就變得醒目起來。約十張榻榻米大小的客廳，除了出入口以外，四面牆壁都是書架。宮村仔仔細細地看遍書架，說道：「真是壯觀。」

我也跟著宮村望向書牆。

全都是書。

「遠不及薰紫亭那麼齊全，老師。」京極堂說。

宮村的店似乎叫做薰紫亭。

「薰紫亭是專營和書和古地圖，陳列也十分樸素。在這一點上，京極堂這裡就……」宮村說到這裡，又望向書架。

然後他看看我，徵求同意：「對不對？」

「嗯……」我回了個沒勁的應答。

確實，京極堂的書本各類雜陳，沒有特定的傾向。有線裝書，也有皮革書。從圓本（註三）到糟粕雜誌，

註一：這是日文的一句俗語，用來嘲諷有些人聽到別人滿口「老師」、「大師」的奉承，就自滿得意起來，但其實別人並非發自真心尊敬。

註二：一種將煮甜的栗子與甘薯泥混合，再以梔子果實染成金色揉成的甜點。

註三：關東大地震之後，日本出版界為了挽救低迷不振的書市，由改造社於一九二六年推出定價一本一圓的叢書，稱為圓本。一時之間，各出版社競相出版這類書籍，但很快就受到讀者厭倦而退燒。

只要是觸動店主人心弦的書，無論任何書籍，就算是賣不出去的書本，也玉石不分地陳列在一起。

雜亂龐大的書山不只占據店面，甚至毫不留情地侵蝕了住家部分的店主房間，還有例如這個客廳，卻又整然有序，這令我怎麼樣都無法釋然。

回神一看，對話中斷了。

這時，我才發現現場的氣氛有點不對勁。我不諳察言觀色又遲鈍，完全沒有注意到，不過夫人之所以離席，似乎是京極堂指示的。而妻子察覺到這件事，善體人意地一起離席了。難道京極堂和宮村有什麼重大的事要談嗎？我有些不知所措。

宮村唐突地提出了疑問。「所謂的**咻斯卑**……」

我愣住了。

「所謂的**咻斯卑**……就是河童吧。」

這話題太古怪了。

然而京極堂卻不為所動，一面倒茶，一面露出有些驚訝的表情說：「不是的。」接著他放下茶壺，推出茶托，向我和宮村勸茶，並冷冷地接著說：「**咻嘶卑**就是**咻嘶卑**吧。」

宮村用雙手接下，問道：「可是，根岸鎮衛不也寫道，**咻嘶卑**是河童的別稱嗎？」

「哦，你說《耳囊》啊。」

「是啊，我記得是……呃……咻嘶卑為川童之由……」

「上面也寫道：曰菅神之緣由亦甚疑。既然鎮衛這麼說，表示他根本沒有看出河童是什麼、咻嘶卑又是什麼。他只是喜歡咒文咒語之類罷了。」

不懂他在說什麼。宮村也說「我不懂你的意思」，偏了偏頭。

然後他慢吞吞地說道：「而且……對了，我記得是柳田翁（註一）的〈川童之事〉中寫的……，我好像是在這裡讀到的。記得上面說，河童會『咻咻』（hyon-hyon）叫，所以在日州（註二）一帶，是這麼稱呼河童……，大概是這樣。『咻咻』這聲音聽起來不是很淒涼嗎？可能是因為這樣，我才會印象深刻，記了下來。記得是記得，但我並不是讀得很認真，或許記錯了。因為再怎麼說，這並非我的專門……」

那篇論文，我記得以前也讀過。我記得是那個題目沒錯。

可是京極堂卻答道：「老師，你說的是〈川童的遷徙〉吧。」這麼一說，或許是那個題目才對。我的記憶總是隨隨便便。

京極堂一如往常，滔滔不絕地說了起來：「剛才宮村老師所說的〈川童之事〉裡也寫了相同的內容，不過關於這一項，柳田翁引用《水虎考略後篇卷三》，僅止於提出懷疑的意見，說日州之所以稱河童為咻嘶欽（hyōsue），是因為河童的叫聲聽起來像『飄飄』（hyōhyō），但這無法令人盡信。不過柳田翁在刊載於《野鳥》上的〈川童的遷徙〉一文，卻將河童與候鳥信仰連結在一起，支持這種叫聲由來說。這篇文章裡，柳田開宗明義聲明，說不會有人把河童當成鳥，但是有人認為某種鳥類就是河童。」

「京極堂先生，請等一下……」

宮村舉起手來。「呃，京極堂先生，語源的問題，這個節骨眼就先不管了。在九州，河童確實是被稱為**咻嘶卑**或**咻嘶欽**，對吧？所謂**咻嘶卑**就是河童吧？」

「嗯……」年輕的舊書商納悶地彎了彎脖子。

「老師，」接著他叫道，說出莫名其妙的話來。「稱呼就是妖怪的一切，所以**咻嘶卑**還是**咻嘶卑**。」然後他作結說：「這實在很難說明。」

「不管是河童、川太郎還是水虎——不管什麼稱呼都好，沒錯，這些名稱——不，妖怪這種東西本身，可說是**浮面的部分**。」

「什麼叫**浮面的部分**？」

註一：指柳田國男（一八七五～一九六二），日本妖怪民俗學者，被尊稱為日本民俗學之父。

註二：也稱向州，即古時的日向國，相當於現在的宮崎縣。

「例如說……四國是貍子的發源地。」

我霎時困惑起來，這毫無脈絡可言。

但是宮村頓了一下，用力點頭說：「對對對。」

沒錯……雖然暫時不了解，但是只要聽下去，沒多久應該就會明白了。京極堂的話總是如此。毫無脈絡的發展不久後就會具備脈絡，遲早會與主線連結在一起。所以這種時候，乖乖聆聽才是上策，就算詢問他真正的意圖，也徒然讓自己更莫名其妙罷了。宮村非常明白這一點，才會點頭。我也明白這一點，可是大多數時候還是會愣住。

朋友接著說：「……我有個怪人朋友，專門研究大陸的妖怪，叫做多多良。不久前他去了四國……」

「這世上怪人真不少。」宮村瞄了我一眼，笑著小聲這麼說。我沒有答腔，只是苦笑。

雖然沒有見過，但我從京極堂口中，聽說過好幾次多多良這個人。這年頭實在不可能靠著研究妖怪興家立業，更何況研究的是大陸的妖怪。就連我這個沒資格擔心別人的人，每次一聽到多多良的事，都忍不住為他擔心。

話說回來，這就叫做物以類聚嗎？還是妖怪原本就會招引妖怪？就像宮村說的，怪人還真的不少。

宮村似乎對多多良很感興趣，不過沒再追問下去。他知道愈問，迷宮只會變得愈複雜。

京極堂繼續說下去：「……結果他告訴我一件事。我想想……老師知道歐帕休石（註一）這個奇石的傳說嗎？」

話題接二連三跳躍。

宮村偏著頭說：「不曉得。」

京極堂斜睨著我問：「關口，你呢？」我當然回答不知道。那種怪東西誰知道啊？

「歐帕休石是德島某地方傳說中的奇石，據說原本是某個著名力士的墓碑。這塊石頭會歐帕休、歐帕休地叫。」

「什麼是歐帕休？」

「歐帕休（註二）是『背我』的意思。」

「哦……，那就像馬琴（註三）的《石言遺響》中寫到的遠州的夜啼石嗎？」宮村問道。

原來如此，**那方面**是他的專門吧。

「嗯。若是追溯『出聲的石頭』系統的根源，兩者是相同的。備前（註四）的窸窣岩（註五）也可視為同一系統的妖怪。不過，這在別的地方也被稱為巴烏羅石或烏巴利翁（註六），也是『背負系』的妖怪。就是一背上去就會變重的妖怪。它與產女妖怪也不能說毫不相關，另一方面，也與帶來財富的異人傳說有所關聯，不過這些先暫且不提。總而言之，歐帕咻石是在路旁吵著叫人背它的石頭。」

「現在也會叫嗎？」

我這麼問，京極堂便揚起單邊眉毛說：「我說你啊……」

他重重地嘆了一口氣。「……它現在只是一顆單純的石頭。傳說有個力士路過時，覺得這塊石頭很囂張，便把它背了起來，但是石頭愈來愈重，力士終於受不了，把它扔掉，結果石頭裂成了兩半。據說從此以後，石頭就不再說話了。那塊裂開的石頭現在好像還在原處。」

「這塊石頭怎麼了嗎？」宮村問道。他的問題理所當然。

「據說那塊歐帕休石就是貍子。」

「誰說的？」

註一：此為音譯，原文為「オパッショ石」（oppasyo-seki）。
註二：歐帕休為四國當地方言中「背我」之意。
註三：指曲亭馬琴（一七六七～一八四八），江戶晚期的戲作家。代表作有《南總里見八犬傳》等。作品富有勸善懲惡思想。
註四：日本古國名，相當於現今岡山縣東南部。
註五：此為意譯，原文為「こそこそ岩」，有偷偷摸摸的石頭之意。
註六：「巴烏羅石」及「烏巴利翁」皆為音譯，原文為「バウロ石」（bauroseki）、「ウバリオン」（ubarion）。

「當地人。」

「那塊石頭是貍子嗎？」

「由於土地的關係，沒辦法脫離貍子來討論，這要是換成其他地點，就絕對不會是貍子。會出聲的石頭和叫人背的妖怪都不是貍子。要解釋叫人背的石頭妖怪，根本不必把貍子拖出來。可是……它似乎**變成**了是貍子。」

「變成？」

「嗯。原本怎麼樣不清楚，或許最早是貍子迷騙人這樣的傳說。可是**迷騙**卻成了**變身**。」（註）

「哪裡不一樣？」宮村問。聽起來根本一樣。

「迷騙，是使被騙的對象——我們人類——碰上奇怪的遭遇。而**變身**，是迷騙人的本體——這種情況是貍子——改變形體。」

「哦！」宮村拍打膝蓋。「換句話說，雖然不曉得是力士的墓碑還是什麼，總之有那樣一塊奇怪的石頭，而那個石頭會開口、變重，讓人體驗這種怪事，叫做迷騙，而貍子變化為石頭則是變身。」

「是啊。迷騙和變身，兩者的意思有著微妙的不同吧？在這個傳說裡，從某個時期開始，歐帕休石應該是被當成歐帕休石來理解的。說起來，如果石頭是貍子變的，就無法說明裂開後的石頭為何會留下來，而且也無法說明它是力士的墓碑這樣的由來。它有貍子變身無法完全解釋的部分，或者說，這個傳說已經完成了。然而，最近它卻開始變成是貍子**迷騙**人。」

「為什麼？」

「這樣比較響亮啊。當成是貍子幹的好事，比較有現實感。至少在現代是如此。」

「當成是貍子幹的，就有現實感嗎？」宮村問道。

「是啊，因為那裡是四國。」京極堂立刻回答。「不過，這並不代表四國的人現在依然全都深信貍子會迷騙人。現在這種時代，就算是在四國，也很少有人真心相信這種事吧。所以這只意味著在現代，貍子這個記號還在容許範圍內，此外的名稱則幾乎完全失效，不再是能夠共同認識的記號了。所以只要能夠流通，就算不是貍子，不管是狐狸還是河童都可以，即使是惡魔或火星人也沒問題。其實什麼都可以，不過因為是四國，所以是貍子，如此罷了。這種情況，貍子就是浮面的部分。」京極堂說。

「哦……」

我都快忘記京極堂講這段話是因為宮村詢問「什麼叫浮面的部分」了。

「所以石頭開口要人背──一背就會變重──這樣的怪異，一旦被當成是貍子的惡作劇，『歐帕休石』這個妖怪就會消滅，與夜啼石、背負妖怪、產女等等都再也沒有關係。以妖怪而言，它成了『貍子』。」

「原來如此……」宮村說。

他理解得非常快。

「不是妖怪『歐帕休石』，而會變成妖怪『貍子』惡作劇變身為石頭，歐帕休、歐帕休地叫。如此一來，石頭說話的不可思議就消失了，而貍子變成石頭的不可思議，就成了怪談的重心，是嗎？」

宮村說起歐帕休、歐帕休的音調格外有趣。

「沒錯。可是這個歐帕休石的怪異在成立的過程中，確實仍然會與老師剛才提到的說話的石頭、啼哭的石頭的傳說，以及叫人背的妖怪發生關聯。若是追溯它的系譜，是不可能光憑貍子成立的。」

「無論迷騙或變身都一樣嗎？」

「應該是的。若是在其他地方，就算要與貍子扯上關係，應該至少還是會附加上『歐帕休石』這種程度的特殊固有名詞。然而它卻成了單純的貍子。嗳，貍子的名號比較響亮，事實上它也順利地傳播開來了。結果變身成歐帕休石的貍子，連原本與貍子沒有關係的來歷也一同背負起來，但是貍子還是貍子。而妖怪的名稱，就以貍子固定下來了。」

「原來如此，我完全了解了。將這些複雜的背景和歷史等等全部概括在一起坐鎮其上的，就是妖怪的名

註：在日文中，妖怪迷騙人與變身使用兩個類似的動詞「化かす」、「化ける」。

字——浮面的部分。」

「沒錯，就是這樣。」京極堂用力點頭。「不過古人光是聽到這浮面的名字，就能夠察覺包括來歷的一切，但是我們現代人光是聽到名字，卻什麼都不懂了。我們從浮面的名字，只能夠察覺同樣只屬於浮面的現象。所以覺得只要現象相同，或似乎相同，就算名稱一樣也無所謂。因此歐帕休石也一樣，只是**單純**的貍子也無所謂了。反正貍子什麼都會變，什麼都有可能，這裡頭不需要囉嗦的理由。這麼一來，**咻嘶卑**就算是河童也無所謂了。可是**咻嘶卑**還是**咻嘶卑**。」

「和河童不一樣？」

「不一樣。雖然兩者具有相同的性質、相同的歷史、相同的真面目，但是咻嘶卑和河童是**共享大部分隱密性質**的……不同事物。」

「等一下。」我制止說。「具有相同性質的個別東西我可以理解。可是擁有相同歷史的個別東西，這不成立吧？而且你還說連真面目都一樣，那根本就是同一個東西。如果只是名稱不同，那只是單純的別名吧？」

無論什麼東西，如果真面目相同，就是同一個東西。

「嗯，一般來說是這樣沒錯。」京極堂說。然後他瞄了宮村一眼，用一種瞧不起人的眼神盯著我問：「你知道新銳歌人喜多島薰童嗎？」

「今天話題怎麼跳得這麼厲害？毫無脈絡可言。嗳，我好歹也算是爬格子為業的，喜多島薰童我也還知道。我想想，她是在去年有如彗星般出現在短歌（註一）界的天才女歌人，對吧？」

我這麼答道，於是京極堂歪起嘴巴，以嘲弄的口吻說：「老師，他說是天才女歌人呢。」接著他一臉打壞主意般的笑容，望向宮村。

宮村還是一樣，淨是微笑。

我露出佛然不悅的表情說：「你裝模作樣的幹麼？她是被評為新感覺派和新抒情派的女歌人啊。眾人都稱讚她是個天才，她精采地剪下日常生活的片段，使用新鮮而纖細的詞句，詠入歌裡。」

京極堂嘲諷地說：「根本是雜誌上的說詞嘛。」確實如此。那完全是刊登在我投稿的《近代文藝》新年號上的短評。

喜多島薰童並非透過短歌同人誌（註二）或專門雜誌崛起的歌人，而是某一天突然就在一本文藝雜誌上開了個連載專欄。這個專欄頓時受到矚目，原本對短歌毫無興趣的其他文藝雜誌也爭相報導，使得她一躍成了話題人物。

而《近代文藝》也不能免俗，做了特輯報導。我只是碰巧讀了那篇報導而已。雖然被說中了，但我還是姑且表現出抗議的態度。「你這話真失禮。」

京極堂笑也不笑地說：「你這種三流文士懂什麼短歌好壞？連中南半島的水牛都猜得出來。我不是想聽你那種不懂裝懂的無聊講評。那種水準的講評，連馬都會說。只要聽聽世人的評語，就算連一首作品都沒讀過，也吠得出這點程度的話來。」

我放棄抵抗。

「噯，你說的沒錯，我的確是從雜誌上看來的。不過……是啊，薰童是哪裡的誰，包括她的經歷在內，身分完全沒有公開，不是嗎？不揭露來歷，只靠作品來決勝負，卻能獲得這麼高的評價，她真的很了不起。」

「就像你說的，喜多島薰童是個覆面歌人。那麼……對了，關口，假設你是那位薰童的本尊好了。」

「為什麼是我？我是男人耶。」

「有什麼關係？就算是假的，你也被當成了天才的本尊，這不是很光榮嗎？感激涕零吧。然後，呃……我記得你有個荒謬的筆名，叫什麼楚木逸巳，是吧？」

「沒錯，是我開玩笑亂取的。」

註一：短歌為和歌的一種形式，是以五、七、五、七、七音的五句所組成的詩歌。

註二：即同人雜誌，為具有相同嗜好或思想、主義的同好自費編輯發行的雜誌。

名作家寫的。」

就我而言，這是很有可能的事。

我這麼說，京極堂便抽搐著臉頰，可惡至極地說：「你是絕對不可能寫出傑作的，別在那裡杞人憂天了。」這個人真是有夠失禮的。

「你是特殊例子，姑且不論，不過妖怪也是一樣。因為現象相同，就當成是同一種妖怪，仍然是不對的。」

我怎樣特殊了？——我的這個問題被忽視了。

「不是有一種叫『天狗倒』的現象嗎？」

「是山裡出現的幻聽吧？只聽得見巨木嗶剝嗶剝倒下的聲音，但是不管怎麼找，都找不到倒下來的樹木……」

「沒錯。這在有些地方也稱之為『空木返』，還有一種叫『古樵』的，也是相同的怪異現象，這有時候也被當成是狐狸搞的鬼。這些全都像關口說的，是聲音的妖怪，換言之，以現象來說，它們完全相同……。不過稱為天狗倒的時候，它的背景與天狗的來歷重疊在一起。因為修驗道（註一）、天狗（註二）、破戒僧這類構成天狗的種種要素在當地通行，才會被如此稱呼。稱做古樵的話，則是以過世的樵夫妄念來解釋現象。這個解釋，在沒有樵夫的地區是無法通用的。而空木返這個說法，則很少有這類背景，是非常接近現象的稱呼。」

宮村頻頻應聲，佩服不已。「只要名稱不同，就不能混為一同，是吧。你說妖怪是浮面，就是這個意思吧？京極堂先生。」

「是的，妖怪的名字是很重要的。我剛才說的天狗倒，現象相同，但名稱不同。以現象面來看雖然相同，但既然名稱不同，文化歷史也就不同。以剛才的比喻來說，就是風格完全相同，但作者名不同的情況。當然，作者的來歷也會不同。」

「原來如此，我完全了解了。不過……」

宮村垂下眉毛，露出難為情的表情來。京極堂回看他，問道：「這個比喻還算恰當吧？」

宮村笑道：「你說的歌人的比喻非常明瞭易懂，可是如果照那個比喻來看，妖怪……呃，大部分的真面目就不止一個嘍？」

「是的。喜多島薰童的真面目不是合作，而是單獨一個人，但**咻嘶卑**的真面目卻是合作，而且它的真面目有一百個左右。大部分的妖怪都是如此，許多妖怪的真面目是重複的。許多妖怪**共享**未公開的部分──被隱匿的來歷。所以不管是現象還是性質，只因為其中一個相同就判斷它是同一個東西的話，那麼無論是鬼還是天狗、河童、貍子，全都會變成同一種妖怪了。」

京極堂對著宮村這麼說完，望向我這裡。至於我……覺得好像懂了，卻也不甚了了。

或者說，我一定不懂。

我考慮之後問道：「到天狗倒的部分我還懂。即使現象相同，名字不同的話，就是不同的東西，這我也不是不懂……」

至於真面目有百人左右、而且彼此重複這一點，我就看不出是怎麼整理出來的了。

不出所料，京極堂露出厭惡的表情。

「所以我一開始不就聲明了嗎？咻嘶卑和河童，就是剛才說的楚木逸巳和喜多島薰童啊。」

「哦……合作的。」

「而且是百人合作。」

「這樣啊……，可是這麼一來，如果追溯河童的真面目……」

註一：以日本古來的山岳信仰為基礎，融合密教咒法而成的日本佛教一派。祖師為奈良時代的役小角（役行者）。修行者稱為修驗者或山伏。

註二：漢字雖然一樣是天狗，但這裡的「天狗」發音為amatsukitsune，與一般天狗（tengu）發音不同，始見於《日本書紀》，形象似流星。

「就會冒出**一堆**和咻嘶卑的真面目相同的東西。」

「那……」

「可是並不是完全相同，大概有百分之九十相同。」

「那豈不是幾乎一樣嗎？」

「才不是。」京極堂甩甩手。「河童的作者有兩百個。把它當成裡面約有九十個是和咻嘶卑共享的作者就是了。聽好了，一般的事物動輒都被看成根源相同，從同一個根裡長出莖幹，再逐漸分枝出去，複雜地進化。大部分都認為現象是事物細枝末節的部分，只要循著它回溯，就能夠碰到主幹，循著主幹走，就可以找到根源——本質。事實上，世上幾乎所有的事物都能夠以這種看法解讀，而且這種看法簡單易懂，所以許多人都這麼認為。但是妖怪這種東西卻是完全相反的。」

「相反……？」宮村問道。

「我想想，就把它當成髮尾黏在一起，髮根分開的分叉頭髮好了。」

京極堂的比喻大部分都很蠢。

宮村笑了，說：「這分叉也太奇怪了。」

京極堂一本正經地回答：「是很奇怪。妖怪這兩個字本身就有妖異、奇怪的含意在。這裡說的髮尾，就跟剛才說的浮面是相同的意思，也就是名字。這根頭髮從髮尾沿著髮幹回溯到髮根時，會朝髮根分叉出去。沿著走下去，遲早會碰到根，但是那只是眾多髮根裡的其中一個。從那個髮根又長出好幾根頭髮，那些頭髮又與其他髮根長出來的頭髮融合在一起，形成好幾根髮尾。」

「原來如此……，這裡的髮根，就相當於剛才的比喻中所說的真面目吧。」

「是的。河童這個髮尾，有著許許多多的髮根。因為河童都躋身為水怪籠統的總稱這樣的地位了，髮根數量當然龐大。」

「被隱匿的部分非常多？」

「對，所以大部分水怪，都與河童共享幾乎所有髮根。只混進了一點別的髮根，形成了不一樣的髮尾。」

「只要有一根不同，就會不一樣嗎？」

「如果是以完全相同的髮根形成的，髮尾應該也會完全相同。換言之，名字也會一樣。那細微的差異，如果只是地區性這點程度的差異，名字應該也會更相似。即使同樣是九州，也有嘎啦帕（garappa）、嘎哇帕（gawappa）、嘎哇嘍（gawaro）、河物（kawanomono）、河人（kawanohito）等等更接近河童（kappa）的稱呼。這些都比咻嘶卑擁有更多與河童共享的部分。但是只要有一個髮根決定性地不同，就會變成塞可（seko）或卡香波（kashyanbo）等等完全不同的名字。」

「原來如此，會變成不同的髮尾啊。」

「水溶液的部分還有沉殿物幾乎都一樣，但上頭浮面的部分卻不一樣，是嗎？」

「關口，你說的沒錯。」京極堂說。

宮村佩服地點了幾下頭，然後想了一下，一邊舞動雙手一邊說：「也就是說，京極堂先生，整理之後就是：咻嘶卑雖然是河童，但是既然它有一個和河童相去甚遠的名字，就應該有什麼不被稱為河童的重大理由……，是嗎？」

京極堂爽快地答道：「是的。」

「什麼是的。你這傢伙老是這樣，既然如此，一開始就像宮村先生說的那樣告訴他不就行了？這個結論非常簡單明瞭又直接。什麼歐帕休石、喜多島薰童、天狗倒的，還說什麼浮面啊、分叉頭髮的，圈子也繞得太遠了吧？真是浪費時間。這根本是浪費語言。」

「關口……」朋友發出疲倦的聲音。「如果我一開始就說出老師剛才說的結論，你一定會一直追問為什麼為什麼，囉嗦個沒完，不是嗎？結果我還是得像剛才那樣重新說明一遍，那麼從頭說起不也是一樣嗎？」

「是嗎？」

「就是啊。不，這不僅不是浪費時間，我還替你省去了煩惱到底哪裡不懂的時間，等於是大幅節省了時間呢。」

「可是……」

「喏，你就是這樣，老是在浪費時間。宮村老師，咻嘶卑這個稱呼本身是佐賀地方的說法，但是相似的名稱集中在宮崎縣。咻嘶欸、哮嘶卑（hyōsube）、咻尊波（hyōzunbo）、咻滋波（hyōzubo），雖然有細微的差異，但名稱幾乎相同，性質也各有若干差異。但是這些全都是宮崎一帶才有的差異。不管是大分或福岡，說咻嘶卑雖然也通，但已經沒有人這麼叫了。大家都以近似河童的名稱來稱呼。」

「原來如此，原來如此，我完全了解了。可是啊，京極堂先生，那樣的話，那個咻嘶卑是……」

宮村說到這裡，拍了一下膝蓋。「……原來如此。哎呀，我真是失禮了。所以你才會打從一開始就談語源呢，河童和咻嘶卑的決定性差異就在這裡。噯，雖然不曉得你的話是近路還是遠路，不過俗話說捷路難行，遠路易走，對聽的人來說，花費的勞力都是一樣的。不管是長是短，過程都不會白費。」

「世上沒有白費這兩個字。若是覺得白費，那是這麼感覺的人無知罷了。」京極堂說。

我總覺得他這話是針對我，不過應該只是我的被害妄想症又發作了吧。

「你說的沒錯。」宮村說。「不好意思，我理解力不好，花了你這麼多時間。那麼那個**咻嘶卑**到底是什麼意思呢？」

「不知道。」

「連你也不知道？」

「那當然了。除了我自己決定的事物以外，我只能靠推測來做出判斷，既然是推測，就不能說是知道。不過反正是對社會無用的妖怪，就算現在當場決定它的意思，應該也不會有人抗議吧……」

京極堂說著，站了起來。

接著他從高高地堆在壁龕的書本當中，取出我再熟悉也不過的一本線裝書——《畫圖百鬼夜行》。那就像江戶時代的妖怪圖鑑，是自認喜好妖怪的朋友的座右書。

「最近**這玩意兒**登場的機會太多了，真傷腦筋」、「寶貴的書本都給翻壞了」，京極堂一邊陰沉地叨念著，一邊翻頁，攤開之後擺到矮桌上。

「這就是咻嘶皐……」

望過去一看，上面畫著一頭詭異的野獸。

那裡是簷廊嗎？

是料亭還是旅館？不管是哪裡，那棟建築物實在疏於修整。燈籠四面其中一邊的紙幛子脫落，掉在走廊；外牆的木板破裂，庭院裡雜草叢生。面對庭院，在一條像是竹廊的走道上有個人形的**野獸**，雙手張成奇妙的形狀，抬起一隻腳，以顫顫巍巍的姿勢站在上頭。牠渾身是毛，爪子很長，眼睛充血，嘴巴裂到耳邊，但是看起來並不凶暴。反而模樣很滑稽。

這也難怪，因為那張圖不管怎麼看，都是——一隻猴子。

這是猿猴在玩耍的動作。只是牠那顆圓得詭異的頭上沒有半根毛，只有這點和猿猴不同。

「……如兩位所見，上面沒有說明。」

確實，除了名字以外，沒有任何文字。

「這個妖怪那麼有名，不用說明也知道嗎？」

「這很難說，或許應該視為那時說明已經佚失了比較妥當吧。不管怎麼樣，名字是留下來了。不過，不只是老師剛才說的根岸鎮衛，太田全齋（註）等人也說咻嘶皐是河童，所以過去或許是有這樣的認識，但是石燕卻把它們分開了。附帶一提，石燕的河童在這裡。」

京極堂翻開同一本書的其他卷數，出示給我們看。

上面畫著熟悉的河童畫像。

河童正從河邊的蓮葉裡探出頭來。這顯然是水生生物，長相也十分接近兩棲類，而且還有甲羅和蹼，一

註：太田全齋（一七五九～一八二九），江戶晚期的音韻學家兼漢學家。

町奉行（註一），是個菁英分子，記載的應該不假。不過百年的空白難以填補。我一開始也說過，他在當時的一般認知下，寫道這不太可能與菅神有關。」

「菅神指的是什麼？」

京極堂和宮村之間或許說得通，但我聽不懂。我從剛才開始就不懂他們在說些什麼。京極堂揚起單邊眉毛，朝我送上輕蔑的視線。

宮村見狀，仍然笑咪咪地對我說：「就是菅原道真（註二）——天神呀。」

「天神嗎……？哦，所以氏指的是菅原？喂，京極堂，意思是只要誇耀自己是菅原一族，河童就不會來了嗎？河童的話，應該要找水神吧？找天神是搞錯對象了吧？」

「就是因為這麼想，鎮衛才寫道可疑吧。但是沾涼這麼寫：咻嘶卑即兵揃（hyōsue，音即咻嘶欸）之地名也，此村有天滿宮之神社，故言菅原也……」

「喂，有哪個村子叫做咻嘶卑嗎？可是就算有，跟河童——不，跟妖怪咻嘶卑又有什麼關係？」

「你性子也真急。」京極堂說，搔了搔下巴。「所以我才討厭跟你說話。我怎麼知道有沒有那種村子？根本沒查過。但是沾涼寫說有，他還這麼寫道：長崎有澁江文太夫者，亦出驅河童之符……」

「這又怎麼了？」

「我想沾涼是引用《和漢三才圖會》。此外，百井塘雨的《笈埃隨筆》也有相同的記述。《笈埃隨筆》裡名字變成澁江久太夫，職業也變成天滿宮的守人。有一本《鳥囀草葉》引用《笈埃隨筆》說，這座天滿宮位在肥前諫早兵揃村。」

「真的有那個村子啊。」

「現在已經沒有了，所以不知道到底有沒有。總而言之，這個澁江一族十分棘手，他們似乎與肥前各地的水神社司（註三）頗有交情。據傳澁江氏的祖先是橘諸兄，橘諸兄是左大臣（註四）兼大宰帥（註五），是敏達天皇的後裔。而橘諸兄之孫嶋田丸據說就是澁江氏先祖。史實上與此人對應的人物應該是橘嶋田麻呂。這個人侍奉朝廷，任兵部大輔（註六）。神護景雲年間（註七），春日大社從常陸鹿島遷移到三笠山，當時這個兵部大輔嶋田丸被任命為工匠奉行……」
「哦，我了解了。」宮村說。「說到河童，就是木匠。木匠使役人偶，用完後就扔進河裡……，是這個傳說嗎？」
「完全沒錯。說到河童，就是木匠。」
「為什麼？」
「啊，真是煩人。」京極這次用力抓起頭來。「宮村老師說的，是流傳在各地的所謂河童起源人形化生傳說。由於人手不足，工期又短，工匠煩惱之餘，用木屑等材料做成人偶，並以匠道之祕法為人偶注入生命，讓它們幫忙工作。工事結束後，那些人偶便被拋進河川，變成了河童，是這樣的傳說。木匠有時候是竹田的木匠（註八），有時候是左甚五郎（註九），不一而足。大部分都被當成神社佛閣的緣起流傳，例如某某地方祭祀的神明鎮壓了化生的作亂河童，極為靈驗之類的……」
「京極堂先生，那麼澁江的情況呢？」
「這也是位於肥前杵島郡橘村裡的潮見神社的緣起，潮見神社的祭神是橘諸兄。回到正題，春日大社與

註一：這裡指江戶町奉行，掌管一切町政。
註二：菅原道真（八四五～九〇三），平安中期的貴族、學者。受重用升至右大臣，卻遭人進讒而被左遷為大宰權帥，死於大宰府。後世敬為天滿天神，做為學問之神受人信仰。
註三：社司即管理神社的神職。
註四：律令制度中，與太政大臣、右大臣同為太政官之長，次於太政大臣，高於右大臣。
註五：大宰府的長官。
註六：兵部省為日本古代的軍政機關，大輔為僅次於兵部省長官兵部卿的官位。
註七：神護景雲為奈良時代的年號，七六七～七六九年。
註八：古代朝廷的御用木匠。
註九：傳說中江戶初期的建築雕刻名手。

建時，工匠頭子也做了人偶，驅使它們工作，興建完畢後，也扔進了河裡。而這些人偶為害人馬六畜，於是身為奉行的兵部大輔嶋田丸出面鎮壓。由於這個典故，那些水怪被命名為兵主部（hyōsube），從此以後，兵主部就成了橘家的屬下……」

「這裡不就有咻嘶卑（hyōsube）登場嗎！」

京極堂乾脆地答道：「是有啊。」

宮村問道：「這個故事出於何處？口傳還是什麼？」

「這段故事見於《北肥戰志》這本書。其他像是《菊池風土記》等，記載春日大社興建後，稱德天皇嘉許嶋田丸之功，敕許天地元水神做為其氏神，嶋田丸從此以後便成為水部之主，執行祭儀。」

「春日大社……」

「沒錯，所以似乎也不完全是虛構。澁江一族原本是使役水神的吧？談論水怪時，絕對不能不提澁江氏。」

「等一下。」我制止道。

京極堂說：「幹麼？」瞪住了我。

「可是，澁江氏的祖先是橘氏吧？跟菅原氏又沒有關係。如果咒文裡面說『氏橘』、或是『氏澁江』來威脅河童，那還可以理解，但是說『氏菅原』，這我實在不明白。而且為什麼名字來自於兵部，會變成兵主部？兵部不是一個官職嗎？就算名字是從這裡來的，在兵跟部中間加個主，這我實在無法理解。太奇怪了。」

「別一次問那麼多問題。噯，你就聽著吧。潮見神社的社家（註）毛利家裡，也流傳著驅河童的咒文。咒文如下：咻嘶卑啊，毋忘舊約，川中人，後菅原……」

「又有點不一樣了。」

「不一樣，意思也有微妙的不同。而且確實就像關口剛才說的，不自然的是，對於河童，都**不是**報上澁江的名號，或是橘、毛利的名號。不管是誰，報的總是菅原的名號。」

「總是菅原。」

「是的。這首歌在《和漢三才圖會》裡有兩種版本，首先是據傳為肥前諫早**兵揃村菅原大明神**的咒文，這首歌與沾涼所引用的完全相同。另一首不得了，據說是菅原道真親自吟詠的歌，這首歌是：舊時約，切毋忘，川中人，氏菅原。」

「不一樣。」

「是不一樣。柳田翁在《河童駒引》中也有提到，這邊寫的是：毋忘與咻嘶欸之約，川中人，我亦菅原。怎麼樣都是菅原。」

「喂，根本沒差多少嘛。」

我並沒有一一抄下，所以完全不記得前面的咒文。不過就我聽起來，感覺幾乎相同。

我這麼一說，京極堂就目瞪口呆地說道：「差得可多了。『**與**咻嘶欸』和『咻嘶欸**啊**』，之間可是天差地遠。如果呼籲的對象是水怪，說『咻嘶欸啊』的話，咻嘶欸就是水怪，但是說『**與**咻嘶欸』云云的話，就表示那是水怪與咻嘶欸的約定，不是嗎？」

「說的也是。那川中人是什麼意思？」

「在河邊成長的人、水性極佳的人。不過無論哪一首歌，末尾都是菅原。換言之，有兩種咒文，一種可以解釋為菅原氏與水怪咻嘶卑的約定，另一種則可以解釋為水怪與咻嘶卑的約定。前者的話，菅原氏就是使役水怪咻嘶卑的一族，後者的話，菅原氏就是祭祀咻嘶卑的一族……，就是這麼回事。」

「那澁江氏呢？」

「這個嘛，橘氏一族與這件事有什麼關係，還需要更進一步的調查，春日大社也十分可疑。可是這個情況，首先該探討的還是菅原。」

註：代代世襲侍奉神社的家系。

「你是說……道真公與河童嗎？」

「沒錯。菅原一族是咻嘶卑這個妖怪——更進一步說，是河童這個妖怪重要的構成要素，這一點似乎錯不了。」

京極堂說到這裡，頓了一下，用一種難以判別是覺得有趣還是無聊的表情看著我，喚道「關口」，接著問：「你的話，說到河童，想得到的特性有哪些？」

我想了一下，把想到的就這麼說出來：「咦？我想想，說到河童，就是河童髮型（註一），還有頭頂的盤子。不，那算特徵吧。特性的話……對，頭上的盤子乾掉就會變得虛弱、會把馬拖進河裡、會拔人的屁眼球（註二）、喜歡吃小黃瓜、喜歡相撲……，大概就這樣吧。」

「原來如此，的確像是你會舉的例子。這些特性的根源原本都不相同，不過咻嘶卑的話，關於它的形態的記述本身就不多，有許多曖昧不明的部分……。不過至少河童髮型這一點與這張畫不符合，頭上也沒有盤子。以卡香波為首，有許多水怪是只有腦門留下一撮毛的髮型，咻嘶卑或許是那一系統的吧？不過你舉出來的特性中，有一項值得特別注意……，沒錯，就是喜歡相撲的這個特性。喜歡相撲，與菅原氏有關係。」

「為什麼？天神是學問之神吧？跟相撲才沒關係呢。」

「沒那回事。菅原氏原本的姓氏是土師氏，在菅原道真的三代以前改了姓，在那之前，他們是土師一族。而土師氏的祖先，就是那個野見宿禰。」

「那是誰啊？」

「你是說那個相撲的始祖野見宿禰？」宮村睜圓了小小的眼睛，有些意外地說。

看樣子，不知道的只有我一個人。

「沒錯。傳說中，在日本第一個與當麻蹶速相撲的人，就是野見宿禰。大和國的穴師神社的參道南側，有一座祭祀宿禰的相撲神社，從神社的碑文等推測，野見宿禰祭祀著天穗日命，原本是穴師神社的大宮司。然後這個叫穴師神社的神社，根據《延喜式》神名帳的紀錄，正確的名稱是穴師坐兵主神社。」

「**兵主**（hyōzu）？」

「沒錯，那裡就是祭祀兵主神的兵主神社。」

「**兵主**神？」這件事似乎連宮村也不知道。

宮村訝異地問道：「兵主神，這名字很陌生。是記紀神話（註三）中出現的神明嗎？」

「這不是記紀中的神明。我想兵主神初次見於本國，應該是在《三代實錄》，但似乎不是本國的天神地祇，不過也並非無名的神祇。兵主神社光是記錄於《延喜式》中的，但馬有七、因幡有二、播磨有二、壹岐有一——以西國為中心，共有十九社。祭神大多被視為大國主（註四）的別稱——八千矛神，不過那似乎只是表面上的祭神。祂的真面目是……蚩尤。」

宮村露出目瞪口呆的表情。「蚩尤……？你說蚩尤，是《史記》的五帝本紀中出現的中國作亂諸侯……那個蚩尤？」

「與其說是諸侯，說是怪物比較正確。蚩尤是傳說中與黃帝爭戰到最後的怪物。蚩尤食鐵，是人面獸身的怪物，額上有角，**與人角力，所向無敵**。」

「相撲啊……」宮村說道，接著又呢喃似地說：「話說回來，真是冒出不得了的東西來了。」他望向我這裡。

我連怎麼個不得了都不太了解，只能苦笑。

「確實很不得了，但是兵主就是蚩尤。關於兵主，日本的文獻很少，不過老師說到的《史記》封禪書

註一：類似娃娃頭的髮型，劉海齊剪，後腦勺與兩側長度約在耳下。傳說河童就是這樣的髮型，故稱河童髮型。

註二：日文作「尻子玉」，是一種想像中位於肛門內的球狀物。傳說河童會把人拖進河中溺死，拔走屁眼球。有些說法認為溺死的人肛門括約肌鬆弛，看似被挖走了什麼東西，才會有此傳說。

註三：記紀指《古事記》與《日本書紀》這兩本日本史書。

註四：大國主為日本神話中出雲國的主神，統治葦原中國，後來將國土讓給天照大神之孫邇邇藝後隱居。

裡，也有這個名字。八神——天主、地主、兵主、陽主、陰主、月主、日主、四時主——兵主為其中之一，同時兵主就是蚩尤。據說這是因漢高祖舉兵時，將蚩尤奉為軍神——兵主而來，是武神。噯，字面上都寫**兵之主**了，看也知道是武神。而且關於兵主神社，與新羅王子天日槍（註一）之間的關係也不能忽視。」

「你說那個兵主神……就是咻嘶卑？」宮村問道。似乎逼近核心了。

就連隨便聽聽的我也忍不住豎起耳朵來。但是京極堂否定了。

「不是。第一個提到兵主神與咻嘶卑關係的，是折口信夫（註二），他認為兵主神原本是武神、山神，卻淪落為水神和田神，但我不贊同這個看法。另一方面，柳田翁以蚩尤為例，類推咻嘶卑原本也並非河童，而是專門消滅河童的除魔神，而咻嘶卑也注定淪落……。但我無法認同神明淪落的想法。」

「咦？」宮村睜圓了眼睛。「這不是一種定論了嗎？」

「才不是定論。折口降低兵主神的地位，柳田則抬舉咻嘶卑，將他們視為一同，但若問我的看法，神明的地位是無法提高或降低的。如果神性消失，只會消失而已。」

「等一下，京極堂。」

「不要一直打斷我。」朋友揚起單邊眉毛。但是沒辦法，我就是無法信服。

「我記得……柳田國男不是主張咻嘶卑叫聲說嗎？」

「嗯。我認為柳田翁支持咻嘶卑叫聲說，是因為他**不想承認**兵主神是水神。如果咻嘶卑是河童的話，那麼它的名字就是從叫聲來的，和兵主神無關，如果不是的話——也就是說，如果咻嘶卑是兵主神的話，但是兵主並不是水神，那麼咻嘶卑也不可能是河童了——我想他心底存有這樣的主張吧。柳田的咻嘶卑除魔說刊登在《山嶋民譚集》裡，同一本書裡，柳田也引用了《近江輿地誌略》等等。只要讀過《近江輿地誌略》，就可以輕易看出它的內容主張的是兵主神是擁有河童性質的水神，然而儘管柳田引用了這篇文章，卻完全不承認兵主是水神。他十分固執己見。不管怎麼樣，這部分的考證是愈做愈有意思的……，不過這先暫且擱一邊。現在只要知道兵主這個無疑是外來的神明，在過去曾經受到信仰，這樣就行了。」

「那麼又如何呢？」

「穴師兵主神社的穴師，以及播磨的射楯兵主神社的射楯都是地名，同時也是穴師神、射楯神這些渡來神（註三）的名字。與這些名字擺在一起的兵主神也是外來的神明，當然祭祀祂們的也是渡來人了。與剛才提到的天日槍遷徙日本的事一起來看，這一點錯不了。」

京極堂說到這裡，將河童的圖畫翻回咻嘶卑那一頁。

「將蚩尤——兵主神帶進我國的，傳說也是秦氏。這部分有許多不明瞭之處，錯綜複雜，解釋似乎也相當混亂。但是可以確定的是，有一個叫做兵主的外來神明，然後過去曾經有過祭祀這個神明的異能集團。大部分的渡來人都是技術集團，這與河童大部分都被當成工人不可能沒有關聯。更進一步說，兵主神大部分都與穴師神一起被提及，從這裡可以推測祂應與製鐵技術者有關。」

「製鐵……？」

「是的。而且原本參與製造埴輪（註四）的氏族土師氏——即後來的菅原氏，也從事製鐵。燒製埴輪的爐灶被轉用做為熔鐵爐了。土師氏的勢力之所以擴大，就是因為參與了製鐵。而土師氏……似乎也信仰兵主神。」

「道真……就是他們的後裔嗎？」

「是啊。說到道真，就是天滿宮。其實太宰府天滿宮裡也祭祀著兵主神，所以菅原一族過去也是信奉兵主神的吧。既然驅河童的咒文裡，咻嘶卑這個名稱都與菅原這個姓氏同時出現，兵主神與水怪——咻嘶卑不可能沒有關係。」

註一：在記紀傳說中登場的新羅王子。

註二：折口信夫（一八八七～一九五三），國文學者及歌人。師事柳田國男，並將民俗學融入國文學中。

註三：渡來為自海外遷來之意，在日本特指四至七世紀時自朝鮮、中國遷徙至日本的人及文化，這裡保留渡來神、渡來人等名詞。

註四：圍繞在日本古墳頂部以及周圍的土製品，原為筒形，後來發展出人物、動物、器具等形象。是一種祭祀品。

「等一下。」我第三次伸手打斷。「可是京極堂，你剛才不是說兵主神不是咻斯卑嗎？你還說神不會淪落，不是嗎？」

「兵主神不可能是咻斯卑，我只是說不可能沒有關係。」

京極堂說道，表情顯得有些不耐煩。

「……不對，我想想……例如說，大和的兵主神與其他山神一樣，每年都會從山裡下來村里一次。這不是什麼稀奇事，春季山神會下來，成為田神，到了秋天再回歸山中，這類傳說全國各地皆有流傳。而傳說河童也會在冬天上山，成為山童。這也是以九州為中心，各地流傳的傳說。河童在春秋兩季會遷移，這就是柳田翁說的河童的遷徙。在山裡的時候，河童會變成山太郎或塞可、卡香波，大部分名字和特性都會改變。但是有個妖怪，即使進入山裡，名字和性質也不會改變，它的名字就叫做……咻森波（hyō sunbo）。」

「咻森波？」

「一樣是宮崎的水怪。這個嘛，應該可以把它當成咻斯卑的亞種。」

「因為名字相近？」

「幾乎……一模一樣。而且傳說它們每年一次，會成群結隊從山裡往河川飛去，進行大遷徙。這正是柳田翁所蒐集到的，像鳥一樣的河童的傳說，但是事實上它們並不只是啕啕叫，也會呱呱叫，叫聲形形色色。」

「這和兵主神不一樣嗎？」

「不一樣。在九州，單獨的兵主神社只有壹岐一地有。宮崎沒有兵主神社，而有兵主神社的地方，就沒有遷徙的河童。」

「什麼意思？」

「你的理解力也真差。嗯……對了，折口信夫在〈翁的發生〉當中這麼寫道：大和各地皆有山人的村落，在穴師山，稱穴師部或兵主部（hyōzube，音即咻滋卑）。」

「兵主……部啊……」

原來如此，這樣就可以了解為什麼了。說名稱是來自於兵部，所以叫做兵主部，教人納悶；但如果說因為是兵主之部（註）的人民，所以叫做兵主部的話，就說得通了。我自以為露出了恍然大悟的表情，京極堂卻連頭也不點一下，只是交互看著我和宮村。

「例如說……菅原氏是負責祭祀兵主神的神職，然後底下有來自大陸的技術集團。這種情況，菅原一族所使役的人會被稱為什麼？侍奉兵主神之部的臣民——兵主部——應該會被這麼稱呼吧？」

宮村「啪」的拍了一下膝蓋。

「原來如此。那麼剛才的歌——驅逐河童的咒文，也會有兩種解讀方式了。供奉的神明與被使役的部民，因為稱呼相近，所以被混淆在一起了……」

「應該是。」京極堂點點頭。「『你們和兵主神說好了吧』這樣的威脅，以及『兵主之部的臣民啊』這樣的呼喚……，對吧？如果菅原一族是傳達神意的媒介，這兩者都可以成立。」

「那麼……所謂咻嘶卑是……？」

「咻嘶卑就是兵主部，也就是信奉兵主神的技術集團吧。至於據說澁江氏所流傳、來自於兵部的命名，應該就像關口所質疑的，是後世牽強附會的。諫早的兵揃村，應該是他們以前居住過的場所。他們是工人，擁有精鍊金屬的技術，所以才會在山林與河川之間來往。古代的製鐵是以鐵沙為原料，所以必須在山裡挖掘含有鐵沙的礦石，到河裡清洗，撈出沉澱後的鐵沙。尋找礦脈和尋找水脈，是相同的工作。」

從山林到河川——是山人，同時也是川民的異人。

的確，從共同體的角度來看，他們是妖怪。

「所以他們信奉的兵主神是山神、是水神、是製鐵神，也是製造武器的武神。始祖蚩尤是食鐵砂、製兵

註：「部」為日本大和朝廷於四—五世紀侵略朝鮮時引進的統治制度，依人民的居住地或職業分成集團，稱之為部。這個制度由於六世紀渡來人大批進入日本而興盛。

「應該是。」京極堂說道，抓起沙丁魚乾。他的心情好轉了，是因為宮村理解得很快吧。但是此時宮村卻露出困惑的表情，支吾起來。

「究竟是怎麼回事呢……」

「宮村老師……」

宮村一副難以啟齒的模樣，但京極堂就是不肯開口詢問，於是我按捺不住，開口問道：「……為什麼您會打聽咻噺卑的事呢？」

「哦，是因為……」宮村再吃了一口黑豆。「有人說……**看到了咻噺卑**。」

「什麼？」

我懷疑自己聽錯了，宮村好像不當一回事地說出了驚天動地的事來。

「有一位很關照我的女士，說她看到了咻噺卑。不過我聽到她說咻噺卑，也不太懂那到底是什麼，左思右想了好久，終於想到那是河童，所以才……」

既然是妖怪，就應該找專家京極堂，所以他才會在年初前來拜訪吧。

話說回來……我會在糟粕雜誌上寫些不三不四的文章，也頗常聽見這類風聞，而且最近身邊相繼發生了有如妖怪作祟般的事件。可能因為如此，我做了不少省思，但是……

即使如此，我從未聽說有人實際上看到過妖怪。

「可以……請您說得詳細一點嗎……？」

我這麼要求，京極堂便冷冷地看了我一眼。

「宮村老師，你最好小心點，這個人只要聽到這類話題，也不稍做深思，只想著要如何加油添醋，改編得滑稽可笑，寫成胡說八道的文章，毫無良心和知性可言。要是不小心一點，那位找老師商量的女士，人權可是會受到踐踏的。我猜猜……那位女士是不是加藤女士呢？」

宮村停下筷子，一臉吃驚。「真虧你猜得出來。」

「當然猜得出來了。會找老師商量這種事，表示不是與老師同年紀的人。從語氣來看，也不是交往太久的人。但是老師卻說受她關照，那麼就只有加藤女士一個人了。我記得加藤女士去年辭掉了出版社的工作吧？」

「你知道得真清楚。」宮村再一次佩服地說，接著說：「沒錯，她去年辭掉工作了。總覺得對她很抱歉。」

「那不是老師的錯吧？不認同她的成績，編輯部也有錯，不過那原本就不是短歌雜誌，做得太過頭也不好。」

「怎麼回事？能不能說得讓我也聽得懂？」

我一下子就被拋在後頭。

京極堂說：「沒你的事，這是被隱匿的部分。」他徹頭徹尾地瞧不起我。我憤恨地努力嘗試反擊，宮村似乎看了於心不忍，苦笑著說：「也不是什麼大不了的事，讓我來說明吧。而且這也不值得關口先生拿來當成題材的事……」

京極堂說我會把它寫成文章，宮村可能誤以為是拿來當成小說題材了吧。宮村或許不知道我在寫些低俗到了極點的報導文章當副業。

「正如京極堂先生說的，曾經關照過我的那名女士，名叫加藤麻美子，直到去年為止，她還是《小說創造》的編輯。加藤女士在去年年底——年關將近的時候來到我店裡……」

宮村以巧妙的口才和手勢述說著。

加藤麻美子前來薰紫亭拜訪，看起來卻十分消沉，一點都不像她。

麻美子是個有氣魄、有衝勁的女編輯，宮村平素從未看過她吐露半句洩氣話。

宮村擔心起來，對似乎難以啟齒的麻美子半騙半哄，總算從她口中問出她憂鬱的原因。

麻美子說：

——家祖父的樣子很不對勁。

「祖父……的樣子……？」

「嗯，她說是記憶缺損了。」

「不太懂……」我說著，偷看京極堂的反應。京極堂在吃昆布卷，一副沒在聽的樣子，不過當然是聽得一清二楚吧。他就是這種人。

宮村接著說：「她小時候，曾經和祖父一起目擊到咻嘶卑。可是在最近，祖父卻說他不知道，完全不記得有這回事。」

「忘記了嗎？」

「好像也不是。」宮村答道。「聽說她的祖父年事已高，都快八十歲了，但十分硬朗，一點都不像是得了那個……叫什麼來著？老人痴呆症？」

雖然宮村這麼說，但就算不是老人，也是會忘事情的。這一點我比任何人都要清楚。我在學生時代，因為健忘得實在太離譜，還曾經被帶去封痴呆的神社拜拜。

「那……看到咻嘶卑是什麼時候的事？」

「她記得非常清楚，說是昭和八年的六月四日。所以……沒錯，前前後後已經……是二十年前的事了。」宮村答道。

「二、二十年前嗎？那……」

像我，連今天早上吃了什麼都不記得了。

「……即使不是她祖父，一般人也會忘記吧。記得這種事才奇怪。」

「我也這麼想，任誰都會這麼想吧。說到二十年前的事，連我也記得不了多少。幾月幾日做了些什麼，除非印象十分深刻，否則根本想不起來。可是，關口先生，關於這件事，狀況有些特別。」

「怎麼個特別法？」

「唔，關口先生，您在日常生活中，會用到『咻嘶卑』這個詞嗎？」

「不會。」

沒有用到的理由，想用也用不上吧。

「她也一樣。不，在我向她說明咻嘶卑是河童——不過其實也不是河童——總之，在我說明那是妖怪的名字之前，她**連咻嘶卑是什麼都不知道**。」

「這……」

什麼意思？

「可是那位女士不是說她看到咻嘶卑了嗎？那不可能不知道吧，她到底看到什麼了？」

宮村露出有些困窘的笑容。「她看到的是人。說是一個小個子、臉長得像猴子的男人。」

「猴子嗎……？」

「她是不是看到這傢伙了？宮村老師？」京極堂用下巴指向我，嘲笑似地說。

看樣子他吃完昆布卷了。

的確，我個子很矮，從學生時代開始，就一直被嘲笑是猴子、猴崽子，但是這話也太過分了。然而宮村卻一本正經地問我：「關口先生，您二十年前去過靜岡的韮山嗎？」既然被一本正經地這麼問，我也只好一本正經地否定：「沒有。」結果宮村還是一本正經地應道：「這樣啊，您沒去過。」

「唔，我照順序重新說明好了。二十年前，麻美子女士和祖父夜裡一起走過山路，碰上了一個像猴子般的怪男人蹦蹦跳跳地經過。為何會在夜晚走在深山中？麻美子女士說她不知道。總之，當時還是小女孩的麻美子女士——當時大概六歲吧——當時還小的她，因為那個男人走路的樣子實在太奇怪，忍不住直盯著瞧……」

結果祖父用手掩住麻美子的臉，說：

——不可以看。

——那是**咻嘶卑**。

——看了那個，會被作祟的。

「結果麻美子女士害怕了起來，後來的事她說記不清楚了。這不是剛才提到的問題，不過我認為這個情況，**咻嘶卑**這個特殊的稱呼很重要。她記得的不是河童、狸子等常見的妖怪稱呼，而是咻嘶卑這個特殊的名稱。她是靜岡人，所以除非她有京極堂先生或是那位……多多良先生那樣的朋友，否則根本無從得知咻嘶卑這種妖怪。就算過去碰到過那樣的狀況，要是人家告訴她那是鬼或天狗，她也不會這麼困惑。她不知道咻嘶卑是什麼，就只記得名字。所以至少她在過去肯定聽過咻嘶卑這個名字。」

「但是她的祖父卻說不知道？」

「嗯。她的祖父說這種狀況——和孫女夜裡一起走過山路的狀況，或許曾經有過。不，他說應該是有。他有這個記憶，卻說他絕對沒有說過那麼奇怪的話。」

「那麼會不會是地點或時間不同？那名女士搞錯了——不，記錯了之類的。」

宮村在胸前輕輕揮手。「好像也不是。她聽到咻嘶卑這個名字，是昭和八年六月四日，這一點似乎錯不了。」

「……有什麼證據嗎？」

「嗯，應該算有。」宮村說道，微微蹙起眉頭，把頭一偏。「唔，重要的是，她的祖父——只二郎先生，堅持說他根本不知道什麼咻嘶卑，沒見過也沒聽過。」

——那樣的話……

「那樣的話，會不會是告訴那位女士的其實不是她的祖父？例如說，其實是父親或伯父……」

「這個嘛……」宮村沉思起來。「也不可能。她說那一天，她一整天都和祖父在一起。早上起床後，她立刻就被帶出家門，直到晚上才回家。」

我抱起雙臂，總覺得太巧了些。

「這……我想不出其他可能了。那麼我只能推測是那位女士把告訴她的人，還有聽到的時日都給記錯了。到底為什麼會是……呃……六月四日呢？為什麼可以確定是那天發生的事呢？有什麼根據可以證明嗎？」

宮村的表情變得奇妙。

但是就在宮村想到該怎麼說之前，京極堂徐徐地開口了：「就在她看到咻嘶卑之後……**真的碰上作祟**

了，對吧？」

「呃……」

宮村把頭擺正，睜大眼睛，頓了一下後高興地說：「沒錯沒錯，**碰上作祟了**。所以她才會記得那麼清楚。聽說隔天她的父親就過世了，她之所以連日期都記得那麼清楚，是因為那是她父親忌日的前一天。」

——這……

「是被殺害的嗎？」

我這麼問，宮村誇張地揮揮手，一再重複「怎麼可能」。

「沒有那麼聳動，她的父親是病死的，聽說是腦溢血。三十幾歲就腦溢血，真是很令人惋惜，但死因似乎沒有其他可疑之處。」

「關口……」京極堂用一種憐憫的、瞧不起人的口吻說。「去年起連續發生了那麼多血淋淋的事件，我可以了解你的心情，但是一聽到有人死掉就以為是被殺害的，一聽到事件就以為是殺人事件，你的人格品性會遭到質疑的。那麼，宮村老師，加藤女士為何過了二十年以後，又向祖父詢問這件事？」

「問題就在這裡，就在這裡。」宮村唱歌似地說。「她說她**又看見了**。」

「看見什麼？」

「咻嘶卑，聽說一樣是個男的。後來……京極堂先生知道嗎？她剛出生不久的孩子過世了，就在去年……」

「我知道。聽說因為這樣，加藤女士離婚了。」

「沒錯。然後這次她又離職了，不是嗎？真教人同情。噯，這先姑且不論，她說在孩子過世幾天前，她目擊到一個像猴子般的小個子男人。結果又……」

「怎麼可能？」

哪有這麼荒唐的事？

「唔，那個男人是不是咻嘶卑，是另一個問題了。是心理作用還是看錯了？她遭遇的不幸是巧合還是作祟？要怎麼看，都是她自己必須在內心解決的問題吧，這一點她也十分清楚。她真正介意的問題是……她的祖父。」

「她的祖父……有什麼令人擔心的地方嗎？」

「根據她的說法，她懷疑她的祖父——只二郎先生的**記憶被消除**了。」

「記憶被消除？」

「嗯。中共什麼的在進行的，那個叫什麼來著？」

「洗腦嗎？」

「對對對，洗腦。」

「誰會做那種……」

「嗯……」宮村搔了搔頭。「大過年的，談論這種話題實在教人猶豫……，這話題一點都不吉利哪。可是既然都已經說到這個節骨眼了，也沒什麼差別了。」

宮村露出害臊的表情，略微端正坐姿。

「其實，京極堂先生，那位加藤麻美子女士的祖父加藤只二郎先生，前年加入了一個可疑的宗教團體，這讓麻美子女士十分擔心。就在這個時候，她發現祖父對於咻嘶卑的記憶有落差，雖然只是小事，卻讓她耿耿於懷……」

宮村從懷裡取出扇子。

「……所以她思考了很久，想到會不會是被洗腦，部分記憶被消除了？」

「可是消除這種記憶又能怎麼樣？」

宗教團體消除老人的回憶，有什麼好處？而且是二十年前和孫女一起目擊到一名可疑男子——只是這樣而已。就算消除這種記憶，也沒有任何利益。不可能有。

「這就不清楚了，但是麻美子女士擔心這只是冰山一角。要是能夠像這樣竄改記憶的話，不就可以任意操縱麻美子女士祖父的人格了嗎？事實上，只二郎先生是個富豪，除了布施以外，似乎還捐獻了相當龐大的金額。」

「那團體叫什麼名字？」京極堂問。

宮村整整袖子，說道：「呃，我記得是叫『指引康莊大道修身會』。」

「那不是宗教。」京極堂當下答道。

乖僻的朋友對這種事特別清楚。

「那是像研修會的機構，是以訓練、演講來改造人格的團體——唔，要論可疑度的話，比新興宗教更糟，但它不能成為信仰對象，應該也不是宗教法人。」

「哦，這樣啊。」宮村說。「可是，聽說麻美子女士向只二郎先生提到咻嘶卑的事以後，那裡的人就突然來拉攏她入會，而且非常執拗。不僅如此，聽說他們還對麻美子女士說咻嘶卑是幻覺，會看到那種東西，是因為她人格軟弱、扭曲，糾纏不休。只二郎先生也熱心地邀她加入。她好像堅決抗拒，但修身會遊說愈力，她就愈感到擔心。」

好討厭。

我對於那種會勸人信教的宗教，打從心底感到排斥。

京極堂則是視教義內容，有時候相當寬容，但我實在沒辦法像他那樣。

聽到教義之前，厭惡感會先衝上心頭，怎麼樣都無法冷靜。

看到咻嘶卑的女人……

後來，京極堂在宮村要求下，對那個可疑的研修會詳加說明，但我完全沒聽進去。

我……幻想著以奇怪的動作行走的小個子男人。

2

第二次遇到宮村，我想是三月上旬的時候。

前一個月，我在箱根被捲入了一起大事件。善後工作拖了相當久，心情調適比別人慢上許多的我，那時應該還未脫離事件的影響。不，老實說，那個時候我已經筋疲力竭，完全癱瘓了。不過枯竭的不只是精力，連錢包裡都空空如也，不得已，我只好鞭撻我停滯的腦髓，寫了一篇短篇小說。因為當時我所處的經濟狀況，要是不工作，連明天吃飯的米都成問題。

所以我不顧一切，只是寫。

寫是寫了，但是一旦完成，我卻突然不安起來。

過去，我的作品全都在稀譚舍所發行的雜誌《近代文藝》上刊登，這篇作品當然也是預定要請《近代文藝》刊登才寫的。下筆時我雖然什麼也沒想，但是並非我寫了人家就一定肯登。

說起來，我並不是什麼了不起的大作家，即使沒有接到委託，只要寫出作品，就可以要求人家刊登。而且這篇作品也難說是我的得意之作，要我老王賣瓜，也教人裹足不前——或者說，這是我在癱瘓狀態下所寫的作品，當時覺得成果實在很糟。我根本連作品的好壞都無法判斷。這麼一想，我連打電話給負責的編輯都不敢，深覺被退稿的可能性非常大。

我左思右想、反覆思量，最後決定直接帶著稿子前去拜訪編輯部——儘管我已經不是新人作家了。

或許是我覺得直接見到編輯，比較能夠傳達我的心意吧。

現在想想，那只能說是個愚蠢行徑。不管是打電話還是碰面，狀況都不會有所改變。作品並不會因此變得比較好，頁面也不會因為這樣就空出來。那麼不聯絡就突然拜訪，不僅失禮，也更惹人反感吧。

但是那個時候我並不這麼想。

我並未擬定任何計畫，用舊得起毛的布巾包起字跡醜陋的五十多張稿紙，鬍子也沒剃，就這麼前往《近代文藝》的發行出版社稀譚舍。

稀譚舍大樓位在神田。一樓像是倉庫，《近代文藝》編輯部在二樓。我爬上狹窄的樓梯，好幾次想要折返，儘管都來到門前了，卻依然猶豫了相當長的一段時間。

最後我半自暴自棄地打開門。

該說我幸運嗎？我的責任編輯小泉女士在座位上。

清瘦的女編輯一看到我，大為吃驚，說道：「哎呀，老師您沒事吧？」她會這麼問，是因為知道箱根事件的始末。這個時候我才總算想起來，這麼說來，箱根的事件也與稀譚舍整個出版社關係匪淺。

不一會，總編輯山崎晃動著龐然身軀趕到，熱情地說「歡迎歡迎」。然後我莫名其妙地被邀請到平常根本不會被請去的來賓用會客室，還請我稍候。

不知道為什麼，還端出了茶和羊羹。

等待時，我有種如坐針氈的心情，根本嚐不出羊羹是什麼滋味。

約莫十分鐘後，山崎和小泉，以及稀譚舍的招牌雜誌《稀譚月報》的總編輯中村，帶著他的屬下——京極堂的妹妹中禪寺敦子，四個人過來慎重其事地道歉。我大吃一驚，而且大為困惑。看樣子，他們在為箱根的事道歉。

的確，我會深陷那起事件，與《稀譚月報》脫不了關係，但我自己完全沒有那種感覺，就算向我道歉，也只是讓我困窘萬分，一逕啞然失聲。

在箱根，我說起來只是個徹頭徹尾的旁觀者，仔細想想，根本沒有遭受到任何實質損害，而中禪寺敦子等人在箱根甚至受了傷，反倒教人同情。重要的是……

先拜託對方刊登我的稿子才是重點。看在你們誠心誠意道歉的份上，我就原諒你們好了，不過你們得刊登這篇稿子才行——明明直接這麼開口就行了，但是狀況變得如此，我反而更難以啟齒，儘管不熱，卻滿頭大汗，只能頻頻擦拭額頭。

結果我汗濕的手握著包袱的結，左右為難。

「那是稿子嗎？」

要是中禪寺敦子沒有眼尖地為我注意到老舊的包袱，我想我可能會就這樣默默地打道回府。當時她的一句話，讓我不曉得鬆了多大的一口氣。

就這樣——可喜可賀，我拙劣的短篇《犬逝之徑》決定刊登在下月號的《近代文藝》上了。

山崎迅速地看過稿子後，說出令人莫名其妙的感想。「要是朔太郎（註）寫小說的話，可能就是這種感覺吧。」小泉露出歉疚的微笑說：「如果有稿子的話，理應由我們前去府上拜領，真是失禮。」

結果變成了我在施恩於人，早知道就老實地打電話給小泉，餘味就不會這麼糟糕了——不出所料，我又後悔了。

我以模糊不清的發音，在嘴裡咕噥著沒用的辯解。

就在我交出稿子，起身準備回去時……

「喜多島老師，那麼就多多拜託您了……」

我聽見有人這麼說。望過去一看，雖然不知其名但眼熟的編輯正站起身來，深深鞠躬。山崎正站起來要為我送行，他見狀輕巧地轉過龐然身軀，對著屏風另一頭「嗨嗨」的招呼，說著「謝謝，這次真是麻煩您了」，同樣深深地鞠躬。接著一名女子從屏風後面走了出來。

——編輯剛才說……**喜多島**？

沒看過的臉。

我雖然是個初出茅廬的作家，但自以為還認得與《近代文藝》有關的眾位作家。不過我想對方別說是我的臉了，可能連我的作品都不知道吧。與其說我是個作家，更接近讀者。從認識的角度來看，讀者比作家占了壓倒性的上風。作家看不到讀者的臉，但讀者知道眾多作家的臉。

——喜多島薰童。

錯不了。

我全身瑟縮。我被帶到這裡後，應該沒有人出入，門也沒有開關過。這表示她在我被帶到這裡之前，就一直在房間裡了。看樣子她與另一名編輯一直在這間來賓會客室裡洽談。換言之，當我正食不知味地大嚼羊羹時，這位覆面女歌人就在我伸手可及之處——隔著一片屏風的旁邊。洽談時不可能沉默無聲，那麼一開始就應該聽得見談話聲，然而我卻不知為何，竟然完全沒有注意到。我連同個房間裡有別人都沒有發現，甚至人的氣息也一無所覺。

我就像窺看不可看之物，戰戰兢兢地轉過視線。山崎一次又一次點頭致意，他的龐然身軀另一頭……是一名小鹿般的女子。

線條纖細，看起來很神經質，卻又有些夢幻、傻氣的感覺——雖然很失禮，但我真的這麼覺得——這樣一個小個子女子帶著半哭半笑的表情站在那裡。在我看來，她是對眾人的盛情感到為難。

山崎總編輯是個身高超過六尺的巨漢，而且動作誇張，過度熱情，不熟悉的人多少都會感到困惑。像我雖然已經和他見過好幾回，卻總是苦於不知該如何應對。

不過她與其說是在為該如何與山崎應對而苦惱，更像……

——看起來十分命薄嗎？

有這種印象。不過那或許只是因為她那雙有些悲傷地蹙起的眉毛與單眼皮的眼睛間隔太遠，也可能是因為她遠眺般的獨特視線所致。不過，那種面相算不得準。所以無論怎麼辯解，這都是很失禮的感想。我為自己感到羞恥，別開視線，悄聲向小泉和敦子打招呼後，偷偷摸摸地離開。

總覺得自己骯髒得不得了。

正當我拱著背，踏上樓梯時……

「關口先生，您是關口先生吧……？」

一道高呼叫住了我。

回頭一看。

宮村正站在那裡。

「您好，過年的時候失禮了。聽說京極堂先生和關口先生都碰上了不得了的遭遇……」

宮村一如以往，以愉悅的聲音說道，眯起眼睛笑了。和在京極堂那裡見到時不同，他穿著開襟襯衫和外

註：指詩人萩原朔太郎（一八八六～一九四二）。創作出富音樂性的口語自由詩，樹立了新詩風。

套。即使同樣是舊書店老闆，會整年穿著和服的，好像也只有京極堂而已。

由於意想不到的人物登場，我再度啞然失聲，就這樣垂著肩膀，只縮起了頭致意。接著我從底下仰望宮村，發現他身後站著方才那名女子，再次全身僵硬。

「宮、宮村老師，這、這位女士難道是……」我打結的舌頭勉強擠出這段話。

宮村露出滿面笑容說：「咦？您真是敏銳，這位就是……」

他退到一旁，把手伸向背後的女子，讓她上前，說道：「……加藤麻美子女士。」

——加藤……麻美子？

接著宮村介紹我：「這位是……喏，小說家關口老師。」女子說：「哎呀，就是那篇〈目眩〉的作者關口巽老師啊。」我也沒打招呼，就這麼呆杵在原地半晌，不久後慢慢地掌握了狀況。

加藤麻美子……對了，她不就是那個看到咻嘶卑的人嗎？換言之，那個看到咻嘶卑的女子，就是喜多島薰童……嗎？

——難怪……

我兀自恍然大悟。正月三日，京極堂會毫無來由地拿喜多島薰童開刀的理由就在這裡。

那傢伙知道覆面歌人的真面目吧，同時邪惡的朋友也明白薰童有可能求助於宮村，所以他才會拿薰童來當下酒菜。這麼說來，在提到加藤女士時，好像也談到短歌如何如何。記得朋友說了什麼沒有給予正當評價的編輯部也有錯，原本就不是短歌雜誌，沒辦法……云云。

那麼……原來如此，我總算明白了。

記得當時，宮村說加藤女士直到去年都還是《小說創造》的編輯。雖然我記憶模糊，不過讓薰童出道的雜誌，不就是《小說創造》嗎？那麼……如果加藤麻美子就是喜多島薰童，這本雜誌會突然開始連載無名歌人的作品，就能理解了。編輯本身就是覆面歌人的話，根本沒有什麼不可思議的。

像是廣告臨時抽掉了、某人的稿子頁數不足等等，小說雜誌經常出現不上不下的空白。這種時候，編輯就要使盡各種手段來填補這些空白。一開始只是單純拿來補白的短歌專欄碰巧大受好評——可以輕易想見。

那麼就算那個專欄受到好評，編輯部也不可能樂見這種狀況。更遑論受到極高的評價，其他雜誌爭相報導，因為受到好評的其實是一個編輯，也才會發生不得不離職的糾紛吧。

我一廂情願地想像、一廂情願地做出結論，總算找回話語，寒暄說：「幸會。」喜多島薰童——不，加藤麻美子用那張看起來依然有些不幸的臉說：「請多關照。」

宮村點了幾次頭，熱情地邀約說：「請務必賞光，一起喝個茶。」

我——毫無根據地——有了一種肩上的重擔全部卸下的錯覺，所以優柔寡斷的我相當難得地，快活地答應了他的邀請。雖然交出了稿子，但並不表示家計當下獲得解救，而且就算加藤麻美子就是喜多島薰童，那又如何。

我們進入一家分不清是傳統甜食店還是咖啡廳的店裡。

宮村和加藤麻美子並坐在一起，我則隔著簡陋的桌子，坐在兩人對面。

加藤麻美子——她的臉愈看愈讓人覺得不幸。

她並沒有哭泣，也不憂愁，態度十分普通，雖然不及山崎，但也算是個隨和的人，具備一個社會人士應有的禮節。她看起來相當知性，言行舉止毋寧讓人覺得她是個豁達大方的職業婦女。儘管如此……

我無論如何就是覺得她看起來不幸福。

到底是什麼讓我這麼想？當然，那時我也非常明白這種想法根本是毫無根據的成見，然而一旦成形的成見卻很難甩得開，我面對社會評價應該遠勝於我的女子，投以憐憫的視線。

「請問……」多麼愚蠢的開頭啊。

我正要接著說「喜多島」三個字，但宮村張開右手制止了我。

「那件事……噯，關口先生，就別提了吧。既然已經曝光，那也沒辦法，不過如果可以，希望您能夠將在稀譚舍看到的事暫時保密。至少目前暫時……，對吧？」

宮村向麻美子徵求同意。

會員因為可以暫時解除眼前的煩憂，大概都會來個幾次。但是參加過幾次後，就無法滿足於這麼溫和的聚會了。因為無法獲得徹底的解決，這也是當然的吧。

不過接下來，修身會為這類會員準備了「探索自我」這樣的聚會。第二階段的聚會，由會員徹底探討牢騷——不平不滿、懊惱不幸的原因，然後大家一起思考解決之道，並加以實踐。

——好討厭。

像我這種人，在這個階段肯定就無法忍受了。

我這麼說，宮村便答道：「每個人都這麼認為。再怎麼說，讓別人來探究自己不滿的原因，感覺不知是好是壞。不滿這種情緒，原因不一定是外在的。彼此探究原因的話，弄得不好，可能會讓自己不可告人的可恥之處暴露出來。」

他說的沒錯。不滿這種東西，原因大多在自己的心中。一旦覺得不願意，無論身處任何環境，都會變得不幸；若是覺得還過得去，大部分的狀況都能感到幸福。這普遍是相對的，做出決定的是個人。改善、除去外在因素，而能夠減輕或解除的不幸意外地少，那種情況，也只是將自己內在的原因假托於外在因素，有了一種獲得解決的錯覺罷了。

我這麼一說，宮村便附和：「您說的沒錯。」

然後他接著說：「……所以說——不，正因為如此，大部分的煩惱，只要靠著這種稍微深入的談話就能夠解決了……」

換句話說，似乎就是這麼回事：

人類十分自私，唯獨自己的事看不清，不會認為不幸是自己造成的，大部分都會歸咎於外在因素。但是同樣的事情發生在別人身上，馬上就能夠識破那種自我欺騙。所以會員會彼此指出：「雖然你擺出一副不幸、倒楣的淒慘模樣，但是追根究柢，原因不就出在你身上嗎？」藉由彼此指摘，讓彼此察覺。就這樣，能夠摘除掉某種程度的不幸秧苗……

「本來就沒有會員背負著太嚴重的不幸吧。原本就是些發發牢騷就能夠排除的問題，所以只要轉換心情，就會感覺解決了。對於不景氣、沒錢這類煩惱，換個經營方針、認真工作這點程度的建議也是有用的吧。」

「說的也是……，可是有些事情……就算被指出來了也沒用吧？」

「像是體毛很多、個子太矮這類煩惱，原因本來就不是外在的，只要心態改變，什麼都能解決吧。像是矮個子比較靈敏、體毛多冬天比較好過等等，這種無聊的安慰也能夠變成鼓勵。」

「可是那樣的話，不必參加那種聚會，也……」

「是啊，一般人會這麼想。這和父母斥責小孩、囉嗦的大嬸叨念、好管閒事的朋友多餘的忠告沒什麼兩樣。可是，關口先生，就像剛才的牢騷一樣，假如您身邊完全沒有人會對您說這些話呢？」

「哦，牢騷之後是訓誡呀……」

「……要收費的。」麻美子低聲補充。「就是啊，這是花錢請別人罵自己吧？這真的有用嗎？這或許的確是心態問題，不過這種事大部分潛意識裡都有自覺了，就算聽別人說你這是心態問題，也沒辦法坦然接受吧？就因為是心態問題，才沒辦法那麼輕易解決，不是嗎？而且例如公司連續倒閉、遭遇意外事故等等，那類不幸——真的是外來的不幸，也無從迴避吧？如果說這也是心態問題，換成是我，一定會回嘴，因為**不關己事**，你才說得出這種話。」

「那當然了。」宮村說。

彼此述說不滿、商量對策、姑且實行——反覆這些事，確實能夠獲得一定的效果。所以在這個階段，大部分會員似乎都會感謝修身會。

這與其說是修身會的教導，更應該說是天經地義之事，不過還是會覺得感激吧。在這個階段，花的錢也不多，說起來算是很有良心的多管閒事大會。

然而……

不管煩惱減少了多少，人依然不可能那麼簡單地掌握幸福。不管怎麼樣還是會有煩惱，不幸的源頭真的是源源不絕。所以……

「修身會準備了下一個階段，對吧？」

接下來的第三階段，是叫做「尋找真實幸福」的聚會。

「這個和過去的三姑六婆型會議不同，有指導員加入，他們稱為引導員。到了這一班，因為會員曾經探尋過彼此的不幸，或不幸的根源——不可告人的可恥之處，所以就像彼此共享祕密般，萌生出一種團結感。此時指導員加入，向眾人詢問，『你們為何會不幸……？』」

「這不是在上個階段彼此探討過了嗎？」

「不是的。他們說穿了只是思考為何會不幸，並無法做出任何根本的解決之道。所以這次要問，『何謂幸福？命題的主旨是這樣的：你們之所以不幸，是不是因為你們**誤解**了幸福的真諦呢……？』」

「什麼？」

「等於是掐住會員的脖子，像這樣用力地撼動他們的價值觀。賺大錢就幸福了嗎？出人頭地就幸福了嗎？有錢是好事嗎？地位提升是好事嗎……？」

「這……」

「是的，這些事其實沒有什麼好壞可言。有時候根本是一些雞皮蒜皮的問題，但他們不這麼想。如果有錢等於幸福這種說法其實是假的，那麼貧窮等於不幸的說法根本不成立了吧？」

「是啊，可是……」

「事實上，窮人裡頭也有幸福的人，但是有些不幸確實也是貧窮所造成的。所以原本這種歪理是不成立的……」

「然而在這裡卻成立了？」

「沒錯。到了這個階段，會員對於幸與不幸，半自發性地從表層到極為深入的部分都徹底地思考過，所以會員對於這種邏輯顛倒也不以為意了。他們這時候的狀態，反倒是想要相信自己思考的變遷，他們判斷的基準變成言論是否符合自己的思考，就是這樣。此時精明的指導員再進行一場講課，內容完全打入他們的心坎。」

「打入他們的心坎……？」

「也就是說，」宮村以溫和的口吻繼續說道。「指導員會將例如金錢、經濟能力等條件從幸福的範疇中排除。不只是這些，連愛情、名聲等等也加以排除。這個啊，仔細想想，是非常恐怖的一件事……」

確實很恐怖。

這等於是為了解除沒辦法出人頭地、與家人不和等負面狀況——不幸，而將重視榮譽和勤勉、扶持家人等正面狀況——幸福，也一起抹煞了。

這麼一來，或許連一個人的根基都會動搖。

若是根基都被動搖——不，被破壞、失去的話……

「會……會怎麼樣？」

「一定很傷腦筋吧，可是因為是中級課程，這個步驟執行得很徹底。修身會針對執著於金錢的人等等，設計了種種課程，財產、異性、名聲、家人——所有生存意義都剔除了。」

生存意義，就我來說……

——是什麼呢？

我動不動就會想到這種事。

重要的事物、不可動搖的什麼、絕不能捨棄的事物。

一般來說，每個人心裡都擁有這種沉重、牢固、龐大、高高在上的東西吧。我覺得這個東西愈龐大就愈幸福，愈牢固就愈安心，愈沉重就愈安定。

這個東西……被剔除的話……

它愈是龐大，空洞就愈大；愈是堅固，傷就愈深；愈是沉重，就愈不安定。然後……

如果是我的話，會怎麼樣呢？

沒錯，我打從一開始就沒有那種確實的事物，我的心裡總是開著一個大洞，我的腦袋一片空蕩，總是浮游虛空。換言之，那些接受了中級課程的會員……

我……會對一切宗教類的事物敬而遠之，理由其實很簡單。

因為我這種人不需要他們多費功夫，一定兩三下就會被他們哄騙到手了。什麼都無法相信的我，一定總是渴望著相信什麼，總是在等待著「你可以相信我」這種甜言蜜語。所以要是有個教主一臉道貌岸然地現身，對我說「你可以相信我」，我一定全盤接收，就這麼相信了吧。

所以我告訴自己「我什麼都不信」，閉上眼睛，摀住耳朵，什麼都不看，什麼也不聽，遠離那一切。除了這麼做以外，我無法維持我自己。

——很容易受騙。

麻美子或許是我的同類。

我一廂情願地這麼想。

抬起視線一看，宮村正有些擔心地看著我。我突然慌張起來。

我……總是動不動就慌張。

「那樣就結束的話……，人格……會崩壞的……」

「是啊。」溫和的舊書店老闆點點頭。「在這個階段脫離的人會落得如此下場吧，但是聽說幾乎沒有人離開。」

「為什麼？」

「這個嘛，就像關口先生說的，要是就這麼結束，太不暢快了。就像沒有解決的偵探小說一樣。」

「有解決篇嗎？」

「嗯，當然有。關口先生，事實上，這個世界就如你所知，沒有開始也沒有結束。換言之，人生中的結論和結果，其實都只是通過點。只是在這裡先暫時告一段落，類似一個標準罷了。人生或許有分期，但是並沒有終結，死亡則另當別論。但是我們很傻，還是想要一個類似結論的東西。要是不斷地有人對你說：你做錯了、你做錯了，你不行、你不行，然後就這樣揮手再見——人一定會忍不住心想：**怎麼可以這樣**。敵人也早就看穿了這一點，不出所料，上頭還有個高級講座。在中級階段，因為集訓等等，收費也變貴了，會員或許也有這樣回不了本的心態吧，聽說幾乎所有人都會繼續參加高級講座。」
「為了……填補空洞嗎？」
「空洞？嗯，就是這裡有意思。說有意思或許有些太輕浮了，不過我聽了這件事，真的大吃一驚。」
「有什麼崇高的——不，奇妙的教義嗎？」
難道有什麼不同於既有宗教的新奇教義嗎？
「修身會不是宗教，所以沒有教義。聽好了，關口先生，進入高級階段以後，才能夠聆聽會長——會長叫做磐田純陽——聆聽這位先生講課。在這之前，會員都被全盤否定，然而會長卻會輕易地**原諒**眾人。」
「原諒？」
「會長會說：『這樣就行了。』」
「什麼意思？」
什麼東西**行**？
宮村不知為何，點了幾次頭。
「會長會說：『你們所否定的世界，其實是正確的。』」
「咦？」
「渴望吧、怨恨吧、嫉妒吧、憎恨吧、悲傷吧、哭泣吧、痛苦吧。這才是自然的模樣——他會像這樣向眾人演說。於是又回到原點了。」
「這……」
「關於這一點，我一定要聽聽京極堂先生的高見。總之，會長就會說，所有的一切全都是對的。」
「那打從一開始就……」
「要是一開始就這麼說，只會引來『胡說八道些什麼啊』的反應而已。那樣子誰都不會信服的。」
「可是……說穿了不就是『胡說八道些什麼』嗎？既然跟一開始一樣的話……」
「他只會提出一點：『儘管如此，你們一最初會身處不幸，就是因為不知道自己的模樣其實是正確的。』」

「哦……」

「聽說所有人都會淚流滿面，安心不已。心想：什麼嘛，原來這樣就行了啊，很簡單嘛。……我是可以了解這種心情啦。在那之前，他們被徹底地否定到什麼都無法相信的地步嘛。」

「可是那樣的話……就算安心了，說穿了還是什麼都沒有解決啊。」

「會解決啊。」

「怎麼解決？」

「噯，這就是他們的生意手法。想要出人頭地的話就怎麼做、不想輸給別人的話就怎麼做——總之，就是要會員參加配合各種欲望而設計的人格強化講座。積極地活下去吧、比別人更勝一籌吧、抓緊機會吧……，貢獻社會，盡情地歌頌生命吧……」

使人積極向上的講座——這我一開始就聽說過了。

「京極堂先生說，這些講座才是指引康莊大道修身會這個團體原本的生意內容，所以他們確實不是宗教。可是如果直接就這樣開設講座，也招攬不到客人，所以會長才設計了前面的階段。」

「原來如此……」

教人目瞪口呆。說穿了，這是以社會人士為對象的道德講座。但是他們先把受講者弄成廢人，再進行講座做為復健的一環。這太卑鄙了，再卑鄙也不過了。我漸漸地怒上心頭。不知道為什麼，這時我覺得自己被要了。

麻美子過了一會開口說道：「……他們要會員大聲說話、跑步，叫他們培養膽量跟耐性，結果就是一種精神論。說什麼自己的欲望是正確的、不要受虛假的甜言蜜語所惑、要培養堅強的精神、大聲對錯誤的事說錯。總之就是要大聲……」

「大聲？」

「嗯，大聲。家祖父的嗓門也變大了……，刺耳極了。」麻美子面露不豫之色。

我非常了解她的心情。

活潑有朝氣的態度雖然不是不好，但有時候會讓人不愉快。首先，這正確過頭了。並非只要正確就是好的。總而言之，毫不猶豫、充滿自信的人，讓我感到十分棘手。因為那是與我完全相反類型的人。

「所以啊，關口先生……」宮村看起來很愉快。「……修身會不是有很多會員嗎？裡面應該也有些人沒什麼欲望吧。在最初的階段，只是隱約覺得有些不幸，在中級的集訓後，也沒有什麼特別想要的事物，因為原本就沒有嘛。對於這樣的人，修身會使出殺手鐧，對他們下達神諭。」

「神諭？」

「也就是說，你原本不是應該做這種工作的，或是你的人生應該是更不一樣的。」

「哦，說真正的自己應該是不同的嗎？」

「……至於我，他們說是巫女。」

我總算了解了，我的理解能力真差。

「可是，他們怎麼會知道這種事？」

「據說會長是人相學的大家。」

說人相學是好聽，說白了就是看面相。無論是鼻子高或膚色黑，這種外表上的差異不可能與一個人的評價直接相關，而且從那種微不足道的瑣碎特徵導出來的結論也完全不值得一提。這根本是明如觀火。說起來，那種話外行人也會說。像我第一眼看到麻美子，就覺得她這個人一臉薄命相。可信度可想而知。

「可是就算這麼胡說八道，一般人也不會接受吧？」

我這麼說，宮村便稍微睜大了一雙細眼說：「這也不一定。麻美子女士的情況也許比較特殊，但大部分時候都行得通。因為在初級講座時，他們從對象的個人嗜好到性格、地位、待遇，都做過詳細調查了。然後他們會根據這些資料，想出適合那個人的職業或人生。所以大部分的人都會覺得完全被說中，深信不疑。加上會員才剛經歷過之前說的集訓，腦袋處於空白狀態。此時要是聽到令人信賴的會長的神諭……」

「唔唔……」

真的是太巧妙了。之前的階段也是為了這個目的而設計的，會長在一開始不會現身，也是經過計算的吧。

「……家祖父也是這樣陷進去的。」

「令祖父原本為什麼會加入那種團體？」

「……家祖父原本從事林業，現在仍是公司的主管，在伊豆韮山也有山林，經濟上沒有任何困難，似乎也沒有特別煩惱的事。除了我以外，家祖父沒有其他親人，但身邊總是有長年服侍的傭人和公司員工陪伴，並沒有任何不便之處。然而……」

可能還是感到不安吧。

感覺不到生存價值了嗎？既然已經升上頂點，就沒有目標了。忍受不了今後缺乏成就感的生活嗎？在長得令人發昏的漫長歲月裡，汗流浹背地工作，究竟得到了什麼？風燭殘年，究竟該做些什麼？——遲早會興起這樣的疑問吧。

「……家祖父可能是聽到了修身會的傳聞吧。修身會在富士山腳下進行訓練、在樹海舉辦集訓等等，對富士山似乎十分執著，也因此在靜岡頗有名氣……」

麻美子略微加強了語氣。「……儘管如此，家祖父最初是瞧不起修身會的，說那是笨蛋才會去參加的團體。可是……我想家祖父大概是看了雜誌。」

「雜誌？」

「老家的客廳裡有一本舊雜誌，上面刊登了會長的談話。家祖父一定是看了那個。」麻美子噘起嘴。

「那篇報導寫了什麼令人感激涕零的談話嗎？」

「沒有，不過上面登了會長的名字。」

我就要追問「會長的名字怎麼了」時，宮村緊接著說明：「關口先生，其實那位會長——磐田純陽先生，和麻美子女士的祖父——加藤只二郎先生，似乎是尋常小學校（註）的同窗。」

「原來是這樣啊。」

真是不令人欣喜的偶然的作弄。

「……一開始只是出於好奇。聽說家祖父說他退隱後無聊得受不了，出門去看看，回來後，說偶爾和年輕人交流也滿不錯的。結果家祖父漸漸沉迷其中，從樹海的集訓回來時，就像失了魂一樣。後來，他整個人完全變了，好像是會長對他下了神諭。」

「怎樣的神諭？」

「你有著引導他人的面相……，請務必擔任引導員……」

「那麼令祖父不是會員，而是加入了修身會？」

「……家祖父是會員，同時也是修身會的人。他好像擔任引導員義工，同時也慷慨地捐款及參加募捐。不僅如此，他現在依然支付一次幾萬圓起跳的學費，一個月參加好幾次會長親自教授的提升人格特別講座。」

「這、這太貪得無厭了，這毫無疑問是看上了令祖父的財產。」

「可是，」宮村說。「聽說麻美子女士的祖父好似脫胎換骨，變得生龍活虎，神采奕奕。動作也變得機敏，容光煥發……」

「老師，請別說了。」麻美子難得回應迅速。「祖父竟然說出贊同那種……那種騙子集團般的話來……」

「可是，就像我前些日子說過的，這種事情，只有本人能夠判斷自己幸不幸福。」

「怎麼可能幸福？」麻美子以帶刺的口吻說完，喝了一口水。接著她轉向我，以傾訴的口吻說：「就算幸福，但家祖父還是被騙了。在我看來是這樣的。就像關口老師說的，他們的目的是財產。」

說完後，她鬧彆扭似地晃了一下身子。

她在生氣。

註：日本舊制小學。一八八六年設置，六歲入學，修業年限四年，一九〇七年延長為六年。

「……家祖父似乎打算把公司賣掉，將那些錢捐給修身會。不僅如此，還要將韮山的山林也提供給修身會。」

「提供？」

「嗯，好像要利用那片廣大的土地蓋道場之類的。」

「哦，道場啊……」

這一定是被騙了吧。

宮村看著麻美子憤慨的模樣，以更加委婉的語氣說：「即使如此，只要本人幸福不就好了嗎？——我是這麼勸告她。關於這一點，京極堂先生也這麼說：『工作價值和生存價值這類東西，仔細想想，原本也只是一廂情願罷了。』他說的沒錯，被別人騙，還是自己騙自己，其實並沒有太大的差別。對吧，關口先生？」

「咦？」

或許是這樣吧。

不，應該就是這樣。這若是平常的我，一定會就這麼接受。幸福原本就只是一種錯覺——我平常不是老想著這種事、把這種話掛在嘴邊嗎？可是……這個時候不知為何，我無法就此接受。

是麻美子的憤怒感染了我嗎？還是聽著聽著，我陷入自己受到玩弄的錯覺了？我一定是將自己愚蠢的身影重疊在被**任意擺布**的會員身上了。

我沒有對宮村的話表示同意，轉向麻美子問道：「妳……是繼承人吧？」

麻美子偏著頭，應道：「哦，您的意思是……家祖父的財產的繼承人嗎？沒錯……」她停頓了一下。「……我結婚之後離開娘家，雖然因為婚姻失敗而離婚，但現在並沒有回娘家，也沒有照顧家祖父……。所以我並不打算繼承財產，可是……」

「可是？」

「娘家有個女傭，負責照顧什麼都不會的家祖父身邊一切大小事。她雖然是女傭，但在我娘家住了三十年以上，形同家人，家祖母和家母過世後，家裡的一切事務都是她一個人打理，對我來說，就像母親一樣……。就連做孫女的我，都覺得她幾乎是家祖父未過門的妻子了……」
「財產要給那個人？」
「嗯，我是希望能夠讓那位女傭——木村米子孀繼承家祖父的財產。」
「全部的……遺產嗎？」
「就算不是全部，我認為她有權利繼承相當部分的金額。可是加入修身會以後，家祖父對米子孀的態度就變得十分刻薄。米子孀那麼照顧家祖父，家祖父竟說要開除她。這都是因為米子孀不認同修身會。米子孀忠告家祖父說那是詐欺，叫他不要被騙了，最好退出那種團體。我覺得這是做是對的，可是家祖父已經……」
「勸不聽了？」
「……嗯。家祖父甚至還說，米子孀不肯辭職，是因為她覬覦家祖父的財產。這太過分了。」
「是啊。」
因為這樣，麻美子便回娘家試圖說服祖父。但是只二郎冥頑不靈，完全聽不進去。
「所以，關口先生。」宮村說了。「麻美子女士希望祖父能夠恢復到過去那個慈祥的祖父……」
說到這裡，宮村辯解說：「啊，我的意思不是令祖父現在不慈祥。就性格來說，麻美子女士的祖父現在依然十分和善。他是個歷盡滄桑的人，也不是不了解他人的痛苦。可是他怎麼樣都無法忍受別人批評修身會，唯有這一點不肯退讓。一談到這個話題，他整個人都變了，就是有這樣的變化。所以麻美子女士懇切地提醒祖父他們過去是如何受到米子孀照顧……」
宮村露出有些退縮的表情，轉向麻美子。麻美子似乎不必看他也察覺得出來，垂著頭接下去說：「……我們家一直是白髮人送黑髮人。先是二十年前，身為獨子的家父猝死，兩年後家母也過世了。原本已經半退隱的家祖父不得不連家父的工作都一肩扛起，當時年幼的我等於是由祖母和米子孀養大的。而家祖母也在十年前過世了……」
一臉命薄的女子若無其事地述說著親人的故去。

「……家祖父他……現在雖然在事業上算是成功，也有山林等許多不動產，過得很富裕，但是在獲得現在的成就以前，他吃了非常多的苦。我記得家父剛過世時，真的非常難熬。家父過世前，開設的公司陷入重大的經營危機，積欠了巨額債務，家計也十分窘迫。祖父真的是拚了老命在工作。」

「真的是歷經風霜。」

「但是，並不是只有家祖父一個人辛苦而已。家祖父能夠全心打拚，是因為有家祖母和米子嬸守護著家庭。我希望他想想那個時候的事。」

麻美子說到這裡，說她對祖父提起父親過世時的事。

「嗯，那個時候……」麻美子說起往事。

父親過世前後的事。

昭和八年，納粹奪得政權的那一年。

那個時候，我應該才十幾歲而已。雖然只是隱約記得，不過應該是小林多喜二（註一）被檢舉，遭到特高（註二）拷問，最後死在獄中的那一年。

那與缺乏社會性的我是無緣的另一個世界，但我記得當時父親十分激動。總之，當時是非常時期。滿州事變（註三）、上海事變（註四）、滿州建國──小孩子懵懵懂懂不了解的重大事件相繼發生。國際社會中，日本這個國家逐漸往不好的方向走去。或許是受到父親影響，我記得那個時候我──出於和現在完全不同的理由──不安到了極點。

「我……」麻美子說。「……記得那個時候，我都和家祖父待在一起。家母身體虛弱，生下我後就經常臥病不起。我記憶中的家母，總是穿著睡衣躺在床上……」

麻美子的眉毛扭曲了。「……家裡的事都是家祖母和米子嬸在打理，而家父才剛創業，事業上不了軌道，幾乎成天都在工作。附近也沒有年齡相仿的孩子，會陪我玩的只有家祖父而已。所以我們經常去山上──因為周圍只有山而已。家祖父……是啊，他總是唱鐵路歌曲（註五）給我聽，我全部都還記得。」

「什麼汽笛一聲怎麼樣的那個嗎？」

鐵路歌曲有好幾號，一號一號連綿不絕。光是東海道篇，數量就十分驚人了。我這麼問，麻美子便答道「沒錯」。

「我到現在都還記得。」

麻美子非常篤定地說。聽到她的話，宮村問道：「對了，麻美子女士，**第二十五首後面**怎麼樣了？」我不懂這個問題是什麼意思。

麻美子忽地變得面無表情，很快地又說：「哦，我一定記得。」

「……總之，我和家祖父相處的時間非常久，久到連那些數目多得驚人的鐵路歌曲全都能夠背唱出來……」

關於這件事，只二郎似乎也同意。麻美子說起當時的事，他便瞇起眼睛，懷念地說：「就是啊，就是啊。」

「……家祖父還反過來對我說起那時我們家境十分貧苦，母親罹患了肺病，還有我踩到蛇、被毛蟲螫到，整張臉腫起來等等，連我自己都忘掉的事，家祖父都還記得。然而……」

「卻只有**咻嘶卑**的事不記得？」

「……嗯，家祖父說他完全不記得有這回事。而我就像剛才說的，當時的事有些記得，但有些不記得。」

「這當然。」

「嗯。有些記憶異常鮮明，有些卻怎麼樣都回想不出來，但是我不認為這是因為時日久遠，而是因為當

註一：小林多喜二（一九〇三～一九三三），小說家，參與社會運動，為無產階級文學的代表作家。代表作為《蟹工船》。

註二：即特別高等警察，高等警察的一種，負責處理思想犯罪、鎮壓社會運動等事務。二次大戰以後廢止。

註三：即九一八事變。

註四：即一二八事變。

註五：一種歌曲集，唱誦車站名和沿路風物。

時我年紀還小。家祖父那時至少都已年過半百了，但是連我都記得一清二楚的事，家祖父卻半點都不記得，這怎麼想都太不自然了。」

應該是吧。

特別是……

——看了那個，會被作祟的。

若論特殊，這段往事再特殊也不過了。

麻美子說那裡長滿了山白竹。

只二郎牽著麻美子的手，走下小丘的斜坡。

「我記得因為有事去鄰村，正要回家的途中。我想那條路不是常走的路。我們牽手走在山裡，突然間視野一片開闊，眼前就是一片像大海般的山白竹原。」

「就在那裡看見咻嘶卑？」

「記憶……歷歷在目。那個人穿著皺巴巴、鬆垮垮的西裝，喝醉了酒似地腳步東倒西歪，左臉上貼著Q絆……」

「QQ絆？妳是說絆創膏嗎？中間有紗布的……」

那種打扮與山裡格格不入。可是至少妖怪不會貼絆創膏，那應該是人。

「嗯。那個人的臉很小，所以顯得非常醒目。他的頭上幾乎沒有頭髮，紅紅禿禿的。眼睛很大，眼白的部分黃濁濁的，眼皮有很多皺紋。長得就像剛出生的日本猿猴一樣。他的視線不曉得在看哪裡，游移不定，臉上笑咪咪的……」

——不可以看。

——那是咻嘶卑。

——看了那個，會被作祟的。

「令祖父是這樣說的嗎？」

「是的……，當時只有家祖父在，我不認為那會是家祖父以外的人說的。就算叫我不要看，我也已經看到了……。後來我們一回到家，家父已經病倒了，家裡亂成一團，家父就這樣步上黃泉，我甚至沒能和他說上一句話。」

父親猝逝是否是咻嘶卑造成的，這種淺薄的議論在這個節骨眼並不重要。如果麻美子說的沒錯，那麼這段插曲對只二郎來說，應該是痛失獨子這種永生難忘的事件序幕才對。發生在這麼特別的日子、而且令人印象深刻的事，實在不可能會忘得一乾二淨。

「令祖父對這件事怎麼說？」

「嗯，家祖父說他記得家父過世前一天，確實是去鄰村辦事了。然後回家一看，家父已經病倒，這部分他記得很清楚，說他大為驚慌。可是家祖父還是堅稱他沒有看到。」

「會不會是……妳記錯日期了呢？」

「這段記憶與家父的死連結在一起……，我想是不可能記錯的。不過就算是在其他日子看到的，家祖父應該也不會說不記得看過、沒聽說過**咻嘶卑**才對……」

我「呼」的吁了一口氣。

總覺得莫名其妙。仔細想想，這整件事說起來只有一句「那又怎麼樣」能形容。回神一看，進入店裡後，已經過了好些時間了，杯中的水也空了。我們只各自點了一杯咖啡而已，因為有些不好意思，我們又加點了什錦蜜豆。

「關口先生，怎麼樣呢？」宮村說道。

「呃，只消除記憶中特定的部分，這種事真的辦得到嗎？我是個外行人，所以只想得到妖術啊、幻術這類，荒唐可笑的讀本（註）般的內容。可是實在很脫離現實。」

註：江戶中後期的一種小說，附有插圖，內容多帶有因果報應、勸善懲惡思想。《南總里見八犬傳》即是讀本的一種。

「京極堂他……怎麼說？」

反正他一定說了什麼，當然我完全不記得。

「京極堂先生說，這也不是辦不到，但是從聽到的內容來看，做這種事也沒有意義。他只說了這些而已。」

「好不負責任，只有這樣嗎？」

這種話我也會說。不，我覺得我好像說過了。

「京極堂先生說，應該要進一步調查更詳細的情形。例如說，如果修身會真的做了這種事，就應該有**值得他們這麼做的理由**。他的意見十分中肯，所以我也幫忙起調查修身會的事。京極堂先生也說，不管怎麼樣，如果真的受不了傳教活動，就應該義正詞嚴地加以拒絕。至於麻美子女士的祖父，如果本人看起來幸福，還是不要多加干涉比較好。」

「以那傢伙而言，這番建議也真理所當然。」

「咦？京極堂先生的話總是理所當然呀？」宮村說。這麼說來，確實也是如此。

「可是，調查後……發現內情就如同我剛才說的。修身會雖然不是宗教，但似乎也好不到哪裡去，非常可疑。就算只聽麻美子女士的說明，也十分可疑吧？」

「是很可疑。」

「他們的手法……」

「唔，應該是一種洗腦吧。」

「對呀，所以我才想，果然……」

「消除記憶的方法啊……」

我抱起雙臂。沒有什麼特別的意思，也不是在深思。

我只是曚曨地推動著愚鈍的思考罷了。以現在的醫學水準……應該還不是很了解記憶的機制才對。

感覺似乎十分複雜，但或許其實極為單純，而且就算不了解機制，人還是會記憶，不了解似乎也無所謂，不過還是有許多人不願意遺忘，所以學者們日夜苦心孤詣地研究。

由於他們的鑽研，腦的研究以日新月異的速度發展。

例如說，只要破壞大腦司掌語言的語言區這個部位，就無法隨心所欲地運用語言。但是那只是語言機能停止，並不代表不再記憶，記憶也不會消失。只是無法透過語言輸入，也無法變換成語言輸出罷了。若是就這樣窮究下去，光靠大腦生理學，可能無法完全解開記憶的機制。所以至少在目前，是不可能靠外科手術或施打藥物等外部處置，來恣意竄改記憶。

就算硬是施加那類處置，不是喪失所有記憶，或是完全無效，就是錯亂或發瘋，只能獲得這種結果吧。萬一──或者說幸運地發現受試者部分的記憶消失，也無法知道消失的是哪一部分的記憶，就算刻意消除記憶，在結果出來以前，也不可能知道失去的記憶是否就是實驗者預期的部分。這就是目前的狀況。

消除幾月幾日的記憶──這不可能做到，因為無法進行人體實驗。

而且聽說記憶本來就不會消失，只是不被再生而已。所以喪失記憶這種說法並不正確，那麼是不是應該叫做記憶再生不良呢？

但是……

「啊……」

──是有方法的。

「催眠術嗎……？」

「所謂催眠術，是『你愈來愈想睡了』……的那個嗎？」

「唔，是的。」我答道。「催眠術並非魔法或幻術。唔，它算是一種技術。聽說美國的醫師協會等機構承認催眠術具有一定的效果，也積極地將它納入治療體系中。」

「哦？」

宮村露出高興的表情。不過這些全都是我從主治醫師那裡聽來的，至於是不是真的，我就不知道了。

「催眠狀態和睡眠的時候不同，意識是清醒的。外表看起來雖然是在睡覺，但具有判斷能力。」

「不過催眠給人一種睡著的印象。」

「和睡著是不一樣的。我想想……像是喝醉的時候，或專注於某一件事的時候，雖然會對某樣東西有反應，卻無法覺知平常能夠察覺的某些事情，不是嗎？就類似這樣。在那種狀態下，平時被理性覆蓋，不會顯露出來的近似本能的部分會裸露出來。」

「嗯，嗯。」

「對那種近似本能的部分傾訴，就是催眠術。早上起不來的人——其實我就是這樣，早上的時候，明明理性知道非起床不可，但是怎麼樣就是起不來，有時候會這樣吧？」

「我也是。」麻美子說。

「這不是理性的行動。要是再睡下去，一定會遲到。可是想睡覺的本能凌駕其上。但是還是有意識，也能夠認識、判斷已經時間很晚了。然而卻無法行動。這就是催眠狀態。」

「這就是……」

「嗯。」我很不擅長說明。「據說處在這種狀態的人，能夠透過給予強烈的暗示，來加以操縱。」

「操縱？」

「是的，命令他站起來，他就會站起來，暗示說手不能彎，手就真的不能彎。」

「這……我好像聽說過。可是只要解除催眠狀態就結束了吧？催眠狀態又不會永遠持續下去，總不可能狀態解除後，還一直對施術的人唯命是從。那樣的話，就是魔法了。」

「妳說的沒錯。不，呃……」

沒用的我，就算被麻美子這樣的人追問，也會變得結結巴巴。我一廂情願地認定對方有機可趁、說話漏洞百出，結果我比人家糟糕多了。

「有一種叫後催眠的……」

「哦……」

「後催眠呢，唔，把它想成在催眠狀態中所做的暗示，在催眠解除後依然會發揮效果就是了。例如說……這樣吧，我暗示妳在催眠解除後，只要聽到有人拍手，就會跳起來，然後解除催眠。被施術的人不會記得曾經被這樣暗示，也想不起來。」

「意識不到，是嗎？」

「嗯，完全意識不到，所以外表看起來與平常無異。一會之後，妳聽到拍手聲……」

「就會跳起來嗎？」

「嗯，聽說就會跳起來。本人完全不明白自己為什麼會跳起來。即使如此，只要一聽到拍手聲……」

「就會跳起來？」

「據說是的。」

「真可怕，」宮村說。「要是被利用在犯罪上的話……」

「嗯，是啊……」

我應得很心虛，但實際上我只能這麼回答。我從未聽過有這樣的犯罪，所以或許其實辦不到，也或許相反，只是因為手法太巧妙，所以沒有曝光罷了。我得重申，就算想實驗也沒有辦法。當然，萬一失敗就前功盡棄，但即使實驗成功，也絕對無法公開。

說起來，在催眠狀態中，即使缺少理性，但還是有意識。換言之，對象的社會倫理觀屬於哪一個階層，決定了犯罪性的暗示是否有效。如果本能判斷這對自己不利，暗示應該就不會發揮效果。所以我覺得教唆殺人或自殺的暗示是沒有用的。

「那麼……」麻美子說。「……記憶可以像這樣……？」

「嗯。據說催眠狀態是有深淺之分的，在淺度的狀態，能夠操縱運動機能，再深一點的話，就能夠刺激、支配心理狀態。所以只要進入深度催眠狀態，就幾乎不會受到理性的制約，連平常想不起來的記憶都會浮現到意識上，也就是記憶會裸露出來。這麼一來，也能夠操縱記憶了。」

「操縱……？意思是……？」

「可以讓對方**不會想起**一些事。據說人的記憶並不會消失不見，只是因為各式各樣的理由，想不起來而已。像是一緊張就忘記要說的話、一吃驚就說不出話來、討厭的回憶被封印起來……」

沒錯，回憶是會被封印的。

麻美子垂下眉毛，喪氣地說：「那麼……是以你剛才說的後催眠……？」

「有可能。這是我從京極堂那裡聽說的，假設下了暗示，要對方忘記數字五，那麼五這個概念本身就會被封印。雖然能數一、二、三、四，但是接下來就怎麼樣都數不下去。不過還是知道下下一個是六，也知道後面的七八九十等等。數字的概念本身存在，十進位法也能夠理解，可是怎麼樣就是不覺得四後面還有東西。可是又知道四的下一個不是六。」

「這樣豈不是很困擾嗎……？」宮村彷彿身歷其境似的，露出困惑的表情。「……十分不便。」

「可是宮村老師，這是常有的事。像這樣意圖竄改記憶是可能的。不過大部分都只觀察到短期的效果，究竟有多長的持續性，就不得而知了。不過就像我剛才說的，美國等國家正準備將它應用在心理學方面的治療上。例如，對於極端的焦慮症——像是懼高症等等，可以對病患暗示『高的地方不可怕』，來消除他們的不安。」

「這樣還是滿恐怖的。那樣的話，就算是危險的高處，那個人也會毫不在乎地走上去吧？」

「這……說的也是。我也只是聽來的，聽說那樣的人，其實就像是對自己暗示要無條件地害怕高的地方。所以要重新對他們暗示說，高的地方並不是無條件地恐怖。可是這只能仰賴施術者的倫理觀了。」

「原來如此。可是，既然被認定能夠應用在治療上，表示它當然有長期效果吧？」

「沒錯。」我說道。

麻美子的表情變得更虛無，說：「到底是什麼時候……？怎麼會被施了那種催眠術……？」

麻美子認定了就是如此。我覺得有點吃不消，因為這全都是我臨時想到的，並沒有確證，也無法實際證明。麻美子似乎十分悲傷，莫名其妙地說：「全都是那個咻嘶卑害的。」接著又反反覆覆地說：「到底是什麼時候被催眠的？被催眠的話，也沒辦法分辨出來嗎？」

「催眠術並不需要特別的裝置或環境。無論何時何地，只要能夠讓對方陷入催眠狀態就行了，輕度催眠的話，聽說可以利用音樂來進行集體催眠，所以或許是在講習當中……」
「可是關口老師，您說要操縱記憶的話，需要深度催眠……」
「關於這一點，唔唔，確實如此，不過以前流行過一種『頸動脈法』，就是輕輕掐住脖子，停止供應腦部血液，趁著對方幾乎昏厥的瞬間給予暗示。但是這種方法不但困難，而且危險，問題重重，不過一剎那就能夠完成催眠。此外，聽說還有一種突然讓對方嚇一跳，並且瞬間導入深度催眠的方法。所以只要有一對一的機會，可能性……也不能說……絕對沒有……吧。」
我的話說得虎頭蛇尾。
說著說著，我愈來愈沒有自信了。
「不過，加藤女士，宮村老師，呃，我所說的只是一種可能性……。嗯，最重要的是，我認為消除那種記憶……是不是……也沒有什麼意義……」
「關於這一點，關口先生，或許是有意義的。」
「什麼意思？」
「也就是說，修身會或許有理由要消除關於咻嘶卑的記憶。就是因為了解了這一點，我們才會請教關口先生，呃……有沒有竄改記憶的方法……」
宮村點了幾次頭，有點難為情地說：「……其實我本來也考慮是否應該一開始就告訴您，但是又覺得還是照順序來比較好，就學了京極堂先生……」
「繞遠路……是嗎？」
「是啊。」宮村答道。「其實啊，我們已經知道咻嘶卑的真面目了。」
「咻嘶卑的真面目？」
「是的，正確地說，正是只二郎先生稱為咻嘶卑的男子的姓名。」
「這……」
「是的。磐田純陽，也就是指引康莊大道修身會的會長。」

宮村臉上掛著笑，不當一回事地說出令人大感意外的話來，接著他從內側口袋取出一張紙。好像是照片。

「磐田會長沒什麼照片。這是我拜託京極堂先生所引介的，一位姓鳥口的青年……」

「哦，鳥口。」

這個人我也很熟悉。

「是的，我拜託那位鳥口先生拿到的。聽說他也去了箱根，而且還受了傷。我原本不知道這件事，聽聞後大吃一驚。總之，昨天我總算拿到照片了。結果……」

宮村遞出照片。

那是一張十二乘十六．五公分大的照片，已經褪色泛白了。

照片上是一個形容枯槁的男子，在講壇上掄起拳頭。姿勢雖然很英勇，但他身上的衣服相當鬆垮。或許很高級，但完全不適合他。不僅如此，他的臉——確實就像麻美子說的——特徵鮮明。

頭部渾圓，一片光禿。

從照片上看不太清楚，不過或許是燙傷，應該是一片光溜溜，紅通通的。

不僅如此，他的臉頰上還貼了一塊絆創膏。

「關口先生，為了慎重起見，我必須聲明……」宮村以食指指著照片說。「關於他臉上的這塊ＱＱ絆，麻美子女士在還未看到這張照片很久以前，就向我提及了，請你了解這一點。」

他的臉頰上的確貼著絆創膏，是為了遮掩傷口嗎？相當醒目。

可是，如果麻美子看到的咻嘶卑真的就是這個人……，表示他恰巧在同一個地方受了傷嗎？若非如此，就代表這個人二十年來一直貼著這種東西了。如果這樣的話，說是他的正字標記也不為過吧。

「也就是說……這個人……」

「不會錯的，就是這傢伙。這傢伙兩次出現在我面前，殺了家父，殺了小女，現在又對我祖父……」

「可是加藤女士，這……」

這是血口噴人吧？

即使二十年前出現在山中的男子就是這個磐田，他也不可能擁有那種魔力。

「換言之，就是這麼回事……」宮村似乎察覺我想說什麼，插口說道。「這位磐田先生二十年前可能在山裡做了什麼**不可告人之事**。我不曉得是什麼事，不過既然是在山裡，可以假設是在掩埋寶物……，唔，比較現實的看法是進行不法行為，總之是一些必須掩人耳目的事。結果他碰上了只二郎先生和麻美子女士。只二郎先生與磐田先生是昔日同窗，所以察覺出了什麼，叫還是孩子的麻美子女士不要看，說那是妖怪……」

「原來如此。」

「至於為何會說他是咻嘶卑，先暫且擱置不談。然後假設磐田先生一直不知道自己被人目擊，相隔十幾年後，只二郎先生偶然得知磐田先生的消息，與他聯絡，然後說出了這件事。」

「磐田大吃一驚，將麻美子女士的祖父洗腦，並利用後催眠……把那段記憶消除了？」

「沒錯，然後下一個目標是麻美子女士。磐田先生原本可能以為她當時年紀還小，應該不成問題，沒想到她似乎還記得，而且記得一清二楚。所以磐田先生覺得放任下去很危險，便執意……」

「拉攏她入會，是嗎？換句話說，他們企圖把麻美子女士的記憶也消除，對吧。嗯，這樣子是說得通……。可是宮村老師，二十年前被看到，會造成問題的會是什麼事？我完全想不到。我不知道那是多麼重大的祕密，或是多麼不得了的罪行，可是就算是殺人，都已經過了時效了，不是嗎？」

「對於擁有社會地位的人來說，時效並沒有意義吧。即使在法律上無罪，對世人來說一樣是有罪的。這個叫磐田的人雖非公職人員，也不是公眾人物，但是過去的重罪曝光的話，還是會失去信用，影響到事業吧。」

應該會吧。

而且如果能夠將目擊者的記憶消除的話——完全犯罪也不是夢。

不必直接與犯罪有關。像是有效地利用催眠術隱蔽犯罪等等，使犯罪本身不成立，這或許很有可能。我沉思起來。

「是個行商賣藥的，姓尾國。」

「是行商人啊，是男性嗎？」

「是的。他十分親切，現在我們也經常來往。啊，當然，我們不是什麼特別的關係。該說是朋友嗎？當時外子與他也很要好，或者說，外子和他比較熟，說是住得很近，經常順道過來……」

「那時，那位先生正好在那裡嗎？」

「嗯，因為那個男子實在太奇怪了，我忍不住把這件事告訴尾國先生。就是這樣……」

──咦？

怎麼回事？總覺得哪裡不太對。

當然，這只是心理作用吧。我這個人有一半是自以為是構成的。

「呃，妳是在哪裡看到的？」

「在淺草橋一帶，時間大概是四點半。我背著小女外出買東西，就在回家途中看到的。當時我們住在小川町。當時我才剛生下小女，也暫時留職停薪。或者說，要是小女沒有過世，我可能也不會回到工作崗位上。那麼喜多島薰童也……」

說到這裡，麻美子望向宮村。宮村將細小的眼睛瞇到幾乎快看不見了說：「是啊，喜多島也不會登上文壇了。總覺得這真是件難過的事，教人心痛……」

我也感覺到一陣複雜的思緒。

聽說由於孩子過世，夫妻感情變得冷淡，最後離婚，麻美子就這樣沒有再婚。沒想到竟因為如此，被推崇為天才歌人──麻美子本人應該是最感到吃驚的吧。別說是無法預料，連想都沒有想過吧。

「令嬡是……」

我說出口之後，才想到這個問題太多餘了。儘管如此，麻美子雖然苦悶了半晌，卻意外淡淡地答道：

「小女……是在浴盆裡……溺死的，完全是我的疏忽。事情發生在沐浴中……，我沒辦法推諉。我沒辦法……」

在沐浴中溺死。

一定發生了什麼事。

「呃……」

事到如今再辯解也太遲了。麻美子果然不願意觸碰這個話題吧，她突然沉默不語，最後從皮包裡取出手帕，按住眼頭。

無論是什麼經過，那都是不願再想起的回憶吧。

「呃……加藤女士，對不起，我不會再問令嬡的事了，請別哭了。話說回來，那個磐田……」

口才笨拙而且遲鈍的我試著硬轉回前個話題。麻美子微弱地**抽噎**了幾次，咳了幾下，勉強裝出毅然的態度回答：「嗯，他在陰暗的小巷子裡，一跛一跛的。」

「妳看到的時候，有什麼想法？」

「……好奇怪的人。」

——咦？

「好奇怪的**人**？妳不認為那是咻嘶臯嗎？」

「咦？這……可是……是咻嘶臯沒錯啊。對了，我記得尾國先生好像也說過，看到咻嘶臯的話，就會發生不好的事。所以我也這麼對他說了。一定是的。」

「請等一下。那位先生……**知道咻嘶臯**嗎？」宮村反問。

宮村似乎也不知道這件事。

「嗯，我想他一定知道。可是我想他並沒有像老師那樣，說咻嘶臯是河童。所以我一直以為咻嘶臯是一種看到了就會作祟的、不吉利的**人**。所以老師告訴我說那是妖怪、是河童的時候，我嚇了一跳。因為，河童不是很可愛嗎？」

就在這個時候。

「砰砰」兩聲，窗外傳來爆炸的聲響。

聽聲音，那應該是摔炮。往窗外一看，只見小孩子高興地尖叫著跑走的背影。緊接著傳來「鏘」的一聲。我將視線從窗外移到聲音傳來的方向，骯髒的地毯上濺滿了什錦蜜豆的殘渣。是被嚇到而打翻了嗎？

我重新望向麻美子……

加藤麻美子一臉僵硬，渾身微微抖動……

伸直了雙手僵住了。

3

第三次遇到宮村，記得應該是四月下旬的事。

那是我們最後一次見面。

因為一個半月後……我被逮捕了。

會面的地點，又是京極堂的客廳。

那天我難得地被乖僻的朋友找去。我接到聯絡時，一如往常，正閒得發慌，也沒仔細問他找我做什麼，就匆匆忙忙地出了門，爬上了暈眩坡。

幾天以前，我也拜訪過京極堂。

當時我強迫朋友帶我一起去處理他的工作，千里迢迢地去了千葉。因為我想見見震撼了春季帝都的連續潰眼魔事件中的當事人女子。我並沒有特別的目的，說起來只是去湊熱鬧而已。

可是看樣子，當時的愚昧之舉，似乎成了這次凶事的遠因。

老實說，我覺得自己真是做了蠢事。但是當時完全沒料到事情竟會演變成現在這種狀況——不過事情也從來沒有一次是照著我的預料進行——所以相當輕鬆愜意。即使聽到犧牲者眾多的連續潰眼魔事件那慘烈的結局，我仍舊悠然自得。

那個時候——這些全都不關己事。

京極堂夫人在玄關口，一看到我就笑吟吟地寒暄說：「關口先生，今天究竟是什麼聚會呢？」我說我只是被喚來而已，夫人便傷腦筋地笑，說道：「那麼關口先生，當心別被強迫唱歌。」

我在夫人帶領下，經過走廊，聽見了熟悉的聲音。

而且那個聲音……

似乎正在唱歌。

夫人再次默默地笑，說：「是不是開起歌唱教室來了呢？」

在唱歌的是鳥口守彥。鳥口是個青年編輯，我偶爾會提供稿子給他任職的糟粕雜誌，同時他也玩攝影。鳥口平易近人，開朗的個性和超群的體力是他引以為傲之處，出於職業關係，總是在事件發生處出沒，然後吃上苦頭。

鳥口在唱的是鐵路歌曲。

我打開紙門，鳥口幾乎同時間唱完了。

「就算慢慢唱，頂多也只有二十秒。」京極堂說。看樣子他正瞪著懷表。

那張臉臭得彷彿整個亞洲都沉沒了似的。

「……那就是七分鐘嗎？不，這段落很長，會再唱快一點嗎？」

「依我唱的感覺，比較容易唱的是上上一段。呃，十六秒。大概就是這個速度。」

「那就是六分二十秒，大概就這樣吧。」

「喂，你們在幹麼？」

完全無視於我。我一出聲，朋友總算抬起頭來。

「怎麼，你來啦？」

「不是你叫我來的嗎？自己把人家叫來，說那什麼話？」我一邊抗議，一邊走進客廳。

鳥口把這裡當成自己家似的，毫不拘束地拿坐墊請我坐，像平常一樣開玩笑說：「咦？老師，上次見面之後，聽說您和師傅一起去了千葉，是嗎？哎呀，您真是好事到了極點，教人敬佩的俗物呀。」

這麼說來，當時鳥口也在這裡。

「鳥口，你才沒資格說我。話說回來，你們兩個在幹麼？打算當歌手，是嗎？還是企圖唱難聽的歌來整我？」

「關口，你別在那裡胡說八道了，快點坐下來吧。看到你彎腰駝背地晃來晃去，教人心都定不下來了。曖，其實這件事本來拜託你也行，不過打聽之下，原來你是傳說中知名的大音痴，不僅是音痴，連半點節奏感都沒有，所以我才拜託鳥口。」

「把人貶得這麼難聽。反正八成又是榎木津說我壞話吧？我明明說不要，是他自己硬把我抓去彈樂器，然後又罵我笨、說我無能，實在是太過分了。」

榎木津是我一個在當偵探的朋友，也是邀我加入樂團的始作俑者。

我這麼說，京極堂便說：「我是從和寅那裡聽說的，他才不會說謊。」

和寅的工作類似榎木津的偵探助手。和寅雖然不會像榎木津那樣鬼扯蛋，可是他也被榎木津抓去演奏，和我一樣被批得一無是處，誰知道他為了洩憤，會胡說些什麼話來。

「我有沒有音樂才能，在這裡並不重要。我問你們兩個現在在這裡幹些什麼？」

「看就知道了吧？懷表能拿來量溫度嗎？我是在測時間。」

「測什麼時間？」

「你很煩哪，歌曲的時間。不關你的事。」

「當然關我的事。是你叫我來，我才……」

「早知道就不叫你了。仔細想想，就算找你來，也派不上半點用場。是我不對，不該想到你愛湊熱鬧，好心叫你來。算我拜託你，求你閉嘴乖乖一邊去吧。」

京極堂看也不看我地這麼說完，囑咐似地說：「還有，今天暫時沒茶也沒點心。」

我思考該如何反擊，鳥口看不下去，總算從實招來：「其實啊，老師，我從以前——說是以前，也是從箱根回來以後，所以也才一個多月而已——總之，我一直在找一個靈媒師。」

「靈媒？鳥口，你又扯上那種怪東西啦？你也真是學不乖。你忘了去年的事件讓你吃了多大的苦頭嗎？可是靈媒跟鐵道歌曲的時間又有什麼關係？」

「你這人真是急性子。」京極堂說。「一如以往，好像有個營利團體信奉那個靈媒師，根據鳥口的話，那個團體的所做所為似乎涉及不法。」

「犯罪靈媒？你也真是好管閒事。」

「喂喂喂，鳥口可不是自己喜歡才幹的。他是因為奉上司命令，連在箱根受的傷都還沒痊癒，就四處奔波取材了。對吧？」

「是啊。唔，世人的注意力現在都集中在潰眼魔、絞殺魔身上，我們《實錄犯罪》既然沒有機動力也沒有錢，為求起死回生，決定投入競爭較少的題材……」

「所以說……」

「噯，你就先閉嘴聽著吧。這些鐵路歌曲，或許會成為揭露他們罪行的契機——就是這麼回事。這些事原本與我無關，但受害人裡面似乎有我認識的人。既然知道了，也不能見死不救……」

這已經是家常便飯了，所以也不是什麼值得大驚小怪的事。京極堂雖然總是嘴上拒絕、抱怨，但是一旦得知，還是沒辦法置之不理，最後總是出面解決。他也應該早早認命才是。

但是京極堂說到這裡，眼神一沉。

「可是……本人沒有自覺，也沒有確證，就這麼揭穿這件事，真的好嗎……？」

朋友難得含糊其詞，撫摸下巴。

看到他的模樣，鳥口難得積極地發言：「不，師傅，您這話就不對了。的確，那個人不知道是比較幸福。可是再這樣下去，那個人等於是被孩子的仇人不斷地剝削。而且本來要是沒有和那種騙子靈媒扯上關係，就不會發生不幸，再說，那也不是那個人自己主動找上靈媒的。又沒有拜託，對方卻擅自找上門來，才會演變成這種結果，所以我們不能坐視不管。我的調查不會錯的，不是全都和師傅推測的一樣嗎？這絕對不是偶然啊！」

麻美子揚眉毛露出詫異的表情。這也難怪。

「下澤家怎麼……」

「回到正題。妳說回家後，正好行商賣藥的尾國先生來到公寓……」

「是的，當時尾國先生正好來了，我們在入口碰見。」

「這樣啊。根據下澤家的說法，尾國先生約自那時一個月前起，頻繁地拜訪府上。」

「嗯。孩子出生前，我們夫婦都有工作，白天大多不在，去年年初孩子出生——是在婆家生的，所以我在婆家住了一個月左右，二月中旬回到公寓。後來我暫時辭掉工作，一直待在家裡……。是啊，大概是將近三月吧，尾國先生第一次來拜訪。」

「一開始是來推銷家庭藥品嗎？」

「嗯，孩子出生後，開銷增加，我也長期停止工作，收入等於少了一半，家計變得窘迫，所以我說不需要家庭藥品。但是尾國先生說，既然孩子出生，就更需要考慮買藥，因為不曉得會碰上什麼萬一，身邊準備各種常備藥也比較方便。儘管如此，我還是拒絕了。結果尾國先生要我和外子商量看看，並說他只收取用掉的藥品費用，如果沒有用到就免費，叫我先把藥收著……」

「然後他放下藥箱走了。」

「嗯。他問星期日外子在不在，我說在，他就說星期日會再過來。後來他真的來了，聊著聊著，結果他和外子意氣投合……」

「妳知道他們為什麼意氣投合嗎？」

「這個嘛……哦，這麼說來，外子學生時代住在九州，尾國先生說他是外子住過的城鎮出生的。」

「沒錯，尾國誠一先生是佐賀人。」

「您……您認識尾國先生？」

「是的，只要略做調查……就知道了。」

「調查？調查什麼？」

麻美子的問題被忽略了。

「妳現在與他有來往嗎？」

「是的。」

「妳已經離異的丈夫呢？現在和尾國先生有聯絡嗎？尾國先生和妳先生也相當熟稔吧？」

「這我就不曉得了，我沒有問過。」

「當時，尾國先生多久一次拜訪府上？」

「咦？」

麻美子歪起眉毛，她從來沒有仔細想過吧。

「我想想……，我記得尾國先生在我從前住的公寓四五家遠的地方租房子住。所以……嗯，應該是兩天一次的頻率。他說只有一個女人在家很危險，常常帶些水果啊、或是進駐軍的糖果等禮物過來……。對，尾國先生喜歡小孩，他每次過來，都會很高興地哄嬰兒。」

「那麼……他一個月會拜訪個十五次左右。」

「大概……或許更多。」

「他來的時間一定嗎？」

「不一定，沒有固定的時間。」

「妳曾經覺得尾國先生的拜訪讓妳困擾嗎？」

「困擾……嗎？尾國先生人很好，我們現在也還有來往，我並不會這麼感覺……。啊，可是碰上給小孩洗澡，或是授乳時，的確有些傷腦筋。」

「原來如此……。話說回來，妳這個人很守時，對吧？生活十分規律。我從老師那裡這麼聽說。」

京極堂眼神凌厲地盯著麻美子看。

「咦？呃，我沒有特別注意，不過我大部分都會在固定的時間做同樣的事。當編輯時，有時候沒辦法那麼規律，不過沒有工作的時候，起床和就寢的時間大都固定。」

「原來如此。」京極堂用力點頭。「授乳和沐浴的時間也固定嗎？」

「咦？嗯，是的。啊，所以我記得我對尾國先生說過，這個時間我要餵奶，請他下次換個時間來。要是碰上我在餵奶，難得他來，我也沒辦法泡茶招待。我大概每隔三小時就會餵一次奶，所以我請他錯開那些時段。然後……對，我也告訴過他，請他避開沐浴的時間。」

「沐浴是幾點？」

「大部分都是黃昏五點……左右吧。」

「每天五點嗎？」

「呃，我不知道其他家庭如何，不過外子每天都是晚上八點回來，所以我們晚餐吃得比較晚，因此我習慣在準備晚餐前先沐浴……。不過這怎麼了嗎？」

「沒什麼。那麼，尾國先生後來就沒有在妳希望避開的時間來訪了嗎？」

「是的，他沒有在那些時間來訪了。他非常規矩。」

「哦？」京極堂露出一種壞心眼的表情。「可是……妳見到磐田純陽那天又怎麼說？如果妳是在四點半看到磐田的，回到公寓時，不是差不多五點嗎？尾國先生不是就在那個時間來訪嗎？」

「啊，嗯……也是，可是那是……碰巧的。因為尾國先生來了，所以我也沒沐浴。」

「那天妳是幾點沐浴的？」

麻美子陷入沉思。我完全不明白京極堂到底想要問出什麼。麻美子也是，明明隨便回答就好了，但是因為不明白京極堂的意圖，她才慎重其事地回想吧。

「大概……是過七點的時候。沐浴完以後，我急忙準備晚餐……，我記得好像沒能趕上外子回家的時間。外子就像剛才說的，習慣八點回來……」麻美子以含糊的口吻斷斷續續地說。

她不是想不起來，而是不願意回想吧。她的孩子夭折了，而且是因為沐浴中的疏失……

前些日子我詢問時，麻美子的表情十分悲愴，那必定是一段痛苦的回憶。

我是個男人，而且沒有孩子，所以也不能自以為了解地說什麼，不過我想嬰兒與母親的關係，其親密程度是我完全無法想像的吧。如果她因為自己的疏忽使得孩子夭折……，再繼續追問這件事，似乎太殘酷了。

「我明白了。」京極堂說。「那段時間……妳對尾國先生說了妳目擊到咻嘶臯的事，對吧？」

「是的。」

「二十年前的事妳也告訴他了？」

「咦？」麻美子露骨地表現出困惑的模樣。「這……不，我把我在淺草橋的巷子裡看到的事，詳細地告訴了尾國先生。因為那時我覺得很詭異……，呃，印象十分強烈……」

「換言之……」京極堂稍微放大了音量。「換言之，比起那個情景，與二十年前完全相同的這個不可思議的事實，當時磐田先生那異樣的外貌更令妳印象深刻……，是嗎？」

麻美子揚起眉毛，雙眼圓睜。

「咦？嗯，或許我有些興奮……，不，還是我後來才想起來的……？對，我**一邊說著，一邊回想起來了**。我現在想起來了。我在告訴尾國先生的時候，忽地想起二十年前的事，然後也想起了家父過世的事。所以……」

「所以？」

「所以我說出了這件事，尾國先生便說，他聽說只要看到咻嘶臯，就會發生不好的事，身邊的親人會過世，於是我不安起來……。可是，那是因為我記得祖父的話……，因為要是我沒說，尾國先生也不會提到咻嘶臯啊。」

她說的沒錯。磐田的外表雖然與畫上的咻嘶臯不無相似，但是**沒有任何提示**，應該不可能從他的外貌聯想到咻嘶臯。就算知道咻嘶臯這種東西，平常也不會這麼聯想。因為先有麻美子祖父的話，麻美子才會把磐田和咻嘶臯連結在一起。

京極堂以一貫的語調說道：「妳和尾國先生針對這件事——妳看到磐田先生的事，以及二十年前的事——或者說咻嘶臯的事，聊了多久呢？」

「呃……大概三十分鐘吧……」

「下澤夫婦不是那種會偷聽鄰居生活起居的人，不過那天……是什麼情況？」

「是芋頭。」鳥口補充。

「對了，他們想送芋頭給妳，所以才會注意妳家的動靜。他們覺得萬一和尾國先生碰上，他可能會推銷藥品，所以對他敬而遠之。對吧，鳥口？」

「是啊。可是尾國先生待得實在太久，都到了晚餐時間了。下澤家都在六點過後用晚餐，就在夫婦倆吃著芋頭的時候，突然聽見槍聲……」

「槍聲？」

「好像聽錯了。他們急忙跑出外面一看，卻什麼也沒有，想想也不可能是尾國先生射殺妳——這是理所當然的——正當他們納悶時，尾國先生笑咪咪地走了出來，妳也抱著嬰兒出來送他……。妳出來送他了吧？」

「是的……，哦，這麼說來，那時我收到了芋頭……」

「對，下澤夫婦說就是那時把芋頭給妳的。話說回來，加藤女士，隔天……尾國先生也來了，對吧？」

「咦？嗯，您怎麼知道？這也是下澤夫婦說的嗎？」

「不是的。下澤夫婦隔天好像不在家，所以這只是猜想。唔，因為是猜想，所以或許不正確……。尾國先生再次來訪，說要介紹一個人給妳，對吧？」

「呃……」麻美子垂下頭去。

「加藤女士，可以請妳告訴我們嗎？尾國先生是不是向妳介紹了……靈媒華仙姑處女？」

「靈媒……」我忍不住脫口而出。「喂，京極堂，喜多——不，加藤女士說她討厭宗教，還說她連盂蘭盆節和念經都討厭……，不是嗎？」

我這麼問，麻美子卻沒有反應。她全身僵硬。

「靈媒和宗教不同。我剛才不是拜託你閉嘴不要講話嗎？不要讓我後悔把你叫到這裡來好嗎？重點是，怎麼樣？加藤女士，那個時候，尾國先生向妳介紹了華仙姑，對吧？」

「您……您怎麼會……」

「對吧？」

麻美子微微地點頭。

「哦，靈媒啊……」宮村原本默默地聆聽，此時驚訝地出聲。「這一點都不像妳的作風。就像關口先生說的，妳不是討厭那類東西嗎？」

「老師，娘娘她不是什麼宗教，她並沒有叫我信仰什麼……」

「娘娘？」

「呃……」

「加藤女士。」京極堂斬釘截鐵、毅然決然地說道。「妳現在……也相信著那個華仙姑，對吧？而且妳還支付巨款，請教她許多事，對不對？」

麻美子默默地垂下頭去，然後小聲地應道：「是的。」

「呃、這……真的嗎？這……我太驚訝了。」

宮村似乎也不知情。麻美子望向宮村，然後掃視眾人。接著她靜靜地，但堅定地加以說明：「我並沒有特意隱瞞。因為這也不是什麼值得向人張揚的事，而且娘娘特別厭惡這種事——厭惡被人談論。華仙姑娘娘……和一些騙人的宗教，或是家祖父加入的那種可疑的自我啟發講習會根本上完全不同。娘娘會賜予洞燭機先的金言，是個慈悲為懷的善人……」

「妳相信她，是嗎？」

「當然了，因為發生了令我不得不信的事。娘娘是真的、是真的。那個時候，如果我照著尾國先生的建議去做，小女就不會死了。要是我好好地聽從娘娘的金言……，所以……所以……」

她很激動。

「**所以**妳和妳先生離婚，並辭掉工作，這些全都是華仙姑的意思吧？」京極堂靜靜地、但清晰地說。

「麻美子女士，這是真的嗎……？」宮村擔心地望向她。

麻美子默默地點頭。

「加藤女士，後來妳一直依照華仙姑的神諭生活吧？指引康莊大道修身會也是因為華仙姑說**不好**，妳才認定那是一個詐欺集團……，對嗎？」

「是的……」麻美子說。「我不知道中禪寺先生怎麼會知道……，不過就像您說的，看到咻嘶卑的隔天，尾國先生又來了。然後他這麼告訴我：『妳看到的果然是個不祥的人，要是不小心點，不久後**令嬡將在劫難逃……**』」

麻美子的聲音微微顫抖著，她一定情緒非常不穩吧，連旁人都看得出她悸動得很厲害。

「……我問他這是什麼意思，他說是認識的靈媒占卜出來的。然後他說：『咻嘶卑是水的妖怪，令嬡有**水難之相**。』」

「水難？」

「嗯，可是又沒有洪水，附近也沒有河川，我心想連爬都還不會的嬰兒會有什麼水難？可是因為發生過家父的事，我有點不安，便問尾國先生怎麼樣才能夠消災解厄。於是尾國先生告訴我，只能求那位靈媒祈禱祓除。還說那位靈媒不是做生意的，很難拜託，但是只要尾國先生開口，她一定會伸出援手。不過聽說咻嘶卑是個頑強的魔物，必須支付謝禮——得付個一萬圓才行。」

「好貴。」宮村說。「相當於公務員一個月的薪水。」

「但是人命是買不到的。要是一萬圓能買到一條命，實在太便宜了。但是那時我並不這麼想。首先，家裡根本沒那個錢……。可是就算借錢，我也應該請娘娘祓除的。因為那孩子……那孩子真的死了……，那孩子……」

麻美子低著頭，就這麼面朝底下，淚水簌簌滴落。她邊哭邊說：「尾國先生熱心地勸說我，他說時間緊急，不幸或許今天明天就會降臨……。可是……可是我完全不當一回事。虧他那樣忠告我……，我卻糟蹋了他的好意……。結果就在隔天，那孩子……」

麻美子雙手掩面，哭了起來。

我別開視線，無法直視她的模樣。京極堂用一種並非憐憫也非安慰的平靜視線望著麻美子，以低沉、從容的聲音勸導似地——說出殘酷的話來。「我了解妳的心情。聽說是因為妳的疏忽，令嬡才會過世……」

麻美子哭著微微點頭。

「聽說……是沐浴時發生的意外。」

「我……不清楚……到底是怎麼了，那等於……是我殺的。我……就像平常一樣……給那孩子洗澡……，手卻……」

「手卻……？」

「手卻抽了筋……，我大聲叫人……」

——手……抽筋。

我在腦中想像，胸口一陣抽痛。

要是，要是捧著孩子放進溫水中，才剛放進水裡，自己的雙手卻突然僵住的話……

就算看見嬰兒痛苦地掙扎，也無計可施。

不僅如此，應該守護孩子的雙手……

自己的雙手將摯愛的小生命……

嬰兒在身為母親的她的雙手中……

——太恐怖了。

「聽說下澤家的太太趕過去時，妳正把孩子浸在水裡，尖叫個不停。下澤太太抱起孩子，馬上送到醫院……，但已經回天乏術了。真的很遺憾。」

麻美子之前說孩子在浴盆裡溺死，原來是這麼回事。

「由於不是自然死亡，警察上門了。事實上孩了等於是我殺的……，可是我沒有動機，最後以類似癲癇發作為理由，當成過失致死……結案了……」

太悲慘了，親手將自己的孩子……，太可怕了。

「不是弄掉了孩子，也不是手滑了。我就像這樣，把孩子按在水裡……，為什麼會那樣，我自己也完全不懂。除了作祟以外，我真的想不出其他可能了。」

哭聲。宮村和鳥口也低下頭去。

——水難。

預言說中了。

所以……後來麻美子才會去皈依那個奇怪名字的靈媒吧。這不是第三者為了實現預言而殺害麻美子的孩子，就算偽裝成意外，也做不到這種事。

不是其他人害的，完全是自己下的手，所以毫無懷疑的餘地。不幸的預言完全說中了。

而且我覺得從狀況的異常性來看，麻美子會覺得那場不幸是作祟或詛咒也是情非得已。以常識來看雖然難以想像，但還是只能夠認為是被咻嘶卑——磐田純陽的魔性給煞到了吧。而且麻美子多年前還死了父親，這不是能用一句偶然帶過的。

看到的人，會禍及親族——磐田擁有這樣的魔力嗎？

無論事實如何，至少對麻美子來說，那就是事實。那麼有個靈媒願意站在她這邊的話，一定讓她感到極為可靠。因為能夠挺身對抗作祟和詛咒的，也只有那種人了。

好一陣子，客廳裡只有啜泣聲迴響。

「我……拜託尾國先生，讓我會見華仙姑娘娘。娘娘溫柔地安慰我，但是她告訴我，我可能會和外子離異……，還說要是那樣的話，順其自然地離婚比較好……。後來我和外子理所當然地無法融洽相處，娘娘也預言到這件事了。原本一蹶不振的我能夠重回工作崗位，獲得不錯的成果，也全都是托娘娘的福。決定連載老師的專欄，也是……」

「可是妳下定決心離職，也是華仙姑的意思吧？」

「呃……嗯。但是辭職以後……我也覺得還是辭職了好。」

「為什麼？」

「因為這是娘娘的意思……，要是我繼續待在那家出版社，一定會碰上災禍。」
——這樣就好了嗎？
聽到這裡，我突然不安起來。
我……不管怎麼樣，都不會相信靈媒的預言。若是理性地思考，我認為這次的事應該也只是巧合罷了。但是很多時候，人站在人生的歧路上，會徬徨不知該如何選擇，這種時候，我想很多人都會想要依占卜的結果判斷吧。我也會這樣，所以這並沒有問題。但是，如果歧路本身就是占卜師製造出來的，這能夠允許嗎？例如說，如果已經有了麻美子正在猶豫該不該辭掉工作這樣的既成事實，然後占卜師給予建議，這是無妨。畢竟給予建議後，下判斷的終究是麻美子自己。但是如果不是這樣，占卜師只是突然就傳達神諭，叫她應該辭職的話……
如果是這樣的話，表示那時麻美子已經失去判斷能力了。
與她的意志和置身的狀況無關，只憑占卜師的意志來決定一切。我覺得這是不對的。
——但是……
磐田的存在該如何解釋？
在不得不相信真的看到就會惹禍上身的怪物的狀況下，要人不去相信靈媒的預言才是強人所難。所以這也不能完全歸咎於麻美子。
抬頭一看，只有京極堂一個人處之泰然。
——這個人……為什麼老是……
「喂……京極堂，你……」
「關口，這個世界上……沒有任何不可思議的事。」京極堂說道。
接著他以悲傷的眼神望向麻美子，暫時垂下頭，下了什麼決心似地再次抬起頭來，直直地看著麻美子的臉。
「加藤女士，妳聽我說，華仙姑這個人是個惡毒的詐欺師。只二郎先生加入的修身會雖然也不是什麼值得稱道的機構，但至少他們不會為了招攬信徒和會員，**不惜殺人**。」

「殺……人……？」

「沒錯。」京極堂向鳥口使了個眼色。「加藤女士，還有宮村老師也請聽好。我直截了當地說出結論。其實，記憶受到操縱的人是妳——加藤女士。」

「什麼？這……」

「不可能的，我……」

「二十年前，妳並沒有看到過什麼咻嘶卑，令祖父的——只二郎先生的記憶是正確的。妳第一次看到咻嘶卑——磐田純陽，是去年四月。妳對他異樣的外貌印象深刻，仔仔細細地告訴了前來偵察的尾國誠一。**這就是錯誤的開始**。」

「偵察……？」

「他前來偵察，是為了確定妳是不是在五點整為嬰兒沐浴。然而妳不在家，他正想回去時，恰好妳回來了。然後妳告訴他那件事，於是……」

「於是？」

「妳被**他施下了後催眠**。」

「怎麼可能……？為什麼他……」

「他是華仙姑的手下。他到處物色對象，從他們身上斂財，欺騙他們，讓他們對華仙姑唯命是從。他是華仙姑的——使魔。」

「我無法相信，他……怎麼可能……」

「尾國再三造訪，是在尋找機會——當然是陷害妳的機會。聽好了，他在等待妳碰上什麼**印象特別深刻**的事。只要能夠讓妳認為那是不祥的前兆，不管是黑貓跑過還是木屐帶斷掉都可以。這和磐田純陽其實毫無關係。」

「可是……」

「真的什麼都可以。可是一直沒有發生那麼湊巧的事，尾國也不耐煩起來了吧。接著妳熱心地對他講述偶然遇見的怪異男子，他便抓緊機會，把他塑造成妖怪。磐田……是被冤枉的。」

「騙……騙人，我的記憶……」

「妳的記憶才是假的。不是只二郎先生的記憶被封印，而是妳的記憶被混淆罷了。妳應該是在去年的四月七日五點三十六分或七分，被他施術進入催眠狀態。以狀況來看，他應該是使用了驚愕法。透過幾次的訪問，他應該看穿了妳的體質**容易被催眠**。所以妳在一瞬間陷入了催眠狀態。然後他應該是這麼問妳的：『至今為止，妳碰過最悲傷的事是什麼？』那個時候，妳的深層意識這麼回答：『是父親過世……』」

「怎麼可能……？家父過世時，我的確很悲傷，可是……」

「沒錯，妳比較喜歡令祖父。令尊忙於工作，與妳相處時間應該不多，而且在妳小時候就過世了。妳與令尊之間的羈絆意外地薄弱，但是……」

「但……但是？」

「但是令尊的死，同時也奪走了妳最喜愛的祖父。令祖父不得不接替令尊的工作，再也沒辦法像過去那樣陪伴妳了。對年幼的妳來說，這應該是雙重的傷痛。於是……他這麼對妳暗示了。『妳的不幸……全都是今天看到的那個怪男人所造成的，令尊會死也是他害的，不可以看，那是咻嘶皐，看到咻嘶皐，會被作祟的……』」

「那是家祖父……」

「不，**那是尾國說的**。」京極堂斷定。「咻嘶皐是九州的妖怪，是尾國成長的地方的妖怪。如果只知道名字就算了，但是其他地方的人不可能知道看到它就會生病或死掉這種說法。尾國應該是情急之下想到這件事。因為看到就會不幸的咒物，並不是隨處都有。這應該不是從磐田的容貌聯想到的。」

「可是……」

「而且尾國也不能花太多時間，事發突然，他只能臨機應變。他可能自以為偽裝得很完美，但是這個妖怪並沒尾國所想的那麼普遍。不過這種情況，名字怎麼樣都無所謂，只要能夠讓妳認為看到它就會不幸就行

她的心情……

我十分了解。

宮村也啞口無言。

這樣就解決了……，這樣就好了，不是嗎？

眼前的證據不動如山。既然都有了這些證據，已經不需要再多說些什麼了，不是嗎？

然而京極堂卻毫不留情地繼續說下去。或許他的本意並非如此，這實在是他的職責所在。

「去年四月七日……他的確在淺草橋搖搖晃晃地走著。那一天，磐田遭到暴徒襲擊。以前的會員大叫著『騙子』，撲上來毆打他。雖然只有一小欄，但報紙登出了這件事。妳所看到的，應該是剛遭人毆打之後的磐田吧。」

那麼他會步履蹣跚……也是可以理解的。

「妳所看到的確實是磐田，而既然磐田現在的容貌與昭和八年大相逕庭，唯一的可能性就是……妳的記憶是假的。」

「所以說……那……」

那、那——麻美子不斷地尋思接下來的話。京極堂不為所動，等待她接下來的話。不久後，麻美子哽咽起來，看開了似地說：「那又怎麼樣呢？把我現在的記憶移植到過去又能怎麼樣……？沒有意義呀。」

「讓妳對華仙姑唯命是從——這就是尾國的目的。」

「這……我無法信服。」麻美子激動起來。「中禪寺先生從剛才就淨說些誹謗華仙姑娘娘的話。您說的沒錯，我聽說有許多占卜師手段惡毒，對於不相信靈媒的人來說，華仙姑娘娘和他們或許是一丘之貉，這沒關係。至少對我來說，華仙姑娘娘是個無比偉大的聖人……」

麻美子以近乎崩潰的激動模樣繼續說道：「而且我……我並不是因為有咻嘶皐的記憶才相信娘娘的，這跟咻嘶皐無關。所以……」

京極堂伸手制止混亂的麻美子。「妳聽我說。如果妳是個會因為害怕咻嘶皐而求助於靈媒的軟弱女子……不幸或許就不會發生了。尾國應該只是希望妳害怕起咻嘶卑，為了避免不幸而皈依華仙姑。但是妳就像妳剛才說的，有許多不這麼做的可能性。即使妳就像尾國所計畫的害怕起咻嘶卑，妳會不會信奉華仙姑，又是另一回事了。妳平素就強調妳討厭宗教，所以或許會對花錢消災感到抗拒。而事實上，尾國翌日的提議就讓妳面露難色。於是……」

此時，庭院傳來巨大的聲響。

我忍不住驚叫出聲，宮村好像也嚇了一跳。

轉過頭去一看，鳥口不知不覺間走下庭院了。

「嚇著了嗎？不必擔心，是摔炮。」

「什麼嚇著了嗎？你到底是在幹麼……咦？」

我單膝立跪，正準備抗議鳥口莫名其妙的舉動，卻不得不坐了回去。

麻美子伸直了雙手，正渾身顫抖。

「啊、啊、這……」

麻美子的手對聲音起了反應，整個伸直——似乎就這麼僵住了。之所以渾身顫動，應該是正拚命使力想要以意志力控制手臂吧。

京極堂露出極為悲傷的表情，靜靜地說：「摔炮的聲音一響，妳的雙手就無法彎曲。妳……現在依然處在後催眠當中。雖然覺得冒昧……，但我還是實驗了一下。非常抱歉。」

「咦？什、什麼意思……這……」

京極堂默默地看了麻美子一會。麻美子難過地伸直了雙手抽搐著，不久後全身鬆弛下來。她的額頭滲出細小的汗珠，肩膀上下起伏喘息著。

「看樣子，會持續一分鐘之久。加藤女士，真的很對不起。我並不想做這種暗算般的事，但是在這麼做之前，我沒有任何確證。所以我才會連茶都沒有端出來。宮村老師……我也向你致歉。」

「就是……這麼回事啊……」宮村的表情泫然欲泣。

「錯不了的。尾國一定就像我剛才說的，對她施了後催眠。以咻嘶卑支配記憶，並以摔炮支配肉體。下澤夫婦聽到的假槍聲，其實是尾國在施術時所放的摔炮聲……」

——原來如此。

那個時候……在咖啡廳裡也發生了相同的事。小孩子在店外放鞭炮，麻美子敏感地起了反應。

「尾國對加藤女士下了兩個機關後，暫時離去，隔天再次造訪，轉達華仙姑的預言。如果這個階段，加藤女士不願意拿錢出來的話……，他會在隔天**五點整再次來訪**……點燃鞭炮……」

「這……太荒唐了……」

麻美子搖了兩三次頭。

「下澤家的人記得。他們說，隔壁的嬰兒出事時，聽見了砰砰的聲響。」

「那……」麻美子大叫。「那麼那孩子……」

接著她深深地吸了一口氣。「**那孩子豈不等於是被殺死的？**」

好寂靜的慘叫。

「沒錯。妳的孩子等於是被尾國、被華仙姑給殺害的。」

我說不出話來。這樣的結果，我想都沒有想過。

「喂……京極堂，這……這豈不是殺人事件嗎？」

「對，雖然非常難以成案……，但這確實是殺人事件。而竟然說這是預言……簡直太荒謬了，這肯定會說中的啊。這是惡毒的通靈詐欺……，不，連嬰兒都下得了手殺害，根本是滅絕人性的殺人兇手。那種人……不應該放過，至少加藤女士，妳應該與華仙姑斷絕關係才是。妳把殺害令嬡的仇人當成恩人景仰，妳的人生也被玩弄了。妳到目前為止，貢獻了多少錢出去？」

麻美子雙手掩面，放聲大哭。

京極堂皺著眉頭，看了她好一會。

我也有一種咬到苦澀東西般的感覺。

宮村也用一種難過至極的表情望著麻美子，然後低聲說：「你是怎麼……發現的？」

「是鐵路歌曲。」京極堂說。

麻美子抬起淚濕的臉。

宮村接著問：「鐵路歌曲……？我不懂。這是什麼意思？」

「鳥口昨天去了下澤家，打聽到許多消息。這名青年糾纏不休地探問，要求他們無論任何一點小事都要回想出來，所以問出了許多事。那時，下澤家的人想起了一件有趣的事。他們說那個時候好像聽見了鐵路歌曲，於是鳥口調查了一下……」

「去年是鐵路開通八十周年。」鳥口坐在簷廊，接著京極堂的話說。「不管什麼生意都有人做，有個傷殘軍人能唱所有的鐵路歌曲。他站在十字路口，從第一首開始唱，於是行人會慢慢地聚集過來，他就不斷地唱下去，像這樣……」

鳥口擺出立正的姿勢。

「……像要行最敬禮似地站得直挺挺的，朗朗而唱。鐵路歌曲很長，聽的人也會好奇這個人究竟記得多少？於是漸漸地形成人牆。腳邊的破鍋裡零錢也愈積愈多……。我聽到下澤太太的話，想說那個人是不是還在，就找了一下。」

「有嗎？」

「沒有，沒那麼容易就找到，但是附近的人還記得。」鳥口說。「去年四月左右，日期說是記不得了——不過普通人是不會記得的。但是，那個人那天似乎正好在五點三十分開始唱起來。」

「鳥口先生，」宮村制止說。「那個人不是連日期都不記得了嗎？那麼怎麼會記得那麼準確的時間呢？」

「是的，您的問題理所當然。其實，指出時間的人是鐘表店的老闆，而且當時他正在聽廣播，所以時間記得一清二楚。我向附近的人打聽後，發現似乎就是那一天，地點就在河合莊的斜對面，肯定是聽得明明白白。」

鳥口說道，脫下鞋子，在簷廊跪坐下來。

京極堂補充說：「五點半開始唱的話，唱到第二十四首左右，恰好是五點三十六、七分。麻美子女士就是那時被施術的吧。要施以深度催眠，喚出古老的回憶，並對潛意識下暗示，同時施以後催眠，控制運動機能，這得花個三、四十分鐘吧。然後……」

「然後……？」

「後催眠的話，必須暗示受術者，讓受術者在清醒後忘掉催眠中聽見的事。因為要是記得的話，就暗示不成了。所以會這樣下暗示。『你醒來以後，會忘掉現在聽到的一切……』」

「忘掉……一切……」

——原來如此。

「哦，所以實際上將近兩小時的會面，在麻美子女士的記憶中，才會縮短成只有三十分鐘長。就像小跳步般跳過了時間嗎？」

「是啊，這個說法真有宮村老師的風格。」京極堂說。

宮村一臉百感交集的表情，拍了一下膝蓋說：「那麼麻美子女士醒來時，傷殘軍人正好唱完東海道，經過山陽九州，唱到東北一半左右……」

「沒錯。她忘掉了這段時間聽到的一切……，應該說是想不起來……，不，只是這些記憶無法浮上意識表層，其實她一直都記得的。一般情況，施術者所說的話，會與音樂等背景的雜音區分開來，不過加藤女士的情況，由於鐵路歌曲與關鍵人物的祖父有著深刻的關聯，所以被混淆在一起了吧。然後……這段期間所聽到的鐵路歌曲，與催眠中尾國所說的話一起被封印起來了。」

京極堂說道，站了起來，朝著屋裡叫夫人送茶。

宮村環抱雙臂沉思了一會後，以溫柔的眼神望著麻美子說：「京極堂先生，能不能把那可恨的催眠術……」

接著他望向京極堂。

「如果加藤女士希望……，我也可以試著解除後催眠……，不，我畢竟是個門外漢，沒把握能成功。改天我再介紹專家給妳吧，沒辦法現在就在這裡……」

麻美子用雙手拭淚，按了一下眼皮後，睜開眼睛。「中禪寺先生……我……」

「嗯。」京極堂說。「我剛才也說過了，現階段，這件事想要做為刑事案件成立，非常困難……，不，應該是不可能成立。沒有任何證據，說是詛咒還比較容易被接受。所以雖然我非常了解妳的心情，但請妳千萬不要魯莽行事。再怎麼說，對手都太難應付了。」

「這……我了解。無論是誰的意志，殺害了小女的都是我。我親手殺了自己的女兒，我的罪孽是不會消失的。但是，我不能讓更多人遇到和我一樣的遭遇……」

鳥口接下去說：「就是啊，不能就這樣坐視不管。被害人應該不只加藤女士一個人而已。任意踐踏別人的心，玩弄別人珍惜的事物，甚至殺人，我不能就這樣坐視不管。我絕對要摧毀他們。」

鳥口難得正經地這麼作結。

京極堂看了鳥口一眼，撩起頭髮。

「加藤女士，這位鳥口人雖然輕浮，但值得信賴。而且他似乎突然立志要貫徹社會正義，說今後也要牢牢盯住華仙姑。如果華仙姑露出馬腳，而鳥口捉住了……，屆時希望妳務必協助他。這也是為了令嬡。」

「當然。」麻美子說。

「但是加藤女士，還有宮村老師也請聽我說，有幾件事令我相當在意。加藤女士為何會被盯上？如果其中有什麼特別的理由……我想知道是什麼。還有，華仙姑為什麼要妳勸令祖父退出修身會？另外，修身會為何糾纏不休地要妳加入？這些會不會有什麼共同原因？我完全看不出華仙姑與修身會之間的關聯……，但是我深深感覺，這兩者的根源是相同的。」

——根源相同。

例如說，像河童與咻嘶卑那樣嗎？

指引康莊大道修身會與磐田純陽。

還有靈媒——華仙姑處女和尾國誠一。

純陽和華仙姑不也像妖怪一樣嗎？那麼他們會不會只是髮尾而已呢？他們有好幾個根，並共享大部分的根。

我甚至懷疑起來，純陽會被比喻成咻噺皐，或許並不是偶然。

然後……我心想，浮面的不只有妖怪而已，所有的現象都只不過是浮面。被隱蔽的部分呈加速度消失，所以我們現在完全無法察覺世界究竟是什麼了，不是嗎？

我失去了安定。

麻美子大哭一場後，已經止住哭泣了。

麻美子這個人或許與她的外表相反，非常堅強。正因為堅強，看在我這種人眼裡，反而顯得命薄嗎？

「噯，京極堂先生，這結果真是意想不到。不必擔心，別看麻美子女士這樣，她十分堅強的。聽說令妹任職的出版社——稀譚舍錄用她，成了新雜誌的編輯，而且好像要在那裡開設短歌的專欄。」

宮村鼓勵地說，麻美子依然蹙著眉頭，說道：「到時候還請您多多關照，喜多島老師……」

我就這樣……好一會……都說不出話來。

喜多島薰童——宮村香奈男看著我，親切地笑了。

然後……我回想起來，笑了。

無論何時，我總是什麼都不明白……

＊

沒錯……我什麼都不明白。

——現在也是。

依然不明白。到哪裡是現實，從哪裡開始是妄想，境界極度曖昧，無論我怎麼努力回想，就是會被曖曨而妖異的混沌給吞沒。

是你幹的是你幹的是你幹的。

就是你幹的……

——我到底做了什麼？

樹下的我吊起裸女，逃走了。

我看到的只有這樣。我去追我，但我逃得太快，遲鈍的我沒辦法追上。

我追丟了我。

所以就算問我，我也答不出來。

你不是說是你**幹的**嗎？

我幹的……，我幹了什麼？

——殺人？

是涉嫌殺人嗎？

——殺人。兇手。我……

我身負殺人嫌疑。

昏黑發出隆隆巨響，在我周圍打轉。

我身處視野遭到斷絕的黑暗中，卻仍然閉上眼睛。

殺、人、兇、手。我、殺、了、人。

——誰死了？

沒錯，死了好多人。屍體、屍體、屍體，我的周圍滿是屍體。這個封閉的房間裡，被累累屍山給填滿了。對不起對不起原諒我母親母親我只是想看裡面想看盒子裡面那裡不可以看那裡那個盒子裡絕對不可以看啊啊出不來了這裡是哪裡這裡面是漆黑的黑暗的牢檻中這裡——離不開這裡。

簡直就像夢一樣。不，這是夢。

4

わいら

哇伊拉——

——不詳

1

那名女子的臉左右對稱，皮膚具有半透明的質感，一雙眼睛如同玻璃珠般清澈，卻也如同玻璃珠般空洞。面對女子的人，無不被她那雙眼睛吸引，不久後被一股難以言喻的感情所驅策，情不自禁地垂下頭去。因為那雙瞳眸格外令人印象深刻，強烈吸引看到的人，卻也同時強烈拒絕看到的人。

女子刻意保持面無表情。她冷漠得甚至給人一種不祥的預感，讓人覺得即使就這樣朝她的胸口捅上一刀，她一定也不會顯露出一絲痛苦的神情，就這樣死去。

視線從女子身上移開。

熟悉的房間。

看膩的景色。

其中的異物──女子。

──對。

她長得就像我小時候一直想要的賽璐珞洋娃娃──中禪寺敦子心想。

穿著輕飄飄的洋裝、有著一頭金色鬈髮的洋娃娃。

敦子曾經渴望得到。

但是……敦子當時離開父母親身邊，寄養在熟人家裡，就算撕破嘴巴也不敢要求那種奢侈品。

──我從那麼小的時候……

從那麼小的時候……就是**這樣**了。

敦子望向女子。於是女子愈看愈像那個洋娃娃。和洋娃娃不同的，只有那頭光澤亮麗、剛洗好的漆黑直髮而已。賽璐珞女子穿著敦子的睡衣，睡在敦子的床上，望著窗外。不，或許她在凝視夜晚的室外。

敦子再次望向女子的瞳孔。

玻璃珠中的虛空。

敦子停止注視。

「這個房間……」

「咦？」

「……這個房間很好。」女子說。

「是嗎……？」

這個房間毫無裝飾，枯燥乏味。

「非常棒。」女子說。敦子笑了。

「乍看之下像是文化住宅（註），不過很舊了。外觀看起來時髦，是因為這裡原本是畫家的畫室。那位畫家戰後不久就橫死了……，啊，對不起，這個話題讓人不太舒服。」

女子說不要緊。她還是一樣面無表情，但說話口吻非常柔和。

「呃……聽說一直沒人要租，大家都覺得很可怕，不過我對這種事不太在意，所以……」

「我也不介意。」女子說道。

「是嗎？所以雖然這是獨棟住宅，租金卻很便宜……」

敦子重新環顧自己的房間。

只是一間寬廣的木板地房間。床、書桌、小餐桌、小流理台，書架、餐具櫃，敦子在這個房間生活起居。原本寢室在另一間房間，但她沒有使用。她把遷入時前任屋主所留下來的家具——畫布和石膏像等等——全都收進裡面，後來就再也沒有動過。

前任屋主是怎麼死的，敦子並沒有聽說詳情，不過寢室的牆壁上染滿了無數分不清是顏料還是血跡的斑點，就算是敦子，也不想睡在那裡。

註：指大正中期以後流行，納入西洋生活形態的住宅形式。

她在三年前找到工作時租下了這裡。

決定的理由是，這裡雖然小，但附有浴室。她預料到新工作會讓作息變得不正常。儘管想參與社會生活，但敦子不願意犧牲入浴的享受。

但是結果敦子還是跑去澡堂洗澡。因為一個人獨居，在家泡澡太不經濟了。而且購買燃料也非常麻煩。

她告訴女子這些事。

「很奇怪吧？微不足道的便利性，竟然勝過了恐懼。我就是……這樣的女人。」

「一點都不奇怪啊。」女子的聲音還是一樣溫柔。「話說回來……真的可以嗎？麻煩妳這麼多……，還借用了浴室……」

「哦……」敦子簡短地應聲。「請不要在意。我一個人的時候很隨便……，但是有客人的時候，至少……」

「我……不是什麼客人。」

「可是……妳救了我。」

「救了妳……」女子說到這裡，沉默了。

蛙鳴響起。

「這一帶……是什麼地方？」女子問道。

敦子回答：「是世田谷區上馬町。」女子心不在焉地「哦」了一聲。

「這地方……好安靜。」

「這裡是戰前大為流行的所謂田園住宅區，地利雖好，但踏進來一看，卻什麼也沒有……。不過我也都是回家睡覺而已。」

「不會……不安全嗎？」

「是不安全。」敦子答道。「不過……也沒有什麼東西可以偷，所以……」

「可是……」

——白天那些人……

的確，他們可能會襲擊這裡。對他們來說，要查出敦子的住址易如反掌。話雖如此……

——他們會做到這種地步嗎？

敦子不這麼認為。

白天那件事，應該只是偶然狹路相逢，如果他們是計畫性報復，應該會先襲擊編輯部才對。可是……

如果不想驚動警察，對方也可能針對個人攻擊。比起襲擊出版社，襲擊個人住家，更容易隱蔽襲擊的意圖。就算敦子在家中遇襲，視情況，也可能被當成單純的暴徒侵入事件處理。

——那麼……

這裡或許很危險。

女子望向敦子。「妳……一個人住嗎？」

「嗯，家兄和家嫂住在中野……，雙親住在遠地。我……和家人沒什麼緣分，家人分散各處……」

敦子從來沒有與家人團聚生活過。

並非一家人感情不好，也不是經濟上有問題，只能說是沒有緣分。

年紀相去甚遠的哥哥在七歲時由祖父收養，敦子也在七歲時被寄養在父母京都熟人——嫂嫂的娘家，各自被他人養育成人。敦子出生時，哥哥已不在父母身邊，所以敦子在八歲的夏天才第一次見到哥哥秋彥。後來，敦子在祖父過世那一年到東京投靠哥哥，但碰上戰爭疏散等狀況，結果只和哥哥共同生活了半年。

不過，敦子寄住的京都家裡，把敦子視如己出，而敦子視為姊姊仰慕的人，後來也成了自己的嫂嫂，所以敦子從未感覺到孤獨或不幸，只是家庭成員並沒有血緣關係而已。而且敦子覺得就算雙親不在身邊，也都還健在，那樣的話，親子之情還是一樣的。想來，敦子那種說好聽是獨立，說難聽是相互依賴性極低的人格，確實是在這樣的環境中培養出來的。

「妳不寂寞嗎？」女子問。

寂寞——這種心情究竟是什麼樣的心情呢？敦子思考。若說寂寞，她一直很寂寞，若說不寂寞，今後一定也不會覺得寂寞吧。

她想來想去，答道：「雖然危險，但我不覺得寂寞。」

女子沒有答話，微微地垂下視線說：「我……很寂寞。」

「妳也是……一個人嗎？」

女子點點頭。

雖然仍舊是面無表情——但看起來很悲傷。

就算不必無謂地收縮或放鬆臉部肌肉，也能夠表現出感情。文樂（註一）人偶和能面具（註二）也一樣，這些假面具原本應該沒有表情，卻能夠演出豐富的感情，不是嗎？

「我也一直是一個人。」女子重複道。

「一直……」

「當我發現時，已經是孤身一人了。後來就一直是一個人。」

「妳……」

敦子到現在仍無法開口詢問女子的名字。

請她到家裡、請她用餐，甚至預備讓她留宿一夜，敦子卻連女子的名字、身分，什麼都不知道。若說不小心，確實再也沒有比這更不小心的了。

眼前的發展，是敦子平素慎重過頭的個性完全無法想像的。

——可是……

女子救了敦子。

——就算這樣……

也不表示就可以信任。敦子對女子一無所知。而且白天的事，也難保這名女子沒有參與其中。只要懷疑，可疑之處多得是。不……這個女子顯然可疑，可是……

敦子望向女子的眼睛。

半天前……

敦子人在銀座。

她才剛完成採訪。今天是日本哥倫比亞公司在日本橋高島屋舉行國內第一次彩色電視公開試播的最後一天。

敦子在《稀譚月報》這本雜誌的編輯部工作。光看雜誌名稱，似乎是一本可疑的糟粕雜誌，但其實十分正派。雜誌的卷首寫道：

本誌創刊之宗旨——本誌致力以理性的角度剖析古今東西愚昧之謎團，欲以睿智之光芒斷然掃除名為不明之黑暗。

易言之，即以科學及現代的觀點，重新審視並揭露神秘事件、不可思議的流言、怪奇現象等所謂的謎團。

真是狂妄的想法。

不了解就是愚劣——這樣的想法是單方面且充滿歧視性的。也是啟蒙主義式的，令人厭惡。

這和高鼻子優於塌鼻子、白皮膚優於黑皮膚是一樣的思想。與霸道地踏入未開發地區，高舉文明大旗，對原住民教育洗腦、植民地化的行為很像。無知即是愚劣——這種說法原本就不成立。而且不管知不知道，世界也不會有所改變。

——但是……

老實說，那種見解敦子也不是不明白。

因為敦子自己就是**那種**人。

註一：文樂為日本傳統木偶戲，配合三味線演奏，以人偶演出淨瑠璃口白中的劇情。

註二：能即能樂，為日本傳統戲劇，演員戴上能面具演出，以細緻的動作表現內心情感。

她不認為無知就是愚劣，但是失去睿智，敦子恐怕都無法呼吸了。所以敦子暗暗地厭惡無知。例如，即使叫她選擇蘋果和橘子當中喜歡的一樣，她也會先想理由。原本喜好是不需要理由的，但是沒有理由，敦子就無法決定。為了做出決定，她需要知識，需要邏輯。對敦子來說，睿智是生命中絕對不可或缺的事物。

——無聊。

敦子連喜好都沒辦法自己決定。

腦袋上方總是盤旋著邏輯和倫理，敦子時時刻刻都在請示著它們，度過每一天。沒有邏輯的神諭，她連眨眼都不行。

敦子就是這樣一個人。

所以有時她連自己都厭惡。

即使如此，她還是喜歡這份工作。

她覺得這份工作很適合自己。

說起來，現在世界上已經沒有謎團了。用不著小島國的雜誌挺身而出，世界早就為自己的不明而恥，黑暗不斷地遭到驅逐。以風馳電掣的速度，夜晚變得炫目、人類變得聰明、未來變得光明。所以根本輪不到《稀譚月報》出馬。

最近的報導幾乎都是重新解讀歷史、或重新定義犯罪在社會科學上的位置，以及科學發達的最新消息——愈來愈偏向這類即使扔著不管，也會有人報導的題材。

今天，敦子學到了彩色電視機的原理。

她覺得知道了又能如何？但是敦子還是覺得非常有趣。雖然並不特別感興趣，但她聽得十分認真。儘管也不是聽了就會製造電視機，好奇心還是會被勾起。

開發者熱中地講解著。

總覺得好羨慕。

半個月前，敦子去兵庫參觀科學博覽會時也是。科學突飛猛進、技術不斷革新、光輝的二十世紀——每個人的眼睛都熠熠生輝，連呼著：「太美好了，太美好了！」

敦子……也這麼覺得。

但是冷靜想想，她忍不住懷疑這樣真的美好嗎？公關部小姐說，核子能源是支撐下個世代的夢幻能源。毫無疑問必定如此吧。

但是短短八年前，奪走了眾多人命的，不也是核子能源嗎？

科學技術的發展不一定會讓人類幸福。原子彈絕不是美好的事物，雖然不美好，但原子彈不也是科學的成果之一嗎？

——可是……

即使如此，敦子還是覺得科學很有趣。她明白負面的成分，卻仍然覺得核子能源很棒。

這一定與人類的幸與不幸毫無關係。對科學來說，科學進步本身是美好的。所以科學家根本沒有考慮到人類，他們只會思考科學而已。要不然科學是發展不來的。是受惠，還是受害，端視使用者的裁量。

——一定是如此。

敦子這麼想，更厭惡自己了。

敦子就是那種會對科學家所述說的邏輯思考過程大為心醉的人。至於那樣的思考會造成什麼結果？對她來說一定是次要的。

——例如……

假設有一種新型殺戮武器被開發出來了，敦子對這個武器不可能有好感。這是一定的，但是如果這個武器的構造之卓越前所未見——那麼對於這個部分，敦子應該會感到有趣。

對照道德倫理來看，這樣的想法顯然太輕浮了。不管它的邏輯有多麼卓越，如果用途只限定於殺戮，就不應該覺得它有趣。即使如此，敦子仍然無法禁止想要浸淫在邏輯樂趣中的欲望。就某種意義來說，這或許是一種想要擺脫現實的欲望。

她有時候也會這麼想。

邏輯不講情分，毫不留情；不會扭曲，也不會伸縮；既不悲傷，也不好笑。擁有的只有累積毫無轉圜餘地的過程的喜悅，以及達到充滿整合性的結論時的歡喜，沒有一絲空隙。她覺得……太完美了。

現實不可能結出形狀如此完美的果實，現實的世界不安定、不合理、馬馬虎虎。

邏輯、概念這些東西，說穿了就是非經驗性的事物。這些普遍是由純粹的思索中導出，是非經驗性的。換言之，並非與實際生活息息相關。

追根究柢，敦子只是對非經驗性的理想世界觀懷抱著強烈的憧憬──她逃避著經驗性的社會──罷了。

這麼一想，敦子就有一點──真的只有一點點──感到傷心。她隱約地心想，自己真是個墨守成規、一點意思也沒有的女人。而就連這種時候，敦子也覺得頭上仍然有個異樣警醒的自己，冷笑著說「這個女的明明不是真心這麼想」，更感到自我厭惡了。

今天敦子沒有直接回編輯部，就是這個理由。

她想採取一些非邏輯性的行動吧。

一時興起。

既然出門前都說了要回去，明明可以回去，卻不回去，就不合邏輯了。敦子本想打個電話聯絡，卻打消了念頭。她沒有理由不回去。但儘管沒有理由，編輯部或許也會允許她不回去，只是獲得諒解後，違背常規的行動就失去逸脫性了。

敦子彎進巷子裡，這也沒有意義。

理髮店的大片玻璃倒映出自己分不出是男是女的形姿，她停下腳步。

不長不短的劉海。

敦子在求學時代，一直留著長髮。敦子已經記不得那個時候的長相了。現在的臉，她既不喜歡也不討厭，也不記得長髮時自己有什麼感覺。她剪短頭髮的理由不是出於好惡，也不是適不適合。人活下去並不需要長髮──敦子只是出於這樣的理由，剪掉了長髮。

——無趣的女人。

如果自己是男人，也會這麼想嗎？——敦子自問，隨即心想這真是個無聊的問題。敦子沒有理由一定要把性別與個人的嗜好及特性連結在一起。就算性別是男性，敦子的內在應該也不會有多大的不同，那麼結論可想而知。

——就是這裡無聊。

敦子像要與倒映在玻璃上的無趣女子訣別似地快步前進，又彎進更狹窄的巷子裡。

一隻肥胖的黑色大野貓短短地「喵嗚」一聲，蹬上垃圾桶蓋子逃走了。

骯髒、騷亂的風景。

一點情趣也沒有，就像自己一樣。

——這個城市正適合她。

敦子來到東京那天也這麼想。她感覺這種缺乏情趣、殺風景的景色和生活，正完全適合自己。她現在仍然這麼想。

敦子幼時在京都成長。

來到東京以後，已經過了將近十年。儘管如此，以前的朋友依然異口同聲地說：「妳一定很不適應東京的生活吧？」但敦子並不這麼想。

騷亂的景色沒有一絲多餘。不，它清楚地自我聲明：多餘就是多餘。在追求便利性的都市裡，沒用的東西全是垃圾。垃圾只能是多餘的。相反地，充滿情趣的景色令人難以判斷究竟什麼才是多餘。不，情趣這玩意就是多餘，所以才能夠觸動人心吧。

敦子明白這一點，明白是明白……

要是能夠予以數值化，了解只要容忍多少多餘，就能呈現出情趣，那該有多好。

這是不可能的。正因為不可能，所以才叫做情趣。敦子也十分明白這一點，但是……

巷子是一條死巷。

是死巷啊。

敦子乾脆地轉身。

就在此時……

巷子正中央──出現了一名女子。

皮膚呈現半透明質感。

端正的臉龐左右對稱。

眼睛如同玻璃珠般清澈，卻也如同玻璃珠般空洞。女子在害怕嗎？或者她平素就是如此？敦子無法判斷。她身上的白色洋裝髒得可怕，腳上也沒有穿鞋子。

女子注意著敦子背後。

不堪流氓般的老闆懲罰而脫逃的風月女子──首先掠過敦子腦海的，是這種老掉牙的想像。

但是──以逃亡來說，女子的動作相當緩慢，看起來甚至是悠哉。只是動作雖然遲緩，她看來仍像在意著追兵，不過卻也不是不知該往哪裡逃，或已經疲累了的模樣。

無論如何，女子的模樣確實有些不尋常。敦子停下腳步。

女子發現敦子。

形狀姣好，但完全失去血色的嘴唇張開了。

──危險。

聲音很小，聽不清楚，但女子的嘴唇確實是這麼說的。

──危險？

接著傳來人的聲息。敦子立刻奔近女子並越過她，回到巷口處。她探出脖子一看，幾名男子正跑過最初彎進來的巷子口。

回頭一看，女子正看著敦子，眼神像是在求救。敦子小聲問她：「有人在追妳嗎？」女子回答：

──**也有人在追我**。

——也有人在追妳？

女子的聲音像玻璃風鈴。

——也……？

這是什麼意思？

總之，確實有人在追捕女子。但是現在雖是午後，太陽還高掛天際。只要到大馬路上，街上就有許多行人，敦子覺得與其藏在沒有人跡的巷子裡，出去人多的地方比較安全。敦子這麼說，但女子搖了搖頭說：

——被發現的話，會被跟蹤。

確實，當場動粗並非明智之舉，也沒有必要在大馬路上動手捉人。換言之，只能甩掉他們了。但是不管怎麼樣，待在無路可逃的死巷裡只能坐以待斃。敦子思考了一下，對女子說她去叫警察，要女子躲藏好。這種情況，這麼做應該是最妥當的。在非法而且危機重重的狀況下，交由警察處理，才是法治國家善良的小市民正確的判斷。

但是女子卻說道：

——那樣……太危險了。

起初敦子以為她的意思是「躲在這裡會被抓到，我會怕」，但是她想錯了。

女子似乎是在警告敦子。

女子說危險的**不是她，而是敦子**。

——我？

女子突然抬頭。同時再次傳來有人逼近的聲息。敦子瞬間碰到旁邊的木門。門沒鎖，裡面似乎是人家的後院。敦子牽起女子的手，把她拉進裡面，關上木門。

卡上門閂。

敦子想要開口詢問，但女子伸出食指豎在嘴唇前。一會後，圍牆外傳來吵雜的腳步聲。這是條死巷，一聽就知道不會是路人。敦子和女子屏息在門後躲藏了整整一個小時。後來，女子不知道有何根據，說：「應該已經不要緊了。」

敦子有些莫名其妙地打開木門。

巷子和大馬路上皆已不見那些男人的蹤影了。

那些男人……

女子簡短地說明：

他們在路上一看到敦子，立刻臉色大變，破口大罵，直朝敦子衝了過去。但是敦子突然彎進巷子裡，所以他們追丟了。

敦子感到納悶。

為什麼自己會被人盯上？

他們有什麼目的？

女子說，那些人暴跳如雷。

女子還警告說，不曉得他們會做出什麼事來。

那些男人……

那些傢伙……，對……

女子說他們是韓流氣道會的人。

聽到這個名稱，敦子總算恍然大悟。

敦子心裡有數。

韓流氣道會……

蛙鳴聲響起。

敦子回過神來。

她似乎一直盯著女子玻璃珠般的瞳眸。

或者說被迷住了比較正確？

自己看了幾分鐘、幾秒鐘，或者只有一瞬間？

女子以**看似溫柔、面無表情**地注視著敦子。

——這個人到底幾歲？

看不出年齡。

也看不出她在想什麼。

身分和名字也……

——這個人是誰？

「請問……」敦子開口，她的聲音沙啞。「……妳……」

——是誰？

「……妳……和那些人——韓流氣道會的人，呃……是什麼……」

——為什麼我沒辦法直截了當地問她名字？

女子稍微改變了臉的角度，感覺她的表情暗了下來。

「我和他們……沒有關係，可是那些人……我覺得他們……想要利用我。」

「利用？」

「是的，他們三番兩次找我去，我全都拒絕了。但是今天……他們強迫把我帶出來……」

「帶出來……？」

「是的。有四五個人突然闖了進來，威脅我說如果不想吃苦頭，就乖乖聽話。我沒辦法抵抗。他們因為看到妳，有三個人跑了出去，包圍我的人牆缺了一角，我才趕緊甩開他們逃走了。所以也可以說……是妳救了我。」

「這……」

什麼意思？這個人……

「我……」女子說。「我**知道未來的事**。」

「預知……未來？」

敦子陷入困惑。

以敦子的常識來看，預知是不可能的。未來是**不存在**的，雖然能夠預測，但不可能預知。從過去的資料導出來的所謂預測，只是從無限多的選項裡姑且挑選一個罷了。而且只是選擇了可能性較高的選項，說起來僅是機率問題。未來已經存在，可以知道未來——這種顛倒因果律般的事，敦子根本不相信。

「預知未來嗎？」敦子再一次問道。

但是女子近乎冷漠地，乾脆地否定了自己的話。「不曉得，我覺得是假的。」

「假的……？」

「假的……，就是假的。」

「那……」

「我覺得……是**有人照著我說的動了手腳**。未來的事沒道理能知道吧？」

「預言者自己讓預言實現嗎？」

「不是我自己期望的。只要我說什麼，有人就會讓它實現……，不管我願不願意，我的話都會相繼成為現實。這……不是我的意志。」

「怎麼可能……？妳說的有人是指……」

「這我不知道。」女子說。「我很害怕，我已經受不了了。不，我實在千百個不願意。雖然不願意，但我很寂寞……，所以被人感謝、被人信賴，讓我覺得有點高興。而且起初我是相信的，我……原本相信我自己的能力……」

「請等一下，妳……」

——難道……

「……妳是……華仙姑處女？」

女子將臉偏至**看起來**極為悲傷的角度。「我不叫……這個名字。可是，每個人都這麼叫我。」

「所以……」

女占卜師華仙姑是現今當紅的話題人物。

據說華仙姑的預言不僅百發百中，還擁有能將惡運轉為好運的神通。但華仙姑不僅是身分，連年齡、長相都無人知曉。她住在哪裡，也沒有被公開。

即使如此，傳聞還是透過口耳相傳，祕密地渲染開來，聽說她的名號甚至傳到了財政界。

什麼某政治人物找華仙姑商量該如何自處、某企業一一徵詢華仙姑的意見來決定經營方針。大概在櫻花凋謝後沒有多久，這類風聞就煞有介事地悄悄流傳開來。

最初應該只是都市裡近似嘲弄的流言。

但是這類流言沒多久就捲入醜聞，逐漸自我增殖，化為漆黑的嫌疑盛傳開來。

什麼閣員級的重量級政治人物遭女占卜師色誘，變成了窩囊廢、什麼那個女人一句話就可以左右股價漲跌、什麼那個女的是昭和的妲己，妄想統治這個國家——不負責任的流言變本加厲，似無止境。

但是華仙姑本人依然藏身迷霧之中，也有許多人懷疑她是否真正存在。

不過敦子知道華仙姑真有其人。因為在流言擴大之前，就有個好事男子盯上預言百發百中的女占卜師華仙姑，鍥而不捨地調查。

他是名叫鳥口守彥的糟粕雜誌編輯。

記得上個月底，鳥口說他揪住了華仙姑的狐狸尾巴。因為是獨家新聞，鳥口沒辦法透露得太詳細，不過從他所說的片段來看，華仙姑這個女子是個泯滅人性、罪不可赦的冒牌占卜師。

——可是……

敦子望向女子的眼睛。

一片空洞，但是敦子不認為這片空洞當中隱藏著邪惡。

「……請問……」

敦子想問「聽說財政界的人都會去找妳商量，這是真的嗎」，卻問不出口。她覺得這問題很低俗。

敦子站起來，關上微啟的窗戶。

由於天候異常，春天都已過了才感覺到寒意。

敦子不知道該怎麼做才好。

該問些什麼？怎麼問？重要的是她該在這個女人面前表現出什麼態度才好……？

就在敦子想要開口的時候……

「磅！」一道巨響。

是玄關，接著廚房後門也傳來粗暴的聲響。敦子一瞬間陷入慌亂。

但她很快就振作起來。

……是襲擊。

「氣……氣道會……」她還來不及說完，門就被踢破了。

三名男子站在那裡。

中間的男子踏出一步。「小姐，白天讓妳給溜掉了……」

後面兩人分往左右。

後門被踹破，又有兩個人侵入。

男人以敏捷的動作占住華仙姑兩旁。

「妳以為那樣就逃得掉嗎？帶著這麼醒目的女人，以為我們找不到嗎？妳也是，竟然完全不把我們放在眼裡哪……華仙姑。」

男子逼近敦子身邊。

敦子狠狠地回視。

男子瞪住她，說：「好骨氣。看看妳這盛氣凌人的表情，我就放過妳這張可愛的臉蛋好了。」

「你……你要做什麼？」

「做什麼？這麼做！」

男子舉起手來。

——不要緊，**不要相信**就是了。

敦子回瞪的瞬間，男子的手刀朝著她的頸動脈劈下。肩頸一陣灼熱，腦袋變得一片空白。男子的臉變成兩張的瞬間，敦子側臉吃了一記迴旋踢，整個身子重重撞上窗戶。

窗玻璃破碎，敦子摔到窗外。

「住手！」華仙姑的叫聲傳來。就連這種時候，她的表情依然不變嗎？——敦子竟想著這種事。側腹部被踢了一腳，發不出聲音，身體慢慢感到疼痛，整個人喘不過氣。

衣襟被抓住，敦子被粗魯地拉起來。女子「住手」的叫聲被塞住了。「別殺她。」一聲音響起，胸口傳來睡衣撕破聲。

冰冷的夜風拂上肌膚。

男人的拳頭打進心窩，喉嚨深處熱得像要燃燒起來似的，口中充滿了鐵鏽味的苦澀液體。

意識……

敦子腦中浮現哥哥的臉。

2

女子的臉左右對稱，皮膚具有半透明的質感，眼睛如同玻璃珠般清澈，卻也如同玻璃珠般空洞，只是目不轉睛地注視著敦子的臉。好美的臉，顯得很擔心。明明是洋娃娃，卻有表情呢。是傾注心血製造的，所以一定有靈魂寄宿在裡面。不……這只是迷信，洋娃娃是假的，看起來會有表情，只是錯覺罷了。不是光線的關係，就是臉的角度造成的，一定是的。

話說回來……

為什麼呢……？敦子心想。

為什麼洋娃娃會在我的房間呢？
我完全沒有透露說我想要啊。
是嬸嬸買給我的嗎？
還是姊姊……
哥哥……
啊……
哥哥，我好怕。
脖子一陣劇痛。
「啊，不可以動。」洋娃娃說話了，果然有靈魂……
好痛，全身疼痛不已。
「啊……」敦子發出聲音。
洋娃娃——不，這不是洋娃娃。這個女人是……
——華仙姑。
「請……問……」
「妳醒了，太好了。要不要緊？」女子以玻璃風鈴般的聲音說。
——這裡是……上馬的畫室，我……
敦子再次望向女子的眼睛。
玻璃珠中的空洞。
敦子停止注視。
記憶漸漸地恢復了。與之共鳴似地，身體各處也痛了起來。背上的觸感，自己的床，敦子睡在床上。女子——華仙姑坐在枕邊，擔心地——雖然依然面無表情——看著敦子。
「那……那些人……」

敦子姑且不論，這個人為何會平安無事地待在這裡？她竟然沒被帶走？
「我想……暫時不會有事了。我會醒著……，妳最好再休息一下。天還沒亮……。啊，窗子他也幫忙修理好了，不必擔心，雖然只是釘上板子應急而已……」
「修理……」
——**幫忙**？
誰幫忙修理好了？
氣道會那些人怎麼了？
「我……」
「他說不要緊，骨頭沒斷，是挫傷，疼痛也很快就會退了。他說對方似乎手下留情了……，可是竟然打出這麼嚴重的瘀傷……，真是太過分了……」
女子撫摸敦子的頭髮。「……妳最好再睡一會……」
敦子閉上眼皮。
韓流……氣道會。
太小看他們了。
弄個不好，自己或許已經沒命了。
約一個月前，敦子前往氣道會的道場。
當然是為了採訪。
韓流氣道會在新橋開設道場，為來路不明的古武術流派。它從去年夏天開始蔚為話題，過完年時，聲名已經遠播到各處都能聽聞它的名號。
眾人都說那不是一般的拳法。
說是能拳不著身，就打倒對手。
敦子無法置信。

她不知道那是念力還是氣，可是不管如何，不具物理質量的東西，沒道理能夠發揮物理影響力。就算那是種能發揮物理作用的能量，也難以相信人體可以發出那種破壞性的力量。就算叫小孩子來想，也知道這不合理。

可是，街頭巷尾盛傳的那些風聞，聽起來都對這套說法深信不疑，市面流傳的有關氣道會的報導，也看不到任何質疑的見解。其實這只是因為有識之士根本不屑理會那種東西，但當時敦子並不這麼想。無論如何，不合理的事物橫行世間的狀況，讓敦子這種人感覺如坐針氈。

所以，敦子首先進行調查。

雖然自稱中國古武術，但氣道會似乎並非承襲自傳統流派，來歷十分可疑。會長自稱韓大人，完全調查不到他的底細，只知道他確實是日本人，但經歷和本名都查不出來。不管怎麼查、怎麼追溯，都調查不到相關資料。

然後……敦子與總編輯商量後，正式向氣道會提出採訪申請。

敦子並不是懷抱著揭露、糾舉謊言的想法，她只是純粹地想了解。所以那一天，敦子盡可能以懇切的態度進行採訪。因為要是一開始就抱持懷疑的態度，就無法公正判斷。她仔細參觀練習實況，也和代理師範談話。但是，敦子無法信服，沒有任何事物觸動敦子渴求邏輯的心弦。

的確……

代理師範一把手伸到頭上，原本站立的弟子就突然倒下。代理師範一伸出手掌，眾多弟子便近乎滑稽地往後飛去。

代理師範說明，這是眼睛看不到的波動——「氣」所造成的作用。

他說，藉由鍛鍊，人能夠自由自在地操縱在體內循環的未知能量，從手掌放射出來。

敦子覺得事有蹊蹺。

當然也有「氣」這種能量究竟存不存在此一根本的疑問，但是這一點暫且不論，有其他更為瑣碎的細節讓敦子感到奇怪。

沒錯……

相對於弟子誇張的反應，代理師範的動作實在太小了。

至少敦子這麼感覺。

就算退讓百步，承認真的有未知的能量存在，那麼，如果代理師範的身體**沒有**受到弟子身上遭受到的相同衝擊——物理作用——的話，就代表這種運動違反了物體運動的根本法則——牛頓運動三定律，不是嗎？

運動三定律為以下這三點：

首先是慣性定律：靜止或維持一定直線運動的物體，在沒有外力作用的狀況下，會維持現有狀態。其次是物體的運動方向會與受力的方向相同，運動量與受力大小成正比，也就是所謂的牛頓運動方程式。最後是兩個物體彼此撞擊受力時，兩道力永遠大小相同，方向相反，為反作用力定律。

這種情況……

在被彈走之前，弟子顯然是靜止的。

如果照慣性定律來看，除非被推，或是被東西打到，弟子的身體不應該會動——自己動當然不算數。弟子移動的狀況像是被彈走一般，所以如果不是弟子自發運動，就表示有外來作用力施加在弟子身上。

代理師範說明，這是因為氣撞擊在弟子身上。

這個解釋並沒有問題。他們說氣是未知的波動，不過無論那是什麼，先假設代理師範的手掌真的放射出足以彈走弟子的力量好了。

那麼……

根據作用力與反作用力定律，放出力量的一邊一定也會承受到相同的力道。

換言之，如果發射力量的反作用力沒有作用在代理師範的手或腰部——隨便什麼地方都好——那就是騙人的。如果道場的地板是冰，而代理師範穿著溜冰鞋，那麼代理師範發射氣的瞬間，他應該會往弟子彈走的反方向滑去才對。

代理師範必定會承受到等同力道的反作用力，然而在敦子眼中，卻看不到他任何肌肉的緊張或姿勢的變化。

所以敦子才覺得不自然。

所謂定律，在一定條件下是普遍、必然成立的關係。如果定律不成立的話，就表示道場裡面的環境條件十分特殊。

但這是不可能的。

以同樣的角度來觀察，弟子的動作也有不自然的地方。

他們的動作雖然誇張，但對於壓上來的力量，卻沒有做出抵抗的運動。敦子完全觀察不到像是承受力量、或反抗力量這類的動作。

膝蓋伸曲的樣子、被彈走前上半身的角度等等，不管怎麼看，他們都是自發性地往後彈去——敦子只能這麼判斷。

但是另一方面，敦子也不認為弟子在說謊。

「起初我什麼都感覺不到。」一名弟子說。「但是隨著不斷地鍛鍊，我開始感覺到體內的**氣在流動**。」

聽說不久後，氣就會逐漸**成熟**。這麼一來，就可以了解發氣是怎麼回事，也可以接收到對方所發出來的氣。那個時候，才始以體會到**氣撞上來**的感覺。

如此一來，人就會被彈開。

敦子思考。

彈開的理由……

既然沒有施加外力，弟子肯定是靠自己的肌力彈跳起來的。但是他們似乎不是有意識地往後**跳**，至少那不是偽裝出來的。

敦子會這麼想，是因為弟子彈開的時機太一致了。如果是裝的，一定會有些人入戲、有些人狀況外，絕對會出現個人差異。但是弟子全都同時往後彈去。那不是有意識的行動。

那麼……這會不會是本能動作呢？那種痙攣般的反應，會不會是一種反射運動呢？換言之……

看起來像是被某物給撞飛的那種動作，會不會其實是為了要**閃避**應該會撞上來的什麼東西呢？例如人快要被揍的時候，都會反射性地把臉別向拳頭打過來的反方向。和這個道理是一樣的。

這是認定有什麼東西快撞上來，才會出現的反應。所以先決條件是**相信**氣真有其事。

但是唯有這件事，就算口頭上叫人相信也沒有用。不過想要入門的人，一開始應該就對這種想法有著某些程度的認同，再加上同門前輩也深信不移，他們也作證真的會被氣彈飛，這麼一來，懷疑的想法也會日漸消除吧。弟子是在不知不覺中，被下了氣會發揮作用的暗示。啊，氣發出來了，氣要打上來了——只要這麼想，身體就會在無意識中做出反應。

或者是……弟子可能吃過好幾次苦頭。對於當時所受到的打擊的反應，在反覆練習當中，成為一種「招式」，被肉體——潛意識給記憶下來了。這也是有可能。

不管怎麼樣，那都不是有意識的反應。所以他們才會真心相信，不是嗎？

敦子請教嫻習武術的熟人，陳述自己的想法。結果那位熟人說，其他的武術也有類似情形。

據說在實戰取向的武術中，師父首先會對毫無預備知識的初學者給予強烈的一擊。弟子之所以贏不了師父，就是因為那**最初的一擊**。據說大部分都是攻其不備，例如告訴對方「來，伸出右手」，緊接著攻擊左方。

幾乎形同暗算，可是那是招式的基本。武術的招式，是對方這麼打來，就這麼打回去。師父學過的招式比弟子多，所以愈是按照招式操練，弟子就愈是破綻百出。

所以據說不知道招式的話，反而意外地能夠獲勝。如果對方說「來，伸出右手」，就直接拿右手去打對方，情形就完全逆轉了。但是一般來說，想要學武的人絕對不會做這種事，所以大部分都會被打敗。

而那最初的一擊，在一瞬間確立了師徒關係。除非由於某些機會，遭遇了超越第一擊的第二次打擊，否則往後弟子永遠都贏不了師父。

所以一般而言，無論任何流派，不管弟子變得有多強，都不可能打敗師父。弟子段數慢慢提升，從師父手中傳承奧義，獲得保證，然後出師。即使在技術上超越了師父，也不會直接挑戰打敗師父。就算贏得了師父，也贏不了師公，更絕對贏不了祖師爺。聽說就是因為這樣的結構所致。

據說這全都是因為最初的一擊，這應該近似於宗教中所說的戲劇性的回心吧。換言之，是一種暗示效果，也可以說是洗腦。唯有洗腦解除，弟子才有可能打敗師父，創立新流派。

氣道會的情況也相同吧。

敦子下了這樣的結論。

也就是說……

氣並非什麼看不見的波動，也不是未知的能量。藉由持續性的想像訓練以及反覆練習招式，徒眾獲得自我暗示，對於特定的狀況及訊息，肉體會無意識地做出反應——這就是氣的真相。

就像安慰劑一樣。

那麼……

安慰劑在臨床上確實有效，所以也不能一概而論，說它是假的、騙人的。這和套招、串通不一樣。弟子絕對不是在開玩笑。就算沒有發出未知的波動，人確實也未被觸碰就被彈飛了……

敦子老實地把這些看法寫成報導。

她的文章刊登在這個月的雜誌上。

雜誌四天前發售。

編輯部馬上接到了抗議電話。

這些誹謗中傷嚴重損害本道場信譽，本道場要求立刻回收雜誌，在次月號更正並刊登道歉啟事。

總編輯拒絕了。

總編輯認為文章並無意誹謗，同時報導也沒有中傷的要素。

事實上，敦子自認文意中沒有嘲弄氣道會的意思，毋寧說她是帶著善意撰寫的。她並沒有批評，也沒有胡亂寫些謊言或臆測，只說代理師範所說的氣道法，不是現今的物理科學理論能夠解釋的。

敦子拋棄成見和偏見，盡可能以公正的立場寫下報導，然而他們似乎把敦子得到的結論當成了侮辱。

敦子有點後悔。以前哥哥說過，有人相信，因為相信而得救，那麼即使是假的，也不該加以揭穿。

哥哥說，即使知道那是假的，也不能把它當成假的——不予以揭穿、在這種默契上成立的救贖，就叫做神祕學；所以不分青紅皂白地加以揭穿，並不一定就會帶來正面的結果。敦子以為哥哥是在說宗教和迷信，可是看來並非如此。這番話做為一般論，似乎也一樣成立。

但是敦子也無法拋棄「錯就是錯」這種強烈的信念。這就是連骨子裡都填滿了近代主義式的、無趣的自己。敦子隱隱認為，所有謎團都應該在崇高的邏輯面前屈膝下跪。

完全是啟蒙主義……，真教人厭惡。

總編輯說，打電話來的不是會長或代理師範。

應該是純粹深信不疑的一般會員吧。

來電者糾纏不休，一直追問撰稿人是誰？是不是來採訪的女子？

總編輯拒絕回答。他說決定報導是否刊登，是總編輯的權限，對於所刊登的報導，責任全都在他身上，所以沒有義務回答這類問題。當然，總編輯不是為了包庇敦子才這麼說，不過那篇報導是誰寫的，可想而知。聽說電話另一頭的人罵道：「叫那個死丫頭再來一次，看我把她給震飛。」

——如果我被震飛，就會相信了嗎？

應該不會相信吧——敦子當時心想。

敦子覺得就算經歷了違反運動定律的體驗，自己還是不會相信。

即使身體被震飛，邏輯也不會動搖。如果碰上那種事，敦子一定會不斷思考，直到想出一個符合自然物理學見解的結論——敦子能夠接受的理論。

相反地，就算完全沒有體驗，只要能夠得到一個她可以接受的道理，她肯定會當場相信。

敦子就是這種人。

——可是……

敦子輸了。

那個時候，敦子確實是毅然決然。

被暴徒掐住脖子，不可能不怕。即使如此，敦子仍舊傲然挺立，甚至從容不迫地回瞪對方，這完全是倚仗著敦子頭上的邏輯和倫理，而不是因為敦子本人功夫高強。

不管在任何情況下，暴力行為都是愚蠢的。敦子在內心一隅，一定是堅信著愚蠢的事物不可能贏得過明智的事物。

而且敦子絕對沒有做錯事。那麼，正確的人沒有必要屈服在邪惡之人底下——她肯定也這麼想。儘管她完全明白世間的道理根本不是如此，卻仍然無法擺脫這樣的想法。

——這也是一種暗示效果嗎？

敦子應該是在不知不覺間，將邏輯、正論這些非經驗性的概念——先驗的事物當成了「最初的強烈一擊」吧。經驗性的事物、感覺性的事物，在敦子的內心永遠只能是下級的概念，那麼它們永遠不可能贏得過上級的那些概念。

昨晚也是……

敦子確信氣所造成的物理作用，只是自我暗示效果所造成。那麼敦子在肉體上應該不會遭受到任何打擊。因為在道場，他們在練習中也絕對不會觸碰對方的身體。

大錯特錯。

拳頭毫不留情地打進肉體，最初的衝擊遠遠超乎預想。

仔細想想，這是理所當然的。

——我是笨蛋嗎？

拳頭都掄起來了，怎麼可能不打下來？

敦子有點自暴自棄，睡了。

她夢見自己變成了樹葉。

脖子冰冰涼涼的，敦子醒來了。

睜眼一看，枕邊坐著一個笑容可掬的小個子男。小個子男穿著白衣，戴著圓眼鏡。他一看到敦子醒來，便異常親切地說：「啊，身體覺得怎麼樣？比較不疼了嗎？」

「請問您是……哪位？」

「小的在三軒茶屋的漢方藥局条山房負責配藥，敝姓宮田。」

「漢方……？」

摸不著頭緒。自己還迷迷糊糊的嗎？女子——華仙姑怎麼了呢？

「您的傷，小的已經處理過了。幸好處置得早，沒有大礙。脖子的內出血有些令人擔心，但復元狀況似乎不錯。雖然這麼說，但我們並不是擁有執照的醫師，若您覺得不放心，還是到一般外科去看看比較好。」

「請、請等一下。」

脖子轉不了。

「啊，脖子盡量不要動比較好。剛才換了膏藥，今天休息一整天的話，明天應該就可以下床走動了。」

「呃……對不起，我搞不太清楚……」

「敦子小姐……」風鈴般的聲音響起。

敦子只轉動眼睛，望向聲音傳來的方向，女子正拿著托盤站在那裡。

「對不起，我擅自借用了廚房，煮了飯……」

「哦……」

女子向宮田行禮。

「對了，是這位先生……救了我們。」

「救了我們？那麼，是他把氣道會的人……？可是……」

對手是強壯凶猛的練家子，而且至少有五個人才對。這名個頭這麼嬌小的男子，真的打得過他們嗎？

宮田笑意更濃了，說道：「不是小的。小的不識武道，只知道煉丹。救了兩位的，是吾師通玄老師。」

「通玄……老師？」

「沒錯。吾師修習眾多中國拳法——當然是做為內丹術之一——啊，就類似一種健康法。老師說他偶然行經這條路，聽見這位小姐尖叫。」

「我不知道發生了什麼事。」女子說。「我覺得要是不救敦子小姐，妳會就那樣死掉，所以我掙扎著到窗邊，大聲叫喊，然後趴在妳身上。結果那邊……」

女子的視線望著後門。

「……有個小小的——恕我失禮，但我真的這麼覺得。有個小小的東西從那邊……」

女子說，場面並不是很激烈，其實她完全不明白究竟發生了什麼事，好像在看舞蹈一般，一眨眼的空白後，五名男子已經倒在地上掙扎了。

宮田說道：「老師說，那些暴徒只學了一點武術的皮毛，只是一群惡棍罷了。他們可能也不知道控制打人的力道，所以擔心這位小姐的傷勢……」

「請等一下，那麼……」

「咦？」宮田睜圓了眼睛。「難道……小姐您以為自己是被武道家攻擊了嗎？原來如此，您以為武道家的話，應該會謹守禮節，所以疏忽了是吧。可是攻擊您的，只是一群卑鄙的無賴，應該是那個叫什麼的道場的門生吧。」

「那麼……氣……」

「氣？」宮田發出倒了嗓的聲音。

「不是氣道法之類的……？」

宮田笑了。「噯，若論氣，一切都是氣。您一旦害怕，就是怯了氣，挺身面對，就有了霸氣。毆打婦女，是脫逸常軌的戾氣。真不明白那些人在想什麼。」

「我說的……不是那種氣……」

「森羅萬象，凡百諸相，皆為氣之發露。無論是否被拳頭擊中，您的氣都被暴徒的氣給箍禁、攪亂、斬斷了。所以您才會受傷。」

「呃……」

「不過聽說當中有一個人似乎略通武道，但身手也不值一提。老師驅逐暴徒後，將兩位交給同行的弟子看顧，急忙回到条山房。小的接到通知後，立刻火速趕到這裡……」

「那麼……難道那扇窗戶也是……」

窗戶以薄木板仔細地修補過了。不僅玻璃破碎，好像連木框都損毀了。

「唔，窗子關不上也太危險了，所以小的未經許可就……。補得這麼難看，真是抱歉。門也稍微修繕過了。」

「這……真是……太感謝了。」敦子想要低頭致謝，被制止了。

「不過真是太不安寧了。」宮田以平和的聲音說。「還是通報一下警察比較好吧，婦人家一個人獨居，太危險了。還有，如果不會給您添麻煩的話……」

「呃？」

「小的可以繼續過來診療嗎？」

「嗯……」

可以相信他嗎？敦子沒有足供判斷的根據。

儘管對方對自己這麼親切……

「小的明天再來。」宮田說，接著又說「祝您早日康復」，深深行了個禮，離開了。

「謝謝您。」女子——華仙姑道謝，面無表情地目送他的背影，然後轉向敦子，簡短地勸她進食。敦子也想吃東西，老實地點點頭。

看到那一點都不像是用現有材料做出來的早餐，敦子有些吃驚。女子幾次為擅自使用廚房以及動用食材一事道歉。敦子並不討厭料理，所以總是會買足一定分量的食材備用，但是經常因為太忙而放到壞掉，所以她對女子說，把食材用掉她反而覺得高興。這是她的真心話。

「衣服……我也擅自拿來穿了，簡直跟小偷沒什麼兩樣。」女子再次道歉。

確實，女子穿著敦子的衣服。而且敦子一直沒有發現，自己身上的衣服也換過了，是女子為她更衣的吧。

女子個子很小，穿上敦子的衣服，看起來格外年輕。漆黑筆直的頭髮綁得鬆鬆地垂在肩膀處，看起來也像個巫女。

吃過飯後，敦子心情平靜了一些。

——得聯絡編輯部才行。

首先她這麼想。但是如果老實地說出自己遭到氣道會攻擊，依總編輯的個性來看，肯定會馬上飛奔而至。這麼一來……

敦子望向女子。

——這個女子是華仙姑。

她再次體認到這件事。不能讓總編輯見到她，但也不方便偽稱她的身分。敦子覺得既然要說謊，乾脆一開始就不要說真話。

沒有電話，只能向鄰居借用。敦子深思熟慮後，拜託女子聯絡編輯部，謊稱敦子感冒發高燒，發不出聲音。

她昨天毫無理由的行動，似乎也就這樣自動被認定是惡性感冒所致。

——哥哥……

該不該聯絡哥哥？敦子猶豫了很久，最後決定不說。哥哥和鳥口常聯絡。半個月前，鳥口義憤填膺，還揚言絕對不放過華仙姑。鳥口平日很少大力聲張什麼，這種態度十分罕見，讓敦子印象深刻。令他憤怒的對象就在敦子身邊。

敦子望向女子——華仙姑。

女子淺淺地坐在書桌前的椅子上，略略低著頭注視在桌上交握的手指。看不見她玻璃珠般空洞的眼睛。

到了這個地步，敦子卻極為困惑。

她內心的不安似乎透過房間的空氣傳給了女子，女子將表情一成不變的臉轉向敦子，說道：「我……做了許多失禮的事。」

「我才是，這麼麻煩妳……」

女子微微地垂著頭，呢喃似地說：「我……待在這裡是不是會給妳添麻煩呢？」

「什麼麻煩，才不會……，可是，這裡……這裡很危險。」敦子說。

氣道會已經知道這個地方了。

「我的住處……也已經曝光了。」女子說。說的也是。

「妳有沒有什麼可以暫時棲身的安全地點呢……？」

「我……只有一個人。」

「呃……例如說，來找妳商量的那些人……？」

好難啟齒。

女子再一次說：「我一直都是孤單一人。」傳聞說，華仙姑有許多狂熱信奉者如同信徒般追隨著她。還說，華仙姑有大權在握的政治人物當後盾。甚至華仙姑在財經界也能夠呼風喚雨——全都是傳聞。

換句話說，女子打從一開始就無處可去。

敦子心想，暫時還是不要聯絡哥哥好了。

換了個姿勢，脖子一帶感覺輕鬆多了。

是藥效逐漸發揮了嗎？

敦子睡了一下。

她做了個非常寂寞的夢。

寂寞得不得了，她心想原來這就是寂寞，總覺得難以承受，於是睜開了眼睛。

總覺得……有個懷念的人。

是錯覺。

直到昨天都還是陌生人的女子，不可能是敦子懷念的人。是因為看慣了嗎？即使如此，還是讓她忘卻了幾分寂寞。女子以和剛才相同的姿勢坐在椅子上，仍然望著桌上。或許自己的意識只中斷了短短幾分鐘而已。女子好像注意到敦子醒了，她微微抬頭，說：「好奇怪的動物。」

「咦？」

敦子不懂她在說什麼。

「啊，對不起。我不是故意要看的，因為就放在桌上……，所以……」

「放在桌上？」

「這張畫。」女子說道，出示書桌上一張十二乘十六．五公分大小的相紙。

「哦……」

那是從哥哥那裡借來的一本江戶時代書籍上翻拍下來的照片，上面畫的並不是動物。

「那是……妖怪。」

「妖怪？」

「鬼怪。」敦子說。「像是河童、天狗那一類的妖怪。現實世界不會有那麼奇怪的動物……」完全忘記了。

當然，那是為了刊登在《稀譚月報》上才翻拍的照片，預定用在下個月號開始刊登的多多良勝五郎這位在野民俗學者的連載上。照片前天洗出來，敦子確認後，就一直擺在桌上。

「鬼怪啊……」女子一臉意外地說。

的確，敦子覺得那張畫與其說是妖怪，稱為怪物更合適。她記得那張畫完全沒有半點神祕、怪奇等要素。

臉長得像狛犬（註一），耳朵像豬。

嘴巴咧開，就像顆舞獅的頭。

胴體也像是巨大的犀牛或河馬。

儘管整體看起來鈍重，前腳卻很長。

前腳尖端只有一根銳利的鉤爪。

那頭未知的野獸正從樹叢後探出上半身。

就是這樣的畫。

「據說這叫**哇伊拉**，是已經絕滅的妖怪。妳當然不知道。」

「這種東西……也會絕滅嗎？」

聽說是會的。

多多良說，不知為何，這個怪物除了幾張畫像以及記載在畫上的名稱以外，所有資料都失傳了。

雖然敦子對妖魔鬼怪並未清楚到能夠斷定的地步，不過妖怪不同於大象或鯨魚，應該沒有實體。但是並不是沒有實體，就等於**不存在**。

例如說，傳說北海棲息著一種叫做「一角」（註二）的有角海獸。敦子從未見過真正的一角。即使如此，敦子還是知道一角的生態及形態。因為她讀過紀錄，也看過圖片。

但是如果這個一角其實是虛構的動物，實際上並不存在，會怎麼樣呢？這種情況，敦子也無從確認起。所以就算實際上並不存在，對敦子來說，一角這種海獸仍然是存在的。

妖怪全都像這樣。

所以實際上存不存在，完全不是問題。對於知道的人來說，與存在並沒有兩樣。

但是……例如說，沒有紀錄的話。

沒有畫像的話，沒有任何人知道的話。

註一：也稱高麗犬或胡麻犬，是一對形似獅子的獸像，多放置於神社或社殿前。

註二：此應指一角鯨（Monodon monoceros），又稱獨角鯨。

那情況會變得如何？

一角的情況，因為牠實際存在，就算沒有人知道牠，這個事實也不會威脅到牠的存在。

因為不管怎麼樣，一角就實際生活在北海。

也可以說，這只是發現早晚的問題。

但是妖怪不一樣。只要沒有人知道妖怪的存在，妖怪就消滅了。

所以敦子認為，妖怪就等於訊息。

訊息消失的話，存在本身就會逐漸損毀。所以古人才會那麼執著於記錄妖怪，一而再再而三地畫下妖怪。因為這等於是一種基因，使妖怪這種生物存活下來的基因。

這種叫**哇伊拉**的妖怪，只有外形和名字勉強留存了下來。

只有名字，算不上活生生的妖怪。遺傳訊息幾乎都缺損了，等於只留下了化石。

所以……

「所以**哇伊拉**已經絕種了。」敦子說明。

不知為何，女子看著那張照片的模樣看起來極為恐懼。

「只剩下名字……和外形……」

「是的。河童或貍子，這些鬼怪──妖怪，每個人都知道吧？換言之，除了文字資訊以外，還有活生生的資訊。牠們不是棲息在紀錄中，而是棲息在記憶裡。換句話說，牠們還活著。……妳……怎麼了嗎？」

女子的臉完全背對敦子了。她垂著頭，長長的頭髮披了下來，完全遮住了臉。

「被遺忘的……妖怪……」女子自言自語似地說。「只有名字，沒有紀錄……也沒有記憶嗎？」

「嗯……怎麼了嗎？」

女子看開了似地撩起頭髮。

和敦子的預期相反，女子的臉看起來微帶笑意。是錯覺吧。

接著女子這麼說道：「總覺得……**就像我一樣**。」

「是什麼意思？」

女子沒有回答。

──像我一樣？

意思是，她空有華仙姑這個名字嗎？

敦子思考，思忖自己為何不會對這名女子感到抗拒。不知為何，敦子打從一開始就接納了她，幾乎是把自己託付給這個鳥口唾罵為泯滅人性的女子。

「妳……呃……」敦子怎麼樣都想不到切確的問題。

女子可能察覺了，她開口說：「敦子小姐……當然也聽說了吧。嗯……我自己也很明白我被傳得有多難聽。可是，我無法判斷那些傳聞哪些是真的，哪些是誇大其詞。我從一開始就無意為人占卜，對前來商量的人也不太清楚……」

昨天，女子說那是騙人的。

她還說預言不是說中，而是有人刻意去實現。

──有人刻意。

「我可以……請教一下嗎？」

女子點點頭。

「妳……從什麼時候開始當占卜師的呢？」

覺得好像雜誌採訪。

女子頓了一頓，答道：「我……剛才也說過了，我並沒有開業，也沒有設招牌，更沒有宣傳。我只是順其自然……，該怎麼說明才好……，我也不太清楚。可是，我靠著來訪的人所送的謝禮糊口維生，這是事實……」

「妳沒有做廣告或宣傳，什麼都沒有，那些人卻會來找妳商量？」

「是的。不知道他們是從哪裡聽到的，就是有人會來找我商量事情。我接見他們，只是述說，日後就會收到謝禮，也會受到感謝。所以來找我商量的人是什麼樣的身分，其實我也不太清楚。對於來過幾次的人，我也從未主動詢問或聯絡……」

「請等一下。」

「怎麼了嗎……？」

「從妳剛才的話聽來，妳……**不太清楚**委託人或諮詢者的背景吧？」

「嗯，不清楚。」

敦子再次感到困惑。

占卜的基本是蒐集資料。關鍵在於能夠獲得多少諮詢者的背景資料。占卜師透過事前調查、本人提出的要求、面談時的觀察、誘導訊問等一切想得到的手段，來蒐集諮詢者的個人資料。因為若非如此，就得不出切中需要的回答。

這並不是說占卜是詐騙。哥哥告訴敦子，這才是正確的占卜。切確地回應個人的要求——除去煩惱，才是占卜原本的面貌。神祕的「開示祕密」的過程，其實只是有效率地達到這個目的的技巧罷了。諮詢者是為了除去煩惱而來**讓占卜師欺騙**，要是知道自己被騙，就不會有效了。被看穿的占卜師，只是本領太差罷了。

可是……

華仙姑處女說她不清楚對方的事。

還說她不覺得自己在占卜。就算真的如她所說，是有人在事後動手腳，實現她所說過的話——雖然完全不明白為何要這麼做——但是如果神諭完全牛頭不對馬嘴，不也無從實現起嗎？

敦子大感困惑。

那樣一來……就說不通了。

「那麼……妳究竟都說些什麼呢？」

「嗯，這個……我自己也不太清楚。」

「不太清楚？什麼意思？」

「前來拜訪的人……一開始當然是初次見面，在見到他們之前，我完全不知道該說些什麼好。然而……」

「然而？」

「我一見到他們，**要說的話就已經決定了**。」

「這……我不太懂妳的意思。」

「嗯，就是說，例如我會**脫口而出**，要對方最好不要答應那份工作，或是遺失的戒指就在客廳的櫃子後面……」

「脫口而出……？」

這……

「我所說的話，全都會變成事實。可是，昨天我也說過了，未來的事不可能預知，我是這麼認為的。所以一定是有人把我信口說出來的話，就這樣……」

敦子覺得這個判斷十分吻合常理，也認為預知是不可能的事，如果預言實現，若非偶然，就是有人在事後動手腳。

但是……

「妳是……信口說說的嗎？」

「不曉得……除了信口說說以外，我想不到其他可能。因為就算問我複雜的商業問題，我也不懂……，但是……沒錯，至少我不是像現在這樣，邊想邊說。」

確實，女子說話的口氣，就像在逐一挑選遣詞用句，頻頻停頓，完全不得要領。

不過敦子也覺得，如果預言的內容真的是隨便說說，就更沒有第三者在事後動手腳實現它的意義了。

總之，敦子了解現況了。

可是……

「有沒有……對，有沒有什麼契機呢？讓妳進入現在這種生活的……」

不可能沒有理由吧。

「哦……」女子短短地應道，「呃」了一聲之後，支吾起來。

——這個人……

可能完全不擅長這樣的對話吧。那麼她真的是占卜師嗎？此時敦子再度懷疑起來。敦子認為占卜師這種工作，絕非口才笨拙的人能夠勝任的。

不久後，女子開口道：「這是很久以前的事了。我……對，我十五年前來到東京，無依無靠，沒有人當我的保證人，當然也身無分文，沒有任何認識的人，根本就是流落街頭。十五、六歲的小姑娘沒有任何後援，要在這個東京活下去……是件難事吧。可是，我也覺得正因為是東京，我才能夠不至於餓死……，只要肯找，就有工作，這在鄉下地方是不可能的。」女子說。

女服務生、女工、女傭——為了活下去，女子做過所有能做的工作，唯有賣身她怎麼樣都不願意。

「結果我在某位親切人士的斡旋下，在築地一家高級料亭落腳、工作。那是……對，是開戰前年的事。我從顧鞋和打掃工作開始，沒有多久就調去清洗工作，兩年左右，就升到女傭了。我記得穿上女傭制服時，我真的好高興。」

開戰前年到兩年後，表示女子是在昭和十七年成為女傭的。

話說回來，如果女子沒有撒謊，她現在已經年過三十了。這麼聽說再回過頭來看，她看起來也像是三十出頭。可是如果斷定她才十幾歲，看起來也像是十幾來歲。換句話說，端看怎麼看，像幾歲都有可能。

——就像洋娃娃嗎？

大概是吧。

聽說第一個發現**女子的能力**的，是料亭的常客。她鐵口直斷，比一些騙人的江湖術士更為神準，便有了一點名氣。

「我記得……那位先生是與陸軍有關的人士，或許是官僚……我不太清楚。那位先生覺得很有趣，便把我介紹給許多人……」

在戰爭時期還能夠流連於高級料亭的男人——而且是軍部的人——還有他的熟人——換句話說，華仙姑處女從那時起，占卜的對象就都是一些大人物了。那麼……

「那時妳占卜了什麼……不，說了些什麼呢？」

「……**我不太記得我說了些什麼**。就算我記得，也不明白我**為什麼會那麼說**。可是對方非常高興……，給了我許多小費。」

「妳不記得？」

「嗯。」女子的頭垂得更低了。「就算問我複雜的事……我也不懂。我在山裡長大，也沒受過什麼教育。可是，那個時候也是……，我覺得對話是成立的。所以我無法理解自己說過的話是什麼意思，無法理解的事……不可能記得住。」

「這……」

——有什麼東西……附身嗎？不，不對。解離性……精神……官能症嗎？

——多重人格？

只能這麼想——不，不能只憑這點線索就下判斷。敦子困惑了。

的確很像。可是敦子覺得沒有這麼方便的人格障礙，如果是只在人格交換後變成占卜師，這樣的病例或許是有的。

但是她……

——是連續的。

從她的情況來看，人格似乎總是維持一定。多重人格障礙的病例中，人格交換以後，大部分都會喪失記憶。雖然她也說她不記得，但並非沒有人格交換時的記憶，而是忘了當時說過的話。

「這……」敦子再次沉思。

不只限於多重人格障礙，腦或神經的障礙使得特定能力變得異常發達的病例並不少。一般認為，這是由於大腦掌管理性的部分失去正常機能，而變得無法壓抑本能的能力。

例如記憶力，有些病患會將不必要的瑣碎事情正確地持續記憶在腦中。
例如聽覺、視覺、嗅覺、味覺、觸覺，五感變得異常敏銳的例子也一樣。
還有集中力……
藉由攝取藥物或處於特殊環境，可以輕而易舉地進入感覺變得敏銳的狀態。
這些統括來看……
都能夠與高度觀察力連結在一起。
那麼，這可能就是華仙姑占卜的資料來源。
即使放棄所有的事前資料蒐集，她也能夠當場從對方身上獲得大量的資訊。而且那是在無意識當中進行的，她本身並沒有在觀察對方的認知。這些資訊，應該被她當成一種直覺來看待。
——可是……
總覺得哪裡不對勁。
結果敦子無法做出任何判斷。就在她尋思該如何開口時，女子低聲說道：「現在的我……就是那個時候的我……毫無改變的延續。」
「延續？這是什麼意思？」
「我仍然在做一樣的事，一點改變也沒有。現在的我……依然只是對著來訪者說出與自己的意志無關的話……」
——她在哭嗎？
敦子無法想像女子哭泣的模樣。
女子繼續述說。
在後方、以及戰敗後，身分不明的諮詢者仍然絡繹不絕地造訪通靈女傭，女子漸漸感到疲憊不堪，不過錢倒是存了不少。
然後女子辭掉了料亭的工作。

那是約兩年前的事。

女子說，她並沒有什麼特別的目標，似乎是因為厭倦而逃離了。她在有樂町郊外買了一棟小屋，過起了隱居生活。

但是……

「連一個月……都還不到，一個男人說他有事商量，找上門來了。後來拜訪的人愈來愈多，結果我……不管是誰，都無法拒絕他們的請求。」

女子抬起頭來。

她的表情一如既往。

「我已經受不了了。」女子悲傷地說。

日復一日，只是聆聽別人的話，述說別人的事——這名女子十幾年來，過的就是這樣的生活吧。難怪她不擅長與人對話，因為她從來沒有和別人談論過自己的事。

——我也一樣。

「呃……我是不是讓妳說了什麼不願吐露的事……？」敦子問。

女子默默地搖頭，接著她叫了一聲敦子的名字，說道：「今後……我究竟該如何是好？氣道會……究竟想把我怎麼樣呢？」

「這……」

「我從某人那裡聽說，氣道會表面上雖然是武術道場，但私底下好像是一個政治結社。」

「是……這樣嗎？」

敦子不知道。

敦子採訪前，對氣道會做過一番詳細的調查，但是她完全沒有查到這樣的事實。不過這應該只有消息靈通的人才可能知道。女子說的知道這件事的**某人**，應該是精通這類消息——政界內幕消息——的人，也就是華仙姑的客人吧。

女子完全沒有說明她在上東京成為華仙姑以前的事，會覺得不舒坦，一定是這個緣故。

女子所欠缺的……會不會是過去？

敦子撇開經驗性的事物，受到非經驗性的事物束縛而活，她的生命就宛如幽靈般虛幻；那麼完全沒有過去的現在，是不是也像這樣，一樣教人難以承受呢？

如果這些失去的過去就是一切的禍根……，如果目的和意義都被吞沒在那裡面……

「妳……是不是失去了記憶——失去了來到東京以前的記憶呢？」敦子問。

女子說：「沒有那回事。」從後頸撩起束起的頭髮，使之從肩膀垂落到胸前。「我擁有確實的過去，並沒有失去記憶。」

「那麼……」

「我……沒錯，我只是**有理由無法說出**過去。我的過去全都在我心中，只是我**絕對無法說出來**罷了。」

「無法說出來？」

「對。我只是不斷地背對那血淋淋的記憶，掩蓋它、逃避著它。而我現在又想從逃避再逃避中堆疊起來的事物中逃離。我……是個膽小鬼。」

——那是我，在逃避的人是我。

敦子總算理解接納女子的自我本性了。

這個人和自己一樣。

不肯正視現實。

——那麼……

「我有個華仙姑這個自己不熟悉的名字，但是我並不叫這個名字。雖然已經沒有人肯那樣叫我了，但我是有名字的。我並沒有忘掉那個名字。雖然已經好幾年沒有人那樣叫我了，但是那個名字，是連繫我和過去的唯一證明。是我並非華仙姑這個沒有實體的事物的、唯一一個依靠。所以……」

——就像我一樣……嗎？

「妳……叫什麼名字？」

「我……」女子的表情初次崩解了。

「我叫佐伯布由。」女子說。

3

女子的臉左右對稱，皮膚具有半透明的質感，一雙眼睛如同玻璃珠般清澈、卻也如同玻璃珠般空洞，正以幾乎無法察覺的速度緩慢地移動，掃視著桌上灼熱的鮮紅色液體表面。

平凡無奇的午後陽光，一如往常地將毫無變化的日常情景照耀得暖烘烘而且生氣蓬勃。

從女子身上移開視線。

大桌子。

大椅子。

一名男子正以邋遢的姿勢深深地坐在椅子上，從女子的位置望過去，男子應該只是一道漆黑的剪影。室內的光量充足，甚至能夠捕捉到每一粒灰塵。不過男子背對著光源所在的大窗戶。

原來如此，黑暗與陰影是不同的啊——中禪寺敦子心想。

陰影是光芒製造出來的，愈是明亮，陰影也就愈黑愈濃。漆黑的陰影愈是深濃，愈證明了那裡的輝光有多麼炫目。無光之處也無影，那麼影子只不過是光的另一個名字。

那麼黑暗是什麼呢？——敦子思忖。

暗，是光少；闇，是無光。光少的話，世界就會模糊，萬物的存在全都變得曚曨。沒有光的話，世界本身也變得岌岌可危了。

那麼黑暗就是虛無，所以這個世界不可能有真正的黑暗。就連夜晚也只是地球的陰影，只是影子罷了。

如果真有黑暗，那就是……例如……

敦子再次望向女子的眼睛。

玻璃珠中的虛無。

敦子停止注視。

沉默充塞著難以形容的緊張。

敦子沒有料想到。

她以為場面會是一片亂七八糟，不是有人生氣，就是有人爆笑，或是目瞪口呆，總之一定會是無法想像的大騷動——如果是這樣的發展，她可以輕易預想得到。

——因為，平常總是那樣的。

總是亂無章法，這個……

敦子再次望向男子。

——榎木津禮二郎。

他是個職業偵探，但是——在種種意義上——都不是個尋常偵探。

說到榎木津這個人，他從來不聽別人說話，只會單方面地說出自己想說的話，一覺得無聊就倒頭大睡，反應完全就像個幼兒。說起來，榎木津儘管是個偵探，全世界第三討厭的卻是聆聽委託人說明。附帶一提，聽說他最討厭的東西是灶馬，第二討厭的則是乾燥的糕點。

今天也是，敦子拜訪時，和平常並沒有什麼兩樣。榎木津一看到敦子，立刻發出分不清像野獸還是嬰孩的怪叫聲，衝了過來。

——妳受傷了！受傷！這是傷！

他大叫，接著責罵敦子的魯莽，狠狠地教訓她的疏忽大意。

——小敦，妳怎麼會笨成這樣！明明這麼可愛！

——可愛的人不努力保持可愛，那要叫誰來可愛！

笨。

的確很笨。

對榎木津，任何事都無法隱瞞。

到此為止的發展，都算稀鬆平常。

但是……

就在敦子想要加以說明的關頭，榎木津說：「那個**怪男人**是啥？」接著他望向女子——布由，就這樣沉默不語了。

之後，偵探深陷在椅子裡，動也不動。

敦子尋找開口的契機。除非敦子首先發難，否則這個場面八成不會有任何變化。

「敦子小姐，真是稀奇……」

然而製造契機的卻是安和寅吉。

「……去年年底後妳就沒有再來過了吧？喏，當時妳跟小說家老師一起，小說家老師最近也都沒出現呢。呃，那是……」

寅吉從廚房探出頭來，以格格不入的開朗聲音說：「對對對，是逗子的事件吧。」接著他大步走近，把大盤子擺到桌上，上頭盛了細細削好的蘋果。這名青年負責照顧榎木津的生活起居。

「……喏，就是那起金色骷髏事件。現在回頭一看，總覺得好像是好久以前的事了，其實才過了半年而已呢。那時，我家先生在逗子得了感冒，傳染給我，害得我今年過年，……啊，請用蘋果。」

「哦……」

寅吉以看熱鬧般的動作望向敦子的脖子，說：「哎呀呀，真的受傷了。」

敦子的脖子上貼著紗布和絆創膏，臉上還有瘀青和傷痕。寅吉竟然到現在才發現。「哎喲，仔細一看，傷勢很嚴重呢。到底發生了什麼事啊？」寅吉問道，敦子隨便敷衍過去。重要的是……

——榎木津是怎麼了呢？

要是平常的榎木津，應該會當場阻攔這個愛湊熱鬧的助手喋喋不休才對。

偵探沉默著。

寅吉草草地向布由點頭招呼，笑咪咪地在接待區另一頭坐下。他的膚色很白，但五官分明。

「話說回來，今天有何貴幹呢？呃，這位小姐是……？」

「嗯……」

好難說明。

所以敦子才會選擇來找榎木津。

「這……」

敦子非常在意榎木津。

這種情況，古怪偵探通常都會睡著，但是偏偏今天……他似乎是醒著的。

敦子稍微歪了一下脖子，想要看清楚偵探色素淡薄的眼睛，但是偵探整個人依然沒入陰影當中，完全看不見。

榎木津禮二郎……

世人對他的評價十分兩極。

怪人、沒常識、荒唐、派不上用場……

世間罕見的才子、俊傑、精明幹練……

兩邊都正確。

再次重申，榎木津的言行舉止大部分都違反常識，荒唐古怪。相反地，若以庸俗的說法來形容，榎木津這個人才貌雙全、聰明絕頂、手姿俊美——這也是不可否認的事實。

而這些並不彼此矛盾。

敦子認為，榎木津有些部分比一般人更為特出，所以怎麼樣都無法嵌入既有的框架裡。而那些逸脫的部分，在框架當中當然就被視為無用之物。不幸的是，只要超出框架到某種程度，優越與低劣似乎會變成同義語。

那麼榎木津的沒常識，正確地來說應該稱為超常識，而榎木津之所以派不上用場，是因為沒辦法讓他派上用場的社會太低劣嗎？

包括敦子的哥哥在內，榎木津的朋友幾乎都稱他為笨蛋。但是他們是了解一切才這麼稱呼，所以那絕非謾罵。敦子認為，對榎木津來說，笨蛋一詞反倒是一種稱讚。

不管怎麼樣，在人格上，榎木津這個人可以被歸類為怪人。

所以對於榎木津的批評，幾乎都是批評者針對自己無法理解的部分所做出來的無理攻擊。剩下的，則是出自於嫉妒與羨慕的攻訐。

榎木津一族是舊華族（註）的名門，此外，他的父親還是個財閥龍頭，榎木津本人也擁有高學歷。暴發戶貴族的公子哥——說白了，榎木津的身分也可以這樣形容。再加上本人眉清目秀，他所處的位置，可以說是人人欽羨。

但是榎木津實際上並未安於這種奇跡般的境遇。榎木津的父親似乎不認同世襲制度，說他沒有理由扶養已成年的兒女，把自己兩個兒子形同放逐地趕出家門。

世人說，即使如此，他還是得天獨厚。

的確，榎木津就算不選擇偵探這種荒唐的職業，應該也有許多條路可以走。榎木津家應該有許多關係企業，手上也有足夠創業的金錢。

事實上，聽說境遇應該相同的榎木津的哥哥，現在正到處開設爵士樂俱樂部及飯店。世人評論說這是因為弟弟沒有商業頭腦，不過敦子不這麼想。榎木津就算做生意，應該也能夠得心應手，他只是沒興趣罷了。

證據就是，若是讓榎木津畫圖，他能夠畫出畫家水準的作品；讓他彈樂器，也巧妙得媲美樂師；運動競技等不用人教，他就能夠立刻融會貫通。

註：明治以後，將舊有的武士階級重編為華族、士族、卒族。於一九四七年新憲法實行時廢止。

但是對於沒有興趣的事物，不管重複多少次，榎木津就是沒有反應。例如別人的名字，榎木津就算聽上百萬遍也記不住。他缺乏做為一個社會人士的適應能力。才能、學力、容貌、財力——儘管擁有一般凡人再怎麼渴望都得不到的天賦，他卻毫不惋惜，任意揮霍，這就是榎木津禮二郎。

這類行為在社會框架中，應該會被評為是不知勞苦、沒見過世面的人才會做出來的愚行吧。不管怎麼樣，榎木津確實出身名門，生長在富裕的家庭。他能夠為所欲為、自由自在地生活，不必為生計操心，也是因為有父親分給他們的財產，所以即使被人用有色眼光看待，也是無可奈何之事。

儘管榎木津身處什麼事都能做的境遇、擁有什麼事都辦得到的實力，結果卻什麼也不做。不，他那種生活方式，別人會認為他什麼都不做也是難怪。這個事實不會改變。

因為榎木津所選擇的職業是——偵探。

彷彿誇耀著這個身分似的，榎木津的桌上擺了一個寫有「偵探」兩個字的三角錐。現在由於逆光，看起來只是一個三角形。

寅吉不知為何突然害臊地說道：「今天啊，呃，等一下有客人要來。」

「客人？」

「來委託偵探的客人，這次又是先生的父親介紹的。我家先生因為『武藏野連續分屍事件』還有『連續潰眼魔．連續絞殺魔事件』，一躍成名了。哎呀哎呀……」

寅吉甩著手說：「……明明在社會上一點名氣也沒有，但是不知道為什麼，在財政界倒是有名得很。咯咯咯……」

愛湊熱鬧的助手哼哼地笑了。

「再怎麼說，那兩起事件——還是三起事件？委託人可是超一流的，對吧？光是這樣，宣傳效果就不得了了。人脈更勝傳單，口碑更勝收音機。」

「那……我是不是打擾了？」敦子問。

寅吉再次哼笑，「沒這回事，喏……」他的眼睛瞄向偵探。「先生最近都是那副德性。先生只要一開口，客人不用兩分鐘就走人了，所以最近幾乎都是益田在負責偵探工作。客人回去以後，先生才會……喏，說些**不能說的話**。接下來就由益田處理。先生只要坐著不動，事情就會自動解決啦。」

「哦……」

益田是敦子也認識的前任刑警，聽說他自稱榎木津的弟子。

——話說回來……

敦子覺得太安靜了。

「今天的客人聽說是……嗯，上次的事件……呃，織作家，是跟織作家有關係的人。」

「織作家……嗎？」

以房總的大財主織作一族為中心發生的慘絕人寰事件，不久前才剛落幕。除了敦子的哥哥和榎木津以外，還有許多熟人被捲入，規模十分龐大。事件的結局相當令人鼻酸，包括間接的被害人在內，出現了大量犧牲者。

那是一樁大事件。

「那家人……是啊，不久前退隱的老夫人過世，我記得……應該只剩下一個人……」

「嗯，聽說今天即將來訪的，是上上一代入贅女婿老家的人。」

「上上一代……？我記得是京都……丹後嗎？是羽田家嗎？」

當時由於情勢使然，身為雜誌記者的敦子曾經受命調查事件中心的織作家家系等資料。

「沒錯沒錯，不愧是敦子小姐。就是羽田家的人。」

寅吉揚起他以男人來說有點艷紅過頭的嘴唇，露出笑容，然後從後口袋裡取出記事本，看了看之後說：

「呃……羽田製鐵的董事顧問，羽田隆三先生……，我想來的應該是代理人。這是個大人物吧？」

「的確是個大人物。我記得他是羽田製鐵創始人的三男，算是織作伊兵衛先生的弟弟吧……。可是寅吉先生，你告訴我這麼多，沒關係嗎？」

「噢，有保密義務呢。」寅吉說。

即使如此，偵探仍舊不發一語。

「對了對了，話說回來，敦子小姐，這位……」

「哦……」

布由緩緩地將視線從紅茶抬起來，應該是越過寅吉，望向榎木津。寅吉似乎誤以為布由是在看自己，坐直了身體，再一次點頭致意。

「我叫佐伯布由。」布由這麼自我介紹。

布由——自稱布由的那一天……

敦子相當混亂。接著她想了一整天，做出假設，導出種種結論，又一再否定。就這麼反覆。

敦子不懂。華仙姑之謎自不用說，她連自己不懂什麼都搞不懂，也完全不曉得該怎麼做、該怎麼安置布由才是最好的選擇。

她好幾次想要找哥哥商量。

也好幾次妄想肯定布由神祕的能力。每當這種時候，敦子就甩動疼痛的脖子，撇開這未知的黑暗誘惑。

想到最後，敦子決定將布由帶來這裡。

理由是……

敦子若無其事地望向化為陰影的男子。

偵探九成九是在看委託人。

他在凝視。

——他看到什麼了？

榎木津是個**看得見的人**。

他**看得見**什麼？敦子還沒有得到結論。

榎木津**看得見**別人的記憶——這麼認定應該是妥當的，敦子也這麼認為。這不是能夠盲目相信的事，就算相信，也不是道理說得通的。關於這件事，敦子曾經請哥哥說明。

當時，哥哥在質疑記憶不僅僅是積蓄在腦中這樣的前提下說明。哥哥的說明終究無法完全符合自然科學的範疇，所以那段解說也與科學說明大相逕庭，即使如此，敦子還是姑且接受了那樣的假說。

哥哥假定記憶的原形就是物質的時間性質量。做為權宜之計，稱它為物質性記憶，不過它意味著時間本身嗎？

要約來說，哥哥的主旨是：所謂記憶，就是物質的時間性經過。意思就是，過去普遍地刻畫在存在**本身**吧。

那麼腦的職責所在，就是回溯原本不可逆的時間，將時間經過並列在平面上。並列在平面上，就代表能夠意識及認識。人通常會先認識到刻畫在自己肉體上的時間。換言之，短期的認識行為是現在進行式的「知覺」，而長期的認識行為，一般被稱為「記憶」——就是這麼回事吧。

知覺幾乎都是由眼、耳、鼻等感受器官的物理變化所帶來。但是榎木津的視力極端衰弱。他自小視力就不好，在戰爭當中角膜又受了損傷。換句話說，榎木津透過眼睛帶來的訊號十分微弱。在視覺的認識上，其他的訊號優於眼睛——因此榎木津**看得見**——是這樣的道理。

也就是像電視機接收訊號一樣，接收並認識到自己的肉體以外所帶來的物質性時間經過。不過這與榎木津本人現在進行式的知覺認識同時並列在一起，所以就像電話混線的狀態一樣吧。

可是……儘管世上有許多人視力有障礙，卻幾乎都不會像榎木津那樣，**看得見**別人的記憶。雖然有時會看見幻影，不過那也是自己的記憶所產生出來的幻影，與榎木津的情況完全不同。

對於這個問題，哥哥回答說，那是由於損傷的部位及先天因素所造成的。若非如此，天下應該早已大亂了。

不過……哥哥是個詭辯家。妹妹敦子也完全不懂哥哥的話究竟有幾分認真。而且它的前提——記憶的定義本身，就不是實證科學能夠掌握的範疇。哥哥所準備的框架大了一整圈。

——可是……

一件事並不是說無法做出科學性的說明，就不值得相信吧。

事實上，對於時間，有非常多的科學定義，但是都只說明了時間這個概念，對於時間究竟是什麼這個根本的問題，自然科學依然沒有任何成果。

所以如果想要在自然科學的範圍內切確地說明榎木津的能力，就絕對會出現邏輯矛盾。就算不矛盾，也會變得荒誕無稽。那樣的話，敦子絕對不會信服吧。

敦子是邏輯的奴僕，而不是科學的信徒。她之所以怎麼樣都無法打從心底相信靈魂或超自然，不是因為它們不科學，而是因為追根究柢，它們不符合邏輯。無論多麼地脫離科學，只要有一個充滿邏輯一貫性的說明，敦子應該就會相信。

敦子就是這樣一個人。

所以哥哥才會考慮到敦子的這種性情，故意放到自然科學體系之外來說明吧。哥哥就是這種人。

——所以……

這種事或許根本無關緊要。

不管怎麼樣，榎木津確實看得見什麼。哥哥的意思是叫她先接受這個事實吧。

用不著拿出誇張的假說，顯而易見，人的視覺並非單靠眼球與視神經產生。例如說，電視機即使接收到的電波很微弱，只要能夠增強這些訊號，就能夠得到一定程度的鮮明畫面。如果說榎木津的腦以相同的特殊機能彌補了感受器官的損傷，或許也會摻進多餘的東西——敦子這麼推測。

所謂現在，是**稍早**的過去。

人類將稍早的過去錯覺為「現在」來見聞。即使那稍早的過去變成遙遠的過去，也沒有什麼好不可思議的。而且人的身體原本就不封閉，有著許多微小的細縫。那麼他人的過去也有可能摻入其中——就連頭腦頑固的敦子也可以這麼接受。

——可是……

敦子無法具體想像榎木津看到的世界是什麼樣子。她光是想像，就覺得快要瘋了。不管那是別人的記憶還是什麼，看著眼前不存在的東西生活，究竟是什麼樣的狀況呢？敦子怎麼樣都無法想像那種人生。

敦子思考著。

如果採用剛才的假說，那麼榎木津所接收到的過去，可以說是無限的。那樣的話，資訊的取捨，應該就是榎木津的腦在進行。

既然不屬於自己，應該不容易控制。榎木津是從數量驚人的混沌畫像中挑選了什麼……然後看吧。這當然不可能是意識性的工作。腦的機能位於意識的上位，自己的意識沒道理操縱得了自己的腦。另一方面，榎木津雖說視力不好，但也不是看不見現實。換言之，榎木津的腦總是在處理數倍於平常的資訊。

這應該不是一件容易的事。

敦子第三次望向榎木津。

偵探似乎撇過臉去了。

敦子接著望向坐在旁邊的女子。

布由又看著紅茶表面了。

敦子交互看著兩者。

——他不想看嗎？

應該是不想看吧。

記憶——過去——祕密。

即使不想看，也看得到。

這就是榎木津的偵探術。所以榎木津不聆聽說明，也不搜查或推理。榎木津有的就只有結果。

可是……

榎木津並非能夠讀到他人的心，他看得見的只有過去的情景。未曾親身經歷的過去，就算看得見，也不可能了解那是什麼。

但是不了解的話，腦就無法認識。

敦子認為，榎木津所造成的混亂，應該全都是源自於此吧。

例如說，假設榎木津看到了白色的四角形物體。然後實際看到它的人——體驗的人並不知道那是什麼。即使如此，以榎木津的基準來看，如果那是豆腐，榎木津就會判斷它是豆腐吧。於是榎木津就會說豆腐。

在這個例子裡，對方並不記得自己看過豆腐。無論對方把那個東西當成磚頭還是方型蒸糕都一樣。別說是對方的意志，榎木津連對方認識的基準都予以忽視。若非如此，他是不是就過不下去了呢？

但是實際調查後，事實上那也有可能真是一塊豆腐。體驗者的判斷錯誤，而榎木津的判斷正確的話，對方也只能將它理解為一種靈異手法了。

對榎木津來說，偵探不是職業。在這個世界，榎木津能夠安坐的位置，只有偵探的椅子而已。所以敦子才會帶布由到這裡。

——榎木津的話……

如果……包括不自然的預言成真在內，布由的預言能力當中有什麼機關，榎木津應該可以一眼識破。或許榎木津也看得出布由頑固地閉口不語的「有理由無法述說的過去」。

不過，敦子認為也有可能什麼都看不出來。就算榎木津看得見什麼，他可能什麼都不說。而且就算明白了什麼，也很有可能對解決毫無幫助。

敦子再一次側頭，想要確認偵探那色素淡薄的瞳眸，但是它依然沒入陰影當中，完全看不見。

突然地……

「妳……」榎木津偵探難得壓低了聲音說。「妳是誰？」

敦子**心頭一驚**。

這不是這個人會說的話。

敦子這麼感覺。只是這樣一句話，卻不知為何讓敦子極度不安，她注視著背光而染上一片漆黑的偵探。

偵探站了起來。

他全身纏繞著黑影離席，默默地來到敦子及布由面前。

「榎……榎木津先生……」

榎木津無視於敦子的問話，目不轉睛地瞪住布由。榎木津的臉端正得猶如希臘雕像。敦子從來沒有面對面這麼接近地看過他，因為不曉得為什麼，會教人難為情。
榎木津瞇起色素淡薄的褐色大眼睛，盯著布由看。布由面無表情，以宛如玻璃珠般清澈、卻也宛如玻璃珠般空洞的瞳眸回視那張臉。
不知為何，敦子感到無地自容。
「榎……木……」
「妳是沒辦法瞞我的。」榎木津說。
接著榎木津就這樣，連一句說明也沒有，轉身大步往自己的房間走去。布由沒有動彈，敦子也說不出話來。
結果榎木津頭也不回，一逕走入自己的房間，連門都關起來了。
「啊……」寅吉叫出聲來。「真是、實在是對不起，先生老是這個樣子。真希望他體諒一下負責賠罪的我吶。呃，益田很快就會過來了……」
敦子恭敬地制止寅吉繼續賠罪。
她並不是瞧不起益田。
而是因為敦子並不是來委託調查或搜索。
敦子向寅吉道謝，催促布由，離開偵探事務所。鐘「匡噹」的響了。
外頭很寒冷。
「對不起，妳一定嚇著了吧？榎木津先生就是那樣子。勉強把妳帶來……卻碰上這麼失禮的結果……，真是對不起。」
「請別在意，可是……」布由注視著遠方。
然後她說：「對那個人……無法隱瞞任何事呢。」
「咦？這……」

——是什麼意思？
布由確實隱瞞了一些事，但是榎木津不可能知道。那麼榎木津所說的隱瞞，應該不是布由「無法述說的過去」。
——妳是誰？
榎木津也這麼問，他應該不是在問布由的名字。而那個時候，敦子為什麼……
——會心頭一驚呢？
老實說，榎木津對敦子這種女人來說，是個相當棘手的存在。榎木津不是不合邏輯，而是超邏輯，教人無從應付。這兩者看似相同，其實不然。榎木津雖然跳躍得很厲害，但絕對不會弄錯方向。他只是省略了過程，毋寧說是抵達了最高點。
敦子覺得他是個很不可思議的男人。
男人。沒錯，榎木津是個男人。
仔細想想，敦子覺得她過去似乎未曾意識過榎木津是個男人。這並非敦子認為榎木津很女性化，當然她也不覺得榎木津是中性的，或具備雙性特質。榎木津端正的容貌確實俊美得超越性別，但問題應該不在這裡。
從某個角度來看，榎木津比任何男人距離女人都遠，而他應該也距離男人很遙遠。
該說是性別的束縛對他沒用嗎？
這麼一斷定，又覺得有哪裡不對。從某些角度來看，榎木津的言行舉止有時候充滿強烈的歧視，若是排除生物學的觀點，或許榎木津依然是男性化的。
榎木津——沒錯，無論何時，榎木津都只是榎木津。
——他很自由嗎？
不，不對。
——還是處處受限？

不太懂。

敦子眺望紛亂的街景。

布由開口道：「那個人……一定看穿了吧。」

「咦？」

「我……有著無法饒恕的過去。」布由停下腳步。

敦子也停下來了。

「我……十五歲的時候……」

「布由小姐，妳……」

「殺了父母兄弟，殺了全家人──不，**我殺了全村的人**，出奔鄉里。」猶如賽璐珞洋娃娃的女子，死了心似地佇立在原地說。

敦子不太懂她的意思。

她只是凝視著那雙玻璃眼珠。

「敦子小姐……妳在帶我去剛才的地方前，這麼說過，對吧？妳說他擁有『看得見過去的眼睛』。聽到妳這麼說，我幾乎放棄掙扎了。十五年來，我一直努力不去看它，但是那位先生……一定看到了。所以……」

「請等一下，妳說的……」

──難以置信。

「是真的。」布由說。「我……閉上眼不去回顧自己的過去，而且是絕不會被寬恕的過去。我現在一定正在為此受罰。一直逃避忌諱的過往，它的報應就是……先知的力量──我忌諱的能力吧。但是，被迫背負陌生人的未來，我已經……再也承受不了了，我受不了了。所以……」

「沒有那種荒唐的道理！」敦子叫道。「布由小姐，那麼妳承認妳有預知能力嗎？妳不是才說過，人不可能知道未來的事嗎！」

「如果看得見過去……，那麼述說未來不也是可能的嗎？」

「那不一樣，妳說的不合道理！」

「就算不是這樣，也一樣**不合道理**。」

——沒錯。

敦子突然整個人虛脫了。

敦子只會高舉非經驗性的邏輯所導出來的正論。那種脆弱的道理，威力當然不足以粉碎透過經驗學習到的不合理。

布由幽幽地搖晃著。

「謝謝妳……幫了我這麼多。敦子小姐，能認識妳，真是太好了……」

「布由小姐……」

「請不要再和我牽扯下去了，我沒有資格和妳這樣正直的人在一起。我是個劊子手，和我扯上關係，會變得不幸……」布由邊說著，邊往後退。

「不要胡思亂想！不管妳是什麼樣的人……」

「就算活下去……也只是受人利用……」

布由的身影倏地消失了。

她彎進小巷子裡了。敦子一時慌了手腳，立刻追趕上去。

那是民宅之間的空隙，狹窄得只容一個人勉強通過。裡面堆滿垃圾，髒亂無比。

布由打算尋死吧。殺了家人？殺了村人？與那無關。就算是真的，也絕對不能因為這樣就要尋死。不行，絕對不行。

穿出小巷。

——是哪邊？

人影掠過視野。敦子想都沒想，毫不猶豫地追了上去。她穿過小路，再次彎進巷子。得側著身體才穿得進去。

布由說，和她扯上關係，會變得不幸。可是其實相反。如果敦子不是這麼無趣的人，事情應該就不會演變至此。她很明白，正論畢竟救不了人。她也明白，出於好奇心而行動太輕率了。但是敦子只能夠如此，這就是她這個無趣之人的一切。

即使如此……

穿過巷子。

眼前是一片空地，一片被鐵絲和木樁圍繞的空地。雜草叢生，堆放著大型垃圾。

「布由小姐！」

空地正中央，布由被好幾個男人包圍了。

——氣道會。

被跟蹤了。

「布由小姐！」敦子再叫了一次。

一名男子轉過來。

是看過的臉。

「咦？妳是《稀譚月報》的中禪寺，對吧？妳追上來啦？真是學不乖。上次我們會裡幾個年輕人好像受到妳諸多關照……」

「你……是代理師範……」

「對，被妳誹謗的韓流氣道會的岩井。我們會長也讀過妳那篇有意思的報導了，他看了捧腹大笑……，然後……」

岩井背對布由，轉向敦子。「……吩咐我們殺掉。聽清楚了沒？殺、掉。所以妳現在還能夠活著，全是托我說情的福吶。我告訴會長說，用不著殺掉吧？讓她精神上變成廢人比較妥當吧？」

「敦子小姐快逃！我沒事的！」布由尖叫。

——她在哭。

布由的表情在哭泣。

「放開她！不管怎麼樣，綁架監禁都是犯罪行為！」

——都到了這個節骨眼，我還想以理服人嗎？

「中禪寺，妳是不會判斷狀況嗎？這和上次不同，不管妳們怎麼叫，都不會有人來救妳們的。搞清楚了沒？」

岩井的手流暢地舉到胸前。

——我才不怕什麼氣，我才不怕什麼氣……

岩井的眼中浮現凶暴的神色。

透過衣服也能夠看到他的肌肉開始緊繃。

岩井「喝」一聲貫注精神。

——好可怕！

敦子被震飛了。

自我的恐懼把敦子震飛了，她撞上建築物。岩井背後的眾人見狀，一擁而上。岩井的聲音響起：「殺掉。」

——哥哥！

敦子閉上眼睛。

不祥的邪氣凶猛地逼近上來。

接著鈍重的聲音響起，一次又一次。

呻吟，怒罵，巨響。

然後……

笑聲響起。

「你、你是什麼人！」岩井怒吼。

「哇哈哈哈！竟然不認識我？怎麼會有這等蠢蛋？連猴子都認識我！你肯定連猴子都不如！好，從今天開始，你的名字就叫做猴子不如！聽見了沒？你這個猴子不如！」

——榎……

「榎木津……先生……」

傲然站立在巷口的，正是偵探本人。三名男子皆倒在他的腳下。

「沒錯！就是我！喏，益山，不要卡在巷子裡掙扎了，快點去救可愛的小敦！聽好了，小敦，偵探就是這麼工作的！看仔細啦！」

榎木津話一說完，踢起倒在地上的男子。接著他有如一陣旋風，跳進空地中央，一瞬間踢倒包圍上來的另外三個人。

「哇哈哈哈哈！弱得要命嘛！」

「可惡……！」

岩井擺出架勢。

雜碎姑且不論，岩井好歹也是道場的代理師範。另一方面，敦子從來沒聽說榎木津練過拳法。她嚥下唾液。

岩井壓低身體，逐漸逼近偵探。榎木津臉上浮現幾乎是瞧不起人的嘲笑，一派輕鬆自在地看著岩井。

「喝！」岩井吸氣，緩緩地舉起手臂。

榎木津彷彿趕蒼蠅似的，滿不在乎地拍上岩井的臉頰。「啪！」的一聲，一道令人錯愕的聲音響起。

一剎那，岩井露出一種食物從眼前消失的飢餓野狗般的表情。

接著，他就這樣從敦子的視野中消失了。

榎木津的迴旋踢擊中了他的側臉。

岩井倒下去，榎木津狠狠地踹上他的側腹部。

接著榎木津揪住他的後領，把他拖起來，拳頭打進他的心窩。然後他轉向敦子。

「這是小敦的分！」榎木津說。「還有這是你不認得本大爺的懲罰！」

鐵拳擊上左臉頰，岩井真的——彈飛了。

他被重重地毆打到飛去出的地步，非常符合道理。

「弄清楚了沒，這個蠢蛋！以為要打上來的時候不打上來，不就是武鬥的基本嗎？以為要打上來的時候真的打上來了，那是搞笑的基本！打架是愈卑鄙的贏面愈大，明文化的卑鄙就叫做武術！」

榎木津回頭一瞪，抓住布由雙肩的兩個人鬆開了手。榎木津輕快地大步走去，接二連三地把那兩個人也撂倒了。

「笨蛋！我不是才說了嗎？你們就是以為對方應該不會再動手了，才會被打倒。給我記清楚啦！喏，那邊的小姐，走吧。」

榎木津牽起布由的手。

「去哪裡……？」

「哪裡都好。還是妳打算就這樣永遠住在這塊空地？我是不會阻止啦，不過要是下起雨來，會淋濕的。」

「敦、敦子小姐……！」益田窩囊地叫道，渾身沾滿蜘蛛網，總算掙脫出小巷子了。「敦子小姐，要不要緊！妳站得起來嗎？我也來幫忙……」

敦子說：「我站得起來。」她只是腿軟了而已。結果敦子只是自己往後彈去，根本連一下都沒有被打到。益田伸手扶起敦子後，望向布由說：「啊，那位小姐就是華仙姑處女吧？」

「益田先生，你怎麼會知道……？」

「我從榎木津先生那裡聽說的。」

「榎木津先生怎麼會……」

這麼說來，剛才……

榎木津攻擊岩井等人的順序，和敦子遭到暴徒攻擊時的順序似乎完全相同。

榎木津果然……

敦子開口詢問前，榎木津先開口了：「這太簡單了！只要看看小敦的傷和動作，妳受到了什麼攻擊，可以說是一目了然嘛！還有這個人我也從益山那裡拿到照片了！」

「從益山先……不，從益田先生那裡拿到照片？」

榎木津都把益田叫成益山。

益田搔了搔頭。「前天我接到華仙姑失蹤的消息……，我一直在找她，其實鳥口委託我協助他調查。他在調查中，懷疑起華仙姑處女似乎是受人操縱。」

「受人操縱？」

「沒錯，鳥口當面見過這位小姐一次。大約十天前，他偽裝成推銷員潛入，得以確認。」

「確認……什麼？」

「嗯，在本人面前說這種話有些冒昧，不過有一名男子幾乎每天都會出入華仙姑住處。那個人似乎也負責與諮詢者斡旋，但是華仙姑本人似乎不知道有這麼一個人……。妳不知道吧？」

布由似乎不明白益田在說什麼，她本來睜圓了一雙玻璃珠般的眼睛看著榎木津，不久後才注意到益田，應了聲：「嗯。」

益田接著問道：「大概十天前，有一個兩眼距離很近的輕浮男子到府上拜訪，對吧？」

「咦？哦，販賣尼龍牙刷的……」

「沒錯，推銷員。那個人有沒有讓妳看一張模糊的照片，向妳打聽賣藥郎的事？」

「哦……說是六年前他借錢給那個賣藥郎……」

「妳認識那個賣藥郎嗎？」

布由微微偏頭。「他長得很像一個我認識的人……，不過那個人早在十五年前就已經過世了……」

「妳認識的那個人是不是叫做尾國誠一？」

「你……你怎麼會知道……？」

布由臉色蒼白。

「尾國先生**還活著**。而且這十年之間，他**頻繁地出入妳的住處**。」

「怎麼可能……我……」

「妳不可能記得。因為尾國這個人，是個技術高超的催眠師。」

「催眠師？」

那麼……

布由的預言是……

「沒錯，敦子小姐應該明白。我本來不知道，所以相當吃驚。催眠術裡不是有一種叫做後催眠的嗎？」

——原來如此……是後催眠啊。

「可是，能夠做得那麼……巧妙嗎？」

「可以的。」益田說。「找來諮詢者的也是尾國。所以諮詢者早已經經過詳盡調查，尾國根據那些資料，想出適切的預言，然後告訴這位小姐——當然是在催眠狀態當中。接著再指示她在特定的契機下發言，並消除催眠中的記憶。大概是讓她看諮詢者的照片，然後讓她預言。接下來再動手腳，讓事情照著預言所說的發生。這個時候，似乎也會使用催眠術。」

「為什麼要那麼大費周章……」

「當然是有許多目的。像是掌握大人物的把柄、收取斡旋費用——不，只要讓對方深信不疑，就能夠利用預言控制對方了。搞不好還能夠左右國家的未來——連這種誇張的事都有可能。」

「尾國先生……還活著？」布由半透明的皮膚逐漸失去血色。

「騙人……這怎麼可能……」布由摀住嘴巴。

她不斷地重複著「太荒唐了」。

「沒錯，真的很荒唐。但是尾國真的活著，而且有許多證人。」

布由將憔悴的臉轉向益田。

「華仙姑女士……，我不知道妳的本名，不過妳每天都會見到妳以為已經過世的男子。光是這樣，就足以讓人精神錯亂了，不僅如此，妳這十幾年間還不斷受到催眠，這不可能撐得住的。聽說視情況，甚至可能會引發分裂症狀或抑鬱症狀呢。」

事實上，布由的精神狀況已經變得十分不安定了。

她現在的狀態相當危險。

「鳥口覺得事有蹊蹺，暫時不公開好不容易到手的獨家新聞，重新展開調查。因為要是隨便公開，可能會讓幕後黑手給溜了，而且世人的眼光一定會集中在這位小姐身上吧……」

沒錯，非議和中傷都會集中在布由一個人身上。要是在這種狀態遭遇到那種事，布由的精神或許真的會崩潰。這得感謝鳥口過人的見識才行。

「而且，」益田接著說。「不管怎麼逼問這位小姐也沒有用。因為她是在潛意識領域受到指示，完全不記得。這太巧妙了，俗話說，欺敵必先欺己……，但是這也太殘忍了。」益田最後這麼說。

敦子走近布由。布由一看到敦子，身體晃了一晃，求救似地將那張面無表情的臉靠在敦子的肩膀上。

「敦子小姐……」

「已經……不要緊了，這下子……」

名為不明的謎團……

布由好像在哭，敦子感覺到淚水滲到了肩口。

「益田先生……真的謝謝你，還有……」

敦子轉頭一看，榎木津拿著好像是撿來的鐵絲，正緊緊地捆住氣道會成員的手腳，把他們綁在木樁上。

「真是大快人心，這下子他們絕對沒辦法自己解開。很有趣吧？不管怎麼吼怎麼叫，也不會有人來這裡救他們。啊，這傢伙醒了。」

男子抬起頭來，榎木津狠狠地敲上他的後腦勺。

連叫的機會都沒有。

「暴力這玩意真是愚蠢，什麼都不必想，太輕鬆了！可是手會痛，肚子也會餓，虧大了。喂，你們要在這裡站著聊天到什麼時候？益山，都是你一直囉嗦，大家才回不去。還有，喂，那個女的……」

榎木津站起來，順便踢了踢兩三個人的腦袋後，迅速地走到布由面前，又像剛才在事務所那樣盯著她的臉看。

「妳又被騙了。」

「咦？」

「雖然不曉得是怎麼回事，不過騙不了我的。那是家人嗎？那麼**根本沒少**啊。那個怪東西是什麼？我知道了，是水母，對吧？」

「水母……啊！」布由短促地一叫，眼睛睜得幾乎連眼珠子都要掉出來了。

我把父母兄弟全家人不我把全村的人都……

殺了……

「榎木津先生！你說的……你說的是什麼？你看到了什麼？」敦子問。

榎木津瀟灑地站在小巷口，叫了聲「小敦」，說道：「……京極那個笨蛋擔心死嘍。」

敦子這才發現自己在流淚。

＊

第六個夜晚來臨了。

我應該筋疲力竭，然而不可思議的是，我並不感覺有多疲勞。

今天發生的事和昨天一樣，昨天發生的事和前天一樣，所以我可以輕易地想像出明天的自己，而且應該大致吻合。反正明天一定也和今天一樣。那麼就算明天不來臨也無所謂，但是夜晚無論如何都會過去，所以不管怎麼抵抗，相同的一天總是會再次開始吧。永遠地、一次又一次。

我這麼感覺。

我已經無法想像不同的早晨了。

這麼仔細一想，我開始覺得對我疲弱的人生而言，早晨這個玩意兒——即使不是身處如此特殊的環境也一樣——似乎都沒什麼改變。一覺醒來，我總是感到有些不安，為了驅走不安，我盡可能像昨天一樣行動，一心祈禱不會有任何事發生，然後再次害怕明天來臨，顫抖著入睡。

悲傷的事、難過的事、高興的事、愉快的事、討厭的事——喜怒哀樂的差別相差甚微。不管再怎麼悲傷，肚子一樣會餓，不吃飯就會死。

傷心地滿嘴東西吃飯的模樣十分滑稽，但這就是人。雖然有「難過得要死」這種說法，但是不管是難過還是悲傷，生命之火也不會只因為情緒就滅絕。相反地，不管再怎麼高興，跌倒還是會痛，不管再怎麼有錢，也不可能一口氣吃下十幾二十碗飯。

結果，人生就只是起床、活動、睡覺。不管身處何處，做些什麼，又或者什麼都不做，也毫無改變。像我這種人不管存不存在，太陽依舊升起，依舊西沉，沒有人——沒有一個人會感到困擾，不是嗎？

不……

我想起妻子。

妻子會怎麼想呢？

會覺得困擾嗎？一定覺得平添了許多麻煩吧。

——可是……

5

しょうけら

休喀拉——

此地亦行中世陰陽家之說，與守庚申之事（中略），故民間亦廣為流布，今亦多祭祀於路旁。《拾芥抄》載：「庚申夜誦彭候子、彭常子、命兒子，悉入幽冥之中，去離我身。」註云：「今按，每庚申向寢而呼其名，三尸永去，萬福自來。」此誦文不知源自何處，三彭之名亦異，此誦為未守庚申而寢之歌，說法多異，今俗傳彭申之夜誦歌云：

悉悉蟲離我床，去我床，
未寢但臥，雖臥未寢。
此悉悉蟲或稱休喀拉。

——《嬉遊笑覽》卷七／喜多村信節
文政十三年（一八三〇）

1

「我的記憶力比別人好。」女子說。

那又怎樣？——木場修太郎心想。

木場完全提不起勁。雖然不到心不在焉的地步，但鑽進耳朵裡的話全都停留不了多久，一下子就溜到別處去了。停留時間太短，所以無法領會話中的意思。女子愈是滔滔不絕，木場就愈覺得無所謂。也不知道是真心這麼想，還是裝出來的。他連去分辨的力氣都沒有了。

就像為了消磨時間而進經典電影院，看著已經看過好幾次的老電影。不管銀幕中的女子是哭是叫，甚至被殺害，身為觀眾的木場也莫可奈何。無論銀幕裡發生多麼重大的事，老實說，木場一丁點都不在意。視網膜雖然倒映出有人在傾訴的模樣，但他的腦袋是一片空白。

說到那個時候木場在想些什麼，他想的只有被簡慢地端到面前、用豆腐渣做成的**像是**壽司的東西上頭擺的燻鯨魚肉而已。

那麼巨大的鯨魚究竟是切下身上的哪個部位，才能變成這麼寒酸的東西呢？這件事怎麼樣就是讓木場在意得不得了。

「絕對錯不了的。」女子有些激動地說。

——煩死人了。

在一旁托著腮幫子的酒店老闆娘倦怠地開口：「連一丁點幹勁……都感覺不到呢。」

就像貓撒嬌的叫聲般，完全無法捉摸。

老闆娘說的一點都沒錯，所以木場沒有回話。

「怎麼啦？真拿你這個木屐刑警沒辦法……」

老闆娘——貓目阿潤瞇起一雙杏眼瞪著木場。

然後她瞧不起人地罵道：「沒出息的懦夫。」原本熱心傾訴的女子看到阿潤此舉，突然變得萎靡不振，一臉索然地望向褪色發黃的櫃臺。

木場總覺得有些內疚，可是他一想到自己就是在這種時候心軟，才會每次都倒大楣，於是故意冷酷地皺起眉頭應道：「囉嗦。」

木場是東京警視廳的刑警。

處理了好幾個月的重大案件在今年春天總算告一段落，接著好不容易解決掉悔過書、報告書等他不擅長的文書工作，木場厭煩到了極點，回過神時，他人已經接近鬧區了。然後……他來到了這裡。

貓目洞——完全就是家落魄的小酒店。昏暗，空氣也不流通。連客人都沒有。沒有說些無聊廢話的陪酒小姐，也沒有自以為是地說教的酒保。

只要能喝酒，去哪裡都無所謂，但木場會特意迢迢遠路來到與住處反方向的池袋這一帶，或許是因為他已經沒有力氣投身人群之中。木場懶得迎合社會的時候，就會來到這家店。

——大失所望。

不該來的——木場有點後悔。

的確。

不，如同猜想，當木場來訪時，地下的這間小店沒有半個客人。

不僅如此，老闆娘一看見老熟客木場，早早就打烊了。這都是老樣子了。與其說是生意不好，倒不如說老闆娘根本無心做生意。

「我在等你呢。」老闆娘裝出笑容，睜眼說瞎話。

不去的時候，木場半年都不會光顧，老闆娘不可能會等待這種不良客人。木場理都不理：「別說那種無聊的奉承話。」

然而……

沒多久，阿潤就叫木場看店，離開了店裡。木場什麼也沒想，打定了主意專心喝酒，自斟自酌時，阿潤帶來了一個說是熟人的女子。

「讓她商量一下吧。」阿潤這麼說。

原來瞬眼說瞎話並不是奉承，而是別有居心。女子頻頻傾訴她被人偷窺還是怎麼樣，讓木場覺得煩躁。他不想聽，不想思考。

所以木場連女人的臉都沒細看，只是盯著缺了口的酒杯，看著賣相極差的小菜。

——竟然得寸進尺。

木場把像是壽司的東西扔進嘴裡。

吃進嘴巴後他才想：這年頭哪裡還在做這種鬼玩意兒？

豆腐渣壽司，是無法隨意吃到壽司的年代才會產生的替代品。豆腐渣用來代替米飯，而鯨魚肉則代替鮪魚。

換言之，這是在沒有米也沒有魚的年代才吃得下去的東西，木場以為水產品的管制廢除以後，應該不會再有哪個笨蛋去吃這種難吃的東西，也不會再有哪個笨蛋端出這種東西給客人了。

食物卡在喉嚨裡，難吃極了。

木場在豐島的轄區任職時，好幾次到販賣這種鯨魚壽司的黑市壽司店進行查扣。

雖說比鮪魚容易弄到手，但鯨魚仍然是水產品，也就是違禁品，所以不能在市面上光明正大地販賣。

木場偷吃過好幾次查扣的鯨魚壽司。

當然，這不是一個公僕應有的行為。可是警察就算查扣了壽司，結果也只能扔掉。實際上是販賣違禁品的黑市不對，但是將黑市查扣來的貴重食物不當一回事地扔掉的警察，又算是什麼？

木場總覺得難以釋懷。

就算是違法的東西，當時的人過的也是有一餐沒一餐的生活，甚至有人餓死，而應該要守護社會的警察竟然將能吃的東西扔掉，這怎麼行呢？要扔掉，倒不如吃掉——當時木場是這麼想的。

每次偷吃都卡在喉嚨裡，每次木場都嗆得厲害極了。

事隔幾年後再吃到，他又噎住了。

木場急忙把酒杯中的液體灌進喉嚨，結果嗆得更慘了。杯中的廉價酒不僅度數高，而且不知道原料是什麼。

阿潤見狀，像洋貓般的臉笑歪了。

「你啊，這樣也算是刑警嗎？空有個大塊頭。」

「我告訴妳，刑警可不是小鎮的煩惱諮詢員吶，喂！」

「幹麼？警察不是站在百姓這一邊的嗎？」

「警察是站在守法者這邊的，我們只負責取締違法者。」

「偷窺不也是違法行為嗎？你神氣個什麼勁？」

「我是搜查一課的，辦的是殺人案……」

這是藉口。

他只是覺得煩。

「就算是失敗了，但你這種塊頭活像個大佛的男人悶悶不樂個沒完沒了，實在是難看到了極點。」阿潤說道，用力撇過臉去。

——失敗啊……

的確。

上次的事件裡，包括木場在內的搜查人員的行動——不，本部的搜查方針本身就有著無法彌補的過失。儘管布下了天羅地網，被害人卻不斷增加，而且這還是東京警視廳與轄區——國家警察千葉縣本部傾全力進行的搜查行動。

有五個人在木場面前喪命。

即使不是木場本人犯下了致命的過失，殺人事件在身為警官的木場面前大剌剌地發生也是事實。當然，木場對於這件事並非不感到自責。他也覺得要是自己行事再聰明一點，或許能夠挽救一兩條生命。

然而，他也覺得這麼想是自命不凡。他認為區區一介警官，能夠做的頂多就只有那麼一點程度了。

他絕不是自卑，也不是為了卸責而逃避現實。而且以結果來說，木場比搜查本部更接近真相，就算被責備擅自行動，他也自認為在有限的狀況中，盡了最大的努力。對於這一點，他並不後悔。

但是……這種情況，問題並不在於努力、判斷或對錯。

有意義的只有結果。

不管是做出正確的選擇，或是真摯地努力邁進，結果失敗的話，一切都是枉然。但是即使做錯還是偷懶，只要結果順利，一切都皆大歡喜。

確實是有疏失，許多人犧牲了。

但是兇手被逮捕，案子結束了。

無可奈何。所以木場不感到滿足，也不覺得失望。他十分淡然處之，也不覺得自己像阿潤說的悶悶不樂。只是……

硬要說的話……

木場不中意淡然處之的自己。總是驅使木場往不必要的方向橫衝直撞的莫名衝動，現在卻不可思議地沉靜下來了。一點都不像自己。結果木場到現在仍對事件沒有任何感想。他覺得這種情況，自己應該更情緒不穩、更激憤、更興奮地做出莫名其妙的行動來才對。

那樣比較像自己。

當然，一切都已經結束了，就算木場一個人大吵大鬧，死人也不會復生，但是他覺得如果不至少大鬧一下，被殺的人似乎會死不瞑目。這不是講道理，木場認為自己的行動規範並不是道理。說起來，不管死了多少人，卻只有一句「哦，這樣啊」的話，那簡直……

——簡直就像戰爭。

木場這麼感覺。他不願意這樣，他覺得這樣是不對的。但是……

儘管眼前有那麼多人死去，結果木場卻無法有任何特別的感想。

這種達觀而成熟的自己，讓木場有些無法接受。只是如此而已。

他並不是在為失敗而後悔。

木場只是嫌麻煩。

此時，木場進來後第一次正視阿潤。

鮮明的五官，玫瑰色的口紅。

自己看起來應該完全是在瞪人，木場非常明白自己的容貌會帶給對方不必要的威嚇感。

細小的眼睛，粗獷的臉龐，健壯的脖子。

阿潤意興闌珊地撇著臉。

「呃……」女子消沉至極，無力地開口。「我還是……」

「妳……要去那個叫什麼的怪孩子那裡嗎？」

阿潤撇著臉，慵懶地問道，女子苦惱了一會，應了一聲：「嗯。」阿潤小巧的嘴唇銜住香菸。

「這個嘛，我是不太贊成妳去啦，不過總比這個笨蛋……」

笨蛋是指木場。

阿潤點燃香菸，吸了一口，把煙吹向木場，接下去說：「可靠吧。」

「喂……」木場有點介意。「……妳說的那個怪孩子是什麼？」

「幹麼，那跟你無關吧？笨條子。」阿潤罵道。「對啦，跟我沒關係啦。」木場凶回去。凶都凶了，這下子也不能求人家告訴他，這次換成木場撇過臉去了。

女子見狀想要開口，但阿潤制止她，結果自己說了起來：「通靈少年啦。嗯？可是那也不叫通靈吧。我想想，是神童吧。叫什麼來著？對了，他用的是什麼照魔之術吧。」

「嗄？什麼照摸？」

「好像是照出魔物的意思吧，可以識破壞事和謊言。」

「哈，那豈不是太方便了嗎？」木場不屑地說。

什麼靈啊魔的，木場最痛恨那類東西了。細微的差異他根本不在乎，那類東西在木場眼中全是一丘之貉，全數排斥。

「警察裡最好有一個，不，閣員裡應該要有一個吧。」

「好像……也有人提出這樣的意見。」

「妳說什麼？」

木場當然是開玩笑的。

老闆娘只是望著天花板，悠然自得地回答：「內閣怎麼樣我是不知道啦，不過我聽說那孩子在某件案子裡大顯身手，揪出了罪犯。要是能夠識破偽證，那一定很方便嘛。」

「混帳東西，警察才不可能相信那種東西。我看八成是抓到偷咬沙丁魚的野貓罷了吧？我不曉得什麼神童還是通靈少年，就算是神明還是佛陀，要是司法人員照著神諭行動，豈不是世界末日了？要是警察真的相信那種小鬼的胡說八道，這個國家就完蛋啦，混帳東西。」

「那麼……」阿潤嗲聲嗲氣地說。「……這個國家差不多要完蛋了吧？」

「什麼意思？」

「因為我聽到的不是那孩子協助犯罪搜查這麼簡單的事，而是對逮捕罪犯做出實質貢獻這樣確實的傳聞。這表示警方在搜查還是逮捕行動時，採納了那個孩子的意見吧。一般民眾是不能逮捕罪犯的。」

「只是傳聞吧。」木場說。

阿潤答道：「人不是說無風不起浪嗎？隨便什麼都好。管他是小孩還是小狗，總比動也不動、像塊醃泡菜石的刑警要來得有用多了吧？」

「妳很囉嗦耶，知道了啦。」

「你知道什麼了？」阿潤說道，煩躁地摁熄香菸。「聽好了，我可不是因為這位春子小姐要去依靠你說的那個死小孩的胡言亂語才這麼說的。全都是因為你像頭小便的馬似地呆杵著不動。」

「妳這個女人啊……」

「什麼女人不女人的，別亂叫。」

「欸，我是客人耶！」

「我不記得這陣子收過你的酒錢呢，請不要擺出一副大爺樣，好嗎？」

「都倒酒給人喝了，還在那裡說什麼大話。每次來都關店，妳上次還在裡頭呼呼大睡，對吧？妳在睡覺，對吧？喂，別以為妳騙得過刑警。而且妳每次都淨拿些莫名其妙的東西給我吃，說什麼試吃，每次都害我拉肚子。聽好了，阿潤，事情要講順序，工作要論職責。我不曉得這個人住在什麼地方，但這種事得先……」

「你這人就會滿口廢話，這我當然知道。不就是因為附近的警察根本靠不住，才會像這樣拜託你這個遲鈍的笨蛋嗎？你連這都不明白嗎？你以為誰喜歡沒事來找你這種長得像廁所踩爛的木屐的人商量啊？」

「呃……」女子——阿潤叫她春子——怯生生地開口。「潤子小姐，可以了，我……」

阿潤無可奈何地看了木場一眼，無力地說了句：「對不起。」聽起來也像是在對木場說。

「……呃，也不是這一兩天就會怎麼樣的事，而且也沒有生命危險，所以我還是去請示藍童子大人……」

「等一下。」木場忍不住插嘴。「那類通靈的騙子絕對不是什麼好東西。」

——我幹麼插嘴？木場心想。

「所以最好不要和那種人扯上關係。」

多管閒事。說起來，這根本不關木場的事。只是他有個怪癖，別人用力推他，他就會狠狠頂撞回去，但是對方一縮回去，他就會伸手拉過來，教人傷腦筋。木場天生就是個愛唱反調的人。

——不對，我是三歲小鬼啊？

應該是吧，這不是大人的反應。

阿潤垂著頭，她一定正暗自竊笑。

「妳笑什麼笑？我最痛恨占卜這類鬼東西了。我幹的這一行，也認識很多被害人。和那種人扯上關係，沒一個有好下場。那種人就算妳不去碰，也會自己找上門來，沒必要去自投羅網。那豈不是叫什麼撲火嗎？」

阿潤露出少女般的表情，把笑意給嚥回去似地說：「可是我說你這個人啊，實在是太好笑了。不過……噯，算了。春子小姐，只有這件事，這個傻瓜說的完全沒錯。我也告誡過妳不知道多少次了，妳最好還是打消這個念頭。」

春子虛脫地「哦」了一聲。「我也這麼想，可是……」

「可是？」

「以前曾經有一次……是碰巧的，呃，我得到藍童子大人的忠告……，怎麼說呢，是和我有關係的……」

「和妳有關係？」

「嗯，所以我想……應該可以信任吧……」

「喏，那邊的刑警，都是你不好好地聽人說話，春子小姐才會這麼想，不是嗎？這小妮子就是不乾不脆的，要是放任她這樣下去，一定會去找那個小鬼的。和那種人扯上關係，不是準沒好事嗎？」

「那妳是要我怎麼樣？」

——結果不又是這樣了嗎？

木場重新聆聽女子的說明。

女子——自稱三木春子。

她今年二十六歲，說是靜岡人，因故戰後來到東京，前年開始在東長崎的縫製工廠上班。沒有家人親戚，獨自一人住在工廠的宿舍裡。

春子這個人的外表一點特徵也沒有，就算往後在別處再度碰上，也令人懷疑是否能夠認出她來。乍看之下，她並不像耽於玩樂的女人，服裝也十分樸素，這樣的女子怎麼會認識酒家老闆娘？木場對這一點感到有些詫異，不過女子沒有述說她上東京的理由，也沒有說明她與老闆娘的關係。

「很纏人。」春子再三強調。

看樣子似乎真的很纏人。

讓春子評為纏人的，是住在附近的一個派報員，名叫工藤信夫。

春子說，工藤從去年秋天開始就一直糾纏不休，讓她不勝其擾。說白一點就是追求她，這並不是什麼稀奇事。

「妳……不喜歡那個人嗎？」為了慎重起見，木場問道。

因為這是最重要的一點。

實際上，這類糾紛很多時候是旁人理不清的情侶吵架，沒有人被別人喜歡會感到不快。雖然其中有些人會覺得煩，但那只是不中意追求者或狀況，對於受人喜歡這件事本身並不感到厭惡。

不過世上也有許多情欲勝過愛意、只是出於性衝動而追求異性的無恥之徒，那類情況，只是一種偽裝成愛意的性騷擾，不過就連這種豈有此理的求愛，也有人覺得沒那麼糟糕。

而這類情形，女方不願意的態度大部分都只是裝裝樣子而已，所以更棘手了。像木場，總是對此感到困惑不已。

當然，無論是男是女，如果自己的人格遭到漠視，只被視為性衝動的對象，不可能會覺得高興。即使如此，仍然有些人覺得不壞，這並不是因為他們好色或淫蕩，只是他們受虐的心理受到刺激吧。木場這麼想。

不過……

木場既未追求過別人，也沒有被追求過，當然無法斬釘截鐵地斷定。雖然無法斷定，不過向對方傾訴「我喜歡你」，應該很接近臣服於對方，向對方說「我任憑你吩咐，請你收我為小弟」吧。如果這樣的話，被追求的一方對於追求的一方是不是會萌生出優越感呢？因為對方奉上無條件的恭順。一個人只要稍微有點支配欲、或自尊心稍微強烈一點，即使對方的色欲顯而易見，還是不會覺得不愉快吧。

反過來也是有可能的。被追求的一方若是有被虐傾向，在不同的意義上，也會有不同的感想吧。

不管怎麼樣，嘴上說討厭，也是喜歡的一種表達方式——男人這種可笑的邏輯能夠行得通，也是因為有這些複雜棘手的例子存在吧——木場心想。

不過對於不擅長處理感情問題的木場來說，這些或許都只是自以為是。

但是，木場唯一可以確定的是，這種事終究只能讓當事人自己解決。木場知道幾個事例，表面上雖然不斷地說煩人、討厭、很困擾，但是攤開來一看，別說是討厭了，根本是兩情相悅。碰上那種事，被找來調停的第三者簡直成了再可笑也不過的小丑。

多管閒事不合自己的性子，所以木場要確認春子是不是真的覺得不快。

「妳真的討厭他到作嘔的地步嗎？」木場再次詢問。

一時沒有回答。

隔了一會，春子斷斷續續地回答：「其實……也不是……討厭啦……」不出所料。

「那樣的話，妳就應該聽聽那個人……」

「可是……」

木場就要開始諄諄教誨，春子似乎察覺，立刻打斷他接下來的話。

「可是他成天監視我。」

「監視？」

「如果只是冥頑地糾纏不休，那還沒什麼。不，這樣也不好，可是我對他一點意思也沒有，所以真的、真的一點都沒有把他當成對象來考慮。所以說，與其說覺得煩，我更覺得……呃……有點恐怖。過年時，我曾經拜託廠長，請他制止那個人繼續糾纏我。」

「然後呢？」

「原本他在我的公寓附近徘徊、或是在工廠後門埋伏等我下班、或晚上站在窗外的行為……」

「他做到這種地步嗎？這……這傢伙還真難纏。然後呢？」

「嗯，廠長人很親切，還擔任町內會的幹事，所以也很有影響力。我和廠長商量後，廠長便說交給他，不過因為擔心當面說會起衝突，便去找提供工藤先生住宿的派報社老闆申訴，說他那樣造成別人很大的困擾。於是工藤先生那些奇怪的行為……」

「收斂了嗎？」

「是的。」

「那不就好了嗎？沒有任何損害嘛。叫人家連想都不能隨便想，再怎麼說也太過頭了吧？」

木場這麼說，阿潤便揶揄似地說：「你是專門單戀的嘛。」

木場惡狠狠地瞪她，卻沒有半點效果。

「你真的都沒在聽呢。聽好了，春子小姐從剛才就一直在說**後來的事**。只有那樣的話，連犯罪都稱不上。誰會為了那種事去找刑警商量啊？」

說的也是。

她是說……被偷窺嗎？

——被偷窺啊……

「喂，總不會是二十四小時隨時都有人在偷看妳吧……？」

二十四小時隨時都有人在看我——不久前落網的連續殺人犯這麼訴說。那當然是妄想，不可能有那種事。

不過，木場知道就算那個兇手例子特殊，平常人也很容易萌生那類妄想。他聽過以前是精神科醫師的朋友詳細的解說，強迫性神經症、精神分裂症，並不是什麼特殊的疾病。如果說是，包括木場在內，每一個人都是精神病患。一聽之下，才知道那似乎只是程度的問題。

但是就和占卜、通靈一樣，木場也非常痛恨精神分析和心理學。對木場來說，這些東西只是根據的理論不同，其實性質根本相同。要是這麼說，醫師一定會生氣地要他不許混為一談，但占卜師應該也一樣會抗議吧。雖然占卜不合道理，但自古以來就深植民間。另一方面，精神醫學雖然符合道理，卻還是開發中的學問。若論有沒有公民權，占卜搞不好還占了上風。

木場將不祥的預感完全表現在臉上，阿潤似乎馬上察覺出來，在木場抱怨前牽制說：「你又在想什麼沒用的事了吧，你也差不多該自覺到自己腦子那麼笨，想再多也沒用。」

這已經不是揶揄，根本是唾罵了。

「妳這女人也真教人火大，不好意思，我就是笨，才會去當刑警，妳不懂嗎？而且我的腦子是我的腦子，要想不想輪不到妳來指揮。」

「我說啊，你那顆四方形的腦袋裡頭在想些什麼，我全都看透啦，我早就從降旗那裡聽說了。反正你又在想上次那個潰眼魔的事了吧，誰不知道你把這女孩想成強迫性神經症還是自我意識過剩……」

完全被看穿了，阿潤高明多了。

降旗就是那個灌輸木場一些有的沒有的知識的罪魁禍首——前任精神科醫師。木場一時忘記了，不過這麼說來，降旗也是貓目洞的常客。

「……可是，不是那樣的。」阿潤說道，噘起嘴巴。

木場怎麼樣都無法信服。

「不是那樣，那是哪樣？她剛才不是說她整天受到監視嗎？不是說一直有人在看她嗎？她覺得有人一直在看她吧？那不就一樣嗎？」

「呃……」春子發言了。「……不是那樣的，**我完全不覺得有人在看我**。不，**不可能有人在看我**，所以、所以我才覺得恐怖……」

「那到底是……」

——怎麼回事？

木場將視線從阿潤母貓般的臉轉向春子平凡的臉。由於照明昏暗，春子的五官印象變得更薄弱了。

「工藤先生從那以後，突然就再也沒有出現了。」

「突然嗎？」

「是的。據說，他似乎深自反省，每天早晚認真地送報，我也放下心來，可是過了一個月左右……我收到了一封信。」

「信？情書嗎？」

「說是情書……也算是情書……」

「怎麼這麼模稜兩可？不是嗎？」

「嗯，上面……呃……詳盡地寫著我的日常生活……」

「什麼？」

那封信上以小小的字跡密密麻麻地寫滿了文字。

（前略）春子小姐／

為何疏遠小生／為何做出如此殘酷之事／為何妳不順從妳的真心／小生了解妳的真心／妳讓小生在雇主面前出盡洋相／即使如此小生還是願意原諒妳／因為小生知道／那並非妳的真心／小生知道的不只如此／小生知道妳的一切／讓小生證明／這不是謊言，也不是愰子／例如那一天／那一天／妳……

「接下來……仔細地記載了我某一天的行動。那真的是鉅細靡遺、詳細入微，整張紙滿滿的，寫得極為詳盡。」

「那……」

「是的，全都說中了。」

「不會是……碰巧的吧？」

木場覺得就算隨意猜想，也不會相去太遠。工廠的上下班時間一定，而且工藤這個人以前曾對春子糾纏不休，應該也掌握了她上班以外的生活作息——例如用餐時間或就寢時間。

那樣的話，除非有什麼相當特別的事，鎮工廠女工一天的生活應該不難想像。木場這麼說，春子的表情一暗。

「要是這樣就好了……不，我一開始也這麼想。不，應該說我努力地這麼想。可是……」

「不是嗎？」

「嗯，呃，例如說……」春子垂下頭去。

「這很難啟齒呀，遲鈍鬼。」阿潤斥責木場。「喏，像是內衣的顏色啊，有很多啊。」
「哦……」
「哦什麼哦。春子她啊，手腳冰冷，胃腸也不是很好，所以呃……我說出來沒關係嗎？」
「嗯，我也不是會為這種事情害羞的年齡了。」
「說的也是，反正這個男的對女人一點興趣也沒有，滿腦子只知道吃。聽好嘍，這女孩會穿一些什麼毛線襯褲啊、纏腰布啊、針織襪等等。喏，當時還很冷嘛。」
「好了，我知道了。要是不遲鈍，哪幹得來這粗魯的職業啊？可是，那個叫工藤的傢伙連這種事都……」
「嗯，當時還是初春，氣溫也不一定，我有時候穿，有時候沒穿，可是當天穿的……呃……例如說顏色，連這都……」
總覺得話題變得太真實，木場從春子的臉上別開視線。
他盯著褪成米黃色的牆壁問道：「上面寫的……唔，都說對了嗎？」
「都說對了。」春子回答。
會不會是她記錯了？
說起來，幾天前穿了什麼顏色的內衣，會一一記得嗎？木場首先懷疑這一點。
像木場，連昨天自己穿了什麼都記不太清楚了。因為他的衣服大同小異。木場雖然不能拿來當標準，但他並不認為自己與一般人相差多遠。雖然木場無法想像女性的貼身衣物有幾種顏色，不過也不可能多到哪裡去。頂多只有兩三種顏色吧。只有這幾種顏色的話，就算其實不是，但別人如此斷定的話，也會誤以為說中了，不是嗎？
我的記憶力比別人好……
——原來如此，那是在說這件事啊。
木場搔搔下巴。

這事也真詭異。

「那……也就是說，那傢伙……偷窺了妳的房間。」

「算是偷窺房間嗎……？呃，像是用餐什麼的，是所有工人集合在工廠的餐廳一起吃……，連我在那裡吃了些什麼都……」

「連這也說中了？」

「嗯。菜色雖然是固定的，但可以挑選。種類雖然不多，不過我並不會特定挑選什麼，連這也……」

換言之，工藤這個人與其說是偷窺春子的房間，更接近緊跟著春子行動。

二十四小時整天都被黏著，光是這樣就教人受不了了。不僅如此，連回到房間以後也被偷窺，確實會教人發瘋。

「所以妳才會說監視啊……」

就連處在組織監視下的軍隊生活，也有獨處的時間。關在單人房的囚犯，也不會被二十四小時監視。即使是生活邋遢隨便得被人偷看也不在乎的木場，也不願意在獨處時被人盯著瞧。雖然春子已經不是少女了，但她畢竟是個未婚女子，一定感到忍無可忍吧。

而且還不只是被看而已。

還將看到的內容寫成書面報告送過來……

——到底是在打什麼鬼主意？

「你這人真是腦袋轉不過來呢，春子一開始不就說她在煩惱這個問題了嗎？」阿潤恨恨地說。

她說的沒錯，但木場當時沒在聽，有什麼辦法？缺少線索的話，本來懂的事也聽不懂了。要是以成見來填補缺少的部分，故事很容易就會變形的。

寫了一大堆後，信件這麼作結：小生全都知道／千萬小心……

好險險。

不，不是這種問題。

「看到這封信，我真的嚇壞了，可是又無從回覆。就算想和別人商量，一想到我隨時都被他監視著，也不敢去找人。不知不覺間，一個星期過去……我又收到信了。」

「內容是什麼？」

「我這七天以來的行動。」

「然後內容全部都……」

「全部都說中了。」

「全部……？後來收到的信，也和一開始的信一樣，呃……所有的事都詳盡地……呃，寫得一清二楚嗎？」

「嗯，一張信紙一天份，用小小的字寫得密密麻麻的……，總共有七張……」

「從早到晚？」

「從起床到就寢。」

「那表示那個叫工藤的人一整天……不，一整個星期都緊跟在妳身邊，連眼睛都不闔地……？」

就算是充滿執念的刑警，也不會單獨一個人像那樣如影隨形地盯梢。

「那妳怎麼做？」

「我……無可奈何。我也試著委婉地找廠長商量，但是因為那種內容，我覺得不好意思，不敢拿給他看……」

上面寫滿了自己的私生活，這很難啟齒吧。

「結果就這麼不了了之，同事也沒有半個人當成一回事。就在這當中……又……」

「又收到信了嗎？」

「是的，後來也每隔一星期收到一封。」

「每隔一星期？意思是……信件還一直寄來嗎？」

到了這種地步，只能說是脫離常軌了。

「那些信一直……難道現在也還繼續收到嗎？」
「嗯……，上星期的……還有收到。」
「這……唔……我想想……」
雖然莫名其妙，但相當棘手。
木場撫摸著下巴的鬍碴，阿潤眼尖地看見他的動作，馬上插嘴說：「喏，你看，這件事很不尋常吧？一開始認真聽人家說話就好了嘛。」
「哪裡好了？不管這個，到目前為止，總共收到了幾封信？」
「從二月開始就一直收到，嗯，前前後後已經收到七週份了。」
七週份——四十九天，將近兩個月。
「那麼，工藤那傢伙在這麼長的時間裡，一直……監視著妳？」
「問題就在這裡…」春子雙手手指在吧檯上交握。「……我剛才說過了……，我……不覺得被人盯著。」
「可是……不盯著妳，就不可能知道那些事吧？」
「是的，可是……」
「哪有什麼可是不可是的？他都寫得那麼詳細了，肯定是看得一清二楚。那表示他躲藏在建築物的某處吧。」
「可是……並沒有那種跡象。」
「我想想……妳房間的隔壁是不是空房？」
嫌疑犯住在公寓的話，警方通常會租下鄰室，進行盯梢。
「呃，我住的公寓是工廠宿舍，兩邊都有住人，是和我年紀差不多的女工，工藤先生實在不太可能潛伏在裡面……」
「可是有天花板吧？或是地板下方。」木場說道。

阿潤從旁邊探出頭來，簡慢地說：「又不是忍者。而且這又不是說書故事，可不可以講點像刑警的有用意見啊？你那種話路邊的小孩也會說。」

「可是地板下面和天花板裡面是潛伏的慣用地點，其他還能從哪裡進去？喂。」

「呃，我的房間在一樓，沒有地櫃。而且那是二層樓公寓，我想天花板裡面也不太可能，上面的房間也住著同事……」

「公寓對面是什麼？」

「是工廠。」

「那就是潛進工廠裡面，拿望遠鏡之類的偷看嗎？」

「這……自從收到信件以後，我也開始警戒，用布和報紙貼住窗戶，外出時也記得檢查門鎖，而且工廠也只是一棟簡陋的木造房屋，沒有可以躲藏的地方……」

「可是啊，隙縫是到處都有的。」

「這個刑警真是滿口蠢話。聽好了，假設——只是假設——假設那個叫工藤的人真的就像你說的，像石川五右衛門（註）似地躲在某個地方，一整天監視著春子好了。到這裡都還不打緊，問題是，那樣工藤自己要怎麼過活啊？他要睡在哪裡？要怎麼吃飯？要怎麼洗澡？」

「我怎麼知道？那個人累的話就睡覺了吧，醒來就起床了啊，飯哪裡都可以吃，人不洗澡也不會死。」

「兩個月不洗澡？」

「前線可沒有澡堂。」

「工作呢？工作怎麼辦？」

「笨蛋，要是繼續工作的話，怎麼可能做出這種偏執狂般的事情來？」

「他繼續在工作。」

「繼續在工作？」

「是的，工藤先生似乎非常守本分地繼續配送報紙。因為是廠長替我申訴的，他自己也很在意，說有時候會去派報社看看。他說工藤先生在那裡夾報，或計算份數，工作得相當賣力，所以……工藤先生**不可能成天監視著我**。」

「這確實……」

——不可能吧。

那樣的話，是做不到這種事的。

「會不會是有人假冒工藤，做出這種事？」

「是的，我也懷疑過這一點。可是問我會是誰？我完全沒有頭緒，而且也沒有任何證據。再說，我剛才也說過了，就算不是工藤先生，我身邊的環境也不可能讓人偷窺。」

「同事呢……？」

這並非不可能，就算同是女人，也不能信任。

因為，春子來自山區，可能沒見過什麼世面，或許她並不適合都會生活，也難保在職場中不曾發生過什麼磨擦。

「……如果是同宿的同事，就可以監視了。」

「這……我倒是沒有想過。」春子沉默了。

有這個可能。

木場覺得除此以外別無其他可能了。

結果木場也沉默不語，酒吧瀰漫著些微尷尬的沉默。

木場總覺得有些困窘，用拇指指腹撫摸變長的鬍鬚。沒多久，阿潤催促起來。「怎麼樣嘛？沒有什麼好

註：石川五右衛門（？～一五九四），安土桃山時代的大盜賊，一五九四年被捕，在京都三条河原被處以鍋煮之刑。後來成為許多戲劇的題材。

主意嗎？」

「欸，不就是妳這個醜八怪說我是笨蛋，想也是白想的嗎？妳不是早就看穿我四方形的腦袋在想什麼了嗎？那妳幫我說一說不就得了？」

「你生氣了？」

阿潤睜圓了眼睛，從正面盯住似地望向木場。阿潤的表情就像貓眼般變化個不停，這就是店名的由來。木場將視線落向裝豆腐渣壽司的盤子上。

「才……才沒有。反正就像妳說的，我不擅長思考。我啊，是靠腳走、靠眼睛看、靠手摸來搜查的。是那種吃苦耐勞，把破鞋子都給磨光的類型。」

阿潤懶散地攤開虛脫的雙手。「多麼落伍啊，這種的現在早就不流行了。」

「搜查哪有什麼流行落伍的。總之，不去到現場看看還是實地搜查一番，現階段沒辦法斷定什麼。妳去過轄區……不，派出所了嗎？」

「我遮住臉……偷偷去過了。」

「然後呢？」

「我被嘲笑了一番。呃，警察說：『工廠就在派出所附近，我也經常巡邏，從來沒見過什麼可疑人物。』我也把信件拿給警察看，但警察說不用在意，反正沒有生命危險。」

「沒用吶。」

沒用是沒用，不過這就是警察一般會有的應對。換成木場值班，一定也會做出相同的反應。

「至少人家還聽了春子的話，比你好多了。」

「妳這女人真的很囉嗦，不要一直打岔。總之，至少得去現場看過一次才行。遇上這種情況，現場是……沒錯，得去妳房間參觀參觀。」

「你要去？」

「叫妳閉嘴。那個叫工藤的人，是個怎麼樣的人？」

春子聞言，平凡的臉暗沉了下來。她一皺起眉毛，臉就變得有點特徵了。她之所以看起來沒有個性，或許是因為沒有表情，要是笑起來，五官也許會給予他人不同的印象。春子想了一下，手放在眼前比畫著。

「嗯，他膚色很黑，臉像這樣，鼻子……」

春子思考過後比手畫腳地形容起來。

她做出壓扁鼻子的動作。

「我不是說他的長相，是性格。」

「我不太清楚，感覺很纏人。」

「纏人這一點確實錯不了吧。妳說妳不太清楚，但人家對妳可是一見鍾情。妳們是在哪裡認識的？」

「哦……」春子的回答很不起勁。

是緊張隨著呼吸溜走了嗎？緊迫的氣氛突然消失了。

那聲「哦……」之後，遲遲沒有接話。

「有什麼不好啟齒的嗎？」

「是在長壽延命講（註）……」

「什麼常售鹽命講？」木場完全不懂她在說什麼。

「長生不老的長壽，延續生命的延命，講課的講。」

「那啥啊？宗教嗎？」

「不是宗教。呃，您知道庚申講嗎？」

註：「講」是日本一種民間組織，近似「會」。像老鼠會（鼠講）、標會（賴母子講）等等，在日文中皆為「講」的一種。由於與情節中提到的習俗傳入演化有關，故譯文中保留「講」字。

「更生講？像標會那樣的東西嗎？」

「庚申啦，庚申。」阿潤說。「你不知道嗎？你家不是石材行嗎？」

「庚申？哦，妳是說那個立在路邊的石地藏嗎？」

在木場的認知裡，那應該是像石佛般的立像。木場記得位在小石川的老家旁邊，也立有一尊石地藏。不過木場這一年都沒有回過老家，不知道地藏是不是還在。

「那才不是地藏哩。」阿潤噘起嘴巴說。「庚申塔的話，是猴子吧？那是不見不說不聞（註）。」

「猴子？是嗎？不對，那才不是猴子。阿潤，妳不要在那裡信口開河。以猴子來說，那手也太多了吧。」

「地藏的手也只有兩隻啊。」

「猴子裡了不起的只有孫悟空吧？」

木場還要繼續沒有意義的爭論，春子阻止了他。

「他們祭祀三猿……還有四隻手的神明的畫像。」

「祭祀？妳說那個長壽延命講嗎？那還是宗教嘛。」

「那與其說是宗教……呃，算是講習會嗎……？不，和講習會也不一樣，有時候會傳授健康法，有時候會開藥，或講述一些教訓……。所以說，就像自古以來的庚申講……」

「等一下。」

聽到這裡，木場唐突地恢復了舊時的記憶。

那段記憶還滴水不漏地伴隨著線香味，是那種已經發了霉的記憶。不對，不是記憶，應該是回憶的殘渣。

「……庚申講，庚申講啊……，對了，我想起來了。小時候我參加過，不過我祖母死了以後應該就沒再辦過了。那是很久以前的事了，晚上的時候，附近的住戶聚在講堂喝酒作樂，這麼說來，那好像叫什麼待庚申講之類的。」

「就是那個。」春子說。「庚申之日，每六十天就有一次。那一天不能睡覺，必須醒著才行。所以從以前就有個習慣，住在附近的人會聚在一起，彼此監視著不能入睡，直到黎明來臨……。我不太清楚，不過這就叫做庚申講。」

「為什麼不能睡？」

「說是**害蟲**會離開身體。」

「那不是反倒好嗎？」

「不好。人一睡著，那種蟲就會離開身體，使人的壽命縮短，所以必須醒著才行。要是人醒著，蟲就沒辦法做壞事……，我不太會說明，我總是說不好。」

「唔，真的是聽不太懂。妳說的長壽延命講就是那個嗎？也是晚上不睡覺，整夜吵鬧嗎？」

現在還有人會為了那種騙小孩般的理由熬夜嗎？

「可是……要是熬夜的話，別說是延命了，豈不是成了短命講嗎？我不太懂，不過想要長生，不就該多睡覺嗎？」

春子再一次「哦……」發出分不清是嘆息還是回答的聲音。

「我剛才也說過，不只是醒著而已，那裡有個執事，叫做通玄老師，會為大家做健康診斷。然後指示在下次的庚申之日來臨前該怎麼度過，或是不可以做哪些事……」

「指導如何改善生活習慣嗎？」

「呃……大概就像那樣。接著他會傳授許多健康法，然後再配合健康法，調配藥劑……」

「那個叫什麼的老師是醫生嗎？」

註：從雙手遮住眼、耳、口的「三猴」衍生而來的諺語。「不見不說不聞」的「不」，日文中與「猿」音近。

「聽說是漢方的調劑師。」

總覺得很可疑。

「要收錢嗎？」

「會收參加費和藥錢。」

「這……不是詐欺嗎？藥錢什麼的是不是貴得嚇死人……？」

聽起來不像宗教也不是靈媒，但總覺得不太正派。這是刑警的第六感嗎？或者是厭惡這類事物的木場的天性？

春子點了幾次頭。「是的，非常貴。所以……嗯，應該是詐欺。」

「啥？妳明知道還……」

「我已經沒去了。就像潤子姊剛才說的，我長年罹患胃病，家父和家母都是死於腸胃疾病，家兄則是死於肺病，家族的人都很短命。所以我真的十分渴望健康的身體，才一不小心就參加了。」

「那……也就是沒有效果嘍？」

「有效果，因為完全說中了。」

「說中了？」

——又是說中啊。

「是的。……老師會指導從庚申之日到下一個庚申之日之間的生活，他的指示非常瑣碎，像是幾月幾號以前不可以吃芋頭，早上要幾點起床，可以吃烤魚，但不可以吃燉魚，然後會進行像易的活動……」

「易？看卦嗎？」

「說不可以去這個方位，要穿紅衣服之類的。這些指示很容易忘記，不容易完全遵守，可是沒有遵守的話，下一次的庚申之夜診察時，老師一眼就會看穿沒有遵守什麼，然後說：你就是因為沒有遵守什麼，哪裡才會不好。一語道破。」

「完全說中？那還真是個神醫。」

「是的，可是老師處方的藥劑價格非常不合理。可也是因為沒有遵守指示，才要花那樣的價錢買藥。如果遵守老師的話，身體會變得健康，也不需要吃藥了。」

「他開的藥有效嗎？」

「呃……只要遵守指示，乖乖吃藥的話……確實就有效果。那些藥非常昂貴，當然治得好宿疾，可以增強體力，使人健康。而且聽說身體裡面的……呃，蟲會衰弱，然後就能長壽。」

「哦？我這個人胸無點墨，當然也不懂醫學，不過寄生蟲衰弱的話，宿主自然長壽吧。嗳，比起肚子裡養蟲，沒有蟲當然是比較好……。可是，先不提戰爭剛結束的時候，最近蛔蟲啊蟯蟲的不是也大為減少了嗎？」

「不是那種蟲，是**悉悉蟲**（註）……，雖然不知道長什麼樣，不過聽說是會讓壽命縮短的害蟲。」

「果然……還是很可疑，妳也這麼覺得吧？」木場看也不看地徵求阿潤同意。

「這女孩不就說她已經不再參加了嗎？對吧？春子。」

「嗯。今年……過年時有初庚申，然後這個月的十日有第二次的庚申，我去參加了。可是，後來我再也沒去了。今後也不會去了。」

「因為工藤也在那裡嗎？」木場問。

「這也是原因之一……。工藤先生在去年的終庚申第一次參加，一開始並不是很熱中的樣子。怎麼說呢？感覺動機不純正。」

「原來如此。」

換句話說，說好聽點是尋找邂逅的機會，說難聽點就是去釣女人吧。工藤就是在那裡對春子一見鍾情，

註：此為音譯，原文作「シシ虫」（shishimushi）。

春子被他的有色眼光給相中了。

「去年的終庚申是在十一月，那個時候他找我搭訕，然後就開始糾纏不休。初庚申是過完年的一月九日，那時他也非常纏人，所以我才……」

「去找雇主商量，是嗎？結果就開始收到奇怪的信……，喂，等一下，妳說妳最後一次去庚申是三月十日吧？那妳豈不是短短半個月前才在那個聚會跟工藤見過面嗎？」

春子小聲地說：「對。」

「可是那個時候妳不是已經收到奇怪的信了嗎？而妳竟然還敢去？妳不覺得恐怖嗎？」

「我當然覺得恐怖，可是……」

木場心想：這個女人根本是飛蛾撲火。原本以為她的個性樸實而慎重，沒想到出乎意外地少根筋，竟然呆呆地跑去參加糾纏自己的變態也會出席的聚會……

不，人都是這樣的吧——木場轉念想道，或許她有她的理由。

「妳覺得健康和長壽更重要……是嗎？」

春子用蚊子叫似的聲音答道：「那時是這樣的，我被搞得神經衰弱，胃也痛得要命，本來想說去拿個藥就好，而且我覺得他總不可能在眾人面前亂來。可是工藤先生即使看到我，臉色也絲毫不變。反而更讓我覺得恐怖了。」

「他什麼都沒對妳說嗎？」

「他只是看著我。」

「真噁心的傢伙。可是那樣的話，妳當時就應該當場揪住他，清楚地告訴他：『不要再繼續做這種變態的事了！』大部分這樣就可以嚇阻對方了。如果這是有人冒用工藤的名字寄信行騙，這樣做應該也可以弄個水落石出。」

「要是她敢那麼做，就不必煩惱啦。」阿潤說。

說的也是——木場也這麼想，所以沒有反駁。

「那，妳對健康長壽那麼執著，明知道危險還去參加，為什麼最後又不去延命講了呢？」

「這……」

看樣子，春子不再參加的理由相當難以啟齒。

春子用手掌按了幾下臉頰。「……是因為藍童子大人……」

「通靈小鬼的神諭啊？」

原來是在這裡連上的啊。

「延命講過了深夜，男女就會分別到不同的房間，一直持續到天明。早上我要離開的時候，工藤先生就站在門口。我猶豫著要不要出去……」春子雙手按著臉頰，愧疚地說。「結果……一輛漆黑的自用轎車開了過來，停在工藤先生的前面，然後……藍童子大人從裡面……」

「走了出來？」

總覺得太湊巧了。是木場想太多了嗎？

「藍童子大人對工藤先生說了什麼，結果工藤先生瞄了我一眼，快步走掉了。我呆在原地，於是藍童子大人走了過來，對我說：『那個人很邪惡。』」

「那是，呃……叫什麼去了？照魔之術？」

「是的。然後大人又對我說：『這也不是正派的集會。』」

「哈！」

感覺是用靈能去對付另一個靈能。

「不正派……？還真敢說。」

能夠大言不慚地斷定他人正不正派的傢伙，大部分都不能相信。嚴格地來說，正不正派，沒有任何人能夠決定。就連世間公認的法律，頂多也只是個參考標準，有時候也會被判斷為是錯的。

「可是……我也沒有對大人的話照單全收。因為那時我完全不知道藍童子大人的事。就算我是鄉下來的，也不會一下子就相信第一次見到的小孩說的話。如果不是他為我趕走工藤先生，我想我也不會理他吧。」

這是當然的吧。

「可是一聽之下，他的話十分通情達理。大人說，這些集會活動全都是為了賣藥而設的局，這一點我也隱約感覺到了。」

「設局……，可是你們明明早就知道才……」

「若說早就知道，的確是如此，不過仔細想想，剛開始時，我的目的並不是買藥，而是以為只要參加就可以變得健康。不，我想每個人都是這樣的。然而不知不覺間……才參加了幾次，就變成是為了買藥而參加的了。當然，一方面也是因為藥有效果……」

「可是啊……」

木場覺得就算這樣，也沒有什麼不好。

「嗯……沒錯，所以每個人都是主動參加的，說是詐欺，我想是有點不一樣……。可是就算藥再怎麼貴，也沒有人敢當場拒絕老師處方的藥，說太貴了我不要。只要聽到不吃藥就會危及健康，每個人都……」

「都會買嗎？」

「都會買。可是仔細想想，來參加的人雖然都不是很健康，但也沒有罹患絕症，頂多就是有些宿疾。宿疾這種東西，任誰都有一兩種症狀，所以仔細想想，其實每個人的身體狀況都算一般。然而大家為了比現在更健康、活得更久，竟爭先恐後地去買藥。這不是有點奇怪嗎？」

這麼一說，確實是有點奇怪。藥這種東西，一般是生病的人才會吃，或是為了治療惡化的部位而使用。可是在延命講，不吃藥也不會死。就算不吃藥，也能維持過去的健康。吃藥是為了**比現在更好**，那麼……

「這……不是迫於需要才買的，說起來算是一種奢侈品嗎？」

阿潤說：「可是，本來就是這樣呀。近代西洋醫學是對症療法，但漢方的基本是改善體質吧。所以現代的醫學是等出了毛病才用藥，但漢方是預先處置，預防惡化。根本上的想法就不同。」

不過是個酒店老闆娘，卻有著奇怪的學識。

春子聽到阿潤的話，想了一會，說：「雖然這麼說，可是如果只說吃了可以長壽，一般人也不會去買那麼昂貴的藥吧。現在這種時代，誰都沒錢那麼奢侈。藍童子大人所說的圈套就在這裡。」

意思是製造非買不可的狀況嗎？

就像春子說的，現在這種時代，沒有人是完全健康的。無論什麼人，或多或少都有點小毛病，這才是常態。長壽延命講看準的就是那輕微的病痛。他們說：「讓我來治好你那小小的病痛吧。」

就是這點讓人上鉤。

因為不是什麼嚴重的問題，每個人都只是想要過得更健康一些罷了。但是那小小的心願不知不覺間被掉包了，不依照指示身體力行，健康狀況就會惡化，變得比現在更糟……

這種說法委婉，態度也很柔和，但骨子裡卻是威脅。長壽延命講且同時悄悄告訴你說：只要照著吩咐做，身體就會愈來愈好，能夠過得更快樂，可以活得更久……

於是每個人都主動希望，爭先恐後，拋卻錢財去買藥。不斷地買。

因為每個人都想長壽。

——這是沒辦法的事吧。

度過非生即死的艱困時代，社會好不容易總算安定下來了，任誰都不想在現下死去吧。戰爭時，每個人只為了不在戰火中喪命而拚命。戰爭結束，復興也告一段落，才總算可以擺脫死亡威脅，也才有了思考活下去這檔事的餘裕。

話雖如此，社會依舊不景氣。若只是唐突地標榜「這是長生妙藥」，也不會有人買吧。每個人都自顧不暇了，哪能把買米的錢拿去買藥？沒飯吃的話，再怎麼健康都沒用。有時候飢餓遠比生病更要嚴重，無論是生活在後方的人，還是穿越火線歸來的人，都非常清楚這一點。所以庶民的錢包管得很緊，為了讓他們打開錢包，需要各種技巧吧。

強制無效，懷柔也無效。

推銷和宣傳也沒有意義。

可是，這個東西的話，人人會買。

既不強制也不懷柔，不推銷也不宣傳。商家連一句「請買吧」都不說，可能也不曾說它有效。但是，不照著他們說的做，就會出現許多小毛病。不遵照指示去做……會損及健康。

如果照著指示做，就不會這樣。

——相信嗎？

相信吧。而只要相信，就會買。

一旦相信，錢包就會打開。就算有些勉強，也會湊出錢來。

因為這是自己根據親身體驗，做出來的判斷。客人相信的不是商家，而是**自己**。

無自覺地被強制，無自覺地被懷柔——自發性地湧出購買欲望。

木場了解了。

春子繼續說：「更高明的是，就像我剛才說的，沒有人能夠完全遵照那些複雜瑣碎的指示生活。再怎麼說，六十天很長。所以每次過去，身體就會有哪裡變差。而那又是不遵守指示的自己害的，所以就更……」

「而且對方又是態度親切地加以指示。」

「再加上六十天的藥分量也很多。」

「要大量地、整批的買下來，是嗎？」

「是的。所以光靠我的薪水實在不夠，不過我還有一點父親遺留下來的財產……」

「財產？」

原來她有財產啊。

「明明有財產，妳何必在工廠工作呢？」

「說是財產，其實也只是一塊土地，所以……」

春子說，就算要賣，也相當麻煩。

「是土地啊。」

「嗯，雖然是沒什麼用的鄉下土地……。不過最近法律改變了，似乎會被徵收很多稅金，所以我賣掉了一些……，我差點就要整個賣掉了。幸好藍童子大人及時忠告我，我才沒有那麼做。」

「所以妳才會感謝那個小鬼啊。哎，也是他幫你趕走了工藤嘛。可是啊……我得重申，那些傢伙都是半斤八兩，全都是一丘之貉。就算其中一邊是壞人，另一邊揭露了這邊的底細，也不代表揭露的一方就是好人。聽好了，曾經在類似情況下受騙的人，大多數都會一而再、再而三地受騙。」

「一而再、再而三……？」

「是啊。因為原本相信的事物不能相信了，為了填補這個空洞，會去相信別的東西，騙人的傢伙也會不斷地出現。所以不管在哪裡，都一樣會被騙。依我看哪……妳也是那一型的。」

春子第三次「哦……」發出沒勁的回答。

反應很不可靠，不曉得她到底明不明白。

「那要怎麼辦？」阿潤說話帶著鼻音。「你就不管人家了嗎？只會神氣兮兮地忠告。說起來，都是你們官吏不牢靠，國民才會去相信一些怪東西。不過，才剛被硬逼著相信什麼國家至上，吃了大虧，這也是沒辦法的事啦。警察靠不住，要是你不能幫這女孩，她也只能去向那個通靈少年求救啦。」

「囉嗦，閉嘴。」

木場的臉變得極其凶暴。

2

「記憶力比別人好？」京極堂說到這裡，停下話來，一臉索然地望向木場。「……是那個小姐自己說的吧？」

「噢。」木場愚鈍地應了一聲，反正他不可能明白這個乖僻的人在想什麼。木場沒有接話，沉默不語，於是瘦骨嶙峋的舊書商從粗壯的竹林間，送上有些疲倦的視線。

木場交抱起雙臂。「問這幹麼？這怎麼了嗎？」

木場明白問了只是白問。反正對方一定會說什麼線索不足、不確定要素太多、沒辦法斷定云云，和他打迷糊仗。即使如此，這個時候還是該問一下，因為這是木場的立場，是木場的職責所在。

不出所料，沒有回答。

木場默默無語地跪下，抱起並排在地面的一堆竹竿。這是孱弱的朋友砍倒的，京極堂說要拿來掛門簾。

「搬到簷廊去就行了吧？」

「啊……是啊。哎，在這裡談也不是辦法……，大爺，你有空嗎？」

「今天我休假。倒是你，書店哩？」

「今天不開門。」著和服的舊書商說道，抓起放在地面的鐮刀，從懷裡取出布來層層裹上。

「下午鳥口會過來。在那之前要辦妥的事，只有將這些竹子鋸成恰當的長度而已。」

「一早來了個刑警，下午又跑來一個事件記者，生意都甭做了。」木場揶揄道，京極堂鼻子哼了一聲，說：「就是啊，連看書的時間都沒有。」他好像本來就無意做生意。

「你的傷好了嗎？」木場低聲問道。

約十天前，京極堂——中禪寺秋彥與木場共同參與了那場悽慘事件的落幕，他被捲入慘劇當中，額頭受了傷。不僅如此，京極堂應該也以證人的身分被傳訊了好幾次，應該真的是好一陣子都沒有開店營業才對。

京極堂只是再次笑笑，說：「不巧的是，內子不在，只能拿我泡的難喝的茶招待你。」

穿過稀疏的竹林，緊臨著就是京極堂的住處。木場打開後面的木門，穿過精心整理的中庭，把竹子放在簷廊上。主人說外頭很冷，請他進客廳，但木場應說簷廊比較舒服。

一月二月還很溫暖，過了三月以後，風卻突然冷了起來。木場豎起外套衣領。窮忍耐正適合自己。

等了一會，熱茶送來了。難得不是泡乾了的茶渣。就像主人說的，夫人不在時，會端給客人的都是幾乎一點顏色也無的茶水，和熱開水沒兩樣。是因為大清早來訪的關係嗎？

「好冷。」

「那就進來呀。」

「這裡就好了。」

老實說，木場有所顧忌，不願意和京極堂面對面。因為木場覺得，京極堂應該比他更深陷在之前的事件裡，難以自拔。

至於為何會有這種感覺？其實木場自身也不清楚。

不過，木場強烈地感覺比起毫無感想、吊兒郎當的自己，這個人一定有著更確實的想法。

木場轉頭窺看朋友的模樣。

身穿和服的舊書商正打量著砍來的竹子。

京極堂在平素，也總是一臉不悅，難以看出表情，所以乍看之下，他似乎總是穩如泰山。這也是當然的，京極堂並非事件直接的當事人。說起來，他是受人請託才勉強出面的，而且出面解決時，也並未犯下任何過失。木場認為他的行動十分適切，而且是最妥善的選擇。再加上既然京極堂是平民百姓，不必像木場一樣感到自責。最重要的是，如果京極堂沒有插手，事件可能根本不會結束，不結束的話，有可能繼續出現犧牲者。以這一點來看，京極堂不應感到有何憾恨才是。

——不，不是這樣的。

不管怎麼樣，犧牲者的數目都不會改變。或許只是原本會拖上十天的事，一天就結束罷了。那麼，也可以視為由於急著解決而產生的扭曲，在一夜之間奪走了許多條人命。

在身後打量竹子的朋友，或許正在為此後悔。不管怎麼說，硬是吹熄了原本不會結束的事件燈火的，不是別人，就是京極堂。

木場再度窺看他的表情，沒有特別不同。

——就算如此，他果然還是……

感到後悔吧——木場心想。

雖然這或許只是木場的願望，希望京極堂感到後悔罷了。

「你是說……庚申嗎？」冷漠的主人徐徐地開口。

木場脫掉一腳的鞋子，把腳抬放到膝蓋上，扭過身體說：「噢，我想這種事問你最快。老樣子，又來聽你無聊的長篇大論啦。那是宗教嗎？」

「不算宗教，是習俗吧。」

「可是他們會拜拜吧？」

「拜拜？」

「拜那個什麼猴子啊，還有很多手的佛像。」

「哦，你說三猴和青面金剛啊。那不是膜拜，是祭祀，那與其說是本尊……，是啊，比較接近紀念碑或供養塔吧。如果講確實地舉行了一定的次數，就會做為紀念，將它們祭祀在集會的場所。」

「那樣還不算是宗教嗎？」

「不是宗教。又沒有教義，沒有開山祖師，也沒有固定的本尊。」

「你剛才不是說會祭祀嗎？」

「所以說……是啊，大爺，過年時你也會在神龕上擺神酒和點燈吧？那算信仰嗎？」

「說信仰也算是信仰吧，不過我也不是特別相信什麼。唔，算是討吉利吧，是一種習俗……嗯？這樣啊，原來如此。那，就像傳統習俗嗎？」

「唔，算是吧。古時候就有叫做待日、待月類似的習俗。即使只論待庚申，也可以追溯到平安時代吧。《續日本後紀》、《西宮記》裡，就記載了宮中庚申御遊的情形。」

「哦……」木場敷衍地應聲，反正他聽不太懂。「隨便啦。也就是說，跟過年一樣，沒有什麼特別深奧的意義嘍？」

「也不能說沒有意義。」京極堂說著，走近木場身邊，在他旁邊坐了下來。

「習俗和慣例不會毫無意義地形成。」

「徹夜喝酒作樂，除了解悶以外，我想不到其他還會有什麼意義。可是，就算是為了解悶消愁，比起幾個鄰居呼朋引伴定期來上一次，倒不如各自等到鬱悶夠了再一起來吧。」
木場這麼說，京極堂笑了。
木場也微微地笑了。
「說起來，為什麼是庚申啊？庚申就跟丙午什麼的一樣，是一種曆法吧？」
木場問得很籠統。但朋友似乎也聽懂了。
「是十干十二支。」
「老鼠和老虎什麼的十二支嗎？」
「就是所謂的干支。甲乙丙丁戊己庚辛壬癸——這十干，與子丑寅卯辰巳午未申酉戌亥——這十二支組合起來，共有六十種搭配，可以用來紀年或日，所以庚申每六十日，或每六十年就會碰上一次。大爺喜歡的戊辰戰爭（註一）和壬申之亂（註二）的戊辰和壬申也是干支。不過丙午不念做heigo，而是念做hinoe uma（註三）。因為十干對應金木水火土的五行和陰陽——兄弟的組合（註四），丙相當於火之兄，故又讀做hinoe。照這樣推斷，庚是金之兄（kanoe），所以庚申會是庚申（kanoe saru）（註五）之日。」
「所以……才會拜猴子嗎？」
「是啊，不過不只如此。庚申會的根源是比叡山的守護——日吉大社。日吉山王七社裡，神明所使役

註一：指一八六八年至隔年發生的明治新政府軍與江戶舊幕府軍之間的一連串戰爭。
註二：六七二年，天智天皇死後，大友皇子與大海人皇子為爭奪皇位而發生的內亂。後來大海人皇子戰勝，即位成為天武天皇，開創集權的律令體制。
註三：heigo為照漢字字音來念的音讀念法，hinoe uma則是依日語語意來讀的訓讀念法。午（uma）對應十二生肖的馬（uma），故訓讀讀音與馬相同。
註四：在日本，將陽視為兄（e），陰視為弟（to）。另外，干支的日文唸法eto，即是出自於兄弟（eto）。
註五：申（saru）對應十二生肖的猴（saru），故訓讀讀音與猴相同。

的動物就是猿猴，而坊間流傳三猴就是天台宗開祖最澄的創作。此外，庚申塔和道祖神（註一）也被混淆在一起。道祖神是塞之神（註二），對應到記紀神話裡的神明，就是猿田彥（註三）。此外，猴子也是帝釋天的使者。」

「帝釋天，你是說柴又那裡的嗎？跟這有什麼關係？」

「並非沒有關係。柴又的帝釋天寺院，過去曾因庚申參拜而名噪一時。它甚至還有一個相當可疑的傳說，說原本下落不明的本尊帝釋天，就是在庚申年的庚申日被人發現。不過這應該是趁著庚申信仰在江戶大流行時，杜撰出來的故事。」

「以前很流行嗎？」

「很流行啊。原本帝釋天在佛教裡，是守護佛法的十二天之一，不過其實祂也被視為天帝。所以……」

「不懂，天帝是啥啊？」

「簡單地說，就是中國的神明。天帝住在北斗紫微宮中，可說是所有的神明當中地位最高的一個吧。」

「哎，我管祂住在哪裡。這跟天帝什麼的有什麼關係啊？那不是鄰國的神嗎？」

「中國最偉大的神，就等於是宇宙最偉大的神啊。所以天帝也算是……宇宙的創造神。」

木場「啊」了一聲。中華思想木場也知道。記得有誰說過，中國這個名稱，意思就是世界中心的國家。不過再進一步的事，木場就不清楚了。

「可是……等一下。喂，那帝釋天就是全宇宙最偉大的神嗎？你說那個柴又的帝釋天？」

木場實在不覺得那是全宇宙最偉大的神。

「不是這樣的。」京極堂說道，露出苦笑。「在佛教裡，嗯……，帝釋天一旦加入神佛的序列，地位立刻就大幅降低了。」

「為什麼？」

「比問訊還嚴格吶。」京極堂嘆道。「嗯……例如說，不管天帝再怎麼偉大，對基督教徒來說，也沒有半點神力吧？因為基督教裡只有一個神，沒有序列可言，因此其他的神明都是假的、騙人的，再不然就是惡魔。另一方面，佛教不管任何事物都會接納進去，所以其他宗教裡的高位神明，全都成了神佛的屬下。不過，這當然沒有經過對方同意。天帝也不能例外。這麼一來，佛陀就變成比最偉大的神還要偉大，自然是偉大得不得了了。」

「哦，大概懂了。就像在戰爭裡，是要殲滅敵國、還是納為屬國，對吧？只要降服在軍門之下，就算是敵方大將，也會變成一介家臣吶。」

似乎有點不太一樣。

「啊，隨便啦。先不管這個，你說那個天帝怎麼樣了？庚申裡祭祀的可是猴子跟青、青、青……」

「青面金剛。」

「就是啊。」

「這個嘛……，唔，可能有點難懂吧。因為庚申這個玩意兒沒有切確的實體。剛才我也說過了，庚申沒有本尊，也沒有教義。只有習俗長久流傳下來，在某個時期爆發性地流行開來，又馬上退燒了，所以它有非常難以說明之處。像柳田國男，到最後也等於是放棄說明了。」

「放棄了嗎？那個叫什麼國男的。」

「不，他只是提出主張，但無法構築出理論。柳田翁將庚申與二十三夜的石塔信仰（註四）連結在一起談論，把它定義為以村子為中心的習俗，並假設信仰的對象是作物神。這不能說是錯的，卻搞錯了方向。」

註一：多為立於路旁及境界處的石像或石碑，據信可阻止外來惡靈入侵，並守護旅人。

註二：起源於日本神話，伊奘諾命至黃泉之國尋找伊奘冉命，逃回來的時候，為阻止黃泉醜女追上來，擲出去的手杖化成了塞之神。為旅人的守護神。

註三：日本神話中，天孫邇邇藝命（瓊瓊杵尊）降臨時，在前方開路的神明。中世以後，猿田彥與道祖神、庚申信仰結合，成為嚮導之神。

註四：石塔信仰是在陰曆二十三日當天晚上等待月亮，祈禱心想事成的習俗。二十三夜講的參加者所建立的塔，就稱為二十三塔。

「到底是怎樣？」

「只能說是『也可以這麼說』的程度。另一方面，折口信夫從道祖神導出了遊行神的形姿……」

「我不曉得那是誰，他說的不對嗎？」

「我沒說不對。」京極堂傷腦筋似地回答。「只是庚申這個東西，以傳統的民俗學方法論，怎麼樣都無法完全解釋。之所以這麼說，是因為同樣是庚申，各地方的做法卻完全不同。」

「做法不同？不是只是不睡覺嗎？」

「對，若是以這種籠統的標準來看，各地是一樣的。但是如果仔細觀察小地方，就知道細節完全不同。像是講的進行方式、禁忌、咒文、咒具、供品等等，全都不一樣，祭祀的東西本身雖然有個共同傾向，卻不統一，很不明確。而且也有許多像是三寶荒神、岐神等等類似的信仰，事實上它們不但相似，還被混淆在一起，或是被視為相同。採集這些細節部分，累積之後分類整理，建立系統，導出推論，這就是民俗學。」

「所以呢？」

「這就像是拿著破了洞的勺子在汲水，不管再怎麼汲，都沒完沒了，所以也無從分類起。」

「無從分類啊……」

木場說道，京極堂露出詫異的表情。

「你聽得很認真呢。」

「我總是很認真啊。」

「是啊……」舊書商說道，啜飲了一口茶。「也不是不行，只是資料整理的速度追趕不上而已。不過大部分民俗學者都是浪漫主義者，往往會以一廂情願的認定去填補缺損的部分。卓越的思想有時候的確需要超越邏輯的跳躍，但是一廂情願的認定和靈光一閃是似是而非的，不過想到的人自己無法區別。不管什麼樣的情況，意想不到的結論是可以相信，但符合預期的結論都是很可疑的。」

「你說的認定，就像犯罪搜查中的預測嗎？」

若是不代換成自己的語言來咀嚼，木場就完全無法理解。京極堂說：「我覺得大爺說的預測，和一般人說的預測有點不同。」他把茶杯放回茶托。

「**希望**會變成這樣、或是**應該**會變成這樣——這是一廂情願。大爺說的預測，頂多是『**或許**會變成這樣』吧？這是靈光一閃。」

「原來如此啊。」

「柳田翁的〈二十三夜塔〉是一篇優秀的論文……，但是柳田翁把待庚申當成我國固有的習俗了。關於這一點，折口老師也相去不遠。感覺他們不太願意把它當成大陸傳來的風俗，太過於一廂情願，視野就會模糊。事實上，儘管待庚申在江戶或畿內等都市地區大為流行，而且許多文獻都看得到這樣的紀錄，柳田翁和折口信夫卻滿不在乎地把它當成村落社會固有的民俗神。一旦弄錯出發點，累積資料的行為就沒有用了。」

「也就是初期搜查失敗了嗎？」

「是的。」

「意思是待庚申不是國產的嗎？」

「……是啊，它不是國產的。」

「所以才會講到天帝啊。唔，複雜的事我聽了也不懂。那麼那個……蟲嗎？叫悉悉蟲的……」

記得春子說肚子裡的蟲叫悉悉蟲。

京極堂「哦」了一聲，接著說：「既然你知道，那就容易說明了。」

「容易說明？」

「是啊。可以說，那就是庚申的源頭。悉悉蟲應該對應什麼樣的漢字，我也不曉得，不過它還有其他別名，叫悉亞蟲、休其拉或休喀拉（註）。」

註：以上皆為音譯，原文各為：シヤ虫（shiya mushi）、ショキラ（syokira）、ショウケラ（syokera）。

「那是日本話嗎？」

聽起來像船來點心。

「休喀拉有時候會配上流精靈（註一）的精字，還有蟲螻蛄（註二）的螻蛄兩字，表記為『精螻蛄』。此外，休其拉有時候會在青鬼後頭加上一個『們』，寫做『青鬼們』（註三），可是大部分都是用平假名來寫。這些字，多半只是借用漢字來表音而已。」

「表音……？有記載在什麼文獻上嗎？」

「有啊。像是全國各地有庚申塚的寺院，或是庚申堂中流傳的『庚申緣起』。此外也被當成咒文，口耳相傳。」

「咒文？為啥啊？有什麼經文嗎？」

「只是保平安的咒語而已，在庚申的夜裡**不守規矩**的時候念的。」

「不守規矩？」

「沒錯。也就是不熬夜，早早入睡時念的咒語。藤原清輔所寫的《袋草子》裡，記載沒有待庚申而入睡時，要念誦：『悉亞蟲，去我床，離我床，雖臥未寢，未寢但臥。』」

「什麼？」

聽不清楚他在念些什麼，幾乎像繞口令了。京極堂以清晰的咬字再念誦了一次咒語，但木場還是聽不懂意思。

「嗳，看字比較好懂吧。不過在《嬉遊笑覽》裡，喜多村信節說《袋草子》中提到的悉亞蟲應該是悉悉蟲，並補充說它也叫做**休喀拉**。不過就算參閱其他文獻，也難以判斷正誤。」

「隨便啦，那是哪種蟲？」

「這種蟲。」

京極堂無聲無息地站起來，拿來堆在客廳壁龕的一本線裝書，翻開後出示給木場看。

上面畫著圖。

磚瓦屋頂，是倉庫還是商家？

總之，是屋瓦上，屋頂上。

建築物的另一頭畫著一棵松樹。

屋頂上有個像天窗的開口。

那裡趴伏著一個異形之物。

全身漆黑，白色的線條沿著肌肉分布，看起來有點像剝了皮的人體。

肩頭上有著鱗片般的紋樣。

白髮倒豎，嘴巴裂至耳邊，口中露出銳利的牙齒。不僅如此，連眼珠子都凸了出來。那雙眼睛就像魚類，無比渾圓。前腳有三根腳趾，生著像鷹爪般的鉤爪。

怪物攀在天窗上，目不轉睛地窺視著裡頭。與其說是窺視，感覺更像在監視。

——監視啊。

這……在看什麼嗎？

木場把手放到後頸上。

「這才不是什麼蟲哩，是鬼（註四）嘛。」

「是鬼，可是……這是蟲。」

「哪裡是蟲了？這不是你最拿手的妖怪嗎？」

註一：日本於盂蘭盆期間的十五日或十六日，將供品或燈籠放入河川或海中送走精靈的習俗活動。

註二：蟲螻蛄（虫螻）在日文中是蟲的低賤說法，多用在罵人。

註三：原文為「青鬼ら」，發音為syokira，意為「許多青鬼」。

註四：日文中的鬼指的多是佛教中地獄的獄卒形象，而非中國一般認為的幽靈。

不管怎麼看都不像昆蟲，也不像寄生蟲。

「是啊，的確，這不是蟲，不過這也是這次的重點所在。這本書的作者鳥山石燕，為何要把它畫成這樣的形姿？就是我這次要長篇大論的無聊事。」

京極堂說完，沉默了一會。

冷風吹過，竹林沙沙擺動。

──他看穿了什麼？

木場確信，朋友可能從自己提供的一點線索想到了什麼。但是在目前這個階段，就算追問也沒有用。

木場從內側口袋裡挖出壓扁的菸盒，裡面是空的。捏扁。旁邊恰好遞來一根紙卷菸。

「大爺知道閻魔大王(註)吧？」

「知道啊。」木場一邊叼菸一邊回答。

「那麼你知道閻魔王的工作是什麼嗎？」

京極堂劃著火柴，點燃自己的菸，接著默默地將小小的紅火湊近木場的臉。

深吸一口氣，一陣滋滋聲響。木場吸入嗆人的煙，朝上噴吐出去。

「我當然知道，是制裁死人的罪孽吧？生前做壞事的人會下地獄，好人就分到極樂世界去。這種事隨便抓個臉上還掛著鼻涕的小鬼頭都知道。」

「是啊。這個蟲，就是閻魔王的同夥。」

「蟲是閻魔王的同夥？」

「是的。依據善行惡行裁處死人的，並不只有閻魔王一個。閻魔原本是印度的冥王，例如說，陰陽道裡司掌生死的是泰山府君。《和漢三才圖會》裡，彼岸這一項中除了閻魔以外，還有帝釋、大將軍、行役、司命、司祿等司管生死的八尊神明。後來閻魔和泰山府君被佛教吸收，成為十王，降下冥界，才會成了在死後審判的神明，除此以外的裁判官不是另一個世界的神，所以在人還在世時就下判決。或者說……」

京極堂說到這裡，將菸灰缸拉了過來。「……會端看人的行為來決定壽命。」

「壞人又不會比較短命，那樣的話，根本不需要警察啦。如果只有好人可以長生，世上豈不是美滿無比？以這樣來說，這世上胡作非為的壞蛋也太多了，就連死刑犯也是，要是沒有行刑，也可以活上很久吶。」

「或許是冤獄也說不定啊。」

「呿！你的口氣怎麼那麼像誰啊？可是……唔，或許吧。要是真的有罪，或許早就行刑了吧。」

「問題不在那裡。由人來審判人，是有極限的。目前死刑是合法的行為，所以在社會一般觀念上不會被視為問題，但是殺人就是殺人吧？用不了多久，一定會有人要求廢除死刑的。」

「會嗎？」

「會的。因為不適合社會，就加以排除，這種想法太草率了，更何況是奪去一個人的生命——也有人持這樣的看法吧。所以才會認為由人類以外的事物對那些行為做出懲罰，這樣的看法健全多了。」

「但就是因為不會有那種東西來懲罰，才需要警察。哪能等到上天來處罰啊？」

「社會正義不也靠不住嗎？噯……這先姑且不論，不管是掌權者還是民眾，都渴望一個能夠對壞事做出正當而且超然審判的超越者，這就是司掌生死的司命神、司祿神。」

「這我可以了解啦。」

做壞事時，就算沒有人在看，也會感到內疚，這是因為木場的內心某處也認定有這樣一個超越者存在吧。即使他自己沒意識到。

「那麼這個鬼……不，蟲也是嗎？」

「對，這個蟲也是管理壽命的神的屬下。在中國，將寄生於人體的蟲稱為三尸九蟲。九蟲是蛔蟲、蟯蟲

註：為梵語Yama的音譯，即閻羅。

等等，一般我們所知道的寄生蟲。不過三尸就有點不同了。因為是三，所以有上尸、中尸、下尸三隻，各自棲息在頭、腹、足三處。這就是大爺所說的悉悉蟲，這裡畫的休咯拉。」

肚子是懂，但木場無法想像頭和腳會長蟲。

「這……呃，應該是傳說吧，那實際上有對應的蟲嗎？」

頭上長蟲，總教人內心發毛。京極堂苦笑。

「應該是來自於蛆蟲等食腐肉的蟲吧。蛆蟲不管是頭還是腳，一律都會長嘛。」

「哦，原來如此，死後長蟲啊……」

「話雖如此……不過也不盡然。蛆蟲當然是從卵裡孵出來的，不過過去的人不這麼想，他們覺得蛆是自然冒出來的。」

「說的也是……，蛆蟲感覺就是突然冒出來的。」

「換句話說，古人認為那些蟲原本就住在身體裡面。附帶一提，上尸名叫『彭倨』，使人面皺、患眼病及牙周病。中尸名叫『彭質』，侵蝕內臟，使人急躁健忘，帶來惡夢、不安，誘人做惡事。下尸名『彭矯』，會擾亂感情，令人好色。」

「根本不是什麼好蟲嘛……」

要是體內真有這些蟲，誰受得了？

可是仔細想想，就算沒有這些蟲，人一樣會年老、患病、痛苦、煩惱、做壞事。不管有沒有都一樣。

「……不是什麼好東西哪。」木場重複道。

如果只是蟲子離開，就能夠擺脫這些，那不知道該有多好。

京極堂接下去說：「嗯……這些蟲光是存在就令人大傷腦筋。中國的古書《抱朴子．內篇卷六微旨》中有這樣的敘述。作者葛洪首先引用《易內戒》、《赤松子經》、《河圖記命符》，說：『天地有司過之神，隨人所犯輕重，以奪其算』，接著又說，體內的三尸沒有形體，屬鬼神之類。在中國，鬼指的是靈魂，這種情況，意思是說三尸就像幽靈一樣。然後，這些蟲希望宿主早死……」

「為什麼？」

「聽說宿主一死，三尸就會化成幽靈穿出來，吃掉葬禮上的供品。」

「就算是長在肚子裡的蟲，這也太貪吃了吧？」

「就是啊……，不過三尸這種蟲，就算食欲再怎麼旺盛，似乎也不會狠毒到吃掉宿主。」

「那會怎麼做？釋放毒素讓宿主漸漸衰弱嗎？」

「不是的。三尸會在庚申之日偷偷升上天宮，向司命神打小報告。說我們的宿主做了怎麼樣的壞事、做了多麼殘忍的事。」

「哦。」

春子說，睡著的話蟲就會溜走，蟲一溜走，壽命就會減少。原來是這麼回事啊。木場拍了一下膝蓋。

「書上說：『大罪奪紀，小罪奪算。』所謂紀是三百天，算是三天。罪狀分得很細，據說有上百條。」

說到這裡，京極堂揚起單邊眉毛，不懷好意地一笑，問道：「話說回來，大爺，你想長生嗎？」

木場……皺起了鼻子。

「哈！噯，是不會想死啦。既然都活著回來了，當然要活夠本才行。你咧？」

「我也暫時不想死，我想看的書還多得是。以這點來說，我對壽命非常執著。剛才大爺說，要是以行為的善惡來決定壽命，那麼世界上全都是好人了，不過想要長生不死的心情，壞人也是一樣的。比起好人和窮人，毋寧說壞人和富人對這個世界更戀戀不捨，愈壞的傢伙愈想長命。說起來，欲望和邪惡是哥倆好，如果說物欲、色欲、貪財欲算是欲望，那麼想活下去也是一種欲望。貪婪的人應該也比別人更渴望長壽。所以呢……」

京極堂從衣襟裡伸出手來，搔了搔下巴。「……會渴望長生不老……」

「長生不老？」

「對。不想衰老、不想死掉——不必舉徐福這個例子，許多當權者都真心如此渴望。無論在哪個時代，富貴利達之人最後希望的都是長生不老。對於長生不老的憧憬，特別鮮明地反映在中國的民間信仰——道教──這裡說的是廣義的道教──上面。」

「道教？道路的道、宗教的教的那個道教嗎？」

「是的，道教裡有著形形色色的祕法。人藉著煉製祕藥，努力修行，想要成為神仙，想要獲得長生不老的肉體。從閨房指南到飲食療法，做盡各式各樣的努力，就是想要長壽。以此為目的的人，不可能放過三尸。」

「是啊。就像你說的，想要比別人多活一分一秒，這種想法太狂妄了。這種妄念要是被那個什麼東西給知道，延長的壽命也會給縮短了。」

「完全沒錯，於是道教得想出各種封住三尸的祕法。像是《老君三屍經纂》和《紫微宮降太上去三尸法》等道教經典中，便詳細地記載了驅除三尸的方法。可是，看樣子三尸九蟲是不會消滅的，服藥和斷穀似乎怎麼樣都沒有效果。」

「吃驅蟲藥拉不出來嗎？」木場打諢說，京極堂大笑起來。

「噯，拉不出來啦，不過驅蟲藥原本也是用來對付三尸的。總之，最後想出來對付三尸的終極方法，就是不睡覺這個辦法。只要醒著監視，三尸就沒辦法穿透身體離開了。」

「所以才要整晚不睡覺嗎？那不睡覺的理由……」

似乎不是為了飲酒作樂。

「是的，熬夜最早的理由，是**人們為了要監視蟲**。徹夜監視蟲，是儀式原本的目的。在這裡值得注意的是，《抱朴子》以及其他的經典中，都明記了庚申這兩個字。顯而易見，三尸會在庚申之夜離開身體，是來自於中國的傳說。換言之，這無疑就是日本待庚申的源頭。」

「所以你才說是外來的。」

「是啊，納入三尸說，才能夠說明為什麼會特別指定庚申這一天。這在中國叫做守庚申，據說庚申這一天，是天帝開門，聽聞諸鬼神陳述眾生罪狀之日，傳說因為庚與申都是金之日，所以天帝會在這天下裁決。把這個傳說與三尸說組合在一起，才能夠看出庚申夜晚不能入睡、必須熬夜這個儀式的本質。至少佛教與神道教中沒有這樣的思想。這不能脫離陰陽五行來討論。至少作物神和遊行神，沒有理由特地選在庚申這一天來祭祀。庚申的習俗應該視為源自於三尸才對。」

「原來如此……」木場彷彿嘆氣似地說。對木場來說，這些事全都無所謂，不過對於眼前這個人來說，這種事才是最重要的吧。

「那……帝釋天嗎？那些蟲去打小報告的對象，就是那個叫天帝的神，是吧？」

「比起司命神，直接告訴天神比較有用啊。」

「要是不採用舶來說，也無法說明為什麼會冒出帝釋天。」

「這也是理由之一。帝釋天的使者是猴子，就是猴子與庚申的申連結在一起——我認為這種解釋是**本末倒置**。應該想想為什麼帝釋天的使者非是猿猴不可才對。什麼因為很像所以一樣，或是要素相同所以融合在一起，這種籠統的看法不好。如果被視為相同，就應該有被視為相同的根據才對。柳田翁和折口老師對於庚申這個問題，都在**入口處**就折回去了。不管是作物神還是遊行神，確實都是構成日本型庚申信仰不可或缺的要素，但是並不代表那就是庚申信仰本身。因為作物神和遊行神都是日本自古就有的，所以庚申信仰也是日本古來的習俗——這樣斷定的話，我不得不說這是相當恣意的解釋。」

「本末倒置啊……」

就像抓到犯人以後，才來思考動機嗎？

不，或許比較接近以別的嫌疑逮捕犯人——抓到的雖然是真兇，但逮捕的理由卻是與主案毫無關係的瑣碎罪狀。在能夠證明殺人罪嫌之前，就算再怎麼可疑，嫌疑犯也不是殺人犯。最後只能證明不法侵入罪的話，頂多也只能罰罰款而已。

要是就這樣釋放，即使逮到的是真兇，也不能制裁他的殺人罪了。

照木場的說法來說，那個叫什麼的學者，就像難得逮到了殺人犯，卻讓他以輕罪釋放了。的確，要是真的犯了罪，就算是小罪，也應該加以懲罰，可是要是因為這樣而放過殺人重罪，那也太愚蠢了。

木場將內心率直的想法直接說出來，於是京極堂撫摸了下巴一會後，說：「大爺的思考回路真是與眾不同。」

木場心想：那是你才對吧？

「可是，這個三尸說，確實並未以原本的形式滲透到民間，進行待庚申的人，是否明白自己在進行道教儀式形式的活動，也不得而知。民俗學者在山村蒐集到的民俗語彙中，沒有三尸這種字眼，所以學者無法信服。因為民俗學的基本是田野調查，必須前往當地，親眼看見，親耳打聽，蒐集資料。」

「去現場觀察聆聽啊……」

簡直就像在說木場。

「沒錯……。當地實際蒐集到的，是常見的佛陀或神祇的名字，而那些是後來才覆蓋到原本的民間信仰上的——到這部分還能看透，而這也是事實。佛教說穿了是外來宗教，神道的體系確立，也是近年的事。可是……」

「可是怎樣？」

「尋找隱藏在面紗底下的真實時，學者幻視到了日本古來的信仰——祖靈信仰或異人信仰。以形態來看，雖然十分完美，但現實並沒有那麼單純。現實很少會那樣完美整齊地聚攏在一起。」

「是嗎？應該吧。不過讓我站在刑警的立場說句話，要是沒有證據，就算逮捕了，也沒辦法進一步送檢哪。」

「證據是有的。雖然沒有證據能夠證明三尸說在古代傳到了日本，不過有一部類似經典的紀錄叫《庚申經》，顯然是以剛才提到的道教經典為藍本所撰寫；而且各地流傳的《庚申緣起》中，也能夠看到例如彭候子、彭常子、命兒子云云的咒文，甚至是三尸九蟲為害的記述。」

「有這麼多證據，學者還是不肯點頭同意嗎？」

「不肯。剛才我也說過，民俗學的基本是田野調查。偏重文獻主義的歷史學者固然很令人傷腦筋，不過太偏重實地見聞也教人頭痛。」

「就算文獻中有紀錄，也不肯相信嗎？」

「那要端看相信紀錄還是記憶。」

「紀錄或記憶？寫的和記得的不一樣嗎？」

確實，物證所顯示的事實與目擊證詞彼此矛盾的情況所在多有。不過證詞有可能是誤會或看錯，但物證卻是鐵證如山。

木場這麼說，中禪寺便回答：「這種情況，物證反而是記憶。民俗活動和慣例被記憶、流傳下來，這是絕對不會動搖的物證。以這個意義來說，紀錄沒辦法成為確實的物證。」

「沒辦法？意思是不能相信嗎？」

「不是不相信，或許該說無效比較妥當吧。首先，這些文獻不但集中於都市地區，而且製作的年代也距離當時相當久遠，不可能是農村地區自古流傳的習俗。而且紀錄這種東西，無論形式如何，都一定會反映記錄者的主觀。再說過去和現在不同，主筆者是特定社會階層的人士。能夠寫下這類紀錄的，應該都是文化水準極高、擁有宗教素養的知識分子，所以即使他們知道外來的三尸說也不奇怪。那麼對於不明白意義的民間習俗，也可以輕易地加以解釋。」

「也就是說……事後找來原本根本沒關係的事物，**牽強附會**上去嗎？」

「應該說，這類證據也有可能只是牽強附會出來的。既然有這樣的可能性，就不能當成證據採用——就是這麼回事。當然，這只限於民俗學。」

「原來如此啊。寫紀錄的人很聰明，消息靈通，是嗎？換言之，可以在事後想像編造出動機或理由。證據有可能是捏造的，那法庭當然不會採用。」

「是啊，不過這也是個陷阱。」

「陷阱？什麼意思？」

「意思是……**大逆轉不止一次**。」

「大逆轉？」

「沒錯。假設有一個莫名其妙的習俗，表面上它採用的是佛教的儀式，事實上卻不是——這是民俗學者所謂查出來的。那麼它到底是什麼呢？接下來就是問題了。這裡出現了一個謎團，在尋找答案過程中，找到了一個疑似是道教的證據，而且具有整合性。絕對就是道教沒錯——這是第一個解答。但是學者懷疑道教與當地的氛圍格格不入，發現了證據或許是捏造的可能性，結果顛覆了第一個解答，得到原來這是日本自古以來的習俗這個答案。這就是大逆轉——第二個解答。但是呢……」

「……我懂了。」

把它想成有一個案子，為了隱蔽真相，故意捏造出導出真相的證據。這種情況中，證據是捏造的事實曝光以後，證據就失去了效力，同時真相本身也被湮滅了。

「簡直就像偵探小說嘛。」

木場這麼說，京極堂便無動於衷地說：「愈是虛構，就愈現實。事實上，《庚申緣起》等文獻應該是後世所製作的。而且也不得不承認，這些東西書寫的意圖十分明顯，也難說是照實寫下習俗的紀錄。話雖如此，但也成不了否定三尸說的根據。」

「可是沒辦法證明的話……」

「可以證明，因為全國各地都大剌剌地流傳著非知識分子語言所述說的三尸蟲。」

「等一下，你不是說民間沒有流傳類似三尸的名稱嗎？我記得你剛才這麼說，還說因為這樣，學者才不相信……」

「民俗學者儘管蒐集到了，但是因為已經失去原義，所以無法理解。而且流傳的民俗社會本身就不知道它的意義，這也難怪。沒有人知道那是什麼、為什麼會這麼稱呼，就這樣使用……」

「那到底是什麼？」

「就是這個啊。」京極堂指著擺在簷廊上的書本。

「哦，悉悉蟲啊。這麼說來，你一開始就這麼說了嘛……」

說起來，這就是這番話的出發點。話題雖然沒有偏離，木場卻幾乎忘記了。的確，因為說到悉悉蟲，才會有三尸蟲登場，最後還冒出道教來。

「……悉悉蟲……就是三尸蟲吧？」

可是木場沒辦法整理清楚。

「對。民間流傳的庚申傳裡，記載了許多我剛才念誦的庚申咒文。此外，即使沒有被記錄下來，各地也都有咒文流傳。這些咒文大同小異，雖然並不完全一樣，但大部分都是以『悉悉蟲啊』、『精螻蛄啊』等等，對莫名其妙的東西呼喚開始。所以也可以把它視為複雜繁多的庚申信仰中唯一的共同點。可是如果待庚申是祭祀作物神的習俗，那麼為何要因為早睡，就念這種對蟲說什麼我要睡了還是沒睡的莫名其妙咒文呢？而且只限於那天念誦，更是令人不解了。不管祭祀的是青面金剛還是不動明王，不熬夜的時候，念的咒文都很相似。別的部分姑且不論，但是只有這個地方，以作物神來解釋，完全解釋不通。而唯有這個解釋不通的地方，可以挑出來當成共同點。要是不採用三尸說，就完全無法說明這一點了。」

「那個像繞口令的咒語，是源自中國的痕跡嗎？」

「我是這麼認為。悉悉蟲是什麼？精螻蛄是什麼？沒有人知道切確的答案。連念誦的人自己都不曉得了。不過有些庚申傳，在『休其拉啊』云云的咒文之後，緊接著明確地記載：『休其拉，蟲也，一說為三尸。』」

「那不就是三尸了嗎？」

「即使如此，若說文獻不可信，也成不了證據了。不過把這個和一開始提到的《嬉遊笑覽》的附註放在一起來看，可以知道至少在江戶時代的都市地區，是將悉悉蟲、精螻蛄、三尸視為同一種東西的。中國的文獻裡，三尸的名稱和形體也不一定。不管怎麼樣，現在雖然稱呼已經帶有地方色彩，原形受損，連原義都已經消失，但是在遙遠的過去，三尸說曾經膾炙人口，這一點是錯不了的。」

「原來如此。」

「悉悉蟲、精螻蛄，這種稱呼已經面目全非了。道教色彩也消失，連一丁點兒都感覺不到。即使如此，這還是三尸。三尸變更為日本式的名稱，化成意義不明的咒語，留存了下來。」

「蟲啊……」

木場望向書本。

怎麼看都不像蟲。

「真複雜哪。我這是門外漢的看法，雖然我不知道什麼道教不道教的，不過……呃，三尸蟲直接向天帝報告這種複雜的事，會傳到深山僻野的村子裡嗎？這對老頭子老太婆來說，不會太難了點嗎？城市裡那些和尚啊老師之類的知識階級知道，這還可以理解。那些學者無法信服的心情，我可以了解。」

「我剛才也說過了，我國也不能免俗，先想到要長生不老的，就是富裕的權力者。所以三尸說最先傳入、流行的不是農村，而是京城，而且是宮中吧。」

「這樣的話我懂。」

「一開始是貴族的遊戲——這我也說過了。貴族極度崇尚外來的知識，他們透過知識分子，積極地加以吸收。道教的健康法肯定大受歡迎。」

「然後逐漸地滲透到百姓，固定下來——不，不對。在百姓間傳播開來，與自古就有的類似習俗融合在一起了嗎？」

「也有……這種看法。」

「其他還有什麼看法？」

「上流社會大為風行，庶民就會不加思索地上行下效，我覺得這種看法太草率了。那樣的風潮是不會落地生根的。就像大爺剛才說的，複雜的解釋無法融入村落社會。就算宮中流行，也不可能輕易地在農村傳播開來——除非有什麼人特意去推廣。而且日本過去就有柳田翁說的，傳統的不眠的風俗存在……」

「那不就混在一起了嗎？不是很像嗎？」

「也有學者這麼認為。不過我覺得因為很像，所以混同在一起這種說法缺乏論據。」

「是嗎？」

「是啊。」京極堂略略加重了語氣說。「人才沒有那麼笨。一般人不會因為荒神（kōjin）和庚申（kōshin）發音相近，就把它們搞錯吧？如果說因為稱呼相近，就會不知不覺中混淆，那太奇怪了。這就像把竹竿搞錯為豬肝一樣，太滑稽了。能當成笑話一笑置之還好，要是人家叫你報警，你卻抱緊人家，那可不是一句玩笑就能了事的。況且人絕對不會把自己信仰的事物搞錯。我是這麼認為的。」

「那……」

到底什麼才是對的？

「這個嘛，就舉荒神信仰來當例子好了。三寶荒神這個神明，是修驗道與日蓮宗、天台宗主要祭祀的神明，本地佛為大聖歡喜天或文殊菩薩、不動明王，並不一定。做為民俗神，祂有時候是作物神，有時候是火伏神或生產之神，也不統一。可是與這些無關，荒神做為信仰對象時，大多被視為灶神。為什麼會變成灶神？這個考察就暫且擱一邊吧。接著我們來看看庚申信仰，待庚申所祭祀的本尊為灶神的例子很多。灶神就等於荒神，因為荒神與庚申的發音相似，所以融合在一起——這樣的論述根本不值一提，不過想想灶神信仰早於庚申信仰，這也容易變成支持庚申國產說、斥退三尸說的理由。不過事實上，這完全相反。」

「相反？」

「沒錯。灶神會變成待庚申本尊的理由完全不同，而且這個理由不僅無法排除三尸說，反而可以證明三尸說。」

「證明？」

「剛才我提到的《抱朴子》中，會向司命神打小報告的，並不只有三尸而已。書上說，灶神也一樣會升天，報告各人的罪業。」

「灶神會升天嗎？」

「據說灶神是在晦日（註）升天。換句話說，灶神這種神明，原本就是『告密者』之一，具有和三尸相同的性質。現在民間還留有在除夕夜熬夜的習慣，這個習慣在過去應該也有監視灶神，不讓灶神去告密的含

註：即陰曆每個月最後一天。

意在。這麼一看，灶神與庚申相關的理由，有可能單純地只是日期上的統合。」

「同樣的事不用分成好幾次做，乾脆一次解決，是嗎？」

「每個晦日、每個庚申都要熬夜的話，次數太多了。而且除夕夜時，迎接正月神（註一）的意識更強烈。這類統合的情形不只如此。在中國，除了守庚申以外，似乎還有守甲寅，但在我國都統一在一起了。祭祀大黑天的待甲子也被視為相同。」

「那麼荒神會混進來，不是因為名字相近，而是因為灶神會做和三尸一樣的事，荒神又被當成灶神，所以才混在一起嗎？這也是本末倒置嗎？」

「沒錯，是本末倒置——徹底的本末倒置。」京極堂說。「大爺剛才說的，以某種意義來說是正確的，不過這麼一來，接下來就會碰到剛才擱置一旁的問題——荒神為何會被視為灶神？在這裡，必須再本末顛倒一次才行。」

「什麼意思？」

「我認為，荒神原本就具備可以成為庚申尊的性質，所以才會與同樣是庚申尊的灶神混同在一起。」

「什麼？」

「我剛才也說過，似乎沒有哪一個單獨的神明叫做荒神。我認為應該把荒神當成一個總稱來看。所謂荒神，顧名思義，是狂暴的神明。但是荒神的性質不一，分歧太大。實在不可能有一個叫做荒神的便利神明，具備多種屬性，可以視情況給予各種庇佑。所以我認為達到一定標準的各種神明，可能都被統稱為荒神。像是山的荒神、田地的荒神、道路的荒神、家的荒神，當然，也有灶的荒神……」

「那跟灶神不一樣嗎？」

「不一樣。會向天帝報告的灶神，顯然是來自道教——源頭在中國。但是灶的荒神源流不同。有些地方會將荒神與灶神並祀在一起，所以兩者是不同的。」

「那個灶的荒神也和庚申有關嗎？理由不一樣嗎？」

「是啊。就像我剛才說的，荒神信仰的背景是修驗道與日蓮宗，另一方面，**驅除荒神**是盲僧——天台宗的琵琶法師（註二）的職務。」

「驅除神明？」

「鎮壓狂暴之神的荒魂，這是民間宗教家的工作。這麼一看，感覺上教團只是順勢在利用民間信仰而已。說起來，佛教裡並沒有荒神這種神明。那麼荒神是哪種神？有人說是大日尊，有人說是麤亂神，眾說紛紜，不過有一個說法是奧津彥、奧津姬以及陰陽道的歲神三神合併的稱呼，也有人說是護持佛法僧的三寶的三面六臂神。」

「很多手的神嗎？」

「很多。多手的神佛非常多，但說到狂暴的神，怎麼樣都會聯想到天部雜尊——來自印度的神。但是就算尋遍各種資料文獻，也找不到決定性的證據。不過，天台宗所進行的『回峰行』這種修行當中，唱誦的真言裡有天部雜尊的名字。說到這裡，稍微轉個話題，大爺知道『角大師』這個名號嗎？」

「角大師？我只知道聖德太子。」

「這樣啊。角大師是據說會在陰曆十一月二十三日的夜晚前來的神明，外表十分駭人。在京都一帶，也稱之為元三大師。」

「元三？沒聽過。」

「那是比叡山延曆寺中興的功臣良源——慈惠大師的別名。因為他在元月三日圓寂，所以稱為元三。」

「無聊，幹麼這麼簡稱啊？」

京極堂笑了。

「那個和尚就是角大師嗎？」

註一：即歲德神、年神，為新年時祭祀的神明。

註二：以彈琵琶說故事為業的盲眼僧人，自平安時期開始出現。

「沒錯。良源也以神籤的始祖聞名，在應和年間（註一）的宗教論爭中，和南都法相宗爭論，將對方一一駁倒，也是個有名的理論家；而這個高僧良源某一天被厄神襲擊了。但是高僧不愧是高僧，他將自己的形相變化為夜叉，趕走了厄神。隔天良源召集弟子，在鏡子前禪定，命令弟子畫下倒映在鏡中的自己。據說鏡子上倒映出一個頭上生角、渾身漆黑的怪物。良源看了畫好的像，說『置有吾像之處，邪魅災難必破』。良源死後，他長角的降魔之姿就被印刷在護符上了……」

「等我一下……」京極堂說道。

他站了起來，打開書架中間的抽屜，翻找著裡面的紙張，最後抽出一張符咒。

「哦，就是這個。」

那似乎是一張印有黑色圖樣的和紙。

「這是角大師的護符。全國的天台系寺院裡，現在依然會分發這個。在東日本則是以鬼守的名義，大大地貼在門口。大爺沒看過嗎？」

「喂，你家裡總是備有全國社寺的符咒嗎？你家怎麼搞的啊？你到底是什麼人？嗯？這啥啊？哦，我看過。」

那是一個渾身漆黑、削瘦的裸體男子的版畫，眼睛瞪得圓滾滾地坐著，頭上長了兩根像山羊般的角。

「可是，這怎麼看都不像是什麼保祐的符咒，感覺很像西洋的惡魔。真不吉利。」

「不像嗎？」

「像什麼？」

「像這個啊……」京極堂指向簷廊上攤開的書。

精螻蛄正從天井偷窺。

「這……你說精螻蛄嗎？哦，說像的話，的確是像，只差有沒有角而已。喂，可是你不是說這是三尸蟲嗎？怎麼會跟這個長角的和尚扯在一塊？」

「可是很像吧？我想我一開始就提過了，為何精螻蛄會被畫成這種外形呢？這就是我這次要談的主旨。」
「原來如此，你說這個嗎？」
「可是，嗯……只說像的話，完全算不上說明。不過關於這個角大師的形姿，有一個說法，認為這也是比叡山的山神形姿。」
「山神？」
「那麼，比叡山的山神是什麼呢？比叡山的守護神社，就是神佛習合（註二）的天台神道——山王一實神道的日吉大社。換言之，比叡山的山神就是日吉大社的祭神——山王權現……」
「日吉大社，我記得……」
「沒錯，這我也在一開始提過，日吉大社正是全國庚申講的大本營。」
「噢，你好像是這麼說的。」
「那麼，這座日吉大社所祭祀的山王權現是什麼神呢？日吉大社的前身小比叡社的祭神，是大山咋神，這已經是定論了。這個大山咋神，根據《古事記》記載，是大年神之子。同樣被併記為大年神之子的，有兄神奧津日子神與姊神奧津比賣命。根據一說，奧津彥與奧津姬，加上父神大年神，三神合併就是——荒神。」
「嗯？那樣的話，日吉神社的祭神的哥哥、姊姊，加上爸爸——就變成荒神嗎？」
「是啊，很難認為沒有關係對吧？而且不只如此，大山咋神的姊神奧津比賣命，《古事記》曰：『亦名大戸比賣神，此諸人祭拜之灶神也……』」

註一：平安中期的年號，九六一～九六四。
註二：也稱為神佛混淆，是將日本神道信仰與佛教信仰折衷融合的現象，顯示出佛教與神道教的同化。從這裡發展出本地垂跡思想，認為神道教的神明即是佛與菩薩改變形姿，在日本的顯現，即「權現」。

「是灶神啊？」

「是的，就是灶神。那麼，現在回到剛才說到一半的天台的回峰行。」

「啥？噢，你好像有說吧。」

「是的，所謂回峰行，是一邊在山中的各處靈所祈禱，一邊繞遍比叡山，並持續千日，是一種苦行。在叡山奧之院——**慈惠大師**的靈廟前，是結九頭龍印，並唱誦真言：『佛法僧**大荒神**魔訶迦羅耶莎訶』。」

「念經啊？裡面有荒神這兩個字。」

「沒錯，裡面提到的魔訶迦羅，就是大黑天的真言。」

「大黑大人嗎？你說那個背袋子、七福神裡面的……」

「對，荒神後面接的是大黑天的名字。或者說，這段咒文指出大荒神就是大黑天。而這些真言，是對變化成比叡山山神的慈惠大師所念誦。」

「完全不懂。」

「大黑天這個神明，在我國與大國主命習合在一起，因此容貌和性格完全改變了，不過祂原本是印度的戰神，名叫莫訶哥羅。飲人血、吃人肉，是夜叉的總大將，死神。更進一步補充的話，《大日經》和《仁王經》裡描述的大黑天，**與閻魔同體**，是**冥界之神**。」

「閻魔啊……」

「是三尸的同類，司掌壽命的神明之一。此外，大黑天傳到中國以後，又被附加了某個性質。義淨所撰寫的《南海寄歸內法傳》，記述中說大黑的黑，是因為**被祭祀在廚房**，經常被油垢所染，才會變得漆黑。而事實上，中國寺院的廚房裡，大多祭祀著大黑天。我國也是一樣。在佛教裡，大黑天被視為廚房的守護神。大黑大人做為糧食的守護神，被祭祀在廚房裡，**並列在灶神旁邊**……」

「荒神就是大黑大人嗎？」

「不是的。日本民間信仰中的大黑大人，完全是福神。形姿和性格也都變得福相和藹。披著大黑頭巾、背個袋子、拿著萬寶槌，站在米袋上，這才是我國的大黑大人。這不管從哪個角度看，完全是個福神，已經不是狂暴的神了。正因為如此，祂以原本的狂暴之姿登場時，一般人不會以為祂是大黑大人，而會以不同的名字稱呼。其他也有類似的例子，這些具有憤怒相的駭人神明，全都被統稱為荒神了。」

「原來如此，荒神和灶神都因為不同理由，與庚申有關係。不是因為有點相像，所以混淆在一起，也不是因為名字相似，所以被當成一樣……，不是這麼隨便的啊……」

──本末倒置。

「……祂們反倒是透過庚申而混淆在一起，是嗎？」

「或許是。大黑天以日本神明的名字來稱呼，就是大國主──大己貴命，這個大己貴命的和魂──大物主，在大比叡社──現在的日吉大社的大宮，與剛才提到的大山咋合祀在一起。不知為何，以開山祖師最澄為首，天台宗與大黑天十分有緣。延曆寺裡祭祀著三面大黑天。這是《叡嶽要記》中一段有名的故事：最澄進入比叡山時，大黑天現身在他眼前，說**『我為此山守護』**。最澄聞言，回答說他有三千眾徒，但大黑天一日只能供養千人，這該如何是好？於是大黑天立刻變化為**三面六臂**之姿，說他可護養三千──這就是三面大黑的緣起，不過這段逸事中，該注意的是它提到比叡山的守護神是大黑天。那麼，這表示這張符咒上所畫的角大師也是大黑天了。」

「這的確是黑的沒錯，可是大黑大人沒有角啊。」

「在中國，大黑天像騎在牛上。俳諧中有這樣的說法：『守元三之心，今年仍為丑角大師』──元三大師頭上的鬼角就是牛角（註一）。我認為這漆黑而令人忌諱的形姿，就是原本的死神大黑天的形姿。就像大爺說的，這個模樣並不吉利。這是夜叉的本性，連荼吉尼天（註二）都能夠收伏的惡魔之姿。」

註一：丑對應牛，故丑角即為牛角。

註二：佛教鬼神之一，或稱荼吉尼，能在六十天前預知人的死亡，而食其心臟。

以比鬼更恐怖的鬼來驅鬼……

就是這麼回事吧，就像刑警的長相比犯罪者更恐怖一樣。

「這個元三大師——良源，生前十分熱中於山王權現信仰，到了連死後都要借用這個形姿的地步。山王的使者是猿猴，不過自古似乎就有崇拜猿猴的跡象。我想，將庚申的三猴——不見、不語、不聞——說成是最澄發明的人，可能也是良源這個理論家、詭辯家。」

「那也是良源幹的嗎？」

「據說三猴海外也有，那麼不可能是最澄發明的。是良源針對天台止觀的三諦——不見不聞不言來構築理論，當成是開山祖師最澄所作的吧。所以庚申尊會畫上三猴的圖，並不是因為申與猿同音，而是別有意圖。說因為是猿猴所以是山王、因為是猿猴所以是帝釋天……」

「是本末倒置嗎？」

「沒錯。」

全都是本末倒置。以為是結果的東西其實是原因，以為是原因的東西其實是結果。

「可是，你說的我大概懂了……」木場望向圖畫。「……那麼這個精螻蛄是元三大師，是比叡山的山神，是大黑天，然後也是三尸蟲嗎？這東西……」

不管怎麼看都是個詭異的鬼。

「……隨便啦。大黑天是閻魔，閻魔與三尸是同類——這我大概懂了。然後還有天台宗嗎？天台宗和庚申信仰關係匪淺，這我也懂了，不過……」

「嗳，問題就在這裡。」京極堂說道。木場聽得很認真，所以順從地點點頭，不過仔細想想，也覺得這好像算不上什麼問題。

「天台宗說明延曆寺所祭祀的三面大黑天，左右兩張臉分別是弁財天與毘沙門天。延曆寺守護著京都的鬼門，想要將同樣負責守護須彌山北方的毘沙門天找來，這種心情也不是不能理解，不過這不管怎麼想都只是穿鑿附會。大黑天的形姿原本就是三面多臂，這只不過是回歸了原本的荒神之姿罷了。」

「對對對，我記得手也很多吧。」

「很多。四臂、六臂、八臂，形形色色。一般大黑天被描繪的外形就像剛才說的，戴著烏帽，穿著直垂（註一），外形很和風，但曼荼羅（註二）上所畫的大黑天，則是以接近原本的形姿來呈現。那種情況，是三面六臂，頭髮倒豎，正面的臉是憤怒相，有三眼，攤開象的生皮，舉著劍，提著山羊角和裸女的頭髮。」

「那是什麼鬼樣子啊？比角大師和精螻蛄還糟。」

比鬼更恐怖。

——等一下。

那個模樣似曾相識。

「喂，那個樣子，呃……」

不知道叫什麼名字。

京極堂看出來了。

「你想起了青面金剛——庚申講的本尊中最有名的神明，對吧？真的非常相似，不過臉的數目不同。」

「對啊，你講了一堆，可是完全沒提到那個叫什麼青面金剛的神。」

雖然不知道名字，但木場也知道那個有許多手的神像，那麼那一定是個有名的神。既然如此……

「那個叫青面什麼的神，又是什麼立場？」木場問道。

京極堂回答得十分簡單：「遺憾的是，並沒有什麼叫青面金剛的神佛。」

「沒有？」

註一：鎌倉時代武士的官服，配合烏帽及長褲裙穿著，方領，有胸釦。

註二：曼荼羅（梵文Mandala的音譯，藏名dkyil-hkhor），又譯「曼陀羅」、「滿荼羅」等，古代印度指國家的領土和祭祀的祭壇，但現在一般是指將佛菩薩等尊像，或種子字、三昧耶形等，依一定方式加以排列的圖樣。意譯為輪圓具足、壇城、中圍、聚集等。

「沒有。青面金剛被視為『青色大金剛夜叉辟鬼魔法』修法的本尊，但頂多就只有這樣，其他像是被當成帝釋天的部下、毘沙門天的屬下……，再來就只剩下祂是庚申的本尊這樣的記述而已。」

「這才豈不是本末倒置吧，調查庚申的本尊是什麼，答案竟然是庚申的本尊……」

調查的人簡直像傻子。

「嗯。金剛指的應該是執金剛力士等等的金剛，金剛夜叉、金剛童子等等，名字裡有金剛的佛尊很多，但名字有金剛的時候，指的是持有金剛杵這個武器的佛尊之意，大部分外貌都是戰鬥性的。這種情況，連臉都是青黑色的，所以這類金剛系的佛尊，或許全都可以稱為青面金剛。」

「可是還是有形體吧？像是衣服啊，手上拿的東西之類的。」

「嗯，當然了。像是各地庚申堂祭祀的掛軸上都畫有青面金剛的畫像，庚申塔上也刻著祂的形姿。佛典中提到青面金剛的，頂多只有《陀羅尼集經》，不過祂做為庚申尊的形姿，大致符合上面的記述。一面四臂、或六臂、八臂，持有劍等武器，而且一手提著**裸女的頭髮**……」

「喂，這跟大黑大人一樣啊。」

京極堂只有眼睛帶著笑意。

「確實……一樣，除了臉的數目外，可說是如出一轍。那麼，這個青面金剛手中提的裸女……究竟是什麼呢？」

「別賣關子啦。」木場粗魯地說。

「那麼我就說出答案吧。」京極堂一派輕鬆地回答。「雖然不是全國各地都能看到，不過有個地方，將半裸的女性像祭祀為庚申尊，這似乎叫做休喀拉。所以……青面金剛所提的女子，就是休喀拉。」

「嗄？」

「休喀拉啊，剛才不是說過了嗎？休喀拉、精螻蛄，就是三尸蟲的和名。」

「這我知道，可是……」

「消滅三尸蟲的就是青面金剛，就算青面金剛拖著三尸也不奇怪。道教的文獻中，有些說法認為三尸呈小人的形狀。」

「等一下……」

木場混亂了。

大黑天的原形——荒神，與青面金剛十分相似，兩者同樣都是庚申尊。庚申尊能消滅三尸——精螻蛄。精螻蛄就是角大師，而角大師似乎是大黑天的原形。

意思就是……

「……這不是自己消滅自己嗎？」

「沒有錯，虧你看得出來。」

「別瞧不起人了，你這是在耍我尋開心嗎？」

「才不是。」京極堂說，再次拿菸請木場。接著他說：「不管怎麼樣，就是這種**扭轉**，使得庚申信仰的真面目變得模糊不清。」

「扭轉？」

「扭轉。」京極堂又說了一次，正色問道：「話說回來，大爺，你知道這個俗說嗎？在庚申之夜受孕的話，生出來的孩子會變成小偷。」

木場忘了是不是庚申之夜，不過他曾聽過這樣的說法。他記得是在說書還是古裝電影之類，聽到大盜石川五右衛門就是這樣。

木場告訴京極堂。

「大爺說的是《釜淵雙級巴》吧。不過就像大爺記得的，簡單地說，這個俗說是為了警告男女不能在庚申之夜同衾，往前回溯，就成了五右衛門的受胎日。甚至有首川柳（註）說：『庚申加**不幹**，三猿變四

註：川柳為江戶中期開始流行的一種諷刺短詩歌。多使用口語，形式與內容皆十分自由。但流行到後來淪為低俗。

猿。』」

「好沒品的川柳。」

「川柳本來就很沒品。不管怎麼樣，這些習俗顯然是來自於庚申之夜不能睡覺這種三尸說。儘管如此，卻已經背離了原來的儀式。有一種說法認為這是源於道教的房中術，不過原本的守庚申，並沒有禁止燕好的禁忌。請回想一下原本的三尸說。原本的三尸說是人一睡著，蟲就會離開身體升天，所以人必須醒著，不讓蟲離開……對吧？」

「我記得是要醒著監視蟲吧？」

「沒錯，可是……就像這樣……」京極堂伸手指示。「……**精螻蛄在看**。」

沒錯，精螻蛄在看。

鬼從天井目不轉睛地注視著。

「如果精螻蛄真的是三尸蟲，這張圖就奇怪了。如果已經脫離身體，馬上去天帝身邊報告就是了。然而精螻蛄卻像這樣，瞪大了眼珠全神貫注地看著。牠在看什麼？……沒錯，牠在**監視人們是否醒著沒睡**。」

「這……本末倒置嘛。」

「完全是本末倒置，這張圖一定是在揶揄本末倒置的庚申信仰。」

「揶揄？是在嘲笑……不……」

是諷刺的意思吧。

「我認為三尸說傳入的時期非常早。或許可以追溯到室町以前，甚至奈良時代。所以幾乎可以肯定江戶時期，三尸說一定滲透在知識階級當中，許多文獻也證明了這一點。但是庶民當中的庚申信仰又如何呢？庚申信仰確實是以三尸說為基礎。但儘管是以三尸說為基礎，樣貌卻完全不同了。睡著了就會發生壞事——這一點是沒錯，但是睡著了鬼就會來，或睡著了蟲就會做壞事，這根本是完全顛倒了。做壞事的應該是人，蟲只是去打小報告而已。然後不僅是禁止同衾而已，方法條規變得愈來愈複雜，變質成一種只要遵守就可以實現願望的、以現世利益為中心的民俗活動。所以庶民會徹夜歡鬧，只顧著許願。這真的是莫名其妙的信仰……」

「這是在嘲笑庶民的愚蠢嗎？」

「不是的，這是在揶揄天台宗利用庶民的組織，試圖擴大勢力吧。」

「擴大比叡山的勢力嗎？」

「沒錯……，推廣庚申的……就是天台宗。」

「這樣……啊？」

「天台宗計畫性地意圖使它流行起來。唯一能夠聯繫庚申活動中各式各樣、雜亂不一而且表面上毫無關係的事實與現象的，只有天台宗而已。庚申堂幾乎都是天台系的，寫下庚申緣起的也大多是天台僧。山王一實神道的緣起，與庚申緣起在細節上非常相似。」

「所以才會出現元三大師嗎……？」

「嗯，角大師和元三大師也分別以不同的形象受到信仰，叫做大師講的活動也很盛行。說到大師信仰，一般都會聯想到弘法大師（註一），但大師講卻似乎不會。」

「不會嗎？」

「大師講有時也祭祀弘法大師。不過例如說，各行業的師傅所舉行的大師講，字面就變成了太子講，是以聖德太子為本尊，也與真言宗無關。」

「聖德太子？」

「沒錯。不過大師講和太子講（註二）或許原本就是不同的東西。不，聖德太子的話還好。除了角大師以外，在大師講中被做為本尊祭祀的還有單足多子的客人神，有時候單足上連趾頭都沒有。最後甚至還有人說

註一：即空海，真言宗的開山祖師。

註二：日文中「大師」（daishi）與「太子」（taishi）發音十分相近。

太子大人是女人，是個**削瘦的裸女**。」

「裸女……女人嗎？大師是女的？」

「對。大師是裸女時，說法是大師是個有許多孩子、歷經滄桑的寡婦。為什麼有許多孩子的半裸女子會被稱為大師？這真的很有意思。而且說到裸女，也不得不聯想到大黑天和青面金剛手中提的休咯拉。螻蛄這個字在古時候似乎泛指所有的蟲，在和歌山一帶，傳說螻蛄是神佛的使者。此外，《搜神記》裡也有個故事，說螻蛄被當成長壽之神來祭祀，所以從螻蛄這方面來探討或許比較有效。」

「螻蛄啊……」

「不管怎麼樣，在大師講中，有作用的只有太子這個名稱。這個太子，有可能原本是道教中的神——中檀元帥（註一）。中檀元帥是哪吒太子的名字，也是一般人所熟悉的《西遊記》中活躍且受歡迎的角色，不過有些傳說認為哪吒太子是單足，這與單足來訪神的傳說吻合。我認為青面金剛有可能也是這個哪吒太子。庚申緣起中，青面金剛起初是以童子之姿出現。在成為青面金剛以前，甚至被稱為青光**太子**。哪吒太子也多以童子外形呈現，而在戰鬥中的形姿，多被描寫為三頭六臂。在民間，哪吒太子因為消滅惡龍而廣受信仰，同時在《封神演義》裡，也是托塔天王的兒子。」

「托塔天王是誰啊？」

「托塔天王被視為哪吒太子的父親，在佛教中，是對應毘沙門天的神明。」

「毘沙門天……不就是剛才提到的三面大黑的其中一個臉嗎？」

「是啊。就像剛才說的，毘沙門天一名多聞天，是守護須彌山北方的四天王之一。在負責守護北方的天台宗裡，是很受重視的神明。此外，毘沙門天也被視為夜叉之長，這也與大黑天的屬性相重疊。一定是由於這些原因，毘沙門天才會被拿來當成延暦寺的三面大黑的其中一張臉。此外，毘沙門天所守護的須彌山中央，就坐鎮著帝釋天——天帝。」

錯綜複雜。

「可是這東西怎麼會……？」

就算京極堂說是受歡迎的角色，木場對這個名字也完全陌生。

「哪吒太子是中國著名的神明，我的朋友多多良現在正對這個哪吒太子進行十分有意思的研究——這先暫且不提。根據他的考察，哪吒太子在相當早的時期就傳入日本，是個不容忽視的存在。」

「是誰帶進來的？也是那個天台宗嗎？」

「比叡天台的本山中國天台山，是道教十分興盛之地。不只是開山祖師最澄，叡山的僧侶肯定也都學習了道教，一次又一次地帶回本國。江戶時代庚申會大流行，只要想想德川幕府與天台宗之間密切的關係，也不是什麼不可思議的事。」

「哦……你說天海僧正（註二）啊。」

「對，結果庶民只會被現世利益所吸引。原本應該是個人健康法、長壽法的待庚申，不知不覺間極為巧妙地被改變為特定信仰。沒有任何人發現，應該監視的人，不知不覺間受到監視……」

「監視的是天台宗嗎……？」

「不過沒有人發現就是了。這是自然而然扎下根來的，可以說是再成功也不過了。流行神（註三）與傳統宗教乍看之下似乎無關，但我們可以輕易地在稻荷神社與真言宗、白山神社與曹洞宗當中看出對應關係。這並不是什麼稀奇事。表面上似乎毫無效果，但其實相當有用。雖然是繞遠路，但可以做為一種資訊操縱。」

「原來如此。」

木場在想長壽延命講的事。

不知不覺間，目的變成了買藥……

註一：臺灣多稱作中壇元帥，因其統帥宮廟五營神兵的中壇。
註二：天海為江戶初期的天台宗僧侶，是江戶幕府宗教行政的中心人物。
註三：指民間信仰中，一時性、突發性地受到熱烈信仰，卻也急速被人遺忘的神佛。

春子這麼說。

有什麼……

——有什麼線索。

木場覺得京極堂不是只顧著絮絮叨叨地說個沒完。這場漫長的演說當中，一定安插了什麼謎題。這個人看穿了什麼。木場和他交情不淺，看得出這點事。

只是不知道線索不足，還是不確定要素太多，這種時候，這個乖僻的朋友是絕對不會開口的。這或許是慎重，也可能是狡猾——雖然這兩者說不定是一樣的。

而這種時候，這個愛拐彎抹角的傢伙會設下迂迴曲折的謎題。

——記憶力比別人好……

——還有……

監視的人，不知不覺間被監視了。

大逆轉不止一次。

本末倒置……

「不懂。」

「不懂嗎？」

「不，你的說書是懂了。」

京極堂望著竹林，津津有味地吐出香菸的煙，說道：「去找落空的部分。」

「落空？什麼跟什麼啊？」

「落空，錯誤，不符合事實的記述。」舊書商說道，在菸灰缸裡摁熄香菸。「唔，我和大爺做法不同。你可以先試試現場調查吧？看看那個房間是不是真的無法偷窺……」

「怎麼，不是在講庚申嗎？」

「那件事我已經說累了。」京極堂說出不像善辯家會說的話，闔上精螻蛄的書。「要是發現窺孔，事情就好辦了吧？」

「你想說**沒有**，是吧？」

他說偏重現場也很令人傷腦筋。木場露出不痛快的表情一瞪，京極堂便打馬虎眼說：「這我怎麼知道呢？」

「你就是知道。就算有洞孔，那個叫工藤的傢伙也沒時間偷看。」

「他有不在場證明。」

「是啊，所以我反倒是覺得長壽延命講很可疑，所以才會來找你……」

「當然，那裡最好也去看看。依我看，那個叫什麼通玄老師、取這種亂七八糟名字的調劑師相當毒辣。大爺最好也向那位小姐仔細打聽清楚，看看名為診察的個人面談花上多久時間、那段期間都在做些什麼。」

京極堂站了起來。

「喂，等一下，你說的落空到底是什麼意思？」

「哦，你說那個叫工藤的人寫來的信，內容十分詳盡，那麼上面有沒有什麼**沒有寫到的事**呢？——是這個意思。」

「這……應該沒有吧……」

再怎麼說，連襯褲的顏色都寫了。

木場說道，京極堂便說：「襯褲就算不說也一樣會穿啊。」接著他想了一會，說：「是啊，這樣的話，你去問問工藤的信裡面有沒有寫到那位小姐讀工藤的信這樣的記述吧。」

「什麼意思？」

「就是我說的意思。不管工藤有沒有偷窺，既然全部都寫了，那麼當然春子小姐收到他的信、還有讀信的事應該也會記錄上去吧？」

「呃……是這樣沒錯……」

「如果沒有那些記述，到時候就叫工藤自願接受偵訊。只要說他有竊盜嫌疑，他應該會老實聽話吧。大爺只要擺張恐怖的嘴臉嚇嚇他，他馬上就會乖乖束手就擒了。就算很纏人，他應該也只是個懦弱的傢伙。」

「你在說些什麼啊？」木場再一次擠出沙啞的聲音。「要是上面有的話怎麼辦？」

「上面有的話？這個嘛，要是有的話，應該也是落空的。春子小姐看信的時間或地點有一邊落空，或是兩邊都落空了才對。唔，就算有個萬一……，或許頂多會有一次說中吧。」

京極堂急匆匆地站起來，抱怨說：「真的變冷了。」將書本收回壁龕。

「喂，你就不能說得更清楚一點嗎？到底是什麼意思！」木場用力轉過身子吼道。

「所以說，這個世上沒有任何不可思議的事啊……，大爺。」京極堂頭也不回地說。

木場的表情變得極其凶暴。

3

「記憶力比別人好啊……」木場呢喃道，然後環視天花板，視線從潮濕變色的牆壁沿著褪色的窗簾轉向女子。

「……我記得妳這麼說過吧？」

春子一副難掩困惑的模樣，握緊作業服的衣角，答道：「我這麼說過嗎？」

「妳說過啊。」木場回道。春子有點嚇著了。

「既然妳都這麼說，應該有根據吧？」

「根據……？這……那我撤回好了。」

「我又不是在罵妳。」木場說著，背向春子，摸摸自己的臉。想必表情應該很恐怖。

——結果不是惹人嫌了嗎……

不該來的，木場又後悔了。

他冷冷地說：「我突然跑來，打擾到妳了嗎？」

這與其說是道歉，聽起來更像在鬧彆扭。

木場拜訪春子工作的工廠時，謊報自己的身分。他想一個長相凶狠的刑警大搖大擺地闖進來，可能會給春子添麻煩，所以才說了謊。他自稱是春子的遠房親戚，但是那種騙小孩的謊話一下子就露出馬腳了，工廠裡似乎沒有一個人認為木場是春子的親戚。因為春子無依無靠是眾所周知的事實，而且容貌魁偉的木場怎麼看都不像是長相平庸的春子的親戚。木場這張臉簡直就是天生當刑警的料，如果不是刑警，完全就像個地痞流氓。

——所以……

不僅是廠長，許多女工都對木場投以好奇的視線。

木場心想，這些女工看到長相凶惡的來訪者，腦中一定正描繪出這樣的情節：來自山區的鄉下女孩春子，被吃軟飯的小混混給纏上，陷入了困境。沒有其他可能了。那麼說不定率直地表明身分對春子比較好，況且木場和春子本來就沒做任何虧心事。

「打擾到妳了嗎？」

「不……你能來……」

語尾曖昧地消失了。好像是「我很感激」還是「我很高興」這類的話，但是不確定。

木場再一次掃視房間。

春子的房間樸素過了頭，幾乎是殺風景。

老實說，木場相當吃驚，因為幾乎沒有家具。

木場住處的東西還比這裡多。

——不能拿來比較吧。

不能吧。

木場與他的外表相反，會細心地剪貼報紙和雜誌，也會無意識地去蒐集無聊的小東西，所以和其他男性的住處相比，東西應該更多，堆滿了許多沒用的家私。但是木場也和外表相反，雖然不擅長清理，卻善於整理，相當一絲不苟，所以起居環境絕非一般形容男性住處那樣「髒得生蛆」。話雖如此，再怎麼說也都是大男人的住處，木場的房間仍然是缺少裝飾、殺風景的男人房間。他覺得沒辦法拿來和女人的房間比較。

但是……

春子的房間……連可以整理的東西都沒有。

小茶櫃一個、矮桌一張，就這樣而已。

連坐墊都沒有。

不過矮桌上放了一個奇形怪狀的壺，由於房間空無一物，顯得特別醒目。仔細一看，那是個小花瓶，裡面沒有花。

木場心想：樸素也該有個限度。確實，女工的工資應該少得可憐，但是春子說她繼承了遺產，也有積蓄，生活應該不至於過得太窮困才對。

「至少插朵花吧。」

妳好歹也是個女人吧——木場本來想接著這麼說，但打消了念頭。沒道理說因為是女人就得插花不可。不論男女，總之木場只是想說，凡事都有個限度。殺風景成這樣，實在太過頭了。

「哦……」一如往例，春子沒勁地應了一聲。「是啊，您說的沒錯。其實我很喜歡花。」

「那幹麼不插個花？不會連朵花都買不起吧？」

「唔，您說的沒錯。不，我本來插著的，一星期前還……，可是……」

「可是怎樣？」

「我丟掉了。」

「枯掉了嗎？」

「不……呃……」

木場不待回答，開始檢查牆壁的角落有沒有洞孔。

「……我買來第二天就丟掉了。」

京壁（註）土牆頗為骯髒，牆上別說是洞，連道裂痕也沒有。只是舊得發黃，出現污漬罷了。相當老舊，這可能是在空襲中倖免於難的建築物吧。
木場接著查看柱子。
柱子也沒有傷痕，只是磨擦得十分光亮。
「喂！」木場出聲，沒有回應，他回頭。
春子出了神似地凝視著木場的背。
「……幹麼？」
「我……為什麼會把花丟掉呢？」
「我怎麼知道？話說回來，妳收到信了嗎？」
「呃，明天大概會收到……應該。」
「哦。」
牆壁和天花板沒有可疑之處。
木場望向榻榻米。
看起來灰塵很多，不是因為疏於清掃，而是這裡的採光和通風都不佳。看樣子從收到信以前開始——或者更久以前開始——春子就完全沒開窗戶。
望向窗戶。
一塊素色布料掛在上面，樸素到令人懷疑這真的能夠叫做窗簾嗎？木場走近窗邊，粗魯地把布左右拉開。
窗玻璃上嚴絲合縫地貼滿了泛黃的報紙。光線透過報紙射進來，整個房間看起來都偏黃了。

註：京壁是一種傳統的和式土牆，表面呈粗糙沙狀。

透過陽光，照映出反過來的鉛字，形成莫名其妙的花紋。漿糊暈開來，只有那幾個部分變得漆黑模糊。看不見外面。

「我開窗嘍。」

很難開。

封印起來似的，窗框都用紙糊在一起了。

「這幹麼啊？小心也該有個限度吧。」

「有人叫我……最好不要開窗……」

「誰？廠長嗎？」

木場用指甲剝開紙，捏起一邊撕下。很難撕。可能是因為乾燥，紙張變脆，一點韌性也沒有。

「還是同事？」

「是……通玄老師吩咐的。」

「哦。」木場停止撕紙，轉過頭來。「這樣啊。」

春子依然背對門口，杵在原地。

「妳遵守著那個老師交代的話啊。」

「嗯，算是交代嗎……？老師說……西北西方位不好之類的。還說那個方位有開口的話，氣會從那裡流走，所以最好塞起來，我回來一看，窗戶就對著西北西……」

「我撕破了，怎麼辦？」木場說，春子當下答道：「沒關係，我並不相信那種說法。」

「什麼不相信？看妳封得這麼嚴密……，哦，現在已經不相信了，是嗎？妳沒參加了。」

「不，我一開始就不相信。」

「那妳貼這幹麼？」

「咦？哦，其實也不是完全不信……，對，我半信半疑，所以……，不對，還是我根本不相信……？」

「到底是哪邊？」

「我也不知道。」春子悄聲說，垂下頭去。「這種像迷信的事……怎麼說呢？每個人都相信嗎？像是早上剪指甲會發生壞事，晚上吹口哨會有鬼來……，鬼不可能來，所以我不相信。可是即使如此，晚上我還是不會吹口哨。與其說是怕，更覺得內疚。就像違反了約定似的，會有罪惡感……」

「我了解，那種算不上相信吧，我覺得。」

但是會受到左右。

顯然，迷信控制著行動。

——會在意神明……不，監視者的視線嗎？

依據行為，決定壽命的司命神。

在體內監視著人的三尸蟲。

操縱人的命運的超越者。

是誰在看？

「……噯，就算知道是騙人的，只要聽到，還是會在意，人都是這樣的。所以妳才把這裡堵起來是吧，封得這麼密……」

木場重新撕起紙來。可能是因為歷時已久，紙很難撕下。紙屑塞滿了指甲縫，讓木場感到不快。撕到八成時，木場的忍耐已經到達了極限，接下來他幾乎是自暴自棄地，以蠻力打開窗戶。

拉窗發出嘰咯聲，開了一半左右。

看見一棟骯髒的木造房舍。

面窗的部分全是牆壁。

沒有任何障礙物，沒有地方可以躲。不管是爬上屋頂還是趴在地面，全都可以看得一清二楚。就算春子沒有注意到，行人也不可能不起疑。

而且最重要的是，工廠出乎意外地遠。以這樣的相關位置來看，就算拿著望遠鏡，也不可能清楚地窺看到室內的情況。

「那裡……」

注意到時，春子來到身邊。

「工藤先生就站在那裡。他把送報用的腳踏車靠在工廠後門那裡，然後站在這邊的水溝蓋上，臉幾乎都快碰到窗玻璃……」

「什麼時候的事？」

「去年年底左右。我尖叫起來，當時又是黃昏……」

「然後呢？」

「沒有怎麼樣，工藤先生……只是默默地看著裡面。我嚇得要命，逃到隔壁廣美的房間——她是我同事——然後帶了幾個人回來，但是工藤先生已經不見了。」

「這種事發生過好幾次嗎？」

「我被偷窺了……嗯，大概有五次吧。有時候一拉開窗簾，工藤先生的臉就在那裡……，我真的嚇壞了。那個時候……我心想幸好我貼上了剛才刑警先生撕掉的封紙。也因為發生過這樣的事，所以雖然我不相信方位占卜什麼的，卻也沒有把它撕下來。」

「用來防變態啊，封上紙的話，歹徒就沒辦法侵入了嗎？欸，這不過是紙罷了，能拿來防什麼？連個撐棒都算不上。對手又不是蚊子還是蒼蠅，要不然順便掛張捕蠅紙算了。」

「可是……沒辦法一下子就打開吧。」

「可以啊，玻璃打得破，木框也折得斷。就算裝了再怎麼堅固的鎖，想進來的人還是進得來，太簡單了。」

「可是工藤先生他……沒有進來……」

工藤沒有進來，應該不是因為窗子被紙封住的緣故。

照春子的說法來看，工藤根本連窗子都沒有碰。那樣的話，他連窗戶打不打得開都不曉得。那麼就算沒有貼紙，甚至就算窗戶開著，工藤也不會進來吧。他的目的應該不是侵入，只能說，他享受著站在外頭的行為。

「反正，妳要把工藤當成特例，這世上有太多人不是那樣了。因為這樣就放心，反而危險。這一點妳千萬記著，這是警察給妳的忠告。嗯？喂喂，這窗子本來就有好好的鎖，不是嗎？喂。」

仔細一看，窗子上附有簡陋的栓鎖。

但是似乎沒有鎖上。

真是的……哪裡少根筋。

「那……廠長去罵人之後，工藤就再也沒有來了嗎？」

「是的。不過當時天氣寒冷，也不會開窗……，所以那些紙就這樣貼著沒管了……，呃……」

「我說妳啊，就算天氣冷，一天也該開個一次窗戶吧。然後關起來鎖上。窗戶這種東西本來就是用來開關的，那就要讓它開關吶。」

我幹麼在這種地方為了這種事對女人說教？——木場總覺得窩囊起來了。可是他一看到不乾不脆的人，就忍不住想多管閒事，這是老毛病了。木場重新振作似地把窗戶完全打開。

「讓它開一下吧。我是不曉得什麼氣啊運的，可是會逃掉的東西就讓它逃了吧，就算積在裡面，也不會有好事……」

搞不好相反地會有惡氣惡運累積。

「那……妳是在收到信之後才貼上報紙的嗎？」

「嗯，在收到第二封信以後。」

「原來如此。」

在這個條件下，不可能從窗戶偷窺吧。

木場接著把手伸向壁櫃。抓住櫃門後，他才猶豫起來。

「我可以開嗎……？」

「可以。」

紙門的木框幾乎快要脫落，它滑過龜裂的軌道，輕易地打開了。

裡面有一組灰色的薄被組，一個行李箱，以及摺好的衣物。裡頭空空蕩蕩。木場把頭伸進裡面，首先望向天花板。

有霉臭味。

「這裡……打不開吧？」

壁櫃的天花板大部分都很容易拆開，但是這裡的卻堅固異常。木場敲了好幾下，細小的灰塵落向臉部。木場瞇起眼睛，用力背過臉去，摺好的衣物跑進視野當中。

木場急忙把頭抽了回去。

因為疊放在那裡的是內衣。

「裡、裡、裡面……」

「發現……什麼了嗎？」春子詫異地望向木場。

「什麼發現什麼……」

木場別過視線，然後在心裡罵道：「妳是女人吧？稍微害羞一下吧！」這個叫春子的女子，似乎真的有點遲鈍。

「這裡面……啥都沒有嘛。」

「哦……」回應很沒勁。木場已經習慣了，也不覺得生氣。

——沒辦法偷窺。

這個房間沒辦法偷窺。

木場關上壁櫃，坐了下來。

「就像妳說的，這裡的話，不必擔心被偷窺。」

「哦……」

「工廠和餐廳剛才也去看過了，沒發現什麼可以避人耳目偷偷監視的地方，不可能吧。」

「哦……」

就連這種時候，竟然也只有一聲「哦」。春子一開始就主張她沒有被人偷看。儘管沒有被偷看，卻受到監視——不，宛如受到監視般，個人資料洩露了出去。春子是這麼說的。

應該在看的人，不知不覺間被看。

那是精螻蛄。

不……說得更正確些，有點不同。畫的雖然是在偷窺的圖，但是在看的是看畫的人，所以雖然像是被看，但應該說是在看才正確。

被看……其實是在看……

這個扭轉隱藏了真相。

——跟這沒關係嗎？

「可以讓我看信嗎？」

「信……嗎……？」

「不方便嗎？」

春子垂下頭去。

如果就像春子所言，信上記載了詳細的日常瑣事，那麼應該也寫了一些令人羞恥的事吧。事實上，春子說她就是因為不敢把信拿給別人看，才沒有人肯相信她的話。

——但是……

木場也覺得，她明明就毫無防備地打開收著內衣的衣櫃讓男人察看，還滿不在乎，事到如今還有什麼好羞恥的？

「不願意嗎？」

「那些信……我不想被人讀。」

「我不會讀，只是看看而已。」

是一樣的。

木場硬逼著說看看信封就好，於是春子一副心不甘情不願的態度，打開茶櫃的小抽屜，拿出一疊信封。拿是拿出來了，春子卻遲遲不肯交出來，木場不耐煩，伸出手去，於是春子表情再度一沉，慢吞吞地遞出信封。

那是一束毫無奇特之處的簡素褐色信封，上面以捆包繩子確實地綁住。

木場想要解開繩子，春子「啊」的一叫。木場抬頭一看，春子正伸出手來。想必她非常不願意被人看到內容吧。木場不再解繩子，只算了算數目。恰好七封。收件人的字寫得很小，就算奉承也稱不上流利。翻過來一看，寄件人寫著工藤信夫，雖然有署名，但沒有住址。

木場好一會翻來覆去地觀察信封，結果也不能怎麼樣，把它還給了春子。既然沒辦法看內容，那也沒辦法。春子一收下，立刻把它放回原來的地方。

她很不願意讓別人碰，難道上面寫了什麼比內衣被人看到更丟臉的事嗎？

──會有那種事嗎？

確實，會對什麼事感到羞恥因人而異。木場也是，比起內褲被人看到，剪貼簿被人翻閱更教他難為情多了。可是……

這樸素的生活裡，能有什麼好隱瞞的嗎？

不……凡事都不能以外表來判斷。

──男人嗎？

例如說，假設春子有男人的話……

「我說妳啊，那個……怎麼說呢？呃……」

「我沒有……那種對象……」

以為她很遲鈍，有時候卻異樣地敏銳。

「那種對象是哪種對象啊？」木場粗魯地說。「我什麼都還沒說啊。」

「哦……」

春子惶恐起來，木場也困窘極了。

「那為什麼不能讓我看內容？有什麼好羞恥的？妳之前不也說過，已經不是什麼好難為情的年紀了嗎？」

「嗯，這……」

「說清楚點，有什麼別人看了不方便的事嗎？要是妳不全盤托出，教我怎麼幫妳？」多麼強人所難的說法啊。

儘管沒有受到熱切的請託，木場卻在不知不覺間為春子設身處地了。事實上，就算對方嫌他多管閒事也無可奈何。

明明本來覺得不勝其煩的。

春子看了窗外一會。

接著她沒有看木場，說道：「想像……呃……」

「想像？」

「想像很下流……」

「不懂妳在說什麼。」

「工藤先生的想像……或者說感想……很……怎麼說，很下流。」

「什麼感想？」

「他對我的行動一一加以解說。」

「解說？」

「嗯……例如說，我為什麼要穿紅色的毛線襯褲……」

「喂，換個例子好不好？」

春子似乎這才發現到什麼，微微地紅了臉。

「呃……我為什麼要穿紅色的衣服……，這叫心理活動嗎？他對我的心理活動做出許多想像，綿密地……」

「寫在信上嗎？可是那種事……」

要從何寫起？——木場心想。因為木場無法想像女性挑選衣服的理由。就木場而言，穿衣服的基準只有一個，不是因為那件衣服離他最近，就是因為它擺在最上面。

所以不管是男是女，木場無法理解挑選要穿的衣服這種感覺。開襟襯衫全都長得一樣，長褲和西裝顏色也一樣，鞋子則是一雙穿到爛為止，無從選起。

——還是只有我這樣？

「什麼理由？」

「下流的理由。」

實在無法理解，選擇衣物和下流這兩個詞無法連接在一起。木場這麼說，春子便偏了一會頭，眼神到處游移，最後停在茶櫃上的花瓶，說：「對，像是那朵花……」

因為沒有其他東西可以看，這也算是自然而然的發展吧。

「……我為什麼丟掉那朵花……」

「信上也寫了妳丟花的事嗎？」

「嗯。我正好是一星期前丟掉的，所以寫在上次信件的末尾。信上寫道，我早上起床後，本來想為花換水，卻突然覺得花很可厭，就把還可以擺上幾天的花給丟掉了……」

「是這樣嗎？」

「是這樣沒錯。但是工藤先生說，我之所以把花丟掉，是因為我……強迫我自己禁欲。」

「禁欲？」

「嗯。他說花是……呃……性的象徵什麼的，我……其實有著強烈的性衝動，卻一直強自壓抑，所以看到淫蕩地綻放的花瓣，就、呃……怎麼說……」

春子的語尾變得含混不清。

「怎樣？他說妳發情嗎？」

春子沒有回答，只是低下頭說：「所以我才會把花丟掉……」

木場想起朋友降旗。降旗原本是個高明的精神科醫師，學習什麼精神分析，後來遭遇到挫折。木場不管聽多少次都不太懂，不過他記得降旗說，只要深入分析，人的行動和意識全部都可以歸結為性衝動及壓抑。或許是木場的理解方式有問題，不過降旗的話給了木場一種印象，那就是不管是走路還是坐下，全都會變成性的問題。

「原來如此，我了解了。信上把妳寫成不管是睡是醒，都是因為妳是個蕩婦，是吧？」

「嗯……信件的結論大部分都是：淫亂不是什麼值得羞恥的事，妳應該更坦率地活下去……」

「哈！」

多麼齷齪的人啊，發情的是工藤才對。

「可是，不管上面怎麼寫，妳都沒有什麼好羞恥的，不是嗎？被那樣亂寫，生氣的話我可以了解，可是不想讓別人看，這我就無法理解了。」

「哦……」

「哦什麼哦，那種騙人的精神分析，全都是工藤編出來的胡言亂語罷了，不是嗎？怎麼可能說對嘛。」

「哦……」

「哦什麼哦……，難道他說中了嗎？」

春子沒有自信地垂下頭去，支吾其詞。

木場困惑起來。

春子垂著頭說：「我……並不是出於那樣的理由在行動，我自認為不是。可是被他那樣斬釘截鐵地斷定……，有時候我會忽地心想，我並非完全沒有那樣想過，或許就像他說的……」

「我說妳啊……」

「可是……」春子打斷木場的話。「……可是我的**所做所為**都被說中了，那麼……」

「那是因為他偷窺……」

工藤不可能偷窺。

「……我說啊，那是工藤的想像……」

會是工藤的想像嗎？就算被說中，但是以狀況來看，既然不可能偷窺，也只能推測是以想像撰寫的。

「……是碰巧說中的。」

連木場都覺得這話太虎頭蛇尾了。

春子無力地說：「是的。我不知道是他的想像猜中了，還是他有千里眼或天眼通，但工藤先生的確是透過某些手段，得知了我的日常活動，對吧？」

「唔，的確是被知道了。」

「而那些下流的解說，是針對那些被他得知的日常所說的，所以我忍不住覺得，或許只是我沒有自覺，實際上……」

「說的也是……」

說對是說對了——這類事情大部分都是這樣的。儘管是自己的事，卻沒有一個人能夠斷定絕對不是如此。就是這種手法。

「我想著絕對不是，但是想著想著，反而開始覺得絕對就是如此……，我失去了自信……。而且就算要把這些信拿給別人看，也得向別人說明上面寫的都是事實，所以……」

「哦，妳害怕有人讀了信，會認為妳其實是個蕩婦嗎？」

有這種可能。

實際上發生的事全都說中了，若是再加上煞有介事的解說，就更難以否認了吧。如果讀的人有性方面的偏見，就更百口莫辯了。而且世上的男性——包括木場在內——全都充滿了性偏見。

不管嘴上說得再好聽，也不知道心裡是怎麼想的。

「就連我本人都無法斷定了……。我沒辦法說明得很好，可是刑警先生，我……」
「啊，噯，聽好了，妳不是那種女人。」
多麼勉強的安慰啊。
「是嗎……？」春子說道，不安地再次望向花瓶。接著再說了一次：「真的嗎？」
「怎麼啦？」
「我為什麼丟掉那朵花呢？」
「這……」
剛才木場不當一回事地說他不知道。
「……是出於別的理由吧……？」
這種小事每一個都有理由嗎？木場的個性是行動優先於思考。他行動的時候，不會特別去想些有的沒有的理由。
「……才沒有什麼理由。」
「就是啊，我也這麼覺得……，可是，就連我在餐廳選菜的時候……，我已經被搞糊塗了……」
「哦，信上也寫了妳挑菜的事，是吧？」
如果不斷地被人說挑選烤魚是因為好色、選擇燉菜是因為淫蕩，挑選時也不得不開始思考基準了吧。要是煩惱那種事，什麼都不能決定了。
「例如說，有一件事哪邊都可以，然後要選擇其中一邊的時候，到底是出於什麼樣的理由做選擇呢？像是有橘子和蘋果，要挑選一邊吃的時候，挑選橘子的理由是……」
「就跟妳說那種事沒有理由，是因為喜歡吧。」
「橘子和蘋果我都喜歡。這兩個東西不一樣，所以無從比較。」
「所以就是看情況，挑選的時候……呃，橘子比較……」
完全算不上說明。

「會挑選橘子，真的是我的意志嗎？」

「是妳自己選的，當然是妳的意志。」

春子「哦……」了一聲，應得更加無力了。

就連木場都有點被攪糊塗了，想必春子一定已經完全失去自信了吧。

——橘子和蘋果……

哪邊都好不是嗎？

不是什麼值得吹毛求疵的問題。

但是若要這麼說，或許這打從一開始就不是什麼值得在意的事件。春子只是收到詭異的來信而已，並沒有遭受到其他實質損害。如果工藤沒有進行偷窺行為，那麼不管信件內容有多麼吻合事實，那也只是他以想像書寫的東西，別說是逮捕了，連斥責都沒辦法。

——或許直接教訓教訓他比較快嗎？

那樣也比較有效果吧。

只要大爺擺張恐怖的嘴臉嚇嚇他，他馬上就會乖乖束手就擒了……

京極堂也這麼說。

只要說他有竊盜嫌疑……

竊盜……他是說竊盜嗎？

尋找落空的部分……

落空，錯誤，不符合事實的記述……

「喂，對了……，我說，工藤寄來的第二封信……」

木場突然大聲說道，春子嚇得肩膀一顫。

「第二封信裡有沒有寫到第一封信的事？」

「什麼……？」

春子瞪圓了眼睛。

她無法理解。

可能是木場的問法不對。

「妳收到的第二封信裡，也寫到了收到第一封信的那一天吧？那麼應該也提到了妳在讀第一封信的事吧？」

京極堂所說的應該是這件事。

話說回來……竊盜又是怎麼回事呢？

春子偏著頭，用一種支支吾吾的口吻答道：「是……有……」

「說中了嗎？」

「咦？也不是說中不中……，不，第二封信的開頭寫道：上次的信**妳讀了嗎**？」

──原來如此。

「那不是很奇怪嗎？如果工藤看透了一切，那麼他當然知道妳那天收到信，讀了之後大吃一驚才對。可是他卻偏偏不寫，還問**妳讀了嗎**？這是怎麼回事？怎麼反問妳呢？」

「說的……也是……」春子說著，急忙從茶櫃裡取出信封。

她以慢吞吞而笨拙的動作解開繩結，可是好像沒辦法順利解開，結果第二封信被她摺著抽出來了。春子取出裡面的信。那是一張褐色的、像草紙般的便箋。不，說不定那或許真的只是一張草紙。

「呃……上次的信妳讀了嗎？想必妳一定大吃一驚，小生似乎可以看到妳僵硬的表情……」

春子抬起頭來望向木場。

「……開頭是這麼寫的……，的確很奇怪。說的也是，刑警先生說的沒錯，上面說『似乎可以看到』，表示……」

「至少表示他**看不到**，工藤不知道妳收到信之後的動向。怎麼樣？收到第一封信的那天，妳幾點收到信，幾分鐘以後在哪裡打開？妳記憶力很好的話，應該記得吧？」

一旦有了表情，就不顯得那麼平庸了。

木場指著窗戶說：「就是這個！妳不是說妳接受了老師**非常詳盡的指示**嗎？」

「呃……」

「老師不是會吩咐，不可以吃這個、不可以吃那個嗎？妳會吃燉菜、吃烤魚，不也是因為**受到老師指示**嗎？喂！」

「呃……」

「不是嗎？我記得妳還說過，老師會用占卜叫妳穿紅衣服、穿褐衣服，不是嗎。」

「呃……」

「別呃了。」木場交換盤起來的雙腿。「就是這樣，對不對？」

「就是哪樣？」

「可是，除此之外沒有別的可能了。怎麼一直都有沒發現呢？就是長壽延命講啊。工藤也參加了吧？」

「有是有……」

「那就是了。工藤在那裡聽到**老師對妳下的指示**，他偷聽了。聽得到吧？」

「這……診察是單人房……」

「就算是單人房，只要把耳朵貼在牆上，總聽得到什麼吧，就是這個了。這不是什麼神通，也不是偷窺，這……」

應該錯不了。春子在長壽延命講的活動裡，接受了六十天之間縝密的生活指導。如果工藤這個人得知內容的話——就表示工藤知道了旁人不可能得知的、春子在生活上的判斷基準了。那麼工藤只要照這樣寫下，**用不著偷窺**，也可以說中許多祕密了。

然後只要春子照著長壽延命講的教誨去生活，幾乎都可以說中。此外，再根據他之前固執地糾纏不休的時期所蒐集到的春子的生活作息與習慣，加以調味修飾，不就可以輕易地描繪出春子的一天了嗎？

木場有些激動地說出自己的推測。

不可能有錯，沒有其他答案了。

因為如果就像乖僻的朋友說的，這個世上沒有任何不可思議的事，那麼想要不偷窺而得知一切，是不可能的。

春子望著興奮的木場，以極其冷淡的態度聆聽。然後她等到木場說完，冷冷地說：「不是那樣的。」

「不是？哪裡不是了？」

不可能不是。

「我……呃……怎麼說呢……」

「怎樣啦？」

「我沒說過嗎？」

「說妳記憶力很好嗎？」

「不是的……，雖然這也說過……」

「快點說啦。」

「我並**沒有遵守通玄老師的吩咐**。」

「因為妳沒去了吧？」

「不是的。我從參加時起，就沒有完全遵守指示了。不是只有我一個人這樣，怎麼說……？六十天實在太長了。」

「嗄？」

「所以說，沒有人能夠完全遵守老師詳盡的指示，所以每個人都會買藥來彌補自己不注重健康的生活。我沒說嗎？」

春子說過。

「那妳也……？」

「對，那朵花……」

「花？……哦，花。」

「那朵花……其實也是通玄老師指導說要在幾號買花，裝飾在房間東北角，我才買的。雖然我已經不打算再去了，可是我還記得這個指示，不經意地想說既然如此，買個花或許比較好……。雖然當時我可能也想要一朵花吧……」

「然後呢？」

「所以說，通玄老師確實指示我要買花，但是並沒有指示我要丟掉。老師說，花要一直擺著，從買花的那天開始，不要讓東北角少了花……，然而……」

「然而？」

「對，然而我卻把花給丟掉了，是我自做主張把花丟掉的，所以我並**沒有遵守指示**。然而……」

「噢噢。」

可是，工藤卻知道春子丟掉花的事。

從春子剛才的口氣來看，連丟掉花的日期和時刻都大致吻合。如果這不是在長壽延命講接到的指示，那麼工藤不管怎麼樣，都不應該會知道才是。

——不行。

木場抱起雙臂。

哪裡不對，但是他覺得答案應該就在這裡。沒有太大的誤差。只是有哪裡**扭轉**了。

就是這種**扭轉**，讓真面目變得模糊不清……

那是庚申。

木場再一次放空腦袋。

「我說，那……對了。妳可以更詳細一點告訴我長壽延命講的事嗎？」

京極堂也叫他打聽得更詳細一點。雖然照著那個愛賣弄道理的傢伙的話做，教人有點不爽快，不過木場覺得如果有什麼問題的話，肯定就在長壽延命講。

「那是……呃，規模多大的團體？」
「這個嘛……男性十五人，女性約二十人吧。有增有減，所以現在的人數我不清楚……」
「那是信徒——不，患者的數目吧？我不是問這個，我是說那個……通玄老師嗎？總不可能只有他一個人在主持吧？」
「哦……助手好像有七八個左右……，這有什麼關係嗎？」
「就是要研究看看有沒有關係。那麼，患者會在庚申之夜去那裡嗎？那是個像醫院的地方嗎？」
「像醫院嗎……」
春子說，那個地方像是道場，是間鋪地板的大房間。裡面擺了體重計和身高計。
那裡被稱為講堂。
其他的房間一樣鋪地板，陳列著大架子。
上面分門別類地擺放了大量的藥草。
其他還擺了一些詭異的標本，或貼著人體圖，上面寫著奇怪的字——春子皺著眉頭說。
「其他還有調合藥物的房間，老師的弟子總是在那裡進行研磨、混合。還有診察用的房間，那裡……嗯，感覺跟鎮上診所的診察室一樣。有桌子、椅子、穿脫衣服的籃子、可以躺下來的床，還有……」
「不用那麼詳細啦。」
「哦，其他還有叫修身房的地方。」
「修身？學校學的那個修身嗎？」(註)
「嗯，那裡是男女分開，所以應該有兩間。」
「那你們都做些什麼？」

註：修身為日本舊制小學課程之一，即現在的道德。

「庚申那天下午四點，講就開始舉行。在開始前，參加者會在通玄老師位於三軒茶屋的診療所——条山房集合。一開始所有的人聚集在講堂，聆聽老師講話。」

「上課啊？」

「也沒有那麼嚴肅。」

春子說，是聊聊天，順便談談有關健康的事。

大家並不會正襟危坐，也不會排排坐，而是各自以舒適的姿勢圍著老師，自在地說話。

「大概會說上兩個小時……，我覺得主要目的是為了增進情誼，接下來老師會進行類似健康體操的指導。說是印度的柔軟操還是中國的拳法動作，會有弟子過來指導，練習一段時間……。然後這段期間，患者會一個個被叫過去，在單人房接受診察。」

「原來如此。診察怎麼進行？」

「一個人十分鐘左右……，但參加者有三十人以上，所以就算只有十分鐘，也得一直看到深夜。」

假設有三十五個人，需要將近六小時。就算六點開始看，看完也超過十一點半了。

「診察內容呢？」

「哦……和一般醫生沒有什麼不同。只是……老師馬上就會看出來，說『哦，你沒有遵守指示，吃了幾次魚』，或是『我交代不能穿，你卻穿了白色的衣服』。」

「為什麼？」

為什麼會知道有沒有吃魚？

更何況有沒有穿特定顏色的衣服，就更難理解了。

木場無法信服。

「老師說，一切徵兆都會反映在身體上。老師常說，人的身體就像鏡子，從生活態度到心理活動，全都會反映在身體上。所以乍看之下似乎無所謂的小事，也會變成各種小障礙，顯現在身體各處。」

「障礙啊……，像是什麼？」

「呃……像是肩膀痠痛、眼睛模糊、長痘子、下痢。」
「那跟吃不吃魚有關係嗎？」
「不一定跟吃魚有關，這只是一個例子。可是老師指示這麼做，而沒有照著做，就會有一些地方惡化，而這一點又被說中的話……」
說中——就是這裡木場不太了解。
「連身體哪裡不好……都能說中，是嗎？」
「是的。」
這……或許……只要是醫師都看得出來。如果懂醫學的話，就算只透過問診，應該也能夠看出某些程度的事。可是……
知道有沒有聽從指示，這一點還是教人無法理解。
吃的東西姑且不論，除非塗了毒藥，否則不可能靠身體狀況看出病患穿了什麼衣物。裡頭有什麼玄機嗎？……或者這種事真的跟身體好壞有關係？
「那，然後呢？」
「哦，然後老師會大概說明到下一個庚申前該怎麼度過……。接著老師會寫下處方箋，治好身體惡化的部分。我不太懂上面寫了些什麼，不過把那張紙拿給其他房間的弟子，弟子就會照著處方調劑。」
「那很貴嗎？」
「很貴。可是只要照著老師指示的做，就可以不必買藥了。」
「然後呢？詳細的生活指導呢？」
「好像也會寫在處方箋上。」
「好像？什麼叫好像？」
「哦，接下來會去修身的房間，然後在那裡靜靜地待到早上。等待早晨來臨時，弟子會拿藥過來，那個時候，會對每個人一一說明老師吩咐的詳細生活注意事項。」

「會寫什麼給你們嗎？」

「口頭說明而已。」

「只是口頭說明，不會忘記嗎？」

「會忘記，所以每個人都無法遵守。」

「為什麼不寫下來？」

「修身房不能帶東西進去，服裝也必須樸素輕便、易於行動。不能帶筆或鉛筆進去。」

「可是那不是很重要的事嗎？」

「好像就是因為很重要，才要我們仔細聽好，不要忘記。但是一般人不可能連日期和時間都記得。所以延命講一結束，每個人都會立刻拿出記事本寫下來。應該是想趁著還沒有忘記時記下來吧。不過即使如此，還是沒辦法完全遵守……」

「妳也是嗎？」

春子第一次笑了。

「我不會，因為我……」

──記憶力比別人好。

「妳記得嗎？」

「記得，可是……」

「可是不能遵守嗎？為什麼？」

「我才想問為什麼。」春子說。「明明知道……卻選擇了完全相反的選項，我自己也不了解為什麼。完全不了解。如果選擇橘子或蘋果沒有理由，那麼我會丟掉插在這裡的花，一定也沒有理由，那麼我等於是毫無理由地違背了囑咐，所以我才更加耿耿於懷。為什麼……我會把花丟掉？為什麼呢？」

「這個嘛……唔……」

第一次木場想也不想地不予理會，第二次木場斷定說沒有理由，第三次他依然無法回答。

「噯，這個就別管了。約定這種東西，本來就會讓人想違背。但是……」

如果……

如果工藤的信是基於生活指導而寫的，那麼工藤就沒有偷窺，而是竊聽了。但是……

竊聽口頭告知個人的話，並憑記憶寫下，是有難度的吧。與其說是難，這根本不現實。因為那些指示繁雜得連本人都無法完全記住了。要是有筆記還另當別論，但春子說她完全沒寫下，不管怎麼樣，想要知道細節是不可能的。而且就算知道了……

要不要遵守指示，是病患的自由，沒辦法連病患的決定都完全預料，那麼不管怎麼樣，工藤都不可能知道春子的日常生活。

所以就算知道指示……

——也沒有用……嗎？

「那延命講……就只有這樣嗎？」

雖然似乎不乾不脆，但木場覺得自己似乎有所遺漏。若論可疑，延命講再可疑也不過了，就只差一個突破點而已——木場依稀有此感覺。

「就……只有這樣。」春子說。

「有沒有什麼覺得不對勁的地方，或是忘記說的事？小事情也可以，告訴我吧。」

「這個嘛……」春子把手抵在額頭思考，不久後「啊」了一聲。「……我們會在假寐室小睡。幾個人輪流，休息一個小時。」

「小睡？睡覺嗎？」

「對。整晚熬夜很困難，要是隔天能夠睡一整天就好了，但是幾乎所有的人隔天都還要工作，而且延命講也規定不能太勉強。再說，也不能因為這樣而請假，又不是江戶時代。」

江戶時代也有無法休息的工作吧。

「這樣啊，會睡覺啊。那假寐室是怎麼樣？像旅館那樣，鋪棉被睡覺嗎？」

「怎麼可能呢？沒有鋪棉被。小房間大概有半張榻榻米寬，用牆壁隔成好幾間，裡面有桌子……」

「桌子？」

「就趴在桌子上睡。會有一名弟子坐在對面，監視一個小時，不讓悉悉蟲跑出來。」

「監視？」

「要是睡著，蟲就會跑出來……」

「噢，這就不必說明了，我已經很清楚了。這樣啊，那麼你們睡覺時，是不是會念誦什麼咒文？」

悉悉蟲啊……精螻蛄啊……

像繞口令般的，道教的痕跡。

「咒文……？哦，有，像中國話的。」

是發源地的咒文啊。

「弟子會發一本寫滿了小字、像經本的書，我們就讀那個。雖然不懂意思，但弟子會教我們怎麼讀。讀著讀著，漸漸就會想睡，大部分只讀了前面就睡著了。」

「經？什麼樣的經？」

「呃……**彭候子**、**彭常子**、**命兒子**、**去離我身**……吧。」

「妳記得嗎！」

「因為念過很多次了……」

春子說文字她大概也都記得，還問木場要不要寫下來。但是就算寫了，木場也看不懂，所以他沒有要求，不過春子說她的記憶力過於常人，似乎是真的。

而且剛才的咒文木場也聽過，他覺得和京極堂念過的一樣。不過這並不是悉悉蟲怎麼樣的和式咒文，大概是中國傳過來的吧。長壽延命講果然是延續到現代的庚申講。不，說延續或許不對。那裡處處都讓人感覺到大陸的風格，或許是發源地的待庚申活動——據說在中國叫做守庚申——又再次傳入日本也說不定。

「聽說那個咒文是庚申之夜時，為了讓蟲在人睡著時也不會離開而念誦的。但是念了咒文以後，又派人監視嗎？真是慎重其事。」

春子過了一會才反應過來做出一種遲鈍的反應後，接著說：「我想一定沒有人真的認為會有蟲離開，弟子們一定也是的。所以與其說是監視……應該只是為了在一小時後把我們叫醒吧。」

木場心想那樣的話，用不著緊迫盯人，一個小時以後再來叫人不就得了。從深夜到黎明，頂多五六個小時裡，有三十五個人要輪流小睡，當然一次會有四、五個人入睡。一對一盯人的話，太浪費人力了。如果只有七八名弟子來處理所有的事，一般應該會採取更有效率的作法。

可是……

總覺得有點不對勁。

——不懂。

木場認為工藤的信和通玄老師指示的六十天生活指導之間，一定有什麼因果關係。

以同一個人為中心，一邊提示長達六十天的綿密行動藍圖，另一邊則縝密地記錄了長達七星期的過去行動。覺得兩者無關才有問題。

大逆轉不止一次……

再翻過來一次就行了嗎？

「工藤家在哪裡？」

「您說派報社嗎？」

「就是那家派報社。」

木場已經打算離開房間了。

「刑警先生，您打算做什麼？」

我打算做什麼？

「做什麼？去那裡啊。」

「去……做什麼？」

我到底是想做什麼？

——為什麼我就是這麼衝動？

驅使著木場的、無法理解的情感究竟是什麼？

「去……見了他就知道了吧？告訴我地址。」

木場打開門。

三、四個穿著作業服的女工聚集在走廊。

她們驚慌失措，是在偷看裡面的情況吧。

木場狠狠地露出凶惡的表情瞪過去。

接著他故意拉大嗓門，啞著聲音說：「工藤有觸犯輕罪的嫌疑。」

這——只是一介舊書商這樣說而已。別說是確證了，連罪狀都不明，那麼這不是一名警官該隨便說出口的話。即使如此……

「輕罪是什麼……？」背後傳來無力的聲音。

「東京警視廳的刑警都這麼說了，就是這樣沒錯！我可是為了公務而來的，是來搜查的，妳要配合啊。妳不是被害人嗎？」

眾女工一陣嘩然。

木場踩出鈍重的腳步聲走近她們，看準吵鬧聲平息的瞬間，舉起警察手冊吼道：「妳們要協助搜查啊！」

「刑警先生……」

春子睜圓了眼睛走出房間。她吃驚的表情似乎已經練得爐火純青了，這樣的表情比發呆的樣子鮮活多了。

「我……我帶您過去。」

木場默默地回頭。「這樣好，麻煩妳啦。」

接著他回望眾女工。「幫我向廠長問好，我是警視廳的木場。有什麼事，隨時通知我。」

木場再亮了一次警察手冊，轉過身子，大步經過走廊，頭也不回地離開宿舍。春子似乎在後面不斷地向同事低頭鞠躬。就在木場走到門口時，春子跑了過來。木場低聲說：「不要動不動就向人道歉。」

春子好像沒聽見。

早春的風寒冷透骨，但不到足以冷卻木場腦袋的程度。鼻子呼出的氣變白了。春子應該是帶路人，卻不知為何晚了幾步，無精打采地跟在木場後面。木場感覺到背後的視線，他覺得自己就像一面擋風牆。事實上，他的身體就像一堵牆壁，春子應該不會吹到冷風吧。

——究竟……

這個有點遲鈍的女子，對這個開始失控的闖入者究竟作何感想？

木場覺得莫名其妙起來。儘管之前覺得不勝其煩，但現在這種迫不及待的心情是怎麼回事？自己是在為誰做這件事？為了春子嗎？不對。至少木場不是那種好好先生。說起來，木場是以什麼樣的立場在處理這件事？以警官的立場嗎？——這很難說。這件事連有沒有觸法都十分可疑。但是相反地，如果木場不是警察，就算想要採取這種行動也沒有辦法。那麼木場真的可以說是以自己的意志在行動嗎？

決定木場的行動的，會不會是木場置身的**環境及條件**？這裡面有木場的意志存在嗎？

說起來，何謂意志？意志在哪裡？

人真的擁有貨真價實的自由意志嗎？

會不會其實一切都不是由人決定，而是被決定的？

要是那樣的話……

決定的又是誰？

是什麼人？

那樣的話，豈不是根本沒有必要偷看嗎？

人只是像個木偶般行動罷了。

一舉手一投足，全都被知悉了。

那樣的話……

——本末倒置嗎？

木場甩開愚蠢的妄念。

笨蛋思考準沒好事。

只要走就是了。

兩人走了五分鐘。幾乎是默默無語的一段路程後，紛亂的街景中出現了一面看板。是工藤任職的派報社——大木派報社。店前聚集了許多人。

「怎麼了……？」

情況不尋常。

木場跑過去，撥開人牆。

玻璃門上以磨損的金色字體寫著「大木報紙販售處」，一名有些憔悴的中年男子站在前面，雙手交握在圍裙前，一臉歉疚地垂頭站著，可能是店老闆吧。他的旁邊並排著三個小孩，臉上浮現像是害怕又像哭泣的不可思議表情，同樣都面露狼狽之色。

木場想再往裡面去，卻感覺到阻力。

是春子抓住了他的外套背後。

「幹麼？」

「我有點怕……」

「會嗎？」

周圍一陣騷動，幾名制服警官從裡面走了出來。接著，一名臉色青黑、渾身無力的男子被拖至眾人面前。

「工藤先生……」

「什麼？」

「那是工藤先生。」
男子倦怠地抬起頭來，他混濁的眼睛似乎看到了春子。
這個男子鼻子扁塌，長相有如貊犬，極為其貌不揚。
——嗯？
工藤的肩口冒出一張看過的臉。
正得意洋洋地笑著。
——那是……
「喂！岩川，你不是岩川嗎？」
木場以蠻力左右分開人牆，擠到前面。刑警聞聲抬起頭來，表情轉為滿面笑容，望向木場。是認識的臉。
「咦？怎麼啦？這不是木場兄嗎？哎呀，東京警視廳的鬼刑警大人怎麼會出現在這種地方呢？」
「這是我要問的問題。喂，岩川，那傢伙是工藤信夫嗎？」
「是啊。」岩川揚起語尾說。
岩川真司是木場在轄區任職時的同僚。
他現在應該隸屬於目黑署才對。岩川擔任刑警的經歷比木場短，但年紀較大，總是嬉皮笑臉的，頗惹人厭。岩川是個應聲蟲，信奉權威主義，卑躬屈膝，木場怎麼樣就是不中意他。
「木場兄，難道你是來找這個人的？」
「唔……差不多啦，他有什麼嫌疑？」
「竊盜嫌疑。」
「竊盜……？他偷了什麼？」
「哦，他偷了某家漢方藥局的文件……」
「漢方？長壽延命講，是嗎？」

岩川瞇起眼睛，臉上掛著冷笑湊過來，略略低下頭望著木場，接著用手背拍了一下木場的肩口。

「哎呀，木場兄，你還真是讓人不能掉以輕心。」

「你這傢伙幹麼啊？」

到底是怎麼回事？

岩川再一次拿手背拍打木場。「少來了少來了，這次功勞我們拿下嘍。再怎麼說，都找到證據了。」

岩川一臉得意地從內側口袋裡取出布巾包起來的四角狀物體。掀開布一看，裡面是一只褐色的信封。

「接下來只要把這個……」

「喂，讓我看看！」木場搶下信封。

「你幹麼啊！」岩川怒叫。

——三木春子小姐啟

「喂，這是第八封信！」

信封沒有封上，打開。裡面裝著摺好的草紙。

「喂，妳看看！這豈不是太奇怪了嗎？信應該明天才會收到吧？那麼上面不可能記錄到妳今天就寢前的行動啊！可是這……都已經寫好了！今天的份已經寫好，這太奇怪了吧？喂，岩川，告訴我詳情。」

「你幹麼？你以為你是本廳的人，就可以這樣蠻不講理嗎？喏，快點還我！快點！」

「拿去拿去，又不是要搶你的功勞。聽好了，岩川，這位小姐就是那封信的……收件人本人。」

木場把緊跟在後面的春子拉出來。

「妳是……三木春子小姐？哦，這下子省了麻煩了，我們正想去找妳呢。哎，該說你是萬無一失還是……？」岩川說到這裡，以纏人的視線望向木場。

「別囉嗦那麼多。岩川，我再說一次，我並沒有要搶你的功勞，也不打算侵犯你的地盤，這位小姐也會交給你，別用那種怨氣沖天的三白眼看我。說起來，我今天不是來執行公務的。所以，你就稍微相信我一下，告訴我緣由吧。我會不遺餘力協助你搜查的。」

岩川咧嘴笑了。「這樣啊，我是不曉得你有什麼理由，不過應該是有苦衷吧。嗳，好吧，其實啊，我們轄區接到報案，就是關於長壽延命講的……」

「報案？」

「沒錯。」岩川誇張地回答。「說是被迫買下昂貴的假藥。不過就算是再怎麼沒用的藥，買方也是自願買下的，要是不願意，不買就行了。而且藥不可能完全無效，俗話也說病由心生。調查後，我們發現許多病患認為有效，也有不少人感激他們。不管藥賣得有多貴，這種情況還是很難認定有詐欺嫌疑吧，雖然他們的確頗為可疑，卻遲遲沒有露出馬腳。報案人說受害人被施了催眠術，可是，催眠術……」

「催眠術？」

「對對對，說是就像被施了魔法一樣，忍不住去買藥。」

「這……」

木場望向春子，春子在看工藤。

「所以搜查進展困難……，不過這時我們接獲了一則有力線報。」

「有力線報？」

「是的。線報說，這個工藤信夫偷偷地盜出了**可以證明長壽延命講是詐欺的文件**，並藏匿起來。」

「所以才涉及竊盜罪啊？」

「就是啊。我們一翻，就找出來了。就是這個。」

岩川出示手中的紙束。

「這……」

春子探出身子。

「三木小姐，妳看過嗎？就是這張紙。」

「有的，是小睡時念的咒文……」

「什麼？」

木場這次從岩川手中搶過文件。

彭侯子，彭常子，命兒子，去離我身，

彭侯子，彭常子，命兒子，去離我身，

彭侯子，彭常子，命兒子，去離我身，

彭侯子，彭常子，命兒子，去離我身，

「這……這種東西哪能當什麼證據？喂，這傢伙何必偷這種東西啊！」

木場翻著紙張。

一月十日大安（註）定時起床後不立即如廁亦不收拾床褥無論寒暑皆穿紅色毛衣並穿纏腰布後洗臉暫出屋外進行伸展運動早餐無論有無食欲皆不食用僅喝兩杯茶比平時更早前往工廠至工廠後

「這、這是什麼？」

翻。

再翻，再翻，往下翻。

三月二十日先勝定時起床後更衣前欲為兩日前購入之花朵換水一度躊躇後再次起身取瓶中花捨棄。其後盥洗無論寒暑

——這……

「喂！妳看看這個。」

木場硬把紙塞給春子。

——怎、怎麼可能有這種事？

「怎麼可能有這種蠢事？岩川！這到底是怎麼回事？」

木場揪住岩川的衣襟。

「你、你激動個什麼勁啊？呃，其、其實我也不太清楚。我們闖進去稍加威脅，這傢伙馬上就說：『對不起，是我偷的』，承認自己竊盜的罪狀了。然後我們搜索後，就像預言說的，找到了那些文件和這封信。」

——預言？

木場晃了岩川幾下。

「混帳東西，你呆頭呆腦地說些什麼？那份文件是什麼？預言嗎？可以說中這個小姐接下來的行動嗎？還是上面只是亂寫一通，是這個叫春子的女人記憶有問題？你的意思是她被下了催眠術，**以為自己的人生就像上面寫的**嗎？如果不是的話，不是的話……」

就表示春子**照著這張紙上寫的內容生活**。

意思是春子沒有自由意志嗎？

這豈不是**本末倒置**嗎？

這……

「木場兄，你在胡言亂語些什麼啊？放開我！我說啊，那張紙啊，呃，是長壽延命講的……」

此時，人牆分開了。

一道清澈悅耳的聲音響起。「沒錯，這位小姐正是**依照上面所寫的生活**。」

木場望向聲音傳來的方向。

有著一雙渾圓瞳眸的稚氣臉龐正微笑著。

「藍……藍童子大人。」

「什麼！」

那是個少年，才十四或十五歲左右吧，他穿著一件色彩不可思議的立領衣服。以這個年紀的少年來說，很稀奇地沒有理短髮，一頭直髮隨風飄動。或許是吹動髮絲的風很冷，少年的臉頰微微地泛出櫻色，讓少年

註：日本民間有一種表吉凶的曆注，稱為六曜，多記載於月曆等。六曜有先勝、友引、先負、佛滅、大安、赤口六種，各表不同含義的吉凶。

更添一種高潔的印象。

少年笑容可掬地來到木場面前。「您是位正直的人。」

「什麼？」

岩川卑躬屈膝地轉過身子，插進兩個人之間。

「辛苦了辛苦了，勞您來到這種地方，真是惶恐至極。木場兄、木場兄，這位就是這次提供線報的藍童子——彩賀笙。最近他不遺餘力協助警方搜查，真的是料事如神。哎呀呀，又完全說中了。」

「喂，岩川……」

「您……」少年悅耳的音色輕而易舉地打斷了木場沙啞的濁聲。「……想要幫助這位小姐，您……是那個時候的小姐。」

春子僵住了。

「我來說明長壽延命講的手法吧。那是個邪惡的集團，他們為了販賣昂貴的生藥，迷惑了眾人。您是怎麼知道那個集團的？」

「呃……是朋友邀我去的。」

「您有財產，對吧？」

「咦？呃……嗯。」

「我想也是。」藍童子點點頭，娓娓道來。他的態度宛如為了述說正法，而來到蠻荒之地的傳教士一般。

「長壽延命講的會員，每一個都是資本家。這位工藤先生也是，其實他的父親是個暴發戶，他會擔任派報員，聽說也是他的父親硬逼他去增長社會歷練。長壽延命講的巧妙之處，在於他們絕對不會強人所難。妳也完全沒有被迫做任何事，對吧？」

藍童子露出笑容。

春子愣了一下。「嗯……」

「不過那只是表面上。」

「表面……上？」

「事實上，您從今天穿的衣服到吃飯的方式，全都照著張果——不，通玄老師的意思在進行。」

「什麼……意思……？」

「這個嘛……一時或許難以置信吧。那麼，請教一下，通玄老師是不是說，您的身體會變差，是因為您沒有遵守他的吩咐……？」

「呃……是的。」

「他一定是告訴眾人，只要遵守指示，就不需要吃藥。但是，大家怎麼樣都無法遵守，對吧？因為無法遵守，身體變差，結果只好買藥。一切都是自作自受，所以也不能怨誰。但是，那麼為何會無法遵守呢？是因為期間太長？還是指示太瑣碎？太嚴格了？」

「這些……都是。」

「不，這些都不是。原因是你們……全都被**設定**成無法遵守指示。」

藍童子溫柔地微笑。

木場將視線遠遠地移開那張臉，無謂地虛張聲勢：「什麼跟什麼啊！聽不懂。」

「不了解嗎？」少年恭敬地回答。「通玄老師一方面指示他們幾月幾日要穿紅衣服，然而另一方面卻下了暗示，要他們幾月幾日**不穿**紅衣服。」

「暗示？喂，這種事……」

——這種事。

「就是那些文件呀。讓病患熬夜，睡意到達極限的時候，把他們關進小房間裡，要他們念誦莫名其妙的咒文——這乍看之下像是宗教儀式，但是這時的小睡，其實就是後催眠的陷阱，詳細地誘導了你們後來的行動。」

「後催眠……？」

木場從幾乎已經出神的春子手中拿起紙束。

彭候子，彭常子、命兒子、去離我身。

「這……這種東西只看過一次，不可能記得住。就算記得，也不可能完全照著上面說的行動。這種事……」

春子記得，而且她也照著行動了，不是嗎？

藍童子一臉稚氣地接著說：「人的記憶力是不能小看的。那點程度的資訊，可以很輕易地記下來，只是沒辦法想起來而已。這些記憶不會浮上意識的表層。」

「那……」

「可是……它卻被牢牢地記憶在意識的底層。然後在下決定時，平常不會意識到的記憶，就會在腦袋深處呢喃：選左邊，選右邊。所以……這位小姐才會照著上面所寫的行動。」

「你的意思是，那不是自己的意志嗎？」

藍童子露出天真爛漫的笑容。「刑警先生，日常生活中不是有許多選擇哪邊都無所謂的事嗎？選左或選右都可以的時候，選左或選右的理由究竟是什麼呢？就算想出什麼樣的理由選擇了其中一邊，那真的能說是你的意志嗎？」

「這……」

「環境、條件、身體狀況、前例、機率、別人的意志——判斷的基準太多了。但是只要基準改變，當然判斷也會跟著改變，那麼是不是可以說，決定的並不是你，而是基準呢？」

他說的沒錯。

木場也曾經懷有這樣的妄想。

「沒錯，事實上根本沒有你個人的存在。」

「沒有……我個人？」

「沒錯，你——不……」

妳……

你，還有你……

少年接二連三地指去。

「所有的人。」然後藍童子將柔軟的指尖對準木場，停了下來。「都是各種事物的聚積。但是人在那各種事物上面擺上一個名為自己的冠冕，以為那全部都是自己，活在這樣的誤會當中。」

「誤會？」

以為自己全部都是自己……

——只是誤會？

「重大的誤會。」少年說。「所以，每個人都認為自己不會被這樣一張紙所左右。至少人會認為只有自己與眾不同，認為不管誰說什麼，自己就是自己。因為要是不這麼想，就會搞不懂自己是誰了。但是事實上……」

——事實上……

「我們只是奔跑在別人鋪好的軌道上罷了，而通玄老師在軌道上動了手腳。多麼卑鄙的犯罪者啊！」

木場只能沉默以對。

「聽好了，如果判斷已經事先由別人決定好，那會怎麼樣？而你知道這個判斷，儘管知道，卻沒有意識到，而是在無意識中知道。選左或選右都可以的時候，無意識的記憶就會影響意識。即使如此，你應該還是會覺得那是自己的意志，會認定那是自己的判斷、是自己的決定。卑鄙的通玄老師就是在那無意識的部分動了手腳。」

「喂……那……」

工藤知道這個機關。然後他偷出操縱春子無意識的行程表，抄寫在淫穢的信裡。

所以……

所以工藤的第八封信，可以連還沒有發生的今晚的事情都寫好。只要遵循行程表，就可以預先知道春子的未來。相反地，工藤無法書寫自己的信被送達的過去事實。因為那是預定之外的事，沒有寫在行程表裡。

春子並不是被偷窺。

而是春子……在偷窺。

偷窺寫有自己未來的紙。

木場悄悄地窺看春子的樣子。

凡庸，表情消失了。

——為什麼我把花丟掉了？為什麼呢？

因為紙上寫著要她把花丟掉。

——可……

可惡！——木場在心中狠狠地罵道。

他不明白這是在罵誰。

是被騙的春子嗎？

是騙人的延命講嗎？

還是對工藤？

或木場自己……？

——全都是混帳。

愚蠢的木頭人。

藍童子微微瞇起眼睛，盯著木場說道：「喏，岩川刑警。那位工藤先生應該知道長壽延命講的祕密，他應該會老實地招供吧。這麼一來……就能夠揭發那個邪惡的漢方醫了。喏，妳也……願意作證吧？」

藍童子以白皙的手指牽起春子的手，溫柔地把她牽離木場身邊，送到岩川那裡。

不知為何，木場伸出手去，但已經抓不著春子了。接著少年恭敬地對木場行了一禮。

木場……

表情變得極其凶暴。

*

我已經毀滅性地崩壞了。

現在，我當中已經完全不剩下能夠使用「我」這個第一人稱的我了。我黏稠地融化，自毛細孔滲出，從排水溝流走了。

現在的我，已經和污水混合在一起，分不清哪邊才是我了吧。這樣也算是幸福。

我心想：要是我是液體就好了。

用水稀釋的話，可以提升透明度。加熱的話，就會蒸發。不，可以在常溫揮發的液體比較好。只要蓋子鬆掉，就會徐徐減少，這一定很讓人雀躍。

我更加感到幸福了。

被揍了。

假如，有一個真性被虐狂墮入了地獄。

那種情況，那個人真的會覺得痛苦嗎？如果他的癖好讓他愈受到折磨，就愈感到幸福，那麼即使遭受到阿鼻（註）叫喚的折磨，他也會歡喜得流淚吧。他肯定會在無間地獄中一次又一次地達到高潮。

閻魔王也拿他沒辦法。

又被揍了。

註：佛教宇宙觀中地獄中最苦的一種。為胡語音義合譯，意為無間。墮落到此的眾生受苦無間斷，故稱為「無間」。為八大地獄中的第八獄。

警官生氣地吼著叫我不要淨說些瘋言瘋語，但是我沒有任何話好說，也沒有主義或主張。只要像這樣讓我呼吸空氣，我就覺得幸福了。像我這種軟趴趴的、被魚抽走骨頭的水母般（註）的東西，扔進垃圾桶裡就是了。請把我扔掉吧。

又被毆打了一次。

無法理解警官在說什麼，所以也無從回答起。

磅！

桌子翻倒了。

警官憤怒地站在前面。

有點恐怖。

恐怖驚怖可怖。

衣襟被抓住，拖了起來。

好痛好痛好痛。

有痛覺。

我……還活著。

疼痛是最根本的感情嗎？

因為或許會被殺，可是……

我覺得死也不是多麼壞的事。

肚子被踢，背部被踢。

夠了，住手。

這種傢伙這種傢伙。

沒錯，我是個污穢骯髒下流的猴子。

此時我醒了。

我人在黑暗的房間裡，抱著膝蓋坐著，只在短短一瞬間享受了極淺的睡眠。夢中的我是個自我流光的空洞容器。

——那才是真實嗎？

那樣的話，現在像這樣思考的我，是剛才的我所做的夢嗎？警官被我的態度激怒，我被他踢著，意識斷成一片片，做著我蹲在黑暗房間角落的夢嗎？

——是一樣的。

沒錯。

或許這也是個夢境，會由於覺醒而畫下句點。醒來的話……

妻子就在那裡，飯菜已經準備好，

有朋友在，笑著……

多麼愉快啊。

啊我做了個好蠢的夢呢我被關進拘留所日夜遭到拷問和審問真是笑死人了那個警官說我殺人所以我就跟他說我怎麼可能殺人呢我可是親眼看到了逃走的我就是兇手啊沒錯我就是兇手。

——我，就是兇手。

我醒了。

警官正從大茶壺裡倒出冷掉的茶，好像換了一個新的警官。不過看起來也像是同一個。我已經崩壞了。

註：日本民間故事中，水母原本有骨頭，但在取猴肝的任務中犯錯失敗，龍王便吩咐蝦兵魚將拔掉水母的骨頭以示懲罰。

6

おとろし

歐托羅悉——

欲言亦
驚惶
天有大梵天王，帝釋天主
地有日本鎮守，八幡大菩薩

——阿蘇家文書・下卷

1

每當面對鏡子梳理剛洗好的頭髮，就想要剪掉，已經想了好幾年了。
握起濡濕的頭髮，試著束在後腦勺。
心頭一驚。
好像……過世的妹妹。
放開手，甩頭。頭髮甩出水滴，一片散亂，得重來了。擦掉沾在水銀薄膜表面上的小水滴。
一點都不像。
妹妹在世時，從不曾覺得像。妹妹英姿逼人、剛毅果決、思路清晰，總是活得抬頭挺胸。和自己完全不同，沒有半點相似之處。
然後，這才發現自己沒辦法剪掉頭髮的理由。
——因為妹妹是短髮。
自己之所以穿和服，也是因為妹妹喜好穿洋服；自己會彎腰駝背，是因為妹妹抬頭挺胸。
日復一日，宛如整理儀容的儀式般，將留得極長的頭髮一絲不亂地紮起來，穿上一層又一層的衣服，以帶子繫上，塗上白粉，點上朱紅，然後總算是完成了自己這個女人……
人說服裝就是文化。那麼這些煩雜的化妝、整裝過程，就是女人變成女人的儀式吧。在文化性別差異裡，雌與雄是不同的。眾人特別誇示某些部分、模糊某些部分，來聲明自我的性別；透過隱沒、突出、歧視，來獲得社會上的屬性，成為男人或女人。因為若不這麼做，肯定就無法區別男女。人就是為了這個目的而裝扮的。
那麼所謂女人的本性，是存在於包裹女人的衣服上嗎？
那麼……
——現在倒映在鏡子裡的這個裸女是什麼人？

織作茜想著這些事。

她抓住右邊的乳房。

沒辦法脫卸銘刻在肉體上的女性。

因為是女人，因為是男人。妹妹常說，將個人的屬性歸結於性別，是不智的。妹妹生前積極參與提升女性地位、擴大女性權利的運動。

茜十分明白妹妹說的道理。

茜也一樣，不僅是一個女人，更是一個人；不僅是一般女人，更是織作茜這個個人。如果將個人的人格視為獨立人格來尊重，人格當中當然同時具備所謂的女性特質與男性特質，所以只拘泥於生物學上的性別，而扼殺其中一邊，絕不是正確的做法。因為是女人，因為是男人——這種話，無疑是從個人身上剝奪個人尊嚴的歧視用語。但是……

妹妹卻叫著「因為是女人」，伸張著女性的權利，吼著「因為是男人」，貶抑著陽具主義，不是嗎？

不，這是水平的混亂。

茜靠著自己的肉體觸感思考著。

妹妹的發言與妹妹的主義主張並不矛盾。

不能將觀念上的——文化上的性別，與肉體的——生理上的性別混為一談。聰明的妹妹一定是以精確的語言談論著這些問題。只是……

茜思考。

雖然明白道理，但茜的心中卻潛藏著什麼，讓她無法同意。那或許只是對妹妹的自卑感而萌生的毫無來由的敵意，也或許不是如此。

——什麼是個人呢？

妹妹死後，茜經常思考這件事。

應該要主張的自我、應該受尊重的個性是什麼？說起來，人格是什麼呢？那是如此特權性的事物嗎？現在的茜怎麼樣都不認為她有什麼依據，能夠抬頭挺胸地主張「我就是我」。

仔細想想，個人主義或許已經是過時的思想了。宛如想起了什麼被遺忘的天經地義之事，吶喊著什麼身為個人的自覺、獲得人權等口號，這不是好幾百年以前的事了嗎？

即使如此，茜還是沒有質疑過這就是近代應有的模樣，所以她自認為她以往也一直貫徹著個人主義。但是她現在認為，這一切都只是妄想。

茜想起來了。

在妹妹舉辦的女性運動讀書會裡，有人說過這樣的話。

生孩子的是女人，要不要生孩子，應該由女人——生孩子的個人來決定。茜聽到這番言論時，也同樣感覺不對勁。

所謂胎兒，是體內的他者。那麼是女人生孩子，還是孩子從女人身上生下來，這難以判斷。不，沒辦法決定是哪邊。

對女人來說，生產雖然是在個人意志下進行的行為，卻也是無視於個人意志的生理現象。所以茜認為生孩子是女人的任務這種想法，原本就是錯的。因為把生產當成任務，等於是在無形中認定精神與肉體是彼此乖離的。

儘管生而為人，女人卻被盛裝在女人這個器皿當中，而因為被囚禁在這個器皿當中，就無法自由地進行精神活動，這實在太沒有道理了——這種主張茜也不是不明白。但是現在的茜認為，女人這種東西，說穿了只是用來生孩子的**器皿**罷了。生孩子的身體與「女人」這種東西，打從一開始就是同義的。器皿當中其實什麼也沒有裝。只是器皿本身不願意承認自己就是器皿罷了。隆起的胸部、柔軟的皮膚，身體的設計全都是為了生孩子——為了能夠生孩子而形成的。

唯有幻想觀念中的「個人」與身體分離時，身體這個器皿才不是本質。這種情況，身體的功能與衣服無異。所以如果要從根本的部分貫徹個人主義，等在盡頭處的現實，會是必須將肉體的性別也視為文化差異來看待。

沒辦法脫卸銘刻在肉體中的女性。

追根究柢，如果不切掉這個乳房，縫合性器，改造肉體本身，就無法逃離它的束縛。

男人也是一樣。

茜覺得，如果能夠因此獲得幸福，那當然無妨。

——幸福。

什麼是幸福呢？

茜年輕時曾經修習藥學。

那個時候，她曾聽教授說過。

人的喜怒哀樂，全都視腦內物質分泌的多寡而定。就連崇高的母性，也是由於某種激素的分泌所造成。要是那種激素停止分泌，就算是禽獸也會放棄育兒，不再疼愛自己的孩子。對生物來說，育兒也只是一種生理現象。主張只有人不是如此，是一種傲慢吧。那麼……

什麼是愛呢？

愛不是什麼不可侵犯的、形而上學的真理。

而是可以還原為物理、形而下的生理現象。

這樣……就好了。即使如此，也不代表愛不存在。只是不必要的過剩幻想消失罷了。不，人應該了解那才是愛。

人身為生物，天性就是如此。人的身體是無法控制的自然，意志處於自然的統制下。那麼先了解自己的身體，才是認清個人的第一步吧。

——這個**身體**就是我。

什麼尋找自我，根本是胡說八道。

精神與肉體密不可分。累積肉體的經驗，就等於活著。將非經驗的觀念視為先天的真理，並不一定能夠獲得幸福。肥大的觀念只會折磨身體而已，就是因為一味追求觀念的「個人」這種幻想……

結果，茜變得滿身瘡痍。

即使不去思考，幸福就在這裡，

不必追求，安居之所就在此處。

——這個**身體**就是我的歸宿。

失去妹妹，失去母親，失去所有的家人後，茜總算發現了這件事。

——如果是妹妹，會說些什麼呢？

她會笑我，說這才是放棄思索的愚昧個人主義嗎？還是會訓斥我，說這樣無法改變社會構造？或是藐視我，問我事到如今還說這種理所當然的話？

或許聰明的妹妹早已再明白也不過，更洞悉了遙遠的未來也說不定。茜覺得一定是這樣的。

好想和妹妹聊聊。

雖然這已經不可能了。

茜連一次都沒有和生前的妹妹好好地議論過。不只是妹妹，茜一直避免著與任何人發生語言衝突。

除了一個人以外……

茜不後悔，她已經決定不後悔了。

織作茜自豪地注視著自己倒映在鏡中的裸體。然後不再盤起頭髮，應該是生平第一次……穿上了妹妹的洋服。

她穿上洋服，並沒有什麼象徵性的含意，只是覺得有種重新來過的感覺。家人過世後，茜的時間變得徒然地漫長，或突然地縮短，有時候還會在她悲傷哭泣時停止；不過，此時她總算有種時間恢復平常速度的感覺。

她把長髮在後面束起。

也不化妝了。

——沒必要粉飾了。

茜穿上寬領黑襯衫與黑長褲，離開房間。在這棟大得荒謬的宅子迎接客人，今天也是最後一次了——預定中最後一次。

——那個人不適合做為最後一個訪客。

雖然已經見過四、五次面，但茜怎麼樣都無法對對方懷有好感。即使如此，她還是準備了茶點。

風震動玻璃窗，發出極為刺耳的聲響。

春天以來，天候一直不穩定。

不久後，那個老人小題大作地率領著隨從前來。幾乎所有隨從都在屋外等待，茜覺得實在多餘。

老人名叫羽田隆三。

他在社會上的地位崇高，但與茜沒有什麼關係。

老人一看到茜的模樣，便眨了眨埋沒在皺紋裡的眼睛，抽動了幾下鷹勾鼻。

「這到底是怎麼啦……？」

茜知道老人的視線從自己的胸部移動到腰部。

「沒什麼。」茜答道，但老人裝作沒聽見，下流地說：「多麼誘人的女人吶。」這個老人一碰到不想聽的事，就裝成重聽。

「妳也會做洋服打扮啊。」

「這是舍妹的衣服。」

「這樣啊，所以尺寸不合。身體線條都露出來了，對老人家來說太刺激嘍。」

茜沒有回話。

老人擅自進屋，沒有人帶路，卻消失在走廊另一頭了。祕書急忙點頭致意，跟了上去。從玄關到大門外，好幾個隨從在兩側並排。茜瞥了他們一眼，跟在老人後面，前往會客的大客廳。茜進入房間時，老人已經落坐在房間正中央的椅子上。茜說：「我立刻端茶。」結果老人說：「不必了，坐下吧。」

「聽說妳拒絕了婚事。」

「是的。」

「哎，老公才剛死沒多久，說沒辦法也是沒辦法吧，可是妳也不可能對那個阿呆有所留戀吧？」

「我是有所留戀。就算傻，他也曾經是我的丈夫。」

「哼！」老人鼻子一哼。「好個教人讚歎的貞女。可是不管怎麼樣，妳拒絕那樁婚事，是明智之舉。那個小毛頭沒有經營能力，等到他站到中央開始掌舵，再大的財閥也會兩三下就被搞垮了。」

「恕我僭越……，我對這些事沒興趣，也沒興趣詆毀別人。」

「妳這女人說話還真直，跟我聽說的完全兩樣。每個人都告訴我，妳是個唯唯諾諾，對男人唯命是從的柔順女人。」

「我聽從的只有丈夫。」茜說。

「結果是一匹悍馬啊。」老人笑道。「嗳，無所謂。重要的是……」

老人伸長皺巴巴的脖子，仰望挑高的天花板，環顧樣式瀟灑、古色古香的房間。

「……這棟宅子，妳真的要賣嗎？」

「我們以您要收購為前提，已經像這樣會晤過多次。今天預定正式簽約……不是嗎？」

「像這樣會晤多次……，聽妳的口氣，好像不喜歡和我見面。感覺妳好像愈來愈冷漠了。」

「沒這回事……」

這是事實。

早春發生的事件中，茜失去了所有的家人，活下來的只有茜一個人。雖然她想逃離古老的舊習和束縛，等待著她的卻是絕對的孤獨。而事件的結果也為茜帶來獨自一人繼承織作這個古老家族的家名與財產的沉重事實。

事後處理十分辛苦。

到了櫻花盛開的季節，茜決定放棄所有的不動產——包括住慣的宅子。這不是什麼便宜的東西，她預期很難找到買主，然而她的操心是多餘的。

不曉得是在哪裡打聽到的，買主很快就決定了。

出現在茜面前的皺巴巴老人誇下海口說：「有什麼想賣的，妳儘管出價，我照價全部買下。」

那就是羽田隆三。

老人說他是織作伊兵衛——茜的外祖父——的弟弟。

確實，茜曾聽說外祖父是入贅女婿，老家姓羽田。但是外祖父過世已久，後來兩個家族之間完全沒有交流，老實說，茜也十分困惑，不知道老人的話是否可信。

但是……

用不著調查，她馬上就發現老人的身分並不可疑。

羽田隆三身居要職，是製鐵公司的理事顧問。

老人擔任顧問的羽田製鐵，是老人的父親——也是茜的外祖父的父親——羽田桝太郎所創立的鋼鐵企業。

聽說是明治三十六年創業。

據說近代製鐵業的隆盛，起點可以回溯到官營八幡製鐵所開工的明治三十四年，現在的民間鋼鐵企業，全都是緊接在那之後——集中在明治末期創業。羽田製鐵也算是其中之一。

另一方面，茜的外祖父伊兵衛成為織作家的入贅女婿，也是明治三十四年。

羽田家與織作家之間有著什麼樣的因緣？在除了茜以外的族人全部死絕的現在，已經無從知曉，不過不難想像，當時已經藉由生產紡織機致富的織作家，應該在羽田製鐵創業時提供了某些援助吧。

可能因為如此，受到敗戰的餘波影響，生產量雖然一時衰減，但鋼鐵業比其他行業復甦得更快。聽說鋼鐵業趁著朝鮮動亂的特需景氣，率先恢復，甚至變得較戰前更為興盛。

三年前，也就是昭和二十五年，半官半民的托拉斯日本製鐵被解體分割，翌年二十六年開始，也投入巨額資金，實施鋼鐵業的設備合理化計畫。過去原本是平爐工廠的羽田製鐵，以此為契機轉型為高爐工廠，現在正如日中天。

老人苦笑。

「噯，妳就考慮考慮吧，到時候我會助妳一臂之力的。那個顧問啊，還算是派得上用場。他知道要合理化經營，業績也提升了。可是他啊，用的是風水。」

「風水……？」

「喏，不久前滯留在中國的居留民不是總算回來了嗎？興安丸。」

茜記得那是三月下旬的事。一直被擱置不管的中國居留民所搭乘的撤離船，戰後初次開進了舞鶴港。

「……也因為這樣，最近中國不是成了熱門話題嗎？中國變成人民共和國之後，大受矚目，所以那個呆瓜社長開始感興趣了。說到風水，就是中國的占卜。生意可以靠占卜來做嗎？不讓顧客厭倦，讓顧客買個不停，生意才做得成啊。真是開玩笑，受不了。那個混帳傢伙，只是業績好了一點就抖起來了，竟然叫呆瓜社長去買伊豆的土地。那種地方怎麼可能蓋得了工廠？我這麼說，他就說不是要蓋工廠，而是要蓋總公司大樓。胡說八道。我說我們的公司就是在丹後，那傢伙竟然頂嘴說伊豆土地好，運勢佳。」

「這……」

又怎麼樣了呢？茜完全不了解老人為何要對她說這些事。

「然後啊……」老人說道，望向祕書。

祕書以公事公辦的口吻說道：「擔任經營顧問的『太斗風水塾』的主持人南雲正司，根據敝公司調查，他所提供的經歷全為假造，所記載的本籍地等等，也全是捏造的資料。」

「噯，就是這樣，所以拿他偽造履歷為由，把他解雇也成。占卜師全都是騙人的，是詐欺。既然同樣是詐欺，至少也得像現在轟動一時的華仙姑那樣，幹點大手筆的。可是啊，別看我這樣，我這人可是不會按牌理出牌的。」

這一點茜也知道。

老人向祕書要雪茄，甘甜的香味籠罩了房間一角。

「怎麼樣？妳有什麼看法？」

「我對這類事情……」

「偽造經歷潛入公司，隨便信口胡謅，騙點小錢。到這裡都還可以理解。可以理解是可以理解，但是為什麼要慫恿社長買土地？」

茜沒有興趣，所以隨口應答：「不知道……，例如說……會不會是與該處的地主勾結，打算收取賣價的一部分做為報酬？」

「這我也想過了，不過看樣子並不是。社長說，土地的地主好像說**不賣**。噯……所以我才來找妳商量。妳可以答應嗎？」

「答應……什麼？」

「我聽到傳聞了，妳可以把處理你們家事件的偵探介紹給我嗎？」

「偵探？哦……」

老人應該是在說榎木津。

偵探榎木津禮二郎與織作家發生的事件關係匪淺，他也解決過與織作家關係密切的柴田家的事件。但是榎木津似乎是個異常乖僻的人，茜聽說他對於沒有興趣的委託，總是一概回絕。

「聽說那個人非常難拜託，對吧？而且街坊都流傳那個偵探是榎木津集團首腦的公子，不是嗎？說到榎木津，就是那個靠貿易獲致萬貫家財的前華族英傑吧。這是真的嗎？」

「是真的。」茜回答。

「妳見過他嗎？」

「……見過。」

「可以幫我介紹嗎？」

「這……」

老人突然如此要求，但茜感到猶豫。

因為如果隆三是個不按牌理出牌的人，那麼榎木津這個人就是**沒有任何道理可言**的人。

不過這並非茜本人的感想，而是根據榎木津身邊的人所說的片段資料所做出來的判斷。茜除了在慘劇之夜與榎木津交談過兩三句話以外，與他幾乎沒有接觸。雖然也不是因為如此，但是老實說，茜無法理解榎木津這個人，也不打算去理解。不過她並不厭惡榎木津。

茜認為，那應該就像是所謂的斥力。榎木津恐怕對茜這種人毫無興趣，或許根本就不記得她，所以茜也不把他放在心上。所以不會發生興趣，所以不了解。

「我和榎木津先生並不熟。」茜答道。「我……也不知道榎木津先生的聯絡方法……。如果羽田先生無論如何都想要委託榎木津先生，我想透過柴田先生，請榎木津先生的父親轉達是最好的方法。而且柴田財閥顧問律師團似乎也有管道可以與榎木津先生取得聯繫……，柴田先生那裡，我可以代為牽線。」

「這樣好。」老人說。「不過讓柴田那個小鬼居中斡旋，也教人不太爽快。話說回來，妳沒關係嗎？妳和柴田那個……呃……」

「這沒有關係，請不必擔心。話說回來……」

「噯，不必那麼急嘛。」老人再次說道，喝完茜所泡的紅茶，然後問道：「話說回來，妳今後有什麼打算？」

「什麼……打算……？」

「妳把這棟房子賣給我的話，就無處可去了吧？雖然妳有的是錢，但是難道打算成天遊樂度日嗎？我買下這裡以後，會立刻把它拆掉。既然買了，我不會平白浪費。」

「這……羽田先生當然可以任意處置，我對這棟宅子……家人……死在這裡。」

「……沒有什麼好的回憶，不過，我有唯一一個條件……」

「我知道，妳說庭院的墳墓吧？改葬的事，我已經在打聽了，不必擔心。只是，你們家的宗派亂七八糟的，麻煩死了。而且上一代和妳妹妹是基督徒吧？還有，不是有個木像想要一起祭祀嗎？那很棘手。欸，那是日本的神像吧？所以啊……死者之靈姑且不論，神像或許就難了。不管是寺院還是教會都不會答應收下……」

「果然……如此嗎……」

代代祭祀在庭院的先祖之靈。

織作家流傳的兩尊木像。

以及家族的亡骸。

茜對死人沒興趣，對過去也不留戀。她一向如此，現在也是如此，但是現在的茜，卻不知為何覺得不能拋下死者。她覺得不能夠虧待過去。

這不是道理說得清的。所以她想找個地方建個靈廟，祭祀葬在庭院裡的所有神靈。

茜有些在意墓地。

從大客廳看不見。

老人盯著茜的臉頰說：「怎麼，表情猶豫不決的。我說要買就會買，不必窮擔心。只是……」

「只是？」

果然有條件吧。

老人咳了一下。「嗯。不管這個，妳先回答我剛才的問題。妳已經決定妳的去路了嗎？」

茜……

關於這件事，她當然認真想過了，不過還沒有決定。不，無法決定。她想工作。可是經濟上並不窘迫的人，出於自我滿足而參與社會，這樣真的能夠叫做自立嗎？更重要的是，自己能夠做什麼？

茜老實地回答。

老人臉上的皺紋擠得更深，大為歡喜。「這樣啊，這樣好。喂，津村，你聽見了沒？這真是太巧了。聽好了，茜小姐，妳仔細聽我說，那樣的話……妳要不要幫我工作？怎麼樣？我不會虧待妳的。」

——這……

這個老人怎麼突然說這些？

「工作嗎……？可是我……」

老人再咳了一下。「我說的不是鐵鋼那邊，是徐福那邊的工作。」

「徐福？那是什麼？」

「就是『徐福研究會』啊……」

說到徐福，不是那個奉秦始皇之命，出海尋找長生不老仙藥的古代中國方士嗎？茜只知道這樣而已。

「……之前我也跟妳談了很多吧？我跟妳說過。」

茜不太記得，她沒興趣。

老人的臉皺得都歪了。

「怎麼，妳忘記啦？妳把它當成老人家的胡言亂語，根本沒聽進去，是吧？」

完全沒錯。

茜露出笑容，粉飾太平說：「那當然了。羽田先生所說的話，我一直不去聽、不去記。因為其他人姑且不論，像羽田隆三先生這等大人物，不管是一言半句、舉手投足，都會左右到企業的盛衰，不是我這種外人能夠置喙的。那麼對於與我無關之事，不見、不言、不聞，才是禮數吧。」

老人拍了一下手。「加上不幹，四猴哉……是吧？怎麼，看妳守身如玉，嘴巴卻伶俐得很嘛。不過像妳這樣的大美女，不必去守什麼猴崽子的誓言。妳是我大哥的孫女，對吧？也是織作家的女兒吧？而且又是個大美女，我相信妳。對吧，津村？」

「是的。」祕書行了個禮。

「嗳，無所謂啦，為了妳，要我重說幾遍都行。聽好啦，我再說一次，這次妳好好記著。『徐福研究會』是我出資設立的一個民間研究團體。會員還滿多的，什麼鄉土史家、民俗學者，以民間的學者為主，大概有五十人左右吧。他們比較研究各地流傳的徐福渡來傳說……，妳那是什麼表情？」

茜不覺得自己的表情有任何改變。

「哈哈，妳是想說我這種貪得無厭的傢伙竟然會出錢贊助賺不了錢的文化事業，很奇怪是吧？嗳，這也是當然的。不過這不是出於私欲而做的。」

茜確實也有這樣的想法，但她不覺得自己表現在臉上了。說穿了，不管茜擺出什麼樣的表情，還是怎麼想都沒有關係，這只是一種開場白、引子罷了。是繼續說下去時必要的話頭。不出所料，老人自顧自地往下說。

「它是在戰後設立的，今年已經第五年了，有了相當的成果。」

老人望向祕書，祕書把臉湊上去。接到老人的指示後，祕書從公事包裡取出小冊子，踩出腳步聲走上前來，交給了茜。

「妳看看吧。」

老人伸伸下巴。茜看了一眼。封面上寫著「徐福研究第八號」。翻開紙頁，裡面是嚴肅的研究報告。就算在茜的眼中看來，那也是十分**正經**的東西。

「這是……」

「喏，看吧。這下子妳真的納悶我這種貪得無厭的傢伙竟然會出錢贊助賺不了錢的文化事業，對吧……？」

說中了，真的只能說是老獪。

「……嗳，這也沒辦法哪。我之所以這麼做，是有理由的。可不是我老糊塗了，也不是打什麼壞主意。妳要先理解這一點。」

茜沒有回答，但老人說起理由。「我家——羽田的本家，現在位在京都的正中央。原本姓氏用的好像是秦（hata）這個字，不過聽說因為容易混淆，所以換成了羽田（hata）這兩個字。秦氏全日本都有，京都也有一堆。然後呢，我們家往前追溯，是丹後遷來的。」

「總公司……不也是在丹後半島嗎？」

「是啊。嗳，紀錄很曖昧，不知道究竟是怎麼樣，不過我認為，我們羽田家的發祥地是在丹後半島頂端老人頓了一頓，似乎想要有人應和，茜隨即應聲。

「但是？」

老人心情變好了。

「其他各地也有許多徐福漂抵的傳說，這實在教人掃興。而且連墳墓都有，還不止一個。北邊有青森秋田、信州甲州靜岡名古屋，廣島山口，四國有土佐，九州有宮崎佐賀鹿兒島福岡，還有紀州熊野……」

「還……真多呢。」

「沒錯。」老人一臉嚴肅地回答。「徐福不是一個人來的，他帶了很多人。我想那些人為了尋找仙藥，分散到全國各地了。噯，這就先不提了。我說啊，與徐福有關的土地的居民，都認定當地才是徐福上岸的地點，對吧？所以他們彼此忽視、彼此仇視。我認為這可不行，那樣的話，不就無法釐清真相了嗎？」

「呃……嗯。」

「總之我覺得這樣下去不行。所以才發願要進行徐福的綜合性研究，推動各地的鄉土史家、民間的研究者和大學等等進行研究——雖然裡頭也有單純的好事之徒或廢物啦——然後設立了『徐福研究會』。」

「那麼，羽田先生是出於解開歷史之謎這種純粹的學者態度，才設立了那個研究會？」

令人意外地，理由很**正經**。

「妳這次一定在想，像我這種貪得無厭的傢伙怎麼可能出錢贊助賺不了錢的文化事業，對吧？」

老人第三次說了一樣的話。

「可是啊，茜小姐，這只是表面上而已。」

「表面上……？意思是……？」

「既然有表面，就有裡面啊。」老人說道，露出淫蕩至極的表情來。「是藥啊。」

「藥……？」

「就是徐福的仙藥嘛。」

「長生……不老的？」

「怎麼可能有那種東西，就算有我也不想要。我都已經這把年紀了，就算不老也沒啥屁用。就這個樣子長生不死，那更是敬謝不敏。我頂多只想再長生一點，好抱抱女人而已。我啊，覺得秦始皇也是這麼想的。」

老人彷彿要撫平皺紋似地，在臉上用力一抹。「說到秦始皇，他是統一遼闊的中國的英雄哪。大陸的格局和我們相差太遠了。豐太閤（註）建造大阪城的時候，愚蠢的百姓大為震驚，可是敵人蓋出來的可是萬里長城啊。而且在紀元前就已經蓋出來了。這個秦始皇啊，號令諸國方士製造仙藥……」

「我認為掌握現世權力的皇帝，會冀望永生是可以理解的。」

「沒錯，沒錯。」老人點點頭。「中國人很現實。這要是埃及的國王，就會渴望來世的權力。死後不管變成怎樣，根本就名實皆無嘛。中國人知道這一點，所以會渴望不死也是難怪。不過我認為，中國人是更講求現實的。」

「這是什麼意思呢？」茜問道。

「不明白嗎？」老人聲音顫抖著。「英雄好色——不是有這麼一句話嗎？秦始皇啊，把全大陸的美女都聚集到阿房宮去了，數目有三千吶。聽好了，三千人吶。即使如此還不夠，他甚至還要日本進貢美女過去。妻妾三千吶，這哪裡受得住？就算一天應付七、八個人，光是一巡，就得花上一年。就算一個人分配一小時，一天也要八小時，然後一年之間毫不間斷。就算是我也沒辦法……」

把這種傳說當成現實才有問題吧。

老人泛黃的眼睛盯住了茜。「……要是像妳這麼棒的女人，我啊，一個就滿足了。要是能讓妳愛撫啊，三千人份的精氣都會給用光嘍。」

註：即豐臣秀吉，戰國時代的武將，曾為織田信長的部下，在信長死後統一天下。後來意圖征服明朝而出兵朝鮮，但戰事失利，病死。

盡，可能因為是平日的白天，並沒有多少客人。

茜的視線停留在窗邊座位。

一名男子坐在堆出紙山的桌前，臉湊在殘餘的一點小空間，正專心致志地寫著東西。只有那個人突兀地浮現在一派斯文的景色裡。

茜直覺地發現了。

所以她對侍者說找到了，直直地走向那名男子。

就算來到一旁，男子也沒有注意到茜，不斷地在稿紙上填入字跡規矩的文字。就在茜準備出聲時，男子突然抬起頭來，接著轉頭望向茜。

「哎呀。」

男子長得很像曾經在照片上看過的菊池寬(註)，但相當年輕。個子小，很胖，小小的鼻子上戴著圓框小眼鏡。他穿著黑色西裝、絳紫色的背心及寬鬆的條紋長褲，打著一條寬幅領帶。鋼筆的墨水把他的指尖都染成藍色了。男子用鋼筆尖對準茜，大舌頭地問：「織……織作茜小姐？」

「是的，請問……」

男子站起來，結果弄倒了桌上的紙山，紙張散落一地，他急忙彎身撿拾。

「抱、抱歉，因為妳和我聽說的印象相去太遠，一時沒有注意到。」

男子抱著紙堆站起來，再說了一次「抱歉」。

「您是……中禪寺先生的……」

「啊，是，嗳，請坐。」

男子將擺在對面椅子上的皮包抓過來，為茜騰出座位，但又弄掉了幾張紙，於是又彎下身去。

侍者端著托盤送水來，傷腦筋地看著男子的動作，於是茜接下水杯，點了咖啡之後坐下。男子似乎總算安頓下來了。

「啊，我、我是中禪寺的朋友，叫多多良勝五郎。中禪寺有急事不能來，他託我過來，代他回答問題。

他說我只要坐在這裡，織作小姐就一定找得到……，妳怎麼知道我是他的代理人？」

「中禪寺先生……很忙嗎？」

「好像很忙呢。啊，請。」

多多良摸遍了胸袋，然後抬起腰來確認後口袋，接著打開方才的皮包，在裡頭摸索了好一陣子，總算抽出一封信來。他拍掉灰塵後，遞給了茜。

信封沒有封上，裡面裝了一張摺成三摺的信紙。

本日因急事不克赴約／謹此致歉／容介紹多多良君為代理／此君可信任，切勿擔憂／無論何事皆可詢問／此致織作茜女士／中禪寺敬上

內容很簡略。

茜把信放進信封，收進提包。

多多良說：「就是這麼回事。」

「我原本就覺得……他應該不會過來……」

他不可能來。

「他這個人深居簡出。」

「嗯……不過說到忙，多多良先生看起來似乎也十分忙碌？」

這散亂的狀況非比尋常。

「我？哦，我總是這樣。」

「可是……總覺得好像因為我的事，給您添了麻煩，真的很抱歉。恕我冒昧，多多良先生是從事文筆業嗎？」

註：菊池寬（一八八八～一九四八），小說家及劇作家。

「我嗎？哦，我是會寫些文章沒錯，不過本業嘛……對，是研究者。這次因為一些機緣，《稀譚月報》這本雜誌向我邀稿，所以才像這樣撰稿。」

「哎呀，《稀譚月報》嗎？那麼……難道截稿日快到了嗎？」

「截稿日已經過了。」

「咦？」

「這是下月號的，是連載。」

「哦……」

往桌上一看，從線裝書、皮面書、古文書到騰寫複印，雜七雜八的紙類堆積如山。最上面放了幾張詭異的怪物圖畫，每一張都畫了相同的怪物。

有個鳥居。

怪物站在鳥居的黑色笠木（註一）上。

嘴巴極大，眼睛碩大，牙齒銳利。

看起來也像鬼，但沒有角。

散亂而濃密的長髮環繞盤旋，覆蓋了全身——或者說覆蓋了巨大的臉。大量的頭髮旋繞著，剛毛之間伸出粗壯的手臂，一手抓著笠木，另一手握著像是鴿子的鳥。銳利的爪子陷進小鳥的身體，彷彿隨時都會把牠捏碎。

怪物在鳥居上抓住鴿子，恐怕正要吃掉。

相當駭人的畫。

茜忍不住看得出神了。

多多良發現茜在看畫，說：「嗯？哦，那是妖怪。」

「妖怪？」

「妖怪變化，也可以說是妖魅、鬼怪，說怪物也可以。這個妖怪叫做毛一杯（註二），此外也叫做歐托羅歐托羅（註三），或是歐托羅悉。」

「歐梭羅悉（註四）？」

「是歐**托**羅悉。不過應該也是恐怖、駭人的意思。不過不是**梭**，而是**托**。但是，也有可能本來是寫做『おどろ』（歐多羅歐多羅），被誤看為『おとろし』（歐托羅悉）。事實上，從下個月號起，我要在《稀譚月報》上，每次介紹一個只留下外形和名字，但已經失去意義的絕種妖怪。這個毛一杯就是其中之一，是第二回的稿子。」

「您……在研究妖怪嗎？」

「我專門研究大陸那邊的妖怪。」多多良說。

「大陸那邊……？」

「是的。仔細調查大陸的妖怪，和日本的妖怪做比較，可以從其中的變遷過程，看出有什麼樣的文化、如何在某些時代、透過什麼樣的路線傳入我國。此外也可以看出哪些是我國特有的部分，哪些是模仿的。十分有幫助。」

「哦……」

「但是這個毛一杯令人不解，好像完全失落了。甚至有人說它站在鳥居上，所以是守護神域的妖怪，或是會掉到不虔誠的人身上，但是不知道這個說法的根據何在。一定是騙人的，是創作。我聽說信州劍岳有個叫做山歐托羅悉的妖怪，會接二連三砸到登山者的身上，於是我興奮地前往打聽……，結果也相當可疑。虧

註一：笠木為鳥居上面的橫木。

註二：日文中「一杯」有「很多」的意思，「毛一杯」意即「毛很多」。

註三：此為音譯，原文為おとろおとろ。

註四：歐梭羅悉（おそろし）即日文中恐怖、駭人之意。

我大老遠跑到南阿爾卑斯山去，那好像是最近才創作的民間故事。不過民間故事往前回溯的話，也全都是創作，沒道理抱怨。就像去找生蛋的雞，結果卻碰上煎蛋一樣。中禪寺說，這應該是一堆毛的妖怪。」

「毛……頭髮嗎？」

「對。這是鳥山石燕的畫，中禪寺說這是頭髮的妖怪，石燕為了在頭髮中附加神明的意味（註一），才畫上鳥居。我也這麼認為。除了石燕的畫以外，其他毛一杯的畫裡沒有一張有鳥居。沒有鳥居的圖，因為妖怪的名字就叫毛一杯，完全就是一堆頭髮的意思。我們不是把又長又亂的頭髮稱做棘髮（odorogami）嗎？歐多羅歐多羅指的應該就是那個吧。」

「哦……」

「歐多羅歐多羅的漢字寫做『棘棘』。唔，不過也有歐多羅歐多羅悉這樣的說法，所以也有可怕、詭異的意思。棘這個字也唸做ibara，對吧？這是刺，也就是荊棘叢生之處的意思。所以我想到它與藪神的關聯。藪神是一種作祟神，是祭祀在村子角落的小神。它會作祟，很可怕。」

「哦……」

「另一方面，看看這個鳥居，我也注意到這個鳥居。畫在這裡的鳥居，笠木是筆直的，斷面則是切成斜的，而且還塗成黑色。下面也有島木（註二），貫穿了圓柱。鳥居雖然有很多種，但這是八幡鳥居。」

「這樣啊。」

「是八幡鳥居。我對於上面畫的鳥居是八幡鳥居一事感到在意。還有這隻鴿子。」

「鴿子……？」

「鴿子是八幡大神的使者。喏，稻荷神社的使者是狐狸，對吧？日吉神社是猴子，八幡神社則是鴿子。八幡神與鴿子的關係，起源可以追溯到山城的石清水八幡宮，那裡有很多鴿子。神社佛閣裡經常會放養鴿子對吧？那全部都是模仿石清水八幡宮的，是最近才有的風俗。」

「是……這樣嗎？」

「是的。有關鴿子的迷信全國各地都有，但是在祭祀八幡神的地區，鴿子是禁忌的對象。在秋田，八幡神社的境內，連觸摸鴿子都被禁止。在岩手，因為鴿子是神的使者，所以不能殺害。在信州，祈禱病癒的時候，要向八幡神發誓一生都不吃鴿子。在岐阜，傳說欺負鴿子，會觸怒八幡神，耳朵會腐爛。《和漢三才圖會》裡寫道：八幡土地之人誤食之，唇立時脹腫悶亂。聽到了嗎？悶亂耶，悶亂。肯定腫得相當嚴重吧，像這樣鼓起來的……」

「哦……」

「而這個歐托羅悉抓住了鴿子，不是嗎？而且難以置信的是，它還站在八幡鳥居上。肯定會遭天譴的，絕對不只是耳朵腐爛、嘴唇腫脹這點程度而已。這有什麼意義呢？是與八幡信仰中的禁忌有關的妖怪嗎？說到八幡大菩薩，是受到武將崇敬的戰神。清和源氏（註三）等也將八幡神做為氏神祭拜。」

「嗯……南無八幡大菩薩……」

「對對對。傳說八幡神在二十九代欽明天皇時在豐前宇佐顯現，受到祭祀，這就是起源，是宇佐八幡宮。而它在轉眼間傳播開來，現在全日本都有。八幡神的數目僅次於稻荷神。不是說江戶最多的就是八幡、稻荷和狗屎嗎？可是儘管數目那麼多，這個神明的真面目到現在還是不太清楚。」

「神明的真面目……？」

「八幡神與大自在天融合在一起，也很早就神佛混淆，冠了大菩薩號。從**巴紋**可以知道祂具有水神的神格，傳說祂也是農耕神、母子神。像柳田老師就推測八幡神是鍛造之神——也就是**製鐵之神**。八幡（hachiman）也讀做yahata，所以有可能是外來的神明。」

「製鐵嗎……？」

註一：在日文裡，頭髮（kami）與神明（kami）同音。
註二：島木為鳥居笠木底下的橫木。
註三：清和天皇所賜姓的皇族子孫。

「對，製鐵，古時候叫冶金。鑄造東大寺的大佛時，八幡神也因做為協助工程的神明大為活躍。然後不知道從什麼時候開始，八幡神也和十五代應神天皇融合在一起。八幡神社的大本——宇佐八幡宮的祭神是八幡大菩薩、比賣神和大帶比賣，大帶比賣就是應神天皇的母親神功皇后。比賣神是什麼雖然難以斷定，但全國的八幡神社幾乎都把應神天皇、神功皇后、比賣神放在一起祭祀，所以……」

「不好意思……」

雖然明白若是沒有這點饒舌，就沒辦法勝任中禪寺的朋友這個位置，但多多良這個人好像一打開話匣子就關不起來。多多良無視於茜的打斷，閃爍著圓眼鏡底下一樣圓滾滾的眼睛說：「啊，對了。這麼說來，中禪寺說過一件很有趣的事。」

「中禪寺先生？」

「對對對。鴿子會被視為八幡神的使者，是因為鴿子（hato）與幡（hata）的發音相似——這是《和漢三才圖會》的說法，不過中禪寺認為幡會不會是秦氏的秦（hata）。」

「秦氏……？是那個……」

「對，渡來人秦氏。中禪寺說，八幡就是使役渡來人秦氏的人。」

「使役秦氏……？」

「所以說，」不知為何，多多良的口吻變得堅定。「秦氏是優秀的技術集團。不只是紡織製鐵，他們似乎也帶來了許多其他的技術。這麼一看，也可以了解八幡神多義的神格了。嗯？對耶，秦氏來到日本，不就是應神天皇的時代嗎？哦，好像連接在一起了……」

多多良露出宛如嬰孩般的笑容。「那麼這張歐托羅悉的畫，意思是從使役者手中奪走使役渡來人嗎？八幡神是應神天皇……鴿子是秦氏……捏住鴿子的怪物……」

這次多多良轉眼間變成了苦惱的表情。接著他抱起雙臂，歪著頭嘀咕起來。「在背後的是……咦？消滅秦氏？不，歐托羅悉、恐怖、頭髮……」

「不好意思……」

「不管怎麼樣……歐托羅悉……恐怖……欲言亦驚惶（註）……嗯？」
「不好意思，多多良先生……」
「咦？」
「呃，這番話非常有意思，但是我……」
「啊、哦，對不起，失禮了。我這個人習慣把想的事就這麼說出來。從今天早上開始，我就一直想著歐托羅悉的事，所以……」
多多良頻頻流汗，惶恐不已。接著他摺起寫到一半的稿紙，塞進皮包，恭敬地重新坐好，一次又一次以手巾拭汗。
「織、織作小姐什麼都沒問，我卻一個人說個不停，而且還自顧自地沉思起來。哎呀，實在太失禮了。真的對不起。」
茜笑了。
真的很好笑。
「您和中禪寺先生總是聊這類話題嗎？」
「每次和他聊起來，他從來不會阻止我，所以我不會自己住嘴，而且我也不會阻止他的話，所以很糟糕。連吃飯都會忘記。我的體格很壯，大家都以為我很會吃，但是這是天大的誤會，我就算三天不吃飯都不會怎麼樣。求知慾遠勝過食慾。」
「中禪寺先生也……」
——這麼愉快地……

註：此處的「驚惶」的發音即「歐托羅悉」。

像這個人這樣，愉快地談論嗎？

多多良說：「中禪寺就算是一邊說，也一邊吃得很多。」

茜又笑了。

就像信上說的，這個人可以信賴。就算不是中禪寺，這名男子應該可以為茜解惑。原本茜還有些擔心，認為如果中禪寺沒有來的話，她的問題肯定無法一次解決。

「容我重新……啊，這麼說好像也有點奇怪。其實我有個問題，其實可以透過書信解決——不，如果中禪寺先生能夠代為調查的話，或許以書信請託較為妥當，但是出於一些原因，我現在居無定所，所以……」

「是的，我聽說了，聽說妳把自宅賣掉了。中禪寺也說那樣的話，就算想回信也無從寄起。」

「您說的沒錯。不久前我賣掉了代代居住的宅子，同時也將園子裡的墓地遷移到其他場所……」

「遷到菩提寺嗎？」

「不，我們家沒有菩提寺。我買下墓地一角，建了廟改葬，委託管理墓地的寺院永世供養。不過，改葬時發生了一點問題……」

「什麼問題？」

「中禪寺先生很清楚這件事……」

或者說，這是中禪寺親自解開的謎。

「……我家——織作家，有一個代代祭祀的宅神，傳下來的御神體是兩尊木像……。雖然改葬的遺體宗派不同一事，寺方願意接受，但是他們說，不方便連神道的神像都一起供奉。」

「哦……」多多良張開嘴巴。

「所以我想將那兩尊神像奉納到合適的地方。仔細想想，把神像放進墓地裡，以佛家儀式供養，也是件很可笑的事吧。所以我想要把神像送到祭祀那些神明的神社……」

「府上的宅神不是特殊的神明吧？」

「是記紀神話中記載的神明。」

「將記紀中的神明……當成宅神祭祀？」多多良露出詫異的表情。「那該不會是天孫系的吧？這確實傷腦筋。那是織作家家系的祖先神嗎？又不是熊澤天皇（註）或出口王仁三郎，這種事……」

「不是那麼了不起的神明。」茜說。

確實，宅神很多時候是祭祀祂的一族之祖神，而記紀中的神明系譜與皇室相連結，若是換個時代，這可能會變成一種大不敬。

多多良歪起眉毛問：「府上祭祀的是什麼神？」

「哦，是石長比賣命與……木花咲耶毘賣命。」

「哎呀。」多多良再次張大嘴巴。「這不得了，不得了啊！這……呃，織作小姐，木花咲耶姬是神武天皇的曾祖母神呀！」

「是……這樣嗎？」

「妳沒學過嗎？天孫邇邇藝命與木花咲耶姬生下的山幸彥——彥火火出見命的兒子是鵜葺草葺不合命。鵜葺草葺不合命的兒子是神倭伊波禮毘古命，這就是神武天皇啊！」

「哦……可是我家的祖先不是木花咲耶姬，而是石長姬。」

「啊……」多多良發出洩了氣的聲音。「這樣啊，不過這也很稀奇呢。我從來沒有聽說過。」

「中禪寺先生說，石長姬透過織布，與織女和機織淵傳說連結在一起。」

「是啊。再延續下去，也和四谷怪談的阿岩連結在一起。可是府上的宅神還真是罕見呢。那有神像，是

註：熊澤天皇（一八八九～一九六六），原名熊澤寬道，原為商店老闆，於戰後向麥克阿瑟將軍投訴，聲言自己是南朝末代天皇——龜山天皇後裔，主張他才是正統天皇。

嗎？」

「是的。」

兩尊腐朽的神像。

只有這兩尊神像，茜沒有拋下，託人送到飯店去了。

「這很困難嗎？我完全不曉得該怎麼樣調查哪個神社祭祀著什麼樣的神明……」

雖然把它們丟掉也沒有什麼關係。

「這不難。」

「這樣啊……」

「我和中禪寺都知道。」

「哦……」

多多良說：「木花咲耶很簡單，祂的本地佛是大日如來。嗯，全國各地的淺間（sengen）神社——這也讀做asama，都有祭祀。淺間神社的話，到處都有。」

「淺間……是淺間山的淺間嗎？」

「淺間神社是火山的神社，並不在淺間山。淺草和駒込都有淺間神社。淺間（asama）、阿蘇（aso）、朝日（asahi）等等，很多火山擁有a、sa系統的名稱，這些都是形容鮮紅的火噴出的詞彙。」

「火山……和木花咲耶怎麼會……」

在茜的印象裡，兩者完全沒有關聯。

「這是因為在火中生產吧。木花咲耶姬在生產時，放火燒了產房，在業火中生下孩子。這可以聯想到燃燒稻稈的收穫儀式，或燒田農業，或許是反映農耕神的神格。從木花咲耶的名字也可以聯想到櫻花等等，或許也有關係。接著還有生產，所以事實上木花咲耶也是安產神……。可是、可是啊，將木花咲耶獻給邇邇藝命做為妻子時，父神是這樣說明的：姊姊石長姬會帶來有如岩石般永恆的生命，而妹妹木花咲耶姬會帶來如櫻花盛開般的榮華。因為是櫻花，所以會很快盛開，很快凋零。也就是爆發——噴火。而且又是火中生產，所以是火山。」

——怪怪的。

茜這麼感覺。

「可是結果……萬世一系（註），永世的磐石卻是從木花咲耶姬的血統衍生出來的，不是嗎？」

「哎呀，這麼說來也是。這個嘛……不，不是那樣的。聽好了，石長姬是石頭，所以個體本身可以維持下去。石頭不管經過幾百年都是石頭，不是嗎？也就是**個體永遠留存……**」

——個體永遠留存？

「……另一方面，木花咲耶是花，像這樣盛開，凋零，然後又盛開。也就是將榮華不斷地傳遞給子子孫孫。那時因為邇邇藝命沒有選擇石長姬，所以天皇的壽命變短了，變得不再是長生不老了。換句話說……是啊，可以說**石長姬是司管長生不老**、**木花咲耶姬是司管再生**的神明。」

「那麼……這兩者就是彼此相反，長生不老不需要再生。因為會死，才能夠再生，不是嗎？」

「沒錯沒錯。」多多良彎著短短的脖子點頭。「所以……我重說一次好了。木花咲耶是**死和再生**的神明，也就是破壞與誕生——這部分也和火山一樣。可是……」

多多良睜著圓滾滾的眼睛，停了下來。「……啊，不是沉思的時候。總之，木花咲耶姬被祭祀在淺間神社裡。然後……是啊，祂也被視為酒造之神、酒解子神，祭祀在梅宮大社裡。這是由於父神大山祇命為了慶祝火中生產，以稻子釀造了天甜酒。這是以穀物釀酒的最早紀錄，不過主祭神是父親。還是該送到淺間神社才對吧。」

註：萬世一系多用在形容日本皇統，表示同一系統永遠傳遞下去。

「淺間神社……有很多嗎？」

「妳知道富士講嗎？就像庚申講、大黑講那樣的民俗集會，會做出像箱庭（註一）一樣的小型富士山並登上。有富士講的地方，還有山梨、靜岡……伊豆等等，可以遙拜富士山的地方都有。」

「富士山嗎……？」

——伊豆啊。

「是的。說到最元祖的地方，就是富士山了。駿河國第一的神社，駿河國二十二座唯一的名神大社——富士山本宮淺間社，這算是淺間神社的起源，神階也很高，是從三位。有些書籍記載是正一位淺間大明神，所以祭祀在這裡應該是最妥善的。（註二）」

「在富士山的……哪裡呢？」

「奧之宮……在山頂。」多多良說得一派輕鬆。

「在山頂嗎？上得……去嗎？」

「女人禁制是以前的事了，我記得現在女性也可以上去了。」

「可以是可以，可是……」

應該不容易。多多良聽到這裡，露出極端吃驚的表情來。

「啊？不是那個意思嗎？不是啊。呃……啊，妳是說登山很吃力啊？」

說到這裡，博學的男子發出與他的體形格格不入的大笑聲。

「對不起。我想本宮應該在南西的山腳，應該是富士宮吧。」

說完後，多多良又擦了擦汗。那好像是難為情的笑。

「失敬。還有……石長姬。」

多多良胡亂地搔了搔有點睡翹的頭髮。

「滋賀的草津有個叫伊砂砂神社，我記得那裡的主祭神……應該就是石長姬。」

他真的知道。

多多良接著說：「我想其他一定還有，不過這個就……。織作小姐，神社的祭神意外地靠不住。」

茜有點佩服。

「靠不住的意思是……？」

「完全就是字面上的意思，靠不住。有時候只有名字是而已，這應該叫偽造資歷嗎？過去不是制定了國家神道這個玩意嗎？神明依據那個被排出序列，這是常有的事。像道教的神明，完全就是現世的官僚體系，有地位高低之分。神明當然是地位愈高愈好，所以一些神社祭祀的神明不怎麼了不起，就會做出虛假的申報。像是把原本的主祭神挪到旁邊，拿有名的神擺在中間，動這類小手腳。」

「有……這種事啊？」

「從以前就有了。例如說，假設有個神明會妨礙到支配者，那種神就會被抹煞。」

「被抹煞？」

「對，被抹煞，會被替換為迎合體制的神明。信仰的形態保留下來，只換掉神明的名字。要是這樣竄改了，後世的人是不會發現的，因為連文獻都是捏造的。仔細想想就知道了，在神道被體系化的遠古以前，田神、山神和灶神都受到祭祀。但是一旦變成神社的祭神，就會被安上什麼什麼命（註三）這類莊嚴的名字吧？這很奇怪。尤其是明治以後，這種傾向更明顯。像小祠堂，有時候實際上祭祀的根本是莫名其妙的東西。」

「莫名其妙的東西……？」

註一：在箱中模擬庭園山水、名勝等，鋪上沙土、種植小巧的草木，並放上小人、家、橋、船等，成一迷你世界。流行於日本江戶時代。

註二：從三位、正一位皆是日本位階制度中的序列。正一位為最高。

註三：「命」或「尊」是日本古代對於神的敬稱。

「與其說是莫名其妙，或許該說是不適合祭祀吧。像是祭祀跌倒摔死的老太婆，或是一些連聽都沒聽過的怪神。可是這樣子沒辦法符合國家規定，所以隨便——應該也不是隨便啦，總之拿一個記紀神話裡的神明的名字申報上去。」

「那……」

「沒錯，不親自去確認是不會明白的。不過很多時候就算去了也看不出來，因為平常是不會讓參拜者看御神體的。中禪寺是徹底的書齋派，哪裡都不去，而我是以田野調查為中心，哪裡都去。事實上，甲府山中就有個神社，御神體是一個沒有人知道的中國妖怪，名字也是一般人不知道的名字，也沒有人知道那種形體。我因為知道，所以一下子就看出它來自於中國，但一般人根本不明就裡。中國還好，有時候仔細一看，竟然是東南亞的神明。」

「哦……那麼石長姬……」

「這麼說雖然有點失禮，不過石長姬雖然是姊神，但是和妹神相比，神格低了很多。所以或許已經失傳了，啊……」

多多良短促地一叫。

「怎麼了？」

「我、我想起來了。」

「想起什麼？」

「對對對，姊姊與妹妹，姊姊與妹妹啊。織作小姐，妳知道這個故事嗎？富士山與淺間山是姊妹的故事……」

「它們……是姊妹嗎？」

「是的。山神是女的，所以不是兄弟，而是姊妹。然後呢，富士山是妹妹。這對姊妹住得很遠，富士想因為想要見姊姊一面，不斷地伸長身體，所以才會變得那麼高……」

妹妹……

伸長身體。

「我剛才說的，是信州南佐久流傳的民間故事。傳說富士山和八之岳吵到大打出手的地步，但是和淺間山感情很好。伊豆半島也流傳著相同的故事。」

——又是伊豆。

「下田——培里（註）前來的那個下田港的下田，那裡有一座小丘般的山，被稱做下田富士。聽說它一樣是駿河富士的『姊姊』。」

「姊姊……？富士山是……妹妹嗎？」

為什麼是妹妹？

「對，以一般的感覺來看，將大的視為年長的才是理所當然。可是富士山的祭神就像我剛才說的，是木花咲耶姬，這個木花咲耶姬有著『妹妹』的屬性。所以富士山以木花咲耶姬為祭神的時候，權宜上需要『姊姊』。所以到處都冒出了富士山的姊姊。這類傳說，是駿河富士的祭神確定下來以後才出現的吧。一定是的。所以例如說，如果淺間山是姊姊的話，它應該就是石長姬，可是卻沒有這樣的傳說。因為這完全是以駿河富士的祭神為根據而來的傳說。然而……」

多多良的表情變得更加愉快。「下田富士的話，有報告說那裡流傳著石長姬這個專有名詞。我並沒有實地去過，但這個見解也散見於諸多文獻。」

「下田富士……是石長姬的山嗎？」

註：培里（Matthew Calbraith Perry，一七九四～一八五八），美國軍人，東印度艦隊司令官，於一八五三年率軍艦進入浦賀，要求當時實行鎖國政策的日本開國。

「是的，我就是想起了這件事。」多多良有些激動地說。「這種情況，與信州傳說不同的是，故事的主角不是駿河富士，而是下田富士。故事的開端是，下田富士──也就是石長姬──她的容貌醜陋。」

「那是什麼樣的故事……？」

「對，石長姬很醜，而妹妹木花咲耶姬很美。石長姬因為遠遠看到的妹妹實在太美了，強烈地嫉妒她，連妹妹的臉都不願意看見，所以屈起身子，撇過臉去，還把天城山當成屏風擋在自己周圍，藏住自己，好讓妹妹看不見。」

「嫉妒……？」

「對，嫉妒。然而妹妹是個溫柔的女孩，擔心著這樣的姊姊。她為了見姊姊一面，叫著『姊姊，姊姊』，不斷拉長身體。下田富士則蜷起背來縮著，不讓妹妹看見。結果駿河富士連天城山都超越，變得那樣雄偉，而下田富士卻卑躬屈膝地縮得小小的──故事是這樣的。」

真討人厭的故事。

「這是與記紀神話無關的當地傳說，不過美醜的設定還是遵照神格的基本路線。石長姬在神話中幾乎看不見她的心理活動，有如記號一般，在這裡卻異樣地生動。」

「咦？那麼，石長姬是在下田富士嗎……？」

「沒錯。還有，我記得西伊豆的雲見地方，烏帽子山的雲見淺間神社這個祠堂也有著相同的傳說……。總之，石長姬被祭祀在伊豆的下田，被稱做下田富士的小山山頂的祠堂裡。」

──就是那裡。

茜這麼想。

只能將織作家的兩尊神像奉納到駿河富士與下田富士了。這是最適合的做法吧。想念姊姊，結果卻變成高高在上地俯視姊姊的妹妹，與嫉妒妹妹，結果從底下仰望妹妹的姊姊……

多多良有些害臊地問：「是否幫上一點忙了？」茜答道：「您幫了我大忙。」在這種問題上，多多良做為中禪寺的代理，可以說是無可挑剔的人選。多多良說「那太好了」，「咕咕咕」的高聲笑了。

茜說想贈禮致謝，但多多良堅決婉拒，茜沒辦法，便付了帳單，離開了。多多良一定又再次思考起歐托羅悉的事。付帳時，茜好幾次回頭向他點頭致意，但大陸專門的妖怪研究家一副心不在焉的樣子，只是瞪著半空中，不斷動著鋼筆。

茜離開店裡。

風好強。

多多良的話很有意思，茜大有斬獲，心情卻不怎麼開朗。茜幻想著，如果能夠二十四小時思考著其他事——不管是妖怪起源還是神社歷史，什麼都好——總之想著那些事情，成天活在思索的大海當中的話，那該有多麼愉快。

這是一種逃避現實嗎？

只是她想要背離現實，逃進觀念迷宮中的逃避願望的顯露嗎？

——有什麼差別嗎？

現實不也是被當成一種觀念來認識嗎？

——然而……

茜為了與腥臭無價值的現實化身對峙，一路前往目黑。不期然地，似乎可以趕上約定的時間。茜原本打算如果談話延長就直接爽約，而且她也希望能夠延長，然而事與願違。

強風毫不留情地吹亂了茜沒有束起的黑髮。

步下寬闊平緩的坡道，走進人影稀疏的寬闊巷子。彎進十字路口左邊，應該就可以看見一棟大宅子。

茜看到宅第了。

路照著地圖畫的建造。

當然，這種想法是本末倒置。先有道路，才畫地圖，所以兩者相符是天經地義的事。但是對茜來說，是先有地圖，換言之，是先行提供的資訊讓實際體驗淪為了預定調和的再體驗。

實地見聞與思索。現實與觀念。經驗性的事物與非經驗性的事物。

如果肉體與精神密不可分，那麼這些不也是密不可分嗎？

想要控制無法控制的領域，這樣的欲望來自於再也無法控制原本可以控制的領域的恐懼。所以人會在不規則的大地上，按部就班地刻畫道路。這樣還不滿足，甚至要記錄在地圖上。所謂都市，就是具現化的觀念。

所以，茜站在觀念當中。

但是，名為觀念的天使在獲得實體的階段，就已經捨棄它身為觀念的純潔了，所以會徐徐地被現實的惡魔侵蝕。不，在具象化的階段，它已經完全是披著天使外皮的惡魔了。人人都知道這一點，明明知道卻重蹈覆轍。一次又一次陷入不安，一次又一次重蹈覆轍。

有如打地鼠般的無限反覆之中，真的存在著幸福嗎？——織作茜心想。

她照著地圖前進。

來到門前。

猶豫。

門自行開啟。

津村站在那裡。

「歡迎光臨，老爺正在等您……」

大得荒謬的玄關。

這是羽田隆三位在目黑的別邸。

女傭說「歡迎光臨」，深深地鞠躬，請她換穿拖鞋。

這棟屋子一定曾經在空襲中燒燬過。現在的建築物似乎是戰後改建的，新得形同剛落成。

房間的裝飾十分怪誕，陳設了許多品味低俗的裝飾品。茜的家也是舊家望族，所以看慣了古董類，但這裡的古董卻非侘也非寂（註一），但也不是雅（註二），毋寧說是毒。

艷毒的色彩中央，皺巴巴的老人笑著。

「歡迎歡迎，我等妳很久了。」

「這次……承蒙您多方關照了。」

「怎麼這麼客套呢？我們不是叔公和姪孫女嗎？如果妳真心這麼想，我可要真心關照妳嘍？還是妳願意關照我？」

只能當做沒聽見了。

老人瞇起眼睛，「呼」的吁了一口氣。

「上次看到的時候我嚇了一跳，不過妳穿起洋服也不錯。花是有毒氣的。如果妳打算當個職業婦女，也不能老是穿和服。」

老人叼著雪茄說話，煙不停地搖晃。「所以妳下定決心了，是嗎？」

「決心？」

「別打馬虎眼啦。資料館的經營啊，那不是條件嗎？」

「這……」

「噯，咱們慢慢談吧。」老人笑著說道，要茜坐下。接著問道：「咖啡還是紅茶好？要不要吃點心？」

茜說：「都可以。」於是老人搖了搖手邊的鈴鐺，叫來女傭，吩咐了許多有的沒的。

註一：侘與寂皆為日本的美意識，皆有古色古香、閑寂的風趣之意。

註二：指高貴、風雅的宮廷風格。

接著他突然望向杵在一旁的津村，想起來似地轉向茜，露出奇妙的表情說：「對了對了，說到上次的事……」

「什麼事呢？」

「偵探的事啊。」

「偵探？哦。」

「我拜託妳斡旋的偵探啊。」

是在說榎木津吧，茜都忘了。

「您被回絕了嗎？還是尚未聯絡上呢？後來我立刻向柴田會長提起這件事……」

「這不要緊。噯，多虧妳居中周旋，透過柴田，榎木津前子爵那裡是順利聯絡上了。可是，那個叫榎木津幹麿的傢伙，實在是太目中無人啦。華族全都是那副德性嗎？都多大年紀了，卻……怎麼說？不食人間煙火嗎？不過算是個大人物啦。我親自上門拜訪，結果他竟然在接待室裡放養烏龜！烏龜！普通人會養烏龜嗎？噯，這就算了，總之，昨天我叫津村去了一趟。呃……玫瑰十字偵探社，是吧？結果啊……」

「結果怎麼了？」

「被放鴿子了。」

「哎呀……」

茜笑了。

她覺得榎木津很有可能會幹這種事。

「竟然放我堂堂羽田隆三的使者鴿子，簡直是膽大包天。噯，我是覺得他很有膽識，有其父必有其子嘛。只有一個像是幫傭的小伙計，慌得手足無措的。對吧？津村？」

在一旁立正不動的的祕書答道：「老爺說的沒錯。」

「就是啊。所以我不知道他本領有多大，可是不行，沒用。所以啊……」

老人咳了一下，從胸袋裡抽出方巾，擦拭嘴角後，探出身子。「可以請妳負起責任嗎？」

「我……嗎……？」

要她……怎麼負起責任？

茜預料到或許會引發問題。

——就算是這樣……

總不可能要求茜代替偵探吧，老人不是會做那種愚蠢要求的人。茜不可能勝任偵探工作。老人一定會以此為把柄加以刁難，向她求歡。

茜皺起眉頭。「您要我怎麼做？」

「我是在叫妳別再鬧彆扭了，照著我們說好的，協助我徐福資料館的工作。」

「這樣……就算是負起責任了嗎？」

「算。」老人明言。「狀況改變了。揭穿詐騙風水師的陰謀，和建設徐福資料館不再是兩回事了。連在一起了。」

老人的口氣很不屑。

「我不太明白您的意思……，這麼說來，我記得前幾天您說原本負責研究會經營的人不能相信了，與這件事有什麼關係嗎？」

「大有關係。」

老人將皺紋擠得更深，露出不悅的表情，但立刻就恢復了笑容。

「妳這次記得了吶。」他高興地說。「我說啊，我派去負責研究會的，是一個叫東野的老伯……，那個老伯建議我說，在伊豆蓋一棟研究所怎麼樣？所以我才會想到這次的法人化——我之前是這麼告訴妳的，對吧？」

「是的。」

「那塊土地……，喂，津村。」

「是。」

津村拿著似乎是事先準備好的大型紙書帙，來到茜的身旁，然後從書帙裡抽出捲起的紙張攤開。那是……一張地圖。

「看好了，就是上面用紅筆圈起來的地方。伊豆半島的田方平野，在韮山的山裡。」

老人用下巴指示。「那裡什麼都沒有，對吧？連路都沒有。」

確實，在地圖上看起來只是一塊山地。

「我原本以為那是一塊國有地，可是有地主。所以想買的話，是可以交涉的。但我不認為那裡的地理條件好。就算同樣是靜岡，到處都有和徐福有關的土地。甲州的富士吉田也在附近，不是嗎？所以哪裡都行。」

「那位東野先生推薦這裡的理由是什麼呢？既然特地向羽田先生建議，應該有特別的理由才對。總不可能什麼都沒有吧？」

「嗯。首先，這裡看得見富士。」

「富士……」

妹山。

「那一帶的話，要找到看不見富士的地點不是反而比較難嗎？而且如果是出於這種理由，不管是甲府或關東，應該哪裡都可以。」

「妳說的沒錯。」老人縮起下巴。「另一個理由是，那裡**遠離**與徐福有關的土地。這一點妳懂嗎？」

「要是緊鄰某一處，建設研究所的事實本身有可能變成一種憑據，證明那塊土地的正當性——是出於這樣的政治性考量嗎？」

「就是這樣。嗳，這也是單純的利益分配問題。雖然說是文化事業，但無疑也是經濟活動的一環。不管是建設還是做什麼，都會與當地的產業利益發生某些形式的關聯。好像蓋了什麼漂亮的東西，好，拿它當話題來把這裡觀光地化——會這麼想，不是人之常情嗎？所以就會競相邀約，像是要不要來我們這裡先行投資啊？不不不，來我們這裡，我們會提供更多優惠。這不是研究會的本意。研究會並不想決定徐福真正上岸的地點究竟是哪裡，這不是能夠由誰來決定的。所以，雖然也不是不能了解這種考量……」

「您的表情看起來並不了解。」

「是不了解。看得見富士的地點——這沒問題。傳說徐福曾經登上富士，也有人說富士就是蓬萊。不過我認為日本列島本身就是蓬萊。徐福所尋找的蓬萊山，沒辦法決定是哪裡。既然無法決定，乾脆就選擇象徵我國的富士山好了——這種想法我也了解。可是啊，就像妳說的，根本是哪裡都可以。我不懂為什麼要拘泥於那裡。為什麼會是韮山？」

「結果不明白理由。」

「結果啊，我也開始懷疑起東野來了。」

老人朝祕書使眼色。

「是的。我們調查『徐福研究會』主持人東野鐵男的身分後，發現他所宣稱的經歷全為假造，連姓名都是假名。戶籍上並不存在符合該人的東野鐵男這個人……」秘書依然以公事公辦的口吻說道。

「我竟然一直相信著那種人。」老人把雪茄在桌上摁熄。「我被他騙了。這五年來，我一直以為他是一個充滿學者風範、正直無私的人。連一次都沒有懷疑過他。茜小姐，我啊，對看人的眼光很有自信，所以這實在是太屈辱啦。因為是對妳，所以我才承認，但這絕不是在別人面前說得出口的事。這下子我豈不是跟那個相信風水的呆瓜社長一樣了嗎？不，比那個呆瓜還糟糕。風水詐騙師是自己找上門來，而我卻是主動選了那個老頭，錄用了他。」

「羽田先生。」

「什麼？」

「那真的是您自發性的選擇嗎？」
「沒錯。」
「……真的嗎？」
「妳的意思是不是嗎？」
——或許不是。
茜知道的。
「我聽說東野先生在甲府研究徐福，他的本業是——不，他說他的本業是什麼呢？」
「他什麼工作也沒有，只是坐吃山空。他說他擁有理學博士學位，本來好像在陸軍開發武器……，不過那都是假的。但我記得他曾經給我看過證書還是執照。」
「兩位怎麼認識的？」
「哦，有個人聽我老是在講徐福，說他認識一個有趣的老頭，把他介紹給我。」
「是誰呢？」
老人說了一個茜也知道的代議士名字。
「我要聲明，不是因為是代議士介紹，我才信任他。信任他是出於我的裁量。結果是我錯了。噯，我們一拍即合，說好要設立研究會。我來出錢，東野出勞力和腦力，就這麼決定了。不過我沒有支付報酬給東野，那傢伙應該一毛錢都沒賺到。」
「研究會成立時，成員是怎麼找來的？」
「靠的是口耳相傳，並沒有打廣告。首先找的是大學的教授，當然也問過來自徐福相關土地的人，還有市町村。然後尋找民間的研究者。一開始找的不到十人，但他們彼此有橫向聯繫，找到了不少。」
「那麼……除了主動邀請的十人以外，其他的會員幾乎都是經人推薦進來的嗎？」
「裡頭也有一些可疑分子，都剔除掉了。」

「標準是怎麼定的？」

「入會基準是有沒有不正當的目的。」

「以羽田先生來說，這個基準還真是曖昧。」

「我修正。要看那個人所處的立場能不能透過研究會的活動，為特定的個人及團體帶來利潤。這包括選舉活動、思想運動等這類賺不了錢的利益在內。」

「這樣啊……東野先生當然也符合這個基準吧？」

「當然。他沒有任何賺頭，也沒有收益，反倒應該是虧了吧。像是編輯會誌什麼的，也得花上許多時間和勞力，開銷也不少。我只付帳單送到我這兒來的費用，像是印刷、裝訂、寄送等等，頂多只有這些而已。從研究會設立開始，就記錄出納帳簿，但沒有任何可疑之處。對吧，津村？」

津村說：「報告是這麼說的。」

「這表示……這五年之間，東野先生沒有做出任何對羽田先生不利的事。除了謊報姓名與身分以外。」

老人說：「這就夠了，完全就是背信。要是他在進行什麼壞勾當還姑且不論，為什麼他非得隱瞞身分不可？」

這……

——或許不是個簡單的圈套。

不能被眼前的表象所惑。

「這就是東野。」

老人從手邊扔出一張相片。

相片滑過桌上，插進攤開的地圖底下。茜翻開地圖拿起相片。

那是一個看起來很耿直、有點年紀的男人，坐在矮桌旁邊。像是資料的文件在周圍堆積如山。敞開的和服衣襟露出俗氣的圓領襯衣，這個人完全不注重自己的外表。

茜想起多多良。是因為堆積如山的紙類嗎？還是埋首研究之徒醞釀出來的氛圍原本就有些相似？

「這個人……謊報了自己的經歷嗎？」

「他看起來不像是那種會靠詐欺獲利的人，對吧？」

「可是……或許他有什麼不得不說謊的苦衷。」

「什麼意思？」

「或許他不是圖謀什麼……」

「妳的意思是……他過去犯了罪嗎？」

「只是……有這個可能。」

「這我想都沒有想到過。」老人意外地說，仰起身子。「不愧是茜小姐。這有可能，那個老伯年輕時幹了什麼嗎？唔……」

「可是如果是的話……介紹人的立場就麻煩了。介紹人是現任的代議士……，那位介紹人知道東野先生謊報經歷的事嗎？他與東野先生是什麼關係呢？」

「問題就在這裡。」老人拍了一下膝蓋。「那傢伙說他**不記得**東野的事，還說不記得曾經介紹東野給我。他應該還不到痴呆的年齡……。這樣啊，是那個老狐狸在隱瞞我什麼，是吧，真是個骯髒的政客……」

茜心想：被這個老人罵骯髒，就算是政客，也實在教人同情。而且她也覺得那個代議士或許沒有說謊，雖然她沒有任何確證。

茜再次望向地圖。

「話說回來，羽田先生。那個……風水師的事怎麼了呢？我……不是必須對斡旋偵探未成一事負起責任嗎？」

「對了，就是那件事。」

老人咳了兩下。

以此為信號，幾名女傭走了進來，接二連三地將茶與點心擺到桌上。

老人說：「嗳，先休息一下吧。」即使如此，津村還是站在茜的斜右後方，恭恭敬敬地一動也不動。茜不理會他，端起茶來品嚐。

「聽好了。上次我不是說過，我們公司的呆瓜社長被一個叫南雲的詐欺風水師給哄騙了嗎？妳還記得嗎？」

「是。」

「當然被我阻止了。……津村。」

「我沒有發下猴崽子的誓言，所以還記得。您說他建議收購伊豆的土地，將總公司大樓遷到那裡。」

津村再次從書帙裡抽出紙來。

「那裡……就是南雲用風水挑選的新總公司建設建議地點，本人堅稱是靠占卜算出來的結果。」

津村攤開紙張，擺在地圖上。

「這……」

也是一張地圖。

地圖被四角圍繞起來的部分……

「沒錯，**地點完全相同**吧？」老人說。

的確，分毫不差的地點上面做了記號。

「這……當然不是偶然吧？」

「不是偶然。」老人斷定。「妳怎麼想？兩名偽造經歷的人，一邊欺騙企業，一邊哄騙我，想要獲得這塊利用價值極低的相同土地，對吧？」

「好像是……這樣……」

「那裡是那麼棒的地方嗎？那可是交通不便到了極點的鄉下深山裡。為什麼會想要這塊土地？民間的學者和風水師為什麼要競相爭奪？他們互不相識啊。這是怎麼回事？是什麼惡劣的玩笑？豈不是太可疑了嗎？」

惡劣的玩笑……

茜覺得這是最恰當的解答。她覺得嚴肅地加以考察只是浪費時間。非常沒有意義——這會不會只是沒有意義的巧合罷了呢？

老人探出身子。「這塊土地啊……有好幾個地主。靠近村里的地方，在一個姓三木的女人名下。山地的部分，是一個從事林業的，姓加藤的老頭的土地。中間部分還在調查，不太清楚。為什麼會不清楚呢？因為這一帶——正中央這一帶啊，戰時是軍部、占領期則由ＧＨＱ（註）所管理。」

「軍部？」

「是陸軍。但是連ＧＨＱ都牽連進來，這就令人不解了，莫名其妙。可是啊，這裡絕對不是駐留基地，是山裡啊，很奇怪吧？明明什麼都沒有。光看地圖，這裡只是一片山地，連條路都沒有。這裡頭絕對有鬼。我這麼想啊……津村，拿出來。」

津村拿出最後的地圖——像是地圖的東西。

但是與前兩張不同，那似乎是一張擴大的照片。

「我弄到了這個玩意兒。」老人再次努努下巴。「妳看看。這個啊，是美軍拍下來的航空照片。我可是費盡了心血才弄到手的。那些地圖，就是根據這張照片畫的。但是照片上有的東西，地圖上一定要有。要是照片拍到了地圖上沒有的東西就糟了。妳看看。」

茜望向大張的相紙。

那個地點上……

清楚地拍到一幢大宅子。

3

黑髮在風中輕柔地搖曳，好舒服。

磨損的石階間隔不一，愈往上爬，就愈呈現出自然石的風情。參道入口附近的階梯還明顯呈直線，不過若繼續爬上去，在抵達山頂前，階梯或許會先放棄自己是人工物的主張了。那麼一來，就只是一段凹凸不平的坡道而已。

下田富士與其說是一座山，形容為一座塚更貼切，是一塊小小的隆起。小歸小，但它隆起的形狀非常奇異，在一片古老的平房中突然冒出山地的景觀，就像剪下一張巨大的山的照片，胡亂往空中一貼似的。雖然稱為富士，但形狀扭曲，山頂附近處處裸露出峭立的岩壁，雖然景象嶔崎，但實在難說是美。

不過它的外表讓人印象深刻。所以不必詢問所在，馬上就知道在哪裡了。

為了慎重起見，在山腳的寺院打聽了一下，那裡果然就是下田富士。

寺院的住持夫人說：「三十幾年前舉行過祭典呢。」據說六十年一次，逢庚申年會在山頂的淺間社舉行大祭。大祭與大祭之間也有小祭，三年前應該要舉辦小祭，但親切的住持夫人說她不記得到底辦過了沒。

織作茜在六月十一日，與津村信吾一起來到伊豆。目的當然是實地考察韮山的**那塊土地**，但茜提出要求，先行到下田去。

是為了奉納神像。

將兩尊神像奉納到適合的地點後，自己應該就可以毫不遲疑地在羽田隆三的手下工作了——茜對老人這麼說。

註：General Headquarters的縮寫，聯合國最高司令官總司令部。

參道旁出現小祠堂。

不是淺間社。參道一直延續到遠方。茜邊看著祠堂，望向後面。津村慎重地抱著龐大的包袱，在稍遠處的後方一步步小心地踩著石階。他是個沉默寡言的人。

「津村先生……」

津村抬起頭來。這個人……比茜還年輕一些。

「總覺得對你過意不去。」

「請不必客氣，這是我的工作。」津村說。

「這不是工作，是我……」

「主人命令我幫忙妳，所以我的工作就是幫忙妳。無論什麼事，都請儘管吩咐。」

「你說得這麼客套，我真的覺得很不好意思。可是既然津村先生都這麼說了，那我就吩咐了。請你不要這麼拘束。」

「我……一點都不拘束啊。」津村一本正經地說。

茜笑了。

階梯磨損的程度更嚴重了，看起來也像是風化了。雜草、草叢等從左右徐徐蔓延過來。

「關於那篇報導……」茜盯著前方說。「……你發現的地方報的報導，那應該是真的吧……」

「妳發現了什麼嗎？」津村在背後問道。

「話說回來，津村先生，真虧你找得到呢。」

茜回過頭去。

「那只是……碰巧。」

「好棒的巧合。」

「呃……？」

茜就這樣重新轉頭向前，加快爬山的腳步。

「織……織作小姐……」

「請叫我茜就可以了，津村先生。」

「這不行的。」津村說。「妳是我的主人羽田隆三的……」

「可是之前我以『您』相稱的時候，你不也叫我別這麼稱呼嗎？」

「我……只是個下人。」

「我也一樣。我算是羽田隆三的屬下吧？我們是同事。」

津村目瞪口呆地停下腳步，然後呢喃似地說：「妳……變了……」

——果然。

「你知道過去的我，對吧？」

「嗯……」津村的眼睛游移了一下。「……令尊葬禮時，我代理主人前往上香。那時……妳、妳在哭泣，還有妳先生的葬禮時也是……」

「一般人在葬禮都會哭泣啊。」

「是的。但是……因為我只看過悲傷的妳……」

「那篇報導……也刊登在全國性的報紙上。」

「咦？」

茜又繼續往上走。

「我找到一篇報導，上面提到靜岡縣某處山村的村民全數失蹤。日期是你找到的報導隔天。上面提到有可能是一場大屠殺，警方即將進行搜查。但是沒有後續報導，地點也無法確認，只知道是在韮山近郊……」

「這樣啊……」津山說。

參道旁再次出現一座腐朽的祠堂。

比一開始看到的更小。

這也不是淺間社吧。石階旁邊豎著高高的立牌，但字跡已經磨損，幾乎無法辨讀。茜也不打算確認。

雲自西方的天空籠罩上來。

「下田是個好地方呢。那裡的民家的牆壁樣式，是叫做什麼呢？」

「妳是說海鼠壁嗎……？」

「對。那是一種設計嗎？」

「不，是出於實用考量。」

「實用？那不是單純的花紋嗎？」

「是為了防風和防火。那是以海鼠瓦包覆建築物外側，再以灰泥層層塗抹縫隙。下田經常遭到颱風侵襲，而且道路狹窄，房屋也建得很亂，為了避免火災發生時延燒開來，需要一些預防措施……」

「哦，原來其中有這麼深的含意啊。」

「……我是這麼聽說的。」

「像我，**小時候聽說的事**，早就全部忘光了……。可是津村先生，你記得真清楚。你的記憶力很好嗎？要不然也沒辦法勝任羽田隆三的祕書工作吧。」

津村「呃……」了一聲。

茜停下腳步。「要不要休息一下？很重吧？」

應該就快到山頂了。

茜取出手帕鋪在階梯上，坐了下來。「會有颱風嗎？那就傷腦筋了。」

「看這天候，我想是不要緊的……」津村抱著包袱，站在原地。

「可是……**上次**不是突然間就下起雨來了嗎？那時我急忙買了雨傘，可是還是淋濕了，真是慘極了。我留著這頭長髮，所以頭髮一濕，實在非常難看……」

「會……嗎？」

「嗯。啊，對了，當時買的雨傘，雖然是臨時買的，但我滿喜歡的，卻好像不小心弄丟了。原先我想萬一突然又碰上下雨就不好了，把它也帶來了伊豆，現在卻一直找不到……。津村先生有沒有看到我的雨傘呢？」

「咦？那是把什麼樣的雨傘……？」

「就是那把樸素的……喏……」

「胭脂色的花紋雨傘嗎？」

「對，不愧是津村先生，記得很清楚。條紋是……」

「直條紋的？」

「嗯，就是那把雨傘。會不會是放在車子的行李廂裡？」

「那把雨傘嗎？我不記得。妳帶來了嗎？我記得妳的行李應該只有現在手上提的皮包而已。」

「這樣啊，會不會是我忘在飯店裡了？」

「我……前天去見了東野先生。」

茜仰望天空。剩下的一點藍空正逐漸褪色，津村也沒有要坐下來的樣子。

「這樣嗎……？」

「你知道吧？」

「我並不知道。」

「哎呀……那不可能是羽田先生的指示吧？」

「什麼……意思……？」

「你去甲府的事。」

「我沒有去，我一直在東京……」

「我現在想起來了。那把胭脂色的雨傘……我是忘在甲府的車站了，當時雨下得很大，但我回去時，天已經完全放晴了。」

「妳……」津村瞇起了眼睛凝視茜。

「東野先生──那位先生就像你所想像的，似乎不是甲府本地人。重點是，津村先生，你什麼時候租下了鄰家呢？」

「妳……知道？」

「知道呀，津村信吾先生，你是……津村辰藏先生的兒子，對嗎？」

津村深深地嘆了一口氣，人變得小了一些。是一直繃得緊緊的背脊鬆弛下來了吧。茜認識羽田隆三能幹的第一祕書將近兩個月以後，他才總算在茜面前放下這個頭銜。

「我可以把它放下來嗎？」津村問。

「那只是塊木頭罷了。」茜答道。

津村小心翼翼地把包袱放到地面，在茜的旁邊坐下。

津村微微一笑。「看樣子，似乎沒辦法對妳有任何隱瞞。妳這個人真教人無法掉以輕心。話說回來，茜小姐，妳是怎麼知道的？我是……呃……」

「少來了。你就是希望我發現，才讓我看那篇報導的吧？」

「這……沒錯，我不否定。但是……」

「那篇報導是舊報紙了，陳舊是理所當然的事，但是你給我看的剪報剪下來以後，已經過了相當久的時間，摺痕不新，背面也髒掉了。應該是摺成四摺以後，收藏了很久吧。」

「沒錯。」

「然後……報導中有津村兩個字，關於這一點，你說你在詳細調查的過程中，誤打誤撞地看見了自己的姓氏，使得你注意並發現了這篇報導……」

「這個藉口……太牽強了嗎？要是不這麼說……總覺得實在巧過頭了……」津村一臉老實地說。

茜更覺得好笑了。

「這你就料錯了。巧合總是最厲害的。證據就是，人只會在發生罕見的事時，嚷嚷著說是巧合。而平凡無奇的事，就算是巧合，也不會大驚小怪。最湊巧的巧合，我們稱之為必然。」

「意思是……我不擅長說謊嗎？」

「每個人都有適合和不適合做的事。如果……你無論如何都想要撒謊，就應該要多了解周圍的人是怎麼看待你才是。」

「周圍的人對我的印象……？」

「嗯。像這次，如果你完全不提姓氏，而且即使有人質問，你也堅持說這是巧合的話，我也不會起疑吧。」

「我會做為今後的參考。」津村說。

「不過，對於被吩咐擔任即席偵探的我來說，多虧你提供那份報導。我從相信那篇報導開始著手。」

「相信？」

「大屠殺——我先假設這是事實，以此為中心，畫出一個四散的片段能夠完美嵌合的設計圖。只要能夠做到這一點，接下來只需要尋找能夠填補空白的事實……，而這些事實接二連三地出現了。」

「請妳……說得更容易懂一些。」

「消除過去、消除名字的男子——這名男子要花招想要弄到手的土地——記載了那塊土地附近可疑傳聞的報導——提供這篇報導的男子——與報導提供者同姓的目擊者——將這些排列在一起，就隱約看得出來了。我開始認為，津村先生，你與這件事不可能無關。於是我調查了你的事。」

「調查我……」

「因為好像只有你一個人沒有偽造經歷。你在下田這裡出生長大，十四年前喪父，然後與母親兩個人前去東京，是所謂的苦學生。開戰不久後，令堂也辭世，沒多久你被徵兵，昭和二十二年復員。接著你去了甲府，在葡萄酒釀造公司擔任會計人員。」

「是的。戰友的老家雇用我。」

「然而……你在五年前突然離職，前往羽田隆三家，甚至坐在大門口要求他僱用你——這是真的嗎？」

「是真的。我坐了三天，第四天總算被允許進屋子裡。」

「這樣啊……。我從以前就對先生景仰萬分，自從拜見外遊中的先生，就難以壓抑心中的仰慕之情，因此前來懇求先生收我為弟子，我不要薪水，只誠心誠意希望能夠侍奉先生——你真的說了這種話嗎？」

津村害臊地微笑，答道：「我的確說了那樣的話。妳到底是從誰那裡聽來的？」

「這件事在宅子裡很有名，我也問過羽田先生。他大肆誇獎你，說你雖然學歷不高，卻很有實力，誠實耿直，說他真是撿到寶了。沒錯，你在短短三年內，就超越了好幾位前輩，成了羽田先生的隨身第一祕書。」

「我唯一的優點……就只有認真。」

「你又撒謊了。」

「撒謊？」

「你別有目的吧？」

「我……」

「你是為了揪出**東野鐵男先生的馬腳**，才接近羽田隆三的……，不對嗎？」

津村咬住嘴唇，接著難以啟齒地答道：「一開始的確就像妳說的。」接著又補充似地說：「但是現在忠誠就是我的一切。」

兩邊都是真的吧。

「你在甲府看到東野鐵男，發現了一件事，然後你祕密地對他展開調查，對吧？此時羽田出現……，當時，你就在東野先生鄰家租屋居住吧？」

「那一帶的地主……其實就是我戰友的父親。東野住的長屋（註）般的房子，也是朋友老家的地產。妳應該看過了，六戶裡，包括東野在內，有人住的總共有三戶。朋友家好像一直想要拆除那裡，但是居民就是不肯搬走，他們似乎也很困擾。我……只是無償借住空屋而已。」

「鄰家的話聲聽得一清二楚吧？」

「是的。」津村老實地回答。「東野家少有訪客……，老爺前去拜訪時，我大吃一驚。我說我從以前就很尊敬老爺……那也不完全是謊言。」

「這樣啊……。那麼，難道津村先生，你本來也打算保護羽田隆三免於東野鐵男的毒手嗎？」

「是的。我打定主意，只要東野的行動稍有可疑之處，我就要立刻除掉他。但是五年來，他卻完全沒有脫掉虛假的外皮，一直扮演著善良的學者……」

「這一點你也是一樣吧？無論動機是什麼，你對老爺都有所隱瞞。無論是出於善意還是好意，羽田隆三都絕對不會原諒這種事。特別是……他那麼信賴你。」

「茜小姐……」津村拱起肩膀。

「不必擔心。不管發生任何事，我都不會出賣你。就算向那個色老頭打小報告，我也沒有任何好處啊。你可以相信我。相反地……」

「相反地？」

「請你不要隱瞞，全盤托出。我被吩咐挖掘事實，而且若是無法掌握一切，我也無從掩護你啊。」

「我……明白了。」

註：數戶住家連結成一長棟的建築。

——得手了。

茜看著津村僵硬的側臉，心中想道。

——多麼討厭的女人啊。

有一半是**唬人**的。其中當然也有推理，能夠調查的也都調查了，但是茜沒有任何確實的證據。不可能有。全都是靠她的三寸不爛之舌。

——我啊，最喜歡大搖大擺地踏進別人的內心深處了。

——妳跟我是同一種人……

同一種人……

沒錯。

老人的眼光神準。

就像隆三說的，茜當中也有隆三。一定也有多多良，還有妹妹。

尋求真相、窮究真理的欲望，確實也存在於茜的內心。但是它不會以純粹的面目顯現出來。不，是沒辦法。

因為茜既膽小又狡猾。

真相和真理都不是人道，而是天道。那些與身體分離的美麗概念，一定是雙面刃吧，會以救人的刀法毫不留情地斬殺人。

因此……多多良那種生活方式，應該仍是與世隔絕，而妹妹終究也是與人隔絕。茜無法像多多良那樣活得超然，更沒辦法像妹妹那樣活得熾烈。她這麼認為。

所以，人無法勝任窮究真理的偵探一職。

然後茜想起了中禪寺。

中禪寺……

津村述說起來：「家父……就像報導上說的，是個巡迴磨刀師。聽說家父原本是鍛刀鐵匠，但事實上怎麼樣我不知道。每逢夏季，家父會花上半年縱貫伊豆，冬季的半年則巡迴下田。由於收入微薄，所以家母在蓮台寺的溫泉工作。」

——我不想聽這種事。

「事情發生在我七歲的時候，所以應該是昭和九年。那時，伊豆的交通一年比一年便捷，熱海等地也不斷發展觀光，下田也開始每年舉行黑船祭。家母變得很忙碌。以收入來看，家母應該賺得比較多吧。父家的工作還得花住宿錢，經濟效益非常低。也因為這樣，那一年，我和家父一起巡迴伊豆。」

「真的非常好玩。」津村說。「我們離開河津，然後越過天城山，前往湯島，然後從修善寺、韮山、三島，再來是沼津。從沼津回到修善寺，再經過土肥、堂島，回到下田。是一趟非常悠哉的旅行。事情……就發生在韮山，當時我年紀還小，記得不是那麼清楚，不過那裡應該就是……」

——那個地點嗎？

津村望向茜，默默無語地點點頭。

「我記得山路十分崎嶇難行。翻過天城山時也非常辛苦，但那裡的路還算寬闊，而且是深山，又有溪谷，對小孩子來說十分有趣。而且家父也會背我。但是韮山的路給人那種感覺卻像是要拒絕任何人攀登似的。我們走了很久，我想我累得哭了起來。我哭著讓父親牽著手，不知不覺間，來到一座像宮殿的地方。」

「宮殿……？」

「對。我在那裡享用了以豪華餐具盛裝的餐點，還記得和一個大我一些的少女遊玩。事後我查看地圖，卻找不到符合的地點，一直以為大概是自己做了夢……」

「但是那並不是夢。」

「對。」津村斬釘截鐵地說。「不僅不是夢，那個夢幻般的村子，就是後來逼死家父的慘劇之村。契機就像那篇報導上所記載的。」

「目擊到殺戮……」

「事實如何並不清楚。那篇報導應該是有人發現家父的名字在上面，才拿給我們的。家母非常擔心，說家父真是看到不該看的東西了，要是不知節制地到處吹噓，小心沒有好下場。然而這並非杞人憂天。十五年前，家父的名字登上那篇報導後，入冬之後也沒有回家。家父回家，是過了一年，翌年夏天的事了。」

「過了一年……？」

「是的。我記得家母說了什麼家父碰上神隱、人間蒸發之類的話，都已經不抱希望了。此時家父卻回來了……，變得形同廢人地回來了。」

「形同廢人……？」

「或許是發瘋了。家父連自己的名字都想不起來，連話都沒法好好說，只是成天呆坐著看著遠方。就是這樣。不僅如此，家父還被世人唾罵，說他是個大騙子，這當然是指報導上的事。不只這樣，街坊還流傳著煞有其事的唾罵中傷，說家父是個賣國賊、叛國者。」

「為什麼……？」

「我確信一定是有人意圖散播不好的流言。說起來，一個人陷入那麼嚴重的心神耗弱狀態，怎麼可能獨力回到家？家父一定是遭遇到什麼慘絕人寰的對待，最後被送回來了。」

「慘絕人寰的對待……？」

「家父回到家一個月後就上吊自殺了。家母和我無法在下田這裡繼續待下去，逃到了東京。但是家母結果也因為那時的折磨，罹患了肺病，不久後過世了。我……忍不住心想，一定是有人陷害了家父。然後我想起來了，想起了那篇報導……，家母沒有丟掉那篇報導，一直留著。」津村說。

他還說，那與其說是留戀，更接近自豪吧。

「對家母來說，那篇報導或許是家父曾經活在這個世上的唯一證明。家母把那篇報導摺起來收在護身符的袋子裡。」

「原來是……這樣啊……」

茜感到一股難以言喻的罪惡感。那個東西如此珍貴，茜卻只把它當成了一片廢紙。而這也是理所當然之事，不管它再怎麼重要，實際上也不過是一張紙。

津村接下去說：「家父……應該就像那篇報導說的，目擊到什麼不得了的慘劇吧。因為這樣，家父被綁架監禁，遭到拷問，還被剝奪了記憶。我是這麼推理的。必須把一個人弄成廢人都要隱瞞的事……，不可能是傳染病或漏夜潛逃吧。」

「是大屠殺嗎？」

「除此以外，我想不到其他可能性了。沒有任何後續報導，世人也完全沒有為此騷動，反而顯得不自然。如果報導錯誤，也應該會引起話題才對。所以……」

軍部的參與。

唯有這一點，茜依然無法釋懷。

——隱瞞了什麼嗎？

「所以雖然我尚未掌握全貌，但是我**看到了**……」津村緩慢地站起來。「茜小姐，妳剛才說，妳從相信發生過大屠殺開始思索。我也……完全一樣。」

「你……相信令尊，是吧？」

「是的。」津村說道，重新轉向茜。「發生慘劇的村子，九成九就是我受過招待的那個山村。家父對新聞記者作證說，那個村子的居民被趕盡殺絕了。我相信家父的話。」

——大屠殺。

村民大屠殺，會發生這種事嗎？

可能是感覺到茜的懷疑，津村說：「一定發生過殺人事件，而那如果是殺人事件，就一定有兇手才對。然後……如果有村人**倖存下來**，那傢伙不是兇手，就是與兇手有關的人。只有這個可能，因為那傢伙一直對事件三緘其口，絕口不提。」
「被趕盡殺絕的村落的……倖存者？」
「對。我在昭和九年的夏天，曾經在那座村子有如宮殿般的宅子裡，**看到東野鐵男**。」
果然……是這樣。
茜所畫的設計圖沒有錯。
因為若非如此……就不合道理了。
「我在甲府的街上看到東野鐵男時，只是大感吃驚。我花了很久，才正確地認識到那代表了什麼意義。」
「你的意思是，東野鐵男就是兇手？」
「對，我認為那傢伙應該就是兇手。妳也這麼想，對吧？」
以整體來考量，這無疑是最妥當的看法。但是……
「那真的是東野鐵男先生嗎？」
「沒有錯。他絲毫沒有變，不管是容貌還是服裝……」
——有這種事嗎？
茜認為人的記憶並不怎麼可靠。然而另一方面，她也必須承認，在無意識領域中進行的所謂直覺判斷，也不能說是非邏輯性的。很多時候只是沒有意識到，其實判斷本身是符合道理的。
「你的意思是，東野先生所指定的土地——也就是那座村子曾經存在的地點，現在仍然留有某些慘劇的證據，是吧？」
「是的，可能……有屍體留著。」
津村說道，望向遠方。是韮山的方向嗎？
已經過了十五年。

茜也覺得，事到如今已經不能夠如何了。

——為什麼是現在？

因為占領解除了。戰時與戰後，那個地點可能出於某些原因，遭到軍部和美軍封鎖，所以兇嫌也一直無法出手。另一方面，既然受到封鎖，暫時也能夠放心。但是軍部解體，進駐軍也離開了。

於是……

——有必要湮滅證據了。

就算是這樣，也已經過了十五年。就算有遺體或證據被發現，事件的全貌因而曝光，但是例如說，就算想要從遺體來推算出行凶的切確日期，也相當困難，不是嗎？

但是……

——有報導。

凶案在十五年前的昭和十三年六月二十日，被津村辰藏目擊了。不是那一天就是前一天，總之凶案會被推斷是發生在六月中旬。假設凶案發生在二十日，那麼……

——**這個月二十日就到時效期限了**。

兇手焦急了。會強烈慫恿羽田隆三購買土地，也是這個緣故吧。他有理由焦急。

——再忍耐十天就行了。

不過前提是真的發生過屠殺事件。

「我介意的是南雲這個人。」津村拿起包袱。「關於東野，一開始我就調查到他的經歷全是胡謅的。但是我特意隱瞞這件事，或者說我一直防止這件事曝光。我並沒有特意說謊，只是保持沉默而已。而且只要稍加調查，誰都可以發現這件事……。但是，要是東野在這時候失勢，我連他的馬腳都不能揪住了。這五年來，我一面懷疑著自己的推測，一面默默地觀察著東野的動向。聽到他提議蓋資料館的時候，我非常興奮。不出所料，地點就在那裡……，可是……」

茜也站起來。

「這也和羽田製鐵總公司遷移計畫的藍圖相重疊……對吧？」

「是的。」津村說道，邁開腳步。「以時間來看，先採取行動的是風水師。南雲為什麼想要那片土地？雖然或許他真的是靠占卜算出那個地點的，但我十分介意。我認為東野的提案，完全是他一直注意土地買賣的動向而做出的反應……」

「換言之，東野先生察覺南雲先生建議羽田製鐵購入土地，所以也採取了行動？有沒有必要……研究一下這兩個人共謀的可能性？」

「這……我也難以判斷。至少從目前的調查結果來看，這兩個人完全沒有關聯。我也不認為他們認識。這次的事，也是因為徐福研究會的出資者與羽田製鐵的理事顧問是同一個人，東野才會發現。如果南雲找上的是別的公司，事件應該會再更單純一些吧。」

應該是吧。

茜所畫的圖像裡，沒有南雲的戲分。如果硬要把南雲放進去，就得再把圖畫得更龐大許多才行。例如那片土地隱藏了**凌駕於殺人事件證據**的什麼東西——這類脫離現實的圖像。

——軍部啊……

茜踩上石階。「津村先生……」

津村已經拉開一大段距離了。

「我們明天……去那裡，去那個村子。」

去韮山。

「好的……」津村停步回話。

實地探訪，可以發現什麼嗎？

茜跑上磨損的石坡。

津村左手抱著神像，伸出右手。

「我一直以為我監視著妳。」

「監視著我？」

茜抓住他的手。

「老爺自從令尊過世以後，就一直留心著妳們姊妹。令妹們過世時，老爺非常生氣，說損失了兩個人才。那個人……雖然很好色，但看人的眼光很精準。」

「好色……嗎？」

「是啊。」津村笑道。「我被遣去安房好幾次，去察看孑然一身的妳的情況。雖然去了也不能怎麼樣……」

「這樣啊……」

「妳一直在哭，葬禮結束以後依然在哭。這……」

「你……看到了那時的我嗎？」

「我一直在看……自以為在看。但是我以為我看著妳，結果被看的其實是我。妳真的是……讓人無法掉以輕心。啊，是鳥居。到山頂了。」

順著津村的視線望去。

有個簡單的鳥居。

是一塊小小的山頂。

茜跑了上去，她好久沒有奔跑了。

「到了，是那座神社吧？津村先生，真是謝謝你。這下子總算可以把你知道的……」

過去的我奉納出去了——茜原本打算這麼說。

但是……

茜的話在一半打住了。

——什麼？

山頂上有一塊半大不小的空地。

神社……的確是有。

是一座用白鐵皮修補的小神社。

雖然比參道旁的祠堂還大，但絕稱不上宏偉。木頭被太陽晒得褪色，塗料剝落，也生鏽了。上面有「奉納」兩個字與梅花圖紋，泛黃的布幕隨風搖曳。

旁邊……

有一襲褪了色的深紅色披風。

披風在風中拍打，劈啪作響。

一名不可思議的男子站在那裡。

茜手扶在鳥居上，靜止了。頭上傳來乾燥的聲音，是綁在鳥居上的細長注連繩（註一）被強風吹打的聲音。髮絲輕柔地隨風飄舞。

「妳是來參拜的嗎……？」男子的聲音很低沉，並且嘹亮、強而有力。「……來參拜這座神社？」

男子上前一步，站在香油錢箱旁。屋頂的陰影蓋住他的上半張臉。像要射穿人的銳利視線從陰影中射出，毫不留情地傾注在茜的身上。幾乎發疼。

「恕我冒昧……，請問您是神社的人嗎？」

男子的打扮不尋常。他穿著白色的和服單衣，披著披風，下面穿著黑色的褲裙，還紮著綁腿。

男子以同樣嘹亮的聲音回答：「這裡沒有禰宜（註二），也沒有神官。我……」

男子的臉脫離了陰影。「……對，我算是鄉土史家吧。」

不知不覺間，津村來到茜的身旁，他有點喘息不定。跑步上來的津村看到男子，停下腳步。

「茜小姐，這位是……？」

「他說……是鄉土史家。」

津村以狐疑的眼光審視男子。「是這裡——下田的鄉土史家嗎？」

「不是的，我……」男子無聲無息地舉起手來，指向遠方。「……是從那裡過來的。」

茜望向他所指示的方向。

樹木間，雲所形成的天頂無止境地延伸出去。一道光穿過雲間射下，照出一座美麗的山。

威風堂堂、充滿自信，而且左右對稱，整然有序，那完美的形姿甚至讓人感覺纖細。無比高貴、自負，莊嚴神聖，永遠崇高，努力地伸長身體的木花咲耶姬的靈山……就在那裡。

——妹山。

「富……富士山？」

「其實，我是個蒐集伊豆半島歷史傳說的好事之徒，也算是個作家吧。」

「這樣啊……」

「是的，織作茜小姐。」男子說出茜的名字。

「您……怎麼知道我的名字……？」

「我在雜誌上拜見過尊容。」

男子的下巴寬闊，一臉嚴肅，但表情十分精悍。眉毛呈一直線，銳利的眼光彷彿威脅著他人。

——他是什麼人？

註一：繫於神靈前方或祭神場地的繩索，以禁止不淨之物侵入。

註二：神職的一種，地位次於神主，高於祝。

「伊豆的傳說真的很多，也有許多史蹟。古代、中世、近世、現代，不管哪一個時代都十分有趣。織作小姐，我啊……」

「呃……是。」

——不好。

這個人會吞沒別人。

茜在心中戒備。

男子在眼角擠出皺紋笑了。

「前天我去看過淨蓮瀑布了，那真的好美。觀瀑真是件樂事，讓人切身體會到水的威力。然後呢，織作小姐……」

男子恢復一臉正經，從正面盯住茜。「傳說淨蓮瀑布裡棲息著一個美女妖怪，她是瀑布潭的主人。據說……那是蜘蛛。」

「蜘蛛？」

「女郎蜘蛛啊，織作小姐。」男子一轉，仰望天空似地抬頭。「昨晚我住宿在下田，就是這底下的村子。我在住宿處，從當地的耆老口中聽說了有關這座山的故事，所以才像這樣特地上來參觀。但是沒想到竟然會在這種地方遇見鼎鼎大名的織作茜小姐。」

男子說著，交互看著茜和津村，緊抿著嘴，眼角擠出皺紋，再次笑了。「真是不虛此行。」

「請問……」

「什麼？」

「您聽到的傳說……是山的姊妹的故事嗎？」

「是的。妳知道這個故事？」

「嗯。」

「過去……這座山裡住著一對姊妹。」

「**這座山裡**？」

男子悠然甩動披風，改變身體方向。「姊姊叫阿淺，妹妹叫富士。兩人是姊妹山神。阿淺在那裡……」

男子指向老朽的社殿。

「被供奉為這座山頂的淺間神。但是妹妹富士這麼說道：『姊姊，那座每次踮起腳尖就可以看到的山……』」

男子再次指向富士山。「『……我喜歡那座山。所以等我長大了，我想登上那座山，請讓我去那座山。』聽說姊姊什麼也沒有說。為什麼呢？因為那座山是女人禁制的。然後……富士十四歲時，前往了那座高山，對山的土地神說道：『我想要登上這座山。』土地神問：『妳**沾染不淨**了嗎？』也就是問她是否有初潮了。」

「初潮……」

「山厭惡女人的不淨。」

茜在不知不覺間瞪著男子。

男子又笑了。「是以前的事了。古時候的日本山裡，有許多禁忌。然而……富士的身體尚未**沾染**不淨。所以土地神便說：『我會睜一隻眼閉一隻眼，妳小心上山吧。』富士高高興興地上山了。山很高，很美，待起來很舒服，結果富士不打算回去了。妹妹拋棄了姊姊，自己一個人登上了高處。所以……」

男子的笑容消失了。「在下田富士這裡有個禁忌。從這裡看到那座駿河富士時，不管心裡覺得再怎麼美，都絕對不能說出口，也不能用手指。聽說如果開口說這裡看到得富士……」男子說道，走近茜的身邊，以格外低沉的聲音說：「……就會被扔進海裡。」

「啊……」

「山神十分善嫉……，是可怕的作祟神。」

「這……和我聽說的……相去甚遠。」

「這樣嗎？只是個無聊的故事罷了。」

「可是……」

——要是被吞沒就完了。

茜望向津村。

沉甸甸的。

「茜小姐，這個……」津村出示包袱。

「哦。」茜伸出雙手，接過神像。

「那是什麼？」男子問。沒必要隱瞞。

「我是來把這個……奉納到這裡的。」

「奉納？奉納到這座神社嗎？」

「是我家代代傳下來的石長姬的神像。」

「石長姬……？哦？這倒稀奇。請務必讓我拜見一下。」

男子說，繞到茜與津村之間。

男子變成背對開始有些西傾的陽光，臉部被陰影所覆蓋，變得一片漆黑。

茜稍微掀開包袱。

男子彎身，誇張地佩服說：「真了不起。」

接著他說道：「可是這裡……這個嘛……」交抱起雙臂。

「不能擅自奉納嗎？還是透過氏子代表比較恰當？」

「就算提出要求，也會被拒絕吧……」暗影男別具深意地說道，然後說：「因為淺間社裡……沒有石長姬啊。」

「咦？怎麼……可能……？」

「淺間社的祭神是木花咲耶姬，雖然在這裡的是阿淺。」

「阿淺……這……」

男子撇下茜似地，悠然前進，出示立在社殿旁邊的立牌。

主神木花咲耶毘賣也

上面這麼記載。

茜小跑步到立牌邊，看了好幾次。

不管怎麼看，上面都只寫著木花咲耶毘賣這幾個字。

這個牌子一定在這裡插了好幾年、好幾十年。毫無疑問地是這座神社的由來紀錄，也沒有替換或重寫的跡象。

男子看了一眼佇立原地的津村後，扶著牌子說：「祭祀在這裡的是木花咲耶姬，不是石長姬。阿淺——淺間就是木花咲耶姬。是在天空噴出鮮紅火花的，死與再生的女神。將世界染紅，宛如櫻花散落般灑出火灰，那些灰燼滋養大地，草木自此而生。天然自然之理。殺戮與再生之神……」

「那麼……」

那麼這個石長姬……

「……這個……我的神……到底……在哪裡……？」

石長姬究竟在哪裡？

茜抱緊了神像，男子站到茜的旁邊。

橫渡山頂的一陣風吹起了茜又長又密的頭髮。黑髮紛亂，好幾束覆上了臉龐。風溜進脖子，掀露了後頸。

男子大概從茜的耳後朝臉頰瞥了一眼，接著把嘴巴湊近她的耳邊說：「**妳想知道嗎？**」

「想……」茜動搖了。「……**我想知道**。」

「妳真的想知道嗎？真傷腦筋……」男子抿著嘴笑了。

他接著說：「很簡單啊，**富士不就是對面的山嗎……？**」

男子回頭，直直指向富士山。

「這……」

「沒什麼好吃驚的吧？這裡是阿淺，那裡是富士。土地的耆老清楚地這麼說。」

怎麼可能？

——神社的祭神不可靠。

——不親自去確認是不會明白的。

「就如妳所看到的，下田富士這裡有木花咲耶。這塊異樣隆起的土地，是火山活動所造成的吧。火山是一種威脅，得加以安撫才行。但是……請看。」

茜照著男子說的望向富士山。

「很美麗，很平靜，對吧？」男子稱讚著不能稱讚的事物。「富士不是必須驚恐跪拜的作祟神。而是受人敬畏、感激遙拜的神明。與火中生產沒有關係，因為**富士連初潮都尚未經歷**。」

「富士是石長姬？」

「是啊。富士——富士山不就是石長姬嗎？阿淺——淺間山是木花咲耶啊。」

「我一時難以置信……」

「這是理所當然的吧。木花咲耶是在火中生下孩子的姬神，也是噴火燒燬樹木，死而再生的生殖之神。另一方面，石長姬是司掌永恆不變的女神，對於不死者來說，生殖是不必要的。」

「也不會有不淨。」男子說。「富士（fuji）山古時被稱為fushi。fushi，也就是不死（fushi）。永久不滅的磐石、永遠不變的威容。它的模樣有如岩石般堅固、高貴美麗而永恆。**違逆天然自然之理、長生不老的象徵**——不死之山富士，就是石長姬。」

男子說道「喏」，又指向富士。「看看那整年戴雪的穩重容姿。山頂的雪融化，滋潤大地，養育稻穀，這與焚燒草木以獲得新收穫的燒田不同，是水稻。那座宏偉的山是永遠供給豐富水源的靈山，所以富士古時候也被稱為富知（fuchi）。富知是水靈的稱號。換言之，富士山也是水神。而富知又與淵（fuchi）同音。說到淵，就是織布，說到織布，就是石長姬……對吧？」

「這……可是我聽說富士有一座格式很高的神社，祭神是木花咲耶姬……」

「妳不認為富士山裡有淺間神社，本身就是一種錯誤嗎？在那裡的不是阿淺，而是富士啊。」

「這……」

「聽仔細了，淺間信仰是對於噴火這種狂暴自然現象的信仰。而不是對富士山那種美麗、宏偉之姿的信仰。淺間信仰只適合噴火的火山。富士山的確不是死火山，然而它卻是那麼樣地平靜，不是嗎？那不是火山的外表。富士與阿蘇、淺間不一樣。所以那裡祭祀的原本是稱做富知或不二（fuji）的神明。而它之所以變成淺間神社……當然是因為它噴火了。」

「噴火……」

「富士山當然也會噴火，它是火山啊。從天應元年（七八一）開始，那座平靜的山連續爆發了三次。從此以後，富士山本宮便開始祭祀起淺間神了。但是……那座山與其他山不同。妳看，就算冒出濃煙、噴出熔岩，猛烈地爆發，那座山的美麗外表依然不變。而其他的山呢？每次噴火，山頂就缺損，山谷也崩落，變得慘不忍睹。那樣的山不能夠成為富士——不二。」

「不二……」

茜不知為何激烈地動搖了。

「不二——世上獨一無二。那座山就是永恆存在、不死的石長姬。」

風狂嘯著穿越上空。

——這個人……

「你……你是什麼人？」

「驚慌失措，一點都不適合妳。」男子繞過鳥居的柱子，走向石階。「看樣子，或許妳不該知道的，織作茜小姐。」

「知道……什麼？」

「駭人的事。」

「駭人的事？」

「織作小姐，世上……是有真正駭人之事的。是有不可觸、不可見、不可聞之事的。」

「那是……什麼？」

「此外，還有不可以知道的事。」

「你是誰？你知道什麼？」

「我知道一切。我只是在忠告妳。」

「什麼叫忠告？你想要把我怎麼樣？」

「這都要看妳了。」男子以極為低沉的聲音說道。「聽好了。這個世上沒有任何不可思議之事。不管人再怎麼汲汲營營，那座山和這座小山都不會有一絲動搖。無論誰死誰生，這個世界都不痛不癢。對世界來說，人的生死只是細枝末節。無論一個人知道世界的祕密，還是窮究宇宙之理，也都該認清自己的分寸才是。妳不是應該最清楚這一點嗎？織作小姐？」

茜更抱緊了神像。

「津村先生……這個人……」

津村戒備起來。

男子佇立在風中笑了。「在這座山，富士的話題是禁忌。而我卻說了那麼多……，真是不應該。」

男子的披風被一陣強風捲起。

白色單衣的胸口……
——大衛之星？
風在空中呼嘯。

4

月亮倒映在水面搖盪。
白皙的裸體穿透月亮，一樣緩慢地搖擺著。手巾輕柔地飄落，原本盤起的黑髮散落，漂浮在水面。
儘管已經入夜，風卻沒有止息的跡象。
風在遙遠的上空凶猛地呼嘯著。
雲被吹散，就像急流中的一葉小舟，轉眼間消失到遠方。所以……
月亮皎潔無比。
——白天的男子。
茜思考著，那感覺也像是一場夢。
頭髮飽含熱氣，變得潮濕沉重。
——他知道什麼。
充滿光澤的黑，與充滿光澤的白。鮮艷的水面。
黑髮與白肌，新鮮的肉體。
天在狂吼。
茜仰頭望向天空。髮絲浸在透明的液體中，散往四方。星辰在閃爍。
——那個不可思議的男子究竟是什麼人？

只是稍微移開視線一下，男子已經走下參道極遠了。

津村也彷彿被狐狸捉弄了一般，莫名其妙。

茜覺得自己恍惚了好一陣子。

茜打消奉納的念頭，暫且下山。然後在津村帶路下，直接來到這家溫泉旅館。

累癱了。

這是津村的母親過去工作的蓮台寺溫泉的旅館，由於是平日，客人很少。露天的岩池溫泉只有茜一個人，感覺十分空曠。

茜縮起伸長的雙腿。人體在水中的行動十分順暢，划過水的感覺很舒服。

她覺得有抵抗，身體才能夠自由行動。茜伸出雙手撐住，露出上半身，坐到岩石上。

蒸氣從熱烘烘的皮膚冒了出來。

——哪裡……

有哪裡搞錯了嗎？

茜詢問旅館的女傭，得知這一帶的人似乎相信下田富士的淺間神社祭祀的是石長姬。可是仔細詢問後，才知道西伊豆的雲見有一座叫做烏帽子山的岩山，山頂鎮守著一座雲見淺間神社，下田富士的石長姬信仰似乎是與那裡的傳說混淆在一起了。這麼說來，記得多多良也提到下田富士與烏帽子山兩地。駿河富士與下田富士這雙成對的名稱迷惑了茜。

雲見那邊的傳說，也與多多良告訴茜的完全相同。不過雲見的傳說內容加上了來自地名的潤飾，說由於姊妹感情不好，駿河富士或烏帽子山其中有一邊一定會被雲霧所籠罩。此外，據說雲見的居民禁止登上富士山，禁忌更為徹底。

雲見的傳說才是源頭吧。

但是即使如此，還是有可能像那名男子說的，祭神曾經替換過。就如同男子說的，茜覺得比起木花咲耶姬，石長姬更適合做為富士山的祭神。因為合情合埋，或許事實上就是如此。
她認為多多良說先有妹妹這個屬性，再有姊姊，這樣的說明是本末倒置。
——沒錯，本末倒置。
可是……即使如此，現在雲見淺間社的祭神似乎確實是石長姬。雖然是淺間社，祭祀的卻是石長姬。
——那裡的話……
應該可以奉納吧。
茜深深地吸了一口氣，空氣很濕潮。
「啪」的一聲，一道水聲響起。
茜環視四周，這裡意外地寬廣。
蒸氣滑過水面撲來，是風吹進來了嗎？
一陣涼意，相當舒服。
茜將手巾浸到熱水裡，擦拭肌膚。
現在沒有任何東西妝點著茜。
她毫無防備。
所謂裝飾，或許是一種扭曲的防衛本能。
——真正駭人之事。
是什麼呢？
——不可以知道的事。
村人的大屠殺。
——為了什麼？
沒錯。茜是以大屠殺為前提，所以並沒有想過該如何定義大屠殺本身。

——但是……

那應該不是茜的工作，她的工作是剝掉東野鐵男的偽裝。至於剝掉後會是什麼，那不是茜該管的事。若是不把這些問題一一擻下，任務就沒辦法進行。若不那樣公私分明，就太難熬了。

——這個工作就是這麼悲傷。

——明天……

要去韮山。

那裡會有什麼呢……？

「啪」的一聲，水聲再度響起。

——有人嗎？

茜攤開手巾，遮住胸口。

她窺看情況。風吹過上空的聲音，水面起伏的聲音。此外，只有夜晚靜謐的聲音。

——大屠殺。

令人介意。軍部的參與。那個不可思議的男子。

謊報來歷的兩名男子，其中一名據說是全村遭到屠殺的村人倖存者。

倖存者。

——我也是倖存者。

土地。證據。罪犯。

——是了！

茜激出水聲站了起來。

——大逆轉不一定只有一次。

沒錯，**被騙的是騙人的一方**。

那樣的話……

又是為了什麼……

啪。

「誰？」

回頭。

「有人嗎？津村先生？」

水面起伏，水面蠕動著。

茜一絲不掛。

「是誰？」

滑動。自岩石後面。啪。

一道蠻力抓上肩口。

「誰……」

嘴巴被摀住了，水花驟然噴起。

如同棒子般堅硬的手臂自腋下伸來。凶惡的手臂，在柔軟的皮膚上。手壓住了乳房、脖子。

——好痛。

臉歪曲了。是誰？是誰？嘩啦嘩啦的聲音。

頭髮，水滴，蒸氣沁入眼睛。不要，不要，不要不要。

用力甩頭，全力抵抗。帶有水氣的光澤長髮。嘩啦嘩啦。手指爬上脖子，手指穿進大腿內側。連踢都沒辦法，動彈不得。從背後被架住，四肢被箝制，茜的肉體完全失去了自由。肌肉緊繃，如同尖銳的棘刺般。脖子周圍。不要，不要。好痛，好難過。

——救命！

茜感覺到根源性的恐怖。

什麼東西繞上了脖子。

發不出聲音。

舌頭好乾。

世界膨脹。

——我被絞住脖子……

啊——

在想到該想起誰的臉之前，織作茜斷氣了。

＊

新的警官請我喝茶。

我照著他說的啜飲。

警官以充滿濃厚侮蔑、幾乎可以說是怨念的嫌惡眼神看著我的動作。我覺得我應該是一副豁出去的樣子，大牌到應該會被處以死刑。

我現在的意識比起混亂更接近混濁，不管再怎麼努力嘗試接納理性的光芒，結果依然只是變得一團稀爛，像污物般沉澱而已。另一方面，我的意志打從一開始就完全腐敗，每當受到刺激，就散發出腐臭，一邊噴灑出腐汁，一邊萎縮下去。

我被毆打、被咒罵。

被逼問。

我墮落下去。

只是無止境地墮落。

那些推人下去的人，不可能了解墜落的快感。

警官用一種看瘋子的眼神看我。

我……恐怕正露出冷笑。

「是你幹的……」

我……恐怕正露出冷笑。

「你自己這麼說的……」

我……恐怕正露出冷笑。

「凶器也找到了……」

我……恐怕正露出冷笑。

「大致上的移動路徑也查清楚了……」

我……恐怕正露出冷笑。

「磅」的一聲，警官踢翻椅子。

「動機！動機！你缺少的就只有動機！被捕時就自白的傢伙，為什麼不肯說出動機！只會給我傻笑！不管你再怎麼裝瘋賣傻，我都不會把你送去做精神鑑定！你絕對不會被無罪釋放的！喂！」

我的胸口被揪住，茶杯翻倒，茶溢了出來。

「給我招！招！招！叫你給我招！你這個混帳東西！給我說話啊！你是想要強姦人家嗎？你這頭下三濫的豬！」

「好啦好啦……」新的警官制止。「關口先生，你上上個月去了安房勝浦，對吧？」

「去……了吧，一定。」

或許是做夢。

後又去了駐在所和警官談話。然後呢？」

我什麼都沒法說，因為沒什麼好說的。

「你去了伊豆，經過靜岡、三島、沼津，去了縣政府、市公所、郵局，然後在韮山拜訪了七戶民宅，然

「你瞧不起人啊？」年輕警官吼道。

我去做什麼了？

「不曉得……」

「去做什麼？」

「去……山中……消失的村子……」

「我說啊，淵脇巡查說他記得和你談過，可是他沒有和你上山，也不認識什麼叫堂島的人。不要瞎編故事好嗎？我不知道你是作家還是呆瓜，可是像你這種卑鄙的罪犯，不可以寫什麼小說！你這個人渣！」

或許是吧。

我……恐怕正露出冷笑。

所以我被狠狠地揍了。

「你啊，離開駐在所後，直接去了蓮台寺溫泉，住了一晚，隔天在下田閒晃，在書店順手牽羊逃跑，然後回到溫泉，從民宅的倉庫偷出麻繩，直到夜晚都待在御吉之淵，等到天色暗下來，就潛入附近的露天澡堂，用偷來的麻繩勒死入浴中的被害人，不知道為什麼，背著遺體進入高根山中，一樣用麻繩把死者吊在接近山頂的大樹上，然後看著屍體傻笑的時候，遭到逮捕了，對吧？你認識被害人吧？這是事先計畫好的謀殺！」

「認識……誰？」

「啥？你白痴嗎？混帳東西，我告訴過你多少次了！就是你殺死的那個織作……」

「等、等一下！」

我……總算了解一切了。

「我、**我……殺了織作茜女士？**」

當然，回答令人絕望。

（宴已備妥）

解說　出前一廷

《塗佛之宴―備宴》：既是一則推理故事的前半段，也是以「二度怪異」作為核心的社會怪談

從一九九四年八月底的《姑獲鳥之夏》開始，有一段時間，無論書裡書外，京極夏彥均以十分驚人的速度，為我們快速推展「百鬼夜行」系列的故事。

在現實中，他於一九九五年，便發表了《魍魎之匣》與《狂骨之夢》，接著又於一九九六年帶來《鐵鼠之檻》與《絡新婦之理》，然後在間隔一年之後，於一九九八年推出此刻你手上的這本《塗佛之宴：備宴》，以及接續完成整個故事的《塗佛之宴：撤宴》。若是考慮到這些作品的長度及內容複雜程度，那麼則更是讓人對京極夏彥的寫作能力及速度感到驚嘆不已。

就故事內容來看，《塗佛之宴》可以被視為「百鬼夜行」系列第一期的總集篇。如果要以目前大家比較熟悉的說法形容，便有點像是漫威電影宇宙，讓不少過去曾出現在系列作裡的角色，均於《塗佛之宴》裡聯袂登場，在擁有自己故事的情況下，同時也與主線息息相關，使《備宴》因此就像是《復仇者聯盟：無限之戰》的位置，在分線發展的鋪陳之後，帶來一個衝擊性十足的結局，備妥這場妖異奇詭的盛宴，叫讀者饞得只想儘快享用後續的《撤宴》一書。

而在書中世界，情況也正如開頭所說，事件接踵而來的速度同樣快得驚人，自《姑獲鳥之夏》的案件起

算，一路到《塗佛之宴》發生的時間，其實不過全發生在一年之內，因此使這樣的安排，彷彿強調出書中那個新舊時代交錯的獨特時期將會激發怎樣劇烈且多元的矛盾，以及人心不免會有的迷惘之情。

在《備宴》中，京極以六則短篇，透過角色與謎團上的重疊性，交織出一張錯綜複雜的網，使這些故事雖然在結尾時大多有一個暫時性的解答，卻也明顯能看出背後仍有巨大的陰謀存在。

有趣的是，在《姑獲鳥之夏》裡，京極曾告訴我們若是敘事者的觀點不能盡信，將會推展出怎樣的一則故事，而在《備宴》的六則短篇中，京極則透過催眠元素，反覆強調倘若所有的記憶都能被控制及扭曲，那我們又將如何分辨真假？若是敘事者不能信任，那麼要是受害者，乃至於在小說中擔任解謎職責的角色也不可信任的話，又將會演繹出如何的一則推理故事？

於是，在這六篇主線獨立，卻又彼此相關的故事內，我們會一再迷失於京極的佈局當中，對角色的觀感不斷翻來覆去，正如關口在第一篇〈野篦坊〉中所言：「只要觀點改變，世界就為之丕變。」而《備宴》中那種所有事情都像是處於混沌之中，任憑各方妖魔張牙舞爪的特質，也就這麼因此更顯強烈。

例如在〈野篦坊〉裡，負責解謎的人是神祕莫測的堂島，但也在最後將關口引入了險境之中。至於在第二篇〈鳴汪〉中，雖然賣藥郎尾國誠一不僅解開了事件謎團，甚至還成為相關角色的救星，但到後面的〈咻嘶卑〉與〈哇伊拉〉時，尾國則又搖身一變，成為了同樣以催眠手段詐騙他人，甚至不惜殘害無辜性命的反派，而疑似詐騙同夥的華仙姑佐伯布由，則被揭露似乎只是遭到他人利用的無辜犧牲者而已。

各式各樣的正反角度，不斷在這六則故事內相互交錯。要是我們單純將焦點集聚在單一事件上頭，那麼情況其實不難理解。但要是一把目光放遠，轉到整體發展來看，則反而會變得難以看清全局，與一般推理小說的情況正好相反過來。

而京極最讓人佩服的地方，在於這樣的安排，同時也與故事中反映出的社會亂象有所呼應。不管現實中的詐騙集團以新興宗教、心靈信仰、氣功武術、醫療團體、風水算命的哪一種作為外在包裝，其手段也確實與小說中的「催眠」如出一轍，透過人們希望能健康長壽、心靈能平和安詳這樣的渴求，讓一個個由於貪欲而生的妖怪因而趁隙而入，甚至在本質相同的情況下，卻也不時彼此鬥爭，彷彿爭相啄食的禿鷹那樣。

京極夏彦作品集10——塗佛之宴—備宴

原著書名：塗佛の宴—宴の支度
原出版社：講談社
作者：京極夏彦
翻譯：王華懋
編輯總監：劉麗真
責任編輯：張麗嫺
總經理：陳逸瑛
榮譽社長：詹宏志
發行人：涂玉雲

出版社：獨步文化
城邦文化事業股份有限公司
104台北市中山區民生東路二段141號5樓
電話：(02) 2500-7696　傳真：(02) 2500-1967

發行：英屬蓋曼群島商家庭傳媒股份有限公司城邦分公司
104台北市中山區民生東路二段141號2樓

網址：www.cite.com.tw
讀者服務專線：(02) 2500-7718；2500-7719
服務時間：週一至週五：09:30～12:00　13:30～17:00
24小時傳真服務：(02) 2500-1900；2500-1991
讀者服務信箱 E-mail：service@readingclub.com.tw
劃撥帳號：19863813
戶名：書虫股份有限公司

香港發行所：城邦（香港）出版集團有限公司
香港灣仔駱克灣道193號東超商業中心一樓
電話：(852) 2508-6231　傳真：(852) 2578-9337
城邦（馬新）出版集團 Cite (M) Sdn Bhd
41, Jalan Radin Anum, Bandar Baru Sri Petaling,
57000 Kuala Lumpur, Malaysia.
Tel: (603) 90578822　Fax:(603) 90576622　email:cite@cite.com.my

封面設計：高偉哲
印刷：前進彩藝有限公司
排版：陳瑜安
2010年1月初版
2023年4月二版
售價700元
ISBN：978-626-7226-32-2
978-626-7226-43-8（EPUB）

NURIBOTOKE NO UTAGE–UTAGE NO SHITAKU

國家圖書館出版品預行編目（CIP）資料

塗佛之宴：備宴／京極夏彥著；王華懋譯. -- 二版. - 臺北市：獨步文化, 城邦文化事業股份有限公司出版：英屬蓋曼群島商家庭傳媒股份有限公司城邦分公司發行, 2023.04
面；　公分. --（京極夏彥作品集；10）
譯自：塗佛の宴：宴の支度
ISBN 978-626-7226-32-2（平裝）

861.57　　112001795